2.

ullstein

Ein altes Geheimnis und ein hoher Preis. Sophia Krohn steht vor großen Herausforderungen.

Sophia verliert in jungen Jahren alles: ihr Elternhaus, ihre Heimat, den Glauben an die Liebe. Sie kämpft sich durch harte Lehrjahre, erlebt Pariser Eleganz und die glitzernde Welt der New Yorker Kosmetik-Königinnen Helena Rubinstein und Elizabeth Arden. Sie lernt, was wahre Schönheit ist. Und wie sie die Liebe und ihr Glück festhalten kann.

CORINA BOMANN ist in einem kleinen Dorf in Mecklenburg-Vorpommern aufgewachsen und hat schon immer geschrieben. Mittlerweile ist sie eine der erfolgreichsten deutschen Autorinnen. Immer wieder begeistert sie ihre Leserinnen mit großen dramatischen Romanen und Heldinnen, die etwas Besonderes erreichen. Ihre Romane werden in zahlreiche Sprachen übersetzt und sind internationale Bestseller. Sie wohnt in Berlin.

Von Corina Bomann sind in unserem Hause bereits erschienen:

Die Schmetterlingsinsel · Der Mondscheingarten
Die Jasminschwestern · Ein Zimmer über dem Meer
Die Sturmrose · Das Mohnblütenjahr · Sturmherz
Agnetas Erbe. Die Frauen vom Löwenhof 1
Mathildas Geheimnis. Die Frauen vom Löwenhof 2
Solveigs Versprechen. Die Frauen vom Löwenhof 3
Sophias Hoffnung. Farben der Schönheit 1
Sophias Träume. Farben der Schönheit 2
Sophias Triumph. Farben der Schönheit 3
Ein zauberhafter Sommer
Eine wundersame Weihnachtsreise · Winterblüte · Winterengel

CORINA BOMANN

SOPHIAS TRÄUME

Die Farben der Schönheit

Ullstein

Besuchen Sie uns im Internet:
www.ullstein.de

Wir verpflichten uns zu Nachhaltigkeit

- Klimaneutrales Produkt
- Papiere aus nachhaltiger Waldwirtschaft und anderen kontrollierten Quellen
- ullstein.de/nachhaltigkeit

MIX
Papier
FSC® C083411

Ungekürzte Ausgabe im Ullstein Taschenbuch
1. Auflage September 2021

Umschlaggestaltung: zero-media.net, München
Titelabbildung: arcangel images / © Miguel Sobreira (Frau),
© www.buerosued.de (Ornamente, Hintergrund)
Satz: LVD GmbH, Berlin
Gesetzt aus der Quadraat Pro
Druck und Bindearbeiten: CPI books GmbH, Leck
ISBN 978-3-548-06500-7

1. Kapitel

1929

Schwer und bleigrau hing der Januarhimmel über dem Meer. Nur am Horizont tauchte hier und da ein schwacher rosafarbener Schein zwischen den Wolken auf. Eisiger Wind strich über mein Gesicht und kroch unter meinen Mantel.

Ich hätte warm und gemütlich in meiner Kabine sitzen können, doch die Enge dort erdrückte mich, und mir stand auch nicht der Sinn danach, mich im Salon zu vergnügen, wo sich um diese Zeit bereits die Passagiere drängten. Alles, was ich wollte, war endlich ankommen und meine Nachforschungen beginnen.

Seit beinahe einer Woche waren wir nun auf See. Beim gestrigen Abendessen hieß es, dass wir in zwei Tagen Dover erreichen würden. Von dort aus würde mich eine Fähre nach Calais bringen, bevor die Reise mit dem Zug nach Paris weiterging.

Es beeindruckte mich noch immer, dass Madame Rubinstein diesen Weg mehrere Male im Jahr hinter sich brachte. Wie hielt sie das nur aus? Ich erinnerte mich gut daran, wie ich mit ihr das erste Mal über den Ozean gefahren war. Damals hatte sie, die erfolgreiche Kosmetikunternehmerin, mir die Chance auf die Erfüllung meines Lebenstraumes gegeben: Kosmetik herzustellen und Frauen damit zu Schönheit und Selbstbewusstsein zu verhelfen. Sie hatte mich aus Paris mitgenommen, damit ich als Chemikerin in ihrer Fabrik arbeitete. Zum ersten Mal nach all der traurigen Zeit hatte ich Hoffnung geschöpft.

Seit ich vor wenigen Wochen entlassen worden war, hatte ich nichts mehr von ihr gehört. Hatte sie ihre Ehe retten können? Immerhin hatte sie, um wieder mit Mr Titus, ihrem Ehemann, zusammen sein zu können, ihre amerikanischen Anteile der Rubinstein Inc. verkauft. Ich wünschte, ich würde etwas darüber erfahren, doch an Bord eines Schiffes kamen Nachrichten unregelmäßig an. Tageszeitungen gab es nur, wenn ein Hafen angelaufen wurde. Wir befanden uns mitten auf dem Ozean, im Reich der Ahnungslosigkeit.

Meine Hand wanderte zu meiner Manteltasche. Stets trug ich den Brief bei mir, der in Schreibmaschinenschrift behauptete, dass mein Sohn noch leben würde. Durfte ich mir Hoffnung erlauben?

Meine Gedanken kreisten um die Tage im Krankenhaus nach seiner Geburt. Die Nachricht von seinem Tod, die anschließende Depression. War da etwas gewesen, auf das ich hätte achten sollen? Hatte ich Zeichen übersehen? In meiner Erinnerung klaffte ein finsteres Loch. Egal, wie sehr ich mich anstrengte, es gab nichts, was ich tun konnte, um die Dunkelheit zu erhellen.

»Ein grandioser Anblick, nicht wahr?«, fragte eine Stimme. Ich zog meine Hand aus der Tasche und blickte mich um. Der Mann, der unbemerkt hinter mir aufgetaucht war, hatte hochstehende Wangenknochen und einen stechenden Blick. Seine Augen waren dunkel wie Kohlen, die hohe Stirn ließ ihn intellektuell wirken. Auf seiner Nase saß eine Nickelbrille mit runden Gläsern.

Er war die Sorte Mann, die mich früher sicher nicht bemerkt

hätte. Sein Lächeln zeigte mir deutlich, welche Absicht hinter seinen Worten stand.

»Ja, das ist es«, antwortete ich kühl. »Aber wenn Sie erlauben, genieße ich ihn lieber allein.«

Mein Freund Darren hatte mich gerade erst verlassen, die Erinnerung an den letzten gemeinsamen Abend brannte immer noch schmerzhaft in meiner Seele. Mein Herz war noch nicht wieder bereit für Annäherungsversuche.

Der Mann lachte ein wenig gekränkt auf und drehte unsicher den goldenen Ring an seinem Finger herum. Ein Ehering. Diese Geste ließ mich erschaudern. Sie schleuderte mich weit in meiner Erinnerung zurück. Auch Georg, mein Liebhaber, war verheiratet gewesen. Er hatte mir vorgegaukelt, sich von seiner Frau trennen zu wollen. Letztlich hatte er es nicht getan und mich, als ich schwanger war, sitzen gelassen.

»Sie sind mir aufgefallen«, sagte er. »Eine Frau wie Sie ...«

»So?«, fragte ich ein wenig angriffslustig. »Was bedeutet das? Eine Frau wie ich?« Ich atmete tief durch. Er war ein Fremder, den ich wahrscheinlich nie wiedersah. Ich durfte an ihm nicht meinen Zorn auf Georg auslassen.

»Jung, hübsch ... und, wie es scheint, mit einem starken Willen gesegnet.«

Worte wie diese hatten mich damals verleitet zu glauben, dass Georg es ernst mit mir meinte. Er, der mein Dozent an der Universität war, hatte mich benutzt und geschwängert. Ich würde denselben Fehler nicht noch einmal machen.

»Sie sind jeden Tag zur selben Zeit hier«, fuhr der Fremde fort. Offenbar hatte er nicht vor, so leicht aufzugeben. »Und auch im Speisesaal bin ich Ihnen einige Male über den Weg gelaufen, aber Sie haben wohl nie Notiz von mir genommen.«

Das hatte ich in der Tat nicht. Warum hätte ich es tun sollen? Ich war mit den Gedanken meist bei meinem Sohn. Das half mir, Darrens Ablehnung zu vergessen. Und ich war auch nicht der Typ Frau, der sich nach einer verlorenen Liebschaft gleich eine neue suchte.

Der Fremde räusperte sich, als er spürte, dass er damit nicht weiterkam. Beinahe tat er mir leid. Doch meine Unnachgiebigkeit war mein Schutzpanzer, der mich davor bewahrte, zu verzweifeln. Auch wenn ich ihn attraktiv fand, war ich nicht bereit, mich auf ihn einzulassen. Er war verheiratet. Ich würde mein Glück nicht auf dem Unglück anderer aufbauen und mich damit erneut selbst in die Tiefe stürzen.

»Vielleicht liegt es daran, dass ich gerade viel durchdenken muss«, erwiderte ich.

»Und es gibt niemanden, mit dem Sie Ihre Gedanken teilen können? Oder wollen?«

Ich blickte den Fremden an. Ich mochte ihm vielleicht aufgefallen sein, doch er mir nicht. Sein Gesicht war wie das anderer Männer gewesen: Schatten, die ich mir nicht mehr näher angesehen hatte, seit die Beziehung zu Darren zerbrochen war.

»Diese Menschen gibt es, ja«, antwortete ich. »Aber sie sind nicht hier auf dem Ozean. Und es gibt Gedanken, die man nicht ohne Weiteres teilt. Nicht mal mit seinen Freunden.«

»Und mit einem Fremden?«

Ich schüttelte den Kopf. »Ein Fremder würde es nicht verstehen.«

Mit Kate, der Haushälterin meines Vermieters, hatte ich einige Gedanken geteilt, am Küchentisch, als wir darüber sprachen, ob ich der Behauptung des Briefes nachgehen sollte. Doch Darren gegenüber hatte ich mein Kind und die Narbe, die seit der Geburt meinen Körper verunstaltete, verschwiegen und damit alles kaputt gemacht.

Ein Fremder würde mich sicher verurteilen für das, was geschehen war. Für meine Leichtgläubigkeit, meine Naivität. Am Tod meines Kindes trug ich keine Schuld, wenngleich ich es mir dennoch nicht verzeihen konnte. Falls mein Sohn überhaupt gestorben war.

Der Mann setzte wieder sein leicht gekränktes Lächeln auf. »Nun, vielleicht überlegen Sie es sich irgendwann einmal. Ich habe immer ein offenes Ohr für interessante Geschichten. Auch wenn ich Sie nicht kenne, glaube ich, dass in Ihnen etwas ruht, das erzählt werden sollte.« Er machte eine kurze Pause, dann fügte er hinzu: »Wenn Sie es sich überlegen sollten, fragen Sie nach James Joyce. Wir werden ja noch ein paar Tage miteinander verbringen, nicht wahr?«

Damit wandte er sich um und ging auf die andere Seite des Schiffes.

Ich schaute ihm nach. Möglicherweise war er ein Schriftsteller, den vielleicht auch Mr Titus kannte. Doch es war besser, nichts zu sagen und ihn ziehen zu lassen. Er würde mir nicht helfen können bei dem, was ich mir vorgenommen hatte.

Als es mir zu dunkel und zu kalt an Deck wurde, zog ich mich in meine Kabine zurück. Ich machte Licht, schälte mich aus meinem Mantel und wickelte mich in die raue Wolldecke, die sonst mein Bett bedeckte. Dann setzte ich mich an den kleinen Schreibtisch.

Mein Notizbuch war angefüllt mit Stichpunkten, Dingen, an die ich mich aus meiner Zeit in Paris erinnerte. Ich war auf der Suche nach Anhaltspunkten gewesen, und akribisch, als hätte ich eine Hausarbeit für meinen Dozenten erstellen müssen, hatte ich meine Erinnerungen sortiert und kategorisiert.

Da gab es Eindrücke von Orten, an denen ich gewesen war. Vor allem das Krankenhaus hatte ich genau beschrieben. Ich hatte die Straßen skizziert, die Praxis der Hebamme Marie Guerin, die ich aufgesucht hatte, um mich untersuchen zu lassen. Sie hatte meinen Namen nicht wissen wollen, aber von Adoption geredet. Da war die Pension von Madame Roussel gewesen, in der ich meine ersten Schritte in Richtung Amerika gemacht hatte. Einige Orte stufte ich als harmlos ein, andere als verdächtig. Das Krankenhaus und die Praxis von Marie Guerin waren von mir eingekreist worden.

Anschließend hatte ich die Personen aufgelistet. Flüchtige Bekanntschaften wie die Frau, die mich in das Taxi zum Krankenhaus gesetzt hatte, oder Monsieur Jouelle, der Liebhaber meiner Freundin Henny, dessen Verachtung mich völlig schuldlos getroffen hatte. Das Krankenhauspersonal: Dr. Marais, Schwester Sybille, Aline DuBois, die Hebamme, sowie Schwestern, deren Namen ich mir nicht gemerkt hatte, deren Gesichter ich jedoch wiedererkennen würde, wenn ich sie sah.

Natürlich bestand auch die Möglichkeit, dass eine Fremde im Krankenhaus erschienen war und mein Kind gestohlen hatte. Dass die Klinik, weil ihr das peinlich gewesen war, mir Louis' Tod vorgegaukelt hatte. Aber mein Gefühl sagte mir, dass es anders gelaufen war.

Als mir die Augen schmerzten, legte ich mich aufs Bett. An die Bewegungen des Schiffes hatte ich mich mittlerweile gewöhnt. In der ersten Zeit war es schwierig gewesen, besonders weil die See oftmals sehr unruhig war. Eine leichte Übelkeit war mein ständiger Begleiter gewesen, anders als damals, als ich zum ersten Mal den Ozean überquert hatte. Wahrscheinlich hatte mich Madames Präsenz zu sehr abgelenkt.

Ich wünschte, sie wäre hier gewesen, um mich von den erneut in mir aufsteigenden Erinnerungen an meine Eltern abzulenken. In der kleinen, schwankenden Kabine krochen sie aus den dunklen Winkeln meines Verstandes und erfüllten mich mit derselben Wut und Enttäuschung, die ich damals schon gefühlt hatte. Schon so lange hatte ich keinen Kontakt mehr zu ihnen. Nicht einmal dann, als ich ihnen vom Tod meines Kindes berichtete, hatten sie sich gemeldet.

Es wäre ein Leichtes, von Paris aus mit dem Zug nach Berlin

zu fahren und nach ihnen zu sehen. Kurz überlegte ich ernsthaft, das zu tun, aber dann pfiff ich mich zurück. Es war sinnlos, verschwendete Zeit. Ich würde mich ganz auf die Suche nach Louis konzentrieren.

2. Kapitel

Paris schien sich nicht verändert zu haben. Das Gewimmel auf den Straßen war nicht mit dem in New York zu vergleichen, doch es fühlte sich vertraut an. Auch wenn Winter herrschte, wirkten die Häuser immer noch strahlend und elegant. Die Farben waren größtenteils verschwunden, aber ich wusste, dass sie zurückkehren würden, sobald die Sonne wieder höher stand und der Frühling einkehrte. Die Blumenbeete in den Vorgärten würden ebenso wie die Balkone neu bepflanzt werden, und aus den offen stehenden Fenstern würden bunte Gardinen wehen.

Bei all dem Vertrauten, das ich während der Taxifahrt entdeckte, fiel mir auf, wie sehr ich mich selbst verändert hatte, seit ich an der Seite von Madame Rubinstein an Bord des Fährschiffes nach Dover gegangen war.

In abgetragenen und viel zu weiten Kleidern war ich in die neue Welt aufgebrochen. Aus der Studentin aus gutem Hause war eine Mittellose geworden, die nur dank der Hilfe ihrer Freundin in Paris überleben konnte.

Nur knapp zwei Jahre später war zumindest äußerlich von dem schicksalsgebeutelten Mädchen nichts geblieben. Die Sachen, die ich trug, fielen nicht mehr durch ihre Schäbigkeit auf.

Ich war zu einer Frau geworden, die man wahrnahm. Die Narben darunter sah niemand und würde, wenn es nach mir ging, auch niemand mehr zu sehen bekommen.

Während ich die Menschen betrachtete, an denen der Wagen vorbeifuhr, breitete sich ein Gefühl von Vorfreude in meiner Brust aus. Ich würde Henny wiedersehen, meine Freundin, meine Retterin nach der Katastrophe mit Georg! Sie hatte mich bei sich aufgenommen, als mich mein Vater verstoßen hatte. Mit ihr war ich nach Paris gegangen. Sie hatte eine wunderbare Karriere gemacht und es mir ermöglicht, durchzuhalten.

Neben all der Ungewissheit, die in mir tobte, war das ein Lichtblick, der mein Herz mit Wärme erfüllte. Wie mochte es ihr ergangen sein? Unsere Korrespondenz war weniger geworden, aber das bedeutete wohl nur, dass sie viel zu tun hatte und von ihrem Verlobten gänzlich eingenommen wurde.

Als die Gegend schäbiger wurde, wurde mir klar, dass wir uns der Rue du Cardinal Lemoine näherten. Die Straße wies noch mehr Schäden auf als früher, einige Pflastersteine waren herausgebrochen und an den Rändern aufgestapelt worden. Obwohl der Chauffeur sich bemühte, die Schlaglöcher zu umfahren, wurde ich kräftig durchgeschüttelt.

Ich hätte ein Hotel nehmen können, doch ich wollte bei Menschen sein, die ich kannte. Henny wohnte hier schon seit einer Weile nicht mehr, aber Genevieve und Madame Roussel. Auch auf sie freute ich mich.

Einige Minuten später machte das Taxi vor der Pension halt. Die Fassade sah noch immer wie damals aus, abgesehen von ein paar neuen Rissen, die unterhalb der Fenster hinzugekommen waren. Madame Roussel schien eine Renovierung noch nicht für notwendig zu halten.

Ich bezahlte und nahm mein Gepäck in Empfang. Während der Wagen davonfuhr, schritt ich in den Innenhof und blickte mich um. Von irgendwo über mir ertönte Musik. Wahrscheinlich hatte einer der Gäste in den besseren Zimmern ein Grammophon mitgebracht. Ein wenig erinnerte mich das an den Herrn Kommerzienrat im Haus meiner Eltern. Doch ich drängte den Gedanken rasch beiseite und umfasste den Griff meines Koffers. Die Haustür war, wie meistens, offen, obwohl Madame Roussel stets allen Gästen erklärte, dass sie sie zum Schutz vor Dieben verschlossen halten sollten.

Ich trat ein und ließ meinen Blick über die Treppe wandern, die ich so oft hinauf- und hinabgestiegen war. Dann vernahm ich das Klappen einer Tür.

Madame Roussels Schritte erkannte ich sofort.

Als sie mich sah, stockte sie überrascht.

»Du meine Güte, du bist schon hier?«, fragte sie.

Ich hatte in meinem Telegramm nur eine vage Ankunftszeit angegeben. Man konnte nie wissen, wie das Wetter auf See war, und wir hatten Winter, und es traten jetzt häufiger Stürme auf.

»Ja, die See war ruhiger, als ich es erwartet hatte«, sagte ich und reichte ihr die Hand. Madame Roussel ignorierte sie und umarmte mich. Der Duft von Rosenseife strömte in meine Nase.

»Schön, dass du wieder da bist, Mädchen! Und sieh, wie du dich rausgemacht hast! Amerika hat dir Glück gebracht, wie?«

Das hatte es. Doch dieses Glück fühlte sich ungewiss an. Alle Wege vor mir lagen im Nebel, und es war an mir, den richtigen zu finden. Meinen Sohn zu finden.

»Haben Sie vielleicht noch das alte Zimmer frei, in dem Henny und ich gewohnt haben?«, fragte ich.

»Da oben ziehst du mir nicht wieder ein!«, sagte sie. »Komm mit! Ich habe etwas Besseres.«

Wenig später führte sie mich zu den »nobleren« Quartieren im Gebäude nebenan. Das Grammophon war mittlerweile verstummt.

»Wohnt Genevieve noch hier?«, fragte ich, als wir die Treppe hinaufstiegen.

»Hin und wieder lässt sie sich blicken, ja«, antwortete Madame Roussel. »Aber ihre Profession hat sie wohl aufgegeben. Seit Monaten taucht nur ein und derselbe Mann bei ihr auf.«

Hatte meine damalige Zimmernachbarin Genevieve ihr Glück gefunden? Ich wünschte es ihr und brannte darauf, mich endlich wieder mit ihr zu unterhalten. Sie hatte mir damals, als ich neu in Paris war, sehr geholfen und mir auch beigestanden, nachdem mein Kind gestorben war. Sie hatte mir die Ärztin empfohlen, die mich davor bewahrt hatte, von der Dunkelheit meines Herzens verschlungen zu werden.

»Hier«, sagte Madame Roussel und deutete auf die Tür vor uns. Sie war wie alle anderen in diesem Aufgang rotbraun angestrichen und mit einer kleinen Nummer versehen. Wir standen vor der Neun.

Die Hauswirtin zog ihr Schlüsselbund aus der Tasche und schloss auf. Das Zimmer war überraschend geräumig. Anstelle eines schlichten Metallbettes wie in unserem alten Zimmer gab es ein Himmelbett. Einige Pflanzen standen auf dem Fensterbrett, und es war genügend Platz für einen Schreibtisch und einen Kleiderschrank vorhanden.

»Für gewöhnlich nehme ich fünf Franc pro Woche für dieses Zimmer. Du bekommst es für drei«, erklärte sie und eilte zu den Fenstern, um sie zu öffnen. »Natürlich bist du auch hier nicht sicher vor den Ausdünstungen des Latrinenwagens, aber die Fenster schließen besser. Und du kriegst mehr Luft.«

»Danke, Madame Roussel, das ist sehr freundlich von Ihnen.« Ich blickte mich um. Der Raum brauchte den Vergleich mit meinem Zimmer in New York nicht zu scheuen. Und es war ein Palast gegenüber der engen Kammer, die ich zusammen mit Henny bewohnt hatte.

»An die Regeln erinnerst du dich sicher noch?«

»Natürlich«, gab ich zurück. Doch wahrscheinlich würde ich wie alle anderen vergessen, die Tür zum Innenhof abzuschließen.

»Die Frauen in der Nachbarschaft haben übrigens gefragt, wann du mal wieder Creme machst. Ich habe ihnen erzählt, dass du in Amerika bist, bei dieser Helena Rubinstein, und dass sie die Cremes hier im Kaufhaus bekommen, aber sie fragen trotzdem immer wieder.«

»Ich mache momentan keine Cremes«, sagte ich.

»Nein, was dann? Parfüm?«

»Ich arbeite nicht mehr für Madame Rubinstein. Sie ... sie hatte Eheprobleme und verkaufte ihre amerikanische Firma. Viele haben ihre Arbeit verloren, auch ich.«

Madame Roussel blickte mich entgeistert an. »Und was hast du jetzt vor?«

»Das weiß ich noch nicht. Erst einmal bin ich hier, weil ich das hier erhalten habe.« Ich zeigte ihr den Brief des anonymen Absenders.

»*Sie kennen mich nicht, und wahrscheinlich werden wir uns nie treffen*«, las sie laut vor. »*Ich will Ihnen nur eines sagen: Ihr Sohn lebt. Ich weiß nicht, wohin man ihn gebracht hat, aber er hat gelebt und geatmet, als ich ihn das letzte Mal sah. Mehr kann ich Ihnen nicht sagen.*«

Erschrocken schlug sie die Hand vor den Mund. »Das hatte es also zu bedeuten!« Sie überlegte kurz, dann fragte sie: »Glaubst du wirklich, dass da etwas dran ist? Dass dein Kind noch lebt?«

»Ich weiß es nicht«, sagte ich. »Aber ich muss herausfinden, woher dieser Brief stammt. Ich muss wissen, ob damals in dem Hospital etwas geschehen ist, was mir verheimlicht wurde.«

Madame Roussel nickte. »Es wird schwierig werden, denn wenn jemand einen Fehler gemacht hat, wird er es nicht zugeben. Aber ich wünsche dir viel Glück dabei.«

»Danke, das weiß ich zu schätzen.« Ich lächelte Madame Roussel zu, die mich einen Moment lang nachdenklich ansah.

»Wenn du die Küche brauchst, sag mir einfach Bescheid, ja?«, sagte sie dann und wandte sich um.

»Natürlich, Madame Roussel«, gab ich zurück und schloss die Tür. Ich würde mich kurz ausruhen und dann Henny einen Besuch abstatten.

3. Kapitel

Eine gute Stunde später stand ich vor der Adresse, die Henny auf ihren Briefen als Absender angegeben hatte. Das elegante Mietshaus war im Jugendstil gehalten, mit reizenden kleinen Balkons, die im Sommer durch bunte Blumenkästen verschönert wurden. An einem von ihnen waren Tannenzweige befestigt, wahrscheinlich Reste der Weihnachtsdekoration, obwohl Weihnachten nun schon mehr als einen Monat zurücklag.

Man sah nicht nur dem Haus an, dass hier wohlhabende Pariser lebten. Die Umgebung wirkte gepflegt, und obwohl es Winter war, waren die Vorgärten sehr ordentlich. Die Blütenpracht im Frühjahr musste einfach überwältigend sein.

Henny schien es tatsächlich geschafft zu haben. Sie war nun keine kleine Tänzerin mehr, die in schäbigen Absteigen oder Hinterhofzimmern leben musste. Sie war eine gemachte Frau, jedenfalls solange Monsieur Jouelle in sie vernarrt war.

Ich persönlich mochte den Assistenten des Geschäftsführers des Folies Bergère nicht. Er hatte mich schon von Anfang an wie Dreck behandelt und Henny in den Ohren gelegen, dass ich sie nur ausnutzen würde. Schmarotzerin hatte er mich genannt und versucht, meine Freundin von mir wegzutreiben.

Henny hatte es nicht zugelassen. Zu gern hätte ich sein Gesicht gesehen, als sie ihm erzählte, dass ich in Amerika ein neues, erfolgreiches Leben begonnen hatte.

Die Aussicht, ihm zu begegnen, machte mich dennoch nervös.

Um diese Uhrzeit würde Hennys Verlobter normalerweise im Theater sein, dennoch scheute ich mich ein wenig davor, die Klingel zu betätigen.

Schließlich erklomm ich trotzdem die Treppe zur Eingangstür und suchte die Namensleiste ab. Jouelle fand ich in der Mitte. Ich atmete tief durch und drückte den Klingelknopf.

Mit pochendem Herzen wartete ich auf Antwort. Ich blickte nach oben, konnte aber nicht sagen, hinter welchem Fenster Henny wohnte.

Ein Knacken ertönte. »Hallo, wer ist da?«, fragte eine Stimme auf Französisch. In den vergangenen zwei Jahren hatte Henny sehr dazugelernt, den Akzent hörte man aber immer noch heraus.

»Henny?«, fragte ich erleichtert.

Die Stimme am anderen Ende verstummte. Hatte ich mich geirrt?

»Ich bin's, Sophia«, antwortete ich. »Ich bin hier, in Paris!«

Henny schwieg. Hatte ich mich vielleicht vertan? Dass Henny nichts sagte, verwirrte mich.

Im nächsten Augenblick ertönte der Summer an der Tür, und das Schloss sprang auf.

Etwas unsicher trat ich ein. Das Treppenhaus erinnerte mich stark an mein früheres Zuhause, auch wenn es etwas enger war.

Die Bastmatten auf den Treppenstufen dämpften meine Schritte, sodass das Pochen meines Herzens beinahe das einzige Geräusch war, das ich wahrnahm.

Henny erwartete mich an der Tür des Appartements im

zweiten Stock. Sie trug einen schwarzen Morgenmantel mit eingewirkten dunkelroten Rosen. Ihre Frisur war zerzaust, und ihr Gesicht wirkte verschlafen.

»Sophia, du meine Güte, was machst du denn hier?«, fragte sie. Sie schien tatsächlich erst wach geworden zu sein, denn ihre Stimme klang noch ein wenig schleppend.

»Ich ... ich hatte dir geschrieben. Ist der Brief nicht angekommen?«

Meine Arme fühlten sich merkwürdig taub an. Vor mir stand meine Freundin. Ich hatte allen Grund, ihr in die Arme zu fallen. Aber Henny hatte sich verändert. Früher hatte sie nicht so abwesend gewirkt. Nicht mal dann, wenn ich sie tatsächlich aus dem Schlaf geschreckt hatte.

»Ja ... ja, natürlich!«, sagte Henny, und auf einmal ging ein Ruck durch ihren Körper, und das altbekannte Lächeln flammte auf ihrem Gesicht auf. Sie kam zu mir geflogen und legte ihre Arme um mich.

Ich atmete tief durch, die Anspannung verließ mich augenblicklich. Möglicherweise hatte sie tatsächlich nicht mit mir gerechnet. Vielleicht hatte sie auch gedacht, ich würde später eintreffen, sie später besuchen.

Trotzdem wurde ich den Verdacht nicht los, dass Monsieur Jouelle einen Einfluss darauf hatte, ob sie ihre Post las.

»Wie geht es dir?«, fragte Henny, während sie mit ihren Händen über meine Wangen strich. Ich drückte sie erneut an mich. Es fühlte sich so gut an, sie zu sehen!

»Komm doch herein!«, sagte sie und zog mich am Arm in den Flur ihrer Wohnung. Ein süßlicher Geruch schwebte in der Luft. Sie erklärte: »Räucherstäbchen. Das ist der neueste Schrei hier in Paris. Den Frauen kann es nicht exotisch genug sein. Das ist doch bei euch sicher auch so, nicht?«

»Nein, bis jetzt noch nicht«, gab ich zurück. »Aber die Mode kommt sehr langsam über den Ozean. Viele Frauen tragen noch immer die alten Frisuren. Einschließlich mir.« Ich fuhr über den Knoten in meinem Nacken. Mir einen modischen Bubikopf schneiden zu lassen, hatte ich bislang noch nicht über mich gebracht.

»Du hängst ja so sehr an deinen Haaren, von daher wundert es mich nicht«, meinte Henny, und je länger ich sie ansah, desto mehr wurde mir klar, dass sie sich nicht verändert hatte – jedenfalls nicht mir gegenüber.

»Wo ist dein Verlobter?«, fragte ich.

Henny zuckte mit den Schultern. »Im Theater. Ich bin am Vormittag meist allein. Aber komm doch erst einmal richtig an!«, fügte sie hinzu. »Kann ich dir einen Kaffee anbieten? Oder Tee? Maurice liebt Tee.«

»Was auch immer für dich bequem ist.«

»Dann Kaffee«, sagte sie. »Nimm doch einfach im Wohnzimmer Platz. Ich ziehe mir nur schnell was über und gehe dann in die Küche.«

Ich tat wie geheißen, während Henny hinter einer der Türen verschwand. Das Wohnzimmer wirkte wie ein exotischer Salon. Es gab eine Sitzgruppe aus Leder und große Topfpflanzen. Die Tapete war dunkelrot und wurde von rosafarbenen Rosen und zarten Blätterranken bedeckt. Der feine Duft von Zigarrenrauch hing in der Luft. Wahrscheinlich hielt er sich auch in den schweren Samtvorhängen.

In hohen Bücherregalen reihten sich ledergebundene und goldverzierte Bände. Ein Globus neben einem der Fenster enthielt möglicherweise eine Bar. Als ich mit meinen Eltern bei einem von Vaters Geschäftsfreunden zu Besuch gewesen war, hatte ich etwas Derartiges gesehen. Man konnte die Oberseite des Globus herunterklappen, und zum Vorschein kamen verschiedene Flaschen.

Ich trat an das Fenster, das einen wunderbaren Ausblick auf die Stadt und den Jardin du Luxembourg bot.

Der gesamte Raum atmete den Geist von Monsieur Jouelle. Nur Henny spürte ich hier nirgends.

Wäre es allein Hennys Wohnung gewesen, wäre ich herumgelaufen und hätte mich ein wenig näher umgeschaut. Doch der Gedanke, dass Monsieur Jouelle zurückkehren und mich hier sehen könnte, machte mich beklommen. Natürlich würde Henny ihm davon erzählt haben, dass ich in Amerika arbeitete. Aber ich hatte immer noch sein wutentbranntes Gesicht vor mir, als er mir ans Herz legte, aus Hennys Leben zu verschwinden.

Ein Klappern in der Küche holte mich aus meiner Betrachtung fort. Ich folgte dem Geräusch, bis ich in einer geräumigen Küche stand. Monsieur Jouelle hatte offenbar die gesamte Etage des Hauses gemietet.

Die Küche war lichtdurchflutet und wunderschön eingerichtet. Die Möblierung war hell gehalten, passend dazu schmückten Delfter Fliesen die Wände. Der blank geschrubbte Tisch erschien viel zu groß für eine Wohnung wie diese.

»Die Haushälterin kommt erst gegen Abend wieder«, erklärte Henny, während sie Kaffeepulver in eine Kanne gab. »Aber damals in Berlin hatten wir ja auch kein Dienstmädchen, nicht wahr?«

»Nein, das hatten wir nicht«, bestätigte ich.

Mir fiel auf, dass Henny ein wenig unwohl wirkte. War es möglich, dass sie mit dieser Wohnung nicht ganz glücklich war? All die Jahre, seit sie das Heim ihrer Eltern verlassen hatte, hatte sie allein und in engen Zimmern gelebt. Sie war nun schon eine ganze Weile bei Jouelle, aber sie schien sich noch nicht so recht daran gewöhnt zu haben, den Haushalt nicht ausschließlich selbst versorgen zu müssen.

»Setz dich doch, der Kaffee ist bald fertig«, sagte sie und stellte den Kessel auf den Herd, dem eine wohlige Wärme entströmte.

»Wie geht es dir hier?«, fragte ich und nahm auf der langen Bank am Tisch Platz.

»Gut«, antwortete sie mit einem Schulterzucken. »Und was ist mit dir? Du hast in deinem Telegramm nur geschrieben, dass du nach Paris kommen wirst. Gibt es einen bestimmten Grund? Wirst du vielleicht einen Salon hier übernehmen? Die Mädchen im Theater reden ständig davon, dass neue Schönheitssalons eröffnen.«

»Nein, ich eröffne keinen Salon«, sagte ich. »Und ich arbeite auch nicht mehr für Madame Rubinstein. Ich bin hier, um meinen Sohn zu suchen.« Ich erzählte ihr von dem Brief, und Henny schaute mich erschrocken an.

Hatte sie meinen Brief dazu nicht bekommen? Hatte Jouelle ihn vielleicht zurückgehalten?

Am liebsten hätte ich sie direkt gefragt, doch ich wusste, dass dieses Thema schnell zum Streit führen konnte. Außerdem schien er sie wirklich gut zu behandeln. Dass er mich nicht mochte, war eine Angelegenheit zwischen ihm und mir.

Das Pfeifen des Kessels hallte durch den Raum. Henny erhob sich und goss den Kaffee auf. Dann brachte sie die Kanne zum Tisch und schenkte uns ein.

»Es ist schön, mal wieder Deutsch zu sprechen«, sagte sie ganz unvermittelt. »Mir hat das in den vergangenen Jahren sehr gefehlt. Manchmal habe ich schon mit mir selbst geredet, um es wieder zu hören. Hin und wieder hatte ich Angst, dass ich es verlernen würde.«

Ich griff nach ihrer Hand und spürte, dass ihre Haut eiskalt war. Ihre Finger zitterten ein wenig.

»Was ist mit dir?«, fragte ich.

»Nichts«, antwortete sie. »Ich bin einfach nur manchmal ein bisschen nervös. Der Arzt meint, dass es von der Konkurrenz unter den Tänzerinnen im Folies käme. Es kratzt meine Nerven an.«

»Haben sie sich denn immer noch nicht an dich gewöhnt?« Sorge stieg in mir auf.

»Doch, das haben sie«, antwortete Henny. »Aber es ist etwas anderes, ein Neuling zu sein oder die Verlobte von Maurice.« Sie hielt kurz inne, dann strahlte sie mich an. »Aber das braucht uns nicht die Laune zu verderben, nicht wahr? Du wirst doch zu unserer Hochzeit kommen?«

»Natürlich«, antwortete ich, mit einem Kloß im Hals. Würde Jouelle es gefallen, wenn ich die Brautjungfer war? Wenn ich überhaupt erschien?

»Das ist schön!«, sagte sie fröhlich, aber auf eine Weise, die so gekünstelt schien, dass sie nicht zu Henny passte.

»Wäre auch dein Verlobter damit einverstanden?«, fragte ich skeptisch.

»Warum denn nicht? Ich habe ihm viel von dir erzählt. Er freut sich, dass es dir in Amerika gut geht.«

»Habt ihr schon einen Termin festgelegt?«, fragte ich, denn wenn es um Jouelle ging, fühlte ich mich, als würde ich mich auf dünnem Eis bewegen.

»Bis jetzt nicht, aber wir werden es tun.« Sie nickte, als müsste sie sich selbst versichern, dass es passieren würde. »Wir werden. Und dann wirst du die Erste sein, die es erfährt.«

»Du weißt, dass der Brief eine ganze Weile braucht, bis er mich erreicht, nicht wahr?«

Sie lächelte und entgegnete: »Ich werde niemandem davon erzählen, bis er bei dir ist!«

Ich wusste, dass sie dieses Versprechen nicht halten konnte. Die Mädchen würden es herausbekommen, vielleicht durch Jouelle. Doch das war in Ordnung. Henny hatte ihr neues Leben, und ich hatte meines, wie auch immer es in Zukunft aussehen würde.

Wieder schwiegen wir eine Weile, und ich konnte förmlich sehen, dass die Gedanken hinter Hennys Stirn herumwirbelten. Gleichzeitig bemerkte ich, dass sie ihre Lippen zusammenpresste, um ja keinen von ihnen entwischen zu lassen.

»Und wo willst du nun mit deiner Suche beginnen?«, fragte sie, ein wenig zu schrill und zu gezwungen. Es war, als wollte sie höflich sein. Das war wieder etwas, das ich von ihr nicht kannte.

»Im Krankenhaus. Ich werde versuchen, mit den Schwestern zu sprechen, vielleicht auch mit dem Arzt.«

»Wenn einer von denen dahintersteckt, werden sie dir kaum die Wahrheit sagen.«

»Aber irgendwo muss ich beginnen!«

Henny nickte, sagte darauf aber nichts. Warum fühlte sich die ganze Situation plötzlich so seltsam an? Früher hatten wir über alles reden können, jetzt kam ich mir wie ein Störkörper vor.

»Oh, wie die Zeit vergeht«, rief Henny plötzlich aus. »Ich will nicht unhöflich sein, aber ich fürchte, du musst gehen«, sagte sie nach einem Blick auf die Uhr. »Maurice wird bald zurück sein.«

Ich schüttelte verwirrt den Kopf. Wir hatten doch gerade erst ein paar Minuten zusammengesessen? Der Kaffee in meiner Tasse war noch nicht einmal kalt. »Ist er denn nicht bis zum Abend im Theater?«

»Er kommt zwischendurch immer heim, um mich zu sehen.«

Ich verstand. Auch nach diesen zwei Jahren würde er mich hier nicht dulden. Selbst dann nicht, wenn ich eine gemachte Frau wäre.

Ich nickte und senkte den Kopf. »In Ordnung.« Ich versuchte, mir meine Enttäuschung nicht anmerken zu lassen.

Die alte Henny hätte mich an der Hand genommen, und wir wären gemeinsam durch irgendeinen Park spaziert, wie damals in Berlin.

Ich erhob mich. »Danke für den Kaffee.«

Sie griff nach meiner Hand. »Ich hoffe, du findest, was du suchst.«

»Danke.« Einen Moment lang sahen wir uns an, dann schloss ich sie in meine Arme. Sorge loderte in mir. War sie nur deshalb so seltsam, weil mein Besuch ihr unangenehm war, oder verbarg sie etwas vor mir? »Sobald ich etwas in Erfahrung gebracht habe, melde ich mich bei dir.«

»Ja, tu das.« Sie lächelte und schaute dann über meine Schulter, als fürchtete sie, dass Jouelle jeden Augenblick hinter mir auftauchen würde.

Sie begleitete mich zur Tür. »Pass auf dich auf«, sagte ich zu ihr und strich ihr ein paar Haarsträhnen aus dem Gesicht. »Und wenn du etwas auf dem Herzen hast, sag Bescheid. Ich wohne bei Madame Roussel.«

»Mach es auch gut«, entgegnete sie knapp. »Bis bald.«

Mit diesen Worten löste sie sich von mir und schloss die Tür.

Ihr Verhalten verwirrte mich dermaßen, dass ich mich nicht von der Stelle rühren konnte. Was war das eben? Warum hatte sie es so eilig gehabt, mich loszuwerden, und wieso war der Abschied nicht herzlicher ausgefallen? Ich dachte an früher zurück, doch selbst wenn wir uns einmal gestritten hatten, war sie nie so merkwürdig kühl gewesen.

Unten ging die Haustür. Ich zuckte zusammen. War es wirklich Jouelle? Einen Moment lang spielte ich mit dem Gedanken, eine Treppe höher zu steigen und mich dort zu verstecken, doch dann entschied ich mich dagegen. Wenn Jouelle kam, sollte er wissen, dass ich Henny besucht hatte.

Langsam stieg ich die Stufen hinunter. Tatsächlich erschien ein Mann vor mir, doch es war nicht Jouelle. Der ältere Herr mit dem grauen Schnurrbart grüßte höflich und schritt an mir vorbei.

Erleichtert legte ich die restlichen Stufen zurück. Wieder auf der Straße, atmete ich tief durch. Ich fühlte mich angespannt und ängstlich. Was, wenn es Henny nicht gut ging? Lag es wirklich an der räumlichen und zeitlichen Entfernung, dass wir uns irgendwie fremd geworden waren?

Die Gedanken rasten in mir. Henny hätte es mir doch gesagt, wenn sie Hilfe bräuchte, oder etwa nicht? Hatte Jouelle sie wirklich in einen anderen Menschen verwandelt?

In der Nacht lag ich wach und starrte an die Decke. Ein wenig erwartete ich, den Latrinenwagen zu hören. Doch ich wusste, dass es noch zu früh war.

Meine Füße schmerzten, aber mein Kopf arbeitete weiterhin. Er zeigte mir Bilder aus der Vergangenheit. Er zeigte mir Henny, wie ich sie früher gesehen hatte und vor ein paar Stunden. Und ich spürte deutlich, wie das Gewicht der Sorge auf mich niedersank. Mein Kind konnte irgendwo dort draußen sein. Henny hatte sich verändert. Ich wusste nicht, was ich tun sollte, wenn ich nach Amerika zurückkehrte.

Aber ich sagte mir, wenn ich erst mal Klarheit über das Schicksal meines Sohnes hatte, würde ich meinen Weg kennen. Schon wie damals, als ich vor dem Schaufenster mit den Kinderkleidern stand, brannte in mir der Wille, es zu schaffen. Und das würde ich, sobald ich ihn entweder in meine Arme schließen konnte oder seine Seele im Himmel wusste.

4. Kapitel

Am nächsten Morgen ließ ich mich von einem Taxi zum Hôpital Lariboisière bringen. In meiner Handtasche trug ich den Brief. Was in ihm gesagt wurde, war schwerwiegend. Wenn mein Sohn noch lebte, konnte es nur bedeuten, dass er bewusst oder unbewusst vertauscht worden war. Das wäre ein furchtbarer Skandal.

Doch stimmte die Behauptung? Ich wünschte mir so sehr, dass der Verfasser den Mut gehabt hätte, seinen Namen oder zumindest einen Hinweis auf seinen Aufenthaltsort zu hinterlassen.

In der engen Gasse vor dem steinernen Eingangstor des Hospitals hielt der Fahrer. Ich bezahlte ihn und stieg aus. Während der Wagen wendete und davonfuhr, gestattete ich mir einen Moment der Betrachtung und spürte gleichzeitig meinen Gefühlen nach.

In meinen Träumen hatte ich diesen Ort des Öfteren aufgesucht, stets auf der Suche nach meinem Sohn. Die Erinnerung an das, was geschehen war, ließ nicht lange auf sich warten. In meiner Brust erwachte der alte Schmerz. Den Verlust meines Kindes würde ich wahrscheinlich nie verwinden. Aber ich fand auch Hoffnung in meinem Herzen. Egal, was geschehen war –

wenn Louis lebte, gab es vielleicht einen Weg, zu ihm zu finden.

Ich durchschritt das Steintor und betrat den Innenhof der Klinik. Er war bevölkert mit Spaziergängern in dicken Mänteln, einige in Begleitung von Krankenschwestern, die sich mit langen, dunklen Umhängen warm hielten. Die Pracht des Sommers während meines Aufenthalts hier war verschwunden.

Ich betrat das Gebäude, in dem die Geburtsstation untergebracht war. Obwohl ich den Weg auf Anhieb fand, erschien mir die Einrichtung fremd. Als ich damals angekommen war, hatte ich nicht auf die Details geachtet, und als ich die Klinik wieder verließ, war ich damit beschäftigt gewesen, den Schmerz in meiner Brust in den Griff zu kriegen.

Ich ging zu dem Empfangsschalter, hinter dem eine verschleierte Schwester saß. Sie war schon etwas älter, ein paar graue Haarsträhnen waren unter ihrem Schleier hervorgerutscht.

»Kann ich etwas für Sie tun, Madame?«, fragte sie freundlich.

»Ich ... ich möchte auf die Wöchnerinnenstation.«

»Wollen Sie dort jemanden besuchen?«, fragte die Schwester.

»Ich möchte mit einer der Schwestern sprechen. Sybille war ihr Name, wenn ich mich richtig erinnere. Und vielleicht auch mit Dr. Marais und Aline DuBois, der Hebamme. Sie haben mich betreut, als mein Kind hier zur Welt kam.«

Die Schwester musterte mich kurz, dann nickte sie. »Mademoiselle DuBois arbeitet hier nicht mehr.«

Das verwunderte mich ein wenig. Warum war die Hebamme gegangen? Hatte es einen Vorfall in der Klinik gegeben? Oder hatte sie gar etwas gewusst?

»Und ich bin nicht sicher, ob Sybille gerade da ist, aber Sie können es gern versuchen«, fuhr die Schwester fort. »Erinnern Sie sich noch an den Weg?«

Ich nickte. Und ob ich mich an den Weg erinnerte!

Die Wöchnerinnenstation war hell und lichtdurchflutet, und das ferne Wimmern von Neugeborenen drang an mein Ohr, als ich die hohe Flügeltür öffnete. Mein Herz krampfte sich zusammen. Früher war es anders gewesen, aber mittlerweile nahm ich Frauen, die ihre Kinderwagen an mir vorbeischoben, nur noch beiläufig wahr, und gegen das Weinen von Babys verschloss ich erfolgreich die Ohren.

Doch hier war es, als würde eine gerade verheilte Wunde wieder aufreißen. Meine Brust fühlte sich auf einmal roh und geschunden an, wie damals, als ich aus dem Weinen nicht herausgekommen war.

Im nächsten Augenblick jedoch fasste ich mich wieder und eilte den Flur entlang. Ich musste endlich herausfinden, was mit Louis geschehen war! Einige Krankenzimmer standen offen. Aus dem Augenwinkel erhaschte ich einen Blick auf die Vorhänge, die die Betten voneinander trennten. Ich vernahm Stimmen, aber zum Glück sah ich niemanden.

Am Schwesternzimmer klopfte ich gegen die weiß gestrichene Tür.

Wenig später ertönten Schritte auf den knarzenden Dielen. Die Frau, die mir öffnete, trug wie alle Schwestern hier eine weiße Haube, doch das Gesicht war mir unbekannt.

»Entschuldigen Sie bitte«, sagte ich. »Mein Name ist Sophia Krohn. Ich war vor zweieinhalb Jahren Patientin auf Ihrer Station.«

Die Schwester zog die Augenbrauen hoch. »Was kann ich für Sie tun?«

»Ich würde gern Schwester Sybille sprechen. Sie hat mich damals betreut.«

Die Schwester warf mir einen verwunderten Blick zu, nickte dann aber. »Warten Sie einen Moment, ich schaue nach, wo sie ist.«

Sie deutete auf die Klappstühle an der Wand. Auf einem davon ließ ich mich nieder. Unruhig knetete ich meine Hände. Ich wusste nicht genau, wie ich anfangen sollte. Es wäre vielleicht nicht der beste Weg, gleich irgendwelche Beschuldigungen auszusprechen.

Die Zeit verging nur schleppend. Offenbar war Schwester Sybille nicht so leicht aufzutreiben oder beschäftigt. Ich wandte mich zur Seite und blickte aus dem Fenster. Ein paar Krähen zogen ihre Kreise durch die kahlen Baumkronen. Meine Gedanken wanderten zurück zu der Zeit meiner Schwangerschaft. Es war nicht leicht gewesen, zusammen mit Henny in dem kleinen Zimmer zu hausen, immer mehr hungrig als satt. Die meiste Zeit hatte ich auf Ämtern gesessen, mich nutzlos gefühlt und darüber vergessen, dass ich für mich hätte sorgen sollen.

Später hatte ich mir oft Vorwürfe gemacht, dass ich besser auf mich und mein Kind hätte achten müssen. Aber welcher Arzt hätte eine mittellose Schwangere betreut? Und bessere Nahrung hatte ich mir von dem wenigen, das wir besaßen, nicht leisten können. Es war schon viel gewesen, dass ich ein Dach über dem Kopf hatte und nicht auf das Obdachlosenasyl angewiesen war.

Und dann die Geburt ... Ich erinnerte mich noch gut, wie ich in der Nationalbibliothek zusammengebrochen war und in einer Fremden eine Helferin gefunden hatte.

»Madame?«, fragte eine Frauenstimme.

Ich wandte mich um. Alle Gedanken verschwanden augenblicklich.

Schwester Sybille blickte mich fragend an. Offenbar erinnerte sie sich nicht an mich. Das war nicht verwunderlich, hatte sie doch in den vergangenen Jahren sicher Hunderte Frauen betreut.

»Ich bin Sophia Krohn«, stellte ich mich vor. »Ich war vor zweieinhalb Jahren hier und habe am 2. August entbunden. Sie ... Sie waren so freundlich zu mir.«

Auch mein Name sagte ihr sichtlich nichts.

»Mein Sohn ... Er ist gestorben.«

»Oh«, sagte sie. »Das tut mir leid. Aber ich ... ich erinnere mich nicht mehr an Sie.«

»Das macht nichts«, sagte ich und verbarg meine Enttäuschung. »Ich habe nur eine Frage.« Ich blickte zur Seite. Die Schwester, die Sybille geholt hatte, stand immer noch an der Tür. Was wir zu besprechen hatten, schien sie sehr zu interessieren.

»Können ... wir irgendwohin gehen, wo wir allein sprechen können?«, fragte ich. »Es wären nur ein paar Minuten. Ich möchte Ihnen bloß etwas erzählen. Ganz kurz.«

Sybille sah mich an, als hätte ich den Verstand verloren. Doch dann nickte sie. »In Ordnung.«

Ich folgte ihr in einen ruhigen Gang. Auch hier gab es Türen, hinter denen jemand lauschen konnte, deshalb senkte ich meine Stimme, während ich den Brief aus der Tasche zog.

»Ich kann verstehen, dass Sie sich nicht an mich erinnern«, erklärte ich. »Sie haben so viele Frauen hier, und es ist ein tägliches Kommen und Gehen ...«

»Was wollen Sie?«, fragte Sybille ein wenig ungeduldig.

»Ich habe gehört, dass die Hebamme nicht mehr hier arbeitet. Aline DuBois.«

»Sie ist letztes Jahr von hier weggegangen, weil sie geheiratet hat. Warum wollten Sie sie sprechen? Und warum mich?«

Jetzt war es so weit. »Diesen Brief habe ich vor Kurzem erhalten«, sagte ich. »Schauen Sie.«

Ich zog das Schreiben aus dem Kuvert und reichte es ihr. Meine Finger zitterten wie Espenlaub.

»Es ... Ich frage mich, wer mir das geschrieben haben könnte.«

Sybilles Augen wanderten über die Zeilen, wieder und wieder. Mein Herz klopfte so stark, dass ich meinte, es würde gleich aus meinem Brustkorb brechen.

»Das ist ... Das muss ein grausamer Scherz sein«, sagte sie schließlich und faltete das Blatt wieder zusammen. »Wenn Ihr Kind hier gestorben ist, ist das sehr bedauerlich, aber ich fürchte, ich kann daran nichts ändern. Und es gibt daran auch nichts zu rütteln.«

»Haben Sie ihn denn gesehen?«, fragte ich und spürte, wie mir die Verzweiflung fast den Atem raubte. »Wie können Sie denn sicher sein, dass es so ist, wenn Sie sich nicht einmal mehr an mich erinnern?«

Meine Augen füllten sich mit Tränen, die das Bild der Schwester verschwimmen ließen.

Sybille starrte mich an. Mir schien, als würde sie beim Anblick meines Gesichts die Erinnerung suchen, aber nicht finden.

»Sie haben doch sicher Akten über Ihre Patientinnen«, fuhr ich fort. »Vielleicht wäre es möglich ... Wenn ich nur einmal hineinschauen könnte. Wenn ich sicher sein könnte, dass er ... tot ist.«

Das Gesicht der Schwester verhärtete sich. Sie überlegte eine Weile, dann sagte sie: »Ich verstehe, dass Sie Schmerz empfinden. Vielen Frauen geht es so. Aber ich kann Ihnen keinen Zugang zu den Akten gewähren. Ich weiß nur, dass Ihr Sohn tot ist. Sein Grab befindet sich auf dem Cimetière de Montmartre. Dort werden alle Kinder begraben, die nicht lange genug gelebt haben.«

Ich starrte sie an. Warum war sie so unfreundlich? Ich hatte die Schwester ganz anders in Erinnerung. Damals war sie mir sehr verständnisvoll erschienen.

Ich räusperte mich. »Beschreiben Sie mir bitte, wo sich das Grab befindet.«

Schwester Sybille nannte mir die Parzelle und erklärte mir, wie ich am besten dorthin gelangte.

»Vergessen Sie diesen Brief«, setzte sie dann hinzu. »Egal, wer Ihnen diesen furchtbaren Streich gespielt hat, Sie dürfen darauf nichts geben, Ihr Sohn ist in dieser Klinik gestorben, wie es der Totenschein ja sicher auch beweist. Das tut mir leid, aber ich kann es nicht ändern.«

Ich nickte und schob das Schreiben zurück in meine Tasche. »Können Sie mir denn sagen, wo ich Mademoiselle DuBois finde?«

»Das weiß ich nicht«, gab sie schroff zurück, offensichtlich genervt, dass ich nicht bereit war, es einfach auf sich beruhen zu lassen. »Sie hat keine Adresse hinterlassen.«

Das bedauerte ich, denn Aline DuBois war einer der wenigen Menschen gewesen, die meinen Sohn lebendig gesehen hatten. Doch offenbar kam ich mit Schwester Sybille nicht weiter.

»Danke für Ihre Zeit«, sagte ich und verabschiedete mich.

Ich strebte gerade der Treppe zu, als ich im Augenwinkel etwas Weißes bemerkte. Als hätte es mir eine innere Stimme befohlen, blickte ich zur Seite und sah einen der Ärzte, der mit einer Patientenakte unter dem Arm den Gang entlangeilte.

Kein Zweifel, das war Dr. Marais, der Arzt, der mich entbunden hatte! Ich erkannte sein dunkles Haar und seine Haltung. Bevor mein Verstand die Chance, die sich mir bot, erkannte, setzten sich meine Beine bereits in Bewegung.

»Dr. Marais!«, rief ich und hob die Hand. »Bitte warten Sie einen Moment!«

Der Arzt hielt inne und wandte mir den Kopf zu, doch in seinem Blick lag keinerlei Erkennen.

»Dürfte ich Sie für einen Augenblick sprechen? Mein Name ist Sophia Krohn. Sie haben im August vor zwei Jahren meinen Sohn auf die Welt geholt, Louis.«

Dr. Marais wirkte, als müsste er ziemlich tief in seiner Erinnerung graben. Dann fragte er: »Wie kann ich Ihnen behilflich sein?«

Ich zog den Brief hervor. »Vor einigen Wochen erhielt ich eine Nachricht, wegen der ich Sie gern sprechen würde.«

Der Arzt runzelte die Stirn. »Nun, dann sollten wir wohl besser in mein Büro gehen. Wenn Sie mir bitte folgen würden?«

Dr. Marais führte mich einen langen Gang entlang, dann eine Treppe hinauf.

Der Schrei einer Frau ließ mich zusammenzucken. Dr. Marais erklärte: »Wir sind hier in der Nähe der Kreißsäle. Einer meiner Kollegen führt gerade eine Entbindung durch.«

Meine Kehle wurde trocken. Ich erinnerte mich noch gut an meine Zeit im Kreißsaal. Die Schmerzen und die Dunkelheit, die der Narkose folgte. Die Empfindungen waren so stark, dass mir der Schweiß ausbrach.

»Fühlen Sie sich nicht wohl?«, fragte Dr. Marais, als ich mich nicht von der Stelle bewegte.

»Doch, es geht schon wieder«, sagte ich, obwohl es nicht stimmte. Aber ich riss mich zusammen und kämpfte gegen das Zittern an, das sich meiner Glieder bemächtigen wollte.

Nachdem wir einen weiteren Korridor hinter uns gelassen hatten, waren die Schreie nicht mehr zu hören. Dr. Marais öffnete eine Tür und hieß mich, einzutreten.

Der Raum war recht klein, aber lichtdurchflutet. In den Regalen an den Wänden standen sauber aufgereihte Aktenordner. Außerdem entdeckte ich einige dicke medizinische Bücher.

Neben einem der Fenster stand ein Skelett und grinste mich aus kahlem Schädel an. Ich wandte meinen Blick ab.

Ich musste Dr. Marais aus der Arbeit gerissen haben, denn auf der Tischplatte vor ihm lag eine aufgeschlagene Patientenakte. Diese klappte er rasch zu, als er hinter den Schreibtisch trat und Platz nahm.

»Setzen Sie sich doch, Madame«, sagte er und faltete die Hände auf dem Tisch. Eine Weile betrachtete er mich, dann atmete er tief durch.

»Ich erinnere mich an Sie«, sagte er dann. »Wir mussten einen Kaiserschnitt vornehmen, weil Ihre Fruchtblase geplatzt war.«

Dass er sich erinnerte, erleichterte mich ein wenig.

»Es war ein großer Schock für uns, dass Ihr Kind verstorben ist. Nachdem es die Geburt nur knapp überlebt hatte, waren wir hoffnungsvoll. Aber manchmal sind Gottes Wege unergründlich.«

Ich wusste nicht, wie ich anfangen sollte. Der Arzt wirkte so ehrlich und sympathisch. Wie konnte ich ihm vorwerfen, dass in seiner Abteilung etwas nicht mit rechten Dingen zugegangen war?

Ich beschloss, mich diplomatisch zu verhalten. »Ich schätze sehr, was Sie für mich getan haben. Sie haben mein Leben gerettet.« Ich zog den Brief aus dem Umschlag und schob ihn über den Tisch. »Deshalb wende ich mich an Sie. Sie verstehen sicher, dass ich dieser Sache nachgehen muss.«

Während Dr. Marais die Zeilen überflog, vertiefte sich die zuvor kaum sichtbare Falte zwischen seinen Augenbrauen. Ich suchte nach Zeichen der Schuld in seiner Miene, doch außer einer leichten Blässe bemerkte ich nichts.

Schließlich lehnte er sich zurück und verschränkte die Arme.

»Ich weiß nicht, was ich dazu sagen soll«, begann er und blickte mich durchdringend an.

Ich spürte, wie sich mein Rücken versteifte. »Das wusste ich auch nicht. Sagen Sie mir, was ich davon halten soll.«

»Das ist ein Scherz, ein übler Scherz, nichts weiter.«

Ich atmete tief durch. »Wer soll sich diesen Scherz mit mir erlauben? Und aus welchem Grund?«, fragte ich. »Als ich nach Paris kam, kannte ich hier keine Menschenseele. Die einzigen Personen, mit denen ich näheren Kontakt hatte, waren meine Vermieterin und unsere Zimmernachbarin. Und natürlich meine Freundin. Für alle drei würde ich die Hand ins Feuer legen. Also, wer sollte sich diesen Scherz erlauben?«

»Jemand, der Geld von Ihnen will?« Dr. Marais wirkte noch immer ruhig, doch sein Blick wurde finster. Er schien im Geiste durchzuspielen, wie diese Nachricht seiner Station und auch ihm schaden könnte.

»Damals habe ich kaum einen Franc besessen. Die Rechnung für die Entbindung wurde vom Verlobten meiner Freundin beglichen. Dieser hat gewiss kein Interesse daran, dass ich hierher zurückkehre, nachdem er mich erfolgreich losgeworden ist.«

Marais schwieg. Sein Blick wurde bohrend.

Mir fiel es schwer, ein Zittern zu verbergen. Doch ich musste stark sein. Noch eine Gelegenheit, in diesem Hospital jemanden zu befragen, würde ich nicht bekommen.

»Und was soll Ihrer Meinung nach geschehen sein?«, sagte Dr. Marais schließlich. »Wollen Sie etwa andeuten, es habe … Unregelmäßigkeiten auf dieser Station gegeben?«

»Ich weiß es nicht«, entgegnete ich. »Doch ich möchte Sie bitten, mich zu unterstützen. Ich weiß sonst nicht, an wen ich mich wenden soll …«

Eine ganze Weile schien er die Möglichkeiten gegeneinander abzuwägen.

»Hören Sie, ich möchte Ihnen davon abraten, diese Sache an die Öffentlichkeit zu bringen«, sagte er dann überraschend. »Dinge wie diese …«

»Könnten Sie in Verruf bringen?«, fiel ich ihm ins Wort. Ich konnte nicht glauben, dass er nur das Wohl der Klinik im Sinn hatte. Was war mit meinem Kind? »Nun, dann sollten Sie vielleicht daran interessiert sein, mir zu helfen.« Ich atmete tief durch. »Ich möchte Ihnen nichts unterstellen. Ich will nur Gewissheit. Wenn es ein Scherz war, wer steckt dahinter? Glauben Sie nicht, dass Sie das auch herausfinden wollten, wären Sie an meiner Stelle?«

»Sicher, aber ...«

»Ich verlange nicht, dass Sie Detektiv spielen. Ich verlange nur, dass Sie ein Auge darauf haben, was auf Ihrer Station geschieht. Bevor noch ein Kind verschwindet oder für tot erklärt wird, obwohl es das gar nicht ist. Ich werde jedenfalls Nachforschungen anstellen, in jede Richtung. Darüber sollten Sie sich im Klaren sein.«

Dr. Marais mahlte mit den Kiefern. Schließlich fuhr er in die Höhe.

»Nun denn, tun Sie, was Sie nicht lassen können. Aber sollten Sie es wagen, die Klinik in Verruf zu bringen, ohne einen Beweis zu haben, werden Sie die Konsequenzen tragen müssen. Die Leitung wird sich nicht scheuen, Sie wegen Verleumdung vor Gericht zu bringen. Und jetzt guten Tag, Madame!«

Minutenlang schauten wir uns in die Augen. Wut wühlte in meinem Magen, und die Worte stauten sich in meiner Kehle. Am liebsten hätte ich sie ihm alle um die Ohren geschleudert, aber ich war mir darüber im Klaren, dass es nichts nützen würde.

»Dann werden Sie mir also nicht helfen?«, fragte ich ruhig.

Dr. Marais atmete schwer. Jetzt schien er derjenige zu sein, der sich nur schwerlich beherrschen konnte.

»Ich sehe nicht, inwiefern ich das könnte. Der Brief ist ein Hirngespinst. Und jetzt gehen Sie, ich habe zu tun!«

Die Worte trafen mich wie Ohrfeigen und sorgten dafür,

dass ich mich für eine Weile nicht bewegen konnte. Irgendwann verließ ich das Büro des Arztes, doch alles ringsherum wirkte verschwommen. Ich konnte nicht einmal sagen, wann und wohin er verschwunden war.

5. Kapitel

Die Wolken über dem Cimetière de Montmartre schienen tiefer als anderswo in Paris zu hängen, aber zwischen ihnen zeigte sich kühles Blau. Der Wind raunte durch die Bäume und an den Gruften vorbei, doch ansonsten war es still. Ich trat durch das hohe Steintor und schaute mich um.

Ich war schon lange nicht mehr auf einem Friedhof gewesen. In Deutschland hatte ich bestenfalls am Totensonntag die Gräber meiner unbekannten Großeltern besucht. Bevor mein Sohn gestorben war, war ich nicht direkt mit dem Tod konfrontiert worden.

Damals hatte ich es nicht über mich gebracht, hierherzukommen. Zu übermächtig war der Schmerz gewesen, und zu sinnlos war es mir erschienen, denn mein Sohn würde dort kein eigenes Grab haben, sondern nur eines von vielen Kindern sein, denen es verwehrt geblieben war, ein Leben zu beginnen.

Doch jetzt wollte ich sehen, wo er lag – wenn er denn überhaupt hier war.

Der Sand knirschte unter meinen Stiefeletten, Schwester Sybille hatte mir den Weg beschrieben. Ich musste mich beeilen. Zu dieser Jahreszeit kam die Dunkelheit früh, und ich wollte mich nicht auf einem stockfinsteren Gottesacker verirren. Die in grauem und beigefarbenem Sandstein gehaltenen Gruften mit ihren traurigen Engeln wirkten nicht besonders einladend.

Wie mochte wohl das Grabmal für die Kinder aussehen? Hatten sie überhaupt eines?

Im Vorübergehen streifte mein Blick kleinere Grabsteine. Meist waren es einfache Leute, die unter einem Kreuz oder einer Steinplatte ihre letzte Ruhestätte gefunden hatten. Bei einigen war eine Fotografie in den Stein eingelassen. An einem blieb ich stehen.

Das Grab gehörte zu einer jungen Frau namens Nicole Blanchard. Sie war seit acht Jahren tot, doch das Bild oberhalb ihres Namens wirkte, als wäre es erst vor Kurzem aufgenommen worden. Sie war knapp zwanzig, hatte schwarzes Haar und trug eine Brille. Möglicherweise bildete ich es mir ein, aber die Ähnlichkeit zu mir war frappierend. Woran mochte sie in so jungen Jahren gestorben sein?

Dann entdeckte ich unter ihrem Namen einen weiteren. Marie. Nur eine Jahreszahl stand dort, aber es war dieselbe wie bei Nicole.

War sie bei der Geburt gestorben? Oder im Wochenbett? War die Kaiserschnitt-Operation nicht so verlaufen, wie es sich die Ärzte gewünscht hatten?

Traurigkeit senkte sich schwer auf meine Brust. Die Frau war in einem ähnlichen Alter gewesen wie ich, als sie starb. Das Kind hatte es ebenfalls nicht überlebt.

Es hätte mir genauso ergehen können. Ich hätte sterben können. Wäre ich dann mit meinem Sohn begraben worden? Und wenn er überlebt hätte, was wäre dann aus ihm geworden?

Ich schüttelte den Gedanken ab. Es hatte eine Zeit gegeben, in der ich mir gewünscht hatte, an der Stelle meines Sohnes zu sein. Dass er hätte leben dürfen. Doch es war anders gekommen. Ich stand vor dem Grab dieser fremden Frau. Und auf mich wartete das Grab meines Kindes.

Stumm verabschiedete ich mich von der Unbekannten und setzte meinen Weg fort, vorbei an Statuen und Gruften. Die Namen, die an den Sockeln oder über den Türen eingemeißelt waren, sagten mir nichts.

Je weiter ich ging, desto größer wurde meine Beklommenheit. Doch es kam nicht infrage, jetzt kehrtzumachen.

Nach einer Weile erreichte ich ein fein ziseliertes eisernes Kreuz. Es stand mitten auf einer kleinen, mit weißen Kieseln ausgestreuten Fläche, auf der hier und da ein Blumenstrauß verwitterte. Namen waren nicht zu finden, nur ein Hinweis auf das Krankenhaus, in dem alle diese Kinder zur Welt gekommen waren, die unter den weißen Steinen ruhten.

Mein Herz wummerte in meiner Brust. Gleichzeitig fühlte es sich an, als würde jemand eine Klinge über meine Haut ziehen.

Wenn Louis wirklich hier war, wäre ich ihm so nahe wie nie. Wo mochten sie ihn bestattet haben? Die genaue Stelle war unter den Steinen nicht zu erkennen.

Ich presste die Hand auf den Mund. Tränen kullerten über meine Wangen auf die Steine. Ich hatte geglaubt, dass der Schmerz vergangen sei, doch jetzt meldete er sich zurück wie ein wildes Tier, dem es gelungen war, den Kerker, in den man es gesperrt hatte, zu sprengen.

Mit einem Klagelaut sank ich auf die Knie. Die Steine waren kalt, und eine Windböe zerrte an meinem Rücken. Ich hatte das Gefühl, zu fallen. Doch das tat ich nicht. Stattdessen weinte ich aus vollem Herzen und tränkte den Boden mit meinen Tränen.

Als ich mich wieder ein wenig beruhigt hatte, erhob ich mich und wischte mir trotzig übers Gesicht. Meine Haut brannte und meine Schläfen hämmerten. Der Schmerz pochte wild in meinem Bauch. Es war, als wäre die Narbe, die ich dort trug, wieder aufgerissen.

Doch es war nicht mehr nur Trauer, die ich fühlte. Es war Zorn, der in mir aufstieg. War Louis überhaupt hier? Und was, wenn nicht? Wenn man mich wirklich betrogen hatte?

Ich war Dr. Marais überaus dankbar für mein Leben, aber das Gespräch mit ihm erzeugte nun Wut in meiner Brust. Dass er meine Worte einfach so abgetan hatte ... War es denn so unwahrscheinlich, dass ein Kind vertauscht oder von einer Station entführt wurde?

Kein Arzt hatte Überblick über seine gesamte Station. Auch keine Schwester. Es gab sicher Momente, in denen die Kinder allein waren und eine fremde Person sie aus ihren Betten heben konnte.

Ich wollte einfach nicht daran glauben, dass jemand sich hier einen Scherz mit mir erlaubte, auch wenn die mutmaßliche Wahrheit mir das Herz herausriss.

Ich würde zur Polizei gehen! Ich würde mir andere Hilfe holen. Wenn Dr. Marais wirklich nichts wusste, hatte er auch nichts zu befürchten. Und letztlich galt meine Sorge nicht ihm, sondern meinem Kind! Wenn er Schuld auf sich geladen hatte, musste er dafür geradestehen. Ich aber wollte meinen Sohn sehen! Ich wollte einfach nur wissen, ob es ihm gut ging.

Noch einmal blickte ich auf das Grabmal und versuchte, Louis nachzuspüren. Doch ich fühlte nichts.

»Ich werde dich finden«, murmelte ich leise und ballte die Fäuste. Dann wandte ich mich um und stapfte entschlossen in Richtung Tor. Es gab eine geringe Hoffnung, dass mein Sohn hier nicht begraben lag. Daran wollte ich mich festhalten.

Zurück in der Pension, fühlte ich mich ausgelaugt, als hätte ich einen anstrengenden Arbeitstag hinter mir. Die Luft war noch kälter geworden, und die Dunkelheit sorgte nicht gerade dafür, dass meine Gedanken heller wurden. Ich schritt durch den Torbogen, damit beschäftigt, den Schlüssel aus meiner Tasche zu ziehen.

»Na, sieh mal einer an, wer sich in dieses Rattenloch verirrt hat.«

Eine nur allzu bekannte Frauenstimme ließ mich aufblicken.

Meine ehemalige Zimmernachbarin Genevieve stand vor mir, in einem pflaumenfarbenen Mantel und mit einem pinken Topfhut auf dem Kopf. Aus ihrer Handtasche zog sie ein Schlüsselbund und lächelte mich breit an.

»Genevieve!« Ich ging zu ihr und schloss sie in meine Arme. »Wie schön, dich wiederzusehen!«

»Das Vergnügen ist ganz meinerseits. Was führt dich nach Paris, meine Liebe? Offenbar haben es alle versäumt, mir Bescheid zu sagen!«

»Es ist etwas Persönliches«, gab ich zurück. »Wir sollten das oben besprechen. Wenn du ein wenig Zeit hast.«

Genevieve zog die Augenbrauen hoch. »So etwas Gravierendes?«

»Es ist ... jedenfalls nicht einfach zu erklären.« Ich blickte zu den hell erleuchteten Fenstern auf. »Ich möchte nicht, dass jemand mithört.«

»In Ordnung«, sagte Genevieve nach einer kurzen Gedankenpause. »Komm mit.«

Ich folgte ihr nach oben. Das Zimmer war immer noch dasselbe wie damals. Ich warf einen kurzen Blick auf dic gegenüberliegende Tür, wo Henny und ich damals gewohnt hatten, dann bugsierte Genevieve mich hinein und direkt zum Bett.

»Kannst dich ruhig hinsetzen«, sagte sie, und als hätte sie meine Gedanken lesen können, fügte sie hinzu: »Ich bin aus dem Geschäft ausgestiegen, schon lange. Du brauchst also keine Angst zu haben, in diesem Bett liege nur noch ich. Wenn mir nach einem Mann ist, gehe ich zu meinem Geliebten.«

Ich ließ mich auf der federnden Matratze nieder und blickte mich um. An dem Zimmer selbst hatte sich kaum etwas geändert. Die Gardinen waren sauber und immer noch dieselben. Auch der Schminktisch stand an derselben Stelle. An einer der Wände hing allerdings ein neues Bild. Es zeigte das Aquarell einer Landschaft.

»Jacques hat es für mich gemalt«, erklärte Genevieve, als sie meinen Blick bemerkte. »Er meinte, ich solle es hier aufhängen, damit ich immer an ihn denke.«

»Das ist sehr romantisch«, gab ich zurück.

»Aber du bist nicht nach Paris gekommen, um über Romantik zu reden, nicht wahr?«

»Nein, ich ...« Ich faltete die Hände auf dem Schoß. »Ich bin wegen meines Kindes hier.«

Genevieve wirkte einen Moment lang, als wollte sie etwas sagen, doch dann ließ sie sich mit einem Seufzer auf dem Stuhl vor der Kommode nieder.

»Ich habe einen Brief erhalten«, begann ich und berichtete ihr, was vorgefallen war. »Nachdem der Besuch im Krankenhaus nichts gebracht hat, gehe ich morgen zur Polizei.«

Genevieve seufzte. »Du Arme ... Aber du hast recht, geh zur Polizei. Vielleicht gerätst du an einen anständigen Commissaire, der sich für dich einsetzt. Und wenn es doch ein Scherz ist ...« Sie blickte mich voller Mitgefühl an. »Ich kann mir vorstellen, wie sehr du hoffst. Und ich wünsche dir, dass diese Hoffnung in Erfüllung geht.«

Sie beugte sich vor und legte ihre Hand auf meine. Ich spürte ihre Wärme. Wie gern hätte ich diese in gleicher Weise von Henny bekommen! Henny, die panisch auf die Uhr gestarrt hatte in Erwartung von Jouelle.

Als könnte sie meinen Gedanken lesen, fragte Genevieve schließlich: »Hast du deine Freundin schon gesehen?«

»Ja, gestern«, antwortete ich. »Ich war bei ihr. Sie lebt jetzt in einer wunderschönen Wohnung, und wie es aussieht, behandelt Monsieur Jouelle sie sehr gut.«

Genevieve blickte mich zweifelnd an. »Dann hast du es also nicht bemerkt?«

»Was bemerkt?«, fragte ich.

»Sie wirkt irgendwie anders. Wenn ich es nicht besser wüsste, würde ich glauben, sie ist krank.«

»Krank?« Ich schüttelte den Kopf. »Aber davon hätte sie mir doch sicher etwas erzählt! Außerdem, wann hast du sie denn zum letzten Mal gesehen?«

»Das ist tatsächlich schon eine Weile her«, gab Genevieve zu. »Ich gehe hin und wieder ins Theater. Etwas war anders an ihr. Sie wirkte ... abwesend, ihr Gesicht war wie aus Marmor gemeißelt. Das mag Monsieur Jouelle vielleicht gefallen, aber ich habe schon in die Gesichter vieler Frauen gesehen, die von ihren Freiern rüde behandelt wurden und darunter zu zerbrechen drohten.«

»Du meinst, Jouelle misshandelt sie?«

Genevieve presste die Lippen zusammen, zuckte dann mit den Schultern. »Wer weiß? Ich sitze nicht in ihrer Wohnung.«

Furchtbare Szenarien formten sich vor meinem geistigen Auge. In Madames Fabrik hatten die Frauen hin und wieder davon gesprochen, dass manche Ehemänner ihre Gattinnen schlugen und im Haus Angst und Schrecken verbreiteten.

Aber Henny hatte nichts gesagt, und ich hatte auch keine Erfahrungen mit Frauen in solcher Not.

»Und was soll ich jetzt tun?« Die Frage richtete ich mehr an mich selbst als an Genevieve, aber diese antwortete: »Ich fürchte, du wirst da nichts tun können. Sie lebt mit Jouelle zusammen, ist seine Verlobte. Wenn sie ihn heiratet, ist es an ihm, über sie zu wachen.«

»Und wenn er dafür nicht gut genug ist?«

»Das ist ihre Sache. So wie du damals deine Entscheidung

getroffen hast, als du dich entschlossen hast, dein Kind zu bekommen.« Genevieve seufzte. »Das Leben ist nicht immer einfach. Besonders nicht für denjenigen, der es lebt. Den richtigen Weg zu finden ist schwierig, und manchmal sieht man als Außenstehender genau, was besser wäre. Aber man ist nicht in der Position, dem anderen zu sagen, wie er leben soll. Wenn der Mann für deine Freundin nicht gut ist, wird sie es selbst herausfinden müssen.«

»Und wenn ihr dabei etwas zustößt? Ich könnte es mir nie verzeihen ...«

»Was soll ihr zustoßen?«, fragte Genevieve. »Sie ist schon mehr als zwei Jahre mit ihm zusammen. Warte ab. Wenn sie zu dir kommt und um Hilfe bittet, dann hilfst du ihr. Vorher kannst du nichts tun.«

Das fiel mir schwer zu akzeptieren. Doch ich wusste, dass sie recht hatte.

6. Kapitel

Die Polizeistation brachte die Erinnerung an das endlose Warten auf eine Aufenthaltsgenehmigung zurück. Einen Moment lang stand ich ratlos vor der Tür und rang mit mir. Sollte ich wirklich eine Anzeige machen? Als Anhaltspunkt hatte ich lediglich diesen Brief ohne Absender und ohne einen Namen. Nur eine Behauptung und die Bitte um Verzeihung.

Schließlich gab ich mir einen Ruck, erklomm die Treppe und trat ein.

Die Einrichtung der Wache war in dunklem Holz gehalten, das Tageslicht wurde von hölzernen Jalousien gefiltert. Die Lampe über meinem Kopf war offenbar schon lange nicht mehr gesäubert worden, denn im unteren Teil der Glaskugel sammelten sich die Fliegen. Ein Kachelofen im Vorraum bemühte sich, Wärme zu verbreiten, doch da sich die Tür ständig öffnete, verflog sie rasch wieder.

Ich trat an den Tresen, hinter dem ein Mann mittleren Alters ein wenig ungelenk auf einer Schreibmaschine tippte.

»Bonjour, Monsieur«, sagte ich, worauf der Uniformierte seine Tätigkeit unterbrach und aufsah.

»Bonjour, Madame, wie kann ich Ihnen behilflich sein?«

»Ich möchte einen Kindesraub anzeigen«, gab ich zurück.

Der Mann zog die etwas buschigen Augenbrauen hoch. »Kindesraub! Das ist eine ernste Behauptung. Wer sind die Geschädigten?«

»Ich selbst bin es«, sagte ich. »Ich habe Grund zu der Annahme, dass mein Kind bei der Geburt vertauscht wurde, ob wissentlich oder unwissentlich, weiß ich nicht, aber ich habe ein anonymes Schreiben erhalten, das diesen Umstand nahelegt.«

Der Polizist musterte mich eine Weile, dann fragte er: »Sie stammen nicht aus Frankreich, nicht wahr?«

»Nein, ich bin Deutsche. Aber während meiner Zeit in Paris hatte ich eine Aufenthaltsgenehmigung.«

Zu gern hätte ich gewusst, was jetzt hinter der Stirn des Mannes vor sich ging.

»Ich werde einem Kollegen Bescheid geben«, sagte er schließlich und erhob sich. »Wenn Sie einen Moment lang Platz nehmen möchten?« Er deutete auf eine Holzbank, auf der jemand einen Schal vergessen hatte, der nun achtlos über der Lehne hing.

Ich setzte mich und beobachtete, wie der Wachmann im hinteren Teil des Raumes verschwand. Stimmen drangen gedämpft zu mir herüber, irgendwo wurde anscheinend jemand vernommen oder befragt.

Diese Wache mochte anders aussehen als der Ort, an dem ich auf meine Aufenthaltsgenehmigung gewartet hatte, aber auch hier schienen sich die Minuten endlos zu dehnen.

Offenbar musste der Wachmann nach jemandem suchen, der mit mir sprechen wollte.

Schließlich erschien er wieder, mit einem Mann in braunem Anzug im Schlepptau. Er war im mittleren Alter, wie sein an den Schläfen bereits ein wenig ergrautes Haar zeigte. Während der Wachmann wieder an seiner Schreibmaschine Platz nahm, kam er zu mir und streckte mir die Hand entgegen.

»Commissaire Jeroult«, stellte er sich vor. »Ich bin von der Kriminalpolizei.«

»Freut mich, Sie kennenzulernen«, gab ich zurück. »Mein Name ist Sophia Krohn.«

»Sie sind Deutsche, nicht wahr?«, fragte er mit einem jovialen Lächeln. »Ich kannte mal einen Joseph Krohn im Elsass. Sie sind nicht zufällig mit ihm verwandt?«

Ich schüttelte den Kopf. »Nein. Ich stamme aus Berlin.«

»Nun, dann kommen Sie mal mit und berichten Sie mir Ihr Anliegen.«

Wir gingen in einen kleinen Raum, der offenbar ein Vernehmungszimmer war. An einem Holztisch standen zwei Stühle, darauf eine Schreibmaschine und einige Blätter Papier. Beklommen sah ich mich um.

»Entschuldigen Sie bitte, dass ich Sie hierherführen muss«, erklärte Commissaire Jeroult, während er die Tür hinter uns schloss. »In meinem Büro herrscht das Chaos. Sie glauben gar nicht, wie viele Menschen zu dieser Jahreszeit auf dumme Ideen kommen. Erst gestern ist eine Frau aus der Seine gefischt worden, eine Beziehungstat vermutlich.«

Er nahm geschäftig vor der Schreibmaschine Platz und spannte einen Bogen Papier ein.

»Bitte«, sagte er, deutete auf den freien Stuhl gegenüber und tippte eine Zeile.

Ich setzte mich. Gleichzeitig fragte ich mich, wie viele Zeugen hier wohl schon gesessen hatten. Wie viele Verbrecher.

»Also, Ihr Name ist Sophia Krohn.«

»Ja«, entgegnete ich.

»Geburtsdatum?«

»5. August 1905.«

Er tippte auch diese Angabe auf das Papier. »Mein Kollege sagte, dass Sie einen Fall von Kindesraub zur Anzeige bringen wollen. Worum geht es genau?«

Mit zitternden Händen öffnete ich meine Tasche und zog den Brief hervor, zusammen mit dem Totenschein, den ich für Louis erhalten hatte.

»Vor einigen Wochen bekam ich diesen Brief, demzufolge mein Sohn noch am Leben sein soll. Man sagte mir, dass er kurz nach der Geburt im Hôpital Lariboisière gestorben sei, und nun behauptet der Brief das Gegenteil.« Ich schob ihm die Papiere entgegen.

Der Commissaire sah mich ein wenig verständnislos an. »Ich fürchte, ich brauche da noch mehr Informationen. Erzählen Sie doch die Geschichte von Anfang an.«

Wo sollte ich beginnen? Mit dem Tag, als ich erfahren hatte, dass ich schwanger geworden war, von einem Mann, der entgegen seiner Versprechen nicht daran dachte, sich scheiden zu lassen? Oder mit dem Tag, als ich mit geplatzter Fruchtblase ins Krankenhaus gebracht worden war?

Ich entschied mich für den Tag von Louis' Geburt und der Feststellung, dass ein Kaiserschnitt vonnöten sein würde. Ich berichtete von meiner Bewusstlosigkeit und wie mir nach dem Erwachen mitgeteilt worden war, dass mein Sohn nach nur zwei Tagen auf dieser Welt gestorben sei.

Ich zeigte ihm den Totenschein und berichtete, wie schwer es mir gefallen war, wieder ins Leben zurückzufinden. Dann schwenkte ich zu dem Tag, als der geheimnisvolle Brief bei mir in New York erschienen war.

»Ich habe keine Ahnung, wer diese Person sein könnte«, erklärte ich abschließend. »Aber der Behauptung, dass mein Kind noch lebt, musste ich unbedingt nachgehen.«

Der Commissaire tippte noch eine Weile auf seiner Schreibmaschine, dann nahm er die Hände von der Tastatur und griff nach den Dokumenten. Er studierte kurz den Totenschein, dann las er den Brief. Ich fragte mich, ob die Polizei in der Lage sein würde, den Absender zu ermitteln. In den

Kriminalgeschichten, die meine New Yorker Bekannte Ray Bellows immer gelesen hatte, gab es meist einen cleveren Polizisten, der auch bei schwieriger Spurenlage den Täter finden konnte.

Commissaire Jeroult ließ den Brief schließlich sinken und lehnte sich zurück.

»Ist das alles, was Sie für mich haben?«, fragte er.

»Ja«, antwortete ich ein wenig verwundert. Was hätte er denn noch haben wollen?

»Wie es aussieht, hat bei dem Totenschein alles seine Ordnung. Er wurde von einem Arzt ausgestellt, und ich sehe daran nichts Ungewöhnliches. Hunderte solcher Totenscheine werden in Paris täglich ausgestellt, einige sogar in unserem Beisein.«

»Aber der Brief!«, beharrte ich. »Dort steht klar und deutlich, dass mein Kind noch lebt!«

»Sie haben jedoch keine Ahnung, wer Ihnen dieses Schreiben hat zukommen lassen, nicht wahr?«

»Nein, natürlich nicht«, gab ich zurück. »Der Brief hat, wie Sie sehen, keinen Absender.«

»Und haben Sie eine Idee, woher der Absender Ihre Adresse gehabt haben könnte?«

»Nein. Ich meine, ich weiß nicht …«

Jeroult atmete tief durch. »Wer weiß von Ihrer Adresse? Sie sagten, Sie seien aus Deutschland hergekommen?«

»Schon vor der Geburt. Ich lebte in einer Pension hier.«

»Und diese haben Sie im Hospital als Adresse angegeben?«

»Ja«, antwortete ich. »Damals wusste ich noch nicht, dass ich nach Amerika gehen würde.«

»Wem haben Sie die neue Adresse genannt?«

»Meiner Freundin«, antwortete ich. »Henny Wegstein, sie arbeitet als Tänzerin im Folies Bergère.«

»Ihre Freundin wusste von Ihrem Verlust?«

»Natürlich. Ich habe mit ihr zusammengewohnt. Und ich habe ihr geschrieben.«

»Könnte sie die Adresse weitergeleitet haben?«

Ich blickte den Mann an. Allmählich kam ich mir vor, als wäre ich eine Verbrecherin.

»Ich weiß es nicht«, sagte ich. »Höchstwahrscheinlich nicht. Sie kannte hier niemanden, erst recht nicht im Hospital.«

»Sie glauben also, der Absender ist jemand aus dem Hospital?«, fragte Jeroult weiter.

»Ich ... ich weiß es nicht. Es könnte sein. Wer sonst sollte wissen, dass mein Kind noch lebt?«

Der Commissaire blickte mich prüfend an, dann beugte er sich vor und faltete die Hände vor sich auf der Tischplatte.

»Um eine Untersuchung gegen das Krankenhaus in die Wege zu leiten, reichen die Indizien nicht aus. Sie haben einen rechtsgültigen Totenschein und einen Brief, der von wer weiß wem stammen kann. Möglicherweise von Ihrer Freundin selbst.«

»Henny würde niemals so grausam sein!«, gab ich zurück.

»Freunde verändern sich manchmal.«

Ich schüttelte den Kopf. Auf einmal fühlte ich mich, als würde ich keine Luft mehr bekommen. Wenn Henny wirklich dahintersteckte ... Wenn das ihre Art gewesen wäre, mich zu ihr zu rufen, damit ich ihr helfe ...

Undenkbar! Ich atmete tief durch. Diesen Gedanken darfst du dir nicht erlauben, hämmerte ich mir ein.

»Dann können Sie also gar nichts für mich tun?«, fragte ich und spürte, wie sich der Zorn in mir zusammenballte. »Und das, obwohl ich hier einen Brief habe, der behauptet, dass ein Verbrechen geschehen sei?! Was ist denn mit Fingerabdrücken?« Die Lautstärke meiner Stimme schwoll an, ohne dass ich mich beherrschen konnte.

»Madame, Sie haben von einem Arzt einen Totenschein erhalten«, versuchte der Commissaire mich zu beschwichtigen, doch mein Herz pumpte wie wild, und ich schaffte es nicht mehr, mich unter Kontrolle zu bringen.

»Der Totenschein könnte falsch sein, haben Sie daran schon mal gedacht?«, schrie ich. »Der Arzt könnte sich geirrt haben. Oder ...«

»Madame!«, rief Jeroult aus. »Beruhigen Sie sich! Ich kann in diesem Fall nichts unternehmen, außer Ihre Anzeige aufzunehmen.«

Schwer atmend sah ich den Mann an und fragte mich, wie er sich in meiner Situation verhalten würde. Würde er, wenn ich seine Frau wäre, das Schreiben ebenfalls abtun?

»Aber Sie dürfen sich nichts davon versprechen«, fuhr er fort. »Dieser Brief ist höchstwahrscheinlich belanglos, ein Scherz, nichts weiter. Außerdem enthält er keinerlei relevante Information für uns. Sie können ihn uns überlassen, aber ...«

»Nicht nötig«, sagte ich rasch und versuchte mich zu sammeln. Das Letzte, was ich wollte, war, den Brief, den einzigen Anhaltspunkt dafür, dass Louis vielleicht noch leben könnte, in die Hände eines Polizisten zu geben, der kein Interesse daran hatte, der Spur nachzugehen. Der es als Scherz abtat.

»Vergessen Sie es. Guten Tag.« Mit diesen Worten erhob ich mich und stürmte zur Tür. Hinter mir hörte ich den Commissaire rufen, aber ich kümmerte mich nicht darum.

Verwirrt, wütend und hilflos stapfte ich aus dem Raum und der Polizeistation. Ich bebte am ganzen Leib und vergaß in meiner Rage, mich von dem Polizisten am Tresen zu verabschieden. Meine Hände zitterten so sehr, dass mir der Brief entglitt und in den Schnee fiel. Rasch hob ich ihn wieder auf und verstaute ihn in meiner Handtasche.

»Mademoiselle?«, fragte da eine Stimme hinter mir. Als ich mich umwandte, sah ich einen dunkelhaarigen Mann in braunen Hosen und beigefarbenem Mantel, um dessen Hals der Schal baumelte, den ich für vergessen gehalten hatte. »Entschuldigen Sie bitte, dass ich Sie anspreche, aber ich habe vorhin etwas mitbekommen im Revier.«

Ich zog die Augenbrauen hoch. Was wollte er gehört haben? Der Kommissar hatte doch die Tür hinter sich geschlossen!

»Ich weiß nicht, was Sie meinen«, gab ich zurück und spürte sofort Abwehr in mir.

»Ihr Kind. Vielleicht kann ich Ihnen helfen, wenn es die Polizei nicht kann.«

»Haben Sie gelauscht?«, fragte ich empört.

Ein kurzes Lächeln huschte über das Gesicht des Fremden. Es erinnerte mich ein wenig an das spitzbübische Lächeln von Darren. Den Gedanken an ihn konnte ich jetzt überhaupt nicht gebrauchen, also vertrieb ich ihn schnell.

»Sagen wir es so, ich habe es beim Vorbeigehen gehört. Die Türen dieser Polizeistation sind nicht besonders dick, und die meisten schließen nicht richtig. Außerdem war Ihre Stimme nicht zu überhören.«

Meine Wangen begannen zu glühen. »Ich ... ich wollte nicht ...«

»Angesichts Ihrer Situation kann ich verstehen, dass Sie laut geworden sind. Diese Flics scheuen sich vor den komplizierten Aufgaben. Anders als die freien Detektive, von denen ich einer bin.«

»Und was hatten Sie auf der Polizeiwache zu tun?«, fragte ich misstrauisch.

»Hin und wieder schätzt man hier meine Dienste. Es gibt nicht viele Polizisten, die ein Händchen für Ganoven haben. Oder dafür, Vermisste wiederzufinden. Darum geht es doch. Ihr Kind ist vermisst.«

»Mein Sohn ist tot«, erwiderte ich. »Zumindest dem Totenschein nach.«

»Das verkompliziert die Sache«, sagte der Fremde und schob die Hände in die Hosentasche. »Allerdings scheinen Sie zu zweifeln. Und Sie wirken nicht wie eine Verrückte.«

»Das ist nichts, was Sie etwas anginge«, gab ich zurück und wandte mich um. Ich hatte diesem seltsamen Typen schon viel zu viel erzählt.

»Warten Sie!«, rief er und trat neben mich. Dann zog er ein Stück Papier aus seiner Hosentasche. »Hier, damit Sie nicht glauben, dass irgendein Strolch Sie anspricht, der aus Ihrer Lage Kapital schlagen möchte.«

Das Papier war eine Visitenkarte, auf der der Name Luc Martin stand. Die Adresse war mir unbekannt, in dieser Gegend war ich nie gewesen.

»Melden Sie sich jederzeit, wenn Sie Unterstützung brauchen. Ich sage es Ihnen noch mal, die Polizei wird Ihnen nicht helfen, egal, wie Ihr Fall im Speziellen aussieht. Ich habe da andere Möglichkeiten, an Informationen zu gelangen.«

Ein eisiger Schauer überlief mich. Wie mochten diese Informationen aussehen? Woher würde er sie bekommen? Ich hatte das Gefühl, dass die Sache nicht mit rechten Dingen zugehen würde.

»Danke, ich werde es mir überlegen«, gab ich zurück und wollte mich abwenden, da sagte er: »Einen Moment noch, Mademoiselle.«

Ich erstarrte.

»Welcher Arzt hat die Leichenschau gemacht? Vielleicht sollten Sie bei ihm nachfragen.«

»Wie bitte?«

»Ich habe gehört, dass von einem Totenschein die Rede war. Den muss doch jemand ausgestellt haben.«

Die Worte blieben mir im Hals stecken. Was interessierte es ihn? Und was hatte er noch gehört? Hätte ihn denn niemand vom Lauschen abhalten können?

»Es gibt einen Totenschein«, bestätigte ich. »Das ist der Grund, warum die Polizei nichts tun will. Sie sagt, damit sei es klar.«

»Und was spricht dagegen?«

»Die Behauptung eines anonymen Briefschreibers, dass das Kind noch leben würde.«

Der Mann presste die Lippen zusammen und nickte. »Wenn Sie schon nicht meine Dienste in Anspruch nehmen wollen, gebe ich Ihnen wenigstens einen Rat. Sprechen Sie mit dem Arzt, der den Totenschein ausgestellt hat.«

»Ich spaziere also einfach so ins Krankenhaus und frage?«

»Ja, warum denn nicht? Er hat Ihren Sohn gesehen und kann vielleicht Auskunft geben.«

Ich schüttelte den Kopf. Ich war sicher, dass er mir dasselbe sagen würde wie Schwester Sybille und Dr. Marais. Ich wandte mich um, bereit zu gehen, aber meine Beine wollten mich nicht vorantragen.

»Versuchen Sie es«, rief er mir nach. »Und wenn Sie dort keine Antwort finden, kommen Sie zu mir.«

Ich ließ die Worte in mich einsickern. Mir war kalt, und meine Zähne klapperten, doch ich konnte nicht sagen, ob vor Kälte oder wegen des Gesprächs über den Totenschein.

»Ich …«, sagte ich und blickte mich um, doch der Mann war verschwunden.

In den folgenden Stunden irrte ich durch die Straßen der Stadt. Leichter Schneefall setzte ein und fügte den vereisten Dächern neue Verzierungen hinzu. Die Flocken ließen meine Spuren auf dem Gehsteig sichtbar werden.

Ich wusste nicht, wohin ich gehen sollte. Und ich wusste auch nicht, welche Worte mich mehr verwirrten: die Aussage des Polizisten oder die des Fremden, dessen Visitenkarte nun in meiner Manteltasche steckte.

Konnte ich ihm glauben? Gab es wirklich noch Hoffnung? Und was war von seinem Ratschlag zu halten, es bei dem Arzt zu versuchen, der den Totenschein ausgestellt hatte?

Wenn ich doch nur eine andere Spur gehabt hätte! Eine aussagekräftigere, die vor der Polizei standhalten würde!

Als die Dämmerung den Himmel mit zartrosa Schleiern bedeckte, beschloss ich, in die Pension zurückzukehren. Die Dunkelheit kam früh in dieser Jahreszeit, und als ich bei Madame Roussel eintraf, war es bereits dunkel. Ich schritt durch den Toreingang, immer noch voll von den Gedanken, die in meinem Kopf herumwirbelten.

Als ich das Schlüsselbund hervorzog, stockte ich. Zunächst spürte ich die Anwesenheit einer anderen Person nur, dann löste sich eine Gestalt aus den Schatten im Innenhof und trat vor mich. Mein Herz stolperte, als ich Monsieur Jouelle erkannte.

»Guten Abend, Mademoiselle Krohn«, sagte er und deutete eine spöttische Verbeugung an.

»Monsieur Jouelle«, entgegnete ich und wich unwillkürlich einen Schritt zurück. Henny musste mit ihm gesprochen haben, woher hätte er sonst wissen sollen, dass ich hier war? »Was wollen Sie?«

»Das neue Leben in Amerika scheint Ihnen zu bekommen«, sagte er, nachdem er mich eine Weile gemustert hatte. »Und besonders, dass das Kind nicht mehr da ist.«

Seine Worte stachen wie ein Messer in meine Eingeweide. Gleichzeitig konnte ich nicht glauben, dass ihm Henny all das erzählt hatte. Gern hätte ich ihm irgendeine passende Antwort gegeben, doch meine Kehle war wie zugeschnürt. Gleichzeitig schlug der Zorn seine Krallen in meine Seele.

»Meine Verlobte hat mir berichtet, dass Sie wieder zurück sind«, fuhr Jouelle fort. »Ich möchte Sie bitten, von weiteren Besuchen bei ihr abzusehen. Es geht ihr nicht gut, und Ihr Besuch hat ihren Zustand noch verschlimmert.«

Ich schüttelte verwirrt den Kopf. »Henny geht es nicht gut? Sie hat nichts gesagt ...«

»Sie wollte Sie nicht beunruhigen. Zu Hennys und zu Ihrem eigenen Wohl rate ich Ihnen, meiner Wohnung fernzubleiben, haben Sie das verstanden?«

Ich sollte Henny also nicht mehr besuchen? Wie kam er dazu, mir das vorzuschreiben? Und warum hatte Henny überhaupt etwas von mir erzählt?

»Henny ist meine Freundin«, gab ich ein wenig hilflos zurück. »Ich kenne sie wesentlich länger als Sie, und wenn es ihr nicht gut geht, werde ich ihr helfen.«

»Sie braucht Ihre Hilfe nicht!«, peitschten mir seine Worte entgegen. »Und sie braucht auch keine Freundin, die sie verwirrt! Bleiben Sie meinem Haus fern, sonst lasse ich Sie beim nächsten Mal wegen Belästigung und Hausfriedensbruchs verhaften!«

Mit diesen Worten setzte sich Jouelle in Bewegung. Beim Vorbeigehen streifte er rüde meine Schulter, sodass ich zur Seite taumelte.

»Verdammter Mistkerl«, brummte ich leise, während sein Umriss im Durchgang verschwand. Ich wäre gern lauter gewesen, doch ich hatte Angst vor seiner Reaktion. Und was brachte es, ihn zu beschimpfen? Wahrscheinlich würde ich seine niedrige Meinung von mir nur bestätigen.

Am ganzen Leib zitternd und gleichzeitig innerlich brennend, strebte ich der Hintertür der Pension zu. Glücklicherweise waren die meisten Gäste um diese Zeit entweder unterwegs oder auf ihren Zimmern. Die feuchte Kälte, die durch die Gassen schlich, trieb die Menschen in die Lokale. Ich war froh, dass niemand mich mit Jouelle gesehen hatte.

Als ich den Hausflur betrat, kam mir einer meiner Nachbarn auf der Etage entgegen. Seinen Namen wusste ich nicht, doch er musste Engländer sein, jedenfalls schwang in seinen Worten ein englischer Akzent mit, als er fragte: »Ist alles in Ordnung mit Ihnen, Miss?«

»Ja, danke, es ist nichts«, gab ich zurück, während ich mich bemühte, meinen Zorn wieder in den Griff zu bekommen. »Es ist nur furchtbar kalt draußen.«

»Ja, das Wetter macht es einem derzeit nicht leicht«, sagte er und tippte an seinen Hut. »Guten Abend, Miss.«

»Guten Abend«, wünschte ich ihm ebenfalls und erklomm die Treppe.

Wütend schleuderte ich meine Handtasche auf das Bett und zerrte den Mantel von mir herunter. Tausende Schimpfworte fielen mir ein für Jouelle, und tiefe Enttäuschung machte sich in mir breit. Dass Henny ihn gebeten hatte, mich aufzusuchen und mir zu sagen, dass ich ihr fernbleiben sollte, hielt ich für unwahrscheinlich. Aber sie hatte ihm von mir erzählt. Sie hatte erzählt, dass ich wieder in Paris war, dass ich mein Kind verloren hatte, möglicherweise auch, dass ich nach meinem Kind suchte.

Die Drohung, mich verhaften zu lassen, musste ich ernst nehmen, denn genau das traute ich Jouelle zu. Und ich traute es jetzt auch Henny zu, dass sie ihm gegenüber nicht den Mund hielt, wenn ich sie besuchte.

Ich trat an das Bett und holte den Brief hervor. Ich hatte nicht erwartet, dass die Polizei mir nicht helfen wollte. So, wie mich der Commissaire angeschaut hatte, hielt er mich wohl für verrückt. Doch was war mit dem seltsamen Detektiv, der mich angesprochen hatte? Würde er etwas für mich tun können?

Ich zog die Karte hervor. Alles an seinem Angebot klang windig. Wer wusste schon, mit welchen Leuten er sich abgab? Möglicherweise war er auch darauf aus, einer Frau wie mir Geld abzunehmen für »Dienste«, die kein Ergebnis brachten.

Ich schüttelte den Kopf und legte die Karte auf den Nachttisch.

7. Kapitel

Seit Tagesanbruch lief ich schon von einer Seite des Raumes zur anderen. Meine Knöchel schmerzten, und meine Knie zitterten, doch ich konnte mich einfach nicht dazu durchringen, mich hinzusetzen. Mein Kopf war voller Gedanken, und ich fürchtete, sie würden sich zu einem unlösbaren Knäuel verheddern, wenn ich zur Ruhe kam.

Die Begegnung mit Jouelle ging mir einfach nicht aus dem Sinn. Ich hatte andere Dinge zu bedenken. Ich musste mich um mein Kind kümmern. Letzteres erschien mir nach dem Gespräch mit Dr. Marais dringlicher denn je. Doch ich spürte, dass bei Henny etwas im Argen lag. Sie war meine Freundin, und ich verstand nicht, warum Jouelle mich nicht helfen lassen wollte. Vielleicht konnte sie mir ihr Problem nicht schildern, vielleicht hatte sie Angst. Möglicherweise auch vor ihrem Verlobten.

Ich musste einen Weg finden, ihr zu helfen, sie noch einmal zu sprechen. Ich musste wissen, ob Jouelle ihr erzählt hatte, dass er bei mir gewesen war. Und als ihre Freundin wollte ich auch erfahren, ob sie mit dem, was er gesagt hatte, einverstanden war.

Obwohl es absurd erschien, war das Theater der einzige

Ort, der mir einfiel, um sie zu erreichen. Jouelle hatte gefordert, dass ich nicht mehr zu ihm nach Hause kommen sollte, aber im Theater aufzutauchen, hatte er mir nicht verboten. Und woher sollte er auch schon wissen, dass ich im Publikum saß?

Die Gepflogenheiten des Folies Bergère hinsichtlich der Ballettproben kannte ich nicht, und mir war auch klar, dass ich nicht einfach so hineinlaufen konnte. So, wie Jouelle mit mir gesprochen hatte, traute ich es ihm zu, dass er seine Angestellten angewiesen hatte, mich wegzuschicken, wenn ich verlangte, mit Henny zu sprechen. Also wollte ich es anders angehen. Ich wollte schauen, wie sie auf der Bühne wirkte. Und ich hoffte, dass sie mich in der Menge der Zuschauer erkannte und dann später auf mich zukam.

Ich wartete den ganzen Tag und ging im Geiste immer wieder die Begegnung mit meiner Freundin durch. Was würde ich sagen? Wie würde ich versuchen, sie zum Reden zu bringen? Ich malte mir alle möglichen Reaktionen von Henny aus. Ablehnung, Empörung, Unglauben, Wut, Trauer. Ich konnte nicht mehr einschätzen, welche von ihnen zutreffen würde, denn Henny war zu einer Unbekannten für mich geworden. Ich war sicher, dass die alte Henny noch irgendwo in ihr war, und ich musste sie wiederfinden. Erst dann konnte ich mir wieder sicher sein, offen mit ihr reden zu können.

Am Abend schlüpfte ich in das einzige Kleid, das ich mitgenommen hatte. Es war braun und aus warmer Wolle, mit einem kleinen Spitzenkragen. Es war zwar nichts für besondere Anlässe, eher etwas für kalte Tage, doch ich würde darin nicht auffallen.

Ich nahm den Autobus. Er war am Abend ziemlich voll, aber das machte mir nichts aus.

Am Theater angekommen, schnappte ich erstaunt nach

Luft. Es hatte sich derart verändert, dass ich es kaum wiedererkannte. Die komplette Fassade war erneuert worden. Von dem alten Folies Bergère war lediglich der Name geblieben, der allerdings ebenfalls in einer sehr schmucklosen Schrift gestaltet worden war. Die Fassade erinnerte mich jetzt ein wenig an die Fabrik von Madame, mit ihren geraden Linien und hohen Fenstern. Das Dekor war weniger verschnörkelt, aber dennoch sehr elegant. Am auffälligsten war ein großes goldenes Relief, das eine Tänzerin zeigte, die aussah, als würde sie zwischen Wolken oder Tüchern schweben. Sie war vollkommen nackt bis auf eine Zier am Kopf, die wie ein Stirnband oder ein Hut wirkte. Sogleich kam mir Henny in den Sinn. Auch sie hatte bei ihren Auftritten eine kleine Kappe aus Perlen getragen. Die Abbildung wirkte stilisiert, aber möglicherweise hatte sie dafür Modell gestanden.

Ich fragte mich plötzlich, warum Henny mir nichts von dem Umbau geschrieben hatte, obwohl das doch ein erwähnenswertes Ereignis gewesen wäre ...

Vor dem Eingang drängten sich die Leute. Ein wenig war es wie damals in Berlin, als ich in Nelsons Theater gearbeitet hatte. Nur mit dem Unterschied, dass ich nun diejenige sein würde, der man den Mantel abnahm.

Erleichtert darüber, dass Jouelle nirgends zu sehen war, kaufte ich eine Karte und begab mich dann zur Garderobe. Die Mädchen hinter dem Tresen lachten und scherzten mit den Gästen, besonders mit den jungen Männern.

Zwischen anderen Besuchern ging ich in den großen Saal. Ich wusste nicht, woher es kam, aber plötzlich stellte ich mir vor, dass ich an der Seite von Darren eintreten und die Aufführung ansehen würde. Doch Darren war fort, ich würde ihn nicht wiedersehen. Er wusste nicht einmal, dass ich hier war. Obwohl unser letztes Zusammentreffen schon eine Weile zurücklag, traf mich dieser Gedanke wie ein Schlag in den Magen und machte mein Herz schwer.

Noch immer ertappte ich mich hin und wieder dabei, dass ich mir wünschte, er würde vor meinem Haus in New York aufkreuzen und nach mir fragen. Ich hatte Kate nicht gebeten, niemandem zu sagen, wohin ich gefahren war. Vielleicht würde er sich nach mir erkundigen.

Ich schüttelte den Gedanken ab. Er würde das nicht tun, da war ich sicher. Er hatte mich bestimmt schon vergessen, und ich sollte ihn auch vollkommen vergessen.

Nachdem ich dem Anweiser meine Karte gezeigt hatte, wurde ich zu meinem Platz geführt. Ringsherum schwirrten die Stimmen wie ein Wespenschwarm über meinem Kopf. Meine Nachbarn unterhielten sich angeregt über die Revue, die sie in der vergangenen Woche gesehen hatten. Ich hörte ihnen eine Weile zu und vernahm auch den Namen Josephine Baker. Offenbar würde sie in Kürze wieder hier auftreten.

Schließlich verdunkelte sich der Saal. Gleichzeitig flammte das Scheinwerferlicht auf und beleuchtete die Bühne, deren roter Vorhang sich jetzt öffnete.

Unter wuchtigen Orchesterklängen erschienen die ersten Tänzerinnen. Allesamt rank und schlank, mit Federbüschen auf dem Kopf und sehr leichter Bekleidung. Ich versuchte, Henny darunter auszumachen, doch ich fand sie nicht.

Die Frauen tanzten, auf eine Weise, die mittlerweile selbst Josephine Baker in den Schatten stellte. Ich jedoch konnte nur daran denken, wo Henny wohl war. War sie einer Nummer zugeteilt, die später aufgeführt wurde?

Nach einer halben Stunde voller anderer Darbietungen erschienen wieder die Tänzerinnen. Ich hatte mich nicht auf den Inhalt der vorherigen Programmpunkte konzentriert, sie waren an mir vorbeigerauscht wie flüchtige Gedanken.

Nun endlich entdeckte ich Henny.

In Berlin hatte ich sie oft nackt vor dem Spiegel stehen gesehen, deshalb fiel mir auf, dass sie jetzt wesentlich magerer wirkte. Unter ihrem weiten Morgenmantel hatte ich das nicht bemerkt, doch nun sah ich es. Die zarten Perlenschnüre verbargen nichts, weder ihre durch die Haut schauenden Rippen noch ihre dünnen Arme.

Aß sie nicht genug? War sie tatsächlich krank?

Ihrer Beweglichkeit tat dies keinen Abbruch, sie tanzte voller Leidenschaft. Ja, ein wenig ähnelte sie sogar Josephine Baker. Nur dass kein freudiges Lächeln auf ihren blutrot geschminkten Lippen lag, sondern ein geradezu wahnsinniges, fanatisches. Und das war nicht das einzige Erschreckende an ihr.

Hennys Augen waren dunkle, ausdruckslose Perlen, gelagert auf einem Bett von grauem Lidschatten. Obwohl sie gewiss sah, was um sie herum geschah, wirkte sie, als würde sie nichts wahrnehmen.

Ich hatte gehofft, dass sie mich bemerken würde, doch selbst wenn ich den Eindruck hatte, dass ihr Blick mich streifte, sah ich darin kein Erkennen.

Meine Brust fühlte sich auf einmal an, als hätte jemand einen Gurt darum gezogen.

Ich versuchte, dagegen anzuatmen, doch das gelang mir nicht. Am liebsten wäre ich aufgesprungen und nach draußen gelaufen, aber damit hätte ich nur unnötig die Aufmerksamkeit auf mich gezogen. Wer konnte schon wissen, ob Monsieur Jouelle die Vorstellung nicht von irgendeiner Loge aus mitverfolgte?

Ich wandte meinen Blick ab. Ich konnte Henny nicht mehr so sehen. Was war in den vergangenen beiden Jahren bloß mit ihr passiert? Was hatte Jouelle ihr angetan? Das da konnte doch wohl nicht der Preis dafür gewesen sein, dass sie in Paris bleiben konnte, wo doch jede Berliner Bühne sie mit Handkuss wieder aufgenommen hätte!

Nach dem Ende der Vorstellung füllte sich das Foyer rasch. Monsieur Jouelle war mir glücklicherweise noch nicht begegnet. Möglicherweise war er zu Hause. Ich bezweifelte, dass er sich jetzt im Quartier der Tänzerinnen aufhielt.

Nachdem ich mich rasch umgesehen hatte, strebte ich vorsichtig den hinteren Räumen des Theaters zu. Das Stimmengewirr verfolgte mich, doch niemandem schien ich aufzufallen. Nachdem ich eine Weile durch die Gänge geirrt war, immer gewärtig, dass sich eine der Türen öffnen könnte, vernahm ich das Plappern von Frauenstimmen. Ich folgte ihnen und kam zu einem Raum, aus dem mir der Duft von schwerem Parfüm entgegenströmte. Ich wusste, hier war ich richtig.

Vorsichtig näherte ich mich der Tür. Halb nackte Frauen schauten in eine Reihe von Spiegeln, damit beschäftigt, sich das Make-up abzuwischen, das sie bei ihrem Auftritt getragen hatten.

Ich konzentrierte mich so darauf, Henny unter ihnen auszumachen, dass ich nicht bemerkte, wie einige von ihnen auf mich aufmerksam wurden.

»He, du, was suchst du hier?«, fragte eine raue Frauenstimme. »Willst du dich etwa bewerben, oder was?«

Sie erntete das Gelächter der beiden Tänzerinnen neben ihr.

Ich straffte mich. »Ich würde gern meine Freundin sprechen. Henny Wegstein.«

Die Frauen warfen sich vielsagende Blicke zu.

»Die ist nicht hier, Schätzchen«, antwortete die Frau schließlich. »Die hat ihre Sachen geschnappt und ist zu ihrem Beau. Wie immer.«

Ich merkte, dass auch andere nun hellhörig wurden. Die Blicke trafen mich wie Nadelspitzen.

Ich wusste, wer Hennys »Beau« war. Doch warum nannten ihn die Frauen so? Hatten Henny und Jouelle ihre Verlobung verheimlicht?

Ich erkannte nun auch, was die Tänzerinnen von ihr hielten. Die Abschätzigkeit schien regelrecht aus den Spiegeln zu triefen.

»Und wissen Sie vielleicht, wo ich sie sonst antreffen könnte? Ich meine, wenn sie nicht bei ihrem …«

»Das wissen wir nicht, Schätzchen. Und jetzt geh besser wieder. Was Henny macht, kümmert uns nicht.« Damit kehrten sie mir den Rücken zu.

Ein wenig ratlos stand ich im Türrahmen. Die Frauen setzten ihre Gespräche fort, als wäre ich nicht mehr da.

Was sollte ich jetzt tun? In Monsieur Jouelles Büro gehen? Möglicherweise war Henny dort, aber ich wollte keinen Ärger riskieren.

Ich wandte mich also um und nahm den Weg in Richtung Foyer.

Plötzlich hörte ich Schritte hinter mir.

»Madame!«, rief jemand, und eine junge Frau kam zu mir gelaufen.

»Hätten Sie vielleicht einen Moment?«, fragte sie.

Ich blickte sie verwundert an.

»Ich … ich weiß, ich sollte nichts sagen. Aber ich habe gesehen, dass Ihnen Henny am Herzen liegt. Es ist kompliziert.«

»Was ist kompliziert?«, fragte ich. »Dass sie mich nicht sehen will? Sie war immer meine beste Freundin. Und jetzt will sie mich nicht mehr sehen. Nicht mehr mit mir reden.«

»Das liegt nicht an Ihnen«, sagte sie.

»Ja. Es liegt an ihrem … Geliebten.« Sollte Henny noch nichts von ihrer Verlobung verkündet haben, wollte ich sie nicht verraten.

»Mag sein«, gab die Tänzerin vorsichtig zurück. »Aber sie

hat eine schwere Zeit hinter sich. Eine Zeit, über die sie Ihnen offenbar nichts gesagt hat.«

Ich zog die Augenbrauen hoch. Was für eine schwere Zeit? Ihre Briefe waren in letzter Zeit unregelmäßiger gekommen, doch wenn sie geschrieben hatte, war es immer wie ein Sonnenstrahl gewesen, der durch mein Fenster fiel. Ich hatte ihren Worten nicht entnehmen können, dass etwas nicht in Ordnung war.

»Es ging ihr sehr schlecht. Alle dachten, dass sie schwanger sei. Die Mädchen haben sich den Mund zerrissen.«

Etwas senkte sich auf meine Brust wie ein Stein. Henny schwanger? Das war doch nicht möglich! Sie war vorsichtiger als ich. Möglicherweise handelte es sich nur um ein Gerücht.

»Was war mit ihr?«, fragte ich.

Die Tänzerin blickte sich um, als fürchtete sie, dass Henny jeden Augenblick auftauchen könnte. Oder Jouelle.

»Keine Sorge, ich behalte es für mich«, fuhr ich fort und legte meine Hand auf ihren Arm. »Ich muss nur wissen, was mit ihr geschehen ist. Ich muss es wissen, damit ich ihr helfen kann.«

Das Mädchen sah mich an und zog dann den Arm zurück. Ich konnte ihr ansehen, wie sie mit sich rang.

»Elaine!«, tönte es plötzlich durch den Gang. Daran, wie sie zusammenzuckte, erkannte ich, dass sie gemeint war. Wir hatten nicht mehr viel Zeit.

»Nun ja, wir haben vermutet, dass sie schwanger sein könnte«, erklärte sie jetzt beinahe gehetzt. »Dann war sie es aber nicht mehr. Einige von uns glauben, dass sie das Kind bei einer Engelmacherin gelassen hat. Auf Wunsch von Jouelle. Danach hat sie angefangen, den Drachen zu jagen. Und davon wird sie niemand mehr abbringen.«

»Den Drachen jagen?«

»Elaine!«, tönte es nun noch etwas dringlicher.

»Das ist alles, was ich weiß«, setzte sie hinzu, dann wandte sie sich um und verschwand wieder im Gang.

Ich stand da wie gelähmt. Henny sollte schwanger gewesen sein? Und das Kind auf Jouelles Wunsch abgetrieben haben? War das möglich, oder dachte sich das Mädchen das nur aus? War es böse Nachrede, weil Henny jemandem einen wichtigen Part weggeschnappt hatte?

Und was bedeutete, dass sie den Drachen jagte?

Mein Drang, mit ihr zu sprechen, wurde jetzt so groß wie nie. Wenn ich mit ihr redete, würde sie alles klären können. Aber vielleicht würde sie es auch leugnen und danach die Mädchen ausschimpfen.

Obwohl sie irgendwo hinter diesen Mauern war, nur wenige Meter entfernt, hätte sie genauso gut in einem anderen Land sein können. Die Entfernung zwischen uns war so groß wie ein Ozean.

Als ich wieder draußen war, blickte ich an der Fassade des Folies Bergère hinauf. Der Schriftzug leuchtete in die Nacht hinein und wurde aufgefangen von den Dunstwolken, die aus den Gullys aufstiegen. Es schien kühler geworden zu sein. Ein scharfer Geruch nach Schnee lag in der Luft, und die Wolken leuchteten in einem dunklen Orange.

Wahrscheinlich würde Henny bald mit Jouelle aus dem Theater kommen. Möglicherweise stiegen sie in seinen Wagen und fuhren davon. Ich wollte fort sein, wenn sie auftauchten. Nach dem, was ich soeben erfahren hatte, musste ich darüber nachdenken, wie ich sie erreichen konnte.

8. Kapitel

Geplagt von einem Albtraum, in dem Henny von einem drachenähnlichen Ungeheuer angegriffen wurde, schreckte ich hoch. Es war mittlerweile hell, und durch das Fenster blickte ich auf einen klaren blauen Himmel. Die Sonne schickte ihre Strahlen über verschneite Dächer.

In der vergangenen Nacht musste es wieder geschneit haben. So sehr, dass die Wolken, die den Schnee mit sich getragen hatten, verschwunden waren.

Ich wusch mich und zog mich an, dann ging ich nach unten.

Madame Roussel war nicht da, aber eine Kaffeekanne stand auf dem Tisch. Wie ich wusste, frühstückten die Franzosen nur sehr schmal. Ein Croissant, etwas Butter und Orangenmarmelade. Madame hatte das alles im Küchenschrank deponiert.

Ich holte es hervor und setzte mich an den Tisch. Von den anderen Gästen, die sonst morgens hier aßen, war nichts zu sehen. Waren sie bereits aus dem Haus?

»Guten Morgen«, sagte eine verschlafene Stimme.

Genevieve stand in der Tür. Sie trug ihren Morgenmantel.

»Guten Morgen«, antwortete ich überrascht.

»Wundere dich nicht zu sehr«, sagte sie, während sie zum Küchenschrank schlurfte, nach einer Tasse griff und sich etwas

Kaffee einschenkte. »Madame Roussel erlaubt mir, dass ich Kaffee nehme. Und manchmal auch ein Croissant.«

»Ich bin nicht da, um Madame Roussels Essen zu bewachen«, sagte ich und schob ihr die Marmelade zu.

»Hattest du Erfolg?«, fragte sie, dann trank sie einen Schluck.

»Wobei?«

»Du warst gestern ziemlich lange unterwegs. Da dachte ich, du hättest deine Freundin besucht.«

»Das habe ich. Oder besser gesagt, das wollte ich. Ich war im Theater.«

Genevieve nickte und ließ sich auf dem Stuhl gegenüber nieder. »Und?«

»Ich konnte nicht mit ihr sprechen. Aber ich habe sie auf der Bühne gesehen. Und ich habe es bemerkt. Die Veränderung.« Ich senkte den Kopf. »Ich habe gesehen, dass sie anders war. Und das nicht, weil sie eine Rolle gespielt hat. Wenn sie in Berlin im Theater getanzt hat, da war sie immer sie selbst. Aber jetzt ... Da war nichts von ihr da. Sie war wie eine Puppe. Eine Aufziehpuppe, die sich bewegt, nichts weiter.«

»Das dachte ich mir. Aber warum hast du nicht mit ihr gesprochen?«

»Während ich mit Jouelle im selben Gebäude bin?« Ich schüttelte den Kopf und verfluchte im Stillen meine eigene Feigheit. »Er hätte mich von den Saalordnern rauswerfen lassen.«

»Warum?«

»Weil ich die Tänzerinnen belästige, was weiß ich.«

Genevieve atmete tief durch. »Du solltest es noch mal versuchen. Es spricht nichts dagegen, wenn sich eine Frau im Quartier der Tänzerinnen zeigt und ihre Bewunderung aussprechen will.«

»Ich habe es versucht«, gab ich zurück. »Ich meine, ich war bei den Tänzerinnen. Doch sie war nicht da. Die Mädchen sagten, sie sei bei ihrem Beau. Ich hätte unmöglich zu ihr gehen können.«

Ich starrte auf die Fußbodenkacheln. Einige davon waren gerissen, haarfeine Linien zogen sich durch die Steinplatten. Ich fragte mich, wie Stein einfach brechen konnte, wenn lediglich ein paar Menschen darüber liefen. Wahrscheinlich war es die Summe aus Last und Zeit, die ihn mürbe werden ließ. Ähnlich erschien es mir bei der Freundschaft zwischen mir und Henny.

»Aber eines der Mädchen folgte mir«, fuhr ich fort. »Sie sagte, dass Henny eine schwere Zeit durchmachen musste. Sie wusste nicht genau, was los war, es wurde offenbar gemunkelt, dass sie schwanger gewesen sei. Und dann sagte sie etwas, das ich nicht verstanden habe. Sie würde den Drachen jagen.«

Genevieve sog scharf die Luft ein. »Den Drachen jagen, sagst du?«

»Was bedeutet das?«, fragte ich. »Ich fürchte, mein Französisch ist nicht gut genug, um es zu verstehen.«

»Mit deinem Französisch ist alles in Ordnung«, gab sie zurück. »Aber es wundert mich nicht, dass du die Bedeutung nicht kennst. Auch wenn du ein gefallenes Mädchen warst, bist du doch in deinem Herzen rein und unschuldig.«

»Und was heißt es nun?«, fragte ich ungeduldig.

»Sie ist opiumsüchtig.«

»Opium?« Mein Verstand begann zu arbeiten. Natürlich wusste ich, was Opium war. Der Saft des Schlafmohns, dessen wichtigste Hauptbestandteile bestimmte Alkaloide waren, die rauschhaft auf die Sinne wirkten. Je länger sich seine Konsumenten in die Abhängigkeit davon begaben, desto schwerer war es für sie, sich daraus wieder zu befreien.

»Wie …« Meine Stimmbänder versagten, und mein Hals fühlte sich auf einmal furchtbar trocken an. »Wie ist das passiert?«

»Das weiß ich nicht. Aber das Zeug kursiert in Künstlerkreisen. Das Theater ist davon nicht ausgenommen. Irgendwann muss sie damit in Berührung gekommen sein. Manche meiner ehemaligen Kolleginnen, die dem Drachen verfallen sind, hatten es von ihren Freiern. Einmal süchtig danach, hörten sie nie wieder auf.«

Ich sah, dass Tränen in Genevieves Augen traten.

»Es tut mir so leid«, sagte sie und zog die Nase hoch. »Ich weiß, wie viel sie dir bedeutet. Und ich wünschte, es wäre anders. Eine meiner besten Freundinnen hat der Drache verschlungen. Und viele andere. Hin und wieder war ich auch in Versuchung, aber ich habe es geschafft, zu widerstehen.«

Würde Henny am Ende auch »vom Drachen verschlungen« werden?

»Aber irgendwas muss ich doch unternehmen können«, sagte ich und sprang auf. Die Tatsache, dass meine Freundin einer Droge verfallen war, die ihr Tod sein konnte, zerriss mich beinahe.

»Niemand kann den Drachen vertreiben. Das muss sie selbst schaffen. Möglicherweise mit der Hilfe von jemandem, der ihr nahesteht. Ihr Verlobter vielleicht. Wenn er dazu in der Lage ist.«

Ich begann, auf und ab zu laufen. Ich fühlte mich so hilflos, dass ich am liebsten geschrien hätte.

»Aber was kann ich denn tun?« Ich griff mir ins Haar und zerrte daran, als könnte ich auf diese Weise eine Idee hervorzaubern.

»Du kannst noch einmal versuchen, mit ihr zu reden. Oder du schickst jemanden, der ihr eine Nachricht überbringt. Ich würde das machen, wenn du es möchtest.«

Würde ein Brief all meine Sorge zum Ausdruck bringen? Die Gefahr, dass Jouelle ihn in die Finger bekam und Henny vielleicht dafür strafte, war zu groß.

Dann fiel mir ein, was ich tun konnte. Monsieur Martins Karte lag immer noch in der Schublade meines Nachttisches.

»Ich glaube, ich habe eine Idee«, sagte ich. »Danke, Genevieve.«

»Ich helfe dir immer gern.«

Ich lächelte ihr zu und verließ die Küche.

Ich bat den Taxifahrer, zwei Straßen entfernt von der Adresse zu halten, die mir der Detektiv gegeben hatte. Ich stieg aus, bezahlte und versuchte, mich zu orientieren. Die Gegend war ziemlich heruntergekommen, der typische Ort für Arbeiter, die zu wenig verdienten, und Leute, die gar nicht erst arbeiten durften oder konnten.

Kohlestaub verunzierte den Gehsteig, und Unrat lag herum. Die Seite einer Zeitung flatterte über die Straße. Hier und da vernahm ich Stimmen aus offenen Fenstern. Ich fragte mich, warum sie offen standen, denn die Luft war so eisig, dass mein Atem vor meinen Lippen Wolken bildete.

Nach einigen Minuten fand ich die Adresse. Ein kleines, etwas angelaufenes Schild wies tatsächlich auf den Detektiv hin. Ich stieg die Treppe zum Souterrain hinab und klopfte. Das Geräusch echote durch den Korridor, dann wurde es wieder still. Nichts schien sich zu rühren. War Monsieur Martin nicht vor Ort? Ich wandte mich um und blickte an der gegenüberliegenden Hausfassade hinauf. Einige Fenster waren mit Zeitungspapier verklebt, wahrscheinlich um notdürftig Risse in den Scheiben abzudecken. Möglicherweise versuchten die Bewohner so auch, die Wärme in den Räumen zu halten.

Ich schrak zusammen, als hinter mir ein Schlüssel im Schloss herumgedreht wurde.

Der Detektiv wirkte ein wenig verschlafen. Benommen wischte er sich übers Gesicht, und es dauerte eine Weile, bis er mich wiedererkannte.

»Ach, die junge Dame von der Polizeistation. Was führt Sie zu mir?«

»Ich brauche Ihre Hilfe«, antwortete ich, während ich versuchte, meine Nase vor dem starken Tabakaroma zu verschließen. Es gelang mir nicht.

»Wegen Ihres Kindes?«, fragte er, und bevor ich antworten konnte, fügte er hinzu: »Kommen Sie doch herein!«

Das Innere wirkte dunkel und auf den ersten Blick wenig einladend. Viel schien Monsieur Martin nicht zu besitzen. Ich entdeckte neben der Tür eine windschiefe Kommode, auf der er seine Schlüssel aufbewahrte. Am Kleiderhaken an der Wand gegenüber hingen sein Mantel und sein Schal sowie eine Schiebermütze.

Die Wohnung schien nur aus zwei Räumen zu bestehen. Wir befanden uns in einer Küche, die er gleichzeitig als Stube benutzte, wie das verschlissene Sofa verriet. Durch die offen stehende Tür des zweiten Raumes sah ich den Fuß eines Metallbettes, wie sie auch in den billigeren Zimmern von Madame Roussels Pension standen.

»Tut mir leid, wenn es ein wenig unorganisiert wirkt«, sagte Martin und räumte unbeholfen das benutzte Geschirr vom Tisch. »Ich gehe mit meinen Klienten meist ins Café und lasse mir dort ihr Leid klagen.«

Ich erinnerte mich, dass unter der Adresse eine Telefonnummer gestanden hatte.

»Für gewöhnlich rufen die Leute oben an, das heißt bei meinem Vermieter, der mir die Anfrage weiterleitet. Ist ein guter Mann, dieser Jean.«

»Ich habe kein Telefon«, erklärte ich. »Und Sie brauchen sich wegen mir auch keine Mühe zu geben oder mit mir in ein Café zu gehen. Ich habe nur eine Bitte.«

»Natürlich. Bitte setzen Sie sich doch«, sagte er, nahm etwas von der Anrichte und zog sich einen Küchenstuhl heran. Ich erkannte einen Notizblock in seinen Händen. »Also schießen Sie los, was haben Sie aus dem Arzt herausbekommen, der den Totenschein ausgestellt hat?«

Ich blickte ihn verwundert an. »Totenschein?«

»Ich hatte Ihnen doch geraten, ihn aufzusuchen. Haben Sie sich das nicht zugetraut?«

»Ich bin nicht wegen meines Sohnes hier«, sagte ich.

Monsieur Martin sah mich an. »Nicht?«, fragte er überrascht.

Ich schüttelte den Kopf. »Es geht um meine Freundin. Sie ist Tänzerin im Folies Bergère.«

»Die, die der Commissaire verdächtigt hat, den Brief geschrieben zu haben? Dann, denke ich, sind Sie doch wegen des Kindes hier.«

Ich ging darauf nicht ein. »Mir ist aufgefallen, wie sie sich verändert hat«, erklärte ich. »Sie wirkte so abwesend, als ich sie wiedertraf. Dann tauchte auf einmal ihr Liebhaber bei mir auf, oder nein, er ist ja ihr Verlobter. Er sagte zu mir, dass ich mich von ihr fernhalten solle. Ich würde mit meinem Auftauchen alles nur schlimmer machen.«

Der Detektiv runzelte die Stirn. »Das würde ich auch behaupten, wenn ich wüsste, dass meine Freundin etwas angestellt hat.«

»Ich glaube nicht, dass sie hinter dem Brief steckt. Aber ich bin davon überzeugt, dass er ...« Wie sollte ich es nur sagen? Es gab keinen Beweis, dass Monsieur Jouelle meine Freundin misshandelte. »Als ich sie gestern im Theater sah, wurde mir klar, dass mit ihr etwas nicht stimmt. Ein Mädchen aus dem Theater sagte mir, dass sie ›den Drachen jagen‹ würde.«

Eine Sorgenfalte erschien auf der Stirn des Detektivs.

»Ich wusste zunächst nicht, was das bedeutet«, fuhr ich fort. »Aber ich habe in Erfahrung gebracht, dass man es so nennt, wenn jemand opiumsüchtig ist.«

Martin brummte etwas, das ich nicht verstand, dann wischte er sich übers Gesicht. »Das tut mir leid. Dieses Zeug ... Viele meiner ehemaligen Kriegskameraden sind ihm verfallen. Sie glauben, dass es ihnen damit besser ginge, aber der Drache hat alles nur noch schlimmer gemacht. Einer von ihnen hat versucht, davon loszukommen, und ist beinahe gestorben. Es ist schlimm, dass es noch nicht verboten ist.«

»Was kann ich tun?«, fragte ich, während ich die Arme um mich schlang, um ein Zittern zu unterdrücken. Mir war auf einmal so unendlich kalt, und das lag nicht nur daran, dass Monsieur Martin seinen Ofen nicht ausreichend beheizt hatte.

»Die Frage ist doch, was wollen Sie von mir? Soll ich dafür sorgen, dass Ihre Freundin vom Drachen loskommt? Nun, das werde ich nicht schaffen. Soll ich herausfinden, ob sie wirklich hinter dem Schreiben steckt, das Sie erhalten haben? Das würde mir schon eher gelingen.«

»Sie ...«, begann ich, stockte allerdings sogleich wieder. »Sie könnten herausfinden, wie ich ihr helfen kann. Wann ich sie erreichen kann, ohne dass dieser Mann bei ihr ist oder sie beobachtet.«

Der Detektiv lehnte sich sichtlich enttäuscht zurück. »Dafür wollen Sie Geld ausgeben?«

»Möglicherweise könnten Sie auch herausbekommen, was dieser Mann mit meiner Freundin anstellt. Vielleicht genügt das, um sie von ihm abzubringen.«

Martin schüttelte den Kopf und starrte dann eine Weile aus dem kleinen Fenster, das in die Tür eingelassen war.

»Um wen geht es?«, fragte er dann.

»Er heißt Maurice Jouelle«, antwortete ich. »Er arbeitet im Folies Bergère.«

»Vergessen Sie es«, kam es wie aus der Pistole geschossen.

»Warum?«

»Als Ausländerin wissen Sie es vielleicht nicht, aber dieser

Jouelle hat einen gewissen Ruf. Natürlich nicht offiziell, aber ... Ich würde mich nicht mit ihm anlegen. Er hat zu viele Kontakte hier, auch zu jenen, die Opium anbieten. Mich würde es nicht wundern, wenn er Ihre Freundin damit gefügig gemacht hat.«

Ich starrte ihn an, als hätte er mir einen Schlag versetzt. Mein Herz wurde schwer, gleichzeitig schossen mir die Tränen in die Augen. Wenn es stimmte, was er sagte ... Warum hatte Henny sich darauf eingelassen? Um einen sicheren Platz im Folies zu haben? Wie lange mochte es schon so gehen?

»Ich muss sie sprechen«, sagte ich. »Aber ich weiß nicht, wann ich sie antreffen kann, ohne dass Gefahr besteht, von Jouelle ertappt zu werden. Ich brauche einen Zeitpunkt, an dem sie nicht in der Wohnung ist. Möglicherweise macht sie täglich irgendeine Besorgung.«

Der Detektiv schien zu überlegen. »In Ordnung. Ich werde herausfinden, wann Ihre Freundin allein zu erreichen ist«, sagte er dann resignierend. »Es würde Sie drei Franc kosten.«

»Das ist in Ordnung«, entgegnete ich und erhob mich. »Danke.«

»Vielleicht ändern Sie noch einmal Ihre Meinung wegen des Kindes«, sagte er, während er ebenfalls aufstand. »Ich versichere Ihnen, ich habe Mittel und Wege, um etwas herauszufinden. Es wird möglicherweise eine Weile dauern. Aber ich bin zuversichtlich.«

Ich nickte.

»Sie brauchen Hilfe«, fuhr Martin fort. »Sie können nicht für immer hierbleiben. Es sei denn, Sie geben alles auf. Die Suche nach einem Menschen kann lange dauern und ziemlich frustrierend sein. Manchmal vergehen Jahre, Jahrzehnte. In Ihrem Fall ist es besonders schwierig, denn Sie haben Ihren Sohn nie gesehen. Er erinnert sich an gar nichts, kann nicht einmal verlangen, nach Hause gebracht zu werden. Nur durch großes Glück werden Sie ihn finden – oder wenn Sie jemanden haben, dem, wie mir, Quellen zur Verfügung stehen, die er ansprechen kann.«

Welche Quellen mochten das wohl sein? Und wenn selbst er sagte, dass solch eine Suche lange dauern konnte …

»Ich überlege es mir. Versuchen Sie, etwas über meine Freundin herauszufinden. Dann sprechen wir noch einmal.«

9. Kapitel

Am Sonntag verließ ich die Pension am Vormittag, um einen kleinen Spaziergang durch den Park zu unternehmen. Ich benötigte dringend ein wenig Abstand zu den Gedanken, die ich mir um Henny machte. Obwohl mir klar war, dass Monsieur Martin eine Weile brauchen würde, um herauszufinden, wann sie zu erreichen war, saß ich wie auf Kohlen oder lief unruhig wie ein Zootier durch das Zimmer. Dass Henny offenbar opiumsüchtig war, beunruhigte mich zutiefst, und ich fühlte mich furchtbar hilflos.

Die Luft war frisch, und die Sonne schien. Eiskristalle glitzerten auf den Bäumen und Büschen. Spatzen flatterten über die Wege auf der Suche nach Brotkrumen, die Menschen verloren hatten oder ihnen hinstreuten.

Ich wusste nicht so recht, was ich tun sollte, also versuchte ich, mich abzulenken. Doch ständig wurde ich an meine Sorgen erinnert. Ich sah Frauen, die mit ihren kleinen Kindern spielten, und die Eifersucht überkam mich, gepaart mit einem Gefühl der Hoffnungslosigkeit. Würde ich je herausfinden, wer mir den Brief geschickt hatte? Würde es besser sein, die Sache auf sich beruhen zu lassen?

Während ich grübelte, fiel mir ein, dass ich eine Person von meiner Liste, die ich auf dem Schiff gemacht hatte, noch nicht aufgesucht hatte.

Marie Guerin, die Hebamme.

Ich begab mich zur nächsten Autobusstation. Obwohl es schon so lange her war, hatte ich die Adresse von Marie Guerins Praxis nicht vergessen.

Glockenklang begrüßte mich, als ich den Autobus verließ. Ein paar Kinder lieferten sich eine Schlacht mit schmutzigen Schneebällen. Als sie mich sahen, hielten sie kurz inne und betrachteten mich wie eine Erscheinung. Kaum war ich an ihnen vorüber, setzten sie ihr Spiel fort.

Vor dem Haus wartete ich einen Moment. Stimmen drangen durch eines der leicht geöffneten Fenster. Die Scheiben waren beschlagen, sodass man nicht hineinsehen konnte. Offenbar bereitete Madame Guerin das Sonntagsessen für ihre Familie vor.

Ich klopfte.

Die Stimmen, eine von ihnen männlich, verstummten. Wenig später wurde geöffnet. Marie Guerins Gesicht schaute durch den Türspalt.

Ein Ausdruck des Erkennens erschien auf ihrem Gesicht.

»Sie!«, sagte sie. »Was führt Sie wieder zu mir?« Ihr Blick wanderte suchend über meinen Körper.

»Ich möchte nicht stören ...«, begann ich. »Entschuldigen Sie, wenn ich hier einfach so reinplatze, aber ich war in der Gegend und ...«

Die Hebamme nickte. »Kommen Sie.«

Sie ließ mich ein. Der Geruch von Braten stieg in meine Nase. Er erinnerte mich ein wenig an die Sonntagsmahlzeiten in meiner Familie.

Madame Guerin führte mich durch den Hausflur zu ihrem Sprechzimmer. Die Tür zur Küche stand sperrangelweit offen.

Ich erblickte Männerbeine in groben Cordhosen und ein Paar in leichteren Hosen. Offenbar hatte sie einen Sohn.

»Marie, wer ist da?«, fragte eine raue Stimme, die dem Älteren gehören musste.

»Nur eine meiner Patientinnen. Fangt schon mal an.«

Schüsseln klapperten. Die Männer schienen es gewohnt zu sein, dass Marie Guerin vom Sonntagsessen weggerufen wurde.

Die Hebamme schloss die Tür hinter sich. Dann deutete sie auf die Liege. »Bitte, setzen Sie sich und sagen Sie mir, was Sie auf dem Herzen haben. Bedenken Sie aber, dass ich mich heute nicht sofort um Ihr Problem kümmern kann.«

Ich blickte sie zunächst verwundert an, dann verstand ich. Sie vermutete, dass ich ein Kind loswerden wollte.

»Ich bin nicht wieder schwanger«, sagte ich geradeheraus. Marie Guerin, die bereits an ihrem Waschbecken war, stockte und sah mich fragend an.

»Ich bin hier, weil ich mit Ihnen reden wollte. Wegen meines Sohnes. Mit dem ich schwanger war, als Sie mich untersucht haben.«

Die Hebamme wandte sich mir zu. »Ich hoffe, es geht ihm gut.«

»Das weiß ich nicht«, antwortete ich und berichtete, was geschehen war.

Marie Guerins Augen wurden traurig. »Und wie kann ich Ihnen nun helfen?«

»Sie sprachen damals davon, dass es Möglichkeiten gäbe, Kinder adoptieren zu lassen«, sagte ich. »Wenn mein Sohn überlebt hat …« Meine Stimme versagte. »Wäre es möglich, dass im Krankenhaus Leute dafür sorgen, dass Kinder … gegen den Willen der Mütter adoptiert werden?«

Marie Guerin atmete tief durch und ließ sich auf einen Schemel nieder. Es wirkte, als müsste sie sich sammeln.

»Hören Sie, ich habe nichts mit dem Krankenhaus zu tun«, begann sie mit ruhiger Stimme. »Ich kann verstehen, dass Sie jede Möglichkeit in Erwägung ziehen müssen. Aber die Adoptionen, die ich anbiete, verlaufen legal. Die Mütter gehen zu einem Anwalt, erklären ihren Verzicht und sehen dann das Kind gar nicht erst, denn das macht es nur schlimmer. Es gibt einen Grund, warum ich nie nach irgendwelchen Namen frage. Damit so etwas wie das hier nicht passiert.«

»Was? Dass Frauen Sie aufsuchen und nach ihren Kindern fragen?«

Die Hebamme nickte. »Ihre Namen erfahre ich meist nur dann, wenn sie wiederkommen und mir danken wollen. Frauen, die ihr Kind weggeben wollen, verschweigen ihre Identität, was nur gut für alle ist. Ich entbinde sie, und dann gebe ich das Kind weiter, meist an eine Schwester, die im Dienst der Adoptierenden steht. Manchmal ist auch ein Anwalt dabei. Danach kümmere ich mich um die Frauen noch eine Weile, denn der Körper mag es nicht, wenn er aus seinem Traum von einem Kind gerissen wird. Die Nachwirkungen sind da, Sie kennen sie ja.«

Ja, ich erinnerte mich gut. Mein Körper hatte eine ganze Zeit nicht begriffen, dass da kein Säugling war, der versorgt werden wollte.

»Haben Sie denn schon von Fällen gehört, dass Kinder … gestohlen wurden?«

»Fälle von Kindesraub und vertauschten Kindern gibt es immer. Aber glauben Sie mir, es wäre gegen meine Ehre, so etwas zu tun. Die Frauen kommen freiwillig zu mir, wenn sie ihre Kinder weggeben wollen. Ich zwinge niemanden. Ich habe selbst einen Sohn, wenn mir den jemand nehmen wollte, würde ich denjenigen töten.«

Ich zuckte zusammen. Solche Worte hatte ich von einer Hebamme nicht erwartet.

»Sie sollten weiter in der Klinik nachforschen. Wenn Ihnen jemand etwas sagen kann, dann dort.« Sie seufzte und blickte einen Moment lang aus dem Fenster, dann fuhr sie fort: »Sie sollten aber auch gewärtig sein, dass Sie es vielleicht nie erfahren. Wer auch immer Ihnen geschrieben hat, mochte einen Anflug von schlechtem Gewissen gehabt haben, aber so etwas verfliegt schnell, wenn das Geld alle ist. Und es geht bei so etwas immer um Geld.«

Mein Sohn verkauft an ein fremdes Paar. Diese Vorstellung war so schrecklich, dass ich aufschluchzte.

»Tut mir leid«, sagte Marie Guerin. »Ich wollte Sie nicht erschrecken.«

Ich schüttelte den Kopf und rang die Tränen nieder. »Das haben Sie nicht. Ich danke Ihnen für Ihre ehrlichen Worte.« Ich erhob mich von der Liege und straffte mich.

»Wollen Sie vielleicht bleiben und mit uns essen? Es gibt in diesem Haus nicht jede Woche einen Braten, aber zur Feier des Tages ...«

»Feier?«, fragte ich.

»Mein Sohn wird heute zwanzig. Er ist ein ganz besonderer junger Mann.«

Das glaubte ich ihr, doch ich konnte das Angebot nicht annehmen.

»Ich ... ich möchte nicht stören«, sagte ich. »Danke für Ihr Angebot.«

Marie Guerin lächelte und erhob sich ebenfalls. »In Ordnung. Ich wünsche Ihnen alles Gute und hoffe, wir sehen uns einmal wieder. Ich würde zu gern wissen, wie es ausgeht mit Ihnen und Ihrem Sohn.«

»Wenn ich ihn finde, werde ich Sie wieder besuchen.«

Ich reichte ihr die Hand und ließ mich von ihr zur Tür begleiten. Dort verabschiedete ich mich und trat hinaus ins Freie.

Nachdem ich den Autobus verlassen hatte, beeilte ich mich, zur Pension zu kommen. Der Wind war milder geworden. Beinahe gespenstisch raunte er um die Hausecken. Überall tropfte es von den Dächern, und hin und wieder rieselte Eis auf die Straßen. Die Sonne schien noch immer, aber bedrohliche Wolken zogen von Osten her auf.

Ich war so sehr in meine Gedanken an das, was Madame Guerin mir gesagt hatte, versunken, dass ich die Person, die mir im Tordurchgang entgegentrat, erst bemerkte, als ich direkt vor ihr stand. Mit einem erschrockenen Aufschrei wich ich zurück. Im ersten Moment dachte ich, dass es Jouelle wäre, doch dann erkannte ich den Mann, und hoffnungsvolle Erwartung machte sich in mir breit.

»Bonjour, Mademoiselle«, sagte Luc Martin und klopfte sich ein wenig Eis vom Mantelrevers. »Sie leben in einer gefährlichen Gegend. Vorhin hätte mich im Hof beinahe ein Eiszapfen aufgespießt. Nur gut, dass ich das Gehör einer Katze habe.« Er setzte ein gewinnendes Lächeln auf.

»Das tut mir leid«, gab ich zurück. »Haben Sie etwas herausgefunden?«

»Ja, das habe ich. Jemanden zu beschatten, der noch keinen Ärger mit dem Gesetz hatte, ist ein Kinderspiel. Hier sind die Zeiten, zu denen sie allein anzutreffen ist. Wie es aussieht, geht sie täglich einmal in den Park. Sie werden sie sehr leicht finden.«

Er reichte mir einen Zettel, auf dem er Hennys Aufenthaltsorte der vergangenen Tage aufgeschrieben hatte.

»Allerdings gebe ich Ihnen keine Garantie, dass Sie sie wirklich dort antreffen werden. Von einer halben Woche kann man nur schlecht auf die andere Hälfte schließen. Aber versuchen sollten Sie es trotzdem.«

»Danke.« Ich öffnete meine Handtasche und reichte ihm die vereinbarten drei Franc.

»Wie sieht es mit der Suche nach Ihrem Sohn aus?«, fragte er, während er das Geld einsteckte. »Haben Sie etwas erreichen können?«

Ich schüttelte den Kopf. »Leider nicht viel.«

»Und Sie vermuten, dass er gestohlen wurde?«

»Ich weiß nicht.«

Martin nickte und schwieg einen Moment lang.

»Lassen Sie mich nachforschen, bitte!«, sagte er. »Ich verspreche Ihnen, dass ich nicht mehr Geld verlange, als Sie in der Lage sind zu zahlen.«

Ich überlegte eine Weile, dann fragte ich: »Warum wollen Sie mein Kind finden?«

»Weil ich glaube, dass es eine große Sache sein könnte. Sie wollen es doch auch, nicht? Ihr Kind in die Arme schließen? Vielleicht kann ich Ihnen dazu verhelfen. Alles, was Sie tun müssen, ist, mich machen zu lassen. Zahlen Sie mir einfach fünfzig Franc im Voraus. Ich werde Sie über meine Fortschritte regelmäßig auf dem Laufenden halten.«

Ich rang mit mir. Fünfzig Franc waren eine erhebliche Summe. Würde er es wert sein? Nichts wünschte ich mir sehnlicher, als Louis endlich in den Armen zu halten. Ihn kennenzulernen. Ich dachte wieder an Marie Guerins Worte. Sie wäre bereit, für ihren Sohn zu töten. Ich würde das sicher nicht tun müssen, aber wenn ich Gewissheit über sein Schicksal haben wollte, brauchte ich Hilfe. Was war da schon das Geld? Ich hatte immerhin noch genug Geld übrig von Madames Ohrringen.

»In Ordnung«, sagte ich.

Luc Martin zuckte kurz ungläubig zurück, dann begannen seine Augen zu leuchten.

»Sie werden es nicht bereuen! Ich verspreche Ihnen, wenn er lebt, werde ich ihn finden.«

Ich wusste nicht, ob ich ihm trauen konnte, aber er war

meine letzte Hoffnung. Und wenn Monsieur Martin es ehrlich meinte, würde ich wenigstens ein Paar Augen hier in der Alten Welt haben und Arme, die Louis vielleicht an meiner Stelle von den unrechtmäßigen Eltern fortholen konnten. Ich hatte hier Ohren, die für mich hörten, und eine Stimme, die mir Bescheid geben konnte, wenn sich die Anhaltspunkte verdichteten. Dann konnte ich immer noch entscheiden, ob es sich lohnte, erneut herzukommen.

»Ich habe so viel nicht bei mir«, sagte ich. »Warten Sie einen Moment.«

»Es hat keine Eile«, gab er zurück.

Ich stieg die Treppe hinauf. Dabei versuchte ich, in mich hineinzuhören. Konnte ich mich auf ihn verlassen? Monsieur Martin hatte mir Informationen über Henny gebracht. Er war zuverlässig gewesen. Doch was würde ihn davon abhalten, nichts zu tun, wenn ich wieder in New York war? Dennoch war er der Einzige, der sich um mein Anliegen kümmern wollte. Das Hospital und die Polizei hatten mich im Stich gelassen.

Ich schloss die Zimmertür hinter mir und trat ans Fenster. Der Detektiv stand immer noch im Innenhof und rauchte. Dabei zeichnete er mit der Schuhspitze ein Muster in den schmutzigen Schnee. Ich zog mich vom Fenster zurück und begab mich zu meinem Koffer. Im Saum von zwei Röcken hatte ich Geld eingenäht. Ich holte mein Necessaire hervor, entnahm ihm eine kleine Schere und trennte bei einem die Saumnaht auf. Wenig später hielt ich die Banknoten in der Hand.

Ich schob die geforderte Summe in meine Manteltasche und verstaute den Rest in einer Seitentasche meines Koffers. Dort war es nicht besonders sicher, aber mein Türschloss funktionierte, und in den folgenden Tagen würde ich das Geld ohnehin brauchen.

Wenig später kehrte ich zu Monsieur Martin zurück.

»Hier«, sagte ich und reichte ihm die zusammengerollten

Scheine. Das Rollen der Banknoten hatte ich mir in Amerika angewöhnt, denn beinahe alle Leute machten es dort so.

»Sie vertrauen mir also?«, fragte er, während er die Hand ausstreckte, das Geld aber noch nicht ergriff.

»Bleibt mir etwas anderes übrig?«, fragte ich.

»Sie könnten es sich überlegen.«

»Aber ich kann nicht für immer in Paris bleiben.« Ich streckte ihm das Geld energischer entgegen. »Nehmen Sie es und finden Sie meinen Sohn. Und wenn nicht ihn, dann wenigstens eine Spur, einen Namen, irgendwas, womit die Polizei etwas anfangen kann. Damit sie den Brief nicht wieder von vornherein für ein Hirngespinst hält.«

»Das werde ich.« Der Detektiv betrachtete mich nachdenklich und schob sich das Geld in die Jackentasche. »Und jetzt erzählen Sie mir alles, was Sie über den Fall wissen.«

Ich blickte mich um. Erwartete er, dass ich ihn mit in mein Zimmer nahm?

»Wie wäre es, wenn wir in ein Café gingen?«, schlug er vor, als hätte er meine Gedanken gelesen. »Ganz in der Nähe ist das Amateur, wenn ich mich nicht irre.«

»Das soll kein Ort für ehrbare Frauen sein.«

»Ich bin bei Ihnen. Was soll Ihnen schon passieren?« Wieder lächelte er gewinnend, und ich nickte. Es konnte eine Menge passieren, aber Luc Martin würde vielleicht mehr als ich erreichen.

Das Café Amateur machte auf den ersten Blick einen recht ordentlichen Eindruck. Das überraschte mich. Den Worten von Madame Roussel hatte ich entnommen, dass es eine verkommene Kaschemme war, in die man keinen Fuß setzen konnte, ohne sofort ein Messer an der Kehle zu haben. War es vielleicht ihre Art, ihre Pensionsgäste davon abzuhalten, ihr Geld für eine Mahlzeit hier auszugeben?

Starker Tabakgeruch strömte mir entgegen, als der Detektiv die Tür öffnete. Irgendwo lief leise Musik.

»Sehen Sie, das ist doch ganz nett hier, nicht wahr?«

Ich blickte mich um. Die Holztische und -stühle wirkten wie in allen Kneipen. Die Wandvertäfelung bestand aus rotbraunem Holz. Ein paar altertümliche Lampen spendeten gelbliches Licht.

Ein wenig erinnerte mich dieser Ort an die New Yorker Flüsterkneipe, in die mich Darren geführt hatte. Nur dass es hier keine Sängerinnen und keinen illegalen Champagnerbrunnen gab. Auch ein Kellner war nicht zu sehen.

Monsieur Martin bugsierte mich zu einer Sitzecke unterhalb eines Gemäldes. Dieses war so stark nachgedunkelt, dass das ursprüngliche Motiv nicht mehr zu erkennen war.

»Also«, sagte der Detektiv und zog eine Zigarettenschachtel aus seiner Hosentasche. »Erzählen Sie mir von dem Kind.«

»Wollen Sie wirklich die Umstände wissen, unter denen es zur Welt gekommen ist?«, fragte ich. Eigentlich hatte ich nicht vor, mit einem Fremden über die Entbindung zu reden.

»Ich brauche jede Information, die ich kriegen kann.« Er entzündete seine Zigarette. Der Rauch reizte mich kurz zum Husten. Früher, wenn mein Vater sich eine Zigarre angesteckt hatte, war es mir ähnlich ergangen. Ich hatte nie gemocht, dass er rauchte. In den Labors der Universität war es glücklicherweise verboten gewesen, weil man nicht riskieren wollte, dass etwas explodierte.

»Stört es Sie, dass ich rauche?«, fragte der Detektiv, nachdem er offenbar meinen Blick bemerkt hatte.

»Nein, ich …«

»Es stört Sie«, sagte er und drückte die Zigarette in den Aschenbecher. Kurz betrachtete er sie, dann steckte er sie zurück in die Schachtel. »Es gibt nichts zu verschwenden, nicht wahr?«

Im nächsten Augenblick zeigte sich ein Kellner. Möglicherweise war es auch der Wirt. Seine Schürze war voller Wasserflecken, als hätte er gerade Gläser gewaschen.

»Was kann ich für Sie tun?«, fragte er.

Martin sah mich an.

»Einen Café au Lait«, antwortete ich, weil es das Erste war, was mir in den Sinn kam. Der Kellner nahm es mit einem Brummen hin. Eine Notiz machte er sich nicht.

»Da es für einen Pernod noch zu früh ist, schließe ich mich der jungen Dame an.«

Wieder ein Brummen, dann zog der Mann von dannen.

»Er ist es nicht gewohnt, dass Kunden etwas anderes bestellen als Alkohol. Wahrscheinlich ist er überrascht.«

Ich blickte mich um. Außer uns war keine Menschenseele anwesend.

»Sind Sie sicher, dass das Café schon geöffnet hat?«

»Oh ja!«, gab Martin zurück. »Wäre es das nicht, hätte man uns gar nicht reingelassen.«

»Dann kommt die Kundschaft später?«

Ich blickte auf die Uhr an der Wand, deren Pendel unermüdlich schlug. Die Zeiger standen auf zehn nach fünf.

»Die Stammkundschaft ist nicht vor sechs Uhr hier. Bis dahin sollten wir fertig sein.«

Der Keller brachte den Kaffee und verschwand wieder.

Ich blickte zu Martin.

»Nun gut«, sagte ich. »Beginnen wir bei der Entbindung.« Ich schilderte ihm, wie ich in der Bibliothek zusammengebrochen war. Wie man mich ins Krankenhaus gebracht hatte. Wie der Arzt mir mitteilte, dass ein Kaiserschnitt gemacht werden müsse. Ich erzählte ihm auch, wie es sich angefühlt hatte, langsam hinwegzudämmern und ins Leben zurückzukehren. Und wie stark der Schmerz gewesen war, zu erfahren, dass mein Kind tot war.

Monsieur Martin hörte sich alles ruhig an, während er immer wieder an der Kaffeetasse nippte. Der Geruch strömte in meine Lungen, und allein das schien mich wacher zu machen.

Schließlich griff ich nach der Tasse und nahm selbst einen Schluck. Das Gebräu war allerdings überraschend schlecht. Ich schob die Kaffeetasse wieder von mir.

»Ich habe keine Ahnung, was in der Zeit passiert ist, in der ich im Koma gelegen habe. Es könnte alles passiert sein. Niemand hat auf das Kind geachtet.«

»Die Schwestern?«

»Eigentlich war es ihre Aufgabe, ja. Aber ... möglicherweise haben sie nicht wirklich achtgegeben. Vielleicht war ihnen das Kind einer armen Frau egal. Vielleicht sah für sie ein Baby wie das andere aus.«

Der Detektiv nickte.

»Wollen Sie sich keine Notizen machen?«, fragte ich.

Er tippte sich an die Schläfe. »Ich merke mir alles, was ich sehe und höre. Das ist mein Talent.«

Ich nickte. Vielleicht war es das wirklich.

»Sie haben also mit dem Arzt und der Schwester gesprochen«, sagte er.

»Schwester Sybille und Dr. Marais.«

»Was ist mit der Hebamme, die die Entbindung durchgeführt hat?«

»Aline DuBois. Die Schwester sagte mir, dass sie fortgezogen sei. Niemand wüsste, wohin.«

»Aline DuBois?«

»Ja.«

Der Detektiv schien sich eine geistige Notiz zu machen. »Und fällt Ihnen sonst noch jemand ein?«

Ich schüttelte den Kopf. »Das ist alles, was ich habe. Aber vielleicht sollten Sie noch wissen, dass ich heute mit der Armenhebamme Marie Guerin gesprochen habe. Sie hat mich während der Schwangerschaft untersucht.«

»Und das sagen Sie erst jetzt?«

»Sie kann es nicht gewesen sein«, gab ich zurück. »Sie wollte damals weder meinen Namen noch meine Adresse wissen und arbeitet auch nicht im Krankenhaus. Aber sie bot mir an, dass ich mein Kind adoptieren lassen könnte. Ich habe abgelehnt und bin gegangen. Als ich heute mit ihr sprach, deutete sie an, dass es vorkommen könne, dass Kinder absichtlich vertauscht oder geraubt und an Elternpaare verkauft würden.«

»Ich kenne Marie Guerin«, sagte er mit leichtem Grimm in der Stimme. »Sie ist nicht nur eine Hebamme, sie ist auch eine Engelmacherin.«

»Das mag sein. Aber sie war freundlich zu mir, und ich hatte auch den Eindruck, dass sie mir gegenüber ehrlich war.«

»Ich werde diese Ehrlichkeit auf den Prüfstand stellen«, erwiderte er. »Möglicherweise haben Sie den wahren Schuldigen aufgeschreckt. Ich werde mir all diese Leute einen nach dem anderen ansehen.«

»Gehen Sie vorsichtig vor«, sagte ich. »Der Täter ist vielleicht gefährlich.«

»Auf jeden Fall! Aber dafür gibt es Männer wie mich, nicht wahr?«

Ich nickte und versuchte, die Hoffnung, die in mir aufkeimte, nicht übermächtig werden zu lassen. Es konnte sein, dass er ebenso wie ich auf unüberwindbare Mauern stieß.

Martin nahm noch einen letzten Schluck aus seiner Tasse, dann blickte er auf meine.

»Der Kaffee ist nicht besonders gut, was?«

»Nein«, antwortete ich. »Wollen Sie die Tasse?«

Er schüttelte den Kopf. »Nein. Aber ich danke Ihnen. Für Ihr Vertrauen.«

Mit diesen Worten erhob er sich und machte sich auf die Suche nach dem Kellner.

Wir verließen das Café. Ein paar Leute kamen die Straße herauf, Arbeiter in groben Kleidern, Frauen in dicken Mänteln. Mittlerweile war es dunkel geworden.

Als wir uns verabschiedeten, sagte Martin: »Mademoiselle Krohn, ich ... ich wollte Ihnen nur noch raten, seien Sie vorsichtig mit Ihrer Freundin. Möglicherweise steckt hinter der Sache mit dem Opium noch etwas anderes.«

»Und was?«

»Es kann sein, dass Jouelle sie mit Opium gefügig macht und dann an andere Männer ... Wenn Sie verstehen, was ich meine.«

Seine Offenheit erschreckte mich. Ich schüttelte den Kopf, obwohl ich verstand. Nur glauben konnte ich es nicht. »Denken Sie wirklich, dass das der Fall ist?«

»Ich habe schon viel gesehen, Mademoiselle. Besonders bei Männern wie Jouelle. Wenn Sie mit Ihrer Freundin sprechen, bieten Sie ihr vielleicht an, Sie nach Amerika zu begleiten. Das wäre das Einzige, was Sie tun können. Solange sie hierbleibt, wird sie diesem Mann nicht entwischen.«

Mit diesen Worten tippte er sich an seine Schiebermütze und verschwand.

10. Kapitel

Nach einer Nacht voller beunruhigender Träume machte ich mich auf den Weg in den Jardin du Luxembourg. Die Worte des Detektivs hatten mir neue Kraft verliehen. Henny darum zu bitten, mit mir nach Amerika zu kommen, erschien mir unausweichlich. Besonders wenn Monsieur Martin mit seiner Vermutung recht hatte. Sie musste von Jouelle weg, sonst fürchtete ich das Schlimmste für sie.

Entschlossen schritt ich die Straße hinunter und strebte der Haltestelle des Autobusses zu.

Die Zeit des morgendlichen Berufsverkehrs war vorbei. Die meisten der Wartenden trugen einfache Kleider, aber auch einige eleganter gekleidete Damen befanden sich unter ihnen. Manchmal trafen sich kurz unsere Blicke, dann wandten sie sich ab. Ich fiel unter ihnen nicht mehr auf. Das war damals anders gewesen.

Der Autobus erschien. Ich ließ mich auf einem der Sitze nieder und schaute aus dem Fenster, doch ich nahm kaum etwas von dem wahr, was draußen vor sich ging. Wieder und wieder überlegte ich, wie ich Henny begreiflich machen sollte, dass sie vielleicht in Gefahr war. Möglicherweise sah sie es anders, oder sie hatte einfach Angst …

Als ich den Jardin du Luxembourg erreichte, schlug eine ferne Glocke gerade zwölf Uhr. In einer Brasserie hatte ich ein belegtes Baguette erstanden. Viel Hunger hatte ich nicht, doch es würde mir die Zeit vertreiben, bis Henny erschien. Wenn sie denn erschien.

Ich strich ein paar Eiskristalle von der Bank, die von einem Baum heruntergerieselt waren, und setzte mich. Um diese Zeit waren nicht viele Menschen unterwegs. Hier und da spazierte jemand vorbei: ein alter Mann, eine Dame in einem leuchtend bunten Mantel. Eine junge Frau erinnerte mich ein wenig an die Rotkehlchen, die ich früher einmal von meinem Fenster in Berlin aus beobachtet hatte. Wie einfach damals alles gewesen war!

Ich wandte meinen Blick von der Frau ab, denn ich wollte den Erinnerungen nicht erlauben, aufzusteigen. Im nächsten Augenblick entdeckte ich einen anderen bunten Fleck. Der königsblaue Mantel zog meine Aufmerksamkeit auf sich. Darüber thronte ein Kopf mit blonden Haaren.

Mein Körper spannte sich. Zunächst sah ich ihr Gesicht nur schemenhaft, dann immer klarer. Sie schien mich nicht zu bemerken.

Der Detektiv hatte recht gehabt.

»Henny?«, rief ich und erhob mich. Das Baguette ließ ich wieder in der braunen Tüte verschwinden.

Meine Freundin stockte, und es wirkte, als würde sie aus tiefen Gedanken schrecken.

»Sophia?«, fragte sie ein wenig ungläubig. Offenbar war ich die Letzte, die sie hier erwartet hätte. Mein Herz pochte wie verrückt.

»Henny! Wie schön, dich wiederzusehen!« Ich lief zu ihr und fühlte mich dabei, als würde ich ihr zum ersten Mal seit Langem begegnen. Dabei waren erst wenige Tage vergangen. »Wie geht es dir? Ist alles in Ordnung mit dir?«

Henny schaute mich mit großen Augen an. »Ja«, sagte sie. »Warum sollte es auch nicht sein?«

Es gab so viele Dinge, die an ihr nicht in Ordnung zu sein schienen. Allein schon, dass sie wirkte, als hätten wir uns nicht vor Kurzem gesehen, stimmte mich nachdenklich.

»Das freut mich«, sagte ich und wusste nicht so recht, wie ich fortfahren sollte. »Ich ... ich habe dich neulich in der Vorstellung gesehen. Du ... du warst sehr gut.«

»Danke.« Sie blickte sich um. Vermutete sie Jouelle hier irgendwo? Sollte ich ihr sagen, dass er mir aufgelauert hatte? Dass er mir gedroht hatte? Sollte ich sie mit der Aussage ihrer Kollegin konfrontieren? Über den Drachen?

Ich griff nach ihrer Hand. »Henny! Wenn es etwas gibt, das du mir sagen willst ...«

Henny entzog mir ihre Hand wieder. Ein unsicheres Lächeln huschte über ihr Gesicht. »Was willst du wissen?«

»Wie ist es mit Jouelle?«, fragte ich. »Behandelt er dich wirklich gut?«

»Ja, natürlich. Warum fragst du das? Er hat dafür gesorgt, dass ich im Theater eine feste Stelle habe.«

»Natürlich hat er das.« Ich hob die Arme, wusste aber nicht, was ich damit tun sollte. Ich wollte sie am liebsten umarmen, aber wahrscheinlich hätte sie mich zurückgestoßen.

»Ich ... ich wollte dir anbieten, mit nach Amerika zu kommen. Ich reise am Samstag wieder ab, und ich bin sicher, dass ich eine Fahrkarte für dich auftreiben kann. Wenn du das willst.«

Sie schüttelte den Kopf und blickte mich verwundert an. »Ich habe hier meine Auftritte. Ich kann nicht einfach auf Reisen gehen wie du.«

Offenbar hatte sie vergessen, aus welchem Grund ich hier war.

»Henny, du musst damit aufhören«, hörte ich mich sagen,

bevor ich die Worte zurückhalten konnte. »Du darfst dieses Zeug nicht mehr nehmen.«

Eigentlich hatte ich sie nicht darauf ansprechen wollen, doch die Frau vor mir war dabei, die eigentliche Henny zu verschlingen. Das durfte ich nicht zulassen. Wieder griff ich nach ihrer Hand. »Ich weiß, dass du opiumsüchtig bist. Ich weiß, dass Jouelle dich völlig unter seiner Fuchtel hat! Er ist zu mir gekommen, weißt du? Er hat mir gesagt, dass ich dir fernbleiben soll. Er sagte, es sei dein Wunsch. Ist es dein Wunsch?«

Hennys Augen weiteten sich. Für einen Moment war es, als würde der Schleier, der sie zuvor umgeben hatte, sich lüften. Doch dann verhärtete sich ihr Blick.

»Was bildest du dir ein!«, schnappte sie. »Wie kommst du dazu, mir so etwas zu sagen?«

»Weil es die Wahrheit ist«, gab ich zurück. »Deine Kollegin sagte mir, dass du den Drachen jagen würdest. Und ich …« Ich stockte. Ich konnte ihr nicht sagen, dass ich einen Detektiv geschickt hatte, um ihr nachzuspionieren. »Hast du Jouelle wirklich gesagt, ich solle dir fernbleiben?«

Henny schaute mich beinahe ertappt an. Hatte sie ihn tatsächlich gebeten, mir Bescheid zu geben? Das konnte ich nicht glauben. Aber sicher hatte sie ihm von meinem Besuch erzählt.

»Henny, du musst die Finger von dem Opium lassen! Früher hattest du doch auch keine Lust darauf, warum jetzt?«

Sie presste die Lippen zusammen wie ein trotziges Kind. »Du weißt nicht, wie es ist«, brummte sie dann.

»Nein, das weiß ich nicht. Aber ich kann dir helfen. Komm mit mir nach Amerika! Mein Zug fährt um zehn Uhr Freitagmorgen ab. In Amerika gibt es viele Varietés, du könntest dort leicht eine Anstellung finden. Dann wärst du weg von alledem. Weg von diesem Mann.«

Noch während die Worte aus meinem Mund purzelten,

wusste ich, dass ich einen Fehler gemacht hatte. Ich hätte Jouelle aus dem Spiel lassen sollen.

Hennys Miene wurde hart. »Was glaubst du denn, wer du bist?«, fragte sie leise. »Du bist nicht meine Mutter, und du hast mir nicht zu sagen, was ich tun soll!«

»Aber ...«

Ihr wütender Blick brachte mich zum Schweigen.

»Verschwinde!«, fauchte sie mich an. »Verschwinde und komm nie wieder her! Ich kenne dich nicht mehr!«

Die Worte trafen mich wie Ohrfeigen.

»Henny!«

Nicht nur ihre Worte hallten durch meinen Kopf. Plötzlich war da auch die Stimme meines Vaters, als er erklärte, dass ich nicht mehr seine Tochter sei.

Ich verstand nicht, was ich falsch gemacht hatte.

Henny wirbelte herum und stampfte zornig voran.

»Henny!«, rief ich ihr noch einmal nach, fand aber nicht die Kraft, ihr nachzulaufen. Das Blut pulsierte in meinen Adern. Hatte ich soeben meine Freundin verloren?

Ich schaute ihr nach, während sie wutentbrannt durch den Park lief. Ihr blauer Mantel wurde kleiner und kleiner und verschwand schließlich zwischen den Bäumen. Doch selbst wenn sie stehen geblieben wäre, hätte ich sie nicht mehr gesehen, denn die Verzweiflung trieb mir die Tränen in die Augen, und ich weinte bitterlich.

Als ich mich wieder ein wenig beruhigt hatte, kehrte ich zu meiner Bank zurück. Die Tränen brannten auf meinem Gesicht. Ich konnte nicht glauben, was soeben geschehen war! Und ich machte mir Vorwürfe. Ich hätte nicht mit der Tür ins Haus fallen sollen. Aber wie wäre es mir möglich gewesen, anders anzufangen? Wo sie schon so tat, als hätte sie mich noch nie gesehen?

Trotz der Kälte blieb ich noch eine Weile im Park sitzen. Die Gedanken jagten sich und bereiteten mir Kopfschmerzen. Doch ich war nicht bereit, in dem kleinen Pensionszimmer zu hocken, wo ich das Gefühl gehabt hätte, dass die Wände zusammenrückten und die Decke auf mich herabsank.

Ich fühlte mich elend. Ob mein Sohn jemals gefunden wurde, wusste ich nicht. Und meine Freundin hatte klargemacht, dass sie nichts mehr mit mir zu tun haben wollte. Dass sie nicht von ihrer Sucht lassen wollte.

Als ich schließlich zur Pension aufbrach, fühlte ich mich immer noch unwohl. Mit jedem Schritt wurde meine Angst, dass Jouelle ein weiteres Mal auftauchen würde, größer. Ich wünschte, ich hätte jemanden an meiner Seite gehabt, jemanden, den mich vor Männern wie diesem schützte. Aber ich war allein und musste mich selbst schützen.

Ich schritt durch das Tor und blickte mich nach allen Seiten um. Doch es gab nichts, was beunruhigend gewesen wäre. Das Grammophon spielte wieder, und begleitet von den Klängen trat ich in den Flur. Eine der Lampen musste ausgefallen sein, denn ein Teil der Treppe lag im Dunkeln. Ob Madame Roussel schon davon wusste? Ich fühlte allerdings keinen Elan, es ihr zu sagen. Nicht heute, nicht nachdem meine beste Freundin mit mir gebrochen hatte.

Ich wollte einfach nur noch allein sein und heulen.

Als Schritte von oben ertönten, senkte ich den Kopf und ging weiter.

»Sophie!«, tönte es beinahe überrascht über mir. Ich blickte hoch und sah Genevieve. Was hatte sie in diesem Teil der Pension zu suchen?

Rasch wischte ich mir übers Gesicht und versuchte, mich zu sammeln, aber ich spürte deutlich, dass es mir nicht gelang.

»Was ist denn los?«, fragte sie, während sie mich eindringlich musterte. Auch wenn die Beleuchtung ein wenig schummrig war, konnte ich mein verquollenes Gesicht nicht vor ihr verstecken. »Hast du von deinem Kind Bescheid bekommen?«

Ich schüttelte den Kopf. »Nein. Henny. Sie hat mir die Freundschaft aufgekündigt.«

Genevieve schüttelte ungläubig den Kopf. »Das meint sie doch sicher nicht ernst!«

»Doch, sie meint es ernst«, gab ich zurück. »Dabei wollte ich ihr nur helfen.«

Ich sah ein, dass ich nicht umhinkam, Genevieve davon zu berichten. Doch ich wollte es nicht auf der Treppe tun.

»Wenn du mitkommen magst, erzähle ich es dir.«

Genevieve zögerte kurz.

»Aber wenn du schon etwas anderes vorhast ...«

»Nein«, sagte sie rasch und ergriff meine Hand.

Unsere Blicke trafen sich, und ich nickte. Dann bedeutete ich ihr, mir zu folgen.

Ich schloss meine Tür auf.

»In meinem Zimmer ist die Decke feucht, wahrscheinlich hat das Dach einen Schaden«, berichtete sie, während sie sich umsah. »Madame Roussel hat mich einstweilen in diesem Haus untergebracht, eine Etage über dir. Ich glaube, die zusätzliche Miete würde sich wirklich lohnen.«

»Nimm doch Platz«, sagte ich und deutete auf einen der geschwungenen, altertümlichen Sessel. Dann begab ich mich zum Fenster und zog die Vorhänge zu. Von der Welt da draußen hatte ich für heute genug.

»Warum wohnst du eigentlich immer noch hier?«, fragte ich, während ich ebenfalls Platz nahm. »Du könntest doch zu deinem Geliebten ziehen.«

»Ich brauche meine Freiheit«, erklärte sie und breitete die Arme aus. »Das Zimmer hier mag vielleicht nicht viel sein, aber es ist ein Ort, den ich für mich ganz allein habe. Jetzt erst recht, wo ich mein Gewerbe aufgegeben habe. Mein Geliebter ist ein netter Mann, aber hin und wieder brauche ich ein wenig Abstand. Nur so bleibt unsere Beziehung frisch.«

Ich nickte. Vielleicht war es für sie wirklich das Richtige. Der Mann an ihrer Seite musste schon ziemlich stark sein, um neben ihr nicht zu verblassen.

»Erzähl mir, was passiert ist.«

Ich berichtete, dass ich den Detektiv beauftragt hatte, herauszufinden, wann ich Henny ohne Jouelle antreffen konnte, und wie ich im Park mit ihr gesprochen hatte.

»Sie hat mir überhaupt nicht zugehört«, schloss ich. »Ich habe ihr angeboten, mit nach Amerika zu kommen, fort von diesem Kerl. In New York gibt es so viele Theater, dort würde man sie bestimmt annehmen. Und sie ist Deutsche. Sie würde von den Behörden ins Land gelassen werden.« Auf einmal fühlte ich mich wie eine Ertrinkende, die verzweifelt versuchte, einen Halt zu finden.

Genevieve berührte mich am Arm. »Du hast es gut gemeint«, sagte sie. »Und nach allem, was du mir erzählt hast, war es das Einzige, was du tun konntest. Aber manchmal ...« Sie hielt inne und schien ihre Worte abzuwägen, bevor sie weitersprach. »Manchmal kann man Menschen einfach nicht retten, wenn sie nicht gerettet werden wollen. Ich fürchte, du musst abwarten, bis sie einsieht, in welcher Lage sie ist. Vorher wird sie deine Hilfe nicht wollen.«

»Ich fürchte, sie will nie wieder etwas von mir wissen.«

»Das glaub ich nicht. Manchmal sagt man im Zorn Dinge, die man nicht meint. Spätestens wenn ihr Kopf wieder klar ist, wird sie einsehen, dass du recht hattest.«

»Aber was, wenn sie nie wieder klar im Kopf wird? Wenn das Opium sie auffrisst?«

Genevieve sah mich lange an, dann antwortete sie: »Henny ist eine erwachsene Frau. Sie wird wieder zu sich kommen, da bin ich sicher. So lange wirst du warten müssen. Warten und hoffen.«

»Ich warte und hoffe schon auf so vieles«, gab ich niedergeschlagen zurück.

»Eines Tages wirst du dafür belohnt werden, davon bin ich überzeugt. Und das, was du dafür bekommst, wird schöner sein als alles, was du zuvor gesehen oder erlebt hast, glaube mir.«

11. Kapitel

Hennys Ablehnung erschütterte mich trotz Genevieves Zuspruch auch weiterhin, und die folgenden Tage verbrachte ich damit, mir Vorwürfe zu machen. Wieder und wieder ging ich die Begegnung im Geiste durch. Wann war der Moment gekommen, in dem die Stimmung kippte? Wann hätte ich merken müssen, dass es nichts bringen würde, sie einfach vor den Kopf zu stoßen? Wir waren immer sehr ehrlich miteinander gewesen. Ich hatte einfach nicht erkannt, dass dem mittlerweile nicht mehr so war. Am liebsten hätte ich sie um Vergebung gebeten, doch wie sollte ich das anstellen? Wenn sie Jouelle von unserer Begegnung erzählt hatte, würde er sie sicher noch stärker bewachen oder vielleicht wieder hier auftauchen. Daran wollte ich gar nicht denken ...

In den letzten Tagen hatte ich mich gefragt, ob es eine Möglichkeit gäbe, sie noch einmal zu erreichen. Sie meiner Freundschaft zu versichern. Ihr noch einmal vorzuschlagen, mit mir nach Amerika zu kommen. Ich hatte mich nicht mehr in den Park gewagt, war aber sicher, dass auch Henny nicht mehr dort aufgetaucht war. Wir hatten uns nicht oft gestritten, doch wenn, hatte es jede von uns vorgezogen, der anderen aus dem Weg zu gehen.

Ihr Haus aufzusuchen, traute ich mich nicht. Sie würde mich nicht einlassen. Ich brauchte jemanden, der sie ansprechen konnte, ohne dass sie ihn unverrichteter Dinge stehen ließ. Der Einzige, der mir einfiel, war Monsieur Martin. Er würde in der Lage sein, ihr eine Nachricht zu überbringen – selbst in Jouelles Gegenwart.

Hundegebell empfing mich, als ich die Treppe zu Luc Martins Appartement hinabstieg. Hatte er sich jetzt einen vierbeinigen Freund zugelegt?

Dann erkannte ich, dass das Gebell aus der Etage darüber kam.

Im nächsten Augenblick wurde die Tür aufgerissen.

»Dieser verdammte Köter!«, knurrte er, dann schaute er mich an. »Oh, Sie!«

Er räusperte sich und strich sich die zerzausten Haare zurecht. Es wirkte, als wäre er gerade aus dem Bett gestiegen. Entsprechend zerknittert waren auch seine Kleider. »Verzeihen Sie bitte, der Hund meiner Vermieterin macht mich wahnsinnig! Seit Tagen bellt er ohne Unterlass.«

»Ist seiner Herrin vielleicht etwas zugestoßen?« Ich konnte mir vorstellen, dass der Hund von Frau Passgang aus dem Haus meiner Eltern auch Alarm schlagen würde, wenn sein Frauchen in Ohnmacht gefallen wäre.

»Das könnte man meinen, nicht wahr? Aber ich habe nachgesehen, sie ist putzmunter. Allerdings ist sie auch ziemlich schwerhörig und bekommt nicht mit, was für einen Aufstand ihr kleiner Filou da macht.« Martin atmete tief durch. »Was kann ich für Sie tun, Mademoiselle Krohn? Sie sind doch bestimmt nicht hier, um sich von mir zu verabschieden. Ist Ihnen noch etwas zu Ihrem Kind eingefallen?«

»Nein«, sagte ich. »Haben Sie neue Informationen?«

»Ich fürchte, nicht. Ich habe mich nach der verschwundenen

Hebamme erkundigt, bisher aber noch keine Antwort erhalten.«

Ich nickte. »Ich bin auch nicht wegen meines Sohnes hier. Ich wollte Sie lediglich um einen Gefallen bitten.«

»Und welchen?«

»Ich würde meiner Freundin gern eine Nachricht zukommen lassen.«

»Haben Sie sie nicht angetroffen?«

»Doch, das habe ich. Ich habe mit ihr gesprochen. Sie hat mich weggeschickt. Oder besser gesagt, sie hat mir die Freundschaft aufgekündigt, als ich ihr die Wahrheit über ihren Verlobten gesagt habe.«

Martin zog die Luft zwischen die Zähne. »Nun, vielleicht hätten Sie es diplomatischer angehen sollen.«

»Das mag sein«, gab ich zurück. »Aber Freundschaft sollte es doch aushalten, dass man seiner Freundin die Wahrheit sagt, nicht wahr? Dass man sie warnen möchte. Sie selbst haben doch gesagt, dass dieser Jouelle niemand ist, dem man vertrauen kann.«

»Das habe ich. Ich sagte jedoch auch, dass Sie vorsichtig sein sollten. Und das meinte ich nicht nur wegen des Kerls. Frauen, die in solchen Partnerschaften leben, wollen meist nicht einsehen, wer der Mann, den sie lieben, wirklich ist. Sie sehen es nicht mal ein, wenn sie ständig Schläge bekommen.«

Jetzt krampfte sich mein Magen erst recht zusammen. Offenbar hatte ich einen großen Fehler begangen. Einen Fehler, der Henny vielleicht Leid verursachte.

Luc Martin kratzte sich am Kinn. »Verzeihen Sie bitte, ich wollte Ihnen keine Vorwürfe machen. Möchten Sie reinkommen? Ich habe Schreibpapier da. Wenn Sie die Nachricht notieren, versuche ich, sie Mademoiselle Wegstein zu übermitteln.«

»Danke.« Ich folgte ihm ins Innere.

Dort sah es diesmal recht chaotisch aus. Wäschestücke waren über den Raum verteilt, Geschirr türmte sich auf dem Küchentisch.

»Verzeihen Sie die Unordnung«, sagte er und räumte hastig den Küchentisch frei. »Die vergangenen Tage waren ein wenig wild.«

Mir lag auf der Zunge zu fragen, ob er das Geld, das ich ihm gegeben hatte, bereits durchgebracht hatte.

Doch bei näherem Hinsehen erkannte ich, dass nirgendwo eine Alkoholflasche lag. Es sah vielmehr so aus, als hätte er etwas dermaßen Wichtiges zu tun gehabt, dass er sich nicht um den Haushalt kümmern konnte.

»Hier«, sagte er und brachte mir schließlich einen Schreibblock. »Schreiben Sie auf, was Sie ihr mitteilen wollen. Ich werde mich bemühen, es ihr zu übergeben. Allerdings kann ich nicht versprechen, dass sie so reagieren wird, wie Sie es sich wünschen.«

»Dieses Versprechen verlange ich gar nicht von Ihnen«, erwiderte ich. »Danke, dass Sie es versuchen wollen.«

»Gern«, sagte er und deutete dann auf einen der Stühle. »Immerhin sind Sie momentan meine beste Klientin.«

Ich nahm Platz und griff nach dem Bleistift, der neben dem Block lag. Was sollte ich ihr sagen?

Ich überlegte eine Weile, dann schrieb ich:

Liebe Henny,

es tut mir leid, wie unser letztes Treffen geendet ist. Ich hatte kein Recht, Dir etwas vorzuschreiben. Ich entschuldige mich auch für die Vorwürfe, die ich Dir gemacht habe. Du bist meine beste Freundin und warst immer für mich da. Das werde ich Dir nie vergessen. Und ich möchte Dir sagen, dass ich immer für Dich da sein werde, wenn Du mich brauchst.

Ich werde morgen um zehn Uhr vormittags nach Calais abreisen und gegen sechs Uhr abends an Bord der »Magdalena« gehen. Vielleicht denkst Du an mich. Und vielleicht magst Du mich begleiten. Auch wenn es Dir unmöglich erscheint, wir finden einen Weg.

In Liebe,
Sophia

Ich betrachtete meine Worte. Waren sie richtig? Wenn Henny noch immer wütend auf mich war, würde sie sie vielleicht nicht lesen. Aber was, wenn sie nur Angst vor Jouelle gehabt hatte? Wenn sie es sich mittlerweile überlegt hatte?

Ich faltete das Schreiben zusammen. »Haben Sie einen Umschlag für mich?«

Ich wandte mich zu Martin um. Während ich schrieb, hatte ich ihn nicht wahrgenommen, doch jetzt bemerkte ich, dass er mich beobachtet hatte.

»Natürlich«, sagte er und erhob sich. Er kramte in einer Kommodenschublade. »Er ist benutzt, aber ich denke, das wird Ihre Freundin nicht stören. Vielleicht bringt es sie sogar dazu, es zu lesen.«

»Das hoffe ich.« Ich nahm den Umschlag und schob das Schreiben hinein. Dann klappte ich die Lasche um. Einen Moment lang dachte ich darüber nach, ihren Namen darauf zu schreiben, doch dann hielt ich inne. Es war besser, sie erkannte nicht sofort, woher das Schreiben kam.

Schließlich reichte ich Monsieur Martin den Umschlag.

»Ich versuche, sie im Theater zu erreichen«, sagte der Detektiv. »Sie können sich auf mich verlassen.« Er lächelte mir zu.

»Danke«, sagte ich und erhob mich.

Bevor ich mich der Tür zuwenden konnte, hielt er mich zurück. »Dann fahren Sie also bald?«

»Morgen«, antwortete ich, worauf er nickte.

»Geben Sie gut auf sich acht. Man kann ja nie wissen, was auf diesen Schiffen so geschieht.«

»Auf diesen Schiffen ist es eher langweilig«, sagte ich und ertappte mich dabei, wie ich sein Lächeln erwiderte. »Mir wird schon nichts passieren.«

»Das hoffe ich.« Er reichte mir die Hand. »Wir bleiben in Kontakt, ja?«

»Das tun wir.« Ich ergriff seine Hand und sah ihm in die Augen. Dass sie goldbraun waren, fiel mir erst jetzt so richtig auf, und mir wurde klar, dass ich ihn in den vergangenen Tagen, bei all unseren Treffen, gar nicht richtig wahrgenommen hatte. Doch nun bemerkte ich die Güte in seinem Blick, und ich war sicher, dass er mir helfen würde.

»Leben Sie wohl, Monsieur Martin«, sagte ich.

»Sie auch, Mademoiselle Krohn. Ich hoffe, wir sehen uns wieder.«

»Das hoffe ich auch.«

Noch einmal sahen wir uns an, und ich spürte eine seltsame Verwirrung, während ich durch die Tür schritt. Ich erklomm die Treppe, und auf dem Gehsteig angekommen, schüttelte ich den Kopf, um den Gedanken, der sich in mir formte, zu vertreiben.

12. Kapitel

»Du willst also auf diesen verrückten Kontinent zurück?«, fragte Genevieve scherzhaft, als ich an ihrer Tür erschien, um mich zu verabschieden.

»Ich habe kaum eine andere Wahl«, entgegnete ich und spürte, wie sich mein Herz zusammenzog. Ich hatte das Gefühl, noch immer am Anfang zu stehen, und es gab noch immer keine Gewissheit über das Schicksal meines Kindes. Es war wie Verrat, von hier fortzugehen. Doch ich musste. »Du weißt ja, wie es hier ist. Oder haben sich die Bestimmungen für die Arbeitssuche verändert?«

Genevieve schüttelte den Kopf. »Nein, sie sind eher noch schlimmer geworden. Ausländer bekommen jetzt gar keine Anstellung mehr. Viele von ihnen gehen mittlerweile nach England, weil es hier aussichtslos ist.«

»Siehst du!«, gab ich zurück und runzelte die Stirn. Der Gedanke, Louis, falls er wirklich lebte, hier zumindest einstweilig seinem Schicksal zu überlassen, schnürte mir die Kehle zu. Doch was konnte ich tun? Bislang jagten wir einem Phantom nach. Und um die Suche fortzuführen, brauchte ich das Nötigste zum Leben. Das würde ich hier nicht haben.

»Ich habe tatsächlich einen Moment lang mit dem Gedanken gespielt, hierzubleiben«, gestand ich. »Aber wie sollte das gehen ohne Arbeit? Ohne ein Dach über dem Kopf? Madame Roussel würde mich nicht ohne Bezahlung hier wohnen lassen.« Ich atmete zitternd durch, rang mit den Tränen, die dann doch in meine Augen stiegen, und griff nach Genevieves Händen. Sie wirkte von meiner plötzlichen Emotionalität überrascht.

»Bitte entschuldige, ich wollte nicht ...«

»Du hast nichts getan«, erwiderte ich. »Und es ist ja nicht so, dass ich nichts unternehme, um Louis zu finden. Ich habe diesen Detektiv beauftragt, von dem ich dir erzählt habe. Der, der Henny beobachtet hatte.«

»Und du glaubst, er kann etwas für dich erreichen?«

»Ich hoffe es.« Ein schmerzliches Lächeln trat auf meine Lippen, und ich spürte, wie sich die Sehnsucht bittersüß in meiner Brust ausbreitete. »Wenn alles gut geht, wird er ihn finden, und dann hole ich ihn nach Amerika.«

Plötzlich kam mir eine Idee. Ich konnte selbst nicht glauben, warum mir das nicht schon früher eingefallen war. In diesem Moment traf sie mich mit einer Wucht, die mich erstarren ließ.

Ich hatte das Angebot von Miss Arden aufgehoben. Wenn ich bei ihr anfing, konnte ich sie vielleicht bitten, mich nach Europa zu schicken. Ich wusste, dass sie auch hier eine Filiale hatte. Wenn ich in Paris arbeitete, in ihrem Auftrag, wäre ich in der Lage, nach Louis zu suchen. Ohne mit den Behörden Ärger zu bekommen.

»Was ist?«, wollte Genevieve wissen, als sie meine Reglosigkeit bemerkte.

Mit einem Kopfschütteln kehrte ich in die Wirklichkeit zurück. »Nichts, ich ... ich hatte einen Einfall. Vielleicht gibt es eine Möglichkeit, nach Paris zu gehen. Für immer. Doch dafür muss ich erst einmal nach Amerika.«

»Möchtest du darüber reden?«

Ich schüttelte den Kopf. »Nein. Ich muss mir erst einmal selbst darüber klar werden, wie ich es anpacken will. Aber es ist ein Funke Hoffnung.«

»Das ist gut.« Genevieve umarmte mich und lächelte mich an. »Viel Glück auf deiner Reise. Auf dass du schon bald zurückkehrst, um deinen Sohn zu holen.«

»Danke. Ich hoffe, wir sehen uns bald wieder.«

Wir blickten uns noch einen Moment lang an, wobei Tränen in ihren Augen schimmerten.

»Bleib gesund, Genevieve.«

»Du auch, Sophie!«

Ich nickte und löste mich dann von ihr. Mein Innerstes zitterte vor Erregung. Ich konnte es nicht aufhalten, dass die Idee mit Miss Arden in meinem Innern wuchs und mich mit Hoffnung erfüllte.

Unten in der Küche traf ich auf Madame Roussel. Zu meiner großen Überraschung hatte sie mir ein Päckchen mit Pasteten und Törtchen geschnürt.

»Das wäre doch nicht nötig gewesen«, sagte ich, während ich ihr den Zimmerschlüssel auf den Tisch legte.

»Du brauchst etwas für die Reise. Man hat mir erzählt, dass das Essen in Amerika grauenvoll sein soll.«

»So schlimm ist es nun auch nicht. Und vielleicht haben sie an Bord ja einen französischen Koch.«

»Das hoffe ich für euch. Aber der Weg nach Calais ist lang, und du musst auch noch nach England. Da will ich nicht, dass du hungerst.«

»Das ist sehr freundlich von Ihnen.«

»Und du sollst wissen, dass du jederzeit zu mir kommen kannst, wenn du in Paris bist. Lass dein Geld nicht in den überteuerten Hotels.«

Ich lächelte. »Das werde ich nicht. Leben Sie wohl!« Wir umarmten uns, dann verließ ich mit dem Proviant und meinem Koffer die Pension.

Am Bahnhof bezahlte ich den Taxifahrer und betrat die Wartehalle. Mein Zug fuhr in einer halben Stunde: nicht mehr viel Zeit, aber genug, um auf ein Wunder zu warten. Würde Henny auftauchen?

Ich setzte mich so, dass ich den Eingang im Auge behalten konnte. Die Zeiger der Bahnhofsuhr rückten weiter, doch keine der Frauen, die durch die Türen traten, war Henny.

Schließlich war es an der Zeit, um zum Gleis zu gehen. Ich erhob mich, nahm meinen Koffer und schritt die Treppe hinauf. Mein Herz fühlte sich schwer an. Ich bezweifelte nicht, dass Martin die Nachricht überbracht hatte. Er hatte seine Mittel und Wege. Aber Henny schien mir nicht verziehen zu haben. Und sie schien auch keinen Ausweg aus ihrer Situation zu wollen. Hilflosigkeit übermannte mich und ließ erneut Tränen in mir aufsteigen.

Auf dem Bahnsteig standen zahlreiche Leute, einige von ihnen saßen auf großen Koffern. Ein paar Jungen in Knickerbockerhosen tollten fröhlich herum, bis ihre Mütter sie energisch zur Ordnung riefen. Einer der Kleinen lächelte mich breit an, sodass man seine Zahnlücken sehen konnte. Ich wandte mich ab. Wenn Luc Martin nicht ein Wunder gelang, würde ich meinen Sohn niemals so sehen. Ich würde ihn nie an seinem ersten Schultag begleiten, nie feststellen, dass er sich verliebt hatte. Wenn es ihn denn überhaupt noch gab. Allmählich fing ich an zu zweifeln.

Während ich versuchte, den Anblick der Kinder zu vermeiden, entdeckte ich eine Frau, die in Größe und Figur Henny ähnelte. Für einen Moment machte mein Herz einen Sprung. Ich hob die Hand, bereit, nach meiner Freundin zu rufen. Doch dann wandte sie sich zur Seite, und ich erkannte, dass sie es nicht war.

Sofort ließ ich meine Hand wieder sinken. Enttäuschung breitete sich in mir aus.

Wie erstarrt blickte ich auf die Gleise, die aus dem Bahnhof hinausführten. Erst als die Ankündigung des Zuges aus den Lautsprechern über mir ertönte und die Lokomotive erschien, kam ich wieder zu mir. Ich konnte nicht auf Henny warten. Ich würde ihr schreiben, aber ob die Briefe sie erreichten?

Der Zug hielt, und ich reihte mich in die Schlange der Wartenden ein. Es ging nur langsam voran. Immer wieder schaute ich mich um. Würde Henny doch noch kommen? Schließlich blieb mir nichts anderes übrig, als den Zug zu besteigen. Ich begab mich zu meinem Platz, schaute ständig nach draußen, suchte mit meinen Blicken den Bahnsteig ab. Ich bemühte mich, mir einzureden, dass sie vielleicht in einen anderen Waggon gestiegen war.

Gleichzeitig wusste ich, dass sie mich gefunden hätte, wenn sie wirklich von hier weggewollt hätte.

In Calais betrachtete ich dennoch die Reisenden, die aus dem Zug stiegen. Viel Zeit blieb mir nicht. Ich musste ein Taxi finden, das mich zum Hafen brachte. Während die Unruhe in mir wühlte, ging ich in dem Bahnhof auf und ab. Wenn sie mitgefahren war, würde sie irgendwo auf mich warten.

Doch der Zug setzte sich wieder in Bewegung, ohne dass ich sie auf dem Bahnsteig fand. Mutlos ließ ich mich auf eine Bank sinken. Neue Reisende kamen herbei, schon bald würde ein anderer Zug einfahren. Ich ließ sie an mir vorbeiströmen. Die Erkenntnis, dass Henny nicht erscheinen würde, bohrte sich in meinen Magen. Möglicherweise sah ich sie nie wieder.

Die Angst, mein Schiff zu verpassen, brachte mich dazu, mich wieder zu erheben. Ich schritt die Treppe hinunter, strebte dem Ausgang zu.

Ich entdeckte ein Taxi unweit des Bahnhofs, hinter dessen Steuer ein mürrisch wirkender Mann die Zeitung las. »Alles geht vor die Hunde«, murmelte er dabei.

»Monsieur, würden Sie mich bitte zum Hafen bringen?«, unterbrach ich ihn.

Er blickte über den Rand der Zeitung, musterte mich kurz, dann legte er das Blatt beiseite. »Steigen Sie ein!«

Ich öffnete die Tür zum Fond und schob meinen Koffer hinein. Eigentlich hätte er sich um das Gepäck kümmern sollen, doch offenbar konnte ich froh sein, überhaupt noch einen Wagen gefunden zu haben.

»Wohin geht es denn?«, fragte der Taxifahrer, nachdem er den Motor gestartet hatte. Das Pflaster unter uns war so holprig, dass ich von einer Seite zur anderen geworfen wurde.

»Zum Hafen«, antwortete ich. Hatte er mich nicht verstanden?

»Nein, ich mein doch vom Hafen aus. Wohin reisen Sie? Nach England?«

»Amerika«, gab ich zurück.

»Oh, Amerika. Habe gehört, dass bald ein neuer Präsident vereidigt wird. Sind Sie Amerikanerin?«

Offiziell war ich es noch nicht. »Nein, aber ich arbeite dort. In ein paar Jahren bekomme ich vielleicht die Staatsbürgerschaft.«

»Auf jeden Fall soll Ihr neuer Präsident ein guter Mann sein. Hoover heißt er, nicht wahr?«

»Ja«, antwortete ich. Ich hatte die Frauen in der Fabrik darüber reden gehört, dass ein Herbert Hoover gewählt worden war. Doch ich hatte mich kaum dafür interessiert, denn ich durfte ohnehin nicht wählen gehen. Es erstaunte mich allerdings, dass sich ein französischer Taxifahrer dafür interessierte.

»Ich wünschte, wir hätten einen wie ihn als Präsidenten. Unsere Politiker sind schwach. Sie hätten Deutschland noch viel mehr wegnehmen sollen als das Elsass.«

Ich presste die Lippen zusammen. Ihm war nicht klar, dass in seinem Wagen eine Deutsche saß. Ich wusste nichts darauf zu sagen. Das Kaiserreich hatte große Schuld auf sich geladen. Doch konnten die Menschen diesen unseligen Krieg nicht endlich vergessen? Mittlerweile waren mehr als zehn Jahre vergangen ...

»Sie haben es jedenfalls gut, ich wünschte, ich könnte auch nach Amerika. Der Jazz und die Freiheit ... Daran könnte ich mich gewöhnen.«

Ich hätte ihm erklären können, dass das Leben in Amerika nicht nur aus Jazz und der Möglichkeit bestand, zu tun, was man wollte. Doch das hätte zu weit geführt.

Ich schwieg, und dem Fahrer verging die Lust, mit mir ein Gespräch anzufangen.

Glücklicherweise waren so wenige Fahrzeuge unterwegs, dass wir den Hafen recht schnell erreichten.

Froh darüber, endlich an Bord gehen zu können, bezahlte ich und zog meinen Koffer vom Sitz.

»Machen Sie es gut, Mademoiselle! In ein paar Jahren treffen wir uns drüben!«, sagte der Chauffeur und fuhr von dannen. Ich blickte ihm nach. Wünschte er es sich tatsächlich, nach Amerika auszuwandern? Wenn ja, hoffte ich, er würde einen Menschen finden, der ihm wie mir eine Chance gab.

Die Warteschlange zur Fähre war recht lang. Es kam mir so vor, als würden heute mehr Passagiere an Bord wollen als beim ersten Mal. Oder hatte ich damals wegen Madame nur nicht darauf geachtet?

Ich atmete tief durch und trug meinen Koffer zu den Wartenden. Die Leute vor mir musterten mich kurz, dann wandten sie sich wieder ihren Gesprächen zu. Mein Blick blieb bei einer Dame hängen, die einen fuchsiaroten Pelz mit hohem Kragen und passendem Hut trug. Inmitten der dunklen und grauen Mäntel wirkte sie wie eine Frühjahrsblume, die nach langer Zeit der Dunkelheit und Kälte den Kopf ins Licht reckte. Eine Zeit lang konnte ich nicht anders, als sie anzustarren.

Wieder musste ich an Henny denken. Die Hoffnung, dass sie noch auftauchen würde, hatte ich aufgegeben, aber ich fragte mich, wie es ihr jetzt erging. Grollte sie mir immer noch? Tat es ihr vielleicht doch leid, so harsch reagiert zu haben?

Ich war voller Reue und wünschte mir, dass ich nicht in den Park gegangen wäre. Aber hätte es etwas geändert? Jouelle hatte mir schon zuvor verboten, sie zu sehen. Wäre der Kontakt vielleicht so oder so abgerissen? Konnte ich vielleicht doch auf einen Brief hoffen?

»Ihr Ticket bitte, Mademoiselle«, riss mich der Uniformierte aus meinem Gedankenkarussell. Ohne dass ich es wahrgenommen hatte, war die Schlange vorgerückt, und ich war automatisch mitgegangen.

»Ja, natürlich«, sagte ich und zeigte die Fahrkarte vor.

Der Mann prüfte sie und nickte. Ich schritt an ihm vorbei, die Landebrücke hinauf.

Wenig später legte die Fähre mit lautem Tuten des Schiffshorns ab. Die Menge der Zurückbleibenden winkte und verschwamm schließlich zu einem Gemisch vielfarbiger Punkte und weißer Taschentücher, bis schließlich auch sie verschwanden. Am anderen Ufer des Kanals würde mich das Schiff für die große Reise erwarten. Eine Reise, die mich nach Hause brachte, aber auch ins Ungewisse führte.

Doch eines wusste ich immerhin schon: Wenn ich es schaffte, Miss Arden von mir zu überzeugen, würde mich mein Weg vielleicht bald wieder zurück nach Paris führen.

13. Kapitel

Die Enttäuschung, dass Henny nicht am Hafen aufgetaucht war, verfolgte mich während der gesamten Rückfahrt. Wieder und wieder ertappte ich mich dabei, wie ich alle möglichen Szenarien durchging. Hatte Jouelle sie erwischt und in der Wohnung eingesperrt? Hatte er ihr den Pass weggenommen? Oder war es ihre eigene Entscheidung gewesen, mich nicht zu begleiten? Wollte sie tatsächlich nichts mehr von mir wissen?

Und dann war da Louis, mein Sohn. Es war niederschmetternd, keine Spur gefunden zu haben. Doch was hatte ich erwartet? Dinge wie diese ließen sich nicht innerhalb weniger Tage erledigen. Ich hatte getan, was in meiner Macht stand – aber ich wusste nun, dass meine Macht nicht groß war. Meine Hoffnungen lagen auf Monsieur Martin. Er war vor Ort, er kannte Leute und Türen, an die er klopfen konnte und die mir verschlossen blieben. Ich vertraute darauf, dass er mir Klarheit verschaffen konnte.

Es war seltsam, aber der Anblick der Freiheitsstatue sorgte schließlich dafür, dass meine Gedanken über Paris ein wenig in den Hintergrund traten. Es war, als würde ich einen unbekannten Raum verlassen und nach Hause kommen. Ich freute mich schon auf Kate und Mr Parker, auch wenn ich nicht wusste, wie es jetzt weitergehen sollte.

Eine Idee hatte ich immerhin, und ich war froh, das Schreiben von Miss Arden nicht vernichtet zu haben. Vielleicht würde sie es mir ermöglichen, schon bald nach Paris zurückzukehren. Zu Monsieur Martin und der Spur, die er vielleicht von meinem Sohn gefunden hatte …

Unser Schiff legte nur wenig später im Hafen an. Sofort war ich von einer Geschäftigkeit umgeben, die ich gar nicht mehr gewohnt war.

Mit der nächstbesten Bahn fuhr ich nach Brooklyn. Die Sonne ließ die letzten Schneereste, die an den Dächern klebten, endgültig schmelzen. In den Pfützen schimmerte blauer Himmel. Schon bald würde es Frühling werden und das Leben seinen Kreislauf wieder aufnehmen.

Am Haus von Mr Parker angekommen, zog ich die Schlüssel aus der Tasche. Ich freute mich auf mein Zimmer, auch wenn der Ofen Ewigkeiten brauchen würde, um warm zu werden.

Kaum hatte ich den Flur betreten und den Schlüssel in das Schloss des Postkastens geschoben, schaute Kate um die Ecke.

»Du bist zurück!«, rief sie und warf sich das Geschirrtuch, das sie in der Hand hielt, über die Schulter. Im nächsten Augenblick umschlangen mich ihre Arme. Sie hatte ein Rosenparfüm aufgelegt, das mir sogleich ein wohliges Gefühl bescherte, während ihre Wärme durch meine klammen Kleider drang. »Es ist so schön, dich wiederzusehen!«

»Ich bin auch froh, wieder hier zu sein«, antwortete ich und wappnete mich innerlich gegen die Frage, die unausweichlich schien.

Kate löste sich ein wenig von mir, ließ ihre Hände auf meinen Armen liegen und blickte mich an. »Hast du Lust auf einen

Kaffee?«, fragte sie dann. »Ich meine, wenn du nach deiner Post gesehen hast.«

Ich öffnete die Klappe. Wie ich es kaum anders erwartet hatte, lag nichts darin.

Ich stellte meinen Koffer ab und folgte ihr in die Küche.

»Mr Parker ist unterwegs«, sagte sie. »Sein Sohn hat ein Kind bekommen. Er wollte sich den neuen Enkel anschauen.«

»Das ist schön«, antwortete ich und spürte gleichzeitig, wie die Beklommenheit zurückkehrte. Mr Parker war Großvater geworden! Das war so wundervoll, dass es mir die Tränen in die Augen trieb.

Kate bemerkte dies und zog ein fein säuberlich gebügeltes Taschentuch aus ihrer Schürze.

»Hier, nimm das. Es tut mir leid, ich wollte nicht ...«

»Schon gut«, sagte ich und tupfte mir die Tränen aus den Augenwinkeln. »Ich bin von der Überfahrt noch ein wenig sentimental, fürchte ich. In Paris habe ich viele Kinder gesehen und mir hin und wieder vorgestellt ...« Ich ließ mich hinter dem Küchentisch nieder. Meine Füße brannten, und meine Augen schmerzten. Während der Reise konnte ich mich ein wenig an die Zeitverschiebung gewöhnen, doch ich fühlte mich furchtbar müde.

»Hast du eine Spur gefunden?«, fragte Kate, während sie den Kessel auf die Ofenplatte stellte.

»Nein«, antwortete ich, was Kate mit einem ernsten Nicken hinnahm. Wahrscheinlich hatte sie es sich bereits gedacht, als ich allein über die Türschwelle getreten war.

»Hast du denn wenigstens Gewissheit erhalten?«, erkundigte sie sich nach einer Weile und holte eine Kaffeedose aus dem Schrank. Kurz darauf erfüllte der Duft des Kaffees den Raum und belebte mich wieder ein wenig.

»Nicht wirklich. Allerdings gibt es jemanden, der mir versprochen hat nachzuforschen.«

»Ein Detektiv?«, riet Kate genau richtig.

»Ja. Er sagte, dass er wesentlich mehr Möglichkeiten hätte, nach meinem Kind zu suchen.«

»Das haben diese Burschen tatsächlich. Man darf nur nicht so genau hinschauen, wie sie an diese Informationen herankommen.«

»Wie meinst du das?«

Kate schüttelte den Kopf. »Ach, gib nichts darauf. Die Detektive in der Alten Welt sind sicher anders als manche der Ganoven hier. Und ich kenne den Mann ja nicht, vielleicht bringt er dir dein Kind wirklich wieder.« Kate lächelte mir aufmunternd zu. »Entschuldige bitte, dass ich so negativ geklungen habe. In den vergangenen Wochen ...«

»Was ist los?«, fragte ich, denn ich spürte, dass ihr etwas auf der Seele lag.

»Mr Parker«, sagte sie und ließ sich auf dem Stuhl gegenüber nieder. »Ich glaube, es geht ihm nicht gut. Er sagt nichts, aber ... ich spüre, dass irgendetwas nicht in Ordnung ist.«

»Inwiefern?«

»Er ist manchmal so ... vergesslich. Und manchmal starrt er minutenlang vor sich hin, ohne auf eine Frage zu antworten.«

»Möglicherweise beschäftigt ihn etwas«, gab ich zurück und erinnerte mich seltsamerweise an die Zeit nach der Geburt, in der meine Welt in Grau versunken war.

»Möglicherweise«, echote Kate. »Aber ich glaube, es steckt etwas anderes dahinter. In den letzten Tagen hatte ich viel Zeit zum Nachdenken, und ... Wenn ihm etwas zustößt, weiß ich nicht, wohin ich gehen soll.«

»Ihm wird schon nichts zustoßen«, erwiderte ich. »Versuch einfach, nicht so viel in sein Verhalten hineinzulesen. Und wenn du unsicher bist, frag ihn doch einfach.«

»Er ist mein Boss!«

»Aber nach seinem Befinden darfst du dich doch erkundigen, nicht? Besonders wenn ihr tagtäglich miteinander zu tun habt.«

»Sicher, aber … Er wird es mir bestimmt nicht sagen.«

»Wenn er wirklich etwas hat, wird er es.«

Kate nickte, aber überzeugt wirkte sie nicht. Ich wünschte, ihr mehr Zuversicht geben zu können. Doch ich hatte Mr Parker nicht gesehen und konnte mir noch kein Urteil bilden.

»Wann kommt er denn wieder?«, fragte ich.

»Das weiß ich nicht genau. Vermutlich, wenn er seinen Enkel genug begutachtet hat.« Kate seufzte tief, dann blickte sie mich an und versuchte sich an einem Lächeln. »Aber jetzt bist du ja da«, sagte sie. »Es ist schön, wieder jemanden hier zu haben. Wenn man allein in dem Haus ist, beginnen die Wände mit einem zu sprechen.«

Ich verstand, was sie meinte. Es waren nicht die Wände, die sprachen, sondern die Erinnerungen, die in den dunklen Ecken des Verstandes nisteten und nur auf eine Gelegenheit warteten, hervorzukommen. So war es mir auch in dem Zimmer in Paris ergangen.

»Ja, und ich habe auch nicht vor, dich so bald wieder zu verlassen. Allerdings werde ich mich auf die Suche nach einem neuen Job begeben müssen.«

»Ich bin sicher, du findest etwas! Auf Mädchen wie dich warten sie, ganz bestimmt!«

»Das hoffe ich«, sagte ich und hob die Tasse an die Lippen.

Der Kaffee vermochte allerdings nicht, mich wach zu machen. Die Schwere in meinen Gliedern wurde immer größer, und die Aussicht, in mein Bett zu sinken, kam mir in diesem Augenblick traumhaft vor.

Ich schleppte meinen Koffer die Treppe hinauf. In meinem Zimmer schob ich den Koffer neben die Tür und sank aufs Bett. Die Luft war kalt, denn da Kate nicht gewusst hatte, wann genau ich zurückkehren würde, hatte sie nicht geheizt. Doch ich fühlte mich wohl. Seit ich mein Elternhaus verlassen hatte, war mir das Gefühl ein wenig abhandengekommen, aber jetzt war es, als wäre ich nach Hause zurückgekehrt. Wirklich nach Hause und nicht an einen Ort, an dem ich einfach nur wohnte. Ich schloss die Augen mit dem Vorhaben, nur ein paar Minuten zu ruhen. Immerhin gab es eine Menge Dinge, um die ich mich kümmern und die ich vorbereiten musste.

Als ich wieder zu mir kam, wurde es bereits dunkel. Das Licht der Straßenlaternen flammte auf und fiel durch die Jalousien. Ich erhob mich und trat ans Fenster. Drüben auf der anderen Seite hatte Mr Miller die Lampen angemacht. Während ich seine Gestalt am Esstisch beobachtete, stieg mir ein verlockender Duft in die Nase. Offenbar hatte Kate vor, meine Rückkehr mit einem Festessen zu feiern.

Seltsamerweise fiel mir auf einmal wieder Darren ein. Mein Herz wurde schwer, und Wehmut überkam mich. Ich erinnerte mich noch gut daran, wie Mr Miller geschimpft hatte, als Darren ihn mit kräftigem Hupen aus der Sonntagsruhe gerissen hatte. Ob Mr Miller sich fragte, wo der Bursche abgeblieben war? Vermutlich war er eher froh, dass er nicht mehr aufkreuzte. Doch ich ... ich vermisste ihn. Ich hatte gedacht, dass es nachlassen würde, aber wo er mir jetzt wieder in den Sinn kam, spürte ich es erneut. Er war ein anständiger, liebevoller Mann gewesen. Es brach mir das Herz, zu wissen, dass ich mir diese Chance selbst verdorben hatte.

Den Anhänger, den er mir geschenkt hatte, bewahrte ich noch immer auf, auch wenn ich mir sicher war, dass er meine Krawattennadel mittlerweile weggeworfen hatte. Wahrscheinlich dachte er ohnehin nicht mehr an mich. Jemand wie er hatte sicher schon eine neue Freundin gefunden. Eine, die keine Angst hatte, offen mit ihm über ihre Vergangenheit zu reden.

Möglicherweise aber auch eine, die keine Vergangenheit hatte, die sie verschweigen musste.

Ich atmete tief durch und versuchte, den Gedanken abzuschütteln. Dann ging ich zum Schreibtisch. Dort öffnete ich die mittlere Schublade, in der ich unter anderem Hennys Briefe aufbewahrte. Seufzend schob ich sie beiseite und holte den Umschlag hervor, der im vergangenen Herbst hier angekommen war, nachdem ich Miss Arden auf einer Party bei den Vanderbilts, zu der mich pikanterweise Madame Rubinstein mitgenommen hatte, kennengelernt hatte.

Die Handschrift von Miss Arden war noch immer so scharf wie ihre Aussage und ihr Angebot. Es war kein besonders guter Stil, zu versuchen, die Mitarbeiterin eines Konkurrenzunternehmens abzuwerben. In der Fabrik war oft die Rede davon gewesen, wie übel Madame Miss Arden derartige Versuche nahm. Ich hatte ihr nie davon erzählt, weil ein Wechsel für mich ohnehin nicht infrage gekommen wäre – aber nun hatte sich alles geändert.

Wie mochte Miss Arden als Chefin sein? Wie sahen ihre Labors aus? Wir hatten darüber spekuliert, doch unsere Konkurrentin hatte ihre Geheimnisse wie ein Zerberus gehütet.

Mein Blick streifte über die Buchstaben.

Sollte sich Ihre Meinung bezüglich Ihrer jetzigen Stelle ändern, sind Sie herzlich eingeladen, durch die rote Tür zu treten.

Die rote Tür. Madame hatte sich kein derartiges Wahrzeichen geleistet. Wenn man meinen Kolleginnen glauben durfte, hatte sie sich darüber immer verächtlich geäußert. Dafür waren ihre Geschäftsräume ein Hort der Kunst. Wie war es wohl bei Miss Arden?

Ich faltete den Brief wieder zusammen. Noch immer war mir nicht ganz wohl dabei, bei ihr vorzusprechen. Aber es war die beste Möglichkeit, die ich im Moment hatte. Miss Arden stand Madame Rubinstein in nichts nach, sonst wären beide nicht so erbitterte Konkurrentinnen gewesen. Ihre Produkte waren gut, und ich würde, wenn das Angebot noch galt, endlich die Chance erhalten, wieder zu arbeiten. Ganz abgesehen von der Chance, vielleicht nach Paris zu gehen.

Ich schob den Brief in meine Handtasche und machte mich daran, meine Kleider für den kommenden Tag herauszusuchen.

14. Kapitel

Am nächsten Morgen machte ich mich auf den Weg zur Arden-Firmenzentrale. Diese war nur einen Block von der Rubinstein-Niederlassung entfernt, der Weg war mir also bekannt. Ich stieg in die Subway, wie damals, als ich zu Madame gerufen worden war.

Die rote Tür, die das Arden Building zierte, hatte ich damals zwar wahrgenommen, mich aber nicht weiter darum gekümmert. Jetzt wurde ich allein schon nervös bei dem Gedanken daran, dass ich sie durchschreiten würde. Unruhig zupfte ich an meinem Kostüm. Ich hatte das blaue gewählt. Es hatte weiße Paspeln am Kragen. Damals, als ich es anprobierte, war es mir sehr elegant erschienen, doch nun verspürte ich den Drang, ständig daran herumzuzupfen. Würde es Miss Ardens Ansprüchen genügen? Hatte es vielleicht die falsche Farbe? Die Welt von Miss Arden war in Rot und Pink gehalten, während Madame eher Cremefarben, Gold und Blau bevorzugte. Wenn Helena Rubinsteins Konkurrentin ihr Büro so eingerichtet hatte, wie ihre Flakons in den Regalen aussahen, würde ich darin wirken wie Kohlenstaub auf Schnee.

Dazu kam, dass ich mich plötzlich ungenügend vorbereitet fühlte. Außer dem Schreiben von Miss Arden hatte ich nichts dabei. Doch was hätte ich auch mitnehmen sollen? Einen Universitätsabschluss hatte ich nicht gemacht. Und auch ein Zeugnis von der Rubinstein Inc. hatte ich bis heute nicht erhalten. Doch ich hatte bei Madame eine eigene Kosmetiklinie entwickelt. Ich hatte Miss Arden auf der Party von Mr Vanderbilt dazu gebracht, mich zu bemerken. Sie hätte mich wohl kaum angesprochen, wenn sie von dem, was ich bei Madame getan hatte, nicht beeindruckt gewesen wäre. Vielleicht war es an der Zeit, etwas Selbstvertrauen zu zeigen. Ich konnte Miss Arden nicht als ängstliches Mäuschen gegenübertreten!

Ich straffte mich und öffnete die rote Tür.

Das, was sich meinen Augen bot, war ähnlich beeindruckend wie bei meinem ersten Besuch bei Madame. Allerdings unterschied sich der Stil tatsächlich sehr. Wo die Rubinstein-Firmenzentrale beinahe schon etwas maskulin gewirkt hatte, tauchte ich hier in eine duftende Welt aus Gold und Pink ein. Die Einrichtung erinnerte an den Salon einer englischen Herzogin.

Die Dame hinter dem Empfangstresen trug ihr Haar in weiche Wellen onduliert. Ihr Gesicht war recht farbenfroh geschminkt. Besonders der pinkfarbene Lippenstift zog meinen Blick auf sich.

»Was kann ich für Sie tun, Miss?«, fragte sie freundlich, als sie meinen Blick bemerkte.

»Mein Name ist Sophia Krohn, ich würde gern mit Miss Arden sprechen.«

Die perfekt gezupften Brauenbögen der Empfangsdame schnellten in die Höhe.

»Ich fürchte, das wird nicht möglich sein. Miss Arden ist in einer Besprechung.«

Ich legte den Umschlag auf den Tresen. »Würden Sie ihr das hier bitte geben?«, fragte ich. »Ich werde warten, bis sie Zeit hat.«

»Aber …«, begann die Frau, doch ich wartete ihren Einwand nicht ab.

»Bitte«, sagte ich. »Es ist wichtig.«

»In Ordnung, aber es wird eine Weile dauern.«

»Das ist kein Problem«, erwiderte ich und ging zu der Sitzgruppe, die etwas vom Tresen entfernt stand. Dort nahm ich Platz und sah, wie die junge Frau verwirrt auf den Umschlag blickte. Wenig später eilte sie zum Fahrstuhl.

Nervös knetete ich meine Hände. Die Anspannung in meinem Innern wuchs mit jedem Augenblick. Wie würde Miss Arden reagieren, wenn sie den Brief sah?

Wie gebannt starrte ich auf den Fahrstuhl. Immer wenn sich die Tür öffnete, zuckte ich unwillkürlich zusammen. Doch meist war es nur ein Mann in Mantel und Hut, der erschien. Zwischendurch sah ich auch zwei Frauen in hellen Mänteln. Die Empfangsdame ließ lange auf sich warten.

Schließlich erschien sie doch, aber sie eilte direkt wieder zum Tresen. Was hatte Miss Arden gesagt? Hatte sie ihr eine Notiz mitgegeben? Am liebsten wäre ich zu ihr gelaufen und hätte sie gefragt, aber nach meinem Auftritt vorhin traute ich mich nicht.

Minuten vergingen und wurden langsam zu einer Stunde, dann zu einer zweiten.

Ich hätte es wissen müssen und ein Buch mitnehmen sollen. Wie konnte ich mir nur einbilden, dass man mich sofort empfangen würde? Jetzt, wo Madame Rubinstein das Land verlassen hatte, hatte ich wohl meinen Wert für Miss Arden verloren.

Dennoch blieb ich sitzen, auch wenn mein Magen mittlerweile knurrte. Auch früher, als ich noch kaum Geld besaß, hatte ich Hunger gehabt, allerdings nicht nach einem ordentlichen Frühstück. Wie schnell man sich doch an ein gutes Leben gewöhnte …

Eine weitere halbe Stunde verging, und beim Anblick der

Passanten, die an den hohen Glasfenstern vorbeiliefen, wurde ich allmählich schläfrig. Ich wollte mich dagegen wehren, aber es gelang mir nicht.

»Miss Krohn?«, rief da eine Stimme von der Seite. Ich schreckte hoch. Erst einige Augenblicke später realisierte ich, dass mich die Dame am Empfang gerufen hatte. Ich ergriff meine Tasche und ging zu ihr.

»Miss Arden möchte Sie sehen. Der Fahrstuhl bringt Sie zu ihrem Büro.« Sie deutete zur Seite.

»Danke, dass Sie Bescheid gesagt haben«, sagte ich.

»Keine Ursache«, erwiderte sie und wandte sich dem Herrn zu, der hinter mir an den Tresen getreten war.

Auch in diesem Fahrstuhl erwartete mich ein Mann in Uniform, wie bei Madame. Dieser hier wirkte allerdings nicht wie ein Liftboy, eher wie ein Portier in einem noblen Hotel.

Ich bat ihn, mich zum Büro von Miss Arden zu bringen, und ging noch einmal die Worte durch, die ich mir zurechtgelegt hatte. Wenn Miss Arden hörte, dass ich gefeuert worden war, würde sie mich vielleicht nicht mehr haben wollen. Aber wenn ich behauptete, selbst gekündigen zu haben ... Wer sollte ihr das Gegenteil berichten?

Im Vorzimmer wurde ich von einer Sekretärin in Empfang genommen. Sie trug ein himbeerfarbenes Kostüm, das dem ähnelte, das ich vor einiger Zeit im Schaufenster von Macy's gesehen hatte. »Miss Arden bespricht sich noch kurz mit ihrem Ehemann, dann hat sie Zeit für Sie. Nehmen Sie doch bitte Platz.«

Sie deutete auf ein pinkfarbenes Chesterfield-Sofa, und ich ließ mich auf den weichen Polstern nieder.

Es dauerte tatsächlich nur wenige Augenblicke, bis sich die Tür öffnete und ein Mann im sandfarbenen Anzug herauskam. Er hatte dunkelblondes Haar und wirkte sonnengebräunt. Unter seinem Arm hielt er eine Mappe.

»Carla, sagen Sie mir doch bitte noch einmal, wann ich mit den Herren von Saks verabredet bin.«

Die Sekretärin schaute nach. »Um zwei, Mr Jenkins.«

»Na, dann habe ich ja noch reichlich Zeit. Ich bin in der Werbeabteilung, wenn meine Frau mich sucht.«

»Ich werde es ihr ausrichten, Mr Jenkins«, gab die Sekretärin mit strahlendem Lächeln zurück.

Der Mann wandte sich zur Seite und strebte, ohne auch nur einen Blick auf mich zu werfen, der Tür zu.

Das war also der legendäre Thomas Jenkins. Ich erinnerte mich daran, wie Darren über ihn gesprochen hatte. Dass er der Mann hinter Miss Arden war. Im Gegensatz zu Mr Titus genoss er nicht den Ruf eines Schürzenjägers, sondern den des genialen Werbemannes. Es hieß sogar, dass in Wirklichkeit er das Arden-Imperium aufgebaut hätte. Wenn Miss Arden einen Wunsch hatte, führte er ihn aus. Der Ursprung ihrer Kosmetika lag bei ihr, doch ohne seine herausragenden Strategien wäre ihre Firma wahrscheinlich nur halb so groß.

Wenig später erschien Miss Arden in der Tür. Ihre strahlend roten Haare waren zu einem gelockten Bob geschnitten. Ihr Körper steckte in einem beige karierten Stiftrock, dazu trug sie eine seidige weiße Bluse. Auf den ersten Blick wirkte sie zierlich, doch wenn man näher hinsah, bemerkte man ihre energischen Züge und die gebieterische Haltung.

»Ah, da ist sie ja«, sagte sie mit einem beinahe schon triumphierenden Lächeln und bedeutete mir, ihr in ihr Büro zu folgen. »Kommen Sie, Miss Krohn.«

Ich erhob mich und strich die Falten meines Kostüms glatt. Dann ging ich auf sie zu und reichte ihr die Hand. »Vielen Dank, dass Sie Zeit für mich haben.«

Miss Arden erwiderte meinen Händedruck. »Es freut mich, dass Sie den Weg zu mir gefunden haben. Ich hatte jedoch gehofft, dass wir uns ein wenig eher wiedersehen würden.«

»Die Umstände haben es bisher nicht zugelassen«, sagte ich und trat ein.

Auch Miss Arden liebte die Kunst. Die Wände ihres Büros schmückten wunderschöne Gemälde, kleine goldene Skulpturen standen in einer Vitrine, auf die ein Spotlicht gerichtet war, um sie noch besser zur Geltung zu bringen.

Im Gegensatz zu Madames Büro gab es hier große Vasen voller Blumen. Rosen, Tulpen und üppige, rosafarbene Pfingstrosen wetteiferten um die Blicke der Besucher. Während ich mich noch fragte, wo sie diese Pracht im Februar herbekommen hatte, wurde mir klar, dass es sich um Seidenblumen handelte, die täuschend echt der Realität nachempfunden waren.

Darüber hinaus trug auch der dichte, rosa gemusterte Teppich dazu bei, dass ihr Büro wesentlich weiblicher wirkte als das von Madame.

»Umstände?«, fragte sie.

»Ich hatte eine Familienangelegenheit zu klären«, sagte ich. Sie brauchte erst dann von meinem Sohn zu erfahren, wenn Monsieur Martin ihn gefunden hatte.

»Nun, Miss Krohn, setzen Sie sich doch«, sagte Miss Arden, während sie hinter ihren Schreibtisch zurückkehrte, der derselben Epoche entsprungen zu sein schien wie die Stühle davor, die wirkten, als hätte der französische Sonnenkönig bereits darauf Platz genommen.

Ich ließ mich auf einem nieder.

Miss Arden musterte mich eine Weile, dann fragte sie: »Nun, was haben Sie auf dem Herzen?«

Ich wusste nicht, ob ich mit der Tür ins Haus fallen sollte. Doch was sollte ich ihr sonst sagen?

»Ich möchte bei Ihnen arbeiten«, erklärte ich also ohne Umschweife.

Miss Arden lehnte sich zurück. Auf ihrem langen, schlanken

Gesicht spielte ein Lächeln, das sie nur schwach zu verbergen suchte.

»Was bringt Sie zu diesem Sinneswandel?«, fuhr sie fort. »Immerhin waren Sie vor einigen Monaten noch sehr sicher, Ihre alte Firma nicht verlassen zu wollen.«

Ich hätte ihr vorlügen können, dass ihr Schreiben meine Auffassung geändert hätte, doch sie hätte die Lüge sicher bemerkt.

»Wie Sie bestimmt erfahren haben, hat Miss Rubinstein ihre gesamten Anteile an ihrer amerikanischen Niederlassung an die Lehman Brothers verkauft«, antwortete ich. »Ich sehe keinen Grund mehr, gegenüber Madame loyal zu sein.«

Miss Arden nahm diese Worte mit einem Nicken hin.

»Mir ist zu Ohren gekommen, dass es einige Kündigungen gegeben hat«, sagte sie nach kurzem Nachdenken.

Schlagartig schoss mir das Blut in die Wangen. »Woher wissen Sie das?«, fragte ich ertappt.

Sie lächelte hintergründig. »Ich habe so meine Verbindungen.«

»Sie meinen, Spione?«

Miss Arden lachte alles andere als damenhaft auf. »So würde ich das zwar nicht nennen, aber es kommt auf dasselbe heraus. Ich bin mir sicher, dass Mrs Titus das genauso gehandhabt hat, als sie noch auf ihrem Stuhl saß.«

Dazu konnte ich nichts sagen, denn weder wusste ich davon, noch konnte ich ihr das Gegenteil beweisen.

»Also?«, hakte Miss Arden nach. »Gehören Sie zu jenen, die entlassen wurden?« Ihre Augen fixierten mich, und ich hatte das Gefühl, dass sie trotz der Sanftheit in ihnen direkt in meine Seele schauen konnte.

»Ja, ich gehöre zu jenen.« Jetzt war es heraus.

Miss Arden betrachtete mich. Ihre Miene weckte in mir den Drang, mich erklären zu müssen.

»Ich war eine der Letzten, die eingestellt wurden«, setzte ich hinzu. »Die neuen Geschäftsführer haben den Letzten gekündigt, die auf der Lohnliste standen.«

»Pah!« Miss Arden stieß erneut ein Lachen aus und warf den Kopf in den Nacken. »Typisch Bankiers! Denken nur ans Geld! Die alte Hexe wird schäumen, wenn sie davon erfährt.«

Würde sie das wirklich? Ich unterdrückte den Reflex, Helena Rubinstein zu verteidigen. Sie war anstrengend und streng, aber keine Hexe. Wenn auch einige Arbeiterinnen sie nach dem Verkauf so genannt hatten.

»Ich bin der Ansicht, dass sie damit einen entscheidenden Fehler gemacht haben«, fuhr Miss Arden fort, nachdem sie sich wieder beruhigt hatte. »Gut so! Damit ist Rubinstein erledigt, und wir können uns ihre Plätze sichern.«

Diese offene Gehässigkeit erschreckte mich. Helena Rubinsteins Hass war ein wenig subtiler gewesen. Oder ich hatte ihre wirklich garstigen Kommentare nicht mitbekommen.

Beinahe war ich geneigt, zu fragen, woher diese Abneigung zwischen den beiden, die sich wahrscheinlich ebenbürtig waren in Vermögen und Ansehen, stammte, doch dann sagte Miss Arden: »Ich bin nicht so dumm wie die Bankiers. Ich werde Sie anstellen. Immerhin haben Sie eine gewisse Reputation. Indem Mrs Titus Ihnen so sehr vertraut hat, dass sie Sie eine neue Linie entwickeln ließ, sind Sie ideal für mich. Und wie ich gehört habe, ist Ihr Produkt hervorragend geraten. Hätten Sie sich mit etwas Vergleichbarem selbstständig gemacht, hätte ich eine weitere Konkurrenz fürchten müssen.«

Ich starrte sie an. Solch ein großes Kompliment hatte ich noch nie erhalten. Auch nicht von Madame Rubinstein.

»Allerdings werden wir es diesmal von Anfang an richtig angehen. Sie werden nicht im Labor versauern. Ich habe andere Pläne.«

Ich zog die Augenbrauen hoch. »Aber ich bin Chemikerin!

Ich möchte Produkte entwickeln, die Frauen helfen, sich gut zu fühlen. Sich schön zu fühlen, begehrt. Ich möchte zu ihrem Wohlbefinden beitragen, und zwar direkt, indem ich Kosmetik herstelle!«

»Das weiß ich. Doch ich sehe auch, dass Sie keinen Abschluss haben. Bei Mrs Titus mögen Sie vielleicht im Labor gearbeitet haben. Man weiß ja, wie wenig Sinn ihre Anstellungen ergeben. Doch jetzt sind Sie bei mir.«

Sie hielt kurz inne, dann betrachtete sie mich. »Sie sind eine wirklich hübsche Frau. Natürlich könnte man noch mehr aus Ihnen machen, aber das werden Sie schnell lernen. Wenn Sie erst einmal den Standard erreicht haben, der bei uns üblich ist, werde ich Ihnen vielleicht öffentlichere Aufgaben erteilen.«

Vor lauter Überraschung wusste ich nicht, was ich sagen sollte. Eigentlich sollte das Vorstellungsgespräch meine Eignung zum Thema haben und nicht mein Aussehen.

Gleichzeitig ließen der Tonfall, mit dem sie über Madame sprach, und die Art, wie sie sie bezeichnete, etwas in mir zusammenkrampfen. Ich ahnte, wie verbissen Miss Arden ihren Kampf gegen die Konkurrentin führte.

»Aber das ist alles Zukunftsmusik, nicht wahr? Sie werden zunächst einmal unsere Arbeitsweise kennenlernen, denn ich möchte, dass Sie ein Teil meiner Firma werden. Ich werde Ihnen siebentausend Dollar im Jahr bezahlen.« Sie betrachtete mich prüfend, als erwartete sie eine Reaktion. Ich freute mich über die hohe Summe. Doch es verwirrte mich noch immer, dass sie mich nicht als Chemikerin wollte.

»Ich möchte, dass Sie sich heimisch fühlen«, fuhr sie fort. »Mrs Titus scheint das nicht gelungen zu sein.«

Ich hätte gern angemerkt, dass Madames einziger Fehler war, den amerikanischen Teil der Firma zu verkaufen. Doch ich hielt es für besser, nicht darauf einzugehen. Stattdessen fragte ich: »Und was werde ich genau tun?«

»Zunächst werden Sie in einem meiner besten Salons anfangen. Wenn Sie sich eingearbeitet haben, werde ich Ihnen eine neue Aufgabe zuteilen. Ich werde Ihre Fortschritte beobachten. Sind sie zu meiner Zufriedenheit, werde ich Ihnen eine feste Anstellung geben.«

Ich nickte. Und gleichzeitig wurde mir klar, warum sie es so handhabte. Sie wollte erst sehen, ob sie mir vertrauen konnte. Immerhin konnte Helena Rubinstein mich angestiftet haben, sie auszuspionieren.

Aber all das sagte Miss Arden nicht.

»Das hört sich großartig an«, sagte ich und setzte ein freudiges Lächeln auf. Im Grunde genommen war ich begeistert. Doch es beunruhigte mich auch, dass Miss Arden von einer Probezeit sprach. Dass sie mich nicht im Labor einsetzen wollte. Was hatte sie mit mir vor? Und würde sie mir erlauben, nach Paris zu gehen?

»Miss Arden, gestatten Sie mir eine Frage?«, wandte ich mich noch einmal an sie.

»Aber sicher doch, Miss Krohn!«, gab sie jovial zurück.

»Wenn ich mich zu Ihrer Zufriedenheit anstelle ... Wäre es möglich, dass Sie mich auch in Paris arbeiten lassen?«

Miss Arden runzelte die Stirn. »Warum gerade Paris?«

»Nun ...« Mir wurde auf einmal furchtbar warm unter meinem Kostüm. »Es ist die bedeutendste Stadt der Mode, nicht wahr? Ich wäre jedenfalls bereit, auch dort Erfahrungen zu sammeln.«

»Meine Filiale in Paris ist gut besetzt. Das gilt auch für andere europäische Niederlassungen. Möglicherweise schicke ich Sie irgendwann einmal dorthin, um sich den Betrieb anzusehen, aber vorerst werden Sie hier eingesetzt. Sie müssen erst verstehen, was es heißt, für Elizabeth Arden tätig zu sein. Danach sehen wir weiter.«

Diese Worte ließen meine Begeisterung ein wenig sinken.

Offenbar wurde es so schnell nichts mit meinem Traum, nach Paris zu gehen. Aber vielleicht würde sie ihre Meinung ändern, wenn ich ihr gezeigt hatte, was ich konnte.

Im Moment hatte ich keine andere Wahl. »Vielen Dank, Miss Arden«, sagte ich, was ihr zu gefallen schien.

»Kommen Sie morgen früh zur Besprechung hierher. Neun Uhr. Dann werde ich Sie vorstellen, und Sie werden sich anschließend im Salon einfinden.«

»Das werde ich.« Gespannt wie eine Feder wartete ich darauf, dass sie mir ein Zeichen gab, dass ich gehen konnte. Ich wusste nicht, was ich von der Sache halten sollte.

Sie erhob sich und reichte mir die Hand.

Ich tat es ihr gleich.

»Willkommen bei Elizabeth Arden«, sagte sie und drückte mir entschlossen die Hand. »Ich bin sicher, dass wir gut miteinander auskommen werden.«

Noch immer ein wenig verwirrt über das zurückliegende Gespräch, taumelte ich aus Miss Ardens Büro. Draußen musste ich mich erst einmal fassen. Sie hatte mich tatsächlich eingestellt! Nicht als Chemikerin, sondern für siebentausend Dollar im Jahr als Lehrling in einem Salon.

Die Summe war enorm, doch ich hatte keine Ahnung, was sie von mir erwartete. Mein Fach war die Chemie. Mit Schönheitsbehandlungen kannte ich mich nicht aus.

Aber das war es! Das war meine Chance! Auch wenn diese anders aussah, als ich es mir vorgestellt hatte. Es wäre schöner gewesen, wenn sie mir zugesagt hätte, dass ich nach der Lehrzeit nach Paris gehen könnte. Vielleicht half es, wenn ich einfach dranblieb. Als geschätzte Mitarbeiterin würde mir Miss Arden vielleicht doch einen Wunsch erfüllen.

Irgendwie schaffte ich es aus dem Arden Building heraus und stand schließlich wieder auf der Straße. Ich hatte eine neue Anstellung! In diesem Augenblick hätte ich es nur zu gern irgendwem entgegengerufen, doch die Passanten in den Mänteln und Jacken interessierten sich nicht für mich.

Auf dem Weg zur Subway ging ich noch einmal an dem Gebäude vorbei, in dem die Rubinstein Inc. residierte. Früher wäre ich Gefahr gelaufen, Madame zu begegnen, wenn sie sich bei ihrem favorisierten Deli ihre Lunchtüte geholt hätte. Doch sie war nicht mehr hier. Würde ich je erfahren, was aus ihr geworden war?

Auf der gegenüberliegenden Straßenseite blieb ich stehen und blickte an dem Gebäude hinauf. Alles schien wie immer, aber ich spürte, dass etwas anders geworden war. Ich hatte mich verändert, wieder einmal. Für einen Moment beobachtete ich, wie sich die Wolken in den Fenstern spiegelten. Ich fragte mich, ob dort oben im fünften Stockwerk gerade eine Sitzung stattfand. Es hieß, dass Madame jeden Morgen mit einer Sitzung ihrer engsten Vertrauten begonnen hatte.

Würde Miss Arden es ebenso halten? Auf wen würde ich morgen treffen, neben dem Ehemann? Wer stand hinter Miss Arden?

Mein Herz begann zu pochen. Von irgendwoher ertönte eine Sirene. Es klang, als würde die Polizei kommen. Ich schaute weiterhin zu den Fenstern hinauf. Der Wagen raste vorbei.

Ich wusste nicht, was ich gegenüber Madame Rubinstein fühlen sollte, aber ich wusste, dass ich das Richtige getan hatte. Die Arbeit bei Miss Arden würde mich vielleicht irgendwann nach Paris führen. Und dann möglicherweise zu meinem Sohn.

15. Kapitel

»Kate?«, fragte ich, während ich die Haustür aufzog. Meine Stimme hallte durch den Flur, doch eine Antwort erhielt ich nicht. Alles war still. War Kate unterwegs?

Ich platzte beinahe vor Lust, Kate von dem heutigen Tag zu erzählen. In der Subway hatte ich das Lächeln nicht mehr von meinem Gesicht bekommen. Die Leute hatten mich schon komisch angeschaut, aber ich konnte einfach nicht anders. Ich war überglücklich!

Da niemand da zu sein schien, begab ich mich erst einmal in mein Zimmer. Dort öffnete ich den Kleiderschrank und ging die Kleiderbügel durch.

Was sollte ich morgen tragen? Zum heutigen Vorstellungsgespräch hatte ich das beste Kostüm angezogen, das ich besaß. Alles andere taugte bestenfalls für einen grauen Tag, an dem die Leute nicht so genau auf ihr Gegenüber schauten. Glücklicherweise hatte Miss Arden keinen Anstoß daran genommen, dass es nicht die »richtige« Farbe hatte. Würde ich für die Sitzung auf die Schnelle noch ein anderes Kostüm bekommen?

Plötzlich hörte ich die Tür unten gehen. War es Kate? Ich stürmte nach draußen. »Kate, ich …«

Als ich Mr Parker sah, erstarb meine Stimme. Er wirkte tatsächlich gebeugt und kränklich.

»Mr Parker«, sprach ich ihn an. Er hielt inne, blickte dann auf. Ich ging zu ihm hinunter, denn es wäre unhöflich gewesen, von der Treppe herab zu ihm zu sprechen.

»Ah, Sie sind wieder da, Miss Krohn! Wie war es in der Alten Welt?«, fragte er.

Wir schüttelten uns die Hände.

»Schön«, antwortete ich. »Ich meine, interessant.« Ich wusste nicht so recht, welches Wort ich dafür benutzen sollte. Schön im herkömmlichen Sinne war der Aufenthalt nicht gewesen.

»Interessant?«, fragte er. »Haben Sie eine Spur Ihres Sohnes gefunden?«

»Leider nein, aber es gibt da jemanden, der mir helfen will.«

Mr Parker legte die Stirn in Falten. »Es muss viel in Ihnen vorgehen. Dennoch wirken Sie so gefasst.«

»Es würde mir nichts bringen, wenn ich verzweifelte, nicht wahr?« Ich seufzte und setzte dann ein Lächeln auf. Mr Parker sollte sich keine Sorgen um mich machen. »Ich vertraue meinem Helfer. Er hat mich auch schon während meines Aufenthaltes in Paris gut unterstützt.«

Parker nickte. »Dann hoffe ich, dass dieser Jemand Erfolg hat und Sie schon bald nach Paris reisen können, um das Kind abzuholen – und sich die Stadt auch ein wenig aus den Augen einer Reisenden anzuschauen. Paris ist immerhin die Stadt der Liebe.« Er seufzte tief. »Schade, dass ich sie nie zu Gesicht bekommen habe.«

»Sie waren noch nie in Paris?« Bei einem Mann wie ihm hätte ich vermutet, dass er irgendwann mal in Europa war – zumal er dort, wie er öfter erzählte, Freunde hatte.

Er schüttelte den Kopf. »Nein. Ich habe es nie geschafft.«

»Vielleicht ergibt sich das noch«, sagte ich, worauf er resigniert die Schultern sinken ließ.

»Ich fürchte, ich werde nicht mehr viele Gelegenheiten dazu haben«, entgegnete er niedergeschlagen.

Warum war er so pessimistisch? Er war schon älter, ja, aber mit etwas Glück hatte er noch viele Jahre vor sich. Und das Reisen war nicht so strapaziös, wie man vielleicht glauben mochte.

»Geht es Ihnen gut, Mr Parker?«, fragte ich.

Mein Hauswirt schaute mich ein wenig verwirrt an, dann huschte ein Lächeln über sein Gesicht. »Man wird eben nicht jünger, nicht wahr? Besonders wenn wieder ein neues Kind auf die Welt kommt, wird einem das bewusst.«

»Kate hat mir schon von Ihrem Enkel erzählt. Meinen Glückwunsch!«

»Danke. Es ist wirklich ein hübscher kleiner Kerl. Wollen wir hoffen, dass ein ordentlicher Mann aus ihm wird.«

»Das hoffe ich auch.« Ich sah ein, dass er keine Lust hatte, auf meine eigentliche Frage einzugehen. Ich dachte wieder an Kates Besorgnis. Auch mir fiel auf, dass er anders wirkte. Irgendwie erschöpft.

»Ich ... ich habe übrigens eine neue Anstellung«, sagte ich.

»Oh, gratuliere!«, entgegnete Mr Parker. »Welche Firma ist denn die glückliche?«

»Elizabeth Arden«, gab ich zurück. »Ich hoffe, das ist kein Problem für Sie.«

»Problem?«, fragte er verwundert. »Wieso sollte das ein Problem für mich sein?«

»Sie sind mit Madame Rubinstein befreundet.«

Er winkte ab. »Es ist eine Weile her, dass ich sie zuletzt gesehen habe. Und was Sie betrifft, ist es mir egal, wo Sie arbeiten, solange Sie die Miete zahlen und sich anständig betragen. Beides ist der Fall, also kann ich nicht klagen.«

Ich lächelte ihn an. »Danke, Mr Parker.«

»Nicht dafür, meine Liebe.« Er hob die Hand zum Gruß und verschwand in seinen Räumlichkeiten.

Eine halbe Stunde später stieg ich wieder in die Subway. Da Kate noch nicht zurück war und meine Kleider im Spiegel nicht hübscher wurden, hatte ich beschlossen, meine Garderobe etwas aufzustocken. Macy's hatte immer recht lange geöffnet, mit etwas Glück würde ich etwas finden, mit dem ich morgen früh Eindruck bei Miss Arden schinden konnte.

Die Bahn war ebenso voll wie wenig später die Gehwege. Ich musste aufpassen, dass ich nicht angerempelt wurde, denn einige Männer waren beim Gehen in ihre Zeitungslektüre vertieft und schauten weder nach links noch nach rechts.

Im Kaufhaus selbst wimmelte es nur so von Leuten, und das, obwohl die neue Schaufenstergestaltung noch lange nicht enthüllt worden war.

Auf dem Weg zur Damenbekleidung passierte ich auch die Kosmetikabteilung. Die Produkte von Miss Arden waren nicht zu übersehen, dafür musste ich suchen, ehe ich etwas von Madame Rubinstein fand. Offenbar hatte der Verkauf ihrem Ansehen bei Macy's ziemlich geschadet. Was würde sie dazu sagen, wenn sie herausfand, dass ihre Konkurrentin den Siegeszug angetreten hatte?

»Sophia?«, fragte eine ungläubige Stimme hinter mir.

Ich wandte mich um. »Ray?«

Für einen Moment traute ich meinen Augen nicht, aber da war meine frühere Kollegin, adrett in die Uniform der Macy's-Verkäuferinnen gekleidet und die Haare sanft über dem Ohr onduliert.

»Du meine Güte, was machst du denn hier?«, fragte sie.

Wir fielen uns in die Arme. Dabei strömte mir ihr Parfüm ganz deutlich in die Nase. Es roch nach Rose und Veilchen mit einem Hauch Sandelholz. Früher im Labor war mir nie aufgefallen, dass Ray Parfüm trug.

»Das wollte ich dich gerade fragen«, entgegnete ich. »Seit wann bist du denn bei Macy's?«

»Seit drei Wochen«, sagte Ray. »In der Fabrik hat es weitere Kündigungen gegeben. Ich war beim letzten Schwung dabei.«

»Das tut mir leid.«

Ray winkte ab. »Das muss es nicht. Die Stimmung in der Fabrik hat sich mit den neuen Besitzern vollkommen geändert. Diese Typen haben sich nur dann blicken lassen, wenn wieder ein paar Leute gehen mussten. Alle hatten nur noch Angst, dass jeden Moment ihr Wagen auf den Hof fahren würde.« Sie seufzte tief und zwang sich dann zu einem Lächeln. »Jetzt brauche ich keine Angst mehr zu haben.« Sie hob die Hände, als wollte sie die Kosmetikabteilung umarmen. »Und das hier ist doch auch nicht schlecht, was?«

»Aber du hast doch davon geträumt, in einem Labor zu arbeiten.« Traurigkeit überkam mich. So hatten die neuen Besitzer von Rubinstein Amerika dafür gesorgt, dass weitere Träume wie Seifenblasen geplatzt waren.

»Und was ist mit dir?«, fragte Ray. »Du siehst nicht so aus, als müsstest du Hunger leiden.«

Ich schüttelte den Kopf. »Das muss ich auch nicht. Miss Arden hat mich heute eingestellt. Jetzt bin ich auf der Suche nach einem neuen Kostüm.«

Ray sog scharf die Luft ein. »Miss Arden? Da hast du aber einen Fang gemacht!«

»Ja, ich hatte wohl Glück.« Ich hatte Ray nie von dem Brief erzählt, der mich nach der Party bei den Vanderbilts erreicht hatte.

»Dass du überhaupt den Mut hattest, dort vorzusprechen.« Sie blickte sich um. »Ich hatte schon Muffensausen, hier aufzutauchen. Eine Stellenausschreibung hat es zwar gegeben, aber da waren so viele Mädchen. Einige waren sogar wesentlich hübscher als ich.«

»Ach komm schon!«, erwiderte ich. »Du bist hübsch! Und du weißt immerhin, was du hier verkaufst, denn du hast selbst etwas davon hergestellt.«

»Das hat der Manager auch gesagt. Ich meine, den letzten Teil. Zum Glück schien ihm mein Aussehen egal zu sein. Ich habe von einem Mädchen gehört, das unsittlich berührt wurde, als es sich vorstellen sollte.«

»Hier, in diesem Kaufhaus?« Ich hatte einen der Geschäftsführer kennengelernt, und er war mir eigentlich ganz anständig vorgekommen.

Ray schüttelte den Kopf. »Nein, nicht hier. Es war irgendeine kleinere Firma, die Stenotypistinnen gesucht hat. Der Eigentümer tätschelte ihr tatsächlich das Knie, während er mit ihr redete! Man kann in diesen Zeiten wirklich froh sein, wenn Chefs nicht irgendwas verlangen, das nichts mit der Stellenbeschreibung zu tun hat.«

Ich fragte mich, wieso plötzlich Georg und das Mädchen, mit dem er in Berlin im Theater gewesen war, vor meinem geistigen Auge auftauchten. Rasch drängte ich den Gedanken zurück.

»Auf jeden Fall scheint Miss Arden dir gut zu bekommen«, fuhr Ray fort. »Sag, wie ist das Labor, in dem du arbeitest? Brauchst du vielleicht eine Assistentin?« Rays Augen leuchteten hoffnungsvoll.

»Ich arbeite nicht im Labor«, entgegnete ich. »Ich werde in einem der Salons anfangen.«

»Als Kosmetikerin?«

»Das werde ich morgen erfahren. Deshalb bin ich hier. Ich brauche etwas, mit dem ich mich morgen in der Firma blicken lassen kann. Es gibt wohl eine große Sitzung, bei der ich vorgestellt werden soll.«

Ray schaute mich entgeistert an. »Aber du bist eine gute Chemikerin. Warum will sie dich im Salon haben?«

»Das weiß wohl nur Miss Arden selbst«, sagte ich schulterzuckend. »Aber ich habe beschlossen, diese Gelegenheit zu nutzen. Ich kann nicht nur Cremes herstellen, sondern traue es mir auch zu, Kundinnen damit einzureiben. Möglicherweise unterstreicht es meine Glaubwürdigkeit, wenn ich ihnen in etwa sagen kann, wie die Mittelchen zusammengesetzt sind. Ganz sicher ist das nur der Anfang, und etwas Großes kommt auf mich zu.«

Ich setzte ein optimistisches Lächeln auf und fügte dann hinzu: »Vermutlich möchte Miss Arden nur wissen, ob sie mir vertrauen kann. Es wäre ja möglich, dass ich Madame alle Rezepte verrate.«

»Madame ist nicht mehr da«, erwiderte Ray.

»Sie besitzt das amerikanische Geschäft nicht mehr«, präzisierte ich. »In Europa ist sie noch vertreten.«

»Aber warum hätte Miss Arden dich anstellen sollen, wenn sie glaubt, dass du Rezepte an Madame weitergeben könntest?«

»Miss Bellows?«, fragte eine Stimme hinter uns, bevor ich eine Antwort geben konnte. »Ist alles in Ordnung?«

Eine schon etwas ältere, sehr gepflegte Frau in Verkäuferinnenuniform reckte den Hals.

»Ja, Mrs Potter, wir kommen zurecht!«

Die Frau warf mir einen skeptischen Blick zu, dann wandte sie sich wieder ab.

»Sie ist meine Einweiserin«, erklärte Ray, als Mrs Potter außer Hörweite war. »Oder besser gesagt der Zerberus, der mich überwacht. Wenn ich erst einmal ein paar Wochen länger hier bin, werde ich sie los, aber jetzt schaut sie auf jeden Handgriff und springt bei jedem Huster wie ein Kastenteufel aus dem Boden.«

»Sag ihr einfach, ich hätte mich nicht entscheiden können«, entgegnete ich.

»Das brauche ich nicht. Bislang habe ich mir nichts zuschulden kommen lassen.« Ray griff nach meiner Hand. »Ich fürchte, ich werde dich nicht zu den Kostümen begleiten können. Aber wie wäre es, wenn wir am Wochenende zusammen ausgingen? Samstag vielleicht? Ich könnte dringend ein wenig Ablenkung gebrauchen und brenne darauf zu erfahren, wie deine große Sitzung bei Arden verlaufen ist.«

»Gern«, antwortete ich. »Was schlägst du vor?«

»Ich denke mir was aus«, sagte sie. »Treffen wir uns doch vor dem Roxy. Dort in der Nähe gibt es einige Speakeasys, in denen wir uns einen netten kleinen Rausch holen können.«

Ich nickte. »Klingt gut. Ist acht Uhr in Ordnung?«

»Und wie das in Ordnung ist!« Sie lächelte mir zu, dann ließ sie mich los. »Also dann, bis Samstag!«

»Bis Samstag«, gab ich zurück und schaute ihr nach, während sie zwischen den Kosmetikregalen verschwand.

16. Kapitel

Im Schein der Wandlampe betrachtete ich mich im Spiegel. Der Morgen war noch jung, und bis ich mich bei Miss Arden einfinden sollte, würden noch ein paar Stunden vergehen. Aber es hatte mich nicht mehr im Bett gehalten.

Sanft strich ich über meine Taille. Das Kostüm saß wirklich wunderbar. In den vergangenen Jahren hatte sich der Schnitt verändert. Die Taille saß wieder höher, und an der Jacke befanden sich geometrische Biesen. Auch der Rock war etwas enger und lief zum Knie hin leicht glockig aus.

Die Verkäuferin hatte erklärt, dass ich das mit meiner schlanken Figur gut tragen konnte. Und ich musste ihr recht geben.

Dennoch, im Schein meiner Zimmerlampe fühlte ich mich ein wenig zu extravagant und war mir wegen der Farbe plötzlich auch nicht mehr sicher. Der Rosenholzton hatte im Licht der Kaufhauslampen sehr elegant gewirkt. Und es war mir beinahe wie ein Wink des Schicksals erschienen, dass ich farblich dazu passende Pumps gefunden hatte. Doch jetzt fürchtete ich, dass es zu übertrieben sein würde.

Allerdings war es zu spät, um mich anders zu entscheiden. Außerdem hatte mich Miss Arden in dem blauen Zweiteiler bereits gesehen. Diesmal sollte sie mich anders wahrnehmen. Oder besser gesagt, alle, die mit ihr in der Versammlung saßen, sollten mich wahrnehmen!

Um die Kostümjacke nicht zu beschmutzen, zog ich sie wieder aus und hängte sie über die Rückenlehne des Stuhls. Ein Blick auf die Uhr sagte mir, dass es immer noch viel zu früh war. Doch Schlaf würde ich jetzt nicht mehr finden.

Mein Blick fiel auf den Schreibtisch.

Noch vor dem Zubettgehen hatte ich mit einem Brief an Henny begonnen, dann aber innegehalten. Die Frage, ob es etwas brachte, wenn ich ihr schrieb, war mir in den Schlaf gefolgt. Schlimmstenfalls würde sie den Umschlag ungeöffnet in den Kamin werfen – wenn sie ihn überhaupt erhielt und Jouelle ihn nicht abfing.

Sollte ich ihn weiterschreiben? Henny mitteilen, was geschehen war? Sie erneut um Verzeihung bitten und hoffen, dass Jouelle den Brief nicht in die Finger bekam?

Kurz rang ich mit mir, dann begab ich mich auf meinen Platz und nahm den Federhalter zur Hand.

Als ich den Brief beendet hatte, strich das Morgenlicht über die Dächer der Nachbarschaft. Benommen blickte ich auf. Meine Schläfen pochten ein wenig und brachten mich dazu, meine Augen kurz zu schließen.

Einige Male hatte ich neu anfangen müssen, dafür erschien mir der Wortlaut jetzt perfekt.

Ich schob das Schreiben in den Umschlag und klebte ihn zu. Auf dem Weg zur Subway gab es einen Laden, der auch Postsendungen annahm. Den würde ich aufsuchen, wenn ich den Termin bei Miss Arden hinter mich gebracht hatte.

Die kurze Nacht hatte meinem Teint nicht gutgetan, wie mir ein Blick in den Spiegel bestätigte. Ich holte mein Schminkzeug hervor. Obwohl ich mir diese Routine mittlerweile angewöhnt hatte, fühlte ich mich, als würde ich die Pinsel zum ersten Mal in meinem Leben auf meine Haut setzen.

Von diesem Tag hing so viel ab. Miss Arden hatte mir eine Zusage gegeben, aber ich war sicher, dass der Rang, den ich in ihrer Firma einnehmen würde, von der Konferenz bestimmt werden würde. Ich machte mich darauf gefasst, dass sie mich vor ihren Angestellten prüfen würde.

Meine Hand zitterte, als ich das Rot auf meinen Lippen verteilte. Trotzdem wurde es ein schöner Schwung, mit dem Madame sicher zufrieden gewesen wäre. Wenn ich daran dachte, wie ich ihr damals entgegengetreten war ... Meine schlechten und viel zu weiten Kleider, keine Schminke auf dem Gesicht. Das hatte sich geändert.

Während ich die Pinsel ablegte, schoss mir durch den Sinn, dass ich Henny von Miss Arden hätte schreiben sollen. Etwas hatte mich davon abgehalten. Dabei hatte ich Henny immer alles erzählt und nie Geheimnisse vor ihr gehabt. Aber auch das war anders geworden. Ich wusste ja nicht einmal, ob sie überhaupt wieder meine Freundin sein würde.

Als ich fertig war, schlüpfte ich in die Kostümjacke, überprüfte noch einmal meine Frisur im Spiegel und korrigierte den Sitz meiner Brille. Irgendwann würde ich mir mal eine neue anfertigen lassen müssen ... Dann nahm ich meine Sachen und verließ das Zimmer.

Kate war noch nicht auf den Beinen. Auch sonst war alles still.

Sosehr ich einen Kaffee brauchte, hielt mich dennoch nichts im Haus. Ich musste raus, den scharfen Morgenwind spüren und mir von ihm die Watte aus dem Kopf vertreiben lassen.

Mein erster Tag bei Elizabeth Arden! Ich bezweifelte, dass ich Petersilie sortieren und schneiden musste wie in Madames Fabrik. Doch ich tappte vollkommen im Dunkeln, wie dieser Tag aussehen würde.

Als ich das Haus verließ, tönte lautes Hupen an mein Ohr. Ich wandte mich um und sah einen dunklen Wagen, der dem von Darren ähnelte. Während ich erstarrte, zog das Fahrzeug an mir vorüber.

Hinter dem Steuer saß ein etwas älterer Mann mit Schiebermütze und braunem Tweedjackett. Ich atmete tief durch. Es war eindeutig nicht Darren.

Während der Reise nach Europa hatte ich mir hin und wieder ausgemalt, wie ein Wiedersehen zwischen uns aussehen würde. Aber mittlerweile fürchtete ich mich davor. Es war vielleicht besser, Dinge, die hinter einem lagen, auch dort zu belassen. Nur dass ich es im Falle meines Sohnes nicht so einfach tun konnte. Und dass mein Herz es im Falle von Darren nicht wollte.

Es war schön, wieder in die Geschäftigkeit von Manhattan einzutauchen. Ich roch die abgasgeschwängerte Luft, in die sich der Duft einer Bäckerei mischte, die mit frischen Backwaren die Kundschaft anzulocken versuchte.

Wieder durchschritt ich die rote Tür, nur um festzustellen, dass das Foyer von Leuten wimmelte. Diesmal schickte mich die Dame am Empfang gleich zum Fahrstuhl, den ich zusammen mit einigen anderen betrat. Sofort füllte sich die enge Kabine mit dem Duft von Rasierwasser und Haarpomade. Mir fiel auf, dass ich allein inmitten von anzugtragenden Männern stand. Arbeiteten sie alle für Miss Arden? Würden sie ebenfalls bei der Sitzung zugegen sein?

Ich betrachtete sie von Kopf bis Fuß. Bei einigen wurde das Haar schon etwas schütter, andere ergrauten an den Schläfen. Die meisten von ihnen trugen Eheringe. Einer, bei dem das nicht der Fall war, musterte mich lächelnd. Ich wandte den Blick ab. Mein Kostüm schien Wirkung zu zeigen, aber nicht die, die ich beabsichtigte. Ich war nicht hier, um einen Bräutigam zu suchen.

In der Etage angekommen, auf der sich der Konferenzraum befand, stieg ich mit den Männern aus. Offenbar hatten sie alle dasselbe Ziel wie ich.

Während sie ganz selbstverständlich an ihr vorbeigingen, stellte ich mich der Sekretärin vor, die vor dem Raum stand. Sie wusste, wer ich war und dass ich erwartet wurde.

»Gehen Sie am besten gleich hinein«, sagte sie. »Die meisten anderen sind bereits anwesend.«

Unsicher schritt ich voran. An der Tür zögerte ich. Zahlreiche Männer unterhielten sich lautstark. Hin und wieder war auch eine Frauenstimme zu vernehmen. Der einzige Mann, den ich in der Runde erkannte, war Mr Jenkins. Er trug heute einen eleganten silbergrauen Anzug mit passender Krawatte, während die anderen Herren eher schwarze oder braune Zweiteiler trugen. Die Hemden waren allerdings alle blütenweiß und makellos gestärkt.

Zu meiner Erleichterung waren doch mehr Frauen anwesend, als die Gespräche von draußen hatten vermuten lassen. Sie trugen sehr elegante Kostüme, und ihre Haare sahen aus, als kämen sie frisch vom Friseur. Alle hatten Make-up von Miss Arden aufgelegt, jedenfalls deuteten die Farben darauf hin. Ein wenig wirkten sie wie Puppen, die, obwohl sie unterschiedliche Gesichter hatten, von ein und demselben Puppenmacher hergestellt worden waren.

Ihnen gegenüber fühlte ich mich etwas unwohl. Das einzige Make-up, das ich besaß, stammte noch von Rubinstein. Ich war mir nicht sicher, ob Miss Arden das auffallen würde.

Sobald ich durch die Tür trat, richtete sich die Aufmerksamkeit der Anwesenden auf mich, was nicht gerade zu meiner Beruhigung beitrug. Ein wenig fühlte ich mich wie damals, als Madame die von mir hergestellte Pflegeserie begutachtet hatte.

»Dann wären wir jetzt vollständig«, sagte Miss Arden und gab das Zeichen, die Türen zu schließen.

Ich stand einen Moment lang unschlüssig herum. Ich hatte den freien Platz an dem runden Tisch bereits erspäht, aber ich traute mich nicht, ihn einzunehmen, bevor Miss Arden es mir erlaubte.

»Ich möchte zunächst Sophia Krohn willkommen heißen«, sagte Miss Arden. »Sie hat mein Angebot angenommen, die Rubinstein Inc. zu verlassen und sich in unsere Dienste zu stellen.«

Ein Raunen ging durch die Runde. Einige der Blicke wurden feindselig. Andere schienen sich zu fragen, was ich hier zu suchen hatte. Das konnte ich ihnen nicht verübeln. Madame war immerhin die schärfste Konkurrentin von Miss Arden. Und ich war eigentlich niemand, der an solch einer Sitzung teilnehmen sollte. Dennoch war Miss Arden offensichtlich daran gelegen, mich allen Anwesenden vorzustellen.

»Wir freuen uns, Sie bei uns zu haben, Miss Krohn«, sagte sie und deutete auf den freien Stuhl. »Setzen Sie sich doch bitte.«

Während die Blicke mich wie Pfeile verfolgten, begab ich mich zu meinem Platz.

»Miss Arden, sind Sie sicher, dass dies eine gute Entscheidung war?«, meldete sich einer der Männer zu Wort. »Sie wissen, dass Abwerbungen ... problematisch sein können.«

Miss Ardens Gesicht verfinsterte sich. »Mr Blake, haben Sie etwa Zweifel an meinem Urteilsvermögen?«

Im ersten Moment schien es, als wäre das der Fall, dann meldete sich Mr Jenkins zu Wort.

»Mr Blake, die Entscheidung für Miss Krohn bietet uns zahlreiche Vorteile. Wer sonst könnte uns einen Einblick in das Denken der Konkurrenz bieten?«

Glaubte er tatsächlich, ich würde Madames Betriebsgeheimnisse verraten? Auf einmal wurde mir unerträglich heiß in meinem Kostüm.

»Sie glauben also, in der jungen Dame eine Spionin gefunden zu haben?« Der Mann musterte mich spöttisch.

»Mr Blake!«, kam es warnend von Miss Arden. »Ich habe mich dafür entschieden, sie einzustellen. Punkt. Wenn es Ihnen schwerfällt, diese Entscheidung zu akzeptieren, dann sollten Sie die Runde verlassen.«

Der Mann presste die Lippen zusammen, doch weder stand er auf und ging, noch erwiderte er etwas.

»Schön«, sagte Miss Arden, und für einen Moment hatte ich wieder die Stimme von Madame im Kopf, wie sie damals den Verpackungsmann zurechtgewiesen hatte. Auch wenn Miss Ardens Stimme viel heller und weiblicher klang als die von Madame, schienen beide sich doch zumindest in dem Punkt zu ähneln, dass ihre Untergebenen sie nicht infrage stellen durften.

»Es ist heute eine eher ungewöhnliche Runde, wie Sie vielleicht schon bemerkt haben«, begann Miss Arden. »Es ist mir wichtig, dass Miss Krohn weiß, welcher Apparat hinter der Marke Elizabeth Arden steht.«

Wichtig für eine zukünftige Kosmetikerin? Das kam mir ein wenig seltsam vor, und ich fragte mich, was überhaupt meine Aufgabe hier war, wenn ich nicht ins Labor sollte.

»Die Herren zu meiner Rechten«, erklärte sie, »unterstützen mich in den Belangen Marketing, Presse und Vertrieb. Mr Jenkins, mein Ehemann, steht ihnen vor. Die Damen zu meiner Linken sind verdiente Leiterinnen meiner Schönheitssalons, von denen es etliche in dieser Stadt gibt. Ich denke, bei Mrs Titus sah es ähnlich aus.«

»Ich ... ich habe die Leute dort nicht so genau kennengelernt«, antwortete ich. »Ich habe mehr Zeit im Labor verbracht.«

»Was für ein Jammer«, gab Miss Arden ein wenig verstimmt zurück. Hatte sie wirklich gedacht, ich würde über die Firmenstrukturen bei Madame plaudern? Ich war nur eine einfache Chemikerin, nichts weiter. Die Herren, die Madame bei der Begutachtung begleitet hatten, waren mir ebenso wenig vorgestellt worden wie Männer, die hinter Madame standen und bei den Vorstandssitzungen anwesend waren.

»Nun, ich glaube dennoch, dass Sie nützlich für uns sein können. Immerhin hat Mrs Titus genügend Vertrauen in Sie gesetzt, um Sie eine neue Kosmetiklinie entwickeln zu lassen.«

Sie ließ ihren Blick abwartend über die Gesichter der Anwesenden schweifen. Erwartete sie Einwände?

Niemand wagte, etwas zu sagen.

»Miss Hodgson?« Miss Arden blickte eine der Damen an. »Sie sind eine meiner besten Salonleiterinnen, und ich würde Miss Krohn gern in Ihre Obhut geben.«

»Natürlich, Miss Arden, mit dem größten Vergnügen.«

»Miss Hodgson betreut einen meiner erfolgreichsten Salons in der Stadt«, wandte sich Miss Arden wieder an mich. »Von ihr werden Sie sehr viel lernen können.«

Ich nickte und blickte in das Gesicht von Miss Hodgson. Sie wirkte mit ihren platinblonden Haaren ein wenig kühl, aber ihr Make-up war makellos und schaffte es, die vergangenen Jahre der Erfahrung weitgehend von ihrem Gesicht zu tilgen.

»Ich freue mich darauf«, entgegnete ich und lächelte Miss Hodgson an, doch deren Miene blieb wie versteinert.

In den folgenden Minuten erklärte Miss Arden mit ihren Abteilungsleitern und Salonvorsteherinnen Details über neue Produkte, die sie im Frühjahr auf den Markt bringen wollte.

Nach einer Stunde, in der ich mehr erfuhr, als mein Verstand fassen konnte, und ich mir wieder wie damals an der Uni vorkam, wurde die Sitzung aufgelöst. Die Frauen gingen nach kurzem Gespräch auseinander, ich wartete auf Miss Hodgson, die noch etwas mit Miss Arden besprach.

Nach einer Weile erschien sie.

»Sind Sie bereit, Miss Krohn?« Ihre Stimme klang wie die eines Generals.

»Ja, Miss Hodgson«, antwortete ich.

»Gut, dann lassen Sie uns gehen.«

Als wir uns umwandten, kam Mr Jenkins auf uns zu.

»Miss Krohn, bevor Miss Hodgson Sie mitnimmt: Hätten Sie einen Moment?«, sprach er mich an, dann blickte er zur Salonleiterin, die nickte.

»Ja, natürlich, Mr Jenkins.«

»Gut. Dann kommen Sie.«

Mr Jenkins residierte in einem weitläufigen Büro, das schlicht, aber hochwertig eingerichtet war. Der Schreibtisch war groß und wirkte ebenso modern wie der von Madame, wenngleich sich die sonstige Einrichtung stark unterschied.

»Nehmen Sie es meiner Frau nicht übel, dass Sie sie so präsentiert hat«, begann Jenkins, was mich überraschte. »Sie kann ihr Glück nicht fassen, dass es ihr gelungen ist, jemanden aus dem Hause Rubinstein abzuwerben.«

»Sie hat mich nicht abgeworben«, gab ich zurück. »Ich brauchte einen neuen Job, nachdem die jetzigen Herren der Rubinstein Inc. mich vor die Tür gesetzt hatten.«

»Und da ist Ihnen meine Frau eingefallen. Clever.«

Ich hätte ihm erklären können, dass sie mir nach der Party einen Brief geschrieben hatte, doch das wollte ich Miss Arden überlassen.

»Ich arbeite gern mit Kosmetik. Am liebsten würde ich sie herstellen, aber Miss Arden meinte, das ich ihr in anderen Bereichen nützlicher wäre.«

»Miss Arden«, wiederholte Mr Jenkins beinahe ein wenig spöttisch. »Immerhin kennen Sie bereits die korrekte Anrede. Es gibt Tage, da verlangt sie sie sogar von mir.«

Das konnte man sich bei einem Ehepaar kaum vorstellen,

doch so, wie er jetzt vor mir saß, wirkte er tatsächlich eher wie ein leitender Angestellter und nicht wie der Ehemann der Chefin. Vielleicht wollte er aber auch nur scherzen.

»Sie wurde schon von den Angestellten im Rubinstein-Labor so genannt«, entgegnete ich, was stimmte. Nur Madame selbst nannte sie »diese Frau« oder »Mrs Jenkins«.

»Ach so?«, fragte Jenkins, legte den Kopf schräg und betrachtete mich prüfend. »Man könnte glauben, dass Mrs Titus ihre Angestellten darauf trimmt, andere Worte für meine Frau zu benutzen.«

Wollte er mich prüfen? Ich beschloss, sachlich zu bleiben. »Den Angestellten von Madame steht die Bezeichnung frei, und jede Mitarbeiterin hat einen eigenen Willen, soweit ich es mitbekommen habe.«

Jenkins' Blick wich nicht von mir. »Ja, Mrs Titus lässt sich Madame nennen, nicht wahr? Obwohl sie keine Französin ist.«

Mir wurde unwohl zumute. Was hatten diese Fragen zu bedeuten? »Ich glaube, die Chefin eines jeden Unternehmens hat ihre eigene Anrede. Als Angestellte versteht es sich von selbst, dass man sie respektiert, oder liege ich falsch?«

Ein Lächeln schlich sich auf Mr Jenkins' Gesicht. »Sie haben vorhin sehr diplomatisch geantwortet, als meine Frau etwas über die Strukturen bei Madame Rubinstein wissen wollte. Und das, obwohl Sie ihr zu nichts mehr verpflichtet sind.«

Wollte er damit andeuten, dass meine Treue immer noch Madame galt? Eine heiße Welle rauschte über meinen Rücken. Dass ich Madame nicht mehr verpflichtet war, bedeutete doch nicht, dass ich sie nicht mehr respektierte. Auch wenn ich ihr den Verkauf der Firma immer noch übel nahm.

»Ich finde, es gehört sich nicht, über einen Arbeitgeber zu reden, den man verlassen hat«, entgegnete ich und spannte meinen Körper an. »Mein Vater hat mich gelehrt, dass Diskretion eine Tugend ist. In allen Bereichen des Lebens.«

»Und dieser Grundsatz gilt für Sie auch, wenn ein Arbeitgeber Ihnen Unrecht tut oder Sie entlässt?«

Jetzt war ich mir sicher, dass er mich auf die Probe stellte. Dass er wissen wollte, was auf seine Frau zukam, wenn ich eines Tages die Firma verließ.

»Natürlich«, antwortete ich. »Allerdings werde ich nicht zögern, das Wissen, das ich bei Madame Rubinstein erlangt habe, auch zu Ihrem Wohl einzusetzen. Wenn ich denn die Chance dazu erhalte.«

Mr Jenkins betrachtete mich noch eine Weile, dann nickte er. »Es wird sich zeigen, welches Talent Sie am besten entwickeln. Unsere Labore sind sehr gut bestückt, wir benötigen eigentlich keine Chemikerin.«

»Das ist schade«, gab ich zurück. Würde sich das irgendwann ändern?

»Aber wir sind neuen Ideen gegenüber immer aufgeschlossen. Sollte Ihnen also etwas einfallen, das unsere Produktlinien bereichern könnte, geben Sie mir bitte Bescheid.«

»Ihnen?«, wunderte ich mich. Ich war eigentlich der Meinung, dass Miss Arden meine Ansprechpartnerin war.

»Ich bin hier für Werbung und Vertrieb verantwortlich. Wenn ich glaube, dass es sich verkaufen lässt, findet es auch das Gefallen von Miss Arden.«

Mit diesen Worten erhob er sich und reichte mir die Hand. »Einen erfolgreichen ersten Tag wünsche ich Ihnen, Miss Krohn. Miss Hodgson wird Ihnen sicher eine Menge beibringen.«

Ich ergriff seine Hand und schüttelte sie. »Vielen Dank, Mr Jenkins.«

Dann verließ ich sein Büro.

Zeit, mich über das seltsame Gespräch zu wundern, hatte ich jedoch nicht. Miss Hodgson wartete bereits vor Mr Jenkins' Bürotür.

»Sind Sie fertig?«, fragte sie mürrisch.

»Ja«, antwortete ich.

»Gut, dann kommen Sie.« Mit zierlichen Schritten und wiegenden Hüften ging sie voran. Ich straffte mich und folgte ihr.

17. Kapitel

Während der Taxifahrt zum Salon schwieg Miss Hodgson eisern. Meine Versuche, ein Gespräch mit ihr anzufangen, blockte sie kurz angebunden ab.

Dabei gab es heute recht viel zum Wetter zu sagen, Wolken und Sonne lieferten sich am Himmel einen dramatischen Schlagabtausch. Hin und wieder rieselten feine Regentropfen auf die Scheiben des Taxis, gefolgt von Sonnenstrahlen, deren Wärme ich selbst durch das Glas auf meinem Gesicht spüren konnte.

Doch meine neue Vorgesetzte war mit ihren eigenen Gedanken beschäftigt und gab mir das Gefühl, ein Störkörper zu sein, den Miss Arden ihr aufgebürdet hatte.

Der Salon mit dem klangvollen Namen »Celine« befand sich in einer sehr noblen Gegend mit kleineren Häusern, die sich mit weißen Mauern und trutzigen Säulen gegen die Wolkenkratzer im Hintergrund stemmten.

Das Gebäude, in dem die Niederlassung untergebracht war, unterschied sich kaum von einem der Wohnhäuser. Der zarte Beigeton der Mauern wirkte einladend wie ein edler Flakon, und auch hier schritt man durch eine rot lackierte Tür.

Die Einrichtung des Foyers war nicht ganz so prachtvoll wie

die der Hauptniederlassung, doch man erkannte deutlich den Stil von Miss Arden. Die Vorhänge bestanden aus schwerem, dunkelrotem Stoff, der allerdings kein Samt war, sondern moderner wirkte. Die Sessel, auf denen die Kundinnen auf ihre Behandlung warteten, wirkten wuchtig, aber auch einladend. Am liebsten hätte ich mich dort eine Weile ausgeruht, denn meine neuen Schuhe taten meinen Füßen alles andere als gut.

Doch Zeit zum Sitzen hatte ich nicht. Miss Hodgson bedeutete mir, ihr zu dem verglasten Tresen zu folgen, in dem ausgewählte Schönheitsprodukte von Miss Arden präsentiert wurden.

»Haben Sie jemals bei Mrs Rubinstein in einem ihrer Salons gearbeitet?«, fragte sie, während sie mit forschen Schritten den Raum durchquerte.

»Nein, aber ich weiß, wie sie von innen aussehen.«

»Das wird Ihnen, fürchte ich, nicht viel nützen«, gab Miss Hodgson etwas spöttisch zurück und fügte, nachdem sie mich kurz betrachtet hatte, hinzu: »Das gilt ebenso für Ihr Make-up. Ab sofort tragen Sie als Lippenstift nur noch Arden-Pink, auch in Ihrer Freizeit, denn Sie repräsentieren das Haus! Ich werde Sabrina bitten, Sie erst einmal zurechtzumachen. In den Salons von Miss Arden herrscht ein hoher Standard.«

Perplex starrte ich sie an. Auch wenn ich keine Meisterin mit dem Schminkpinsel war, so hatte ich mir heute Morgen doch besondere Mühe gegeben. Und dann die Vorschrift, auch in der Freizeit Arden-Produkte zu verwenden. Wer wollte das kontrollieren?

Und wie mochte der Standard aussehen, den sie meinte? Ich betrachtete die Frau, die sich gerade über ein Terminbuch beugte. Sie war wirklich sehr adrett. Die Linien um ihre Augen waren perfekt gemalt, die Augenbrauen in Form gezupft. Der Lippenstift, natürlich in Arden-Pink, sah aus, als hätte Botticelli ihn persönlich auf ihren Mund gepinselt. Durch die helle

Haut wirkte die Empfangsdame beinahe etwas unwirklich auf mich, wie eine Fee aus einem Märchen.

»Helen, wie sieht es aus, ist Sabrina gerade abkömmlich? Sie soll unseren Neuzugang schminken.«

»Hallo«, sagte ich zu der Empfangsdame. »Ich bin Sophia Krohn.«

»Helen Brody«, gab sie mit einem kühlen Lächeln zurück.

»Nun?«, hakte Miss Hodgson unwirsch nach.

Miss Brody drehte mit einer anmutigen Bewegung den Kopf und antwortete ruhig: »Sie hat gerade eine Kundin, aber mit dieser müsste sie bald fertig sein. Fünf bis zehn Minuten vielleicht noch.«

»Gut. Geben Sie ihr bitte Bescheid, dass sie Miss Krohn unserem Standard anpassen möchte. Ich bin in meinem Büro, falls sie Fragen hat.« Damit wandte sie sich mir wieder zu. »Wenn Sie fertig sind, kommen Sie zu mir, in Ordnung?«

»In Ordnung«, echote ich, worauf Miss Hodgson davonrauschte.

Ich dachte an den Tag zurück, an dem Madame mir persönlich die Fabrik gezeigt hatte.

Hilfe suchend blickte ich zu Miss Brody.

Diese verschwand ebenfalls, um nur wenig später in Begleitung einer jungen Frau zurückzukehren, die einen platinblonden Kurzhaarschnitt trug und mich aus einem der niedlichsten Gesichter anlächelte, die ich je gesehen hatte. Dabei wirkte sie keineswegs wie eine Schaufensterpuppe.

»Hallo, ich bin Sabrina«, stellte sie sich vor und reichte mir die Hand. »Du bist also unsere Neue?«

»Ja, die bin ich. Sophia.«

Sabrina führte mich in einen Raum, in dem mehrere große, beleuchtete Spiegel standen. Die Plätze waren allesamt leer, was wohl nicht lange so bleiben würde. Vor einem der Spiegel nahm ich Platz. Das Licht war grell und erinnerte mich ein wenig an die Schminkspiegel im Folies Bergère, als ich nach Henny gesucht hatte. Doch hier schien alles wesentlich ruhiger und gesitteter vonstattenzugehen.

Auf dem Tisch vor dem Spiegel entdeckte ich zahlreiche Fläschchen und Döschen. Auch einige Paletten waren dabei, die aussahen wie der Tuschkasten eines Malers. Blau- und Rosatöne konkurrierten mit Silber, Grün, Gold, tiefem Schwarz und Anthrazit. Ich hatte nicht gewusst, dass das Gesicht einer Frau so viele Farben haben konnte.

Die Frage nach der Zusammensetzung all dessen schoss mir durch den Sinn, doch ich hielt es für unklug, sie zu stellen.

»Zieh deine Jacke aus. So teuer, wie sie aussieht, will ich sie dir nicht beschmutzen.«

»Ich bekomme doch ein Lätzchen«, entgegnete ich.

»Sicher, aber der Puder weht manchmal überallhin. Wir wollen sie doch nicht ruinieren.«

Ich tat wie geheißen, hängte den Blazer an den Garderobenhaken und begab mich dann wieder auf den Stuhl. Sabrina legte einen Umhang um meine Schultern und hieß mich, mich zurückzulehnen.

»Nimm die Brille ab und schließ die Augen«, sagte sie in sanftem Tonfall, den sie wohl auch bei ihren Kundinnen an den Tag legte. »Ich werde dich zunächst abschminken, dann dein Gesicht mit Mandelöl massieren, damit sich Muskeln und Haut ein wenig entspannen. Du solltest das jeden Morgen und Abend machen, das hält deine Haut geschmeidig.«

Sah meine Haut nicht geschmeidig aus? Ich war mit ihr eigentlich so zufrieden wie nie zuvor. Aber der geschulte Blick einer Kosmetikerin sah das vielleicht anders.

Ich kam Sabrinas Anweisung nach und hörte, wie sie eine Flasche aufschraubte. Wenig später spürte ich ein warmes, feuchtes Tuch auf meiner Haut, mit dem sie meine Schminke herunternahm. Sie ging dabei sehr vorsichtig zu Werke, sodass ich mich augenblicklich entspannte.

Während sie anschließend mein Gesicht mit ihren weichen Händen massierte, strömte der süße Duft des Mandelöls auf mich ein. Ein angenehmer Schauer durchzog meinen Körper. Nie zuvor war ich von einer ausgebildeten Kosmetikerin behandelt worden. Für die Arbeit im Labor hatte ich das nicht gebraucht. Hier schien es offenbar vonnöten zu sein.

Sie massierte meine Haut eine ganze Weile, dann legte sie mir ein feuchtes Tuch aufs Gesicht und erklärte, dass dadurch die Feuchtigkeit einziehen könne. Während ich unter dem Tuch ausharrte, hörte ich, wie sie einige Dinge zurechtlegte.

»Du kannst es jetzt nicht sehen, aber ich werde es dir später noch mal an einer Kundin zeigen«, sagte sie. »Genau diese Arbeitsschritte, die ich mache, wirst du auch ausführen, wenn eine Kundin verschönert werden möchte. Aber erst einmal darfst du genießen.«

In den folgenden Minuten spürte ich wieder ihre Hände, aber auch weiche, dicke und borstige, schmale Pinsel auf meinem Gesicht. Sabrina malte mir Lidschatten, tuschte meine Wimpern, akzentuierte meine Wangenknochen. Jeden Schritt erklärte sie, und ich wünschte, ich hätte ihn auch richtig sehen können, doch entweder musste ich nach oben oder zur Seite blicken oder die Augen schließen. Aber selbst wenn ich geradeaus schaute, erkannte ich kaum etwas. Mein Gesicht verschwamm unter meinem kurzsichtigen Blick zu einer Masse aus Licht und Farben.

Gleichzeitig wurde ich von zahlreichen Düften umströmt. Meine Nase versuchte, alles Mögliche wahrzunehmen, doch welche Inhaltsstoffe Miss Ardens Kosmetik enthielt, würde ich wohl erst erfahren, wenn ich länger für sie arbeitete.

Kaum war ich fertig, tauchte Miss Hodgson hinter uns auf. Sabrina legte den Lippenpinsel beiseite und reckte abwartend den Kopf wie eine Bildhauerin, deren Werk nun begutachtet werden würde.

Ich setzte meine Brille wieder auf, um zu sehen, wie ich aussah – und was für eine Miene meine neue Vorgesetzte machte. Gefiel ihr, wie Sabrina mich »unserem Standard« angepasst hatte?

Ich jedenfalls war begeistert, auch wenn ich mit dem Make-up ganz anders wirkte. Sabrina hatte meine Augenbrauen zu sanften Bögen geformt, etwas, um das ich mich nie gekümmert hatte. Die Farbe auf meinen Lippen war so gewählt, dass sie meine Zähne nicht gelblich erscheinen ließ, und das Rouge passte perfekt dazu. Ich fühlte mich wie verzaubert.

Miss Hodgson hingegen musterte mich kurz, und das Missfallen wurde allzu deutlich.

»Sie haben Tintenflecke auf Ihrer Bluse«, bemerkte sie. »Ich muss Ihnen wohl nicht erklären, dass makellose Kleidung eine Selbstverständlichkeit in diesen Räumlichkeiten ist.«

Die Worte ließen mich zusammenzucken. Ich blickte nach unten und sah, dass sie recht hatte. Die kleinen Pünktchen hatte ich heute Morgen übersehen. Wie waren sie auf den Stoff gekommen?

Eine kurze Erinnerung an meine Studienzeit durchzuckte mich. Mutter hatte sich manchmal auch darüber beklagt, dass ich meine Bluse während der Vorlesungen befleckt hatte.

»Entschuldigen Sie bitte, ich habe in aller Frühe einen Brief geschrieben«, erklärte ich, und mir fiel ein, dass der Umschlag noch in meiner Tasche steckte.

»Und dann haben Sie sich nicht noch einmal im Spiegel betrachtet?«, schnarrte sie.

»Doch, aber …«

Die Erkenntnis, dass ich mich nur auf mein Gesicht konzentriert hatte, ließ mich verstummen.

Und Miss Hodgson fand weitere Makel.

»Wie schade, dass Sie eine Brille tragen«, bemerkte sie seufzend. »Damen mit Brillen sind keine besonders guten Vorbilder für die Kundinnen, weil das Make-up ihrer Augen hinter den dicken Gläsern verschwindet.«

Dicke Gläser? Meine Brille war mir stets zart erschienen. Und sie war unabdingbar, um mich im Alltag zurechtzufinden.

Doch jetzt sollte ich damit kein gutes Vorbild sein? Das ärgerte mich ein wenig. Das letzte Mal, dass jemand einen negativen Kommentar zu meiner Brille von sich gegeben hatte, war in der Schule gewesen.

»Tut mir leid, Miss Hodgson«, antwortete ich. »Aber ohne die Brille sehe ich leider kaum etwas. Und in meinem Beruf ist es wichtig, nicht die Fläschchen zu verwechseln, nicht wahr?« Das galt im Labor ebenso wie im Salon.

Miss Hodgson verzog das Gesicht. »Natürlich. Aber eine Brille verschandelt das Gesicht einer Frau. Nun, vielleicht wird es trotz allem gehen. Immerhin werden Sie hier nicht für immer sein.«

Mit diesen Worten verschwand sie wieder. Nicht ein Wort des Lobes hatte sie für Sabrina übriggehabt.

»Das hast du wirklich sehr schön gemacht«, sagte ich, während ich mich im Spiegel betrachtete. »Tut mir leid, dass Miss Hodgson zu verärgert war, um das zu bemerken.«

Sabrina lächelte schief und wirkte ein wenig, als würde sie das schon kennen.

»Mach dir nichts draus«, flüsterte sie. »Miss Hodgson findet am ersten Tag an jeder Frau etwas, das sie stört.«

»Das mit den Tintenflecken war ein Versehen«, versuchte ich mich zu rechtfertigen. »Ich ... ich habe es wirklich nicht gesehen.« Ich zupfte an meiner Bluse, wo auf Bauchhöhe die Flecken prangten. Sie waren sehr klein, aber Miss Hodgsons

Augen waren offenbar die eines Adlers. »Und gegen meine Brille kann ich nichts tun«, fuhr ich fort und versuchte, meinen Ärger zu unterdrücken. Es war früher schon immer dasselbe gewesen, auch meine Mitschüler hatten so getan, als wäre die Brille durch mein eigenes Verschulden auf meine Nase gekommen. »Es kann ihr doch nicht daran gelegen sein, dass ich wie eine Blindschleiche durch die Gegend irre und alle Tiegel herunterwerfe. Oder schlimmer noch, mich bei den Salben vergreife und einer Kundin etwas auftrage, das sie nicht will oder nicht verträgt.«

»Daran ist ihr ganz sicher nicht gelegen«, gab Sabrina schmunzelnd zurück. »Aber dennoch wirst du dir hin und wieder etwas anhören müssen. Sie ist eine der besten Filialleiterinnen, die Miss Arden hat, und damit genießt sie ein gewisses Ansehen. Wenn sie sagt, dass dein Make-up schlecht ist, gehst du es sofort korrigieren. Und wenn sie meint, ein Kleidungsstück stehe dir nicht, verkaufst du es besser und lässt dich darin nie wieder hier blicken.«

Bei ihren Worten sehnte ich beinahe die Rubinstein-Fabrik mit den langen Kräutertischen herbei. Auch dort war es in den ersten Wochen schwierig gewesen, aber ich hatte mich nicht nach einer bestimmten Art kleiden oder schminken müssen.

Gleichzeitig war dies ein Abenteuer, auf das ich mich einlassen wollte. Es war eine Veränderung in meinem Leben, die ich selbst herbeigeführt hatte, keine, in die ich von anderen hineingeworfen worden war. Ich würde es schaffen, und die Zeit im Salon würde vergehen.

»Du solltest jetzt zu ihr hochgehen«, sagte Sabrina und begann, ihre Pinsel zu sortieren. »Meine nächste Kundin kommt gleich, und sie will dich sprechen.«

»Aber sie war doch schon hier.«

Sabrina lächelte schief. »Sie war hier, weil es ihr zu lange gedauert hat. Ihr Besuch war eine Mahnung. Das hält sie immer so. Solange sie nicht bei dir auftaucht, ist alles in Ordnung, aber wenn sie kommt, bist du zu langsam. Das kannst du dir schon mal für die Zukunft merken.«

»Das werde ich«, sagte ich und griff nach meiner Jacke.

18. Kapitel

Wenn ich geglaubt hatte, dass ich sofort selbst an den Kundinnen arbeiten würde, irrte ich mich. Meine Tätigkeit bei Miss Hodgson bestand vorerst nur daraus, Sabrina und den anderen Kosmetikerinnen zuzuschauen.

Die Einweisung in Miss Hodgsons Büro war kurz und knapp gewesen, begleitet von dem Hinweis, dass ich eine Sonderrolle einnähme, mir das aber nicht zu Kopf steigen lassen solle. Ohne fundierte Ausbildung würde hier sonst niemand eingestellt werden. Das bedeutete, dass ich mich doppelt so hart anstrengen müsse.

Immerhin schien sie in den folgenden Tagen nichts an meiner Kleidung auszusetzen zu haben. Ich achtete peinlich darauf, dass nirgendwo auch nur der geringste Fussel oder Fleck zu sehen war, obwohl das eigentlich irrelevant war, denn ich musste mir einen leichten weißen Kittel überwerfen, wenn ich Sabrina und ihren Kolleginnen beim Verschönern der Kundinnen zusah.

Einige von ihnen führten Dampfbehandlungen an den Damen durch, andere massierten und klopften eine Unzahl von Produkten in ihre Haut ein, in der Hoffnung, die mehr oder weniger tiefen Falten verschwinden zu lassen.

Ich staunte über die Verwandlung, die mit den Frauen vor sich ging.

Aus unscheinbaren, blassen Wesen, an denen man vielleicht achtlos vorübergegangen wäre, wurden teilweise atemberaubende Schönheiten, wie sie auch auf Filmplakaten zu sehen waren. Sabrina war wie eine Bildhauerin, die aus einem groben Steinblock Wunderbares erschaffen konnte. Ich fühlte eine tiefe Ehrfurcht ihrem Können gegenüber.

Miss Hodgson selbst gab Schulungen für die Damen, damit diese zwischen den Behandlungsterminen auch etwas tun konnten. Täglich stand ich im Hintergrund, in der Hoffnung, dass sie mich vor den Kundinnen nicht ansprechen würde. Doch das tat sie jedes Mal.

»Schauen Sie es sich gut an, Miss Krohn«, bemerkte sie. »Von meinen Mitarbeiterinnen verlange ich, dass sie diese Behandlung an sich selbst ausführen, Tag für Tag. Und Sie können sich darauf verlassen, dass ich den Unterschied bemerke.«

Am Abend schmerzten meine Füße vom Stehen. Mein Kopf kam mir schwammig vor von all den Eindrücken, die ich aufgesaugt hatte, gleichzeitig pochten meine Hände, allerdings nicht vor Unternehmungslust. Wenn es gerade nichts gab, bei dem ich zuschauen musste, wurde ich dazu eingeteilt, für Ordnung und Sauberkeit zu sorgen. Ich wusch Spatel und Schälchen, sortierte die schmutzigen Handtücher und nahm die Lieferung von der Wäscherei an. Ich wischte Schränkchen ab und schaffte Ordnung im Lager, wo die Pflegeprodukte aufbewahrt wurden. Ich erfuhr, dass alles ausnahmslos von Miss Arden kam, lediglich die Schwämme und Tücher wurden von anderen Firmen gekauft. Ob es die Kosmetikerinnen merken würden, wenn man ihnen ein fremdes Produkt unterschob?

Zu Hause war ich dann meist so müde, dass ich weder mit

Kate einen längeren Schwatz halten noch mein Gesicht mit Cremes behandeln konnte. Lediglich das Mandelöl trug ich auf und dämmerte dann hinein in traumlosen Schlaf.

Am Samstag freute ich mich auf den Abend mit Ray. Es war das erste Mal seit der Trennung von Darren, dass ich wieder zu meinem Vergnügen ausging, und entsprechend beschwingt fühlte ich mich. Es würde schön sein, mich mit meiner alten Kollegin auszutauschen und zu hören, was in den vergangenen Wochen alles passiert war.

Wie es mir Sabrina gezeigt hatte, trug ich Rouge auf meine Wangen auf und widmete mich dann meinen Lippen. An das Make-up der Augen wagte ich mich nicht, denn ich fürchtete, mit dem Stift abzurutschen und mir ins Auge zu stechen. Außerdem würde man die Farbe hinter meiner Brille kaum sehen. Und im Gegensatz zu Miss Hodgson würde Ray keinen Anstoß daran nehmen.

Für den Ausflug ins New Yorker Nachtleben entschied ich mich für das grüne Satinkleid aus dem Kaufhaus. Ein wenig bedauerte ich es, dass ich die kostbaren Ohrringe verkauft hatte, die Madame mir geschenkt hatte. Doch wahrscheinlich wäre es auch zu gefährlich gewesen, sie abseits einer Vanderbilt-Party zu tragen. Ich warf meinen Mantel über, nahm meine Tasche und ging nach unten.

Kate klapperte in der Küche mit dem Abwasch. Von Mr Parker war nichts zu sehen.

Ich schaute durch die Tür. »Ich bin für ein paar Stunden unterwegs.«

Kate zuckte zusammen und ließ vor Schreck die Spülbürste fallen.

»Du meine Güte, musst du mich so erschrecken?« Sie drückte sich die Hand auf die Brust. Ein feuchter Abdruck erschien auf ihrer Schürze.

»Entschuldige bitte«, sagte ich. »Ich bin mit einer Freundin verabredet. Wir wollen uns ein wenig ins Getümmel stürzen.«

Solche Worte kamen mir aus meinem Mund irgendwie seltsam vor, aber das Wiedersehen mit Ray hatte mich beflügelt. Es würde schön sein, für ein paar Augenblicke die Welt zu vergessen.

»Dann viel Vergnügen, und gib auf dich acht. In der Stadt laufen einige hübsche Burschen herum, die einem leicht den Kopf verdrehen können.«

»Keine Sorge, ich pass auf mich auf.«

»Was ist eigentlich aus dem jungen Mann geworden, der hier immer vorgefahren ist und einen Höllenlärm gemacht hat? Mr Miller von gegenüber vermisst ihn sicher schon.«

Ich senkte den Kopf. »Es hat nicht sein sollen.«

»Oh«, machte Kate und überlegte einen Moment lang, dann fuhr sie fort: »Ich bin sicher, dass du einen finden wirst, der dich verdient hat.«

»Ja. Vielleicht«, sagte ich. Jetzt hatte ich mir erst einmal etwas Spaß und vielleicht einen Cocktail verdient. »Hab einen schönen Abend, Kate!«

»Du auch, *honey*! Bring mir ein paar Geschichten mit, alte Frauen wie ich brauchen das.«

Sie lachte und wandte sich wieder ihrem Abwasch zu.

Am vereinbarten Treffpunkt wurde ich von Ray bereits erwartet. Obwohl das Licht der Straßenlampen nicht besonders gut war, klappte sie gerade ihren Schminkspiegel auf und korrigierte ihren Lippenstift. Dieser war weder von Arden noch von Rubinstein.

»Du wirst aussehen wie ein Zirkusclown, wenn du dich bei diesem Licht schminkst«, bemerkte ich scherzhaft. »Bei Miss Hodgson dürftest du das nicht!«

»Wer ist das?«, fragte Ray verwundert, ohne den Blick von ihrem Spiegelbild abzuwenden.

»Meine Salonleiterin. Sie legt viel Wert darauf, dass das Make-up natürlich, aber strahlend aussieht.«

»Natürlich? Wir machen das doch gerade, um nicht natürlich auszusehen!« Ray lachte, klappte den Spiegel zu, verstaute ihn in ihrer Tasche und umarmte mich. »Da bist du ja. Und ja, vielleicht sehe ich wie ein Zirkusclown aus. Dort, wo wir gleich hingehen werden, ist das Bedingung.«

»Dann, fürchte ich, habe ich nicht das richtige Make-up.« Ich hatte den Lippenstift genommen, den Sabrina mir nach meinem dritten Tag zugesteckt hatte mit der Bemerkung, dass er überzählig wäre. Ich hatte zunächst gezögert, weil ich fürchtete, Miss Hodgson würde Diebstahl vermuten. Aber wie ich erfuhr, nahmen alle ihre Mädchen Reste von Schminkprodukten mit, die nicht mehr repräsentabel genug für die Kundschaft waren. Auf meinen Lippen glänzte nun Arden-Pink, dezent, aber dennoch strahlend. Jedoch nicht strahlend genug für das dunkle Bordeauxrot, das Ray trug.

»Ach, das wird schon gehen«, sagte Ray nach kurzer Betrachtung. »Richtig angezogen bist du schon mal.«

Ich schaute auf meinen braunen Mantel, mit dem ich beinahe mit der Dunkelheit verschmolz. Darunter trug ich das grüne Satinkleid, das ich damals bei meinem Rundgang durch das Kaufhaus erstanden hatte. Man merkte ihm nicht an, dass es heruntergesetzt gewesen war.

»Komm mit, ich weiß einen Laden, in dem wir bestimmt Spaß haben werden.«

Sie hakte sich bei mir ein und zog mich mit sich durch ein Gewirr kleiner Straßen, in denen sich die Mülltonnen türmten und hohe Gitter versuchten, Unbefugte auszusperren. Die Gegend sah alles andere als vertrauenerweckend aus. Nicht mal die Katzen wollten hier länger bleiben. Gehetzt, als müssten sie vor einem Hundegebiss Reißaus nehmen, huschten sie an uns vorbei.

Nach einer Weile bogen wir in eine Straße ein, in der man auf den ersten Blick keine Flüsterkneipe vermutet hätte. Es sah nach einer reinen Wohngegend aus, ein wenig heruntergekommen, einige Fenster waren vernagelt. Ich hätte nicht vermutet, dass es in der Nähe des Roxy solch eine Straße geben würde.

Vor einem Haus, in dessen Fenstern rot verhangene Lampen brannten, machten wir halt.

»Hier soll es sein?«, fragte ich und schaute mich um. Weder konnte ich etwas hören, noch sah ich andere Gäste. Möglicherweise wollten alle allein eintreten, um nicht gesehen zu werden.

Damals, als ich mit Darren das erste Mal ein Speakeasy betreten hatte, war es ganz anders gewesen.

»Ja, das ist es. Aber nicht in den oberen Etagen.«

Sie zog mich an der Hand eine Treppe hinunter, die mich ein wenig an den Zugang zur Wohnung des Detektivs erinnerte. Dort war alles dunkel, dennoch klopfte Ray.

Nach einer Weile wurde eine Klappe zurückgeschoben.

»Passwort«, sagte eine Stimme.

»Mockingbird«, antwortete Ray.

»Deine Freundin weiß Bescheid?«, fragte der Mann daraufhin. Durch die Dunkelheit erhaschte ich einen kurzen Blick auf seine Augen, mehr erkannte ich von seinem Gesicht nicht.

»Ja, sie weiß Bescheid«, antwortete Ray. »Und sie ist in Ordnung.«

»Na dann, willkommen im Moonshine!« Er entriegelte die Tür und ließ uns ein.

Zunächst roch ich nur altes Gemäuer, doch dann erkannte ich Parfüm, Rasierwasser und Alkohol. Der Mann, der uns einließ, blieb weiterhin im Schatten. Ray würdigte ihn keines weiteren Blickes, und ich hielt es für besser, es ebenfalls nicht zu tun. Im Gegensatz zu diesem Laden hatte die Bar, in die Darren mich geführt hatte, wie ein legales Unternehmen gewirkt.

»Du musst wissen, dass sie das Passwort alle drei Tage ändern«, flüsterte Ray mir zu, als der Türsteher außer Hörweite war. »Wenn du nicht rauskriegst, wie das aktuelle lautet, bleibst du draußen.«

Ich fragte mich, woher Ray wohl das aktuelle Passwort erfuhr.

»Wer war der Mann?«, fragte ich.

»Joe«, antwortete Ray. »Einfach nur Joe. Seinen vollen Namen kennt niemand. Er passt nicht nur auf, dass die richtigen Leute reinkommen, er steht gleichzeitig Schmiere für den Fall, dass die Cops auftauchen.«

Ich erstarrte. »Die Polizei könnte hier auftauchen?«

»Beruhige dich«, sagte Ray. »Hin und wieder gibt es in der Gegend Razzien, das ist ganz normal. Die Jungs versuchen stets frühzeitig herauszufinden, wann etwas passiert. Joe ist ziemlich gut darin zu erkennen, wer ein schräger Vogel ist oder, schlimmer noch, ein Polizeispitzel.«

Passwörter und Razzien. Ich konnte mir vorstellen, was Ray an diesen Orten gefiel. Es waren Kneipen wie die in ihren Lieblingsromanen. Und auch wenn ich es ein wenig mit der Angst zu tun bekam, spürte ich einen gewissen Kitzel in meiner Magengrube.

»Und wie finden sie heraus, wann es Razzien gibt?«, fragte ich.

»Entweder bestechen sie die Cops oder nutzen andere Quellen. Die Italiener zum Beispiel. Die bekommen sehr viel mehr mit und sind gut organisiert.«

»Sind das Verbrecher?«

»Neugier ist der Katze Tod«, antwortete sie ausweichend und führte mich weiter ins Innere.

Hier nahm kein Garderobenmädchen Mäntel in Empfang, und es gab auch keinen Champagnerbrunnen, wie damals mit Darren. Nur Tische, auf denen provisorisch zusammengesuchte Lampen oder Kerzenleuchter standen. Die Menschen, die daran saßen, waren nicht viel mehr als Schatten.

»Gehen wir zur Bar und holen uns was zur Einstimmung«, sagte Ray zu mir. »Ich hab gehört, dass heute ein Typ auftreten soll, der unanständige Witze erzählt. Ich glaube, das wird lustig.«

Ich zweifelte immer noch daran, dass man hier Spaß haben konnte, aber ich wollte keine Spielverderberin sein.

Die Bar war der einzige besser beleuchtete Teil des Raumes – wahrscheinlich nur, damit der Mann dahinter die Flaschen nicht verwechselte.

Zwei große Tiffany-Lampen malten bunte Lichtfetzen auf das Mobiliar, das recht provisorisch wirkte. Aus einem Brett und zwei hohen Stühlen hatte man kurzerhand eine Bar gezimmert. Dahinter erhob sich ein Kellerregal, in dem normalerweise wohl Kohl und Kartoffeln lagerten. Nun waren bunt zusammengewürfelte Flaschen darin versammelt, manche mit, manche ohne Etikett. Der Barkeeper trug eine Schürze um die Hüften, das weiße Hemd stand am Kragen etwas offen. Seine Haut hatte einen Goldschimmer, seine Haare waren pechschwarz.

»Hi, Liebes«, sagte er, als er Ray erkannte. »Heute kommst du ja mal nicht allein.« Als er mir zulächelte, blitzte ein Goldzahn auf. »Dich kenne ich noch nicht, aber ich werde mir dein Gesicht merken.«

»Das ist ... nett von Ihnen«, sagte ich, worauf er lachte.

»Ah, du bist eine von der feinen Sorte. So was sieht man immer weniger hier.«

Ich wusste nicht, ob das ein Kompliment war, und zog es vor, darauf nur zu lächeln.

»Wie immer?«, wandte er sich an Ray.

Diese nickte. »Und mach noch einen für meine Freundin. Die kennt sich bei den Drinks nicht so gut aus.«

Ich wollte schon protestieren, musste dann aber feststellen, dass sie recht hatte. Ich trank Alkohol nur, wenn mir jemand bei irgendeinem Anlass ein Glas vor die Nase stellte.

»Wann werden sie jemals dieses Verbot aufheben?«, fragte Ray den Barkeeper, der daraufhin die Schultern hochzog.

»Keine Ahnung. Aber solange es nicht legal ist, blühen hier die Geschäfte.«

Er mischte die Getränke zusammen und schenkte sie schließlich in zwei hohe Gläser ein. Der Alkoholgehalt war enorm, das verriet mir schon meine Nase. Doch die Farbe erinnerte mich an Bernstein, wie ihn meine Mutter an einer Kette getragen hatte.

Wenig später strömte mir ein süßer und zugleich beißender Geruch in die Nase.

»*Cheers!*«, sagte Ray und prostete mir zu.

Ich griff nach dem Glas, auf dem sich ein nasser Film gebildet hatte.

Schon der erste Schluck raubte mir den Atem. »Was ist das?«, fragte ich hustend.

»Planter's Punch«, antwortete Ray fröhlich. »Nach Art von Jims Mutter.«

»Eigentlich gehören hier vier Teile Wasser rein, aber da Jims Mutter aus Kansas stammt, ist es hier nur ein Teil.«

»Und was sind die anderen?«

»Jim macht darum immer ein großes Geheimnis, aber ich glaube, es ist offensichtlich: Zitronensaft, Zucker, drei Gläser Rum. Oder Selbstgebrannter, ich weiß bei ihm nie, was er reintut. Die Etiketten auf den Flaschen stimmen nicht immer. Aber man fühlt sich danach richtig leicht, darum geht es ja, wenn man in einer Bar ist, nicht?«

Ich verstand, was sie mit leicht meinte, aber ich wusste nicht, ob ich bereit war, die Kontrolle über mich zu verlieren.

Ich stellte mein Glas beiseite, denn der Alkohol brannte in meinem Magen. Ray schien an ihn gewöhnt zu sein, denn sie schlürfte fröhlich weiter.

»Weißt du, ich vermisse die Tage im Labor so sehr«, begann sie dann. »Das Kaufhaus bezahlt recht gut, aber es ist öde, Tag für Tag den Kunden dasselbe Zeug aufzuschwatzen. Manchmal frage ich mich, ob ich bei den Telefonistinnen nicht besser aufgehoben gewesen wäre.«

»Macy's hat Telefonistinnen?«

»Ja! Und sie brauchen auch hin und wieder Darsteller für ihre Paraden. Und an Weihnachten. Aber das sind eher Saisonjobs.« Sie senkte den Kopf, wie von plötzlicher Traurigkeit erfüllt, und stellte ebenfalls ihr Glas beiseite.

»Sei froh, dass du nicht mehr da warst, als es mit den neuen Besitzern richtig losging«, sagte sie mit einer Stimme, die überhaupt keine Heiterkeit mehr in sich trug. »Sie haben gründlich aufgeräumt. Sogar Miss Clayton ist ersetzt worden durch einen Mann, der keine Ahnung von Kosmetik hat.«

»Miss Clayton ist gefeuert worden?«

»Ja, wie fast die Hälfte aller Frauen. Sie waren der Ansicht, dass die Frauen doch heiraten können, um sich zu versorgen. Auch von den Männern mussten einige gehen, aber Madame hatte ohnehin nicht so viele von ihnen angestellt. Das Lagerpersonal ist nur geringfügig reduziert worden, die Fahrer haben sie alle behalten.«

Mir schnürte sich der Magen zu. So viele Leute hatten ihre Stelle verloren, weil Madame verkauft hatte. Was sie wohl dazu sagen würde, wenn sie es erfuhr? Oder war es ihr egal? Auf jeden Fall hatte sie so viele Menschen, die für sie gearbeitet hatten, enttäuscht. Und das alles nur für eine Ehe, die nicht zu kitten gewesen war.

»Weißt du denn, ob die anderen schon wieder untergekommen sind?«

»Clara ist in einer anderen Fabrik. Wir sehen uns hin und wieder auf dem Weg. Aber die anderen …« Sie machte eine wegwerfende Handbewegung. »Aus den Augen, aus dem Sinn. Ich weiß nicht mal, wo Miss Clayton abgeblieben ist. Es gibt da zwar Gerüchte, dass sie bei Miss Grayson angefangen hat, dieser kleinen Kosmetikfirma hier in der Stadt, aber das glaube ich erst, wenn ich sie dort sehe.«

Ich überlegte einen Moment, dann fragte ich: »Und keine hat es bei Miss Arden versucht?«

Ray schüttelte den Kopf. »Sie haben alle schon so lange für Madame gearbeitet, dass sie glaubten, Arden sei der Bösewicht in dem Spiel. Keiner von ihnen würde einfallen, mit dem Feind zu paktieren, auch jetzt nicht. Nicht mal dann, wenn ihnen dadurch aus der Not geholfen werden könnte.« Sie blickte mich an. »Aber du, du hast es gewagt. Dir konnte sie nichts einreden. Dich hat sie nicht zu einer Loyalen gemacht.«

War das so? Ich ertappte mich gelegentlich dabei, dass ich sie immer noch Madame nannte. Bei Miss Arden hatte ich mich beworben, weil ich eine Chance gesehen hatte. Wer, wie ich, schon einmal im Elend zu versinken gedroht hatte, konnte sich nicht von falschen Loyalitäten aufhalten lassen.

»Ich habe sie nur als Chefin gesehen, als Mensch, der mir eine Chance gegeben hat. Miss Arden hat mir eine neue Chance gegeben, und ich werde sie nutzen.«

Ray nickte, und ich meinte Zorn in ihren Augen zu sehen. Allerdings nicht auf mich.

»Bist du wütend auf sie?«, fragte ich.

»Zunächst war ich es nicht«, antwortete Ray. »Doch mittlerweile … Sie hat es uns doch erst eingebrockt, nicht wahr? Ihre Ehe …«

»Ich habe gehört, dass sie sich scheiden lassen wollen.«

»Siehst du!«, sagte sie und griff nach ihrem Glas. »Alles umsonst! Sie hat die Firma verkauft und uns ins Schlamassel geritten. Ja, ich bin wütend auf sie. Und sollte sie je zurückkommen, werde ich ihr vor die Füße spucken, wenn ich sie sehe.«

Mit diesen Worten nahm sie einen weiteren großen Schluck aus ihrem Glas. Ob der Alkohol an ihren Worten schuld war?

Plötzlich ertönte ein Warnruf, gefolgt von einem Schrei.

»Die Bullen!«

Ich zuckte zusammen. Ray stellte ihr Glas ab und glitt vom Barhocker. Jim, der Barmann, murmelte: »Scheiße«, dann wirbelte er herum. Ob er floh oder sich unter seinem provisorischen Tresen versteckte, konnte ich nicht mehr sehen.

Die Bargäste sprangen auf und wuselten durcheinander, dann krachte es. Zunächst hielt ich es für einen Schuss, doch dann wurde mir klar, dass man die Tür gewaltsam aufgebrochen hatte.

Wie gelähmt beobachtete ich, dass Männer in braunen Mänteln und mit Polizeiuniformen durch die Tür drängten. Beinahe jeder von ihnen hatte eine Waffe in der Hand.

»Die Veranstaltung ist vorbei, Herrschaften«, rief eine Männerstimme. »Alle die Hände hoch!«

»Mist!«, fluchte Ray, dann packte sie mich am Arm und zerrte mich mit sich.

»Wohin willst du?«, fragte ich, starr vor Schreck.

»Auf die Toilette!« Sie zog mich schneller weiter, als ich in meinen Schuhen vorankam.

Ich stolperte, fing mich glücklicherweise wieder und folgte Ray in den dunklen Gang. Mein Herz pochte so laut, dass ich kaum die Rufe und Schreie vernahm, die hinter mir laut wurden.

»Was sollen wir nun tun?«, fragte ich panisch, während ich die Tür hinter mir ins Schloss drückte. Sicher würden die Polizisten auch hier nachsehen.

»Wir klettern durch das Fenster!« Ray deutete auf die kleine Scheibe, die zwischen den Kabinen in die Wand eingelassen war.

»Da durch?«, fragte ich entsetzt. Die Öffnung erschien mir keineswegs breit genug, dass ein erwachsener Mensch durchpasste.

»Natürlich!« Ray schlüpfte schon aus ihren Schuhen.

»Aber …« Ehe ich noch etwas sagen konnte, war sie bei dem Fenster und reckte sich nach dem Griff. Frische Nachtluft strömte herein und vertrieb den Uringeruch.

»Wie sollen wir da hochkommen?«

Hörte ich Schritte im Gang? Auf jeden Fall herrschte weiter vorn ziemlicher Aufruhr. Offenbar versuchten die Polizisten, einige Gäste an der Flucht zu hindern. Was sie wohl mit uns anstellen würden, wenn sie uns hier fanden?

»Ich mache dir eine Räuberleiter, und wenn du draußen bist, ziehst du mich hoch. Wie echte Gangster!«

»Ich hatte eigentlich nie vor, ein echter Gangster zu werden.«

»Wer weiß, wozu das noch gut ist. Hier.«

Sie ging ein wenig in die Knie, faltete ihre Hände und bot sie mir als Trittfläche dar. »Na mach schon. Oder weißt du nicht, wie es geht?«

Für einen Moment zögerte ich. Als Kinder waren Henny und ich oft über irgendwelche Zäune und Mauern geklettert, manchmal auch mithilfe einer Räuberleiter.

»Hallo?«, fragte jemand in den Gang hinein. Ich erstarrte.

»Los!«, drängte Ray im Flüsterton. »Und wehe, du lässt mich hier drinnen!«

Ich schlüpfte aus meinen Schuhen, versuchte Halt an der Wand zu finden, dann stieg ich auf ihre Hand. Mit einer Kraft, die ich ihr gar nicht zugetraut hätte, hob sie mich an, sodass ich meinen Oberkörper durch das Fenster zwängen konnte.

Erschrocken stellte ich fest, dass die Nische mit einem Gitter verschlossen war.

In meiner Panik drückte ich dagegen, und erleichtert merkte ich, dass es sich bewegte. Nachdem es mir gelungen war, es zur Seite zu schieben, kletterte ich ins Freie und fand mich auf einem Hinterhof wieder. Die Lichter des Hauses über mir schickten einen verwaschenen Schein über den Boden, der allerdings nicht ausreichte, um alles vollends zu beleuchten.

Ich hockte mich in die Nische und schob meine Arme ins Innere. Das Erste, was ich zu fassen bekam, waren unsere Schuhe, die Ray geistesgegenwärtig durch das Fenster gab. Ich warf sie aus der Nische und reichte Ray erneut die Hände. Diesmal ergriff sie sie, während es hinter ihr polterte.

»Na, dann los!«, kommentierte Ray, und ich zog mit voller Kraft an.

Ich hatte keine Ahnung, wie sie sich mit den Füßen auf dem Boden abstützte, möglicherweise hatte ich vor lauter Angst auch mehr Kraft als sonst. Es gelang mir, sie mit einem kräftigen Ruck nach oben zu ziehen. Ray stemmte sich mit den Knien in die Nische, dann erhob sie sich.

»Lass uns verschwinden«, sagte sie mit zitternder Stimme. Im nächsten Augenblick ertönte ein Krachen. Ich war nicht sicher, ob es aus dem Schankraum kam oder ob jemand die Tür zur Toilette aufgerissen hatte. Hastig kletterten Ray und ich aus der Nische und suchten nach unseren Schuhen. Als wir sie hatten, schlüpften wir rasch hinein und rannten über den Hof.

Schließlich fanden wir eine Pforte ins Freie. An der Straßenecke stand ein riesiger Polizeiwagen. Der Fahrer war offenbar abgelenkt genug, dass er nicht auf uns achtete. Wir huschten durch die Dunkelheit und sahen zu, dass wir so viel Raum wie möglich zwischen die Flüsterkneipe und uns bekamen.

Plötzlich fing Ray an zu lachen.

»Was ist so komisch?«, keuchte ich hinter ihr, ohne zunächst eine Antwort zu erhalten. Sie lachte immer nur weiter. Hatte sie in der Hektik den Verstand verloren? Oder zeigte der Alkohol jetzt seine volle Wirkung?

»Das war doch spaßig, oder nicht?«, fragte sie, während sie ihren Schritt verlangsamte und schließlich stehen blieb.

»Spaßig?«, fragte ich und stemmte mir die Hand gegen die Hüfte, um das Seitenstechen zu vertreiben. Schon lange hatte ich nicht mehr so rennen müssen.

»Ja. Wir sind ihnen entwischt! Das war wie in einem meiner Romane! So was wollte ich schon immer erleben.«

»Ach, hast du das noch nicht?« Angesichts dessen, dass sie wusste, was zu tun war, hatte ich angenommen, dass sie so etwas schon mal mitgemacht hatte.

»Ich bin sonst ein ziemlich braves Mädchen«, gab sie glucksend zurück.

»Das glaube ich dir aufs Wort«, murmelte ich. Allmählich beruhigte sich mein Herzschlag wieder.

Ray schlang die Arme um meine Schultern. »Entschuldige bitte. Ich konnte es nicht wissen. Ich gehe erst seit ein paar Wochen in den Laden. Wahrscheinlich muss ich mir jetzt einen anderen suchen, denn wenn die Cops eine Kneipe schließen, dann richtig.«

»Ist schon gut«, sagte ich. »Es war tatsächlich mal ein Abenteuer. Und ich bin froh, dass sie uns nicht geschnappt haben. Auch wenn meine Schuhe wahrscheinlich nie wieder sauber werden.«

Arm in Arm gingen wir weiter. Ein wenig fühlte ich mich wie damals mit Henny. Auch ihr hätte eine Flucht wie diese gefallen …

An der nächsten Subway-Station hielten wir an. Ray musste in die entgegengesetzte Richtung, also war der Zeitpunkt des Abschieds gekommen.

»Sehen wir uns wieder?«, fragte Ray mit einem feinen Lächeln. »Ich meine, nach der Sache eben hast du allen Grund, nicht mehr mit mir auszugehen, aber vielleicht …«

»Ich weiß ja, wo ich dich finden kann«, sagte ich. »Und mich erreichst du unter meiner alten Adresse bei Mr Parker. Wenn du etwas brauchst …«

»… melde ich mich bei dir. Und du dich bei mir.«

Noch einmal umarmten wir uns.

»Ich hoffe, du angelst dir bald den Millionär, den du haben möchtest«, gab ich ihr mit.

»Und ich hoffe, dass du dein Glück bei Miss Arden findest. Und solltest du je wieder in einem Labor arbeiten und eine Assistentin brauchen …«

»Bist du die Erste, die ich frage.«

Ray löste sich von mir, und ich sah ihr nach, wie sie ihrem Bahnsteig zustrebte.

Wenig später fuhr mein Zug ein. Ich stieg ein und fragte mich, ob ich Kate wirklich von diesem Abend erzählen sollte.

19. Kapitel

In den folgenden Wochen schwankte ich zwischen Euphorie und Verzweiflung. Es dauerte eine Weile, bis ich überhaupt näher an die Kundinnen herangelassen wurde. Ich wusch weiterhin ab, schleppte Handtücher, holte Kisten aus dem Lager und kümmerte mich um die Wäschelieferungen, wobei ich immer wieder mit den Fahrern in Streit geriet, denn sie fühlten sich bemüßigt, Kommentare zu meiner Frisur und meinem Kittel abzugeben.

Nach und nach verstand ich jedoch, wie ein Schönheitssalon funktionierte und dass es nicht nur die Behandlungen an den Kundinnen waren, die ihn ausmachten. Ich lernte von ganz unten und begann zu begreifen, was Miss Arden damit bezweckte. Es war kein Misstrauen, das sie mich herschicken ließ. Sie wollte, dass ich verstand, worum es hier ging. Wenn ich ehrlich war, hatte Madame diese Sorgfalt nicht an den Tag gelegt.

Dann endlich, an einem lauen Frühsommertag, durfte ich meine erste Kundin unter Aufsicht von Sabrina betreuen.

Ich massierte vorsichtig die Gesichtshaut der schon etwas älteren Dame, legte warme Tücher darauf, um sie zu entspannen, und machte mich schließlich ans Werk mit Pinseln und Zangen.

Sabrina beobachtete mich lächelnd. »Du lernst schnell«, sagte sie, als die Kundin ihre Ruheminuten halten musste und wir eine kurze Pause einlegen konnten.

»Ich habe lang genug zugesehen.«

»Glaub mir, Schätzchen, hier haben viele noch länger zugesehen als du und konnten es am ersten Tag nicht. Du scheinst Talent zu haben.«

Ich musste wieder daran denken, wie meine männlichen Kommilitonen am ersten Tag im Universitätslabor darauf gewartet hatten, dass ich etwas fallen ließ, und dann enttäuscht wurden. Auch der alte Professor, der uns beaufsichtigte, hatte zugeben müssen, dass ich Talent hatte. Doch würde Sabrina meine Zeit an der Universität interessieren? Hier war niemand länger auf einer Schule gewesen, als es nötig war.

»Danke, das ist sehr lieb von dir«, sagte ich also nur. Da klingelte auch schon der Wecker, und die Pause für Mrs Belleville war vorüber.

Die Arbeit an den Kundinnen von Miss Arden bereitete mir wirklich Freude, und ich vermisste das Labor nicht mehr allzu sehr. Doch Miss Hodgson machte mir mindestens einmal in der Woche klar, dass ich meine Anwesenheit in ihrer Filiale nur dem Umstand zu verdanken hätte, dass ich früher einmal bei Madame gewesen war.

»Ich glaube kaum, dass Miss Arden Sie eingestellt hätte, wenn sie nicht darauf aus gewesen wäre, der Rubinstein eins auszuwischen.«

Ich musste in diesen Momenten stark an mich halten, um ihr nicht eine freche Antwort zu geben.

»Aber vielleicht überraschen Sie mich ja doch noch«, sagte sie meist auf mein Schweigen, und dann hatte ich wieder für ein paar Tage Ruhe.

Mit den Kosmetikerinnen im Salon verstand ich mich gut.

Sabrina war mein Ankerpunkt, allmählich kamen Janet und Becky hinzu. Erstere war sehr neugierig auf Europa, und nachdem ich einmal fallen gelassen hatte, dass ich eine Weile in Paris gelebt hatte, musste ich ihr immer wieder erzählen, wie es in der Stadt war. Gelegentlich musste ich mir etwas ausdenken, um sie bei Laune zu halten. Ich mischte ein paar Erlebnisse aus Berlin mit hinein, was ihr nicht im Geringsten auffiel.

»Eines Tages werde ich nach Europa fahren«, tönte sie schwärmerisch. »Und dann werde ich mir all das ansehen, wovon du erzählst. Und vielleicht einen netten Monsieur kennenlernen.«

»Männer kannst du auch hier haben«, sagte die etwas robustere Becky. »Manch einer tut so, als wäre er direkt aus Frankreich, andere sind es tatsächlich.«

»Das ist nicht dasselbe«, schwärmte Janet weiter, und ich konnte ihr ansehen, dass auch Geschichten von weniger netten Herren wie Maurice Jouelle sie nicht von ihrem Vorhaben abbringen würden.

Als der Sommer voranschritt, verfügte ich endlich über einen kleinen eigenen Kundenstamm. Es waren keine besonders begüterten Kundinnen, diese waren für Miss Hodgson und Sabrina reserviert. Meist waren es Frauen, die einen Salon wie diesen ausprobieren oder sich mal etwas Schönes gönnen wollten. Miss Hodgson war der Ansicht, dass ich bei ihnen schon nichts verderben würde, also ließ sie mich machen.

Es war eine Sache, eine Creme herzustellen, doch zu sehen, wie diese wirkte und welches Glück man damit einer Frau bescherte, war auf überraschende Weise befriedigend. Und irgendwie gelang es mir, einige Kundinnen zum Wiederkommen zu bewegen. Ihre Geldbörsen waren schmal, aber das Lächeln breit, wenn sie den Salon wieder verließen.

Nur Miss Hodgson, so machte es den Anschein, konnte ich nicht zufriedenstellen. Mal bemängelte sie die Ordnung an meinem Arbeitsplatz, mal die Art, wie ich meine Frisur gerichtet hatte. Wenn mir das Make-up am Morgen nicht ganz so gelungen war oder ich mir unbedarft und selbstvergessen ins Gesicht gefasst hatte, bemerkte sie es sofort und wies mich vor den Kundinnen darauf hin. Hin und wieder tauchte sie auch während meiner Behandlungen auf und korrigierte vorgebliche Fehler.

Manchmal rief sie mich am Abend zu sich, um mir aus heiterem Himmel eine Standpauke zu halten. Meist drehte sich diese darum, dass ich mein Aussehen vernachlässigen und den Ruf ihres Salons schädigen würde. Ich war mir keiner Schuld bewusst und kämpfte mit den Tränen.

Aus Paris erhielt ich keine weiteren Neuigkeiten. Tag für Tag schaute ich bei meiner Rückkehr hoffnungsvoll in meinen Briefkasten, nur um ihn leer vorzufinden. Post von Henny erwartete ich nicht mehr, obwohl ich es mir wünschte. Meine Hoffnungen setzte ich auf Luc Martin und dass er vielleicht eine Spur von meinem Kind fand.

An einem Vormittag Ende August erschien Helen, unsere Empfangsdame, in meinem Behandlungsraum.

»Da ist eine Nachricht von Miss Arden für dich gekommen«, sagte sie und reichte mir einen kleinen Umschlag. Ich wischte die Reste der Creme an meinen Händen in ein kleines Handtuch und nahm das Schreiben an. Es war zugeklebt, offenbar wollte sie nicht, dass andere es lasen.

»Haben die anderen auch Nachrichten erhalten?«, fragte ich Helen. Diese blickte so finster drein, als würde es gewittern.

»Nein«, antwortete sie. »Nur du.« Sie sagte es nicht, doch in ihrer Stimme schwang die Mahnung mit, mich besser zu setzen, wenn ich den Umschlag öffnete. War es vielleicht eine Kündigung? Oder eine Vorladung, nachdem sich Miss Hodgson über mich beschwert hatte?

Ich verstaute den Brief in meiner Kitteltasche. »Danke«, sagte ich zu Helen und wandte mich wieder meiner Kundin zu. Ich versuchte, mir meine Anspannung nicht anmerken zu lassen, doch Miss Lewis merkte es natürlich sofort daran, dass ich ihre Haut ein wenig schneller massierte als sonst.

»Erwarten Sie schlechte Nachrichten?«, fragte sie, nachdem sie einen Blick in den Spiegel geworfen und mein Gesicht gesehen hatte.

»Eigentlich nicht«, gab ich zurück. »Aber unangekündigte Briefe tragen immer ein wenig den Geruch von Unglück.«

»Vielleicht ist es auch etwas Gutes. Eine Beförderung vielleicht.«

Beinahe hätte ich aufgelacht. Eine Beförderung? In diesem Salon erschien das undenkbar.

Doch es war möglich, dass Miss Arden mich versetzte. Sollte ich darüber froh sein oder würde ich vom Regen in die Traufe kommen?

Ich lockerte meinen Griff und versuchte, mich zu entspannen. Ich wollte nicht daran denken, dass Miss Arden mich vielleicht hinauswarf. Ich wollte nicht daran denken, was ich in solch einem Fall anstellen sollte.

Als Miss Lewis gegangen war, strahlend schön und lächelnd, räumte ich meinen Platz auf, denn ich wollte mich von Miss Hodgson nicht schon wieder der Unordnung bezichtigen lassen. Dann hockte ich mich auf meinen Schemel und holte den Brief hervor.

Es war derselbe Umschlag und dieselbe Handschrift wie damals. Mit zitternden Händen und einem unruhigen Wühlen in der Magengrube zog ich das Schreiben heraus.

Liebe Miss Krohn,

ich möchte Sie darum bitten, mich am kommenden Wochenende nach Maine zu begleiten.
Mein Fahrer wird Sie am Freitag gegen neun Uhr abholen.

Gruß,
E. A.

PS: Packen Sie für einen gesellschaftlichen Anlass, ich möchte nicht, dass Sie mich blamieren.

Ungläubig schüttelte ich den Kopf. Ich sollte Miss Arden begleiten? Und dann nannte sie mir nicht einmal den Grund und den Ort, zu dem es gehen sollte?

Wollte mir jemand einen Streich spielen?

Doch es war eindeutig ihre Handschrift. Und auch der Wortlaut passte zu ihr.

Ich las den Brief noch einmal und drehte den Umschlag herum, doch ich konnte keinen Hinweis auf eine Fälschung entdecken. Miss Arden wollte tatsächlich, dass ich sie begleitete.

Nur war freitags und samstags der Salon geöffnet. Einfach wegbleiben konnte ich nicht, ich musste Miss Hodgson Bescheid sagen. Aber würde sie mir glauben? Oder war sie schon informiert?

Nach der nächsten Kundin fand ich den Mut, zu Miss Hodgson zu gehen. Um diese Zeit hatte sie keine Schulungen, sondern kümmerte sich um den Schreibkram. Rechnungen wollten einsortiert, Bestellungen getätigt werden.

Ich klopfte gegen die offen stehende Tür. Den Schlag meines Herzens konnte ich direkt unter meinem Kinn spüren.

»Miss Hodgson, darf ich Sie kurz stören?«, fragte ich.

»Einen Moment!«

Ich nickte und blieb an der Türschwelle stehen. Sie beugte sich wieder über ihr Buch und notierte darauf seelenruhig die Summen einiger Quittungen, bevor sie ihren Stift beiseitelegte und mich ansprach: »Was gibt es, Miss Krohn?«

»Miss Arden hat mir eine Nachricht zukommen lassen.«

»Doch wohl hoffentlich nicht Ihre Kündigung«, gab sie mit einem schadenfrohen Lächeln zurück.

»Nein«, antwortete ich und reichte ihr das Schreiben. »Sie möchte, dass ich sie morgen nach Maine begleite.«

Damit hatte Miss Hodgson nicht gerechnet. Sie überflog die Zeilen wieder und wieder, als könnte sie es nicht glauben oder als wollte sie die Handschrift auf Echtheit überprüfen.

»Das bedeutet, dass ich die Termine mit meinen Kundinnen nicht wahrnehmen kann.«

Miss Hodgson schnaufte. »Es ist die Chefin, die nach Ihnen verlangt.«

»Also darf ich gehen?«

»Natürlich. Allerdings werden die Kundinnen ziemlich enttäuscht sein.«

»Oh, ich werde natürlich versuchen, ihnen Bescheid zu geben. Die meisten haben ein Telefon, und jene, die ich nicht erreichen kann, könnten vielleicht Sabrina oder Claudia übernehmen.« Bei Claudia war ich mir nicht ganz sicher, aber Sabrina würde bestimmt die eine oder andere Kundin dazwischenschieben.

»Das bedeutet aber auch, dass Sie Überstunden machen müssen, um die verlorene Zeit auszugleichen«, gab Miss Hodgson süffisant zurück. »Und Sie werden verstehen, dass ich Sie für heute nicht von Ihrem Dienst entbinden kann.«

»Das ist kein Problem«, sagte ich. »Ich bleibe so lange, wie es nötig ist.«

Miss Hodgson schien zu überlegen. »In Ordnung«, sagte sie

dann. »Wenn Sie wieder unten sind, richten Sie Helen bitte aus, dass sie mir einen Kaffee bringen soll.«

Ich nickte und zog mich zurück.

Obwohl ich wusste, wie Miss Hodgson war, enttäuschte es mich ein wenig, dass sie mir keine gute Reise wünschte. Immerhin begleitete ich ihre Chefin, und das höchstwahrscheinlich geschäftlich.

Doch dann straffte ich mich wieder. Ich hatte mir geschworen, mich von ihr nicht fertigmachen zu lassen. Morgen war ich mit Miss Arden unterwegs, und heute würde ich tun, was nötig war.

Unten gab ich Helen Bescheid, die mich ein wenig verwundert ansah, dann wandte ich mich meiner nächsten Kundin zu. Mrs Travers war schon einmal bei mir gewesen und hatte den Eindruck gemacht, nicht auf meine Ratschläge hören zu wollen. Dennoch hatte sie einen weiteren Termin vereinbart.

Als ich um die Ecke zu den Behandlungsräumen bog, sah ich sie bereits an der Rezeption stehen. Ich atmete tief durch und trat dann zu ihr, um sie zu begrüßen.

Als meine letzte Kundin gegangen war, ließ ich mir von Helen das Terminbuch zeigen und erschrak über die Fülle der Einträge.

»Was ist denn da passiert?«, fragte ich und griff mir an die Stirn. »Wann haben sich denn all diese Frauen eintragen lassen?«

»In den vergangenen Tagen«, gab Helen zurück. »Allein drei haben sich heute neu für dich angemeldet. Oder besser gesagt, Miss Hodgson hat mich angewiesen, dir die neuen Kundinnen zu übergeben.«

Ich unterdrückte einen Fluch. Miss Hodgson hatte also Helen angewiesen, mich mit Arbeit zu beladen, und es natürlich nicht für nötig gehalten, ihr mitzuteilen, dass es vielleicht nicht klug wäre, für morgen und übermorgen neue Termine bei mir zu vergeben.

»Was ist?«, fragte Helen, die offenbar meine Anspannung merkte.

»Hat Miss Hodgson dir nichts gesagt?«, fragte ich.

»Nein, was denn?«

»Dass ich in den kommenden Tagen nicht da sein werde.«

Helen zog die Augenbrauen hoch.

»Ich bin von Miss Arden benachrichtigt worden, dass ich mich am Freitag und Samstag mit ihr auf eine kleine Reise begeben soll. Ich werde die Termine also alle absagen müssen.«

Helens Blick wich auf einmal zur Seite aus. Ich runzelte die Stirn, dann wurde mir alles klar. Miss Hodgson hatte mit ihr gesprochen.

»Sie sagte, dass ich ruhig weitere Termine eintragen soll«, gab Helen schließlich zu.

»Wozu?«, fragte ich. »Damit sie sicher sein kann, dass ich heute nicht mehr vor Mitternacht aus dem Haus komme?«

Helen wurde rot. »Tut mir leid. Sie ist die Chefin. Ich muss tun, was sie verlangt.«

Ich ballte die Fäuste. In diesem Augenblick hatte ich große Lust, hochzulaufen zu dieser furchtbaren Person und ihr die Meinung zu sagen. Aber würde das etwas nützen? Die Kundinnen verschwanden nicht von allein.

»Miss Arden ist die Chefin«, antwortete ich, um Ruhe bemüht, obwohl ich am ganzen Leib zitterte. »Und ich bin nicht mit ihr unterwegs, weil ich mir einen schönen Tag machen will. Ich habe ehrlich gesagt keine Ahnung, warum Miss Arden mich einbestellt, aber es wird sicher wegen der Arbeit sein.«

Ich schüttelte den Kopf. Helen war mir immer so nett erschienen. Doch nun musste ich einsehen, dass sie nicht mal den Mut hatte, Miss Hodgson auf eine Ungerechtigkeit hinzuweisen.

»Tut mir leid, ich wusste das nicht.«

So bedrückt, wie sie wirkte, war es vielleicht tatsächlich so.

»Nun gut, dann mache ich mich besser an die Arbeit, wenn ich alle noch benachrichtigen möchte.«

»Ich könnte dir helfen«, schlug Helen vor, doch ich schüttelte den Kopf.

»Nein, lass nur. Ich schaffe das. Und wenn ich die Damen nicht erreiche, werde ich ihnen eine Karte zukommen lassen.«

Damit nahm ich das Terminbuch an mich und verschwand ins Büro, das Miss Hodgson schon längst verlassen hatte.

20. Kapitel

Vollkommen erschöpft taumelte ich kurz vor elf Uhr nachts in Richtung Subway. Ich fror, und gleichzeitig hatte ich das Gefühl, dass meine Haut vor Anstrengung brannte.

Eigentlich war ich gespannt darauf gewesen, Miss Arden zu begleiten. Doch um mich wirklich zu freuen, war ich zu müde. Im Stillen verfluchte ich Miss Hodgson. Gegen sie war Miss Clayton ein Engel gewesen! Ich konnte mir nicht vorstellen, dass Miss Arden sie angewiesen hatte, so gemein zu mir zu sein.

Auf dem U-Bahn-Steig tummelten sich trotz der vorangeschrittenen Stunde noch allerhand Leute. Ich war froh darüber, nicht allein zu sein. Aber wann war man das in dieser Stadt? Es gab kaum Ecken, an denen man nicht jemandem begegnete. In diesem Augenblick war ich dafür dankbar.

Endlich erschien der Zug. Nur wenige Passagiere stiegen ein. Ein junges Paar, das wohl gerade von einer Vergnügung heimkam, lachte laut. Einige Männer schauten der jungen Frau, die sichtlich beschwipst war, nach.

Ich schenkte ihnen nur einen kurzen Blick, dann stieg ich ein. Als der Zug anfuhr, schloss ich die Augen. Nicht einschlafen, ermahnte ich mich.

Doch dann passierte es. Die Geräusche rückten von mir ab, und die Welt verschwand im Nebel.

Schließlich schreckte ich wieder hoch, voller Angst, meinen Halt verpasst zu haben. In dem Moment hielt die Bahn, direkt vor dem Schild mit dem Namen der Station. Noch zwei weitere. Erleichtert atmete ich aus und setzte mich wieder gerader auf den Sitz.

Im nächsten Moment trat durch die Tür eine Gestalt, deren Alkoholfahne ich schon von Weitem riechen konnte. Der Mann schwankte voran, schaute sich um. Neben dem Paar, das immer noch miteinander lachte und turtelte, saßen noch drei andere Frauen in meiner Nähe.

Ich betete im Stillen, dass der Kerl mich nicht beachten würde, doch natürlich tat er dies.

»Na, Puppe? Hast du Lust auf ein wenig Gesellschaft?«, fragte er und setzte sich direkt neben mich. Mein Herz begann zu rasen. Auch in Berlin war ich hin und wieder von Betrunkenen angesprochen worden. Ihnen konnte ich meist aus dem Weg gehen. Aber in der Subway konnte ich nirgendwohin.

»Nein, eigentlich nicht«, antwortete ich.

»Siehst aber so aus«, murmelte er und legte seine Hand auf mein Knie. Ich schob sie beiseite und wollte aufstehen, da hielt er mich am Handgelenk fest. »Bist wohl prüde, oder was? Bleib doch sitzen, ich beiße nicht!«

Panisch schaute ich mich um. Die Frau mir gegenüber hatte noch immer die Augen geschlossen.

»Lassen Sie mich in Ruhe!«, fauchte ich ihn an.

Der Kerl lachte nur und drückte fester. Seine Fahne trieb mir Tränen in die Augen. Den Leuten ringsherum wäre es wahrscheinlich egal, was er mit mir anstellte.

Glücklicherweise hielt der Zug nur wenige Augenblicke später. Ich riss mich los und ging zur Tür. Mein Herz klopfte mir vor Panik bis zum Hals.

»He, was ist denn los?«, polterte der Kerl hinter mir ärgerlich. »Bin ich dir nicht fein genug, hä? Bin ich es nicht wert, du Schlampe?«

Ich zuckte unter den Worten zusammen. Es hatte schon seinen Grund, warum ich nur selten noch spätabends unterwegs war. Hätte ich Ray bei mir gehabt, wäre das nicht passiert.

Mit weichen Knien und am ganzen Leib zitternd, stieg ich aus. Mein Herz raste, und ich hoffte nur, dass er mir nicht folgte. An der Treppe blickte ich mich völlig außer Atem um. In meinen Ohren rauschte es, und die Furcht, den Unbekannten hinter mir zu sehen, ließ eine Gänsehaut über meinen Körper peitschen.

In dem Moment fuhr der Zug an. Ob der aufdringliche Fremde noch auf seinem Platz saß, erkannte ich nicht, aber er schien mir nicht gefolgt zu sein.

Mit noch immer zitternden Beinen erklomm ich die Stufen. Ich hätte auf die nächste Bahn warten können, schließlich war ich noch eine Station von meinem Ziel entfernt, aber ich beschloss, zu laufen.

Es tat gut, wieder frische Luft zu atmen, auch wenn diese ein wenig nach den Mülltonnen roch, die in der Nähe auf einem Hinterhof standen. Die Gegend war menschenleer, nur ein Hund bellte. Ich war an dieser Station schon etliche Male ausgestiegen, um etwas zu besorgen. Die Straße war gesäumt mit kleinen Läden, deren Schaufenster im Gegensatz zu Macy's fast nie umdekoriert wurden, es sei denn, der Inhaber wechselte.

Diese Gleichförmigkeit beruhigte mich, und allmählich wich der Schreck aus meinen Gliedern. Dennoch eilte ich rasch und ohne mich umzusehen die Straßen entlang und erreichte nach einer Viertelstunde Mr Parkers Haus.

Ebenso wie mein Hauswirt lag wohl auch seine Haushälterin bereits in den Federn. Ob Kate sich Sorgen gemacht hatte?

Ich drehte vorsichtig den Schlüssel im Schloss herum und trat ein. Mondlicht fiel durch die Tür und beleuchtete das Treppenhaus genug, um mich erkennen zu lassen, dass ich allein war. Der Gedanke, dass hier jemand lauern konnte, war unrealistisch, doch die Stille des Hauses beruhigte mich.

Nachdem ich die Haustür hinter mir ins Schloss gezogen hatte, ging ich zum Briefkasten. Als ich die Klappe öffnete, purzelte mir ein Brief entgegen. Schlagartig trat mein Erlebnis in den Hintergrund, als ich den Absender las. Ich schaltete das Flurlicht an und zerrte das Schreiben aus seinem Umschlag.

Chère Mademoiselle Krohn,

verzeihen Sie bitte, dass ich so viel Zeit habe verstreichen lassen seit unserem letzten Treffen. Ich hoffe, Sie sind wohlbehalten in Amerika angekommen.
Wie vereinbart habe ich Ihrer Freundin Ihre Nachricht überbracht, allerdings wirkte sie nicht sehr angetan.
Nach langem Hin und Her konnte ich sie dazu überreden, den Brief anzunehmen. Was sie anschließend damit angestellt hat, kann ich Ihnen allerdings nicht sagen. Möglicherweise hat die Vernunft sie überkommen, und sie hat sich inzwischen bei Ihnen gemeldet. Ich hoffe sehr, dass Sie beide wieder zusammenfinden, denn nur wenige Dinge sind schmerzlicher, als einen guten Freund zu verlieren.

Leider gestalten sich die Nachforschungen bezüglich Ihres Sohnes schwieriger, als ich es erwartet habe. Sie hatten recht, das Personal des Krankenhauses ist dickfelliger, als ich vermutete. Nicht mal mit Charme habe ich den Schwestern etwas entlocken können, und das will schon etwas heißen.
Aber bevor Sie mich für unseriös halten: Nein, ich war natürlich dezent. Allerdings werden Geheimnisse gut gehütet, wie mir scheint. Ich habe

mich also an andere Quellen gewandt. Marie Guerin war mir dabei sehr behilflich. Wir Menschen der Arbeiterklasse verstehen uns, und so hat sie mir ein paar Namen von Personen genannt, die sich mit Adoptionen auskennen.

Was soll ich sagen? Wie es aussieht, scheint es tatsächlich eine Art Markt für Kinder zu geben. Nach den Verlusten, die der unselige Krieg uns gebracht hat, sind viele Leute erpicht darauf, Nachkommen zu haben, die die Plätze der verlorenen Söhne einnehmen. Allerdings sind jene, die sich damit eine goldene Nase verdienen, nicht auf den Kopf gefallen. Ich war leider ein wenig unvorsichtig, und es hat mir ein paar gebrochene Finger eingebracht, so neugierig zu sein. Bitte erschrecken Sie nicht, es heilt alles bestens. Ich kenne mich mit Leuten wie diesen gut aus.

Ich werde meine Taktik ändern und halte Sie auf dem Laufenden. Sicher haben Sie eine Menge Fragen. Eine kann ich Ihnen vielleicht gleich beantworten: Nein, es gibt bisher keine Hinweise darauf, dass die Männer, die mir aufgelauert haben, Verbindungen zu Ihrem Krankenhaus haben. Aber das heißt nicht, dass es keine gibt. Ich werde weiterforschen und verspreche Ihnen, vorsichtig zu sein.

Gehaben Sie sich wohl!
Ihr Luc Martin

Ich las den Brief noch zweimal und konnte es nicht verhindern, dass ich an der Stelle, an der er von den gebrochenen Fingern berichtete, die Hand vor den Mund schlug. Dass es derart gefährlich werden würde, hätte ich nicht erwartet. Aber so erleichtert ich war, endlich von ihm zu hören, umso größer wurde auch meine Sorge. Was, wenn mein Sohn tatsächlich solchen Leuten in die Hände gefallen war? Und was für Menschen mussten das sein, die sich auf diese Weise ein Kind verschafften?

Beinahe bereute ich es, den Umschlag sofort geöffnet zu

haben, denn mein Herz klopfte mir bis zum Hals, und meine Schläfen schmerzten unter dem Druck meines Blutes.

Erst nach einer Weile war ich imstande, nach oben zu gehen. Dort legte ich den Brief auf den Schreibtisch und begann, auf und ab zu laufen. Ich brauchte ihn nicht noch einmal zu lesen, die Worte hatten sich in mir eingebrannt. *Ein Markt für Kinder … Nachkommen, die die Plätze der verlorenen Söhne einnehmen …*

Mein Kind war ein Junge gewesen. Wenn ihn nun jemand aus dem Krankenhaus geraubt hatte? Wenn die Ärzte seinen Tod erfunden hatten, weil sie wussten, dass die Polizei sich nicht engagieren würde?

Doch warum hatte mir dann jemand geschrieben und mich auf die Spur gebracht? Ich hätte mein Leben fortgeführt in dem Glauben, dass Louis tot sei. Es mochte vielleicht das Gewissen des Schreibers erleichtern, aber für mich bedeutete es die Qual fortwährender Ungewissheit.

Und möglicherweise war es eine Lüge …

Aber konnte ich mir noch einreden, dass man mir einen Bären aufgebunden hatte? Jetzt, nachdem man meinem Helfer die Finger gebrochen hatte, weil er »so neugierig« war?

Schließlich überfiel mich die Müdigkeit. Mein Gedankenkarussell drehte sich langsamer. Ich ließ mich aufs Bett fallen. Dabei schoss mir durch den Sinn, dass Luc Martin auch von Henny geschrieben hatte. Henny, die meinen Brief angenommen hatte. Widerwillig zwar, aber sie hatte es getan. Bestand die Chance, dass sie den Brief, den ich ihr von hier aus geschickt hatte, vielleicht doch gelesen hatte?

Doch ich hatte keine Kraft, weiter darüber nachzudenken. Meine Augen fielen zu, und die Dunkelheit nahm jeden Gedanken an Henny, Monsieur Martin und meinen Sohn mit.

Obwohl ich das Gefühl hatte, gut und traumlos geschlafen zu haben, fühlte ich mich wie gerädert, als der Wecker klingelte.

Für einen Moment war ich versucht, ihn auszuschalten und mich wieder herumzudrehen, doch dann fiel mir glücklicherweise ein, dass ich mich heute mit Miss Arden auf Reisen begeben würde.

Ich fragte mich immer noch, warum sie gerade mich mitnehmen wollte. Wenn es etwas Geschäftliches war, wäre dann Miss Hodgson nicht eine bessere Begleiterin gewesen? Oder eine andere Filialleiterin? Ich war doch nur eine einfache Kosmetikerin! Und das auch nur in Ausbildung.

Doch dann schob ich die Zweifel beiseite. Ich freute mich, dass sie mich und nicht eine andere ausgewählt hatte! Nach den gestrigen Nachrichten von Monsieur Martin war dies der Lichtblick, den ich brauchte. Anderenfalls würde ich wohl das ganze Wochenende mit der Vorstellung von Männern verbringen, die den Detektiv angegriffen und möglicherweise auch meinen Sohn in ihrer Gewalt hatten.

Als Miss Ardens Wagen vor der Tür hielt, hatte ich mich mithilfe von Make-up wieder so weit hergestellt, dass ich einigermaßen vorzeigbar war. Ich hatte nicht sehr viel eingepackt, für ein Wochenende im Sommer war die Garderobe überschaubar. Für den »gesellschaftlichen Anlass« hatte ich ein reizendes blaues Kleid mitgenommen, außerdem zwei meiner besten Blusen, denn ich wollte Miss Arden tatsächlich nicht blamieren.

Der Chauffeur verstaute meinen Koffer auf dem Gepäckträger, dann stieg er wieder in den Wagen und fuhr an.

Das Fahrzeug bahnte sich seinen Weg durch den morgendlichen Verkehr, der auch heute ein wenig chaotisch wirkte. Ich fragte mich, warum Miss Arden mich hatte abholen lassen, selbst aber nicht in dem Wagen saß. Würde er mich zum Bahnhof bringen?

Doch nach einer Weile erkannte ich, dass es nicht der Weg zur Grand Central Station war, den er eingeschlagen hatte.

Stattdessen machte er vor einem Gebäude halt, das ich noch nie zuvor gesehen hatte. Das Haus wirkte sehr alt und hätte mit seiner prächtigen Blütenzier an den Fenstern auch in Berlin-Charlottenburg stehen können.

Der Fahrer stieg aus und läutete. Wenig später öffnete sich die Tür, und der Fahrer verschwand im Innern. Kurz darauf erschien er wieder mit zwei großen Koffern in der Hand, die er ebenfalls auf der Gepäckablage des Wagens befestigte.

War dies das Privathaus von Miss Arden?

Im nächsten Moment erschien sie, angetan mit einem braunen Reisekostüm und mit einem kleinen Hütchen auf dem Kopf. Mr Jenkins entdeckte ich nicht. Würde er noch kommen, oder unternahmen wir die Reise nur zu zweit?

Miss Arden unterhielt sich kurz mit dem Chauffeur, dann ließ sie sich von ihm die Tür öffnen und stieg neben mir ein.

»Schön, Sie zu sehen, Miss Krohn. Ich hoffe, es war kein Problem für Sie, so kurzzeitig Ihre Kundinnen umzudisponieren.«

»Nein, keineswegs, Miss Arden«, entgegnete ich für den Fall, dass sie noch einmal mit Miss Hodgson sprach.

»Schön, dann können wir ja aufbrechen. James, wenn Sie die Güte hätten, uns zur Niederlassung zu fahren.«

Zur Niederlassung?

Miss Arden schien mir meine Verwunderung anzusehen, denn sie erklärte daraufhin: »Mein Ehemann wird uns begleiten. Ich habe die Nacht bei einer Freundin verbracht, deshalb der kleine Umweg.«

Irgendwie klang es seltsam. In der Nacht vor einer Unternehmung schlief sie nicht zu Hause, sondern bei einer Freundin?

Ich hatte keine Ahnung, wie es um ihre Ehe stand, aber es wirkte so, als hätte sie ihren Mann nicht sehen wollen.

Im nächsten Augenblick kam mir ein weiterer, etwas beunruhigender Gedanke: Warum hatte sie erst mich abholen lassen und dann ihren Ehemann?

»Wohin fahren wir, wenn ich fragen darf?«, begann ich. »In Ihrem Schreiben haben Sie kein Ziel genannt.«

Miss Arden lächelte. »Mögen Sie keine Überraschungen?«

Die Frage ließ mich stocken. Schon als ich mit Darren ins Blaue gefahren war, hatte es mich verrückt gemacht, das Ziel nicht zu kennen. »Eigentlich schon«, entgegnete ich und versuchte, die Erinnerung an den Ausflug auf die »Pirateninsel«, wie Darren Gardiners Island genannt hatte, zurückzudrängen. »Aber was Reisen angeht, weiß ich gern, worauf ich mich einstellen muss.«

Miss Arden lächelte. »Wir besuchen eine alte Freundin von mir, Elisabeth Marbury. Haben Sie schon mal von ihr gehört?«

Ich schüttelte den Kopf.

»Nun, dann werden Sie sie kennenlernen. Sie arbeitet als Literatur- und Theateragentin. Die atemberaubendsten Stücke von ganz New York fußen auf ihren Vermittlungen. Die besten Autoren laufen ihr in Scharen zu.«

Was hatte solch eine Frau mit unserer Firma zu tun? Wollte sie vielleicht investieren? War sie eine begüterte Kundin, die eine Privatvorführung der Produkte wollte?

Ich wünschte mir, dass mich Miss Arden in dem Fall besser eingewiesen hätte.

»Habe ich dort etwas Besonderes zu tun?«, fragte ich, obwohl mir die Frage, warum sie gerade mich ausgesucht hatte, stärker auf der Seele brannte.

»Nein, schauen Sie einfach zu, und vor allem, machen Sie einen guten Eindruck.«

Das Zuschauen hatte ich bei Miss Hodgson recht gut gelernt.

Am Hauptquartier angekommen, stieg der Fahrer aus und verschwand im Gebäude. Ich versuchte, meine Unruhe zu unterdrücken. Möglicherweise war nichts dabei, dass Miss Arden nicht zu Hause übernachtet hatte. Ich wusste aus den Erzählungen meiner Kolleginnen, dass das Paar eine private Etage oberhalb der Firmenräume bewohnte. Doch was, wenn es Unstimmigkeiten zwischen ihnen gab? Das Letzte, was ich wollte, war, wieder meinen Job zu verlieren, weil eine Firmenchefin ihre Ehe retten wollte.

Wenig später erschien der Chauffeur in Begleitung von Mr Jenkins. Dieser trug ein braun kariertes Jackett und dazu passende Knickerbocker-Hosen, die unterhalb des Knies endeten. Dieser Aufzug überraschte mich, denn er wirkte so überhaupt nicht geschäftlich. Eher sah es aus, als wollte er in die Sommerfrische.

»Guten Morgen«, grüßte er in die Runde, als er sich auf den Beifahrersitz sinken ließ. »Bereit für ein Abenteuer?«

Er musste mich meinen, denn so etwas würde er doch sicher nicht zu seiner Frau sagen. Dennoch zögerte ich, ihm zu antworten, und blickte verunsichert zu Miss Arden. Diese tat so, als wäre ihr Mann gar nicht da. Wenn man die Nacht getrennt verbracht hatte, begrüßte man sich doch eigentlich …

»Sicher«, sagte ich schließlich.

»Gut!«, entgegnete er und wandte sich an den Fahrer. »James, dann geben Sie mal Gas!«

Dieser ließ den Motor an und ordnete sich in den Verkehr ein.

21. Kapitel

In den Belgrade Lakes spiegelte sich der Sonnenschein, als wir am späteren Nachmittag das Anwesen von Miss Marbury erreichten. Ich war gespannt darauf, Miss Ardens illustre Freundin kennenzulernen.

Während der Fahrt hatte mich Mr Jenkins über Miss Marbury ins Bild gesetzt.

Vor einigen Jahren hatte sie großen Einfluss auf die Suffragettenbewegung gehabt. Zu ihren persönlichen Freunden zählten die einflussreichsten Männer und Frauen der gesamten Ostküste. Sie sollte die vermögendsten und mächtigsten Frauen des Landes um sich scharen – da wunderte es nicht, dass Miss Arden dazugehörte.

Miss Arden war während dieses Gesprächs wie auch auf der gesamten Fahrt sehr ruhig. Fast wirkte sie, als wäre sie in Gedanken verloren. Doch wenn ich sie ansah, bemerkte ich, dass sie ihren Mann fixierte, als wartete sie darauf, dass er einen Fehler machte.

Mr Jenkins schien das nicht zu bemerken, vielleicht ignorierte er es auch.

Aber ihre Augen waren wie Messer, bereit zuzustoßen.

Was hatte das zu bedeuten? Es war mir unangenehm, das zu

beobachten, genauso, wie es mir unangenehm gewesen war, vor Mr Jenkins und Miss Arden abgeholt zu werden. Hätten die beiden bereits im Wagen gesessen, wäre mir ihr Verhalten vielleicht nicht so deutlich aufgefallen.

Miss Marbury wohnte in einer weißen Villa, die schon gut zweihundert Jahre alt sein musste. Die Giebel und Erker erinnerten mich ein wenig an englische Landhäuser. Wahrscheinlich stammte sie noch aus der Zeit, als dieser Landstrich englische Kolonie gewesen war.

Allerdings sah man dem Anwesen das Alter nur in der Architektur an. Es war überaus gut gepflegt. Die Gärten quollen über vor Stauden in Violett, Weiß und Rosa. Die Hofeinfahrt war gewissenhaft gepflastert und von Laternen flankiert, die späten Besuchern den Weg wiesen. Mächtige, fremd anmutende Bäume erhoben sich hinter dem Haus. Es tat mir ein wenig leid, dass ich bisher keine Gelegenheit gehabt hatte, mich näher mit der amerikanischen Botanik vertraut zu machen – von den Gärten hinter Madames Fabrik abgesehen.

Miss Ardens Wagen kam zum Stehen, und Mr Jenkins stieg aus, zusammen mit dem Chauffeur.

»Was ist, meine Liebe? Wollen Sie hier drin sitzen bleiben?«, schreckte mich Miss Arden aus meiner Betrachtung. Für sie war das alles nicht neu, aber ich kam mir vor, als wäre ich von einem englischen Lord eingeladen worden.

»Oh, nein, natürlich nicht.« Ich glitt aus dem Fond. Die Luft war frisch und roch süß nach Blumen. Das war ein wenig überraschend für mich. Ich war den Duft der Großstadt gewohnt, den Duft nach rauchenden Schloten, Abgasen, Schmutz und Öl. Hier kam ich mir vor, als wäre ich in einen französischen Parfümladen gestolpert.

»Ein beeindruckendes Anwesen, nicht wahr?«, sagte Miss Arden. »Ich wünschte, ich könnte etwas Ähnliches mein Eigen nennen ...«

Bevor sie weitersprechen konnte, öffnete sich die Tür. Begleitet von einem Butler in dunklem Frack, erschien eine Frau in einem lavendelfarbenen Kleid. Ihr Körperbau war recht füllig. Offenbar hatte sie Probleme mit dem Gehen, denn sie stützte sich auf einen Stock. Ihre Haare waren ergraut, passten aber zu ihrem Teint und den schimmernden dunklen Augen.

Ich hegte keinen Zweifel, dass es Miss Marbury war, die nun die Treppe herunterkam.

Als sie uns sah, schienen ihr Rücken sofort etwas gerader und ihre Schritte ein wenig geschmeidiger zu werden.

»Lizzy, meine Liebe!«, rief Miss Marbury aus und drückte Miss Arden an ihren üppigen Busen. Diese schien nichts daran zu finden. Sie strahlte über das ganze Gesicht.

»Es ist so schön, dich wiederzusehen!«, rief sie. »Mir scheint es, als wäre ein Jahrzehnt vergangen.«

»Dabei waren es doch nur ein paar Wochen«, entgegnete Miss Marbury lachend und wandte sich dann an Mr Jenkins.

»Tom, mein Guter, schön, dass Sie diesmal mitkommen konnten. Wir erwarten zu unserer Runde auch ein paar Herren, sodass Sie sich nicht langweilen müssen.«

»Ich könnte mich in Ihrer Gegenwart niemals langweilen, Elisabeth«, entgegnete er und gab ihr einen Handkuss. Mir fiel auf, dass Miss Arden und Miss Marbury denselben Vornamen hatten. Würde das Verwirrung unter den Gästen hervorrufen, die es vielleicht gewohnt waren, sich mit Vornamen anzusprechen?

»Wir haben uns sehr über deine Einladung gefreut, Bessie«, sagte Miss Arden nun und präsentierte mir eine Antwort auf meine Frage. Bessie war also Miss Marbury, und Lizzy war Miss Arden – jedenfalls für ihre Freunde.

»Und wer ist diese junge Dame da? Hast du etwa eine Tochter adoptiert, von der ich nichts weiß?«

Miss Marbury betrachtete mich mit einem herzlichen Lächeln, das sie anziehender machte, als sie auf den ersten Blick wirkte.

Ich reichte ihr die Hand. »Ich bin Sophia Krohn«, stellte ich mich vor. »Ich arbeite seit einem halben Jahr für Miss Arden.«

»Sophia!«, rief sie aus und ergriff meine Hand mit einer Festigkeit, wie ich sie bisher nur bei Männern erlebt hatte. »Ein wunderbarer Name. Haben Sie etwas dagegen, dass ich Sie Sophia nenne? Ich finde, eine vertraulichere Anrede sollte nicht allein den Männern vorbehalten sein. Immerhin sind wir doch Schwestern, nicht wahr?«

Ich nickte, auch wenn mich diese Worte erstaunten und ich ein wenig fürchtete, dass ich jede Frau hier mit Vornamen ansprechen sollte. »Wenn Sie mögen, nennen Sie mich ruhig Sophia«, entgegnete ich lächelnd, während Miss Marbury meine Hand immer noch nicht losließ.

»Ein reizendes Mädchen hast du da aufgetan. Und sie sieht aus, als wüsste sie eine gute Unterhaltung zu schätzen.«

Sie lachte erneut und ließ meine Hand endlich wieder los. Ich unterdrückte ein erleichtertes Aufseufzen. Meine Finger fühlten sich an, als hätten sie in einem Schraubstock gesteckt.

Doch das wurde im nächsten Moment bedeutungslos, denn Miss Marbury bat uns einzutreten.

Das Innere des Hauses übertraf den äußeren Anblick bei Weitem. Für einen Moment glaubte ich wieder in die heiligen Hallen von Madame getreten zu sein. Schon das Foyer war mit wundervollen Gemälden und Skulpturen geschmückt. Es war, als würde man ein Museum betreten. Doch der kräftige Kaffeeduft zeigte nur zu deutlich, dass hier Menschen wohnten.

Miss Marbury führte uns in den Salon. Dort luden nicht nur Gemälde zum Staunen ein, auch gab es zahlreiche exotische Pflanzen. Einige der Riesen, die aus Keramikkübeln wuchsen, wirkten, als stammten sie direkt aus Asien.

Über meine Betrachtung der Pflanzen hätte ich beinahe die

zierliche, in ein cremefarbenes Nachmittagskleid gehüllte Frau übersehen. Sie war in fast allem der Gegensatz zu Miss Marbury: schlank, mit sanft gewelltem blondem Haar und einem beinahe schon aristokratischen Gesicht. Sie bewegte sich elfengleich auf uns zu.

»Elsie!«, rief Miss Arden aus und umarmte die Wartende. Diese Umarmung fiel deutlich zarter aus, beinahe vorsichtig, als könnte das Wesen unter der Berührung zerbrechen.

Nachdem auch Mr Jenkins sie begrüßt hatte, stellte Miss Marbury mich vor: »Elsie, das ist Sophia Krohn. Sie ist ein neues Juwel, das Lizzy aufgetan hat. – Sophia, das ist Elsie de Wolfe, die liebste meiner Freundinnen.«

»Freut mich, Sie kennenzulernen«, entgegnete ich.

»Ganz meinerseits«, antwortete Miss de Wolfe mit einer kräftigen, beinahe rauen Stimme, die ich bei einer Person wie ihr nicht erwartet hatte. Wir reichten uns die Hand, und mir fiel auf, wie grazil ihre Finger waren. Obwohl ich täglich die Gesichter meiner Kundinnen mit Öl massierte und eincremte, wirkten meine Finger dagegen grob. Miss de Wolfe musterte mich, als würde sie in meinen Augen etwas suchen. Dann neigte sie kurz ihren Kopf und wandte sich wieder Miss Arden zu.

»Ihr bleibt doch das ganze Wochenende, nicht wahr?«, sagte Miss Marbury. »Ich habe etwas ganz Wunderbares vorbereitet. Ihr werdet begeistert sein.«

»Du weißt doch, dass es keine besonderen Anreize braucht, damit ich bleibe«, gab Miss Arden zurück. So sanftmütig und entspannt hatte ich sie noch nicht erlebt.

Ich blickte mich nach Mr Jenkins um, doch der war bereits irgendwohin verschwunden. Ohnehin hatte er hier ein wenig wie ein Fremdkörper gewirkt. Das hier war ein Reich der Frauen, das war mir sofort klar.

»Das weiß ich, meine Liebe, aber Anreize sind wichtig. Sie

treiben uns voran. Du solltest mal sehen, was meine neuen Klientinnen aus diesen Anreizen gemacht haben. Eine von ihnen hat einen Roman geschrieben, der den Kritikern die Schamesröte ins Gesicht treiben wird.«

Sie blickte zu mir. Glaubte sie, ich sei zu jung für Romane, die einem »die Schamesröte ins Gesicht« trieben?

»Ach, Kindchen, Sie müssen ganz erschöpft sein. Warum sehen Sie sich nicht Ihr Zimmer an und ruhen sich ein wenig aus?«

Ich war weder erschöpft, noch brauchte ich Ruhe, aber ich verstand, dass Miss Marbury mit Miss Arden und Miss de Wolfe allein sein wollte. Wahrscheinlich war es so Brauch bei ihren Besuchen. Mr Jenkins wusste das und hatte sich rechtzeitig abgesetzt.

»Claire!«, rief Miss Marbury. Kurz darauf erschien ein Dienstmädchen in einer schwarz-weißen Uniform. Wie das Haus schien auch sie aus einer völlig anderen Zeit zu stammen.

Sie knickste. »Was kann ich für Sie tun?«

»Bringen Sie diese junge Dame bitte auf ihr Zimmer. Die Party beginnt um acht, Sophia, bis dahin haben Sie noch ein wenig Zeit, sich auszuruhen und frisch zu machen.«

»Vielen Dank, Miss Marbury«, entgegnete ich und folgte dem Dienstmädchen durch den Salon zurück in die Eingangshalle und anschließend zur Treppe. Die Stufen knarrten leicht, und während ich hinaufstieg, fiel mein Blick auf die Porträts, die an der getäfelten Wand hingen. Waren das Familienmitglieder von Miss Marbury?

»Hier entlang, Miss«, sagte das Dienstmädchen, als ich ein wenig bei dem Bildnis einer jungen Frau aus dem 18. Jahrhundert verweilte, deren Lippen blutrot geschminkt waren. Gab es damals schon Kosmetik? Irgendwo meinte ich gelesen zu haben, dass die Frauen ihre Lippen mit Läuseblut gefärbt hatten. Offenbar waren rote Lippen schon immer anziehend gewesen …

»Ich komme«, antwortete ich und betrat den Flur. Dieser war mit recht dunklem Holz verkleidet. Die kleinen Lampen an der Wand, die auch tagsüber brennen mussten, schafften es nicht, alle Winkel zu beleuchten.

Umso heller traf mich das Tageslicht, als das Dienstmädchen die Zimmertür öffnete.

Zwei der hohen Fenster, die ich schon von außen bewundert hatte, sorgten dafür, dass das Zimmer taghell war.

Staunend blickte ich mich um. Das Himmelbett wirkte nicht nur altertümlich, sondern auch sehr bequem mit seiner dicken-Matratze und den mit Rosenmuster versehenen Decken. Es gab einen Kamin, der jetzt allerdings nicht beheizt war, außerdem einen großen Schreibtisch mit Blick auf den Garten sowie einen Kleiderschrank mit vielen Türen und Fächern. Miss Marbury schien ein Herz für alte Gegenstände zu haben.

»Das Badezimmer finden Sie hinter der kleinen Tür. Wenn Sie etwas benötigen, läuten Sie einfach.« Das Mädchen deutete zunächst auf eine kaum wahrnehmbare Tür in der Täfelung, dann auf den Klingelzug neben einem der Fenster.

»Danke«, sagte ich und schaute ihr nach, wie sie durch die Tür verschwand. Dann ließ ich meinen Blick erneut durch den Raum schweifen. Dies war die nobelste Unterkunft, die man mir je zugewiesen hatte. Als ich vor drei Jahren die Wohnung meiner Eltern verließ, hätte ich mir nicht träumen lassen, jemals in solch einem Zimmer unterzukommen. Natürlich war ich nur zu Gast, aber es war eine bedeutende Frau, die mich hier empfangen hatte. Und ich war bei einer bedeutenden Frau angestellt. Wenn ich nicht schwanger geworden wäre, wenn ich mein Leben so hätte weiterleben können, wie es war, was wäre dann aus mir geworden?

In den folgenden Stunden konnte ich durch mein Fenster beobachten, wie Helfer den Garten in einen zauberhaften Festplatz verwandelten. Zahlreiche Tische und Stühle wurden herbeigeschafft und kleine Pavillons aufgestellt, die man mit Lichterketten und Girlanden schmückte. Außerdem wurden Lampions in die Bäume gehängt. Wenn es dunkelte, sah es hier sicher aus, als würden Tausende Glühwürmchen über dem Platz schweben.

Mein Herz pochte vor Aufregung. Wer mochte wohl hier auftauchen? So bedeutend, wie Miss Marbury zu sein schien, würden vielleicht auch Filmstars darunter sein.

Dann kam mir plötzlich ein Verdacht. Was, wenn Madame Rubinstein hier erschien? Wenn Miss Arden mich nur mitgenommen hatte, um ihr zu zeigen, dass ich von nun an für sie arbeitete? Madame sammelte vor allem Kunst, hatte aber auch viel für Literatur und das Theater übrig.

Dieser Gedanke versetzte mich für einen Augenblick in Panik. Dann sagte ich mir, dass ich mir keine Vorwürfe zu machen brauchte. Ich hatte Madames Firma verlassen, weil mir gekündigt worden war. Sollte ich ihr an diesem Abend gegenüberstehen müssen, würde ich ihr das genau so ins Gesicht sagen.

Um kurz vor halb acht fanden sich die ersten Gäste auf dem Marbury-Anwesen ein. Edle Limousinen parkten auf der Rotunde und neben der Einfahrt. Stimmengewirr drang zu mir herauf. Ich warf noch einen prüfenden Blick in den Spiegel, strich meine Frisur glatt und prüfte mein Make-up.

In meinem Cocktailkleid und Schuhen, mit denen ich es aufgrund der hohen Absätze in New York nicht mal bis zu meiner Subway-Station geschafft hätte, verließ ich kurz vor acht das Zimmer und ging nach unten. Lautes Gemurmel tönte mir entgegen. Im Foyer hatten sich einige Gäste zusammengefunden und unterhielten sich angeregt. Glücklicherweise bemerkte mich niemand, während ich die Treppe hinunterstöckelte.

Nach einer Weile fand ich Miss Arden draußen bei Miss Marbury. Die beiden saßen unter einem Baldachin, der auf dem Rasen aufgespannt worden war. Oder besser gesagt, Miss Marbury thronte dort, umgeben von einigen anderen Freundinnen, die wie Hofdamen wirkten.

Noch waren die Lampions in den Bäumen nicht entzündet worden, aber auch so gaben sie zusammen mit den zahlreichen Ziersträußchen und Bändern einen zauberhaften Anblick ab.

»Ah, da ist ja Sophia!«, rief Miss Marbury aus, als sie mich entdeckte. »Ich hoffe, Sie hatten einen angenehmen Nachmittag.«

»Ja, vielen Dank«, antwortete ich.

»Sie sehen wesentlich ausgeruhter aus«, behauptete Miss Marbury, dann bedeutete sie mir, in ihrem Kreis Platz zu nehmen.

Mr Jenkins konnte ich nirgends entdecken. Und er schien den Damen auch nicht zu fehlen. Sie setzten ihre Unterhaltung fort, die sich um ein Theaterstück drehte, dessen Inhalt sich ein wenig haarsträubend anhörte. Die Kritiker würden es wahrscheinlich gnadenlos verreißen, wenn es jemals zur Aufführung kam. Anstatt von einer Veröffentlichung abzusehen, hatte Miss Marbury gerade deswegen Lust, es zu verkaufen.

»Ein kleiner Skandal hat noch niemandem geschadet«, erklärte sie mit einem hintergründigen Lächeln. »Ich bin sicher, dass ich einen mutigen Theaterdirektor finde, der das Aufsehen zu seinem Vorteil nutzen wird.«

Im Verlauf des Gesprächs stellte ich nicht nur fest, dass Miss Marbury eine sehr intelligente Frau war, sondern auch, dass das Theater eine Welt für sich war, die mir trotz meiner Arbeit in Nelsons Berliner Varieté fremd war.

Ich hoffte nur, dass sie mich nicht nach meiner Meinung

fragen würde. Unsere Familie hatte sich nicht viel aus dem Theater gemacht, und bei Herrn Nelson waren nur Revuen aufgeführt worden. Nach allem, was ich vernahm, würde ich nicht mitreden können, wenn es um wirklich anspruchsvolle Stücke ging.

Doch glücklicherweise kümmerte sich Miss Marbury schon bald um andere Gäste.

In den folgenden Stunden lernte ich nicht nur die hervorragenden Künste von Miss Marburys Köchin kennen, sondern schüttelte auch zahlreichen Männern und vorrangig Frauen, die sich alle als Freunde oder Bekannte der beiden Damen entpuppten, die Hand. Mr Jenkins hatte nicht übertrieben. Die Zahl der Menschen, die sie verehrten, war beachtlich.

Zu meiner Erleichterung konnte ich Madame nicht unter den Gästen ausmachen. Sie neigte zwar dazu, immer ein wenig zu spät zu kommen, um sich einen beachteten Auftritt zu sichern. Doch auch nach über einer Stunde war sie nicht erschienen, und ich atmete auf.

Dafür machte ich die Bekanntschaft einer etwas burschikos anmutenden Dame, die sich mir als Emily Fletcher vorstellte.

»Sind Sie auch eine Freundin von Bessie?«, fragte sie und kam mir so nahe, dass ich ihr Parfüm riechen konnte. Es war eine Mischung aus Rose und Bergamotte, im ersten Moment zurückhaltend, aber je länger sie neben mir stand, desto mehr benebelte sie meine Sinne.

»Ich bin in Begleitung von Miss Arden hier«, erklärte ich. »Ich habe Miss Marbury und Miss de Wolfe erst vor ein paar Stunden kennengelernt, aber beide erscheinen mir sehr nett.«

»Bessie ist umwerfend!«, platzte sie heraus. »Menschen, die sie nicht mögen, haben einfach keinen Geschmack. Und Elsie! Ich glaube, in diese Frau könnte ich mich auch verlieben.«

»Ja, die beiden sind wirklich liebenswert«, sagte ich.

»Und Sie, woher kommen Sie? Wenn Sie Miss Arden kennen, dann sind Sie sicher aus New York.«

»Ich stamme eigentlich aus Deutschland«, gab ich zu. »Aber ich lebe mittlerweile seit fast drei Jahren hier.«

»Und, wie gefällt Ihnen die große Stadt?«

Ich hätte anmerken sollen, dass ich auch in Deutschland in einer großen Stadt gelebt hatte, denn mich überkam das vage Gefühl, dass sie mich für ein Landei hielt. Aber ich hielt mich zurück.

»Sehr gut. Auf den ersten Blick wirkte das Leben dort ein wenig hektisch, aber man gewöhnt sich.«

»New York ist wirklich etwas ganz Besonderes. Kein Wunder, dass es Bessie nicht ständig hier hält, sie muss einfach raus.« Miss Fletchers Blick schweifte ein wenig ab. »Es ist so aufregend, diese ganzen geheimen Bars. Wie nennt man sie doch gleich ...?«

»Speakeasy«, antwortete ich, denn das war der Begriff, den Ray gebraucht hatte.

»Ja, genau, das war das Wort!«, sagte Miss Fletcher mit leuchtenden Augen. »Sie waren also schon mal in einer?«

»Der Mann, mit dem ich eine Zeit lang zusammen war, hat mich mal in solch ein Lokal geführt«, sagte ich. »Und zuletzt auch eine Freundin. Ich glaube aber nicht, dass ich noch einmal von der Polizei verfolgt werden möchte.«

»Sie waren mit einem Mann zusammen?«, fragte Miss Fletcher verwundert.

»Ja, aber nur kurz. Es ... passte nicht.« Ich presste die Lippen zusammen und bereute es ein wenig, dass ich Darren erwähnt hatte. Mit Fremden über meine Beziehungen zu reden, wie es andere taten, lag mir nicht. Außerdem, was gab es da schon viel zu erzählen?

»Dann sind Sie also nicht ...?« Miss Fletcher musterte mich von Kopf bis Fuß.

»Ich verstehe nicht«, erwiderte ich kopfschüttelnd. »Was sollte ich sein?«

Die Frau wurde rot. »Ich dachte, Sie hätten auch eher Gefallen an Frauen als an Männern.«

Noch immer war mir schleierhaft, worauf sie hinauswollte. Da sie mir meine Verwirrung ansah, präzisierte sie: »Bessie und Elsie sind ein Paar. Ich dachte, in Ihrem Herzen würde es ähnlich aussehen.«

Jetzt glaubte ich zu verstehen. »Sie meinen, Miss Marbury ist ...«

»Lesbisch«, sprach sie das Wort aus, das ich bislang nur sehr selten gehört hatte, wenngleich ich seine Bedeutung kannte. »Jüngerinnen der Sappho« hatten sich einige von ihnen an der Universität genannt. Ich hatte um diese Mädchen einen großen Bogen gemacht, denn sie waren mir unheimlich vorgekommen.

Ich blickte zu Miss Marbury, die gerade in diesem Moment einen Blick mit Miss de Wolfe wechselte. Ähnlich vertraut war ich auch mit Henny gewesen, doch meine Gefühle waren stets unschuldig gewesen. Aber in den Augen von Miss Marbury entdeckte ich nun etwas, das ich auch in Darrens Augen gesehen hatte. Sie schien Miss de Wolfe nicht nur zu mögen, sie schien sie zu lieben.

»Würde ich es nicht besser wissen, würde ich glauben, dass Miss Arden zu uns gehört«, sagte die Frau. »Aber sie hat ja ihren Ehemann und hält an ihm fest ...« Beinahe klang es bedauernd. »Sie können allerdings davon ausgehen, dass gut die Hälfte der anwesenden Damen unsere Ansichten teilt. Ich hoffe, Sie haben damit kein Problem.«

»Nein.« Ich räusperte mich. »Natürlich nicht.«

»Gut. Wir beißen nämlich nicht«, sagte meine Gesprächspartnerin lachend und tätschelte meine Schulter. »Wenngleich einige Männer genau das glauben.« Sie nahm noch einen

Schluck aus ihrem Glas, dann fügte sie hinzu: »Nun, ich wünsche Ihnen noch einen wunderbaren Abend, meine Liebe. Ich hoffe, unsere Wege kreuzen sich irgendwann wieder.«

»Das hoffe ich auch«, gab ich zurück.

Miss Fletcher bedachte mich mit einem tiefen Blick, dann sagte sie: »Wie schade, dass Sie eine Männerliebhaberin sind. So hübsch, wie Sie sind, wären Sie einen Versuch wert gewesen.«

Damit ging sie davon.

Als die Party voranschritt und ich in meinen Schuhen nicht mehr stehen konnte, suchte ich mir einen Platz abseits der Feiernden, einen mächtigen Stein, der auch gut dazu geeignet gewesen wäre, ein Denkmal oder eine Skulptur daraus zu schlagen. Mein Kopf fühlte sich wie in Watte gepackt an. Einerseits von den Cocktails, die ich getrunken hatte, andererseits von den Offenbarungen dieses Abends.

Wie war Miss Fletcher nur darauf gekommen, dass ich lesbisch sein würde? Sah man es mir an, dass ich keinen Mann hatte? Hatte ich mich in etwas Ähnliches wie einen Blaustrumpf verwandelt? Oder reichte es schon aus, zu Miss Marburys Bekannten zu zählen?

Wenn ich auf die vergangenen Monate bei ihr zurückschaute, musste ich zugeben, dass ich kaum nach Männern Ausschau gehalten hatte. Vielleicht hatte ich deshalb auf Miss Arden den Eindruck gemacht, dass ich nicht an Männern interessiert war? Hatte sie mich mitgenommen, damit ich vielleicht hier jemanden für mich fand? Eine Frau, wenn es schon kein Mann sein sollte?

Ich schüttelte den Gedanken ab. Nein, Miss Arden interessierte sich nicht fürs Private. Es musste etwas anderes hinter meinem Aufenthalt hier stecken.

»Na, ist Ihnen der Trubel auch zu viel?«, fragte eine Männerstimme neben mir. Ich wandte mich um und erkannte Mr Jenkins. Er hielt ein Whiskeyglas in der Hand, in dem noch ein kleiner Rest schwappte.

»Ich muss mich nur ein wenig ausruhen«, sagte ich und deutete auf meine Füße. »Ich bin es nicht mehr gewohnt, so lange in so hohen Schuhen zu stehen. In den Salons trage ich immer Pantoletten.«

»Verständlich«, gab Jenkins zurück. »Haben Sie etwas dagegen, wenn ich mich zu Ihnen setze? Ich fürchte, ich war schon lange nicht mehr unter so vielen Prominenten.«

Ich fragte mich, was Miss Arden denken würde, wenn sie Mr Jenkins neben mir sitzen sah.

»Gern«, sagte ich und rückte zur Seite. Glücklicherweise hielt Mr Jenkins ein wenig Abstand, als er sich ebenfalls auf dem Stein niederließ.

»Verstehen Sie mich nicht falsch«, sagte er und blickte auf sein Glas. Ich bemerkte, dass er leicht angetrunken war. »Ich habe eigentlich nichts gegen Prominenz. Ich mag diese Leute. Aber wie sich einer wichtiger nimmt als der andere, ist manchmal schon hart an der Grenze des Erträglichen.«

»Wie gut für mich, dass ich viele der Prominenten nicht kenne«, erwiderte ich. »Ich hätte eher mit Filmstars gerechnet, aber diese scheint Miss Marbury nicht eingeladen zu haben.«

»Der Film ist nicht ganz ihr Metier, sie ist eher der Literatur zugetan. Und schönen Frauen.«

»Davon hörte ich bereits.«

»Wirklich?« Jenkins zog die Augenbrauen hoch. »Wer hat es Ihnen verraten?«

»Miss Fletcher«, sagte ich.

»Ah«, machte er. »Nun, dann sollte Sie hier nichts mehr verwundern.«

Nach einer kleinen Pause sagte er: »Bessie Marbury ist eine

wunderbare Frau. Auf manche Männer wirkt sie ein wenig Furcht einflößend, aber wer sie näher kennt, weiß sie zu schätzen.«

»Ja, sie ist schon eine herausragende Persönlichkeit«, gab ich zu, denn ich wollte nicht den Anschein erwecken, als würde ich schlecht über Miss Ardens Freundin denken.

»Viele der Frauen, die Sie hier sehen, setzen sich seit Jahren für Frauenrechte ein. Miss Marbury hat einen sehr einflussreichen Zirkel um sich geschart. Einige der Damen haben sogar noch die Zeit von Korsetts und Reifröcken erlebt. Sie sind noch jung, und wahrscheinlich haben Sie kaum etwas von diesen Kämpfen mitverfolgt.«

»Mein Vater fand die Suffragetten anstrengend, aber sie waren bei uns zu Hause eigentlich kein Thema«, entgegnete ich. »Richtig aufgefallen sind sie mir erst an der Universität, und da fragte ich mich, wofür sie noch kämpften, wo das Wahlrecht doch durchgesetzt war.«

»Wenn Sie Miss Marbury fragen würden, würde sie Ihnen erklären, dass es immer einen Grund zum Kämpfen gibt. Sie werden sehen, in ein paar Jahren werden die Frauen nur noch Hosen tragen, und vielleicht werden wir sie dann kaum noch von den Männern unterscheiden können.«

»Das glaube ich nicht«, sagte ich. »Frauen sind der Schönheit immer zugeneigt. Selbst wenn sie Hosen tragen, werden sie trotzdem darauf achten, dass man sie gut von einem Mann unterscheiden kann.«

Ich machte eine kurze Pause, und angeregt von dem kleinen Schwips, den ich mir zweifellos geholt hatte, fügte ich hinzu: »Außerdem fehlt uns die Fähigkeit, uns einen Bart wachsen zu lassen.«

Mr Jenkins blickte mich an. »Was ist mit Ihnen? Möchten Sie jemals so eine Furcht einflößende Frau werden?«

»Nein«, platzte es aus mir heraus, vielleicht etwas unbedacht, denn wenn ich mir Miss Marbury ansah, war ich doch sehr beeindruckt und wünschte mir, ein wenig von ihrer Freimütigkeit und ihrem Einfluss zu haben.

»Wirklich nicht?«, erwiderte er überrascht. »Wenn Sie meine Frau fragen würden, die würde sofort Ja sagen.«

»Miss Arden ist doch schon eine einflussreiche Frau«, gab ich zurück.

Ein hintergründiges Lächeln erschien auf Jenkins' Gesicht. »Ich dachte, Sie würden Furcht einflößend sagen.«

»Das würde ich mir nie anmaßen. Außerdem finde ich sie nicht Furcht einflößend. Eher Respekt gebietend.«

»Ja, das mag stimmen«, entgegnete er nachdenklich. »In Ihrem Fall ist sie auch sehr nachsichtig. Andere Personen haben Lizzy schon ganz anders erlebt. Wollen wir hoffen, dass sie Ihnen gewogen bleibt.«

Diese Worte klangen seltsam und beunruhigten mich auch ein wenig. Gleichzeitig tauchte wieder die Frage auf, die mich schon begleitete, seit ich die Einladung hierher erhalten hatte.

»Darf ich Ihnen eine Frage stellen?«, erkühnte ich mich, denn ich fühlte mich in diesem Augenblick stark genug.

»Nur zu, Miss Krohn.«

»Warum wurde ich mitgenommen? Ich meine, es ist offensichtlich, dass ich zu all den Leuten hier nicht passe. Miss Fletcher glaubte zwar, dass ich ebenfalls lesbisch sei, aber ...«

»Und? Sind Sie es?«, fragte Mr Jenkins mit Schalk in den Augen.

»Ich glaube nicht. Ich ... ich war schon mal mit einem Mann zusammen. Dass es nicht geklappt hat, lag nicht daran, dass ich kein Interesse an Männern habe. Ich bin ihnen wohl zu ... unkonventionell.«

Das alles stimmte nicht. Trotz meines Studiums war ich sehr konventionell gewesen. Doch das ging Mr Jenkins nichts an.

»Ich bin sicher, dass Sie einen neuen Mann finden werden«,

sagte er. »Auch wenn meine Frau es bestimmt nicht gern sehen würde, wenn Sie heirateten und die Firma verließen.«

»Zum Heiraten muss ich erst einmal jemanden finden.« Ich setzte ein schiefes Lächeln auf. »Aber das ist nichts, was ich jetzt diskutieren möchte. Ich bin mit meinem Leben, so wie es ist, zufrieden.«

Mr Jenkins nickte und schaute dann noch eine Weile nachdenklich in die Dunkelheit.

»Also, warum bin ich hier?«, hakte ich nach, denn er hatte mich geschickt von meiner Frage abzubringen versucht.

»Meine Frau folgt ihren eigenen Regeln, was die Einstellung von Mitarbeitern angeht. Manche ihrer personellen Entscheidungen erscheinen auf den ersten Blick widersinnig. Sie erinnern sich doch sicher noch, dass Sie sich darüber gewundert haben, nicht im Labor eingesetzt zu werden, wo Sie doch Chemie studiert und bei Madame Rubinstein in diesem Metier gearbeitet haben.«

»Ja, natürlich«, sagte ich.

»Sie hält das immer so. Sie gibt Menschen Posten, für die sie im ersten Moment nicht geeignet erscheinen, sich dann aber als völlig geeignet herausstellen. So auch bei Ihnen. Sie haben Kosmetik gemischt, jetzt wenden Sie sie an. Ich nehme an, Sie haben trotz allem die chemischen Formeln dafür im Kopf.«

Ich nickte.

»Ich glaube, meine Frau verfolgt einen Plan mit Ihnen. Welchen, ist mir noch nicht klar, aber sie unterrichtet die Betreffenden und auch ihr Umfeld erst, wenn sie sich sicher ist. Die Zeit in dem Salon ist als Ausbildung für Sie gedacht, genauso wie dieser Besuch hier. Noch nie hat sie jemanden aus dem Unternehmen mit Ihren Freundinnen bekannt gemacht.«

»Nicht mal Miss Hodgson?«

»Nicht mal die, nein. Sie sind die Erste. Sie möchte, dass Sie sich an diese Gesellschaft gewöhnen. Möglicherweise, weil sie will, dass Sie alles darüber wissen und das eines Tages zum Wohle ihrer Firma einsetzen.«

Er sagte »ihre« Firma, nicht »unsere«.

Bisher hatte ich geglaubt, dass sie mich nicht nur als Trophäe sah, etwas, das sie Madame Rubinstein abgejagt hatte. Ich redete mir ein, dass es meine Entscheidung gewesen war – doch hätte ich bei ihr vorgesprochen, wenn sie mir nach der Vanderbilt-Party nicht diesen Brief geschickt hätte? Ich wusste es nicht. Es stimmte also, sie hatte mich Madame abgejagt. Ich war eine Trophäe. Aber das war nicht der Grund, weshalb ich hier war. Mr Jenkins' Worte rückten alles in ein anderes Licht.

»Außerdem hat Lizzie eine Schwäche für schöne Frauen«, setzte er dann hinzu. »Sie wäre keine gute Herstellerin von Kosmetik, wenn das nicht der Fall wäre, nicht wahr? Sie umgibt sich sehr gern mit schönen Frauen, und Sie gehören dazu.«

»Ich trage eine Brille«, gab ich zu bedenken und schob das Gestell demonstrativ an meiner Nase hoch.

»Die ist eine Notwendigkeit und tut Ihrem Aussehen keinen Abbruch. Obwohl Sie sich vielleicht ein moderneres Gestell zulegen sollten. Die Optiker beginnen mittlerweile einzusehen, dass eine Brille auch ein Schmuckstück sein kann.«

Er lächelte mir zu, und eine ganze Weile schwiegen wir. Ich musste das Gesagte erst einmal sacken lassen. Vielleicht hatte Miss Fletcher ja doch recht, und Miss Arden war eher den Frauen zugetan. Schönen Frauen. Vielleicht verschätzte sie sich in mir ...

Aber Mr Jenkins' Worte passten zu dem, was ich von Miss Arden erlebt hatte. Sie förderte Menschen und sicherte sich dadurch ihre Loyalität. Daran wollte ich denken und nicht an die Möglichkeit, dass sie mir vielleicht Gefühle entgegenbrachte, die ich nicht erwidern konnte.

»Okay«, sagte er schließlich und erhob sich dann. »Ich

glaube, ich sollte zu den Männern zurückkehren. Die glauben sonst noch, die Suffragetten hätten mich an einen Baum gebunden.« Er lachte auf. »Einen guten Abend noch, Miss Krohn!«

»Ihnen auch, Mr Jenkins«, entgegnete ich. Nachdenklich schaute ich ihm nach. Gleichzeitig fühlte ich auf einmal einen ungeheuren Druck. Was mochte Miss Arden in mir sehen? Was für Pläne hatte sie mit mir?

Nachdem ich für Madame gearbeitet hatte, glaubte ich, einiges über Frauen wie sie zu wissen. Doch die Wahrheit war, ich wusste nichts.

22. Kapitel

Ich war dankbar, dass meine Neigung zum Alkohol nicht sehr ausgeprägt war, was mich davor bewahrte, am folgenden Morgen mit einem Brummschädel zu erwachen. Als ich mich aus dem Bett erhob, fühlte ich mich frisch und ausgeruht. Die Landluft schien ihr Werk zu tun. Auch meine Augenringe waren nicht mehr so dunkel, seit ich hier war. Oder bildete ich es mir nur ein?

Ich trat ans Fenster, zog die Vorhänge zurück, die das gesamte Zimmer in einen roten Schein getaucht hatten, und öffnete einen der Fensterflügel. Vogelgezwitscher tönte zu mir herein, zusammen mit einer nach Heu duftenden Brise. Ich schloss die Augen, und während ich einatmete, hatte ich das Gefühl, dass die Luft auch die hintersten Winkel meines Körpers erreichte. Ich hatte mir nie Gedanken darüber gemacht, wie es wäre, auf dem Land zu leben, aber ich musste zugeben, dass mir das Erwachen unter diesen Umständen sehr gefiel.

Eine halbe Stunde später, nachdem ich mich gewaschen hatte und in mein schilfgrünes Sommerkleid geschlüpft war, ging ich nach unten. Stimmen waren zu vernehmen, begleitet von Tassenklappern. Hatte das Frühstück bereits begonnen?

Als ich den Speisesaal betrat, sah ich die beiden Dienstmädchen, die gerade dabei waren, die Gedecke auszulegen. Ich war also noch zu früh. Da mich die beiden nicht zu bemerken schienen, beobachtete ich sie einen Moment lang. Wie seltsam musste es doch sein, Bedienstete zu haben …

Natürlich war Kate auch immer im Haus, aber sie und Mr Parker erschienen mir eher wie eine Einheit und Vertraute. Diese Mädchen hier jedoch wirkten allein schon durch ihre Uniformen distanziert von den anderen Bewohnern. Schließlich sahen sie mich und hielten inne.

»Guten Morgen, Miss«, sagte Claire. »Das Frühstück wird noch eine Weile in Anspruch nehmen, nach Feierlichkeiten lässt sich Miss Marbury erst gegen neun hier unten blicken.«

»Oh, natürlich«, antwortete ich ein wenig verlegen und zog mich zurück. Was sollte ich nun mit mir anfangen? Ins Zimmer zurückgehen? Ein Buch aus der Bibliothek holen?

Ein Spaziergang erschien mir am angebrachtesten.

Vor der Tür reckte ich mein Gesicht der Sonne entgegen. Es fühlte sich ein wenig gespannt an, trotz der Creme, die ich aufgetragen hatte. Ob das ebenfalls an der Luft hier lag? Oder an der Sonne?

Ich setzte mich in Bewegung und schritt über den Rasen, der wieder so jungfräulich wie bei unserer Ankunft war. Die Helfer, die Miss Marbury angeheuert hatte, mussten in den frühen Morgenstunden aufgeräumt haben. Lediglich eine violette Tüllschleife war ihnen entgangen, die im Gebüsch an einem der Zweige hing.

Ich trat in den Schatten des hohen Baumes und schaute mich um. Ein bisschen überkam mich angesichts der sanft gerundeten Hügel und der dichten Waldteppiche die Sehnsucht. Nicht nach Berlin oder Paris, sondern nach Darren. Das war seltsam, denn ich hatte schon eine Weile nicht mehr an ihn gedacht. Wahrscheinlich war das ganze Gerede von Frauen, die Frauen liebten, und Männern, die diese Frauen erschreckend fanden, schuld daran. Ich wünschte, ich hätte ihm von dem vergangenen Abend erzählen können. Aber das war nicht möglich.

Schließlich entfernte ich mich ein wenig von Miss Marburys Anwesen. Während der Fahrt hierher hatte ich einen kleinen See entdeckt. Ich hoffte, ich konnte den Weg rekonstruieren. Ich schritt die Straße entlang und sah wenig später ein Glitzern. Tatsächlich fand ich kurz darauf den Zugang zum Wasser. Wieder kam mir Darren in den Sinn. Es hätte ihm hier gefallen, und möglicherweise hätte er wieder eine Geschichte zum Besten gegeben, in der ein Pirat oder ein Räuber in der Nähe einen Schatz vergraben hatte. Ich dachte zurück, wie wir Arm in Arm spazieren gingen, und sehnte mich nach seiner Wärme, seinen Worten, seiner Anwesenheit.

Ich schob den Gedanken beiseite, denn es brachte nichts, Vergangenem nachzuhängen. Doch im nächsten Augenblick fiel mir Henny ein. Wir waren im Sommer am Wannsee gewesen, und auch wenn ich mit meinem dicken Bauch nicht schwimmen gehen konnte, hatte ich die Zeit dort sehr genossen.

Einen Moment lang spielte ich mit dem Gedanken, das Kleid auszuziehen und einfach ins Wasser zu springen. Doch dann bemerkte ich eine Bewegung. Zwei Frauen tauchten aus dem Gebüsch auf und strebten auf Zehenspitzen dem Wasser zu. Ich hätte wetten können, sie gestern bei der Party gesehen zu haben. Juchzend sprangen sie ins Wasser, lachten und küssten sich.

Eine Weile betrachtete ich sie fasziniert, dann brach ich wieder auf. Sie rechneten wahrscheinlich nicht damit, beobachtet zu werden, also zog ich es vor, ihnen ihre Privatsphäre zu gönnen.

Bei meiner Rückkehr waren Miss Marbury und auch Miss Arden bereits aufgestanden. Von Mr Jenkins war nichts zu sehen.

»Sophia, meine Liebe!«, sagte Miss Marbury, als sie mich erblickte. »So früh schon auf den Beinen?«

»Ich habe einen kleinen Spaziergang gemacht«, antwortete ich. »Ich bin immer sehr früh wach und dachte mir, ich schaue mir mal den See an.«

»Sie sind also eine Naturliebhaberin?«, fragte sie.

»In der Stadt hat man nicht viele Gelegenheiten, einen See in aller Ruhe zu betrachten«, sagte ich.

»Das ist wohl wahr. New York ist für andere Dinge bekannt als für seine Botanik, den Central Park mal ausgenommen. In der Stadt kann man eher die Auswüchse menschlichen Strebens bewundern. Es gibt kaum eine großartigere Stadt als diese!«

Da musste ich ihr zustimmen. Berlin und Paris waren ebenfalls großartig, doch New York setzte mit seinen hohen Bauten allem die Krone auf.

»Lizzy hat mir verraten, dass Sie aus Deutschland stammen«, sagte Miss Marbury nun und hakte sich bei mir unter. »Und dass Sie studiert haben.«

»Chemie«, antwortete ich.

»Oh, Naturwissenschaft also! Lizzie, du hast mir gar nicht gesagt, dass wir eine Naturwissenschaftlerin unter uns haben.«

Miss Arden antwortete darauf nicht, wahrscheinlich, weil sie mich ohne Abschluss gar nicht als Wissenschaftlerin sah.

»Für mich ist das ein Buch mit sieben Siegeln. Ich bin eher den Worten und Geschichten zugewandt«, erklärte Miss Marbury. »Gibt es in Ihrem Fach auch Geschichten, die man erzählen könnte? Auf der Bühne werden Wissenschaftler meist ein wenig wirr dargestellt, wie in *Frankenstein*. Kennen Sie dieses Buch vielleicht?«

Ich nickte. Der verrückte Wissenschaftler, der davon besessen war, einen Menschen zu erschaffen, hatte mir als Jugendlicher einen angenehmen Schauer über den Rücken gejagt.

»Ich kann Ihnen aber versichern, dass sich nicht alle Wissenschaftler mit Gott anlegen«, gab ich zurück. »Mein Ziel war es eher, das Leben der Menschen mithilfe der Chemie besser zu machen. Besonders das Leben der Frauen, was Kosmetik betrifft.«

»Ja, was wären wir ohne die Segnungen der Wissenschaft? Aber wenn Sie mich fragen, ist jeder Versuch, etwas an einem menschlichen Leben zu ändern, der Versuch, sich mit Gott anzulegen. Auch wenn es die Schönheit ist, die man modifiziert. Es ist wie im Theater, man spielt den Menschen eine Welt vor, die es sonst nicht gegeben hätte.«

Stimmte das? Ihre Worte machten mich plötzlich nachdenklich. Sicher, Schminke war Illusion. Aber Frauen brauchten das Gefühl, schön zu sein. Oder etwa nicht?

Als ich jung war, wollte ich unbedingt schöne Haut haben. Georg hatte mein Aussehen bewundert, mein Haar, und ich hatte mich sehr geschmeichelt gefühlt. Seltsamerweise hatte mir die Zeit danach, in der ich nicht viel auf mein Aussehen geben konnte, die Augen geöffnet, was meine Ziele anging. Schöne Frauen wurden bevorzugt, das hatte ich bisher immer so wahrgenommen. Und ich hatte es mir in den Kopf gesetzt, jede Frau zu dieser Schönheit zu führen. Noch arbeitete ich für Miss Arden, noch lernte ich. Vielleicht wurde daraus einmal etwas ganz anderes. Den Traum, einen eigenen Laden zu haben, irgendwann, hatte ich noch nicht aufgegeben.

»Aber ich will Sie nicht verunsichern, meine Liebe«, fügte Miss Marbury hinzu. »Sie leisten wunderbare Arbeit, und bedenken Sie, der rote Lippenstift ist eines der Markenzeichen von uns Frauenrechtlerinnen.«

»Obwohl du nie welchen getragen hast«, wandte Miss Arden

ein und meldete sich damit zum ersten Mal zu Wort, nachdem sie grüblerisch vor sich hin gestarrt hatte.

»Stimmt, vor meinem Mundwerk hatten auch die Lippenstifte Angst. Und sie haben es noch. Aber es war ein Signal an die Männerwelt, das nicht unterschätzt werden sollte. Wir haben uns damit sichtbar gemacht!«

Ich versuchte mir Miss Marbury im Kreise von Frauen mit rot geschminkten Lippen vorzustellen, damals, in meiner Kinderzeit, wo man nie Schminke auf weiblichen Gesichtern gesehen hatte. Ja, sie waren sichtbar, auch wenn ihnen diese Sichtbarkeit viel Ärger eingebracht hatte.

»Ich denke, wir sollten uns jetzt das Grundstück ansehen. Für eine Frau wie dich ist es einfach optimal, Lizzie!«

»Ich brenne darauf, es zu sehen!«, entgegnete Miss Arden und hakte sich bei Miss Marbury unter.

Als wir zu dem Grundstück aufbrachen, das Miss Marbury Miss Arden zeigen wollte, war Mr Jenkins immer noch nicht unten. Miss Arden wirkte angespannt. Sie mochte die Chefin der Firma sein, aber wenn wichtige Dinge anstanden, hatte sie gern ihren Mann bei sich. Und das Grundstück, dass Bessie Marbury ihr zeigen wollte, schien ihr wichtig zu sein.

»Wir können dorthin laufen«, erklärte Miss Marbury. »Es ist nicht allzu weit. Ein Jammer, dass es aufgegeben wurde. Allerdings ist des einen Leid des anderen Freud.«

Mit diesen Worten bewegte sie sich in Richtung Ausgang. Das Gehen schien ihr heute noch schwerer zu fallen, aber niemand wagte zu versuchen, sie davon abzubringen, auch Miss de Wolfe nicht.

Nachdem sie die Treppe hinter sich gebracht hatte, schritten wir zum Tor.

Überraschenderweise schlugen wir die Richtung ein, in der sich auch der See befand.

»Das ist der Long Pond«, erklärte Miss Marbury, als wir kurz innehielten, und deutete mit ihrem Stock darauf. »Direkt daneben ist das Grundstück. Ich denke, es ist bestens für deine Unternehmungen geeignet, Lizzy.«

Ich fragte mich, welche Unternehmungen das sein würden. Wollte sie sich vielleicht ein Wochenendhaus zulegen, um sich in Gesellschaft ihrer Freundinnen zu erholen?

Wir gingen weiter an dem See entlang. Miss Marbury sprach kaum, sie hatte sichtlich Mühe mit dem Weg. Miss de Wolfe betrachtete sie hin und wieder sorgenvoll.

Als Schritte hinter uns ertönten, blickte ich mich um. Bei dem Mann, der uns nachlief, musste es sich um Mr Jenkins handeln, jedenfalls erkannte ich seinen Reiseanzug. Nach einer Weile schloss er zu uns auf. »Verzeihen Sie, meine Damen, ich fürchte, ich habe verschlafen. Als ich unten ankam, sagte man mir, dass Sie bereits unterwegs seien.«

»Keine Bange, Tom, wie Sie sehen, bin ich nicht allzu gut zu Fuß im Moment. Wir wären Ihnen nicht weggelaufen.«

Ich bemerkte, dass Miss Arden ihrem Gatten einen tadelnden Blick zuwarf. War es wegen seiner Verspätung? Ich richtete meinen Blick auf die Landschaft und tat so, als hätte ich nichts gesehen.

Nach einer halben Stunde kam eine Gruppe mächtiger Bäume in Sicht, die so dicht belaubt waren, dass man das dahinterliegende Grundstück kaum sah. Nachdem wir die Baumriesen hinter uns gelassen und eine kleine Anhöhe erklommen hatten, erhob es sich vor uns. Es erstreckte sich über mehrere Hektar und wies zahlreiche kleinere Gebäude auf, die früher im Dienst der Farm gestanden haben mussten. Es gab dort eine Menge Wildwuchs, aber auch herrlich viel Platz für Gärten.

»Darf ich vorstellen?«, sagte Miss Marbury, mit dem Stolz eines Maklers in ihrer Stimme. »The Gables. Eines der besten

Anwesen, die es rings um Mount Vernon gibt, und ein Haus voller Geschichte.«

The Gables wirkte tatsächlich geschichtsträchtig und noch älter als die Villa von Miss Marbury. Es war in englischem Stil erbaut und schien noch aus der Zeit zu stammen, als die ersten Pilgerväter in Amerika ankamen. Mr Parker hatte uns beim Truthahnessen zu Thanksgiving davon erzählt.

Das Auffälligste an diesem Anwesen, das aus einem zweistöckigen Haupthaus und zahlreichen, teilweise mit dem Hauptgebäude verbundenen Nebengelassen bestand, war die Farbe. Das Dach schimmerte moosgrün, was sicher nicht beabsichtigt und der Alterung der Ziegel geschuldet war. Die Wände allerdings leuchteten in einem strahlenden Gelb, das einen starken Kontrast zu den grünen Wiesen ringsherum bildete. Es gab außerdem noch ein paar Stallgebäude und eine verwaiste Pferdekoppel. Doch der Blickfang blieb das Haupthaus mit seinen Fenstern, die mich ein wenig an Adelsbauten in Paris erinnerten.

»Ich habe dem Verwalter die Schlüssel abschwatzen können, damit du dir auch über das Innere einen Überblick verschaffen kannst«, kündigte Miss Marbury an und ließ sich von Miss de Wolfe das Schlüsselbund reichen. »Also, wollen wir?«

Ich blickte zu Miss Arden, die wie gelähmt wirkte angesichts dieses Anblicks, allerdings im positiven Sinne.

Ob ihr gutes Auge für die Talente eines Menschen auch für Häuser galt? Ich wünschte mir in diesem Moment, ihre Gedanken lesen zu können.

Dass sie bereits von dem Äußeren des Hauses angetan war, konnte man allerdings deutlich an ihrer Miene erkennen. Ihre Augen strahlten, und auch auf dem restlichen Gesicht lag ein Leuchten, wie ich es noch nie zuvor an ihr gesehen hatte.

Wir durchschritten die mit barocken Gipselementen verzierte Tür und betraten die Eingangshalle. Auf dem Parkett lag eine Staubschicht, die noch deutlicher hervortrat, als Mr Jenkins auf Geheiß von Miss Marbury die Fensterläden öffnete.

Das Licht, das durch die hohen Fenster fiel, beleuchtete jeden Winkel des Raumes und ließ die Laken, mit denen Möbelstücke, Bilder und Spiegel verhängt waren, grell hervorstechen. Stuckornamente schmückten die Decke, und obwohl man die Kronleuchter, die hier vielleicht mal gehangen hatten, entfernt hatte, konnte man sich gut vorstellen, welche Pracht zu damaligen Zeiten geherrscht hatte.

Allerdings bemerkte ich auch etwas Unangenehmes. Es roch nach verkohltem Holz.

»Hat es hier gebrannt?«, fragte ich, während ich mich umsah. Brandspuren waren nicht zu erkennen, aber ich war mir sicher, dass es sie irgendwo in diesem Gebäude geben musste.

»Sie haben eine gute Nase, Sophia«, sagte Miss Marbury. »Ja, es hat ein Feuer gegeben, glücklicherweise zur hinteren Seite. Dabei wurden ein paar Räume beschädigt, aber nicht allzu sehr. Wollen wir es uns anschauen?«

»Ist das denn nicht gefährlich?« Wenn es in Berlin gebrannt hatte, hatte die Feuerwehr die Leute stets vor dem Betreten eines Gebäudes gewarnt.

»Nein, ich denke nicht. Die vorherigen Besitzer sind nicht ausgezogen, weil ihnen das Dach über dem Kopf zusammengebrochen wäre. Sie haben wohl geglaubt, dieses Haus wäre verflucht. Aber wir als aufgeklärte Menschen glauben nicht an Geister, nicht wahr?«

Ich schüttelte den Kopf und schloss mich den anderen an.

Die Spuren des Feuers waren tatsächlich nicht sehr verheerend. Sie betrafen hauptsächlich die Küche, die einen groben Steinfußboden und dicke Steinwände hatte. Das Feuer musste am Herd ausgebrochen sein, wie die Rußspuren verrieten. Ein paar Fensterscheiben waren zerstört, und Glasscherben lagen auf dem Boden, wobei man nicht genau feststellen konnte, ob das Glas von der Hitze geplatzt war oder von der Feuerwehr eingeschlagen worden war. Die Löscharbeiten hatten jedenfalls die Tapeten ruiniert und ein furchtbares Chaos angerichtet. Spuren davon waren immer noch zu sehen.

»Ich bin sicher, dass sich diese Schäden hier leicht beheben lassen. Die Vorbesitzer waren Narren, dass sie dieses Haus wegen solch einer Lappalie aufgegeben haben. Aber die Ehefrau wollte nicht mehr hierher, weil sie fürchtete, im Schlaf vom Feuer überrascht zu werden.« Miss Marbury schüttelte den Kopf.

»Es ist wunderbar«, sagte Miss Arden mit hörbarer Rührung in der Stimme.

»Warte erst mal, bis du den Ausblick auf den Long Pond siehst. Es gibt hier eine kleine Kuppe, von der du ein perfektes Panorama hast. Aber vorher zeige ich dir noch den Saal, der sich bestens für Cocktailpartys eignen würde.«

Miss Marbury und Miss de Wolfe gingen voran. Mr Jenkins folgte ihnen, doch Miss Arden und ich blieben stehen und betrachteten die Küche.

»Was meinen Sie, Miss Krohn?«, fragte sie nach einer Weile. »Würden Sie sich in solch einem Haus wohlfühlen?«

»Für meine Bedürfnisse wäre es doch etwas groß«, antwortete ich.

»Und wenn Sie eine Familie hätten? Kinder?«

Das letzte Wort durchzuckte mich wie ein Nadelstich. Kinder. Würde ich je Kinder haben? Kinder jenseits meines Sohnes, der möglicherweise noch am Leben war, vielleicht aber auch nicht?

»Für eine große Familie wäre das Haus sicher geeignet. Aber wenn ich ehrlich bin, sehe ich mich nicht als Mutter. Ich habe ja nicht mal einen Mann.«

»Manchmal braucht man keinen Mann dazu. Ich habe mir

sagen lassen, dass Josephine Baker einen Haufen Kinder adoptiert hat – ohne Mann. Sagt Ihnen der Name etwas?«

Mein Herz krampfte sich zusammen. Henny. Ich hatte wieder vor mir, wie sie sich über das Engagement in Paris gefreut hatte.

Aber auch sie war keine Frau, die ich mir mit einer Horde Kinder vorstellen konnte.

»Ich glaube, ich möchte erst einmal erreichen, dass ich mir ein Haus wie dieses leisten kann«, antwortete ich ausweichend. »Ich werde dafür noch eine Weile sparen müssen.«

Im nächsten Moment wurde mir bewusst, dass Miss Arden meine Worte so auffassen konnte, dass sie mich zu schlecht bezahlte. Aber sie überging diese Bemerkung.

»Manchmal braucht man keine Kinder, um solch ein Haus zu füllen«, sagte sie gedankenverloren. Was mochte sie vor ihrem geistigen Auge sehen? Eine Party wie die gestrige bei Miss Marbury? Ein neues Geschäft? Irgendwie hatte ich stets den Eindruck, dass Miss Arden über neue Geschäfte nachdachte. Vielleicht war darunter auch eines, an dem ich einen anderen Anteil hatte, als nur Kundinnen zu schminken?

Die Führung ging weiter, durch die Nebengebäude, die erstaunlich gut erhalten waren, und die Stallungen. Die Pferde waren längst fort, aber eine Spur ihres Geruchs zwischen dem Duft von auf dem Dachboden verbliebenem Heu war immer noch wahrzunehmen.

Schließlich kehrten wir wieder ins Haus zurück. Mr Jenkins blieb zurück, denn er wollte sich draußen noch etwas umsehen.

»Die Vorbesitzer haben nur wenig aus diesem Anwesen gemacht«, berichtete Miss de Wolfe. »Sie waren praktisch nie da. Man nimmt an, dass dieses Gelände zu einer Erbmasse gehörte, die sie nicht wirklich verwalten konnten oder wollten.«

»Es scheint sie trotzdem einiges an Überlegungen gekostet zu haben, denn es dauerte lange, bis es zum Verkauf ausgeschrieben wurde«, setzte Miss Marbury hinzu.

»Ich nehme es«, sagte Miss Arden, noch bevor wir die Tour beendet hatten.

Miss Marbury zog die Augenbrauen hoch. »Du nimmst es?«

Miss Arden nickte. »Ja. Ich glaube, es wäre genau das Richtige für mich. Nein, ich muss sagen, ich habe mich regelrecht verliebt!«

»Das ist wunderbar!«, rief Miss Marbury aus. »Dann sind wir endlich richtige Nachbarinnen.«

»Das sind wir«, antwortete Miss Arden und schaute zu den massiven Dachbalken auf. »Ich könnte hier eine Pferdezucht etablieren, was meinst du? Mit eigenem Rennstall.«

»Eine hervorragende Idee!«, tönte Miss Marbury. »Du wärst eine der ersten Frauen, die das tun. Vielleicht könntest du selbst reiten. Klein genug wärst du.«

In Miss Ardens Blick trat ein entrückter Ausdruck. Sah sie sich bereits auf dem Rücken eines Pferdes über die Rennbahn sprengen?

Mehr denn je fragte ich mich, was ich hier zu suchen hatte. Ein wenig hatte ich gehofft, dass sie vielleicht ein neues Laboratorium suchte oder eine neue Fabrik aufbauen wollte. An Pferde hatte ich nicht gedacht.

»Wie viel Zeit würden die Formalitäten in Anspruch nehmen?«, fragte Miss Arden schließlich und kehrte damit aus ihrem Tagtraum zurück.

»Wenn ich meinen Anwalt darauf ansetze, nur ein paar Wochen. Wahrscheinlich sind die Erben so froh, den Klotz am Bein loszuwerden, dass sie dir gestatten, deine Pferde schon eher hier unterzubringen.« Miss Marbury machte eine kurze Pause, dann fügte sie hinzu: »Komm, lass uns deine Entscheidung begießen.«

Miss Arden blickte mich an. »Sie wirken ein wenig enttäuscht, Miss Krohn.«

Sah man mir das an?

»Enttäuscht bin ich nicht«, gab ich zurück, während ich mich bemühte, ein Lächeln aufzusetzen. »Ich dachte nur …« Ich stockte. Konnte ich ihr wirklich meine Meinung sagen? Jedenfalls enttäuschte es mich sehr, dass sie nicht, wie ich vermutet hatte, einer neuen Geschäftsidee nachgehen wollte. Pferdezucht! Das war das Letzte, was ich bei Miss Arden vermutet hatte.

»Was dachten Sie?«, hakte sie nach.

Auch Miss Marburys und Miss de Wolfes Augen bohrten sich jetzt in mein Gesicht.

»Ich dachte, Sie suchen ein Grundstück für ein neues Geschäft. Eine Fabrik vielleicht oder ein Labor.« Beinahe wäre mir rausgerutscht, dass ich so etwas erwartet hatte, weil ich von ihr zu diesem Wochenende eingeladen worden war.

Einen Moment lang herrschte Stille. Hatte ich mich wirklich so sehr in Miss Arden getäuscht? Kaufte sie dieses Anwesen doch nur für privates Vergnügen und Pferde?

»Pferde sind durchaus eine geschäftliche Angelegenheit«, sagte sie schließlich. »Sie glauben gar nicht, wie viel Geld eine gute Pferdezucht und ein Rennstall einbringen könnten.«

»Aber Sie stellen Kosmetik her!«, erwiderte ich beinahe aufgebracht. »Madame hätte einen solchen Ort dafür genutzt, ein Hotel oder einen Salon aufzuziehen!«

Schlagartig wurde mein Kopf knallrot. Ich hatte einen Frevel begangen und Helena Rubinstein erwähnt. Als mir das klar wurde, hätte ich mich am liebsten in einem Mauseloch verkrochen.

Ich hielt den Atem an. Deutlich spürte ich die Eiseskälte, die auf einmal von Miss Arden auszugehen schien. Ich hatte einen gravierenden Fehler gemacht.

Für einen Moment herrschte Schweigen. Miss Arden funkelte mich an. Miss Marbury und Miss de Wolfe hielten sich im Hintergrund. Aus dem Augenwinkel heraus konnte ich ihre besorgten Gesichter sehen.

Mein Herz raste. Irgendwann einmal hatte eine der Kosmetikerinnen in Miss Hodgsons Salon gelästert, dass das Unternehmen Arden eine Drehtür hätte, durch die Mitarbeiter schneller raus- als reinkämen. Würde sie mich feuern?

Miss Ardens blitzende Augen musterten mich. Mir schien, dass sogar die Vögel ihren Gesang einstellten, um ihren Zorn nicht auf sich zu ziehen.

»Was ich mit meinem Besitz mache, liegt allein in meiner Hand, finden Sie nicht?«, fragte Miss Arden schließlich. Obwohl sie leise und ruhig sprach, meinte ich mühsam unterdrückten Zorn unter ihren Worten zu hören.

»Natürlich, Miss Arden«, sagte ich und senkte den Kopf.

Sie starrte mich noch eine Weile an, dann zischte sie beinahe: »Erwähnen Sie diese Person in meiner Gegenwart nie wieder, haben Sie das verstanden?«

Ich nickte. Vermutlich wog die Erwähnung von Madame weitaus schwerer als mein Vorschlag für die Verwendung des Grundstücks.

»Entschuldigen Sie bitte, ich wollte Sie nicht verärgern«, sagte ich, doch Miss Arden wandte sich bereits wieder ihren Freundinnen zu. Als ich aufblickte, sah ich, wie sie sich sichtbar um ein Lächeln bemühte. Doch die heitere Stimmung, die eben noch geherrscht hatte, war dahin.

23. Kapitel

Am folgenden Tag, kurz nach dem ausgedehnten Frühstück, auf dem Miss Marbury bestanden hatte, würden wir nach New York zurückkehren. Darüber war ich beinahe froh, denn nach dem Fauxpas gestern hatte mich Miss Arden für den Rest des Tages mit eisernem Schweigen bedacht.

Ich hatte beim Abendessen noch einmal versucht, mich bei ihr zu entschuldigen, aber auch diesmal hatte sie so getan, als wären meine Worte und ich selbst Luft.

Die ganze Nacht über hatte ich grübelnd wach gelegen. Was würde nun passieren? Würde ich meine Arbeit verlieren?

Auch wenn es mir irgendwann gelungen war einzuschlafen, hatte mich die Angst sogleich wieder überfallen, als ich die Augen öffnete. Diese Angst verfolgte mich ins Bad, zum Kleiderschrank und die Treppe hinunter. Sie brachte mich auch dazu, das wundervolle Büfett nicht anzurühren. Beim Anblick der Speisen konnte ich nur daran denken, dass dies wohl die letzte Gelegenheit war, bei der ich so etwas vorgesetzt bekam.

Miss Arden plauderte angeregt mit ihren Freundinnen. Wenn sie meine Anwesenheit bemerkt hatte, ignorierte sie sie wahrscheinlich. Darüber war ich einerseits froh, andererseits machte es mir das Herz schwer.

»Was ist denn mit Ihnen, Schätzchen?«, fragte Miss Marbury verwundert. Ich zuckte zusammen. In meine Gedanken versunken, hatte ich nicht registriert, dass sie neben mir aufgetaucht war. »Haben Sie sich den Magen verdorben?«

Ich war sicher, dass Miss Arden mit ihr noch einmal über mein Verhalten gesprochen hatte.

»Ich ... manchmal habe ich morgens keinen Hunger«, sagte ich. »Ich habe auch ein wenig Kopfweh, vielleicht liegt es daran.«

»Oh, soll ich Ihnen ein Mittelchen bringen lassen?« Auf Miss Marburys Gesicht trat ein besorgter Ausdruck. »Die Sache mit den Kopfschmerzen kenne ich nur zu gut. Die überkommen mich meist dann, wenn ich Rezensionen selbstgefälliger Redakteure lese, die keine Ahnung von unserem Geschäft oder gar von Kunst haben.« Sie lachte kehlig in sich hinein, dann tätschelte sie mir den Unterarm. »Wollen Sie es mit dem Mittelchen versuchen? Ich habe mir sagen lassen, ein kalter Guss würde auch helfen, aber es wäre schade um Ihre schöne Frisur.«

»Nein, danke, es wird schon gehen«, behauptete ich und griff demonstrativ nach ein paar Weintrauben auf dem Büfett. »Ich versuche es erst einmal mit etwas Leichtem.«

»So ist es gut«, sagte Miss Marbury und trottete zufrieden von dannen. Ich betrachtete die Trauben in meiner Hand und spürte dabei starken Widerwillen, sie zu essen. Nachdem ich mich vergewissert hatte, dass niemand hinsah, legte ich sie zurück.

Nach dem Frühstück verabschiedeten wir uns von Miss Marbury und Miss de Wolfe. Mr Jenkins half dem Chauffeur beim Tragen der Taschen und Koffer. Ich bedauerte, dass es keine dritte Sitzreihe in dem Automobil gab. So musste ich unweigerlich neben Miss Arden Platz nehmen.

Das Schweigen fühlte sich an wie ein Bär, der sich zwischen uns gesetzt hatte. Unwillkürlich rückte ich näher an die Tür.

Als wir vom Gelände des Marbury-Anwesens fuhren, war ich mir sicher, dass ich das letzte Mal hier gewesen war. Noch einmal würde mich Miss Arden nicht mitnehmen. Und schlimmer noch, ich fürchtete, dass ich, sobald wir die Stadtgrenze von New York erreicht hatten, gefeuert werden würde. Wenn nicht schon eher.

Immerhin würde ich heute wieder in meinem eigenen Bett schlafen können. Auch wenn es sehr gemütlich gewesen war, hatte ich das Gefühl gehabt, dass mich die Bettdecken in Miss Marburys Zimmer beinahe erdrückten. Außerdem hatte ich mir bei der Besichtigung der Stallungen einige Mückenstiche eingehandelt, die quälend juckten. Irgendwo zu Hause musste ich noch ein kleines Päckchen essigsaure Tonerde zum Kühlen haben. Wenn nicht, würde mir Kate vielleicht aushelfen können.

Miss Marbury kennenzulernen war allerdings ein Erlebnis gewesen. Was sie über Schönheit und das Eingreifen des Menschen in göttliche Belange gesagt hatte, war mir nicht aus dem Sinn gegangen. Ich wünschte, ich hätte mich ein bisschen besser mit ihrer Welt ausgekannt.

»Und, was willst du mit der Farm anfangen?«, fragte Mr Jenkins, während der Fahrer den Wagen auf die Straße lenkte. Es war das erste Mal, dass er in meiner Anwesenheit mit ihr über das Grundstück sprach.

Ein heißer Schauer rann über meinen Rücken, und ich schaute bemüht aus dem Fenster, so als hätte ich die Worte nicht gehört. Noch einmal, insbesondere vor Mr Jenkins, wollte sie meine Meinung bestimmt nicht hören.

Miss Arden wirkte einen Moment lang, als hätte sie seine Frage nicht wahrgenommen, dann antwortete sie: »Du weißt doch, dass ich ein Faible für Pferde habe. Ich könnte mir gut vorstellen, dort einen Reitstall einzurichten.«

»Tatsächlich einen Reitstall?«, fragte Mr Jenkins. »Mit Jockeys und allem Drum und Dran?«

»Warum nicht?«, antwortete Miss Arden beinahe kühl. »In Zeiten wie diesen schadet es sicher nicht, ein zweites Standbein zu haben. Die Leute verschleudern Unsummen bei Pferdewetten. Und die Preisgelder sind ebenfalls ordentlich. Das Wichtigste wäre mir dabei aber die Reputation. Viele große Geschäftsleute haben eigene Reitställe, warum nicht wir?«

Ich fragte mich, ob Madame, wenn sie von diesem Reitstall hörte, in höhnisches Gelächter ausbrechen oder mit dem Gedanken spielen würde, etwas Vergleichbares aufzuziehen.

»Was meinen Sie?«, wandte sich Miss Arden an mich. Ihre Worte trafen mich wie ein Peitschenhieb. Ich wagte den Blick nicht zu heben. »Sie hatten doch Ihre ganz eigene Meinung zu dem Thema, nicht wahr?«

»Bitte, Miss Arden, verzeihen Sie mir«, sagte ich und sah, wie meine Worte an ihr abperlten wie Tropfen an einer Regenpelerine. Weder in ihren Augen noch auf ihren Zügen regte sich etwas.

»Ich habe Sie nach Ihrer Meinung gefragt«, gab sie scharf zurück. »Sie hatten doch auch kein Problem damit, sie vor meinen Freundinnen zu äußern!«

Mr Jenkins blickte mich mitleidig an. Wahrscheinlich hatte sie sich bei ihm auch schon über mich ausgelassen.

»Ich …«, begann ich. Meine Kehle wurde schlagartig trocken und rau. »Es tut mir sehr leid, dass ich mich nicht im Zaum hatte. Ich hätte …« Ich stockte, als mir klar wurde, dass ich im Begriff war, Madame erneut zu erwähnen. »Ich hätte meinen Mund halten sollen.«

Miss Arden schnaufte. »Ich möchte, dass Sie Ihre Worte vor Mr Jenkins wiederholen.«

Hilfe suchend blickte ich zu Miss Ardens Ehemann. Doch von ihm brauchte ich wohl kaum Unterstützung zu erwarten. »Ich hatte angemerkt, dass es besser wäre, The Gables für ein Hotel oder einen Salon zu nutzen anstatt für die Pferdezucht«, gab ich schließlich etwas kleinlaut zu.

Wieder schnaufte Miss Arden.

Madame hätte es ebenfalls nicht geduldet, wenn sich jemand in ihre Geschäfte eingemischt hätte. Allerdings war ich davon überzeugt, dass sie mehr Weitsicht gehabt und keinen Pferdestall auf so einem schönen Anwesen errichtet hätte.

Einen Moment lang herrschte Stille. Ich fühlte mich noch schlechter als ohnehin schon.

»Du wirst schon das Richtige tun«, sagte Mr Jenkins schließlich, ohne auf meine Worte einzugehen. »Das hast du bisher immer getan.« In seiner Stimme schwang eine leichte Resignation mit. Bedeutete das, dass ihm meine Idee gefiel?

Doch wenn dem so war, so hatte er offenbar nicht den Willen, seine Frau zu überzeugen. Er wandte sich wieder dem Blick aus der Frontscheibe zu, und hinten im Fond kehrte eisiges Schweigen ein.

Gegen Abend trafen wir in New York ein. Glücklicherweise setzte mich Miss Arden als Erste ab, sodass ich nicht länger das Schweigen ertragen musste.

Obwohl ich wusste, dass sie mir nicht zuhören würde, bedankte ich mich, wünschte ihr und ihrem Mann einen schönen Abend und ging, ohne mich noch einmal umzusehen, mit meiner Tasche zum Haus.

Als ich eintrat, hörte ich Kate mit dem Abwasch klappern. Aus dem Wohnzimmer drang gedämpfte Musik. Wahrscheinlich saß Mr Parker über der Tageszeitung – wie damals mein Vater. Dass gerade er mir jetzt in den Sinn kam, erhellte meine Stimmung kein bisschen.

»Na, bist du zurück aus der Welt der Reichen?«, fragte Kate, die aus der Küche gekommen war, bevor ich zum Briefkasten gehen konnte. Ich hatte ihr nicht erzählen können, was das Ziel des Ausflugs war, aber sie hatte so etwas vermutet.

»Kate, hi!« Ich fiel ihr um den Hals. »Ja, ich bin zurück und froh, wieder hier zu sein.«

»Wohin hat dich deine illustre Chefin mitgenommen? Zu einem Ball?«

»Nach Maine«, antwortete ich. »Zur Gartenparty einer Bekannten.«

»Oh, gab es da auch Hummer?«, fragte Kate mit einem hintergründigen Lächeln. »Ich habe gehört, in Maine soll es die besten Hummerbrötchen der Welt geben.«

»Ja, bei dem Büfett schon. Aber ich habe keins davon gekostet, kann also nicht sagen, ob sie die besten waren.«

»Oh, bestimmt waren sie das!«, rief Kate beinahe träumerisch aus und setzte dann hinzu: »Da ist ein Brief für dich gekommen. Der Postbote hat ihn fälschlicherweise in unseren Kasten geworfen.« Sie wischte sich die Hände an ihrer Schürze ab, dann verschwand sie in der Küche, nur um wenige Augenblicke später zurückzukehren.

»Hier. Aus Frankreich, wie es aussieht.«

Noch ein Brief? Aber ich hatte doch gerade erst einen von Monsieur Martin erhalten. Waren seine Nachforschungen von Erfolg gekrönt? Oder war es eine Nachricht von Henny?

Mit bebenden Fingern drehte ich den Brief herum, und der Anblick der Schrift ließ meine Gedanken über Miss Arden in den Hintergrund treten.

»Ist es was Aufregendes?«, fragte Kate, die mich genau beobachtete und das feine Lächeln gesehen hatte, das auf meine Lippen getreten war.

»Der Detektiv, von dem ich dir erzählt habe, hat geschrieben«, sagte ich. »Es muss Neuigkeiten geben.«

Hatte er meinen Sohn gefunden? Ich wagte es kaum anzunehmen, aber vielleicht …

»Ich hoffe, es sind gute«, sagte Kate und zog sich dann in die Küche zurück.

Während ich zur Treppe eilte, riss ich den Umschlag auf, etwas zu ungestüm, denn eine Ecke des Briefpapiers musste dran glauben. Meine Hände zitterten zu sehr, um das Schreiben hervorzuziehen, also machte ich auf halber Strecke halt und las:

Chère Mademoiselle Krohn,

heute kann ich Ihnen mitteilen, dass ich glaube, Madame DuBois gefunden zu haben. Ich erhielt den Hinweis von einem alten Bauern nahe Arles, dass eine Frau, die früher mal Hebamme in Paris gewesen sei, mit ihrem Mann einen kleinen Hof in der Nähe bezogen hätte.
Ich muss zugeben, die Suche nach der Dame ist wie die berühmte Suche nach der Nadel im Heuhaufen. Ich habe schon etliche Hinweise bekommen, die sich als falsch herausgestellt haben. Den Namen DuBois gibt es häufig und mindestens genauso viele Hebammen, die sich entschließen, der hektischen und schmutzigen Stadt zu entfliehen.
Dieses Mal jedoch habe ich Grund zur Hoffnung. Alles scheint zu passen, das Alter, das Aussehen und der Mädchenname. Hoffen wir, dass ich nicht von einem wütenden Hofhund zerfleischt werde!
Ansonsten habe ich es noch einmal im Hospital versucht. Ich neige dazu, mich an einer Sache festzubeißen und mich nicht so leicht abschrecken zu lassen, doch diesmal hat man mir mit der Polizei gedroht. Da habe ich es vorgezogen, den Rückzug anzutreten. Offenbar spricht sich herum, dass ich auf der Suche bin. Das gefällt einigen Leuten nicht.
Ich habe bemerkt, dass jemand zu bestimmten Zeiten dort aufkreuzt, wo ich bin. Glücklicherweise gab es keinen Angriff auf meine Finger. Ich werde wohl ein wenig dezenter vorgehen müssen. Es kann genauso sein,

dass unser gemeinsamer Freund Jouelle etwas dagegen hatte, dass ich seiner Freundin einen Brief übergeben habe, aber ich muss alles Mögliche in Erwägung ziehen.

Morgen werde ich mich nun erst einmal auf den Weg zu Madame DuBois machen – oder wie auch immer sie jetzt heißen mag. Sobald ich zurück bin, werde ich mich an einen weiteren Brief setzen. Sollte jener diesen hier überholen – man weiß nie, nach welchen Kriterien die Post Botschaften verteilt –, so wundern Sie sich bitte nicht.

Ich bleibe dran und melde mich, sobald es geht.

Beste Grüße,
Luc Martin

Ich presste den Brief an die Brust. Monsieur Martin berichtete nichts von einem weiteren Angriff auf seine Person, das war schon mal gut. Möglicherweise war Jouelle derjenige gewesen, der ihm die Schläger auf den Hals gehetzt hatte. Das traute ich ihm zu. Dass aber jemand ihn zu beobachten schien, gefiel mir gar nicht. Musste ich mir Sorgen machen?

Doch endlich gab es eine Spur! Dieser Gedanke wärmte mein Herz und ließ den Ärger mit Miss Arden ein wenig in den Hintergrund treten.

Ich brachte den Rest der Treppe hinter mich.

Oben las ich den Brief noch einmal und schlief in dieser Nacht mit der stillen Bitte ein, dass die Frau, die Monsieur Martin gefunden hatte, die richtige Aline DuBois sein würde – und dass sie ihm Auskunft geben konnte. Wenn ich wusste, wo mein Sohn war, konnte ich den Detektiv von seinem Auftrag entbinden.

24. Kapitel

Am Montag stieg ich mit schmerzendem Bauch in die Subway. Kaum hatte ich die Augen geöffnet, war mir mit voller Wucht bewusst geworden, dass heute wohl die Konsequenzen für meine Besserwisserei folgen würden.

Dass Miss Arden mich nicht selbst gefeuert hatte, hatte nichts zu bedeuten. Wahrscheinlich würde sie diese Aufgabe Miss Hodgson übertragen. Immerhin war ich Angestellte in deren Salon, und wahrscheinlich saß sie gerade in Miss Ardens Büro und konnte sich anhören, wie die Chefin sich Luft über mein Betragen machte.

In meinem Kopf entstanden alle möglichen Varianten des Donnerwetters, das mich erwartete, sobald ich die Schwelle des Salons überschritten hatte. Wie ein geschlagener Hund schlich ich mich hinein.

»Nanu, was ist denn?«, fragte Helen, die ihren Platz hinter dem Empfangstresen bereits eingenommen hatte. »Du siehst aus, als hättest du Magenschmerzen. Brauchst du ein Alka Seltzer?«

Ich starrte sie verständnislos an. »Nein, danke. Es wird schon gehen.«

Schließlich war ich davon überzeugt, dass ich heute nicht

mehr lange da sein würde. Lohnte es sich überhaupt, den Kittel überzuwerfen?

Ich beschloss, es trotzdem zu tun, denn ich wollte meine Kolleginnen nicht mit der Nase auf meinen Fehler stoßen.

Im Aufenthaltsraum unterhielten Sabrina und die anderen sich über ihr Wochenende, und ich hoffte nur, dass mich niemand auf meines ansprach. Wobei die Zeit in Maine eigentlich nicht schlecht gewesen war, abgesehen davon, dass eine Dame mich zu ihrer Geliebten machen wollte. Die Gäste waren interessant gewesen und das Essen auch ohne den Genuss von Hummerbrötchen hervorragend. Aber Miss Ardens Unmut wog das alles auf und zog die Waagschale in die negative Richtung.

»Du siehst aus, als hätte dir was die Petersilie verhagelt«, bemerkte Sabrina, als sie mich sah. »Du warst doch am Wochenende verreist, nicht?«

Ich nickte.

»Sag bloß, dir hat da jemand das Herz gebrochen!«

Ich schüttelte den Kopf. »Nein, dazu waren gar nicht genug Männer da. Miss Marburys Bekannte sind meist Frauen.«

»Du warst bei Miss Marbury?« Sabrina sog die Luft zwischen den Zähnen ein. »Das ist eine der einflussreichsten Frauen des Landes. In New York kennt sie fast jeder, und viele fürchten ihr scharfes Mundwerk.«

»Eigentlich war sie sehr freundlich«, sagte ich.

»Und was war es dann? Hast du dir den Magen verdorben? Oder ist etwas anderes vorgefallen?«

Sabrina hatte damit ins Schwarze getroffen, aber wie sollte ich ihr das sagen?

»Es war alles ein bisschen anstrengend«, wich ich aus. »Ich habe noch nie so viele interessante Leute auf einmal gesehen.«

»Davon solltest du dich doch eigentlich belebt fühlen, oder nicht? Wenn ich unter interessanten Menschen bin, fühle ich mich wie elektrisiert.«

»Du bist kein bisschen müde?«, fragte ich verwundert.

»Nun, es kommt ganz darauf an, wie sich der Abend entwickelt«, gab Sabrina zweideutig zurück.

Vor einer Antwort bewahrte mich Helen. Ich zuckte zusammen, als sie den Raum betrat und meinen Namen rief.

»Mrs Morrison ist da für dich. Dein erster Termin.«

Ich starrte sie an, als hätte ich plötzlich verlernt, Englisch zu verstehen.

»Okay, ich komme«, antwortete ich wie benommen.

»Erzähl mir nachher alles!«, rief Sabrina hinter mir her, während ich Helen durch den Gang folgte.

Mrs Morrison war eine der Kundinnen, denen ich vor dem Wochenende absagen musste.

»Ist wieder alles in Ordnung mit Ihnen, Liebes?«, fragte sie. Wahrscheinlich hatte sie geglaubt, dass ich den Termin wegen Krankheit verschoben hatte.

»Ja, natürlich, Mrs Morrison«, antwortete ich und griff nach dem Umhang. »Heute wie immer oder möchten Sie etwas anderes ausprobieren?«

Ich wusste, das Mrs Morrison nichts anderes haben wollte. Sie nahm immer ihre Kurpackungen und anschließend ein neues Make-up, mit dem sie ihren Mann überraschen wollte. Dabei würde es keine Überraschung werden, denn sie wählte immer dieselben Farben für Lidschatten, Wangen und Lippen.

Nach einer Dreiviertelstunde waren wir fertig, und ich konnte meine Kundin zufrieden entlassen. Das Trinkgeld, das sie mir gab, war beinahe fürstlich. Verstohlen schob ich es in meine Tasche. Als sie fort war, starrte ich mich im Spiegel an. Das Licht reflektierte in meinen Brillengläsern und zerrte jeden Makel meiner Haut hervorvor.

Obwohl ich mich auch heute wieder sehr sorgfältig geschminkt hatte, waren die Augenringe überdeutlich zu sehen.

Meinen Lippenstift würde ich in einer Stunde wohl korrigieren müssen. Bereits jetzt zeigte er eine leichte Tendenz zum Verlaufen, was hier nicht gern gesehen wurde und zugegebenermaßen ein schlechtes Beispiel abgeben würde.

Als Miss Hodgson hinter dem Vorhang hervortrat, zuckte ich zusammen und wirbelte herum. Mir wurde klar, dass der Moment nun gekommen war. Wahrscheinlich war sie von der Besprechung mit Miss Arden zurück.

»Sie sind also wieder da«, sagte sie kurz angebunden.

»Ja, das bin ich.« Meine Stimme zitterte. Würde sie jetzt das Kündigungsschreiben hervorziehen?

Sie musterte eine Weile mein Spiegelbild, erst dann fiel mir ein, dass es besser wäre, sie direkt anzusehen. Ich drehte mich um.

»Haben Sie während des Wochenendes etwas gelernt?«

Diese Frage erstaunte mich. Was hätte ich lernen sollen? Hatte sie etwa geglaubt, dass Miss Arden mich zu einer Bildungsmaßnahme mitgenommen hatte? Oder meinte sie etwas anderes? Miss Hodgsons Worte waren stets mit Vorsicht zu genießen.

»Ja, ich denke schon«, gab ich zurück und versuchte, an ihrem Blick zu erkennen, worauf sie eigentlich hinauswollte. Für das Aussprechen einer Kündigung war ihr Verhalten doch etwas merkwürdig.

Genau genommen hatte ich tatsächlich etwas gelernt: mein Mundwerk besser im Zaum zu halten, wenn es um Madame ging.

Mein Herz klopfte mir bis zum Hals.

»Gut«, sagte Miss Hodgson plötzlich.

»Gut?«, echote ich.

»Machen Sie sich wieder an Ihre Arbeit, aber korrigieren Sie vorher Ihr Make-up. Verlaufenden Lippenstift dulde ich hier nicht.«

Ich starrte sie an. Das Einzige, was sie zu sagen hatte, war der Hinweis auf mein Make-up?

»An die Arbeit!«, peitschte ihre Stimme über mich hinweg, dann wandte sie sich um.

Ich starrte ihr hinterher, als hätte mich der Blitz getroffen. Sie hatte mich nicht gefeuert. Hatte sie vielleicht noch nicht mit Miss Arden gesprochen? Würde das große Unheil noch kommen?

In den folgenden Tagen plagte mich die Unruhe. Meine Hände wollten gar nicht mehr warm werden, was meinen Kundinnen überhaupt nicht gefiel. Eine ältere Dame merkte an: »Bei solch kalten Händen geht es in der Liebe bei Ihnen wohl hoch her.«

Ich wurde rot, sagte dazu aber nichts und versuchte, meine Hände an den Heizungsrippen warm zu bekommen.

Erschöpft taumelte ich jeden Abend nach Hause. Hin und wieder vergaß ich zu essen, was Kate dazu brachte, mich zu fragten, was los sei.

»Nichts«, antwortete ich. »Die Arbeit strengt mich im Moment nur etwas mehr an als sonst.«

»Dann solltest du erst recht darauf achten, Pausen zu machen und gut zu essen. Hier.« Mit diesen Worten drückte sie mir ein Tablett in die Hand und verschwand.

Noch eine weitere Woche lang rechnete ich mit meinem Rauswurf, aber nichts tat sich. Es war, als hätte Miss Arden mich vergessen. Ich wusste nicht, was ich davon halten sollte. Einerseits konnte das bedeuten, dass ich in ihren Augen viel zu unbedeutend war, um sich noch länger mit mir abzugeben. Andererseits war es aber auch möglich, dass ich an dem Wochenende eine Chance verspielt hatte, von der ich nichts gewusst hatte.

Obwohl ich hoffte, schon bald eine Nachricht von Monsieur Martin zu erhalten, blieben weitere Briefe von ihm aus. Dabei hatte er mir doch eigentlich versprochen, gleich zu schreiben, sobald er diese Hebamme aufgesucht hatte. War etwas dazwischengekommen? Oder ihm etwas zugestoßen?

Eine Woche später zog ich Kate zurate. Sie hörte mir geduldig zu und meinte dann: »Davon, dass du dich verrückt machst, geht es auch nicht schneller. Er wird sich melden, wenn er etwas erfährt. Du kannst ohnehin nicht viel tun, denn zwischen dir und Paris liegt ein großer, weiter Ozean. Und du kannst nicht einfach mal rüberfahren.«

Das stimmte. Allein eine Atlantiküberquerung dauerte mindestens eine Woche. Die nötige Zeit würde mir Miss Hodgson nicht gewähren, wenn es dafür keinen triftigen Grund gab. Mir blieb also wirklich nichts anderes übrig, als Kates Ratschlag zu folgen. Und tatsächlich wurde es besser. Ich erlaubte der Arbeit, mich einzunehmen, und mir selbst, an nichts zu denken, wenn ich müde im Bett lag. Das Einzige, was ich tat, war, jede Woche ein kleines Gebet gen Himmel zu schicken, dass Luc Martin meinen Sohn finden möge.

25. Kapitel

Zwei Monate später war das Treffen bei Miss Marbury nur noch eine schwache Erinnerung. Nachdem uns der Sommer mit voller Hitze getroffen hatte, sodass die Deckenventilatoren im Salon heiß liefen, versanken wir nun in Regenwetter.

Die Frage, warum ich damals zum Ausflug zu Miss Marbury mitgenommen worden war, war nicht mehr interessant. Ich war nur froh, dass Miss Arden den Vorfall vergessen zu haben schien.

Ich hatte viel zu tun im Salon, Miss Hodgson hielt uns auf Trab. Wir waren angehalten, die Zahl der Kundinnen noch weiter zu steigern. Wie wir das schaffen sollten, wusste keine von uns, aber immerhin brauchten wir nach weiteren Interessentinnen nicht Ausschau zu halten, denn sie kamen von allein zu uns. Die Terminbücher barsten, und es stand zu befürchten, dass es angesichts der bevorstehenden Feiertage im November noch mehr Arbeit werden würde.

»Jede Frau möchte sich am Feiertag von ihrer besten Seite zeigen«, erklärte Miss Hodgson bei einer Mitarbeiterschulung. »Sie werden ihnen dazu verhelfen, und zwar gut gelaunt und zuvorkommend.«

»Als ob wir jemals nicht zuvorkommend wären«, murrte Trudy, eine weitere Kosmetikerin, die vor ein paar Wochen bei uns angefangen hatte, und nestelte in ihrer Kitteltasche. Dort bewahrte sie eine Schachtel Zigaretten auf, und an ihrer Unruhe spürte ich, dass sie rauchen wollte. Miss Hodgson gefiel es nicht, wenn sie sich ständig mit dem Glimmstängel nach draußen verdrückte, aber bisher hatte es keine größeren Probleme gegeben.

Unsere Salonleiterin war allerdings noch lange nicht mit uns fertig.

»Becky, Sie sollten einen Blick in einen der Kataloge werfen, die ich gerade reinbekommen habe. Die Art, wie Sie Ihr Make-up machen, wirkt ein wenig altbacken. Wir stehen vor dem Eintritt in ein neues Jahrzehnt, da kann ein wenig Veränderung nicht schaden.«

Becky presste die Lippen zusammen. Ich konnte mir denken, was gerade in ihr vorging.

»Und Sie, Miss Krohn, achten Sie auf die Sauberkeit an Ihrem Arbeitsplatz. Ich denke, Sie kommen aus Deutschland und dort sind alle so gewissenhaft. Werden Sie Ihren Landsleuten gerecht.«

Ich spürte, dass ich rot wurde. Mein Arbeitsplatz war nie unsauber. Manchmal ein wenig chaotisch, ja, aber das war eine Unart, die ich auch schon während des Studiums nicht losgeworden war. In Labors konnte man nicht darauf achten, dass die Tischplatte gut geschrubbt war. Meist wurde sie innerhalb weniger Augenblicke doch wieder schmutzig.

Aber das war typisch für Miss Hodgson. Da sich meine Kundinnen nicht beschwerten und sogar solche mit kleinerem Geldbeutel immer wieder zu mir kamen, konnte sie mir in der Hinsicht keine Kritik zuteilwerden lassen. Dann verwies sie eben auf die vermeintlich mangelnde Sauberkeit.

An diesem Abend Ende Oktober machte ich einen kurzen Abstecher zu Joe Bannister, dem Besitzer des Deli, das mir Kate an meinem ersten Tag hier empfohlen hatte. Auch wenn Kate mir meist etwas vom Mittagessen übrig ließ, das ich aufwärmen konnte, hatte ich jetzt Lust auf seine Sandwiches mit kaltem Hühnchen. Als ich unter dem Gebimmel der Türglocke eintrat, bemerkte ich, dass es ungewöhnlich voll war für einen Donnerstag. Zwei Anzugträger mit Mänteln über den Armen unterhielten sich wild gestikulierend mit anderen Männern, die wirkten, als würden sie ihnen Vorwürfe machen. Ich achtete nicht darauf und trat gleich an den Tresen, hinter dem Joe herumwuselte. Er schien besorgt und war um die Nase ziemlich blass.

»Guten Abend, Joe«, grüßte ich ihn. »Ungewöhnlich voll heute bei Ihnen.«

»Kein Wunder bei einem Tag wie diesem.«

»Was ist passiert?«

Joe blickte kurz zu den Männern weiter hinten. Noch immer unterhielten sie sich lautstark.

»Die Börse!«, sagte Joe dann. »Wie es aussieht, ist an der Börse etwas Furchtbares passiert.«

Ich zog die Augenbrauen hoch. Mein Vater hatte auch einige Wertpapiere besessen, aber ich hatte mich nie für das Börsengeschäft interessiert.

»Was hat das zu bedeuten?«

Joe deutete mit dem Kinn auf die Anzugträger. »Die beiden dort drüben haben es erzählt. Offenbar haben einige Anleger versucht, panisch ihre Wertpapiere loszuwerden. Bei Börsenschluss ist der Dow Jones ins Bodenlose gefallen.«

Das sagte mir überhaupt nichts, aber an Joes Entsetzen erkannte ich, dass die Lage überaus ernst war.

»Wie kann das sein?«, fragte ich hilflos.

Joe zuckte mit den Schultern. »Keine Ahnung. Die Typen

dort drüben meinten, dass es eine Blase gegeben hätte, die geplatzt sei. Nun haben alle Leute, die mit ihren Käufen den Dow in die Höhe getrieben hatten, das Nachsehen.«

Joe hätte genauso gut Chinesisch mit mir sprechen können. Was war der Dow Jones, und was hatte diese Blase zu bedeuten?

»Und was heißt das für uns?«

»Wir werden in Armut versinken«, gab Joe zurück. »Viele sind von einem Moment zum anderen pleite und hoch verschuldet. Es steht zu befürchten, dass Firmen schließen müssen. Dann werden die Leute auf der Straße sitzen, und es wird noch mehr Schulden und Not geben.«

Das klang schrecklich. In diesem Augenblick konnte ich nur daran denken, was aus uns wurde, wenn diese Pleite und Verschuldung auch Miss Arden betraf. Würde sie ebenfalls verkaufen müssen und uns dann im Stich lassen, wie es Madame getan hatte?

Zwischen Schrecken und Unglauben schwankend betrat ich Mr Parkers Haus. Diesmal spielte das Grammophon nicht, sondern das Radio im Wohnzimmer war aufgedreht. Es liefen gerade die Nachrichten. Da Kate nicht zu sehen war, hängte ich meinen Mantel an die Garderobe, schaute im Briefkasten nach, der auch heute leer war, und huschte nach oben. Am liebsten wäre ich stehen geblieben und hätte gelauscht. Wenn das, was Joe erzählt hatte, wirklich so schlimm war, würden sie sicher darüber berichten.

Nach einer Weile hielt ich es nicht mehr aus. Joes Sandwich hin oder her, ich hatte kaum Appetit, und ich wollte auch nicht allein bleiben mit meinen Gedanken und Sorgen. Ich ging also nach unten und trat vor die offene Wohnzimmertür. Der Sprecher redete noch immer, aber es waren offenbar nicht mehr die Nachrichten.

Mr Parker saß auf seinem Sofa, Kate stand neben ihm. Beide

schauten auf das Radio, als würde ihm jeden Augenblick ein Ungeheuer entsteigen.

»Guten Abend«, sagte ich, worauf beide zusammenzuckten.

»Guten Abend, Miss Krohn!«, entgegnete Mr Parker. »Haben Sie es schon gehört?«

Ich hatte keinen Zweifel, dass er die Sache an der Börse meinte.

»Ja, Joe hat mir vorhin davon erzählt.«

»Ein Unheil ist das«, sagte Kate. »Und es wird weiteres Unheil nach sich ziehen. Nicht auszudenken, was geschieht, wenn jetzt haufenweise Leute arbeitslos werden.«

»Hat die Börse denn so viel Macht?«, fragte ich. Noch immer kam mir alles vollkommen unwirklich vor.

»Das hat sie«, erklärte Mr Parker. »Sehr viele große Firmen verkaufen ebenso Aktien wie Banken. Wenn jetzt alle Leute, die mit ihrem Kauf Firmen finanziert haben, die Aktien abstoßen, sind die Firmen und die Banken geliefert. Es ist die Rede davon, dass der Hauptauslöser die Bank der Lehman Brothers sei.«

»Die Lehman Brothers?« Der Name durchzuckte mich wie ein Stromschlag. Wieder hatte ich die beiden Anwälte vor mir, die mir zu Beginn des Jahres die Kündigung ausgesprochen hatten. Die Lehman Brothers hatten die Rubinstein-Fabrik gekauft, und jetzt waren sie pleite? Oder verstand ich das alles nur falsch? Was bedeutete das für die Rubinstein-Fabrik?

»Auf jeden Fall bleibt abzuwarten, welchen Effekt dieses Ereignis haben wird«, fuhr Mr Parker fort. »Wenn eine Bank stürzt, ist noch nie etwas Gutes dabei herausgekommen. Meist reißt sie viele Menschen, wenn nicht sogar andere Banken mit sich, so eng, wie das Finanzsystem unseres Landes gewoben ist.«

»Vielleicht ist ja alles nicht so schlimm, wie es befürchtet wird«, versuchte ich mir selbst Mut zu machen. Ich hatte mich an die Arbeit im Salon gewöhnt und wollte nicht schon wieder einen massiven Umbruch in meinem Leben.

»Vielleicht. Wäre ich gläubig, würde ich Ihnen raten, zu beten, aber so kann ich Ihnen nur sagen, dass Sie Ihr Geld zusammenhalten sollten. Solange es noch was wert ist.«

Diese Worte begleiteten mich durch die Nacht. Obwohl ich Schlaf zu finden versuchte, wälzte ich mich herum und ging im Geiste durch, welche Möglichkeiten mir blieben, sollte sich die Pleite der Lehman Brothers auch auf Miss Arden auswirken. Würde es mir in diesem Fall möglich sein, bei einer anderen Firma unterzukommen? Das war wohl eher unwahrscheinlich. An einen eigenen Laden konnte ich gar nicht erst denken. Und das Studium? Würde ich mich hier irgendwo einschreiben können? Aber selbst wenn, blieb das Problem der Geldbeschaffung bestehen. Ohne Geld konnte ich mir nicht mal mehr die Wohnung leisten.

In den nächsten Tagen waren die Zeitungen voll von dem »Börsencrash«, wie er bezeichnet wurde. Überall auf den Gehsteigen und an den Subway-Stationen standen Leute, die ihre Nasen tief in die Blätter steckten. Es wurde wild spekuliert, und es zeigte sich, dass die ersten Firmen tatsächlich bankrottgingen. Manche Menschen waren so verzweifelt, dass sie ihrem Leben kurzerhand ein Ende setzten. Die Nachrichten von schrecklichen Todesfällen häuften sich.

Auch im Salon herrschte Unruhe. Miss Arden hatte sich bislang noch nicht zu der Sache geäußert, aber das musste nichts heißen. Miss Hodgson und die anderen Salonleiterinnen konnten jederzeit zu einer Versammlung einberufen werden. Ich wollte mir gar nicht ausmalen, was darauf folgen würde.

Einige Kundinnen blieben dem Salon fern, andere kamen jedoch wieder. Es waren seltsamerweise die nicht so begüterten, die erschienen, während einige Damen, die mit reichen Männern verheiratet waren, ihre Termine verschoben oder gleich ganz absagten.

»Vermutlich haben die Männer der weniger wohlhabenden Kundinnen nicht an der Börse spekuliert«, mutmaßte ich. Ebenso wie die Passanten an den Straßenecken hatte ich meine Nase in die Zeitungen gesteckt, allerdings allein in meinem Zimmer nach Feierabend. Mittlerweile verstand ich, was den Zusammenbruch der Börse so tragisch machte und welche Gefahr jetzt auf uns alle lauerte.

»Ich habe gehört, dass der Mann von Mrs Harris seine Werkstatt schließen muss, weil er sie mit einem Kredit von den Lehman Brothers errichtet hat«, berichtete Sabrina, während sie zum dritten Mal die Paletten und Tiegelchen auf ihrem Arbeitsplatz ordnete. Ihr waren einige Kundinnen ausgefallen, und emsig, wie sie stets war, wussten ihre Hände nicht, womit sie sich sonst beschäftigen sollten.

»Haben die Lehman Brothers nicht auch die Firma von Mrs Rubinstein gekauft?«, fragte mich Trudy. Es war nicht zu vermeiden gewesen, dass ich ihr von meiner früheren Arbeitgeberin erzählte.

»Das haben sie«, bestätigte ich.

»Dann wird es wohl nicht mehr lange dauern, bis wir von der Seite keine Konkurrenz mehr haben«, bemerkte Sabrina. »Die Lehmans werden die Firma sicher bald verkaufen oder schließen müssen.«

Diese Worte trafen mich wie ein Schlag. Die Rubinstein-Fabrik schließen? Es war kaum vorstellbar, aber nach allem, was man hörte …

Auf jeden Fall würde Madame furchtbar wütend darüber sein, dass die Käufer des Unternehmens, das sie mit einer solchen Leidenschaft aufgebaut hatte, alles in den Sand gesetzt hatten.

»Glücklicherweise hat Miss Arden bisher jeden Versuch, ihr die Firma abzukaufen, zurückgewiesen«, wusste Sabrina weiter zu berichten. »Ich habe gehört, dass ihr jemand fünfundzwanzig Millionen Dollar geboten hat!«

»Fünfundzwanzig!«, platzte Trudy heraus.

»So viel Geld sieht unsereins in seinem ganzen Leben nicht«, ergänzte Sabrina.

Ich konnte in diesem Augenblick nur daran denken, dass sie dieses Angebot vielleicht hätte akzeptieren sollen.

»Solch ein Angebot wird sie wahrscheinlich nicht wieder bekommen«, sagte ich nachdenklich.

»Du meinst, sie hätte das Geld nehmen und sich zur Ruhe setzen sollen?«

»Das kann Miss Arden sicher nicht«, gab ich zu. Und Madame hatte es auch nur gekonnt, weil sie ihre Ehe retten wollte.

»Du hast recht, das kann sie nicht. Und das wird sie nicht. Wir sollten froh darüber sein, sonst geht es uns noch wie denen bei Rubinstein.« Sabrina schien zu bemerken, wie hart ihre Worte klangen, denn sie fügte hinzu: »Zum Glück bist du jetzt hier. Das war die richtige Entscheidung, wenn du verstehst, was ich meine.«

Ich verstand und sah es ebenso wie sie. Trotzdem taten mir all die Frauen in der Fabrik leid, die möglicherweise schon bald auf der Straße standen – wenn das, was Sabrina behauptete, stimmte.

Auf meinem Rückweg nach Hause gingen mir Sabrinas Worte nicht aus dem Kopf. Allerdings nicht wegen der Arbeiterinnen, die vielleicht ihren Job verloren, sondern wegen der Summe, die man Miss Arden geboten hatte. Sieben Millionen Dollar für Rubinstein waren schon enorm gewesen, doch fünfundzwanzig? Bedeutete das, dass Miss Arden Madame übertrumpft hatte? Hieß es auch, dass sie es schaffen würde, zu überleben? Wer eine Summe wie diese ausschlagen konnte, musste genug besitzen, um auch die sich jetzt anbahnende Krise zu meistern.

26. Kapitel

Das Weihnachtsfest wurde angesichts sich überschlagender Nachrichten über Firmenpleiten von der Befürchtung überschattet, dass die nächste Katastrophe, die verkündet werden würde, unsere beziehungsweise die von Miss Arden sein könnte. Erinnerungen an Madame Rubinstein kamen wieder hoch, wie sie uns im Stich gelassen und damit alles kaputt gemacht hatte.

Miss Hodgsons Salon lief immer noch gut, wir hatten reichlich zu tun.

Doch wie sah es ganz oben aus? Hatte sich Miss Arden vielleicht mit Aktien verspekuliert, und wir wussten nichts davon? Jeder Tag war wie ein Tanz auf dem Eis, verbunden mit der Hoffnung, dass es halten würde, und mit der Furcht, dass wir einbrachen.

Von dem Haus in Maine hörte ich nichts mehr. Informationen wie diese gelangten nicht in den Salon, und seit dem Tag unserer Heimkehr hatte ich Miss Arden nicht mehr gesehen.

Auch von Monsieur Martin kam nichts mehr. Ich deutete mittlerweile sein Schweigen so, dass er tatsächlich an einem Punkt angelangt war, an dem eine Suche aussichtslos war. Vielleicht war es wirklich vernünftiger, zu vergessen, was geschehen war und dass es diesen Brief jemals gegeben hatte. Ich war dabei gewesen, endgültig mit dem Tod meines Sohnes abzuschließen. Möglicherweise gelang es mir, an diesem Punkt weiterzumachen.

Mitte des Jahres 1930 schienen bei vielen Leuten die Reserven aufgebraucht zu sein. Weitere Firmen mussten schließen, die Zahl der Arbeitssuchenden und Bettler vergrößerte sich immer mehr. In den Zeitungen wurde von verheerenden Hungersnöten auf dem Land gesprochen, und auf den Straßen sah es aus wie kurz nach dem Krieg, als die Soldaten heimgekommen waren, ohne zu wissen, was ihnen die Zukunft bringen würde.

Auch wenn ich weder von Monsieur Martin noch von Henny hörte, fragte ich mich, wie es ihnen ging, da drüben in Europa. Dort sollte es ebenfalls zu Inflation und großer Not gekommen sein. Wie mochte es bei meinen Eltern sein? Konnten sie ihr Geschäft halten? Ich hatte nicht viel, aber es würde reichen, um sie zu unterstützen. Doch mein Vater würde sich wahrscheinlich lieber die Hand abhacken, als von mir etwas anzunehmen. Trotzdem kam ich nicht umhin, in jedem ausgemergelten Männergesicht meinen Vater zu sehen. Und davon gab es viele in New York.

Bei der jährlichen Angestelltenversammlung, zu der wir ebenfalls geladen worden waren, warnte uns Miss Arden davor, bestimmte Bereiche der Stadt aufzusuchen.

»Die Kriminalität steigt mit jedem Tag des Hungers«, erklärte sie. »Sie alle, meine Damen, sind zu kostbar, um sich von irgendwelchen dahergelaufenen Gestalten umbringen zu lassen. Lassen Sie also Vorsicht walten, wenn Sie sich in der Dunkelheit nach draußen begeben.«

Dann sagte sie etwas, das mich zunächst erschreckte. »Wie dem auch sei, die Wirtschaftskrise scheint gut für unser Geschäft zu sein. Die Frauen kauen vor Sorge an den Nägeln, runzeln die Stirn und raufen sich die Haare – umso mehr brauchen sie uns, um sich wieder hinzubekommen.«

Ein Raunen folgte dieser Äußerung. Ich wusste nicht, ob es den anderen ebenso wie mir erging, doch ich fand es ziemlich herzlos.

Wie sich aber zeigen sollte, schien sie recht zu haben. Während überall die Not nicht zu übersehen war, machte Elizabeth Arden Gewinne. Die Zahl der Salons wurde nicht erhöht, aber die einzelnen Institute verzeichneten mehr Kundschaft. Das fand ich bemerkenswert. Unsere Angst verringerte sich ein wenig.

Dann ereilte uns eine Nachricht, die einer Sensation gleichkam, aber gleichzeitig auch bedeutete, dass Miss Ardens ruhmreiches Vorpreschen vorüber war.

»Hast du es schon gehört?«, tönte Trudy, als ich den Umkleideraum betrat. Sie roch wie eine Tabakfabrik, und ich fragte mich, wie sie dieses Odeur, das Miss Hodgson so verabscheute, aus ihren Kleidern und Haaren bekommen wollte.

»Was soll ich gehört haben?«, fragte ich, während ich meinen Kittel überwarf.

»Die alte Hexe soll wieder da sein.«

»Welche alte Hexe?«, fragte ich.

»Diese Rubinstein. Sie soll ihr Unternehmen zurückgekauft haben. Für zwei Millionen Dollar!«

Ich riss die Augen auf. Madame war wieder in New York!

»Woher hast du das?«, fragte ich und versuchte, meine Verwirrung zu unterdrücken.

»Aus dem *Time Magazine*. Hier.« Trudy holte das Blatt unter dem Tresen hervor. Wir wussten alle, dass sie heimlich las, wenn keine Kundinnen im Anmarsch waren.

Sie blätterte durch das Magazin, bis sie zu der Stelle kam.

Das Erste, was mir ins Auge fiel, war das großflächige Bild, das den Artikel krönte. Madame thronte in einer pinkfarbenen Robe und mit riesigen Ohrringen auf einem Diwan. Die Einrichtung des Raumes war mir fremd. Offenbar hatte sie das Bild in Paris aufnehmen lassen oder vielleicht auch in Australien, wo sie ihre Geschäfte behalten hatte.

Siegesgewiss, mit schwarzem Dutt im Nacken, schaute sie an der Kamera vorbei, die Augen auf ein unbekanntes Ziel gerichtet.

Ich war sicher, dass die Farbe des Kleides eine direkte Kampfansage an Miss Arden war.

»Was sagt man dazu!«, kommentierte Helen, die dazutrat, während ich hastig den Artikel überflog. Es hieß darin, dass der Gewinn, den Madame durch den Kauf gemacht hatte, enorm sei. Ich erinnerte mich noch gut daran, dass sie die amerikanische Niederlassung für sieben Millionen Dollar verkauft hatte. »Erst konnte sie nicht schnell genug die Stadt verlassen für ihren Ehemann, und jetzt, wo sie ihn wohl los ist, kommt sie zurück. Na, kein Wunder, die Scheidung hat sie sicher einiges gekostet.«

Madame war von Mr Titus geschieden? Davon hatte ich noch nichts gelesen. Aber sie tat mir irgendwie leid. Ich wusste, wie sehr sie ihre Arbeit liebte und an ihrer Firma hing. Für eine lange Zeit war sie ihr wichtiger gewesen als ihre Ehe. Wunderte es da, dass der Verkauf den Bruch zwischen ihr und Mr Titus nicht hatte kitten können?

»Aber vielleicht sollte ich in deiner Gegenwart nicht so über sie reden. Immerhin hast du ja mal bei ihr gearbeitet.«

»Und jetzt arbeite ich hier, Helen, vergiss das nicht«, gab ich ein wenig schärfer zurück, als es notwendig war. Aber ich war es mittlerweile leid, dass alle Welt mich nur als die ehemalige Angestellte von Madame ansah. Schließlich war ich jetzt schon seit über einem Jahr hier!

»Entschuldige bitte«, sagte Helen und deutete dann auf den

Artikel. »Und was meinst du? Werden wir Konkurrenz bekommen?«

Ich war geneigt, den Kopf zu schütteln, aber damit hätte ich mich selbst belogen. Madame würde ganz sicher versuchen, uns wieder Konkurrenz zu machen. »Sie wird damit beginnen, ihre Firma wieder auf die Beine zu stellen. Wir werden eine Weile Ruhe haben, aber nicht lange. Madame ...« Ich stockte in Erinnerung an das furchtbare Gespräch auf The Gables, doch da ich keine Reaktion in den Gesichtern meiner Kolleginnen sah, fuhr ich fort: »Madame wird sich die Butter nicht so einfach vom Brot nehmen lassen. Sie wird für ihr Unternehmen kämpfen.«

»Dann wollen wir hoffen, dass Miss Arden wieder mehr auf ihre Firma schaut und nicht so sehr auf ihre Pferde«, bemerkte Trudy und sprühte sich ein stark nach Veilchen riechendes Parfüm an den Hals.

»Pferde?«, wunderte ich mich. Hatte sie Ernst gemacht und The Gables wirklich in einen Rennstall verwandelt?

»Das habe ich neulich gelesen. Sie ist in die Pferdezucht eingestiegen. Es heißt, dass sie unter dem Namen ihres Ehemannes sogar an Rennturnieren teilnimmt.«

Ich unterdrückte ein Kopfschütteln. Hatte sie in diesen schweren Zeiten nichts anderes zu tun? Doch ich verbot mir jede Beurteilung. Ich konnte froh sein, dass sie mich nach der Erwähnung von Madame nicht rausgeworfen hatte. Manchmal war es sinnlos, etwas ändern zu wollen, was sich nicht ändern ließ.

Am Vorabend meines Geburtstages lag ich wach und starrte an die Zimmerdecke. Auch Louis' Geburtstag jährte sich wieder. Anderthalb Jahre war es nun her, dass ich aus Europa zurückgekehrt war. Aus meinem Vorhaben, wieder nach Paris zu gehen, war bisher nichts geworden. Würde es jemals so weit sein?

Ich wollte die Hoffnung nicht verlieren. Wenn Miss Arden erkannte, dass sie sich auf mich verlassen konnte, würde sie vielleicht bereit sein, meinem Wunsch stattzugeben.

Nach der Arbeit verbrachte ich meine Zeit auf dem abgewetzten Sofa mit Tee und Büchern, die ich mir aus der Bibliothek von Mr Parker lieh. Kate hatte gemeint, dass er nichts dagegen hätte, und so tauchte ich ein in Reiseberichte über Afrika und Asien sowie Romane, die mich mit der amerikanischen Geschichte vertraut machten.

Ans Ausgehen war momentan nicht zu denken. Ohnehin hatten viele Lokale wegen des überall herrschenden Geldmangels schließen müssen.

Als ich Ray im Kaufhaus besuchen wollte, erfuhr ich, dass sie gekündigt hatte. Das machte mich ein wenig traurig, denn so verlor ich sie wieder aus den Augen.

Dafür ging ich hin und wieder mit Sabrina spazieren, wenn sie am Wochenende nicht mit ihrem Freund zusammen war. Wir betrachteten die Schaufenster und malten uns aus, welche Garderobe wir im nächsten Frühjahr tragen wollten.

Im Januar des neuen Jahres begleitete sie mich zu einem Optiker, denn meine alte Brille war nicht nur hässlich, ich konnte auch nicht mehr wirklich gut damit sehen, was mir aufgefallen war, als ich mir das Silvesterfeuerwerk anschauen wollte.

Das Brillengeschäft lag in einer Seitenstraße und lockte mit Sonderangeboten, die mir sehr gelegen kamen. Die Luft war klirrend kalt, und unser Atem hinterließ einen Hauch auf dem Schaufenster.

»Du brauchst ein zartes Modell«, erklärte sie, als wir uns drinnen die verschiedenen Gestelle ansahen. »Hinter den großen Gläsern verschwindest du ja regelrecht. Dein Gesicht ist viel zu schmal für diese Aschenbecher.«

»Aschenbecher?«, fragte ich verwundert, dann dämmerte mir, was sie meinte.

Der Optiker war ein nicht sehr großer Mann mit runder Brille auf der Nase. Er hatte sein Haar zu einem Mittelscheitel gekämmt und trug in seiner Weste eine altmodische Taschenuhr.

»Ihre Begleiterin hat recht, Sie sollten wirklich auf ein zartes Modell setzen. Hier.«

Er reichte mir eine Brille mit feinem Metallrahmen und kleinen ovalen Gläsern. Meine frühere Brille hatte ich hauptsächlich deswegen, um meine Augen bei Laborarbeiten zu schützen. Doch als ich jetzt in den Spiegel sah, erkannte ich mich selbst nicht wieder. Mit dem neuen Gestell wirkte mein Gesicht ganz anders. Wesentlich erwachsener und schöner. So hatte ich mich selbst noch nie gesehen.

Der Anblick verzauberte mich dermaßen, dass ich erst wieder zu mir kam, als der Optiker mich ansprach.

»Möchten Sie sich für dieses Modell entscheiden?«

»Ja«, sagte ich. »Sehr gern.«

»Gut, dann brauche ich nur noch Ihre aktuelle Sehstärke.«

Damit bat er mich hinter den Vorhang und setzte mir ein unförmiges Gestell auf, das ich bereits von vorherigen Optikerbesuchen kannte.

Später, als wir in einem kleinen Café saßen, fragte mich Sabrina: »Wie sieht es eigentlich mit deinem Liebesleben aus? Mir ist aufgefallen, dass du immer schweigst, wenn wir von unseren Freunden oder Männern erzählen.«

Das stimmte, ich beteiligte mich an diesen Unterhaltungen beinahe nie. Was hätte ich denn auch sagen sollen? Viele Möglichkeiten, jemanden kennenzulernen, hatte ich nicht. Und da spukte auch immer noch Darren in meinem Kopf herum und mit ihm die Ablehnung, die ich wegen meiner Narbe erfahren hatte.

»Ich habe kaum Gelegenheit, einen Mann zu treffen«, antwortete ich ein wenig unbehaglich und hob die Tasse an den Mund.

»Du bist schüchtern«, stellte Sabrina fest. »Eigentlich hast du dazu keinen Grund. Und bei den Kundinnen habe ich dich auch schon sehr forsch und anpackend erlebt.«

»Das sind Kundinnen«, gab ich zurück. »Bei Männern ist es etwas anderes.«

»Nicht so sehr. Ich würde sogar sagen, mit Männern ist es leichter.«

»Ich … ich habe da andere Erfahrungen gemacht«, erwiderte ich. »Und ich glaube, ich bin auch noch nicht über meinen letzten Freund hinweg.«

»Wie lange ist es denn her?«

»Etwas mehr als ein Jahr«, sagte ich.

»Dann muss es wirklich ernst gewesen sein.«

»Das war es.« Ich senkte den Kopf. »Jedenfalls habe ich es mir gewünscht. Aber es war viel zu schnell vorbei.«

»Warum?«

Ich blickte Sabrina an. Sollte ich ihr von dem, was passiert war, erzählen? Ich entschied mich dagegen und antwortete nur: »Es war meine Schuld. Ich … ich war nicht offen genug, denke ich. Ich habe ihm nicht vertraut. Nun ja …« Ich seufzte schwer.

Sabrina legte ihre Hand auf meine. »Keine Sorge, du wirst schon dein Glück finden. Spätestens mit der neuen Brille.« Sie lächelte mir aufmunternd zu. »Und wenn wir endlich aus dem Jammertal der Wirtschaftskrise kommen, können wir auch wieder tanzen gehen.«

Zwei Wochen später erschien ich mit meiner neuen Brille in der Arbeit.

Ich fühlte mich selbstsicherer und strahlender, und offenbar sahen das auch meine Kolleginnen so. Sogar Miss Hodgson stockte, als ich ihr über den Weg lief. Sie betrachtete mich kurz, dann erschien der Anflug eines Lächelns auf ihrem Gesicht. »Wurde aber auch Zeit, Miss Krohn«, sagte sie. »Sie wissen ja, ein ansprechendes Äußeres ist für unseren Salon von großer Bedeutung. Sie sehen damit wesentlich besser aus.«

»Vielen Dank«, gab ich ein wenig verwundert zurück, denn Miss Hodgson ging mit ihrem Lob äußerst sparsam um.

»Deine Brille scheint magische Kräfte zu haben«, meinte Sabrina, als ich ihr davon erzählte. »Sogar Miss Hodgson ist angetan. Du solltest dir wirklich mal die Kerle in der Gegend ansehen und ihnen zulächeln. Möglicherweise spricht dich einer an und lädt dich ein.«

»Ich versuche es«, gab ich zurück, und zum ersten Mal seit Langem war ich auch fest gewillt, mich nach Männern umzuschauen. Vielleicht gab es unter ihnen einen, dem es nichts ausmachte, dass ich eine Narbe trug und dass damit eine Geschichte verbunden war, über die ich nicht gern redete.

An diesem Abend, als ich gerade dabei war, mich zum Zubettgehen fertig zu machen, polterten Schritte die Treppe herauf. Wenig später klopfte es. Ich zuckte zusammen. Hatte Kate vielleicht ein Telegramm für mich angenommen?

Ich ging zur Tür, öffnete und blickte tatsächlich in das besorgte Gesicht von Kate.

»Mr Parker geht es nicht gut!«, rief sie aufgelöst. »Könntest du vielleicht mal runterkommen? Du hast doch studiert.«

Ich wollte gerade einwenden, dass Chemie und Medizin zwei völlig verschiedene Fachgebiete waren, aber sie wirkte so ängstlich, dass ich einfach nur nickte.

Wir liefen die Treppe hinunter, und Kate führte mich in das Wohnzimmer, wo Mr Parker in einem Sessel saß. Schon von Weitem erkannte ich, dass er furchtbar blass war.

»Ich wollte ihn zum Essen rufen, doch er konnte nicht aufstehen«, erklärte Kate im Flüsterton und blieb dann an der Tür stehen, während ich zu ihm trat.

»Mr Parker?«, fragte ich.

Der Blick des Mannes ging ins Leere, auf seiner Stirn standen Schweißperlen, als würde ihn allein das Sitzen furchtbar anstrengen.

»Haben Sie irgendwelche Schmerzen?«, fragte ich.

»Nein, ich ...« Seine Lippen zitterten, und nun fiel mir auf, dass eine Gesichtshälfte schlaff herunterhing.

Das erinnerte mich an einen unserer Professoren, der, nachdem er einen Schlaganfall gehabt hatte, eine Gesichtslähmung zurückbehalten hatte. Die Ärzte hatten ihn damals retten können, und er war auch imstande gewesen, das Dozieren wieder aufzunehmen, aber sein Gesicht war auf der rechten Seite immer seltsam unbewegt, was ihm einen unheimlichen Ausdruck verliehen hatte.

»Wir brauchen einen Arzt, schnell!«, sagte ich zu Kate und schoss in die Höhe.

Sie presste kurz die Hand vor den Mund, dann entgegnete sie: »Vier Straßen weiter gibt es einen, Dr. Benjamin, aber es wird eine Weile dauern, bis er hier ist ...«

»Ruf ihn bitte an! Er«, unterbrach ich sie. »Er muss kommen, egal, was es kostet.«

Mr Parker gab ein Stöhnen von sich, das wie Ablehnung klang.

Kate starrte ihren Dienstherrn einen Moment lang an, dann lief sie los.

»Machen Sie sich nicht so viel Mühe«, begann Mr Parker nuschelnd. »Ich ...«

Der Rest seines Satzes ging in einem Kauderwelsch unter, das ich nicht verstand. Seine rechte Gesichtshälfte wirkte jetzt fast schon reglos. Kein Zweifel, das musste ein Schlaganfall sein.

Wenig später erschien Kate atemlos im Wohnzimmer. »Dr. Benjamin ist unterwegs.«

»Haben Sie gehört, Mr Parker?«, fragte ich. »Ihnen wird bald geholfen.« Ich griff nach seiner Hand. »Dr. Benjamin ist bald bei Ihnen. Ich passe auf Sie auf.«

Die nächsten Augenblicke vergingen so langsam wie kaum jemals zuvor in meinem Leben. Sorgenvoll betrachtete ich Mr Parker, dem es schlechter und schlechter zu gehen schien. Mein Herz raste. Obwohl mein Vater das Letzte war, an das ich denken wollte, sah ich ihn vor mir, und obwohl er mich verstoßen hatte, hatte ich doch Angst davor, dass er sterben würde.

Dann sagte ich mir, dass es Mr Parker war, und obwohl ich es mit dem Glauben in den vergangenen Jahren nicht so ernst genommen hatte, schickte ich nun doch ein leises Gebet gen Himmel.

Zwanzig Minuten später erschien Dr. Benjamin atemlos an unserer Haustür. Kate entdeckte ihn, bevor er klingeln konnte, und lief los. Wenig später trat er ins Wohnzimmer.

Er war noch recht jung, sein dunkelblondes Haar stand ihm ein wenig vom Kopf ab, und wie es aussah, hatte ihn Kates Anruf bei der Abendtoilette erwischt. Seine Haare waren feucht, und an seinen Wangen war etwas Schaum angetrocknet. Darüber hinaus hatte er in seiner Eile seinen Mantel verkehrt zugeknöpft – aber nichts in seiner Erscheinung war jetzt von Bedeutung.

»Wo ist der Patient?«, fragte er, nachdem er kurz gegrüßt hatte. Ich erhob mich und deutete auf Mr Parker, der mittlerweile kaum noch bei Bewusstsein war. Diffuse Laute kamen über seine Lippen, und die Hand, die ich so lange gehalten hatte, war eiskalt. Aber er atmete noch.

Mit knappen Worten schilderte ich Dr. Benjamin, wie ich ihn vorgefunden hatte, dann begann er, ihn zu untersuchen.

»Sie sollten einen Krankenwagen rufen und ihn ins nächste Hospital bringen lassen«, sagte er dann. »Ich fürchte, er hat einen Schlaganfall. Ich kann da leider nicht viel machen. Im Krankenhaus kann ihm besser geholfen werden.«

Im Hintergrund hörte ich Kate leise weinen.

Verzweiflung machte sich in mir breit. Dr. Benjamin schien dies zu bemerken, denn er fügte hinzu: »Ich werde natürlich bleiben, bis er abgeholt wird.«

»Können Sie denn nicht mit ihm fahren?«, fragte ich.

»Gut, ich werde ihn begleiten, bis er im Hospital ist. Danach übernehmen meine Kollegen.«

Ich blickte sorgenvoll auf Mr Parker. Würde er es schaffen? Ein Schlaganfall klang furchtbar.

Schließlich wirbelte ich herum. Kate war nicht imstande, jemanden anzurufen, ihr Weinen war lauter geworden. Zusammengesunken kauerte sie in der Ecke neben der Tür. Ich lief zum Hausapparat, nahm den Hörer ab und bat die Telefonistin um eine Verbindung zum nächsten Hospital.

Als der Krankenwagen endlich erschien, war ich erleichtert. Mr Parker ging es unverändert schlecht, aber Dr. Benjamin war der Meinung, dass sein Herz stark genug wäre, um auch die nächsten Stunden zu überstehen.

Zusammen mit Kate, die zwischenzeitlich eine Tasche gepackt hatte, beobachtete ich, wie er auf die Trage gelegt und in den Wagen bugsiert wurde. Mit heulender Sirene fuhr dieser davon.

Ich war sicher, dass die Ankunft des Fahrzeugs sämtliche Nachbarn an die Fenster gelockt hatte, doch glücklicherweise ließ sich niemand blicken. Nur ein paar Katzen balgten sich in der Nähe. Ihre schrillen Schreie hallten gespenstisch durch die Nacht.

»Was soll nur aus mir werden, wenn er nicht mehr da ist?«,

schluchzte Kate plötzlich auf. Die ganze Zeit über hatte sie die Fassung behalten, aber jetzt entglitt sie ihr. Ich nahm sie in meine Arme und spürte, wie ihr ganzer Körper zitterte.

»Ich bin sicher, dass die Ärzte sich gut um Mr Parker kümmern. Sie werden nicht zulassen, dass er stirbt.«

»Und wenn Gott es nun will?«

»Ich bin sicher, dass Gott damit nichts zu tun hat. Mr Parker ist ein guter Mensch. Niemand wünscht ihm etwas Böses und schon gar nicht den Tod.«

Ich hätte sie gern getröstet, aber mir wollte nur einfallen, wie schlecht Mr Parker in den vergangenen Monaten ausgesehen hatte.

Wir kehrten ins Haus zurück und setzten uns in die Küche. Kate wirkte sehr abwesend, also beschloss ich, Kaffee zu kochen.

Als er fertig war, ließ ich mich neben Kate sinken und probierte einen Schluck. Das Gebräu war scheußlich. Zu meinen Talenten zählte eindeutig nicht das Zubereiten von Kaffee. Kate schien es jedoch nicht zu stören. Sie trank und starrte weiter vor sich hin.

»Mach dir keine Sorgen«, sagte ich und legte ihr meinen Arm um die Schulter. »Mr Parker wird schon wieder. Wir sollten allerdings seinen Sohn benachrichtigen, meinst du nicht?«

Kate nickte und schnäuzte sich ins Taschentuch. »Das wäre wohl das Beste.«

27. Kapitel

In den folgenden Tagen erreichten uns kaum Nachrichten zu Mr Parkers Gesundheitszustand. Am Wochenende waren wir im Krankenhaus gewesen, um uns nach ihm zu erkundigen, doch da wir keine Verwandten waren, gab man uns keine Auskunft und ließ uns auch nicht zu ihm.

Mr Parkers Sohn ließ sich bei uns nicht blicken. Als wir bei ihm zu Hause anriefen, behauptete seine Frau, ebenfalls nichts zu wissen. Wir hingen in der Luft und lebten von Tag zu Tag, immer die Katastrophe fürchtend. Kate versuchte sich ebenso wie ich mit Arbeit abzulenken. Das gelang mir wahrscheinlich besser, weil ich das Haus verlassen und mit meinen Kundinnen und Kolleginnen sprechen konnte.

Kate hingegen blieb in ihren vier Wänden, immer die Erinnerung vor Augen, wie sich Mr Parkers Zustand verschlechtert hatte.

»Hi, Kate, wie geht es dir?«, fragte ich an diesem Freitagabend und legte ein kleines Päckchen auf den Tisch. Einige Kundinnen waren ausgeblieben, und Trudy hatte es geschafft, sämtliche Angestellten mit Geschichten über Hamsterkäufe verrückt zu machen. Also hatte ich in Joes Deli reingeschaut und ein paar Köstlichkeiten besorgt, die ich mit Kate teilen wollte.

Kate antwortete nicht. Ich hatte es zunächst nicht bemerkt, aber jetzt wurde mir klar, dass sie abwesend die Wand anstarrte, an der die Küchenuhr hing.

»Kate?«, hakte ich nach. Mein Herz krampfte sich zusammen.

Nun endlich wandte sie mir ihren Blick zu. Unendliche Trauer lag in ihren Augen.

»Mr Parker ist heute Nachmittag gestorben«, sagte sie beinahe tonlos. »Ich war da, auch wenn ich sicher war, dass sie mich nicht vorlassen würden. Ich wollte einfach in seiner Nähe sein und ... da haben sie es mir gesagt.«

Ich sank auf den Küchenstuhl neben ihr. Das bisschen Freude, das ich angesichts meines Einkaufs empfunden hatte, war schlagartig verflogen.

Es hatte nicht gut ausgesehen, aber ich hatte gehofft, dass er es schaffen würde. Kates Befürchtung hatte sich bewahrheitet. Und jetzt?

»Es tut mir leid«, sagte ich, etwas anderes fiel mir nicht ein. Kate begann zu schluchzen, und auch mir stiegen die Tränen in die Augen. Schließlich nahmen wir einander in die Arme und weinten wie zwei Töchter, die ihren Vater verloren hatten.

An dem Nachmittag, als Mr Parker beerdigt wurde, hingen die Wolken tief über der Stadt.

Ich hatte Miss Hodgson überreden können, mich einen halben Tag zu beurlauben. Mr Parker war zwar nur mein Vermieter gewesen, doch ich hatte ihn als Freund der Familie ausgegeben, und das hatte Miss Hodgson überzeugt. »Sie werden die Stunden nachholen«, hatte sie mir nachgerufen und mich ziehen lassen.

Kate war noch immer völlig erschüttert. Sie hatte sich bei mir untergehakt und schaute auf ihre Schuhe, während wir einen Fuß vor den anderen setzten.

Auch mir war nicht nach Reden zumute. Alles schien ungewiss. Mr Parker hatte nichts dagegen gehabt, eine Untermieterin aufzunehmen, aber wie würde es sein Sohn halten? Seine restliche Familie? Wer würde das Haus erben und das Sagen haben? Oder würde die Familie es gar verkaufen?

Wir schritten über den Green-Wood Cemetery. Die alten Grabmale wirkten unter dem grauen Himmel trostlos, und die Kälte schien zuzunehmen. Kiesel knirschten unter unseren Schuhen.

Plötzlich hielt Kate mich zurück. »Schau mal«, sagte sie und deutete auf eines der Grabmale, das wie die Miniaturausgabe eines Märchenschlosses aussah. Inmitten des Schreins stand die Statue eines wunderschönen jungen Mädchens, das mit einem feinen Lächeln die Besucher begrüßte, die linke Hand auf sein Herz gelegt.

»Das ist Charlotte Canda«, erklärte sie mir, und plötzlich schien die Trauer um Mr Parker vergessen zu sein. »Dass dieses Grab noch da ist …«

»Warum sollte es nicht?«, fragte ich, fasziniert von der seltsamen Ausstrahlung des Bauwerks.

»Es muss uralt sein«, erwiderte Kate, »und erst neulich habe ich gelesen, dass bereits jetzt die Friedhöfe zum Bersten voll sind.«

»Aber sie werden sicher nicht so ein wunderschönes Grab abreißen, nicht wahr?«

Kate schien nicht zu hören. »Mr Parker hat mir mal die Geschichte dieses Grabes erzählt. Ich hatte ihn zur Beerdigung eines Freundes begleitet, das ist schon viele Jahre her. Das arme Mädchen war die Tochter eines Schuldirektors. Sie hatte kurz zuvor ihr Debüt in der feinen Gesellschaft und war mit einem reizenden französischen Adeligen verlobt. Am Abend ihres siebzehnten Geburtstages, es soll der 3. Februar gewesen sein, kamen sie, eine Freundin und ihr Vater von ihrer Geburtstagsparty. Der Vater begleitete die Freundin zu ihrer Haustür, wie es sich damals gehörte, während Charlotte in der Kutsche wartete. Da es stürmisch war, erschreckten sich die Pferde und gingen durch. Sie wurde aus der Kutsche auf den Asphalt geschleudert und starb in den Armen ihres Vaters.«

Eine Gänsehaut überlief mich. So ein junges Leben, an seinem Geburtstag ausgelöscht. Was für ein furchtbares Schicksal!

»Kurz darauf fand man unter ihren Habseligkeiten eine Zeichnung«, fuhr Kate fort. »Diese stellte ein Grabmal für ihre kurz zuvor verstorbene Tante da, ein Märchenschloss. Der Vater gab dieses als ihr Grabmal in Auftrag. Es sollte siebzehn Fuß hoch und siebzehn Fuß breit sein und mit siebzehn Rosen geschmückt werden. Ich habe nachgezählt, und es stimmt. Und je länger man dieses Grabmal anschaut, desto mehr erfährt man über Charlotte. Ihre Haustiere, ihre Interessen, es ist alles da, festgehalten für die Ewigkeit.«

Kate verstummte. Von Weitem konnte man unmöglich alle Details erkennen, aber ich kam nicht umhin, die Vollkommenheit dieses Grabes zu bewundern. Der Marmor, obwohl angejahrt und von Moosen bewuchert, schien immer noch zu strahlen.

Nach einer Weile regte Kate sich wieder. »Ich muss dir nicht sagen, was es bedeutet, ein Kind zu verlieren. Ich bin sicher, ihre Eltern waren außer sich vor Schmerz. Ihr Verlobter jedenfalls verkraftete den Schmerz der verlorenen Liebe nicht und brachte sich ein Jahr später um. Als Selbstmörder durfte er nicht in heiligem Boden liegen, schon gar nicht neben seiner Braut. Man hat ihn also auf ungeweihtem Boden in ihrer Nähe bestattet. Diese Tragik hat Mr Parker sehr angerührt. Und jetzt wird er selbst hier ruhen.«

Sie presste sich das Taschentuch vors Gesicht. Ich legte meinen Arm um sie. Wir konnten hier nicht stehen bleiben, die Trauerfeier würde bald beginnen.

Die Geschichte von Charlotte Canda hatte ich immer noch in den Ohren, als die Beisetzung von Mr Parker begann. Er war in einem schweren Eichensarg aufgebahrt worden, der mit einem Gesteck aus weißen Rosen geschmückt war.

Sicher waren es mehr als siebzehn.

Am 3. Februar war das Mädchen gestorben, nur zwei Tage vor Mr Parker. Ich fragte mich, ob er sich diesen Bestattungsort gewünscht hatte. Würde er im Himmel auf Charlotte treffen?

Ich versuchte, mir die Szene vorzustellen, bis Kate ihre Hand auf meinen Arm legte. Da wurde mir klar, dass die Träger Mr Parkers Sarg bereits ins Grab hinabließen.

»Wir sollten nach Hause gehen«, sagte sie, seltsam gefasst. »Solange es noch unser Zuhause ist.«

»Gibt es denn keine Trauerfeier?«, fragte ich und blickte mich um. Der Pulk der Angehörigen hatte sich an der Grabstelle versammelt, eine Frauenhand warf eine Rose in die finstere Grube.

»Doch, aber die richtet Mr Parkers Familie aus«, antwortete Kate. »Ich bin nur eine kleine Angestellte. Mich wollen sie da nicht haben.«

»Woher weißt du das?«, fragte ich. »Du hast so viele Jahre für Mr Parker gearbeitet. Da wäre es doch das Mindeste ...«

Kate schüttelte den Kopf. »Ich kenne den jungen Mr Parker. Und auch die anderen Familienmitglieder. Sie haben es nicht so sehr mit Angestellten, die nicht für sie selbst arbeiten. Und auch nicht mit einfachen Leuten.« Sie überlegte kurz und sagte dann: »Wir könnten einen Irish Coffee auf Mr Parkers Wohl trinken. In Mr Parkers Bar ist sicher noch eine Flasche Scotch aus Übersee, und ich habe auch noch etwas Sahne da. Ich bin sicher, dass der junge Mr Parker nicht merken wird, wenn etwas daraus fehlt.«

»Eine gute Idee!«, sagte ich. »Und ich spendiere uns ein Stück Apfeltorte. Alles, was wir dazu tun müssen, ist einen kleinen Umweg zur Bäckerei machen.«

Kate nickte mir zu, und damit war es beschlossen.

Wenig später saßen wir bei Kuchen und Irish Coffee, der neu für mich war. Ich hatte mich außerhalb des Labors nie sehr für Alkohol interessiert. Damals in Berlin hatte mein Vater das für unschicklich erklärt, und hier in New York hatte meine letzte Begegnung mit einem echten Cocktail beinahe in einer Verhaftung geendet.

Doch der Irish Coffee war ganz anders. Die Sahne und der starke Kaffee übertünchten den Whiskeygeschmack nur mangelhaft, aber Wärme und Alkohol lösten den Knoten in meinem Kopf. Charlotte Canda verschwand in weichem Nebel, genauso wie Mr Parkers Sarg und der unterschwellige Gedanke an mein Kind, der immer da war.

Stattdessen unterhielten wir uns über Mr Parker, und Kate gab einige Anekdoten zum Besten, etwa wie er sich mal mit einem Polizisten wegen einer Flasche Limonade anlegte oder wie bei einer Party nicht ganz zufällig eine Kelle Bratensoße auf dem Kleid einer schrecklichen Verwandten landete. Diese Geschichten ließen Mr Parker, der immer so gelehrt und belesen gewirkt hatte, in einem völlig anderen Licht erscheinen.

»Du solltest dir einen Mann suchen, Mädchen«, sagte Kate dann aus heiterem Himmel. »Einen, der dir ein Dach über dem Kopf bieten kann, aus dem du nicht rausgeworfen wirst.«

»Welcher Mann kann das in diesen Zeiten schon garantieren?«, fragte ich. Darren kam mir plötzlich wieder in den Sinn. Komischerweise hatte ich ihn wieder vor mir, wie er mit mir in der verbotenen Bar gesessen und über die Arbeitsbedingungen von Einwanderern geredet hatte. Wahrscheinlich lag es an dem Alkohol, der mir mehr und mehr zu Kopf stieg.

»Einer, der sich nicht an der Börse verspekula… lie…« Auch Kate schien der Scotch zuzusetzen und ihre Zunge schwer zu machen.

»Verspekuliert«, berichtigte ich sie.

»Genau!«, sagte sie und reckte den Finger mahnend in die Höhe. »Such dir einen, der Ahnung vom Geld hat.«

Ich schüttelte den Kopf und trank den Rest des Irish Coffees. »Es ist besser, wenn ich selbst genug Geld verdiene, damit ich mir ein Dach über dem Kopf leisten kann. Männer sind unzuverlässig.«

»Da hast du auch wieder recht«, gab Kate zu. »Aber womit verdient eine Frau heutzutage so viel Geld? Schau mich an!«

Ich lächelte und dachte an Miss Arden und Helena Rubinstein. Was Letztere machte, wusste ich nicht. Aber ich sah deutlich, dass auch die große Krise Miss Arden nichts anhaben konnte. Wenn ich es eines Tages schaffen würde, mein eigenes Geschäft zu eröffnen, konnte ich meinen Wunsch vielleicht in die Tat umsetzen. Auch wenn das bedeutete, dass ich vielleicht mein Leben lang allein bleiben würde.

In der Nacht strömten die Gedanken auf mich ein. Von einem eigenen Geschäft und einem eigenen Haus war ich weit entfernt. Auch wenn ich Geld verdiente, stand ich vor einem Problem. Wenn die Verwandten das Haus wirklich verkauften und Kate und ich weichen mussten, wohin sollten wir gehen?

Natürlich konnte ich mit meinem Gehalt leicht eine Wohnung finden. Doch was wurde aus Kate? Würde sie in Zeiten wie diesen eine neue Anstellung bekommen?

Ich dachte hin und her, ohne dass mir eine Lösung einfallen wollte.

Starker Durst trieb mich schließlich aus dem Bett. Ich warf meinen Morgenmantel über und ging nach unten.

Schon auf der Treppe vernahm ich leises Schluchzen. An der Küchentür sah ich, dass Kate am Tisch saß, das Gesicht in den Händen vergraben. Ihre Haare standen ihr wirr vom Kopf ab, und nasse Flecken breiteten sich auf der Brust ihres Nachthemdes aus. Die alles in einen rosa Schleier tauchende Wirkung des Irish Coffees schien auch bei ihr verflogen zu sein.

Ich rang mit mir, ob ich sie ansprechen sollte.

»Alles in Ordnung?«, fragte ich schließlich.

»Nein«, antwortete sie. »Ich habe solche Angst vor dem, was kommen wird. In dieser Zeit, bei dieser Wirtschaftslage ... Niemand wird sich mehr eine Haushälterin nehmen wollen.«

»Das weißt du nicht«, sagte ich. »Es gibt immer noch Menschen, die genug Geld haben. Wir haben so viele Kundinnen, denen die Wirtschaftskrise nichts ausmacht.«

In der Zeitung hatte ich gelesen, dass es die ländlichen Gegenden im Süden wesentlich härter getroffen hatte, weil die Farmen auf die Kredite der Banken angewiesen waren.

»Aber keine wird mich brauchen. Ich werde auf der Straße landen. Oder in einem Obdachlosenheim.«

»Das wirst du nicht«, erwiderte ich und hockte mich neben sie. »Möglicherweise braucht der junge Mr Parker jemanden, der das Haus instand hält.«

»Aber dann wird er sicher seinen eigenen Butler schicken.«

Dass Mr Parker junior einen Butler hatte, aber womöglich nicht etwas Gehalt für die Angestellte seines Vaters übrig hatte, erzürnte mich ein wenig. Doch in diesem Augenblick war das nicht hilfreich.

»Ich werde sehen, was ich tun kann. Ich lasse dich nicht im Stich, Kate.«

Kate zog die Nase hoch und nickte dann. »Bist ein gutes Mädchen. Danke, dass du das versuchen willst.«

»Ich werde es nicht nur versuchen«, erwiderte ich, von plötzlicher Entschlossenheit beseelt. »Ich werde es schaffen!«

28. Kapitel

Todmüde und mit schweren Gliedern betrat ich am nächsten Morgen den Salon. Im Hinterkopf hatte ich die Ankündigung von Miss Hodgson, dass ich das gestrige Versäumnis nachholen musste, doch ich wusste beim besten Willen nicht, woher ich die Kraft nehmen sollte.

Als sie mich erblickte, winkte mir Helen zu, sie hatte eine Nachricht von Miss Arden. »Sie hat vor ein paar Minuten angerufen und mir mitgeteilt, dass du zu ihr kommen sollst. Sofort.«

Beinahe wäre mir herausgerutscht, dass sie auch bei mir zu Hause hätte anrufen können, dann hätte ich mir den Weg hierher gespart.

»Sagst du bitte den ersten Kundinnen ab?«, fragte ich sie stattdessen. »Ich bin so schnell wie möglich wieder hier.«

Ich wusste, dass einige Damen verärgert reagieren würden, besonders weil ich wegen der Beerdigung schon einmal einiges verschieben musste. Aber wenn die Chefin rief, ließ man sie besser nicht warten.

Während der Fahrt in der Subway fragte ich mich, warum Miss Arden mich zu sich rufen ließ. Dass sie mich jetzt, nach so langer Zeit, die seit dem Vorfall auf The Gables vergangen war, noch feuern wollte, war zwar nicht unmöglich, aber mein Bauchgefühl sagte mir etwas anderes.

Eine halbe Stunde später trat ich durch die rote Tür und stieg in den Aufzug. Der Fahrstuhlführer lächelte mich freundlich an, und wenig später stand ich in Miss Ardens Vorzimmer.

Das Telefon klingelte, und die Sekretärin bat mich, einen Moment lang zu warten. Ich setzte mich beklommen auf einen der Stühle.

»Miss Arden empfängt Sie jetzt«, rief mir die Sekretärin schließlich zu, nachdem sie den Telefonhörer wieder aufgelegt hatte. Ich erhob mich. Vor ihrer Tür hörte ich eine Männerstimme. War noch jemand zugegen?

»Miss Krohn, treten Sie ein und schließen Sie die Tür hinter sich!«, tönte mir Miss Arden entgegen, kaum dass sie mich erblickte.

Die Tür fiel hinter mir ins Schloss, und mein Blick wanderte sogleich zu dem elegant gekleideten Mann, der sich soeben aus einem der Ledersessel erhoben hatte. Ich schätzte ihn auf Ende vierzig. Seine Züge waren durch das Alter ein wenig verwaschen, dennoch wirkte er mit seinen dunklen Augenbrauen und dem dunklen Haar sehr attraktiv. Er hatte eine lange, schmale Nase und leicht aufgeworfene Lippen. In einer Anzeige für Herrenpflegeprodukte hätte er sich bestimmt gut gemacht.

Miss Arden trug ihr Haar in weiche Wellen onduliert, und das graue Kostüm mit der weißen Bluse stand ihr außerordentlich gut. Auch sie erhob sich.

»Miss Krohn, darf ich Sie bekannt machen? Das ist Henry Sell, Chef meiner Werbeabteilung.«

Der gut aussehende Mann kam zu mir, nahm meine Hand und drückte einen flüchtigen Handkuss darauf. »Freut mich, Sie kennenzulernen, Miss Krohn.«

»Ganz meinerseits«, antwortete ich ein wenig verwirrt.

Warum war der Chef von Miss Ardens Werbeabteilung zugegen?

»Setzen Sie sich doch«, sagte Miss Arden und deutete auf den Sessel ihr gegenüber. »Ich habe wunderbare Neuigkeiten für Sie.« Sie warf dem Mann einen fast schon verliebten Blick zu. »Oder besser gesagt wir.«

Sofort wirbelten die Gedanken durch meinen Kopf. Was sollte das bedeuten?

»Sie haben doch vor einiger Zeit gefragt, ob ich Sie außerhalb von New York einsetzen könnte.«

Ich zog die Augenbrauen hoch. Mein Verstand brauchte einen Moment, doch dann ... Sollte es wirklich möglich sein? Würde sie mich nach Paris schicken? Wir hatten lange nicht mehr darüber gesprochen, aber vielleicht hatte sich Miss Arden gemerkt, was ich ihr beim Vorstellungsgespräch gesagt hatte.

Mein Herz begann erwartungsfroh zu klopfen.

»Mr Sell und ich haben uns über meine Ställe in Maine unterhalten. Sie erinnern sich vielleicht? Das hübsche Grundstück, das wir uns angesehen haben?«

Ich wurde rot. Natürlich erinnerte ich mich.

»Sie hatten gar nicht mal so unrecht mit Ihren Worten«, sprach sie genau das an, von dem ich gehofft hatte, dass sie es nie wieder erwähnen würde. »Aber ich möchte nicht vorgreifen.« Sie wandte sich dem Beau zu. »Henry, erzähl ihr doch von deinem Bekannten in Lake Placid.«

Mr Sell lächelte, dann sagte er zu mir: »Sie kennen ihn sicher nicht, weshalb ich mir den Namen spare. Nur so viel, er hatte die Idee, aus seinem Haus einen Herrenclub zu machen. Mit allem, was dazugehört: Billard, Polo, Taubenschießen ... Zunächst haben ihn alle für verrückt gehalten, aber die Sache beginnt sich zu rentieren. Seine Besucherzahlen sind enorm gewachsen.«

Er lächelte mich an, doch ich konnte ihm nicht ganz folgen. Was hatte ein Herrenclub mit mir zu tun?

Dann fiel es mir ein: »Wollen Sie in dem Haus vielleicht einen Salon für Herrenkosmetik einrichten?«, fragte ich vorsichtig. »Brauchen Sie dafür Produkte?«

Soweit ich wusste, hatte Miss Arden keine Pflegeprodukte für Männer in ihrem Sortiment. Auch wenn ich mich damit nicht besonders gut auskannte, erinnerte ich mich noch gut an die Waren, die mein Vater in seiner Drogerie angeboten hatte. Rasierwasser, Haarkuren, Pomade und Bartwichse würden kein Problem sein!

Miss Arden lachte auf.

»Nein, meine Liebe, etwas viel Besseres!«, holte sie mich auf den Boden der Tatsachen zurück. »Ich werde auf Maine Chance einen Club eröffnen.«

»Maine Chance?«, fragte ich begriffsstutzig. Mein Verstand war immer noch bei Paris, aber offenbar war das gar nicht Miss Ardens Grund gewesen, mich zu rufen.

»So heißt The Gables jetzt. Mein Mann hat den Namen vorgeschlagen, er hat so etwas Hoffnungsvolles.«

»Und dort möchten Sie einen Herrenclub eröffnen?« Ich spürte förmlich, wie das Eis unter mir dünner wurde.

»Nein, natürlich nicht!«, gab sie zurück. »Ich möchte einen Club für Damen! Einen Schrein für die Schönheit! Als ich diese Geschichte hörte, ist es mir wie Schuppen von den Augen gefallen. Wir werden in unserem Club ebenso wie in einem Herrenclub Aktivitäten anbieten, allerdings in dem Metier, auf das wir uns verstehen. Kosmetik, Sport, Mode ... Die Möglichkeiten sind endlos! Wir werden damit Rubinstein Inc. um Längen übertrumpfen!«

Ein Schrein für die Schönheit. Damals, als ich den Vorschlag gemacht hatte, dort ein Hotel oder einen Salon zu errichten, war sie böse geworden.

»Und Sie werden diesen Schrein der Schönheit für mich aufbauen!«, fuhr sie fort, ehe ich etwas entgegnen konnte.

»Wie bitte?«, fragte ich entsetzt. Also doch nicht Paris. Stattdessen wollte sie mich nach Maine schicken. Enttäuschung machte sich in mir breit, doch ich versuchte, es so gut wie möglich zu verbergen.

»Sie haben doch viel von Miss Hodgson gelernt, nicht wahr?«, fragte Miss Arden frohgemut. »Ich bin sicher, dass Sie mittlerweile wissen, wie man einen guten Salon führt. Fürs Erste sind es ja auch keine speziellen Aufgaben, die Sie erledigen sollen. Ich spreche gerade mit einer Architektin über den Umbau. Doch ich brauche jemanden, der das Haus dafür auf Vordermann bringt, die Bauarbeiten überwacht und später das Innenleben nach meinen Wünschen formt. Sie erscheinen mir ideal für diese Aufgabe.«

»Ich bin nur eine Chemikerin«, entgegnete ich. »Und Kosmetikerin.«

»Und bescheidener, als Sie sein müssten«, sagte sie. »Ich habe gehört, dass Sie sehr talentiert sind und mit viel Freude bei der Arbeit. Für die Aufgabe, die ich Ihnen übertragen möchte, brauche ich genau das. Jemanden, der mit Begeisterung bei der Sache ist und imstande, meine Wünsche umzusetzen.«

Ich hatte bereits gehört, dass Miss Arden dazu neigte, Menschen anzustellen, die nichts mit der Kosmetikbranche zu tun hatten. So seien Radiomoderatoren und ehemalige Reporter unter den Werbeleuten, und in den Fabriken sollten sogar russische Prinzen arbeiten, wenn man Helen glauben konnte.

Und jetzt war ich an der Reihe. Eine Chemikerin, die einen Damenclub aufbauen sollte.

Ich musste an Miss Marbury denken und ihre Bemerkung, dass sie tüchtige Frauen zu schätzen wisse. Hatte sie Miss Arden davon überzeugt, dass ich die Richtige war? Oder wollte diese mich einfach nur so weit wie möglich aus dem Dunstkreis von Madame haben?

Miss Arden sah mich an. »Also, wollen Sie diesen Job?«

Ich erwiderte ihren Blick und schaute dann zu Mr Sell, der wirkte, als wäre es ihm ganz egal, ob ich den Job übernähme oder nicht. Er hatte eine wunderbare Idee gehabt, und Miss Arden würde ihm dafür dankbar sein.

Doch was sollte ich tun? Wenn ich nach Maine ginge, würde mein Ziel, nach Paris versetzt zu werden, in weite Ferne rücken. Andererseits, wenn ich mich darauf einließ, würde sie vielleicht irgendwann meinem Wunsch stattgeben.

»Vielleicht« war aber keine Garantie dafür. Möglicherweise schickte sie mich nie nach Europa. Und mein Sohn wurde möglicherweise älter und älter, und ich würde ihn nie finden …

»Sie wirken wenig erfreut«, sagte Miss Arden verwundert, als ich zögerte.

»Ich …« Es fiel mir immer schwerer, meine Enttäuschung zu verbergen. Mein Verstand sagte mir, dass ich hier eine wunderbare Gelegenheit erhielt. Einen solchen Club aufzubauen war eine Herausforderung, der ich mich gern stellen würde. Doch mein Herz trauerte darüber, dass ich mich damit von meinem eigentlichen Ziel weit entfernte.

»Wenn Sie Ihre Arbeit zu meiner Zufriedenheit erledigen, werde ich Sie zur Leiterin der Farm ernennen. Jede andere meiner Mitarbeiterinnen würde Sie darum beneiden.«

Das stimmte wohl, aber keine von ihnen musste nach Paris, um ihren Sohn zu finden.

Ich rang noch eine Weile mit mir, wusste aber, dass ich mir nicht allzu viel Zeit lassen konnte. Miss Arden erwartete eine Antwort. Sie zu vertrösten hieße, sie zu erzürnen. Möglicherweise gab sie diese Aufgabe einer anderen und dachte beim nächsten Mal nicht mehr an mich.

»Was liegt Ihnen auf dem Herzen?«, fragte sie nach. »Meinen Sie, die Aufgabe ist zu groß für Sie?«

»Nein!«, gab ich zurück. »Ich ... ich hatte nur darauf gehofft, dass Sie mich nach Paris schicken würden. Irgendwann.« Ich wurde rot.

Miss Arden sah mich an, dann lachte sie auf. »Aber meine Liebe, was wollen Sie denn dort? Die Zukunft liegt hier! Ich mache Ihnen ein Angebot, das Sie nirgendwo sonst erhalten! Paris mag ja eine schöne Stadt sein, aber der Puls der Zeit schlägt bei uns! Und davon abgesehen brauche ich niemanden dort, ich brauche Sie hier! Also, was sagen Sie?«

Mir wurde heiß, und Schweiß trat auf meine Stirn. Die Enttäuschung wuchs weiter, und ich spürte einen Kloß in meinem Hals.

Gleichzeitig wusste ich, dass ich nichts gegen ihren Entschluss tun konnte. Und wenn ich mich bei ihr in Ungnade brachte, würde sie wahrscheinlich nie einen meiner Wünsche in Erwägung ziehen.

»Ja«, hörte ich mich sagen, und gleichzeitig war es, als würde etwas in mir zerbrechen. »Ich nehme an.«

Miss Arden lächelte. »Siehst du, Henry?«, sagte sie zu Mr Sell, ohne den Blick von mir abzuwenden. »Ich sagte doch, dass sie ein kluges Mädchen ist. Du ahnst nicht, wie froh ich bin, dass ich sie der alten Hexe abspenstig machen konnte.«

Madame. Ich würde mich wohl nie daran gewöhnen, dass jede von ihnen ihre Konkurrentin den Angestellten gegenüber nicht respektvoll benennen wollte. Und ein wenig ärgerte es mich auch, dass sie mich behandelte, als wäre ich ein Kind. Sie hatte mich nicht abspenstig gemacht, ich war zu ihr gekommen, weil ich keine andere Wahl gehabt hatte. Aber das interessierte Mr Sell sicher ebenso wenig wie der Grund, weshalb ich nach Paris wollte.

»Gut, Miss Krohn«, sagte Miss Arden. »Sie haben zwei Wochen Zeit, um Ihre Kundinnen auf andere Mitarbeiterinnen zu verteilen und Ihren Mietvertrag zu kündigen. Ich zahle Ihnen achttausend Dollar im Jahr und gebe Ihnen die Möglichkeit, nach der Eröffnung dort fest angestellt zu werden. Vorausgesetzt, Sie leisten gute Arbeit, aber das nehme ich für selbstverständlich.«

Achttausend Dollar! In Zeiten wie diesen! Ich wusste, dass die Wirtschaftskrise Miss Ardens Geschäft keinen Abbruch getan hatte, aber solch eine Summe war mir angesichts dessen, dass immer mehr Läden in der Stadt schließen mussten und sich die Zahl der bettelnden Menschen ständig erhöhte, beinahe schon peinlich.

»Und ich habe noch eine Bitte an Sie – besser gesagt, eine Klausel, die ich in Ihren erneuerten Vertrag mit einbringen werde.«

Ich erinnerte mich noch gut an die Heiratsklausel von Madame. Würde es etwas Vergleichbares sein? Ich wappnete mich schon mal.

»Sie werden Stillschweigen bewahren über alles, was auf Maine Chance geschieht. Sie werden auch niemandem den Zweck Ihrer Unternehmung mitteilen. Äußerstenfalls können Sie Ihre Bekannten von Ihrem Umzug informieren. Über den Club erzählen Sie Unbefugten erst etwas, wenn ich es Ihnen persönlich gestatte.«

Ich nickte. Schweigen würde mir nicht schwerfallen.

Was mir allerdings schwerfiel, war, mein Glück zu begreifen.

»Gut, dann sind wir uns einig. Sie werden in zwei Wochen nach Maine Chance aufbrechen.« Miss Arden erhob sich und reichte mir die Hand. »Ich erwarte Großes von Ihnen, Miss Krohn.«

Obwohl ich eine riesige Chance erhalten hatte, konnte ich mich nicht so recht darüber freuen. Mein Ziel war Paris gewesen, um nach meinem Sohn zu suchen. Aber nun musste ich nach Maine umziehen und würde dort für einige Zeit nicht mehr wegkommen. Ich fragte mich, ob ich das Richtige getan hatte. Ich konnte immer noch einen Rückzieher machen und den Vertrag nicht unterschreiben. Doch was dann? Wie Miss Arden es sagte: In Paris brauchte sie niemanden. Und es hatte auch nicht so geklungen, als würde sich daran etwas ändern.

Wenn ich annahm, würde ich mich immerhin nicht mehr fragen müssen, wie lange ich noch in Mr Parkers Haus bleiben durfte. Ich brauchte keine Angst zu haben, was der junge Mr Parker mit dem Gebäude anstellte. Ich würde eine neue Bleibe finden. Und ich erhielt eine neue Aufgabe, die es mir vielleicht doch ermöglichte, irgendwann nach Paris zu gehen.

Wenn sich doch bloß Monsieur Martin melden würde!

Beim Hereinkommen öffnete ich den Briefkasten, nur um diesen wie meist vollkommen leer vorzufinden. Ich seufzte schwer und klappte die Tür wieder zu.

»Bist du das, Sophia?«, fragte Kate aus der Küche. Obwohl sie sich nach Mr Parkers Tod überall im Haus hätte aufhalten können, zog sie die Küche vor, als wäre es ihr angestammtes Reich.

»Ja, ich bin's«, antwortete ich, trat durch die Tür und sah sie am Tisch sitzen, vor sich eine der Kissenhüllen, die schon etwas verschlissen waren.

»Jetzt komme ich endlich dazu, sie zu flicken«, erklärte sie auf meinen verwunderten Blick. »Es gibt ja nicht mehr viel zu tun. Ach ja, und ich habe den Schinken im Keller angeschnitten. Wenn wir ihn nicht verbrauchen, wird er schlecht werden, also dachte ich mir, ich nehme mir diese Freiheit heraus.«

»Der junge Mr Parker wird nichts dagegen haben«, sagte ich. »Wenn er sich überhaupt wieder meldet und dieses Haus nicht vergisst.«

»Keine Bange, er wird sich melden. Er muss sich nur noch überlegen, was er damit machen soll.« Sie seufzte schwer und legte die Nadel beiseite. »Immerhin kann er nicht behaupten, ich wäre ein Schmarotzer gewesen. Wenn er das Haus verkauft, wird alles in Ordnung sein, soweit es mir möglich ist.«

»Er sollte dich dafür bezahlen«, sagte ich. »Du arbeitest im Moment für Kost und Logis. Wobei die Kost begrenzt ist.«

»Mr Parker hatte noch ein wenig Haushaltsgeld in der Kaffeekanne«, sagte Kate. »Allerdings wird es nicht ewig reichen, und es wäre schon schön, wieder einen Gehaltsscheck zu bekommen. – Aber reden wir nicht von mir.« Sie bemühte sich um ein Lächeln, dann betrachtete sie mich prüfend. »Was ist denn mit dir los? Du wirkst so betrübt?«

Ich ließ mich auf dem Küchenstuhl nieder. Mein gesamter Körper fühlte sich schwer an. »Miss Arden hat mich heute zu sich gerufen. Sie hat mir angeboten, einen Damenclub in Maine aufzubauen.«

»Damenclub?«, fragte Kate verwundert. »Was soll man sich darunter vorstellen? Einen Ort, an dem Frauen Zigarren rauchen und Billard spielen?«

»So was Ähnliches.« Ich lächelte, denn die Vorstellung, dass Frauen in Männeranzügen Zigarre rauchend vor einem Billardtisch standen, gefiel mir. »Es wird jedenfalls ein Ort sein, an dem sich Frauen nach harter Arbeit entspannen können.«

»Das wäre dann genau das Richtige für mich«, sagte Kate und lachte.

»Warum denn nicht?«, gab ich zurück. Ich sagte ihr nicht, dass Miss Arden reiche Damen im Sinn hatte, Damen, die den Cent nicht dreimal umdrehen mussten. »Ich habe sie gefragt, warum sie gerade mich dafür ausgewählt hat, denn ich bin ja nur Chemikerin, aber sie meinte, ich sei die Richtige dafür.«

»Das klingt doch wunderbar! Warum ziehst du so ein Gesicht?«

»Weil ich mir etwas anderes erhofft habe. Ich dachte, sie würde mich nach Europa schicken, nach Paris.«

»Wegen deines Sohnes?«

Ich nickte. »Ja. Ich dachte, wenn ich bei ihr anfange, teilt sie mich irgendwann der europäischen Niederlassung zu. Stattdessen schickt sie mich jetzt nach Maine.«

Kate legte die Hand auf meinen Arm. »Hast du ihr denn gesagt, warum du es willst?«

Ich schüttelte den Kopf. »Nein, ich ... ich will nicht, dass sie es weiß. Außerdem meinte sie, dass sie niemanden in Paris braucht.«

»Nun, dann solltest du das Beste daraus machen, *honey*«, gab Kate zurück. »Nach allem, was du schon erlebt hast, hast du eine bessere Anstellung verdient als in diesem Salon. Auch wenn es nicht ganz das ist, was du wolltest.«

»Ich freue mich ja über diese Stelle. Aber ... tief in meinem Innern spüre ich das schlechte Gewissen. Ich habe das Gefühl, dass ich meinen Sohn immer mehr im Stich lasse.«

»Hast du denn schon Neuigkeiten aus Paris?«, fragte sie.

»Nein. Seit dem letzten Brief ist nichts mehr gekommen.«

»Und meinst du, dass deine Anwesenheit in Paris dazu führen könnte, dass der Detektiv deinen Sohn schneller findet?«

Ich presste die Lippen zusammen. Gern würde ich mir das einreden, doch wenn ich näher darüber nachdachte: Was konnte ich denn schon tun? Wie konnte ich ihm helfen?

Kate streckte die Hand aus und strich mir eine Haarsträhne zurück. »Ich weiß, dass es schwer ist. Aber vielleicht ist es wirklich das Beste, dass du nach Maine gehst und dich einer neuen Aufgabe widmest. Wenn der Detektiv dein Kind findet, kannst du immer noch nach Europa zurückkehren. Aber so bist du ihm keine große Hilfe, fürchte ich.« Sie machte eine Pause, blickte auf die Kissenhülle vor sich und fügte hinzu: »Es freut mich jedenfalls sehr, dass du solch ein Angebot bekommen hast. Alles Weitere wird sich zeigen.«

»Danke«, sagte ich und spürte, wie mir nun auch aus anderem Grund das Herz schwer wurde. Ich hatte ein wunderbares Angebot erhalten, aber Kate musste sich weiterhin sorgen. Ich würde sie hier zurücklassen müssen, dem Willen von Mr Parker junior ausgeliefert.

Auf einmal war mir, als würde sich ein weiterer großer Stein auf meine Schultern senken. Ich wusste nur zu gut, wie es sich anfühlte, wenn man im Stich gelassen wurde.

»Und wenn du mitkommst?«, fragte ich. »Mit nach Maine. Das Haus ist groß, und Miss Arden wird sicher Hausangestellte dafür brauchen. Und auch wenn sie keine braucht, könnte ich doch vielleicht eine Haushälterin für mich benötigen.« Ich hätte auch vorschlagen können, sie einfach so mitzunehmen, aber ich wusste, dass dies ihren Stolz verletzen würde. Sie hatte ja bereits ein schlechtes Gewissen, weil sie hier war, obwohl Mr Parker ihr keine Aufgaben mehr geben konnte.

»Du willst mich anstellen?«, fragte Kate ungläubig, dann schüttelte sie lachend den Kopf. »Mit deinem schmalen Gehalt?«

»Mein Gehalt ist nicht schmal«, erwiderte ich. »Es ist viel mehr, als ich je zur Verfügung hatte.«

Kate nickte und überlegte einen Moment lang. »Das ist sehr lieb von dir«, sagte sie dann. »Aber ich fürchte, ich vertrage das kühle Wetter dort oben nicht so gut. Außerdem habe ich den Großteil meines Lebens hier verbracht. Ich kann mir nicht vorstellen, auf dem Land zu wohnen.«

»Kate«, sagte ich und griff nach ihrer Hand.

Sie lächelte. »Ist schon gut. Du hast deinen Platz gefunden, und ich werde meinen finden, da bin ich ganz sicher. Auch wenn die Welt gerade verrückt geworden ist, werde ich es schaffen.«

29. Kapitel

Nach einigen ruhelosen Nächten hatte ich mich mit meiner neuen Aufgabe und auch mit dem Gedanken, so bald nicht nach Paris zu kommen, arrangiert. Dass ich Louis nicht selbst suchen konnte, zerrte an meinem Gewissen und machte mich traurig, aber Kate hatte recht. Ich nützte Monsieur Martin nichts bei der Suche. Und ich wusste auch noch immer nicht, ob Louis wirklich lebte.

Allerdings bereitete Kate mir immer noch Kopfzerbrechen. Was sollte aus ihr werden, wenn ich fort war? Wie konnte ich ihr helfen? Wenn ich etwas Zeit hatte, schaute ich in den Zeitschriften des Salons nach Annoncen.

Als meine Beförderung offenbar wurde, avancierte ich zum Zentrum des Interesses in Miss Hodgsons Salon. Ohne meinen Kolleginnen zu verraten, worum es genau ging, ließ ich es mir nicht nehmen, von meinem Auftrag zu erzählen, der mich nach Maine führen würde, auf das neue Grundstück mit dem beeindruckenden Haus, das Miss Arden im vergangenen Jahr erworben hatte.

»Sollst du da ihren Stallburschen spielen?«, fragte Gladys gehässig, doch ich überging ihre Bemerkung mit einem Lächeln.

»Es geht nicht um Pferde«, gab ich zurück. »Es sei denn, du willst unsere Kundinnen ebenfalls Pferde nennen.«

»Also bei Miss Ross wäre ich mir da nicht so sicher«, tönte Jenna unter dem Gelächter der anderen. Auch ich konnte mir ein Grinsen nicht verkneifen, denn dass Miss Ross mit einem derartigen Gebiss ausgestattet war, konnte nur ein Scherz der Natur sein.

Ich genoss die Aufmerksamkeit und brauchte die meisten Mädchen nicht lange zu überreden, meine Kundinnen zu übernehmen.

Miss Hodgson dagegen wirkte ein wenig angekratzt. Ich war sicher, dass Miss Arden auch ihr nicht gesagt hatte, was der wirkliche Grund für meine Versetzung war, doch sie schien eine Ahnung zu haben und sich übergangen zu fühlen.

Meine Vorfreude auf Maine Chance wurde auch davon getrübt, dass ich nicht wusste, was aus Kate werden würde. Sie gab sich tapfer, aber mir war klar, dass sie sich Sorgen machte. Auch Frauen wanderten mit Schildern, auf denen sie nach einem Job suchten, durch die Straßen. Ich wollte nicht, dass Kate sich dazugesellen musste.

Doch was konnte ich für sie tun? Ich kannte niemanden, der reich genug war, um sich eine Haushälterin zu leisten. Meine Kundinnen mochten vielleicht das Geld für Miss Ardens Salon ausgeben, aber ich wusste, dass sie dafür an anderen Enden sparten. Aussehen war wichtiger denn je, um den Nachbarn nicht zu zeigen, wie sehr die Not einen mitnahm.

An diesem Nachmittag schien sich eine Gelegenheit zu bieten, etwas für Kate zu tun. Ich schaute auf die Uhr. Miss Arden war immer sehr lange im Büro. Wenn ich erst einmal in Maine war, würde ich sie nur bei Besuchen persönlich sprechen können. Das Telefon reichte nicht aus für ein Vorhaben wie meines. Ich beschloss also, zu ihr zu fahren, auch auf die Gefahr hin, dass sie mich nicht empfing oder gar nicht im Haus war.

Ich stieg in die Subway und ließ mich nach Manhattan bringen.

Die Dame am Empfang warf mir einen verwunderten Blick zu, als ich ihr mein Anliegen schilderte. »Es ist wichtig«, beharrte ich.

»Miss Arden ist gerade in einer Besprechung. Sie werden warten müssen.«

»Das macht nichts«, antwortete ich. »Ich habe Zeit.«

Oben angekommen betrat ich das Vorzimmer.

»Ich weiß, Miss Arden hat eine Besprechung«, begann ich, um es der Sekretärin zu ersparen, mich noch einmal darüber aufklären zu müssen. »Ich werde warten, es handelt sich um eine wichtige Sache, die ich vor meiner Abreise nach Maine besprechen möchte.«

Die Sekretärin, die mich offenbar wiedererkannte, nickte mir zu.

»Nehmen Sie vor dem Konferenzraum Platz«, sagte sie und beschrieb mir die Richtung.

So leise es mir möglich war, schritt ich über den Teppich und setzte mich auf einen der Stühle, in der Hoffnung, dass sich die Tür in nicht allzu langer Zeit öffnen würde, als ich plötzlich ein Krachen vernahm, das sich anhörte, als hätte jemand eine Vase heruntergeworfen.

Ich schaute mich um, doch weder von der Sekretärin noch von sonst jemandem war etwas zu sehen.

Auch im Konferenzraum war es merkwürdig ruhig. Doch im nächsten Augenblick ertönte Geschrei. Unsicher, ob jemand meine Hilfe brauchte, erhob ich mich. Was, wenn jemand einen Unfall gehabt hatte?

Doch kaum war ich in den Gang eingetaucht, wurde mir klar, dass meine Hilfe alles andere als erwünscht sein würde.

»Was bildest du dir ein!«, fauchte eine Stimme, die Miss Arden gehören musste. Allerdings hatte ich sie noch nie so laut und schrill vernommen. »Ich habe dir von Anfang an gesagt, dass es mein Geschäft ist. Meines und nicht deines!«

»Aber ich bin dein Ehemann!«, tönte es wütend zurück. Auch Mr Jenkins wurde laut. Er lachte oft schallend, aber ich hatte ihn noch nie schreien gehört.

Seine Tirade ging weiter. »Mir hast du das alles zu verdanken. Was glaubst du denn, wo du wärst, hätte ich dir nicht alles aufgebaut?!«

»Du hast gar nichts aufgebaut, du bist nur mein Angestellter!«, peitschte Miss Arden zurück.

Das mit anzuhören war mir peinlich. Auch wenn die Worte nicht mir galten, zog ich den Kopf ein. Ich erinnerte mich wieder an damals, als mein Vater mich aus der Wohnung geworfen hatte. Würde Miss Arden Thomas Jenkins auch rauswerfen?

Schließlich überwand ich die Starre und setzte mich wieder auf meinen Platz. Verwirrung machte sich in mir breit.

Ich brauchte nicht mehr lange zu warten, bis ich eine Tür hörte. Allerdings war es nicht die des Konferenzraums. Im Gang wurde eine Tür aufgerissen, dann heftig zugeworfen. Schritte ertönten, schwere Schritte, die in meine Richtung hasteten.

In dem Augenblick, in dem Mr Jenkins erschien, bereute ich es unendlich, hier zu sitzen. Aber die Sekretärin hatte es mir gesagt …

Im ersten Moment glaubte ich nicht, dass er mich wahrnehmen würde, doch dann stockte er. »Miss Krohn, was führt Sie hierher?«

»Ich …« Meine Kehle fühlte sich schlagartig trocken an. Ich fühlte mich ertappt und wurde rot. »Ich wollte zu Miss Arden, ich … habe eine Frage.«

Mr Jenkins blickte mich aus noch immer vor Zorn glühenden Augen an. Seine Frau zu erwähnen war wohl keine gute Idee. Dann jedoch nickte er.

»Gut. Sie ... wird wohl gleich da sein.« Seine Stimme zitterte ein wenig, als hätte er Mühe, sie unter Kontrolle zu bringen.

»Vielen Dank, Mr Jenkins«, sagte ich, worauf er mir noch einmal sichtlich beherrscht zunickte, dann stapfte er mit langen Schritten in Richtung Ausgang.

Wenig später ertönten erneut Schritte, und mein Körper versteifte sich wieder. Diesmal wartete ich aber nicht, bis Miss Arden oder wer auch immer auftauchte. Ich erhob mich und gab mir damit den Anschein, gerade erst eingetroffen zu sein.

Tatsächlich stand ich gleich darauf Miss Arden gegenüber. Ihre Miene wirkte ein wenig verkniffen, doch das änderte sich, als sie mich sah.

»Miss Krohn?«, fragte sie erstaunt. »Was verschafft mir das Vergnügen?«

Ihre Stimme zitterte nicht, und auch sonst zeigte ihre Erscheinung keine Spur der vorherigen Auseinandersetzung. Ihr hübsch geschnittenes dunkelgraues Kostüm saß perfekt, und die roten Locken waren tadellos frisiert.

»Miss Arden, bitte entschuldigen Sie, dass ich unangekündigt hereinplatze«, begann ich. »Hätten Sie vielleicht einen Moment Zeit? Ich habe eine Bitte und weiß nicht, an wen ich mich sonst wenden soll.«

Miss Arden nickte. »Kommen Sie in mein Büro.«

Mit forschen Schritten marschierte sie voran, wie ein General, der gerade eine wichtige Schlacht für sich gewonnen hatte.

Im Büro öffnete sie ein Fenster. Lautes Hupen drang von der Straße herauf, aber das schien sie nicht zu stören.

»Sprechen Sie«, sagte sie und deutete auf den Stuhl vor ihrem Schreibtisch. Dann strich sie sich übers Haar, auch wenn ihre Locken nicht in Unordnung geraten waren. Eher wirkte sie so, als wollte sie mit dieser Geste ihren doch vorhandenen inneren Aufruhr glätten.

Ich bedankte mich und nahm Platz. »Ich habe eine Bekannte, die dabei ist, in Not zu geraten.«

»Haben wir die zu diesen Zeiten nicht alle?«, fragte Miss Arden zurück und setzte dann in ätzendem Tonfall hinzu: »Das Gute an der Pleite der Lehman Brothers ist nur, dass sie damit auch den ehemaligen Laden von Mrs Titus ruinieren werden. Wenn sie es denn überhaupt noch ist.«

Ich unterdrückte ein frustriertes Seufzen. Wie konnte sie nur so sein? Sie selbst hatte offenbar Probleme mit ihrem Gatten. Sich über das Leid von jemand anderem zu freuen zog nur das eigene Leid an.

»Also, wer ist es?«, fragte sie dann. »Eine Kollegin aus dieser Fabrik?«

Ich schüttelte den Kopf. »Es handelt sich um die Haushälterin meines verstorbenen Vermieters«, erklärte ich. »Wie es aussieht, müssen wir bald das Haus räumen. Das wäre in meinem Fall nicht tragisch, denn dank Ihres großzügigen Angebotes werde ich eine Unterkunft haben.« Ich konnte von ihrer Miene ablesen, dass ihr meine Worte gefielen. »Ich wollte fragen, ob Sie sie nicht als Hausangestellte gebrauchen könnten. Sie ist sehr arbeitsam und gewissenhaft und …«

Miss Arden hob die Hand. »Ich habe genug Angestellte. Leute, denen ich vertraue. Ihre Bekannte mag sicher ein netter Mensch sein, aber ich kenne sie nicht.«

»Ich bürge für sie«, sagte ich. »Sie würde Ihnen wirklich nicht schaden.«

Miss Arden betrachtete mich zweifelnd. Dann schüttelte sie den Kopf. »Die Antwort ist Nein.«

»Aber …«

»Aber«, sagte sie mit Nachdruck und brachte mich zum Schweigen. »Ich werde Bessie fragen. In ihrem Kreis gibt es immer wieder Damen, die gute Angestellte benötigen. Zu diesen Zeiten sollte es kein Problem sein, jemanden zu finden, aber nicht alle Leute besitzen die notwendige Diskretion.«

»Das wäre wirklich sehr freundlich von Ihnen«, sagte ich. Eine Anfrage bei Elisabeth Marbury war besser als nichts. Sie hatte viele Kontakte. Und wenn Miss Arden ein gutes Wort für Kate einlegte ...

»Ich kann allerdings nichts versprechen«, fügte sie gleich hinzu.

»Allein schon für den Versuch bin ich ihnen ewig dankbar«, sagte ich.

Miss Arden sah mich einen Moment lang an, dann nickte sie, und ich wusste, dass dies der Moment war, sie allein zu lassen.

»Nochmals vielen Dank, Miss Arden.«

Ich erhob mich und wollte gerade gehen, da sagte sie: »Kommen Sie gut nach Maine Chance. Dieses Projekt wird das Wichtigste sein, das ich in der nächsten Zeit in Angriff nehme. Vermasseln Sie es nicht.«

»Das werde ich nicht, Miss Arden.«

Damit wandte ich mich um und verließ ihr Büro.

30. Kapitel

Die Tage vergingen, und meine Abreise nach Maine rückte näher. Ich verbrachte die Zeit nach der Arbeit damit, meine Besitztümer zu sichten. Dabei stieß ich auch auf meinen Experimentierkoffer. Er war mittlerweile von einer Staubschicht überzogen. In den vergangenen Monaten hatte ich kaum noch daran gedacht, dass ich selbst einmal Cremes mischen wollte. Ich war bei Miss Hodgson so eingespannt gewesen, dass ich die Arbeit im Labor nicht mal vermissen konnte.

Würde ich ihn jemals wieder benutzen? Vielleicht, um einen eigenen Laden zu eröffnen?

Ein Klingeln an der Tür riss mich aus meinen Gedanken. Kate war unterwegs, sie wollte eine Bekannte in der Nachbarschaft besuchen. Da außer mir niemand im Haus war, lief ich nach unten.

»Einen Moment bitte!«, rief ich und stürmte zur Tür. Wenig später blickte ich in das Gesicht eines Postboten.

»Ja, bitte?«, fragte ich.

»Ich habe bei meiner Runde das hier vergessen«, sagte er. »Entschuldigen Sie bitte.« Er reichte mir einen Umschlag.

Ein kurzer Blick darauf sagte mir, dass er aus Frankreich kam und an mich adressiert war.

»Danke!«, sagte ich, worauf sich der Uniformierte an die Mütze tippte.

Ich schloss die Tür und betrachtete das Schreiben. Es kam aus Paris. Erleichtert atmete ich auf, als ich den Absender las. Monsieur Martin war wohl doch nicht zu Schaden gekommen. Ich trug den Brief in mein Zimmer und riss ihn auf.

Chère Mademoiselle Krohn,

bitte verzeihen Sie, dass ich mich erst jetzt melde. In den vergangenen Wochen hatte ich einigen Ärger am Hals. Keine Sorge, es war nicht Jouelle, der mir an den Kragen wollte, und mittlerweile bin ich auch sicher, dass es nichts mit Ihren Ermittlungen zu tun hat.
Ein Mann wie ich tanzt auf vielen Hochzeiten, wie Sie sich vielleicht denken können, und auf einer der Hochzeiten waren die Leute ein wenig … empfindlich. Wer schnüffelt, muss damit rechnen, etwas auf den Deckel zu bekommen, so ist das nun mal in meinem Metier. Aber die Sache ist ausgestanden, die blauen Flecken sind verschwunden und die Wunden verheilt. Ich kann wieder an die Arbeit gehen.

Ich setzte ab. Blaue Flecke? Wunden? Die Vorstellung dessen, was ihm geschehen sein mochte, drehte mir den Magen um. Ich presste die Augen zusammen und versuchte, die Übelkeit zu unterdrücken. Wieder kam die Angst um meinen Sohn in mir hoch, und das Gefühl der Hilflosigkeit wurde beinahe übermächtig. Ich eilte zum Fenster und öffnete es. Die kalte Abendluft beruhigte mich ein wenig, und ich las weiter.

Bedingt durch den kleinen Zwischenfall konnte ich mich erst vor Kurzem auf die Suche nach Madame DuBois machen, oder besser gesagt, Madame Herver, wie sie nun hieß.
Tatsächlich war sie Hebamme in Paris gewesen, im Hôpital Lariboisière. Und möglicherweise wusste sie auch etwas – nur mitteilen konnte

sie es niemandem mehr. Ich traf in ihrem Haus nur ihren Mann an, der mir weinend davon berichtete, dass seine Frau sich vor einigen Tagen das Leben genommen habe. Sie hatte sich in der Scheune erhängt, ohne einen Abschiedsbrief zu hinterlassen. Auch andere Notizen schien es nicht zu geben. In den vergangenen Wochen, so erklärte er mir, sei sie recht grüblerisch gewesen, und alles an ihr habe wie in schwarzes Tuch gewickelt gewirkt. Zuletzt habe sie nicht einmal mehr essen wollen.
Natürlich fragte ich, ob sie irgendwas erzählt hätte. Ob sie Briefe geschrieben hätte. Doch der Mann verneinte. Er hatte dergleichen nie bemerkt.
»Vermutlich«, so sagte er, »hat es ihr das Herz gebrochen, dass sie nicht mehr in der Klinik arbeiten konnte. Als sich dann herausstellte, dass sie unfähig war, Kinder zu gebären, war es um ihre Seele geschehen.«
Wenn ich ehrlich bin, habe ich das nicht geglaubt. Ich kenne einige Frauen, denen Kindersegen versagt geblieben war, doch keine hätte sich darüber das Leben genommen.
Beweist das ihre Schuld? War die Verzweiflung darüber, Unrecht getan zu haben, der wahre Auslöser? Ich kann es nicht sagen, und leider werden wir es auch nie erfahren.

Es tut mir leid, dass ich Ihnen keine bessere Nachricht bringen kann. Der Tod von Aline DuBois wirft meinen schönen Plan über den Haufen. Aber nach allem, was in diesem Jahr schon geschehen ist, wundert es mich nicht. Die nächsten Monate bringen vielleicht neue Spuren oder mir zumindest eine Idee.
Gehaben Sie sich wohl einstweilen. Ich melde mich, sobald ich weiß, wo ich erneut ansetzen kann. Sollte ich es binnen eines halben Jahres nicht schaffen, werde ich Ihnen Ihr Geld zurückerstatten.

Ergebenst,
Luc Martin

Ich ließ die Arme sinken. Der Brief flatterte zu Boden, doch ich machte keine Anstalten, ihn aufzuheben. Zu schwach waren meine Arme, zu schwer war mein Herz, das zuvor noch ängstlich gepocht hatte.

Kraftlos setzte ich mich auf mein Bett und starrte durch die halb geöffneten Jalousien vor meinem Fenster auf die Lichter der gegenüberliegenden Wohnungen. Hin und wieder huschte ein Schatten hindurch, Menschen, die ihr eigenes Leben lebten, ihre eigenen Probleme bewältigen mussten. Möglicherweise hatten auch sie ein schweres Kreuz zu tragen. Dennoch wünschte ich mich für einen Moment an ihre Stelle.

Aline DuBois war tot, aus dem Leben geschieden durch eigene Hand.

Monsieur Martin war zurückhaltend gewesen, ihr eine Schuld zuzuweisen. Doch wo wollte er nun ansetzen? Das Hospital ließ ihn sicher verhaften, wenn er noch einmal mit unangenehmen Fragen aufkreuzte. Das warf kein gutes Licht auf die Leute dort, aber ein Beweis war es nicht. Und ohne Beweis war kein weiteres Handeln möglich.

Schließlich, als die Lichter gegenüber verloschen waren, erhob ich mich und ging zum Schreibtisch. Das Geld war mir in diesem Augenblick egal. Ich wollte etwas tun und wusste zugleich nicht, was.

Monsieur Martin einen Brief schreiben, kam mir in den Sinn. Bisher hatte ich auf keines seiner Schreiben geantwortet.

Es war zwecklos, ihn zu motivieren, jetzt, wo die Spur erkaltet war. Aber vielleicht freute es ihn, dass ich seine Arbeit würdigte. Dass ich es zu schätzen wusste, dass er seine Gesundheit für mein Kind aufs Spiel setzte. Auch wenn es mir das Herz schwer machte, dass das Auffinden meines Sohnes in weite Ferne gerückt zu sein schien.

Ich holte mein Briefpapier hervor und begann zu schreiben.

Sehr geehrter Monsieur Martin,

haben Sie vielen Dank für die Briefe, in denen Sie mich über den Stand der Dinge informiert haben. Sie haben mir einen ziemlichen Schrecken eingejagt mit dem Bericht über Ihre Verletzungen. Ich hoffe, Sie haben alles gut überstanden und sind wohlauf. Bitte geben Sie auf sich acht, ich möchte auf keinen Fall, dass Sie weiter zu Schaden kommen. Das Schicksal meines Kindes aufgeklärt zu wissen, es vielleicht gar aufzufinden, bedeutet mir viel, aber ich möchte dieses Glück nicht auf dem Leid eines anderen Menschen aufbauen.

Zu erfahren, dass Madame DuBois aus dem Leben geschieden ist, betrübt mich sehr. Ich habe sie als freundliche Frau in Erinnerung. Sie hatte mir während der Geburt beigestanden. Ich hatte nie das Gefühl, dass ihr Herz beschwert war, doch habe ich sie kaum gekannt. Ich werde noch eine Weile darüber nachdenken müssen, was ihr Tod zu bedeuten hat. Schuld oder Unschuld? Vielleicht zeigt es die Zeit.

Wenn Sie das Gefühl haben, nicht weitersuchen zu können, würde ich es Ihnen nicht verübeln. Ich habe nicht vor aufzugeben, nur weiß ich nicht, wie ich meine Suche fortsetzen soll. Vielleicht sehen Sie einen Weg. Ich bin gern bereit, Sie weiter zu finanzieren, bis Sie an einen Punkt kommen, an dem es wirklich nicht mehr weitergeht. Aber vielleicht ist dieser Punkt schon erreicht? Lassen Sie es mich wissen. Ich würde nur zu gern herausfinden, was geschehen ist, es würde mir Frieden geben. Aber vielleicht ist es nicht an der Zeit?

Ich ließ den Stift sinken. Ich hatte geschrieben, dass ich nicht aufgeben wollte, doch alle Sätze, die dann folgten, klangen danach. Und wäre es nicht wirklich vernünftiger, zu vergessen? Vielleicht war der Brief, in dem berichtet wurde, dass Louis lebte, tatsächlich nur das Produkt eines verwirrten Geistes gewesen.

Henny kam mir in den Sinn. Alles in mir sträubte sich dagegen, es zu glauben, doch wer konnte schon sagen, wozu Opium einen Menschen verleitete?

Ich beendete den Brief und ließ ihn auf dem Schreibtisch liegen. Am folgenden Morgen würde ich entscheiden, ob ich ihn abschickte. Doch schon jetzt wusste ich, dass ich mit der Annahme von Miss Ardens Angebot das Richtige getan hatte.

31. Kapitel

Am Nachmittag meines letzten Tages im Salon, als kaum noch etwas für mich zu tun war, erschien Miss Hodgson im Lager. Ich hatte angeboten, es als letzte Amtshandlung hier zu ordnen.

»Die Vorräte müssten mal wieder aufgestockt werden«, sagte ich in der Annahme, dass sie überprüfen wollte, ob ich meine Arbeitszeit auch wirklich noch ausschöpfte. »Einige Cremes gehen zur Neige, und wir haben auch nur noch sehr wenig Gesichtswasser.«

»Wenn Sie mir eine Liste geben, werde ich Helen nachordern lassen, was fehlt.«

Da ich wusste, dass Miss Hodgson so etwas von mir fordern würde, hatte ich die Liste bereits angelegt. »Hier«, sagte ich und reichte ihr den Zettel. »Ich sortiere die Sachen nur noch ein bisschen, dann sollte das Lager wieder in Ordnung sein.«

»Ich wollte Ihnen nur sagen, dass Sie mir fehlen werden«, platzte es da aus Miss Hodgson heraus.

Ich starrte sie überrascht an. Bei diesem Kontrollbesuch hätte ich mit allem gerechnet. Auch dass sie wie bei Aschenputtel noch ein paar Linsen in den Staub werfen und mich anweisen würde, sie aufzusammeln.

»Danke, das ist sehr freundlich.«

»Sie sind eine der besten Kräfte geworden, die ich in diesem Salon je hatte.« Miss Hodgson nestelte an ihren Fingern, als wäre ihr das Lob peinlich oder sie dazu gezwungen worden. War sie es? »Ich gebe zu, dass ich anfangs nicht daran geglaubt habe, dass etwas aus Ihnen werden könnte. Aber Sie haben mich eines Besseren belehrt. Wir haben alle klein angefangen, nicht wahr?«

Ich wusste nicht so recht, wie ich reagieren sollte.

»Vielen Dank«, sagte ich einfach nur. »Für alles, was ich bei Ihnen lernen durfte.«

Es überraschte mich selbst, dass das durchaus ehrlich gemeint war. Sie hätte mir schlimmere Arbeiten übertragen können. So hätte ich auch stundenlang Cremetöpfe auswaschen können. Aber sie hatte sich an die Weisung von Miss Arden gehalten, mir etwas beizubringen.

»Vielleicht sehen wir uns irgendwann noch einmal wieder«, sagte sie. »Miss Arden hat sich mir gegenüber nur vage geäußert, was Ihre neue Stelle betrifft, aber möglicherweise beinhaltet diese, dass wir uns bei einer Tagung wieder einmal sprechen können.«

Ich hatte keine Ahnung, woher das Bedürfnis ihrerseits kam. Wollte sie mich auf die Probe stellen? War sie neugierig und hoffte, mich mit diesen Worten zu motivieren, ihr etwas zu verraten?

Ich beschränkte mich darauf, zu lächeln, wohl wissend, dass sie mir am liebsten den Kittel zerfetzen würde, wenn sie wüsste, für welche Stelle sie nicht infrage gekommen war. »Das würde mich sehr freuen.« Ich reichte ihr die Hand, und sie ergriff sie.

»Wenn Sie mit der Arbeit hier fertig sind, gehen Sie ruhig«, sagte sie. »Und falls Sie ein Zeugnis brauchen, stelle ich Ihnen gern eines aus.« Damit verließ sie das Lager.

Gegen fünf war ich fertig und bereit, meinen Kittel in diesem Salon an den Nagel zu hängen. Als ich den Vorraum betrat, meinen Mantel unter dem Arm, erblickte ich zu meiner großen Überraschung Miss Denver, eine der Sekretärinnen von Miss Arden, im Vorraum. Der Tag schien voller Überraschungen zu sein.

»Hallo«, grüßte ich sie. »Kommen Sie wegen einer Behandlung?«

»Miss Arden hat mir eine Nachricht für Sie gegeben«, sagte sie mit ernster Miene, die einen Feuerstoß durch meine Adern jagte. Sie zog einen kleinen Umschlag aus der Tasche. »Sie sagte, dass Sie es vertraulich behandeln sollen.«

Welche vertrauliche Nachricht könnte Miss Arden für mich haben?

»Danke«, sagte ich und schob den Brief in meine Manteltasche.

»Alles Gute für Maine«, sagte Miss Denver mit einem scheuen Lächeln. »Ich würde so gern auch dort wohnen. Es soll sehr idyllisch sein.«

»Das ist es«, antwortete ich. »Aber das Landleben muss man schon mögen.«

»Ich würde es mögen«, erwiderte sie ohne zu zögern. »Nun, wer weiß, vielleicht schickt mich Miss Arden eines Tages auch dorthin.«

Ihr Lächeln wurde jetzt vielsagend. Meine geheime Mission war offenbar doch nicht ganz so geheim.

»Vielleicht«, antwortete ich. »Ich werde ein gutes Wort für Sie einlegen, wenn es mir möglich ist.«

»Danke.« Miss Denver berührte kurz meine Hand und verabschiedete sich.

Ich sah ihr nach und zog schließlich den Brief aus der Tasche. Ich rechnete damit, dass mir Miss Arden noch ein paar letzte Anweisungen zukommen ließ. Doch der Inhalt überraschte mich. Ich überflog die handgeschriebenen Zeilen, dann stürmte ich aus der Tür.

In der Subway saß ich wie auf Kohlen. Meinetwegen hätte die Bahn schneller fahren oder ein paar Haltestellen überspringen können.

»Kate!«, rief ich aufgeregt, als ich das Haus von Mr Parker betrat. »Kate, ich habe Neuigkeiten!«

Ich stockte, als sich mir ein Mann in den Weg stellte. Er trug einen dunklen Anzug, und sein Hemdkragen war so gestärkt, dass sein Kopf wie auf einen Zaunpfosten aufgesetzt wirkte.

»Und Sie sind?«, fragte er und musterte mich eindringlich aus seinen stahlgrauen Augen.

»Sophia Krohn«, antwortete ich verwirrt. Was hatte er hier zu suchen?

Im nächsten Moment nahm ich weitere Stimmen wahr. Sie unterhielten sich angeregt. »Ich ... ich bin die Mieterin von Mr Parker«, setzte ich hinzu, als mich der Fremde mit einem verwirrten Blick bedachte.

»Oh«, sagte er. »Ich dachte, Sie wären eine Interessentin.«

»Interessentin?«, fragte ich.

»Mr Parker möchte das Haus verkaufen. Heute ist der erste Besichtigungstermin. Aber wenn Sie damit nichts zu tun haben ...«

Für einen Moment stand ich wie angewurzelt.

»Ich fürchte, ich bin keine Ihrer Interessentinnen«, gab ich zurück. Kate hatte mir nichts davon gesagt, dass sie heute Besuch erwartete. Oder dass sich der Sohn von Mr Parker mit dem Gedanken trug, das Haus zu verkaufen.

Im nächsten Augenblick vernahm ich ein Klappern in der Küche. »Entschuldigen Sie mich«, sagte ich zu dem Unbekannten, der offenbar ein Makler war, und während er sich ins Wohnzimmer zurückzog, ging ich zu Kate.

Sie stand mit mürrischer Miene am Herd und goss gerade Wasser in eine Kaffeekanne.

»Hallo Kate«, grüßte ich sie. »Was ist denn hier los?«

Sie blickte zur Seite, und ich erkannte, dass sie geweint hatte.

»Was soll schon los sein?«, entgegnete sie grimmig. »Der Sohn von Mr Parker hat nichts Eiligeres zu tun, als das Haus zu verkaufen. Sein Vater ist gerade mal ein paar Wochen tot, und er denkt nur daran, wie er an Geld kommt!«

»Was soll er auch mit einem Haus in New York?«, sagte ich beschwichtigend. »Er wohnt in Boston und wird nicht einfach so umziehen können.«

»Früher hat man das so gemacht. Früher hat man sein Elternhaus nicht einfach unter den Hammer gebracht.«

Ich ging zu Kate und schlang meine Arme um ihre Schultern. Sie schluchzte auf. »Und was soll nun aus mir werden? Der neue Besitzer wird mich alte Schachtel bestimmt nicht übernehmen.«

»Du willst doch sicher auch nicht wie ein Möbelstück mitverkauft werden, nicht wahr?«, fragte ich, ließ sie los und zog das Schreiben aus der Tasche, dass Miss Denver mir gegeben hatte.

»Hier habe ich etwas für dich.« Ich streckte ihr den Umschlag hin.

Kate blickte mich fragend an. »Was ist das?«

»Sieh selbst nach.«

Kate zog das Schreiben heraus, las und schlug dann die Hand vor den Mund.

»Miss Morgan möchte mir eine Anstellung geben?«

Ich nickte. »Sie braucht jemanden, der sich um ihr Haus hier in New York kümmert. Jemanden, der zuverlässig ist. Offenbar hat Miss Arden dich Miss Marbury empfohlen, und diese hat daraufhin ihre Bekannte angesprochen. Anne Morgan ist wohl nicht nur die Tochter eines Bankiers, sondern auch eine Literaturliebhaberin. Ich glaube, bei ihr wird es dir nicht langweilig.«

Kate schüttelte ungläubig den Kopf, dann presste sie das Schreiben an ihre Brust. »Ich kann es gar nicht glauben«, schluchzte sie.

»Doch, das kannst du. Und ich kann mich beruhigt auf den Weg nach Maine machen.«

Kate wirbelte herum und umarmte mich. Ihre Arme umschlangen mich so fest, dass ich kaum Luft bekam.

Als sie mich wieder losließ, lächelte Kate unter Tränen. »Am liebsten würde ich den Schnöseln da den Kaffee über ihre gestärkten Hemden gießen.«

»Mach das besser nicht, der junge Mr Parker muss dir noch ein Zeugnis ausstellen«, sagte ich lachend. »Wenn du willst, helfe ich dir, was meinst du?«

Kate nickte. »Danke.«

»Ich ziehe nur schnell meinen Mantel aus.«

Damit verließ ich die Küche. Ich wusste nicht, wessen Freude größer war, meine oder Kates. Aber ich war froh, dass ich sie nicht dem Wohlwollen der Männer im Wohnzimmer überlassen musste.

Den folgenden Tag verbrachte ich damit, meine Sachen zu packen. Die gestrige Hausbesichtigung hatte einige Zeit in Anspruch genommen. Während ich bei dem Versuch, etwas früher schlafen zu gehen, grandios gescheitert war, hatte ich die gedämpften Stimmen der Männer und das Gelächter vernommen. Frauen schienen nicht gekommen zu sein.

Erst weit nach Mitternacht kehrte Ruhe ein. Das Einzige, was ich jetzt noch hörte, waren Mr Parker juniors Schritte in der Diele. Offenbar hatte er vor, die Nacht hier zu verbringen.

Erst gegen halb acht kam ich wieder zu mir und fand mich wenig später inmitten meiner Besitztümer wieder. Es war nicht viel, aber mehr, als ich aus Berlin oder Paris mitgenommen hatte. Ich faltete alles ordentlich und verstaute es im Koffer. Schließlich holte ich den Experimentierkasten hervor. Würde ich je wieder in einem Labor arbeiten? Der schöpferische Aspekt der Chemie fehlte mir ein wenig. Möglicherweise würde ich in Maine die Möglichkeit erhalten, mich wieder ein paar Experimenten zu widmen.

Als ich nach unten ging, sah ich lediglich den jungen Mr Parker am Küchentisch sitzen. Von Kate keine Spur.

»Guten Morgen«, grüßte ich und strebte der Kaffeekanne zu, die auf dem Herd stand.

Parker blickte von seiner Lektüre auf. »Morgen«, sagte er und faltete die Zeitung zusammen.

»Ich bin Sophia Krohn, die Mieterin Ihres Vaters. Es tut mir sehr leid um Ihren Verlust.«

»Danke, Miss Krohn, das ist sehr freundlich«, gab er zurück und trank einen Schluck Kaffee.

Ich wusste nicht so recht, was ich sagen sollte. Es war seltsam, Mr Parkers Sohn im Haus zu haben. Während meiner Anwesenheit hier hatte er sich nie blicken lassen. Dennoch hatte ich ihn sofort erkannt, denn er war Mr Parker wie aus dem Gesicht geschnitten.

»Kate ist wohl nicht da?«, fragte ich, obwohl ich spürte, dass Mr Parker nur wenig Lust auf Konversation hatte.

»Nein. Sie sagte, sie hätte heute früh einen Termin.«

Richtig, das Gespräch mit Miss Morgan war um acht Uhr anberaumt, da musste sie früh aus dem Haus. Ich wünschte, ich hätte ihr noch ein aufmunterndes Schulterklopfen mit auf den Weg geben können.

Da Mr Parker offenbar nicht vorhatte, mich in der Küche allein zu lassen, setzte ich mich mit meiner Tasse an den Tisch und fragte: »Wie ist die Besichtigung verlaufen? Haben Sie einen Käufer gefunden?«

Überrascht, dass ich ihn ansprach, schaute er mich an.

»Bisher nicht«, antwortete er ausweichend.

»Haben Sie denn die Hoffnung, dass einer von ihnen anbeißen könnte?«

Meine Formulierung schien ihn zu irritieren.

»Ich weiß nicht, ob der Käufer an Untermiete interessiert ist«, sagte er unvermittelt. »Aber unter gewissen Umständen könnte ich ein gutes Wort für Sie einlegen.«

Er ließ seinen Blick über meinen Körper schweifen, in einer Weise, die alles andere als angebracht war. Dafür hätte ich ihn am liebsten geohrfeigt. Offenbar war er doch kein genaues Abbild seines Vaters, der so etwas nie in Erwägung gezogen hätte.

»Ich frage nicht, weil ich hierbleiben will«, gab ich kühl zurück. »Es interessiert mich nur, nichts weiter. Ich habe bereits eine neue Unterkunft gefunden.«

Parker wirkte enttäuscht. Hatte er wirklich geglaubt, ich würde ihm meinen Körper anbieten, nur damit ein potenzieller Käufer meinen Mietvertrag verlängerte?

»Schön für Sie«, sagte er, dann griff er wieder zu seiner Zeitung. Meine Frage beantwortete er nicht.

Ich trank meinen Kaffee aus und erhob mich wieder. Es war wohl besser, wenn ich auf mein Zimmer ging, bevor der Kerl auf noch mehr dumme Gedanken kam.

Eine Stunde später hörte ich die Tür klappen. Ging Mr Parker? Auch wenn ich der Meinung war, recht schlagfertig reagiert zu haben, hatte seine Bemerkung ein ungutes Gefühl bei mir hinterlassen. Dieses Haus, das so lange mein Heim gewesen war, verlassen zu müssen, weckte in mir ein wenig Wehmut, aber ich war froh, diese Chance von Miss Arden erhalten zu haben.

Um nachzusehen, ob die Luft rein war, schlich ich mich aus dem Zimmer – gerade rechtzeitig, um noch einen Blick auf Kates Rockzipfel zu erhaschen.

Ich lief die Treppe hinunter und folgte ihr in die Küche.

»Und?«, fragte ich und verspürte dabei so viel Herzklopfen, als wäre ich die Nächste bei einem Vorstellungsgespräch.

Sie ließ ihren Blick auf dem Herd ruhen, ohne eine Miene zu verziehen. Bedeutete es, dass Miss Morgan sie nicht genommen hatte?

»Kate?«, hakte ich nach und schien sie damit aus ihren Gedanken zu schrecken.

Sie blickte mich an, beinahe ein wenig eingeschüchtert, dann sagte sie: »Dieses Haus ist riesig!«

Was hatte das zu bedeuten? Fragend zog ich die Augenbrauen hoch.

»Miss Morgan scheint eine respektable Frau zu sein«, gab ich zurück. Etwas anderes fiel mir nicht ein.

»Sie ist vor allem eine reiche Frau«, erwiderte Kate, immer noch sichtlich erschüttert.

»Und was hat diese reiche Frau zu dir gesagt?«, fragte ich ungeduldig. Kate lebte in der Großstadt, wie konnte sie sich da noch über ein Gebäude wundern?

»Ja«, antwortete sie.

»Sie hat Ja gesagt?«, wiederholte ich beinahe ungläubig, obwohl ich doch eigentlich nichts anderes erwartet hatte.

Kate nickte.

»Aber das ist doch großartig!«, rief ich und schloss sie jubelnd in meine Arme. Für einen Moment wirkte Kate noch schlaff, doch dann schienen die Lebensgeister in sie zurückzukehren.

»Ich kann es immer noch nicht glauben.« Endlich flammte ein Lächeln auf ihrem Gesicht auf. »Eine Frau in solch einem schönen Haus will, dass ich dafür sorge! Sie sagte, sie würde mir ein paar Mädchen an die Hand geben, die ich beaufsichtigen soll. Wie ein Butler!«

»Eine Hausdame«, korrigierte ich sie und spürte, dass mein

Herz vor Freude übersprudelte wie eine Flasche Soda, die man vorm Öffnen geschüttelt hatte. »Du bist jetzt eine waschechte Hausdame!«

»Ja, ich glaube, das bin ich.« Sie lachte ungläubig. »Diese Miss Arden muss wirklich ein ziemlich gutes Wort für mich eingelegt haben.«

In dem Augenblick hörte ich ein weiteres Mal die Tür. Ich schaute nach draußen und sah Mr Parker junior am Fenster vorbeigehen. Offenbar hatte er es nicht für nötig erachtet, uns Auf Wiedersehen zu sagen.

»Nein«, widersprach ich Kate. »Ich glaube eher, du hast selbst ein gutes Wort für dich eingelegt. Du hast so viel Erfahrung und Talent! Außerdem war Mr Parker ein Freund von Madame Rubinstein. Ich glaube, das ist einigen Hausbesitzern in New York wohlbekannt.«

»Ich nehme an, Letzteres hat wohl den Ausschlag gegeben«, sagte sie, dann begannen ihre Augen zu leuchten. »Wie wäre es, wenn ich uns einen schönen Kuchen backe? Jetzt, wo Mr Parker wieder fort ist …«

»Möglicherweise kommt er wieder.«

Kate schüttelte den Kopf. »Er hasst dieses Haus. Er will es nur schnell loswerden. Aber meinetwegen kann er zur Hölle fahren, das juckt mich nicht mehr.«

32. Kapitel

Der Zug fuhr mit lautem Getöse und zehnminütiger Verspätung ein. Noch vor ein paar Augenblicken hatte ich einige Passagiere murren hören, doch jetzt griffen alle eilig nach ihrem Gepäck und strömten voran. Ich ließ eine ältere Dame vor, die sichtlich Mühe hatte, sich auf ihren Gehstock zu stützen. Als sie zu stolpern drohte, hielt ich sie an den Armen. Es war bemerkenswert, wie leicht sie sich anfühlte. Würde ich auch einmal so werden?

»Vielen Dank, junge Frau«, sagte sie keuchend. »Früher, als ich so alt war wie Sie, war ich noch besser zu Fuß. Es ist erstaunlich, was man auf dem Weg durch die Zeit so hinter sich lässt.«

Mit diesen Worten traf sie mich, und obwohl ich noch nicht weit durch die Zeit gereist war, dachte ich kurz zurück an alles, was ich hinter mir gelassen hatte. Meinen Geliebten, meine Eltern, meinen Sohn, Darren und Henny. Berlin, Paris und jetzt New York. Auch Kate würde ich eine ganze Weile nicht wiedersehen, obwohl es mich beruhigte, dass sie an einem sicheren Ort war. Miss Morgan würde sie zu schätzen lernen, da war ich sicher.

Das Leben war wohl manchmal auch eine Aneinanderreihung von Neuanfängen. Ich betrachtete die alte Frau vor mir. Wie oft mochte sie gereist sein? Ihr Verstand wirkte klar, und körperliche Eingeschränktheit schien sie nicht vom Reisen abzuhalten.

Nach einer Weile erreichte ich meinen Platz. Den Koffer auf die Ablage zu wuchten erschien mir als Ding der Unmöglichkeit, doch glücklicherweise war in dem Abteil bereits ein hilfsbereiter Mann zur Stelle.

»Überlassen Sie das ruhig mir, Miss, Sie wollen sich doch keinen Bruch daran heben, nicht wahr?«

Bevor ich noch etwas sagen konnte, stemmte er den Koffer auch schon in die Höhe. Ich stellte den Experimentierkoffer auf den Sitz und öffnete meinen Mantel.

»Mein Name ist Harry Styles«, stellte er sich vor. »Ich bin geschäftlich unterwegs, und Sie?«

»Sophia Krohn«, antwortete ich. »Und ich bin auch geschäftlich unterwegs.«

Er musterte zunächst mich, dann meinen Koffer. »Kosmetikbedarf?«, riet er dann.

»So was Ähnliches«, entgegnete ich. »Das hier ist mein Experimentierkoffer.«

Der Mann schob beeindruckt die Unterlippe vor. »Sie sind also Chemikerin?«

»Ja«, antwortete ich der Einfachheit halber.

»Was Frauen heutzutage nicht alles machen«, sagte er, und als hätte er bereits mehr als seine schätzungsweise vierzig Jahre auf dem Buckel, setzte er hinzu: »Früher haben sich die Frauen eher für den Haushalt interessiert. Jetzt sprengen sie die Welt in die Luft.«

»Ich habe nichts mit Dynamit zu tun«, gab ich zurück, und es reizte mich, ihn ein wenig im Unklaren zu lassen. »Das, woran ich arbeite, ist wesentlich friedlicher.«

»Sie machen mich neugierig«, sagte er, doch bevor er fortfahren konnte, erschienen zwei weitere Männer im Abteil. Davon abgelenkt, schien er mich zu vergessen. Ich nahm Platz und zog ein Buch aus der Handtasche. Am Kiosk im Bahnhof hatte ich mir einen Roman gekauft: die, wie der Klappentext versprach, »dramatische Geschichte der Lady Bane, die um ihren Titel gebracht wurde und nun um das Vermögen ihres Ehemannes kämpfen muss« – natürlich an der Seite eines mysteriösen Mannes mit stahlblauen Augen.

Als der Zug sich in Bewegung setzte, gab ich vor, gebannt zu lesen, doch meine Gedanken wanderten voraus zu dem Haus nahe der Belgrade Lakes. Ich hatte noch nie auf dem Land gelebt. Wenn Henny und ich uns unsere Zukunft ausgemalt hatten, war so etwas wie ein Landsitz oder Gut nie darin vorgekommen. Wir waren uns darüber einig gewesen, dass das Landleben sicher sehr öde und erst dann interessant war, wenn man seines Ehemanns überdrüssig wurde.

Im nächsten Augenblick fiel mir ein, dass ich Monsieur Martin benachrichtigen musste, damit er Briefe oder Telegramme nicht mehr an meine alte Adresse in New York richtete. Vielleicht sollte ich ihm gleich morgen nach meiner Ankunft schreiben, denn ich bezweifelte, dass Mr Parker junior daran interessiert war, mir meine Post nachzusenden. Wahrscheinlich ließ er sich ohnehin erst wieder im Haus blicken, wenn der Kaufvertrag unterschrieben wurde.

Strahlende Sonne fiel auf die noch leeren Felder und kahlen Wälder, als ich in Maine Chance eintraf. Im Frühling würde hier das Grün regelrecht explodieren, doch noch war außer ein paar Krokussen am Wegrand nicht viel Vegetation zu finden.

Jetzt, wo ich das Haus zum zweiten Mal zu Gesicht bekam, wirkte es ein wenig schlicht, was allerdings wohl der Tatsache geschuldet war, dass im Sommer das Licht strahlender und die Kulisse farbenfroher gewesen war.

Doch in den nächsten Jahren würde hier etwas Einmaliges entstehen. Ich glaubte an Miss Ardens Vision und war froh, ein Teil davon zu sein.

»Kann ich etwas für Sie tun, Miss?«, fragte eine Männerstimme. Als ich mich zur Seite wandte, erblickte ich einen Mann, der ein braunes Pferd am Zügel führte. »Das hier ist das Grundstück von Miss Arden aus New York.«

»Ich weiß«, gab ich zurück. Der Fremde musste einer der Leute aus Miss Ardens Stall sein. »Mein Name ist Sophia Krohn, Miss Arden schickt mich.«

Der Mann musterte mich, dann sagte er: »Gehen Sie rein. Heute sind ja so einige Leute hier angekommen, Sie müssten sie im Haus finden.«

Ich nickte, hob meine Koffer vom Boden auf und schritt den Kiesweg entlang.

Als ich die Tür öffnete, hörte ich Frauenstimmen. Ich konnte sie nicht so recht verorten, sie mussten irgendwo im Haus sein.

Zu meiner großen Überraschung kam mir im nächsten Augenblick Bessie Marbury entgegen.

»Ah, Sophia, meine Liebe, ich freue mich, Sie wiederzusehen!«, sagte sie und breitete die Arme aus. Nur einen Moment später drückte sie mich herzlich an ihren üppigen Busen.

Dass sie sich an mich erinnerte, erstaunte mich noch mehr, als mich ihre Umarmung überraschte.

»Lizzy hat mich benachrichtigt, dass Sie kommen würden. Sie selbst kann leider nicht zugegen sein, aber da ich in meinem Sommerhaus war, habe ich mich bereit erklärt, Sie alle in Empfang zu nehmen.«

»Das ist sehr freundlich von Ihnen, Miss Marbury«, entgegnete ich. Es war schon seltsam, dass eine Frau wie sie sich um das Personal hier kümmerte. Sicher hatte sie eine Assistentin, die diesen Job hätte übernehmen können. Aber ich war froh, dass ich nicht allein in diesem Haus war, das doch einiges an Arbeit und Liebe benötigte.

»Kommen Sie, ich stelle Ihnen die anderen vor. Wie ich von Lizzy gehört habe, werden Sie die Sache hier in die Hand nehmen.«

»Ich werde es jedenfalls versuchen.« Glücklicherweise hatte Miss Arden mir zugesagt, genaue Instruktionen zu schicken. So brauchte ich hoffentlich wirklich nur, wie sie angekündigt hatte, »nach dem Rechten« zu sehen.

Miss Marbury führte mich in die Küche, die mittlerweile provisorisch wiederhergerichtet worden war. Die jungen Frauen, die mich dort erwarteten, waren eine Köchin und zwei Dienstmädchen. Ich fragte mich, was sie jetzt schon hier zu tun hatten, wo die Handwerker doch sicher alles verwüsten würden und keine Gäste zu betreuen waren. Aber mir stand nicht zu, Miss Ardens Entscheidung infrage zu stellen.

»Meine Damen, diese Frau hier wird diese Einrichtung in Zukunft leiten. Sie werden den Weisungen von Miss Krohn bedingungslos folgen, habe ich mich klar ausgedrückt?«

Die Blicke der Frauen wanderten beinahe ängstlich zu mir. Sie schienen hier aus der Gegend zu kommen, waren weder geschminkt noch sonderlich modisch gekleidet. Wie ich wohl auf sie wirkte? Möglicherweise wie ein aufgeputzter Pfau.

Ich bedankte mich bei ihnen und wünschte uns allen eine gute Zusammenarbeit, dann ließ ich mich von Miss Marbury zu meinem Zimmer führen.

»Alles ist noch ziemlich unfertig«, erklärte sie. »Die Vorbesitzer haben diese Perle sehr lange vernachlässigt. Ich war entzückt, als ich hörte, dass sie sich endlich zum Verkauf durchgerungen hatten.« Sie öffnete die Tür. »Wir haben versucht, es so gut wie möglich herzurichten. Richtig erblühen wird es erst unter Ihren Händen.«

Das Zimmer war recht groß und hell, doch das war der einzige Luxus, den es zu bieten hatte. Ich hatte nicht viel erwartet, aber die angelaufenen Tapeten und vergilbten Fußleisten erschreckten mich etwas. Zuletzt hatte ich dergleichen in Hennys Wohnung in Berlin gesehen. Auch schienen die Fenster nicht richtig zu schließen, denn ich spürte einen kalten Lufthauch. Vom Raunen des Windes vor den Scheiben ganz abgesehen.

Die Möblierung erinnerte an einen Flohmarkt. Es gab sehr viele Möbelstücke, aber die meisten sahen eher instabil aus. Immerhin versprach der kleine eiserne Ofen, dass es im Winter angenehm warm werden würde.

»Ich hoffe, Sie fühlen sich hier wohl.«

Das hoffte ich auch, jedenfalls irgendwann einmal.

»Danke, Miss Marbury«, sagte ich. »Ich werde Miss Arden nicht enttäuschen.«

»Das ist löblich, aber denken Sie vor allem an eines: sich selbst nicht zu enttäuschen.« Mit diesen Worten verließ sie das Zimmer.

Ich schaute mich noch einmal gründlicher um. Hier und da entdeckte ich ein hübsches Detail wie eine verblichene Rosenblüte auf der Bemalung oder einen hübsch gedrechselten Knauf. Dennoch würde ich viel zu tun bekommen, so viel, dass ich keine Zeit hätte, meinen Experimentierkasten in Betrieb zu nehmen.

Eines gab es jedoch, das ich tun musste, bevor ich an die Arbeit ging. Mein Blick fiel auf meinen Koffer. Das Schreibzeug lag nebst dem Briefpapier ganz oben. Ich musste Monsieur Martin benachrichtigen. Und ich wollte meinen Eltern schreiben, damit sie wussten, wo ich zu erreichen war. Hoffnung, dass sie antworteten, hatte ich nicht, dennoch fühlte ich mich dazu verpflichtet. Und Henny würde ich auch schreiben. Selbst wenn sie mich nicht mehr sehen wollte, sollte auch sie wissen, wo ich zu finden war, für den Fall, dass sie mich brauchte.

33. Kapitel

1933

Der Winter zu Jahresbeginn 1933 in Maine brachte große Kälte, doch glücklicherweise funktionierten alle Öfen auf Maine Chance mittlerweile bestens, und auch die Arbeiten am Haupthaus neigten sich allmählich dem Ende zu.

Ich konnte kaum glauben, dass nun schon fast drei Jahre vergangen waren. Die Monate waren nur so dahingeflogen, und mein Arbeitsfluss war nur unterbrochen worden, wenn Nachrichten aus New York kamen oder Miss Arden sich blicken ließ, um nach ihren Pferden zu sehen.

Ich hatte im benachbarten Dorf einige neue Bekannte gewonnen, mit denen ich mich hin und wieder zum Kaffee oder Spaziergang traf. Auch schaute Rue Carpenter gelegentlich vorbei, eine Architektin aus New York und gute Freundin von Miss Arden.

Miss Carpenter, eine energische grauhaarige Frau, die stets tadellose Kostüme und einen mittlerweile veraltet wirkenden Topfhut trug, hatte vor drei Jahren bereits einen neuen Salon in der New Yorker Fifth Avenue gestaltet, zusammen mit einem Russen namens Remisoff. Mir war bisher nicht vergönnt gewesen, diese Geschäftsstelle persönlich zu besichtigen, denn als sie eröffnet worden war, hatte ein Rohrbruch beinahe das gesamte Haus geflutet, und ich wurde hier gebraucht. Aber Peg, unsere Köchin, hatte mir Fotos in einer Zeitschrift gezeigt. Angesichts der prächtigen Einrichtung und der Turnräume, die an lichtdurchflutete Ballettsäle erinnerten, war ich schon ein wenig neidisch, nicht den Aufbau dieses Hauses übertragen bekommen zu haben. Doch als Miss Carpenter auch hier erschien, wussten wir, dass wir ebenfalls Teil von etwas Großartigem waren.

Wir begannen, die Gästezimmer festzulegen und den Räumen Funktionen zuzuweisen. Es sollte einen Friseur- und Schönheitssalon geben, aber auch Turnräume und Räume für Dampf- und Massagebehandlungen. Außerdem planten wir ein wunderschönes Gesellschaftszimmer mit Bibliothek und Kamin, in dem sich die Damen entspannen konnten. Als ich die Entwürfe sah, hüpfte mir das Herz vor Vorfreude. Ich konnte nicht glauben, dass ich eines Tages diesen Ort leiten würde!

Umso bekümmerter war Miss Arden und auch ich, als Miss Carpenter am 7. Dezember 1931 plötzlich starb. Die Pläne für Maine Chance waren ausgearbeitet, aber sie würde ihre Umsetzung nicht mehr erleben. Das betrübte uns ein wenig, führte jedoch nicht dazu, ihre Vorstellungen aufzugeben. Andere Architekten wurden angestellt, und die Skizzen und Zeichnungen von Miss Carpenter waren glücklicherweise weit genug gediehen, dass sie in ihrem Sinne fortgeführt werden konnten.

Das bedeutete für uns hier einiges an Unruhe. Pausenlos gingen die Bauarbeiter ein und aus. Der Strom fiel des Öfteren aus, und frisches Wasser zu bekommen wurde zu einem Abenteuer. Glücklicherweise war das Haus von Miss Marbury nicht weit entfernt. Sie gestattete es uns freundlicherweise, in Notzeiten ein Bad zu nehmen.

Ich unterhielt mich gern mit ihr, auch wenn ich mich in ihrer Gegenwart ein wenig unsicher fühlte. Sie war so belesen und kultiviert, dass ich mir ihr gegenüber beinahe unzulänglich vorkam. Hin und wieder fragte mich Miss Marbury auch nach Herzensdingen, aber dort konnte ich nicht viel berichten. Es gab außer den Angestellten, die den Reitstall versahen, kaum Männer auf Maine Chance, und diese interessierten mich nicht. Alles, was ich wollte, war, das Haus voranzubringen.

Nun endlich waren wir fast so weit. Die Behandlungsräume waren fertig und warteten darauf, ihre endgültige Einrichtung zu erhalten. Der Garten war in einigen Teilen bereits angelegt worden, die letzten Bereiche sollten in diesem Frühjahr bepflanzt werden. Wir hatten jetzt Unterkünfte für etwa zwanzig Angestellte in den Nebengelassen, ich selbst wohnte noch immer in der oberen Etage. Ob dem weiterhin so sein würde, musste noch entschieden werden, denn es gab noch ein kleineres Gebäude auf dem Gelände, aus dem man entweder ein abgeschiedenes Solo-Gästehaus machen konnte oder ein Wohnhaus für mich.

Insgesamt würde das Haus etwa fünfzehn bis zwanzig Gäste fassen können. Ich wusste, dass Miss Arden die »Schönheitsfarm«, wie sie es getauft hatte, sehr exklusiv halten wollte und es ihr auf eine große Belegung nicht ankam. Eher wollte sie reiche Frauen ansprechen, die bereit waren, für exquisite Behandlungen und Produkte viel Geld auszugeben.

Ich ertappte mich dabei, meine Gedanken vorauswandern zu lassen. Nicht mehr lange, und der Betrieb würde losgehen. Würde Miss Arden mir für die gute Arbeit vielleicht einen Wunsch erfüllen? Den, ein Labor für hauseigene Produkte einzurichten? Wir hatten genug Nebengebäude, um eines davon diesem Zweck zu widmen. Ich überlegte bereits, was wir hier exklusiv anbieten könnten – etwas, das gut genug war, dass es Miss Ardens Beifall finden würde.

Auch wenn mir der Ausbau des Hauses viel Vergnügen bereitet hatte, sehnte ich mich danach, es endlich wieder mit

Cremes und Gesichtswasser zu tun zu bekommen. In den vergangenen zwei Jahren hatte ich mich eher wie eine Bauleiterin gefühlt, die aufpassen musste, dass die Handwerker nichts anstellten, was Miss Ardens Vorstellungen zuwiderlief. Ohnehin hatten sie mich in der Anfangszeit betrachtet, als wäre ich ein Wesen aus einem unbekannten Land. Doch mit der Zeit hatten sie sich daran gewöhnt, dass ich ihnen die Anweisungen gab.

Ebenso wie ich mussten auch sie lernen, dass meine Chefin kein Nein gelten ließ, außer von ihrer Freundin Bessie, die wohl die Einzige war, die ihr freiheraus die Meinung sagen durfte.

Maine Chance war wie eine Blase gewesen, in der wir vor der Außenwelt abgeschirmt waren. Während im gesamten Land der Hunger und die Not wüteten, versorgte Miss Arden uns mit allem, was wir brauchten.

Sie selbst gönnte sich den Luxus, an den Wochenenden nach den Ställen zu sehen und die entsprechenden Pferde zu kaufen. Ihr und mein Liebling war ein schneeweißer Halbaraber, der von einem, wenn man ihm glauben durfte, waschechten russischen Prinzen trainiert wurde. Helen hatte recht gehabt. Prinz Kader Guirey, der vor einiger Zeit nach Amerika eingewandert war, stellte unter der Woche Puder in einer von Miss Ardens Fabriken her, doch am Wochenende schlüpfte er in seine Reithosen und sprengte mit dem Feuer eines russischen Kosaken über die Felder. Kaum ein Mädchen, das hier arbeitete, war nicht verliebt in ihn.

Hin und wieder ging ich ins Nachbardorf und gab das, was wir nicht mehr brauchten, wie Holzverschnitt, Bauteile oder alte Fenster, den Leuten, was die Akzeptanz meiner Person und den Ruf von Miss Arden in der Gegend stärkten. Auch Miss Marbury zeigte sich entzückt. In den vergangenen Monaten, die sie in ihrem Landhaus verbracht hatte, war es ihr nicht besonders gut gegangen, was man ihr bei dem Wetter nicht verdenken konnte. Auch nach ihr hatte ich hin und wieder geschaut, weil ich wusste, dass es Miss Arden gefallen würde. Nach allem, was sie für mich und auch für Kate getan hatte, sah ich mich in der Pflicht, mich auch um ihre Freundinnen zu kümmern, wenn ich die Möglichkeit dazu hatte.

Mittlerweile war ein neuer Präsident gewählt, wenn auch noch nicht vereidigt worden. Franklin D. Roosevelt hatte versprochen, die Wirtschaft wieder auf die Beine zu bringen und so den Hunger, der viele amerikanische Familien plagte, in den Griff zu bekommen. Die Leute mochten ihn, und nachdem ich ein Interview mit ihm in der Zeitung gelesen hatte, setzte ich große Hoffnungen in ihn. Es wurde Zeit, dass die Not endlich von den Leuten genommen wurde.

Während leichter Schneefall einsetzte und hinter mir das Feuer im Kamin prasselte, blickte ich hinunter auf den Hof. Langsam verschwanden die Hufeindrücke, die die Reiter beim Morgenritt hinterlassen hatten. Miss Arden legte großen Wert darauf, dass die Tiere täglich ins Freie geführt und geritten wurden, selbst bei diesem Wetter.

Wenn ich etwas Zeit hatte, schaute ich den Männern zu. Einige von ihnen waren wirklich attraktiv und manche auch an mir interessiert, aber ich scheute mich, ihnen nahe zu kommen. Eine Beziehung anzufangen bedeutete, dass ich mein Geheimnis offenbaren musste.

Obwohl ich nur noch selten an Darren zurückdachte, trafen mich die Erinnerungen oftmals unverhofft und ließen mich von weiterem Kontakt absehen. Die Männer waren Angestellte von Miss Arden, genauso wie ich. Ich hatte begonnen, mich damit abzufinden, allein zu bleiben. Kein Mann erschien es mir wert, mich ihm zu öffnen und ihm meine Geschichte zu erzählen.

Tumult wurde unten im Haus laut. Hatten wir Besuch? Ich erhob mich von meinem Fensterplatz und verließ den Raum.

Peg, die Köchin, sprach aufgeregt mit einem der Dienstmädchen.

Sobald ich unten war, stürmte sie auf mich zu.

»Du liebe Güte, Miss Krohn!«

»Was gibt es, Peg?«

»Ich war gerade im Dorf. Miss Marbury ist letzte Nacht in New York gestorben. Eben kam das Telegramm bei der Haushälterin an. Sie ist ganz außer sich.«

Ich starrte sie erschrocken an. Zu Weihnachten hatte ich sie doch noch gesehen! Sie wollte nach New York zurückfahren, nachdem sie einen Brief von Miss de Wolfe erhalten hatte. Offenbar hatte die Reise ihrer Gesundheit weiter zugesetzt ...

»Das ist ja schrecklich«, presste ich hervor. »Wie konnte das nur so schnell gehen?«

»Das wissen wir nicht. Wahrscheinlich war es Herzversagen.«

Ich nickte und dachte daran, wie es damals für Kate war, als Mr Parker starb. Mussten die Angestellten nun auch fürchten, dass Miss Marburys Erben die Häuser verkauften?

»Danke, Peg, ich werde Miss Arden anrufen. Sie weiß es schon, nehme ich an?«

»Sicher hat sie es als Erste erfahren«, gab Peg zurück. »Oh Gott, die Arme. Sie wird am Boden zerstört sein. Miss Marbury war ihre beste Freundin.«

Daran hegte ich keinen Zweifel. Dementsprechend sammelte ich mich erst einmal, bevor ich zum Hörer griff und mich mit Miss Ardens Büro verbinden ließ.

Trauer klang in ihrer Stimme, als ich sie endlich sprechen konnte. »Es ist so furchtbar, die arme Bessie«, sagte sie näselnd, und ich hätte wetten können, dass sie sich ein Taschentuch gegen die Augen drückte. »Eben noch war sie das blühende Leben und jetzt ...«

Blühend war Miss Marbury schon seit einiger Zeit nicht mehr gewesen, doch wir hatten alle gehofft, dass sich ihr Zustand mit dem Einsetzen des Frühlings wieder bessern würde.

»Was ist mit Miss de Wolfe?«, fragte ich. »Haben Sie schon mit ihr sprechen können?«

»Nein, bisher nicht. Der Guten ist im Moment nicht nach Besuch oder Anrufen.«

»Das ist verständlich.« Ich wusste nicht, was ich sonst sagen sollte.

»Werden Sie zur Trauerfeier kommen?«, fragte mich Miss Arden. »Ich weiß, dass Bessie Sie sehr geschätzt hat.«

»Natürlich komme ich. Im Moment gibt es hier nicht viel zu tun, die Bauarbeiter wissen Bescheid, und ehe die Nebengebäude für die Angestelltenquartiere nicht gänzlich fertiggestellt sind, muss alles Weitere ruhen.«

»Gut.« Jetzt klang Miss Arden wieder etwas zuversichtlicher. »Ich werde Ihnen ein Hotelzimmer reservieren lassen. Das Waldorf Astoria ist Ihnen doch hoffentlich genehm?«

Das Waldorf Astoria? Ich hatte es bisher noch nicht gesehen, aber schon viel davon gehört. Das Hotel hatte einen sagenhaften Ruf, Filmstars und Politiker stiegen hier ab. Ray, die immer davon geträumt hatte, einen reichen Mann zu heiraten, wäre begeistert. Eigentlich war es viel zu elegant für mich, aber ich wusste, dass Miss Arden nicht davon abzubringen sein würde. Außerdem war ich trotz allem neugierig auf das Haus.

»Es ist mir sehr genehm«, antwortete ich. »Vielen Dank, Miss Arden.«

»Gut. Meine Sekretärin wird Ihnen den Zeitpunkt der Trauerfeier mitteilen. Wir sehen uns.«

Damit legte sie auf.

Auch wenn ich nicht von Miss Arden gebeten worden wäre, Miss Marburys Begräbnis beizuwohnen, wäre ich gefahren, allein schon deshalb, weil ich sie für ihre Klugheit und ihren rebellischen Geist sehr geschätzt hatte.

Gegen zehn Uhr vormittags bestieg ich den Zug in Richtung New York. Ich freute mich darauf, die Stadt wiederzusehen. Den Gerüchten zufolge hatten sich einige Freunde von Bessie Marbury zusammengefunden, um sich ihres Vermächtnisses anzunehmen. Darunter befanden sich nicht nur der zukünftige Präsident Roosevelt, sondern auch Mr Vanderbilt, den ich durch Madame kennengelernt hatte, und Anne Morgan. Durch Letztere hoffte ich, Kate wiederzusehen, die immer noch in ihren Diensten stand. Wir schrieben uns hin und wieder, doch ein Treffen war leider nicht mehr zustande gekommen, seit wir beide das Haus von Mr Parker verlassen hatten.

Als ich abends in der Central Station eintraf, wurde ich bereits von Miss Ardens Fahrer erwartet. Sie hatte darauf bestanden, dass er mich zum Waldorf Astoria bringen würde.

»Guten Abend, Miss Krohn, darf ich mich um Ihr Gepäck kümmern?«, fragte James.

»Ja, natürlich. Danke«, antwortete ich und reichte ihm meine Tasche. Ich hätte sie auch allein tragen können, aber in den vergangenen Jahren hatte ich gelernt, dass es in Ordnung war, auch einmal etwas abzugeben.

Im Fond des Wagens betrachtete ich die Lichter, die die Straßen säumten. Die Leuchtreklamen waren mehr geworden, und das, obwohl im Land immer noch Not herrschte. Versuchte die Stadt auf diese Weise, ihre Bewohner vergessen zu lassen, dass die Zeiten alles andere als rosig waren?

Vor einem großen weißen, von zahlreichen Scheinwerfern angestrahlten Bauwerk hielten wir an. Der Name des Hotels prangte in Gold gefasst oberhalb der hohen, silber-gelb verglasten Fenster, die den Eingangsbereich in ein warmes Licht tauchten. Ein grau livrierter Portier trat an Miss Ardens Wagen heran und öffnete mir die Tür.

»Guten Abend, Ma'am, herzlich willkommen im Waldorf Astoria!«

Ich erwiderte seinen Gruß, bedankte mich und stieg aus. Derweil hatte James bereits meine Tasche geholt. Bevor er anbieten konnte, sie für mich zu tragen, nahm ich sie ihm aus der Hand, dankte auch ihm und schritt auf den Eingang zu.

In der Hotellobby blieb ich einen Moment lang stehen. Die Pracht der Inneneinrichtung raubte mir den Atem. Überall sah ich weißen Marmor und Gold. Säulen aus dunklem Holz trugen die Decke, die mit strengen, fast griechisch anmutenden Ornamenten geschmückt war. In der Mitte der Lobby erhob sich eine riesige Uhr.

Ich begab mich zu der in schwarzen Marmor gefassten Rezeption, hinter der mich ein Concierge in ebenfalls grauer Livree empfing.

»Sophia Krohn«, stellte ich mich vor. »Für mich müsste ein Zimmer reserviert worden sein.«

»Ah, die Dame von Elizabeth Arden«, gab der Mann zurück und schob mir ein Papier entgegen. »Wenn Sie so freundlich wären, dieses Formular auszufüllen?«

Während ich meinen Namen und mein Geburtsdatum eintrug, ging der Concierge zum Schlüsselbrett. Wenig später legte er einen Schlüssel mit einem kleinen goldenen Anhänger auf den Tresen.

»Unser Boy kümmert sich um Ihr Gepäck, wenn Sie möchten.«

»Nicht nötig«, sagte ich. »Ich habe nicht sehr viel dabei. Aber es würde mich freuen, wenn mir ein Kleid aufgebügelt werden könnte.«

»Das werde ich mit Freuden für Sie arrangieren.«

»Danke.« Ich nahm den Schlüssel und begab mich zum Fahrstuhl.

Als ich mein Zimmer betrat, war ich immer noch überwältigt von der Pracht des Hotels. Ich konnte nicht glauben, dass ich so weit gekommen war. Nicht nur, dass ich eines der Herzensprojekte von Miss Arden vorantrieb, nun residierte ich auch noch in einem Haus, in dem die obersten Zehntausend des Landes und der Welt ein und aus gingen.

Ich schaute mich in dem Raum um, dessen Wände mit cremefarbenem Seidenjacquard bespannt waren, passend zu den Louis-XIV.-Stühlen und der Draperie vor dem Bett. Diese Suite hätte sich auch in einem Schloss befinden können. Was für ein Fortschritt gegenüber dem Pensionszimmer, das Henny und ich bewohnt hatten ...

Nachdem ich meine Sachen ausgepackt und mein Trauerkleid für morgen auf einen Bügel gehängt hatte, ging ich zu dem Marmortischchen neben dem Fenster. Ein kleiner cremefarbener Umschlag wartete dort auf mich. Ich zog die Karte hervor und las eine Nachricht in Miss Ardens Handschrift.

Willkommen zurück in New York. Probieren Sie unbedingt ein Menü à la Oscar! E. A.

Ich hatte Miss Arden schon vor einiger Zeit von dem Maître d'hôtel des Waldorf Astoria schwärmen hören. Er war nicht nur die treueste Seele des Hotels und ein angesehener Mann – seine Ambitionen in der Küche und sein Können hinsichtlich der Organisation von Anlässen waren legendär.

Viel Appetit hatte ich nach den Anstrengungen der Reise nicht, doch da ich wusste, dass die Portionen klein ausfallen würden und Miss Arden mich möglicherweise danach fragen würde, beschloss ich, in den Speisesaal zu gehen und mir Oscars Kochkünste einmal anzusehen.

Als ich den ausladenden Raum betrat, traute ich meinen Augen kaum. Zunächst war es nur das Glitzern von zwei riesigen Edelsteinen, die mir ins Auge fielen, dann sah ich das Gesicht: Madame Rubinstein. Im Zentrum meines Blickfeldes, in einer kleinen Sitzecke aus gelbem Leder und dunklem Holz saß sie, flankiert von zwei Männern in eleganten Anzügen.

Als wären seit unserem letzten Zusammentreffen keine vier Jahre vergangen, trug sie noch immer ihren schwarzen, streng zurückgekämmten Dutt, und ihre Haut war ebenfalls makellos. Sie wirkte um keinen Tag gealtert.

Ich zögerte. Würde sie mich erkennen?

Als könnte sie meine Anwesenheit spüren, fiel ihr Blick plötzlich auf mich. Jetzt konnte ich nicht mehr so tun, als würde ich sie nicht bemerken. Ich gab mir einen Ruck und ging auf sie zu, um sie zu begrüßen. Wenn Miss Arden das herausfand, würde sie mich wahrscheinlich in der Luft zerreißen, aber ich wollte nicht unhöflich sein. Außerdem hatte Madame es mir ermöglicht, nach New York zu kommen. Sie hatte mir die erste große Chance gegeben.

»Sophia Krohn!«, rief sie aus und versetzte mich damit in Erstaunen. Helena Rubinstein merkte sich nie einen Namen. Ihre Geschäftspartner und Angestellten waren für sie immer nur »der Verpackungsmann« oder »der Mann, dem die Frau gestorben ist« oder »die Frau mit dem Nervenzusammenbruch«. Nur selten sprach sie über jemanden und erwähnte dabei seinen Namen.

»Madame Rubinstein. Ich freue mich sehr, Sie wiederzusehen.« Ich reichte ihr die Hände, und wie es in diesen Kreisen Brauch war, küssten wir uns symbolisch links und rechts auf die Wange.

»Du liebe Güte, Sie sind ja noch viel hübscher geworden!«, sagte sie mit einem Ausdruck des Entzückens in ihren Augen.

Ich wurde misstrauisch. Nie war sie dermaßen begeistert gewesen, mich zu sehen. Vielleicht lag es an den beiden Männern, mit denen sie zu Abend aß und denen gegenüber sie sich keine Blöße geben wollte, indem sie wütend auf mich reagierte.

»Meine Herren, eine der talentiertesten Chemikerinnen, die je für mich gearbeitet haben!«

Die Herren stellten sich vor, doch ich konnte keinen der Namen mit unserer Branche verbinden.

»Es freut mich, Sie wiederzusehen. Und dann an einem Platz wie diesem. Es scheint Ihnen gut zu gehen.« Sie musterte mich von Kopf bis Fuß, schließlich bohrte sich ihr Blick in mein Gesicht. »Ihre Haut ist hervorragend! Sie sind meinen Produkten wohl treu geblieben.«

Ich setzte ein neutrales Lächeln auf. In Gegenwart der beiden Männer wäre es unhöflich gewesen, zuzugeben, dass ich auf das Arden-Sortiment zurückgriff, weil ich dafür einen Rabatt erhielt.

»Haben Sie vielleicht einen Moment, Fräulein Krohn?«, fragte sie und verfiel mit dem »Fräulein« ins Deutsche. Offenbar hatte sie ihre Angewohnheit, ein Gemisch aus verschiedenen Sprachen zu sprechen, immer noch nicht abgelegt. »Ich würde Ihnen gern eine Frage stellen – unter vier Augen.«

»Sollen wir Sie allein lassen?«, fragte einer der Männer.

Madame verneinte. »Es ist ohnehin an der Zeit, dass ich mir kurz die Beine vertrete.«

»Aber natürlich, Madame«, sagte ich und begleitete sie in den Salon. Dort, unter schweren kristallenen Lüstern, genossen unzählige Gäste das Spiel des Pianisten. Niemand nahm Notiz von uns, und die Musik verhinderte, dass uns jemand belauschte.

»Wie man hört, arbeiten Sie jetzt für diese Frau«, begann Madame ohne Umschweife, wie es ihre Art war. »Was zum Teufel hat Sie geritten, zu ihr zu gehen nach allem, was ich für Sie getan habe?«

Ich schaute sie erschrocken an. Wie hatte sie davon erfahren?

Dann wurde mir klar, dass es Miss Arden sicher ein Bedürfnis gewesen war, ihr diese Information zuzuspielen, nachdem Madame wieder den Platz hinter ihrem New Yorker Schreibtisch eingenommen hatte.

»Ich hatte keine andere Wahl«, antwortete ich. »Nachdem ich entlassen worden war, musste ich mir einen anderen Job suchen. Miss Arden hat mir eine Chance gegeben.«

Helena Rubinstein verzog das Gesicht ähnlich wie Miss Arden, wenn ich in ihrer Gegenwart von »Madame« sprach.

»Sie sind entlassen worden?«, fragte sie dann. »Wie konnte das passieren?«

Ich blickte sie verwundert an. »Hat man Ihnen nichts von den Kündigungen erzählt? Einige Kolleginnen mussten kurz nach dem Verkauf gehen. Unter den Ersten war ich, weil man der Meinung war, dass Glory nicht gut gelaufen sei und ich daher verzichtbar wäre.«

Helena Rubinsteins Augen funkelten plötzlich zornig. »Diese Schmocks!«, murmelte sie. »Ich hatte mit ihnen vereinbart, dass sie niemandem kündigen.«

»Offenbar hat diese Vereinbarung nicht viel gegolten. Sie haben mich einfach rausgeworfen und mir nicht einmal ein Zeugnis ausgestellt. Dass Miss Arden mich genommen hat, war ein Wunder.«

»Es war keines«, widersprach sie mir, als könnte sie meine Gedanken lesen. Allerdings wusste sie wohl kaum von dem Schreiben, das Miss Arden mir nach der Party bei den Vanderbilts geschickt hatte. »Sie hat genau gewusst, wen sie da vor sich hatte. Und es war ihr sicher ein Vergnügen, Sie einzustellen, denn sie weiß genau, wie ich es hasse, wenn man mir gute Leute abspenstig macht. Aber dafür wird sie bezahlen.«

Ihr finsterer und rachsüchtiger Tonfall ließ mich erschaudern. Offenbar hatte sie sich doch verändert, wenn auch nicht äußerlich.

Eine Weile grübelte sie, dann sagte sie: »Sie haben doch sicher erfahren, dass ich die Anteile zurückgekauft habe. Warum haben Sie sich dann nicht bei mir gemeldet? Ihre Kündigung war ein großer Fehler!«

»Ich war da schon bei Miss Arden und wagte nicht, bei Ihnen vorstellig zu werden. Sie hatten sicher anderes zu tun mit der Scheidung und ...«

»Scheidung?«, fiel Madame mir ins Wort und zog die Augenbrauen hoch. »Wer spricht denn von Scheidung?«

Ich wurde rot, und plötzlich war mir so heiß, als stünde ich vor einem Ofen. »Miss Arden erwähnte ...«

»Pah!«, rief sie aus, so laut, dass jetzt doch ein paar Leute zu uns herüberschauten. »Diese Frau sollte besser auf ihre eigene Ehe achten.« Sie hielt inne, um sich zu sammeln, dann tätschelte sie meine Hand. »Machen Sie sich nichts daraus, Sie können schließlich nichts für den Unsinn, den man sich erzählt.«

»Dann haben Sie wieder zusammengefunden?«

Der kalte Ausdruck in ihren Augen zeigte mir, dass dem nicht so war. »Sagen wir es so: Edward geht in Europa seinen eigenen Neigungen nach und ich hier den meinen. Aber eine Scheidung hat es nicht gegeben.«

Ich wusste nicht, ob mich das erleichterte. Es klang danach, als könnten sich beide von den Fesseln, die sie einander angelegt hatten, nicht befreien.

»Es tut mir leid, dass es so gekommen ist«, sagte ich, und nachdem sie mir eine Weile in die Augen gesehen hatte, nickte sie.

»Ich weiß Ihre Anteilnahme zu schätzen, Miss Krohn. Umso mehr würde es mir gefallen, wenn Sie zu mir zurückkehren würden.«

Ich zog die Augenbrauen hoch. Damit, dass sie mich abwerben wollte, hätte ich nicht gerechnet.

»Ich ... ich bin sprachlos«, sagte ich.

»Während meiner Abwesenheit sind so viele hässliche Dinge geschehen«, fuhr Madame fort. »Dinge, die ich zugelassen habe, weil ich meine Ehe retten wollte. Aber das ist jetzt vorbei. Der Name Rubinstein strahlt heller denn je. Ich habe neue Niederlassungen in Rom und Mailand gegründet, und seit ich die Geschäfte hier wieder übernommen habe, geht es meinem Unternehmen blendend. Ich bin sicher, dass diese Frau vor Zorn kocht.«

Ich hatte keine Ahnung, inwiefern Madames Erfolge Miss Arden berührten. Mit dem Gedanken an die Schönheitsfarm und der Tatsache, dass sie damit etwas wagte, was zuvor niemand sonst auf die Beine gestellt hatte, konnte sie es wohl leichter ertragen als früher.

»Ich könnte Ihnen eine Stelle in einem meiner Labors anbieten. Oder aber, wenn es Sie interessiert, zur Assistentin meiner Schwester in Rom machen. Rom ist eine wunderbare Stadt. Sie wären eine der bestbezahlten Frauen dort.«

Meine Gedanken wirbelten herum. Rom war sicher schön, und es gab nichts, was mich hier halten konnte. Außerdem würde ich näher an Frankreich sein und die Gelegenheit haben, Monsieur Martin aufzusuchen und ihn aktiv bei der Suche zu unterstützen.

Doch was würde dann aus all der Arbeit an Maine Chance? Aus all den Jahren, die ich darin investiert hatte? Miss Arden mochte vielleicht ihre Eigenheiten haben, und manchmal reagierte sie unbeherrscht, aber schlecht behandelt hatte sie mich nie. Ich war ihr gegenüber in derselben Zwickmühle wie gegenüber Madame. Jede von ihnen hatte mir auf ihre Weise eine Möglichkeit zu überleben gegeben.

»Ich werde darüber nachdenken«, antwortete ich ausweichend, denn ich wollte mir Madame und damit auch ihre Bekannten nicht zu Feinden machen. Wenn sich der Wind drehte, konnte es sein, dass ich durch eine andere Tür als die rote treten musste. Ich wollte nicht, dass sie dann verschlossen war. »Sie verstehen sicher, dass ich hier meine Verbindungen habe und erst einmal sehen muss, ob sie den Wechsel nach Rom verkraften würden.«

Madame lächelte mich an, als würde sie meine Lüge durchschauen, doch dann nickte sie. »In Ordnung, denken Sie darüber nach. Aber nicht allzu lange. Stellen wie diese wollen rasch besetzt werden. Ich kann sie nicht ewig offen halten.«

»Das weiß ich, Madame, und ich danke Ihnen für das Angebot«, sagte ich. »Und ich danke Ihnen auch dafür, dass Sie meine Kündigung als Fehler ansehen. Als ich die Fabrik verlassen musste, war ich am Boden zerstört.«

»Wenn Sie zu mir zurückkommen, werde ich versuchen, das wiedergutzumachen«, gab sie zurück, drückte mir noch einmal die Hand verließ mich dann.

Ich schloss mich ihr nicht gleich an, sondern lauschte noch eine Weile der Musik. Ihr Angebot kam für mich nicht infrage, das wusste ich, dennoch hatte es etwas in mir bewegt. Hätte ich wirklich warten sollen? Nein, denn ich brauchte Geld, und niemand hätte vorhersehen können, dass Madame nach Amerika zurückkehren würde.

Doch es war gut zu wissen, dass Madame mir nicht grollte. Jedenfalls so lange nicht, wie sie meine Rückkehr erhoffte.

Nach einer Weile löste ich mich von meinem Platz und der Musik und kehrte in den Speisesaal zurück. Mein Hunger war wieder da, und ich war gespannt auf die Küche, deren legendärer Ruf auch nach Maine vorgedrungen war.

Mein Blick schweifte zu dem Tisch, an dem Madame gesessen hatte, doch er war leer.

34. Kapitel

Obwohl Miss Marbury keine Freundin von mir war, fühlte ich mich schwermütig, als ich an diesem Morgen in die schwarzen Kleider schlüpfte. In mir war keine Trauer um Bessie Marbury, aber Bedauern. Sie war eine freundliche Frau gewesen, und ihr hätten ruhig noch ein paar Jahre vergönnt sein können.

Unweigerlich musste ich an meinen Sohn denken. Sein vermeintlicher Tod und die Tatsache, dass ich nicht an seiner Beisetzung teilnehmen konnte, hatten mich lange verfolgt. Hätte ich ihn sehen können, hätte ich daran teilhaben können, wie er der Erde übergeben wurde, dann hätte ich vielleicht anders über den Brief gedacht. Doch so nistete noch immer die Ungewissheit in meinem Innern.

Aber Bessie Marbury, das wusste ich, würde nicht mehr von den Toten auferstehen.

Bei der Ankunft auf dem Friedhof musste ich feststellen, dass ich nicht als Einzige auf die Idee gekommen war, überpünktlich zu erscheinen. Die nicht reservierten Sitzplätze waren bereits besetzt. Alle anderen Gäste, die Miss Marbury die letzte Ehre erweisen wollten, mussten mit einem Stehplatz vorliebnehmen.

Mir war es ganz recht so, denn stehend hatte ich einen guten

Überblick. Vorn in der ersten Reihe entdeckte ich Miss Arden und eine mir unbekannte Frau, beide mit verschleierten Hüten auf dem Kopf wie Witwen, die ihre Ehemänner betrauerten. Miss de Wolfe war noch nicht zu sehen. Nahm sie gerade am Sarg Abschied von ihrer Gefährtin?

Gewiss war sie am Boden zerstört. Wenn man den Gerüchten, die im Salon umgingen, glauben konnte, hatte Miss Marbury nie einen Hehl daraus gemacht, dass sie in romantischen Dingen Frauen den Vorzug gab. Und ihr Herz hatte ganz Miss de Wolfe gehört.

Miss Arden dagegen war die beste Freundin, und nach allem, was ich in den vergangenen Jahren erfahren hatte, hatte sie Bessie noch wesentlich mehr zu verdanken als Maine Chance. Ihre Freundschaft ähnelte der von mir und Henny so sehr, dass es schmerzte, besonders weil Henny für mich nicht mehr erreichbar war.

Nach einer Weile erschien eine Gruppe dunkel gekleideter Männer, die ich zunächst für eine Ehrenwache hielt. Doch dann erkannte ich, dass es die Leibwächter des designierten Präsidenten Roosevelt waren.

Er bewegte sich langsam und auf Krücken voran. Ich hatte gelesen, dass er in jungen Jahren an Kinderlähmung erkrankt war. Dass er trotz allem auf den eigenen Beinen stand, war beinahe ein Wunder. Es bewies starken Willen, Selbstbeherrschung und Härte, alles Eigenschaften, die ihm im Wahlkampf nützlich gewesen waren.

Die Anwesenden erhoben sich, um ihm Respekt zu erweisen, ein Meer schwarzer Mäntel, das eine Welle schlug.

Als sich alle Trauergäste eingefunden hatten, begann der Reverend mit seiner Rede. Sie war sehr würdevoll und fiel überaus lang aus. Neben persönlichen Lebenshöhepunkten wurden die Namen vieler berühmter Persönlichkeiten genannt, denen Elisabeth Marbury eine Freundin oder Förderin gewesen war.

Hier und da ertönte ein Schluchzen. Die meisten standen mit gesenktem Kopf da, doch ich war sicher, dass einige von ihnen ihre Aufmerksamkeit ganz anderen Dingen zuwandten als der Seele von Miss Marbury.

Ich blickte mich um auf der Suche nach Leuten, die ich kannte. Da sah ich ganz außen am Rand Kate stehen. Wahrscheinlich hatte Miss Morgan, die ebenfalls unter den Trauergästen war, darauf bestanden, dass ihr Haushalt an der Trauerfeier teilnahm. So diskret wie möglich verließ ich meinen Platz und ging zu ihr.

Als sie mich erblickte, lächelte sie breit.

»Hallo«, flüsterte ich und drückte leicht ihre Hand. Sie erwiderte meinen Gruß und kehrte dann zu ihrer ernsten Miene zurück, denn einige Trauergäste blickten zu uns herüber. Ich entschloss mich zu schweigen, jedenfalls fürs Erste.

Die Rede dauerte noch eine ganze Weile, und meine Beine begannen zu schmerzen. Was hätte ich für einen hölzernen Klapphocker gegeben!

Endlich war der Reverend fertig, und der kleine Chor, der hinter ihm stand, setzte zu einem Trauerlied an. Als Miss Marburys sterbliche Hülle langsam in die Erde hinabgesenkt worden war, erhoben sich die Anwesenden und defilierten am Grab vorbei.

Jetzt endlich hatte ich die Gelegenheit, mit Kate zu sprechen.

»Wie geht es dir?«, fragte ich.

»Gut«, antwortete sie. »Wie du siehst. Ich habe ein paar Pfund abgenommen, aber nicht weil es dort so schlimm ist, sondern weil Miss Morgan sehr auf die Gesundheit ihrer Angestellten achtet. So was ist mir noch nie untergekommen.«

»Das klingt wunderbar!«

»Und dir scheint das Land auch gutzutun«, stellte sie fest. »Deine Wangen sind so rosig wie Winteräpfel.«

»Es ist schon etwas anders als in der Stadt«, antwortete ich. »Man kann nicht jederzeit in ein Deli gehen und sich etwas zu essen kaufen. Es gibt nur einen kleinen Laden im Dorf, der nicht immer alles hat, was man braucht. Die nächstgrößere Stadt ist ein ganzes Stück entfernt, sodass man einen Wagen nehmen muss. Oder ein Pferd.«

»Ich kann mir dich auf einem Pferd gar nicht vorstellen«, sagte Kate lachend.

»Ich mich auch nicht, wenn ich ehrlich bin«, pflichtete ich ihr bei. »Ich mag Pferde und schaue ihnen gern zu. Aber auf eins draufsteigen würde ich nie. Wenn ich herunterfalle und dabei mein Gesicht ruiniere, wird Miss Arden mich wohl entlassen.«

Ich blickte hinüber zu meiner Chefin, die sich gerade mit ein paar Männern unterhielt.

»Warst du noch mal bei dem Haus von Mr Parker? Weißt du, wer es gekauft hat?«

»Nein«, antwortete sie. »Nachdem du weg warst, ging alles ziemlich schnell. Ich habe meine Taschen gepackt, dem jungen Mr Parker eine Nachricht geschrieben und bin gegangen. Eine Kündigung hielt ich nicht für angebracht, denn mein eigentlicher Dienstherr war ja verstorben. Parker hat es dann auch noch versäumt, mir meinen restlichen Lohn zu zahlen. Aber ich nehme es ihm nicht übel. Er hat mich ohnehin kaum beachtet, wahrscheinlich hat er gedacht, das Essen und der Kaffee zaubern sich von allein auf den Tisch.« Sie schüttelte den Kopf.

»Kaum zu glauben, dass er Mr Parkers Sohn ist«, sagte ich.

»Angesichts seiner Manieren könnte man tatsächlich daran zweifeln. Aber wenn man ihm ins Gesicht geschaut hat ...« Sie zuckte mit den Schultern. »Was soll's, das Leben geht weiter. Und Miss Morgan ist wirklich großartig. Ich habe mich sehr schnell an das Leben einer Hausdame gewöhnt.« Sie griff nach meiner Hand. »Ich kann dir nicht genug dafür danken.«

»Nicht nötig, ich bin froh, dass du wohlauf bist.«

Wir lächelten uns an, dann fragte Kate: »Hast du Lust auf eine Tasse Tee? Miss Morgan wollte, dass ich an der Beerdigung teilnehme, aber die Trauerfeier ist höhergestellten Gästen vorbehalten. Wir könnten uns in Miss Morgans Küche setzen und plaudern wie früher.«

Wie gern hätte ich dieses Angebot angenommen! Doch ich war zu der Trauerfeier geladen, dafür hatte Miss Arden gesorgt.

»Tut mir leid, ich werde zu der Feier gehen müssen. Ein anderes Mal.«

»In Ordnung.« Kate nickte und wirkte ein wenig enttäuscht, dann griff sie nach meiner Hand. »Komm bald wieder nach New York, ja?«

»Wenn es mir möglich ist …«

»Kate!«, rief eine Frauenstimme.

Sie zog ihre Hand wieder zurück. »Keine Ruhe für die Verdammten, nicht wahr? Hab eine gute Zeit auf dem Land.«

»Und du in der großen Stadt!«

Mit diesen Worten schieden wir voneinander. Kate strebte Miss Morgan zu, die nach ihr gerufen hatte. Ich ging zu Miss Arden.

Der Großteil der Trauergäste hatte sich mittlerweile verlaufen, wahrscheinlich befanden sich einige bereits auf dem Weg zu dem Hotel, in dem die Trauerfeier stattfand. Nur der innere Kreis von Miss Marburys Bekannten war noch da und sah zu, wie das Grab geschlossen wurde. Soweit ich es erkennen konnte, war Miss de Wolfe nicht erschienen. Ging es ihr vielleicht schlecht?

Ich wartete, bis Miss Arden mich bemerkte, und trat dann neben sie.

»Miss Krohn, schön, Sie zu sehen«, sagte Miss Arden mit

einem Unterton, der mich warnte. Sie mochte in Trauer sein, doch sie vergaß darüber nicht einen Moment ihr Geschäft. Dazu zählte auch, dass ihre Angestellten makellos gekleidet und geschminkt waren.

Ich war beides, jedenfalls glaubte ich das, also musste es etwas anderes sein.

»Ich freue mich ebenfalls, Sie zu sehen, Miss Arden«, erwiderte ich höflich. »Vielen Dank für die Unterbringung in diesem wunderbaren Hotel. Ich bin Ihrem Rat gefolgt und habe ein Menü von Oscar probiert. Es war göttlich!«

»Das ist fein«, erwiderte sie. »Allerdings frage ich mich, warum Sie sich mit Hausangestellten abgeben.«

Hatte sie tatsächlich mitbekommen, dass ich mit Kate gesprochen hatte? Sie war doch vorn in der ersten Reihe gewesen und ich ganz hinten.

»Kate ist eine Bekannte von mir«, sagte ich, verwundert über die seltsame Feindseligkeit in ihrer Stimme. »Die Frau, wegen der ich Sie um Hilfe gebeten hatte.«

»Ihr Platz ist bei mir! Bei meinesgleichen. Sie wollen doch Erfolg haben, oder nicht?«

»Natürlich«, entgegnete ich. Gleichzeitig musste ich mein Unverständnis zügeln. Was war dabei, dass ich mit Kate gesprochen hatte?

»Sie hätten in der Zeit wichtige Kontakte knüpfen können. Immerhin wimmelte es nur so von Persönlichkeiten. Auch wenn ich sicher bin, dass keine von denen Bessie so zu schätzen wusste wie ich selbst.«

Welche dieser Personen hätte das Bedürfnis gehabt, meine Hand zu schütteln? Schließlich war ich keine Angehörige von Miss Marbury, ja nicht einmal eine Freundin.

Miss Arden schien mir diesen Gedanken von den Augen abzulesen. »Sie haben die Aufsicht über mein wichtigstes Projekt. Da erwarte ich, dass Sie sich auch Leuten zeigen, die Sie nicht kennen. Ihre Aufgabe ist es, meine Firma zu repräsentieren, selbst wenn es auf einer Trauerfeier ist.«

»Ja, Miss Arden«, antwortete ich, obwohl es in mir brodelte. Möglicherweise suchte sie eine Möglichkeit, die Trauer abzureagieren.

»Gut. Dann begleiten Sie mich, und ich werde Sie einigen Persönlichkeiten vorstellen. Ihrer Bekannten können Sie meinetwegen schreiben, ab sofort kümmern Sie sich ums Geschäft.«

Mit diesen Worten wandte sie sich um, und mir blieb nichts anderes übrig, als ihr zu folgen.

Am Abend konnte ich all die Gesichter vor meinem geistigen Auge nicht mehr auseinanderhalten. Hatte ich die Hand des zukünftigen Präsidenten geschüttelt oder nicht? Ich war mir nicht mehr ganz sicher. Aber ich hatte zahlreiche Repräsentanten des Handels kennengelernt. Ein wenig erinnerte es mich an die Vanderbilt-Party, auf die ich Madame begleiten musste, nur dass dort nicht so bedrückende Umstände geherrscht hatten.

Während ich Miss Arden mit den Männern reden hörte, wurde mir klar, dass ihre zur Schau gestellte Trauer ihrem Geschäft ziemlich zugutekam. Nachdem sie Miss Marbury mit zugegeben ehrlichen Worten gepriesen hatte, wies sie stets darauf hin, dass sie dabei war, etwas Bahnbrechendes zu kreieren. Ich pflichtete ihr bei, wusste aber, dass ich nichts verraten durfte. Solche Dinge sprachen sich in unserer Branche schnell herum, und es würde nur eine Frage der Zeit sein, bis sie Madame zu Ohren kamen. Wendig, wie Helena Rubinstein war, würde sie möglicherweise einen Schönheitsclub aus dem Boden stampfen, bevor wir unseren eröffnen konnten.

Später am Abend schien Miss Arden mit mir wieder zufrieden zu sein. Sie setzte sich neben mich auf ein Sofa und lehnte sich mit einem leicht erschöpften Seufzen zurück. Solche Augenblicke sah man bei ihr selten.

Aus irgendeinem Grund fiel mir wieder Miss de Wolfe ein. Ich hatte sie auch bei der Trauerfeier nicht gesehen.

»Ist mit Miss Marburys Freundin alles in Ordnung?«, fragte ich, worauf mich Miss Arden ein wenig verwirrt anschaute, als wüsste sie nicht, wen ich meinte.

»Miss de Wolfe«, präzisierte ich. »Ich habe sie nirgends gesehen.«

»Sie ist nicht hier«, antwortete Miss Arden mit ausdrucksloser Stimme. »Sie wollte sich das nicht antun.«

Ich runzelte die Stirn. Eine Beerdigung war eine Strapaze, doch war man das den Menschen, die man liebte, nicht schuldig? In meinen Augen waren nur Krankheit oder der Aufenthalt in einem weit entfernten Land Grund genug, einem solchen Anlass fernzubleiben.

»Aber Miss de Wolfe war doch die engste … Vertraute von Miss Marbury.«

»Wer kann schon in die Herzen der Menschen schauen«, antwortete Miss Arden, und der Blick, mit dem sie mich bedachte, sagte mir, dass es besser wäre, nicht weiter nachzufragen.

Dafür erklärte Miss Arden, dass ich jetzt ins Hotel zurückkehren dürfte. »Die Zeit der Geschäfte ist vorbei, morgen müssen Sie wieder nach Maine. Ruhen Sie sich aus.«

Es befremdete mich immer noch ein wenig, dass sie den Tod ihrer Freundin ganz unverhohlen auch als geschäftliches Ereignis betrachtete.

Der Gedanke verfolgte mich noch, als ich wieder im Taxi saß, das mich zum Waldorf Astoria zurückbrachte.

Gegen Mitternacht konnte ich mich endlich auf das weiche Hotelbett sinken lassen. Ich stieß meine Schuhe von den Füßen und lehnte mich zurück. Während ich meine Augen schloss, rückten die Eindrücke des Abends ein wenig von mir ab, und ich spürte, wie ich langsam zur Ruhe kam.

Eine Ruhe, die ich mir ersehnt hatte. War das ein Zeichen, dass ich alt wurde?

Oder hatte ich mich nur schon so sehr daran gewöhnt, dass auf dem Land die Uhren anders tickten als in New York?

Es war jedenfalls schön gewesen, Kate wiederzusehen, wenn auch nur kurz und um den Preis, dass Miss Arden mir eine Standpauke gehalten hatte. Jetzt freute ich mich wieder auf Maine Chance und das Raunen des Windes in den Bäumen vor meinem Fenster. In der ersten Zeit hatte es mich gestört, doch jetzt konnte ich mir nichts Beruhigenderes und Friedvolleres vorstellen.

35. Kapitel

Einige Tage nach meiner Rückkehr erschien Miss Arden in Begleitung von Miss de Wolfe auf Maine Chance. Diese schien sich mittlerweile schon ein wenig von ihrer Trauer erholt zu haben. Hatte sie, aus welchen Gründen auch immer, nicht die Kraft gefunden, der Trauerfeier ihrer Freundin beizuwohnen, schritt sie jetzt zügig den Weg herauf.

Mr Jenkins war auch diesmal nicht dabei, was mich ein wenig verwunderte. Anfänglich hatte er sich hier öfter blicken lassen, obwohl Miss Marbury recht beißend ihm gegenüber werden konnte. Doch seit einiger Zeit war Miss Arden allein gekommen oder in Begleitung ihrer Sekretärin.

Miss de Wolfe wirkte noch immer sehr mitgenommen. Aber aus Miss Ardens Augen leuchtete bereits wieder der Unternehmergeist.

Sie wies mich an, ihren Gast herumzuführen. Etwas vor ihr geheim zu halten brauchten wir nicht, denn Miss Marbury hatte sie sicher eingeweiht. So kam es, dass Elsie de Wolfe die erste Frau aus den gehobenen Kreisen war, die die Behandlungs- und Turnräume zu sehen bekam.

»Wir planen, auch Yoga in den Schönheitsplan zu implementieren«, erklärte Miss Arden voller Stolz. »Ich habe vor, einen Lehrer direkt aus Indien kommen zu lassen. Die Männer sind dort zwar nicht besonders gut aussehend, besonders jene nicht, die sich dem Yoga verschreiben, aber sie tun unglaubliche Dinge.«

»Dein Klientel wird sicher andere Augenweiden finden«, versicherte ihr Miss de Wolfe. »Viele der erfolgreichen Geschäftsfrauen werden ihre Beaus in der Nähe einquartieren oder sind gar nicht erst an Männern interessiert. Außerdem machen deine Stallburschen einen ziemlich ansehnlichen Eindruck.«

»Das stimmt, aber ihre Hauptaufgabe ist es, sich um die Pferde zu kümmern. In den kommenden Jahren werde ich auch meinen Stall erweitern. Und das nicht nur, um den Damen die Gelegenheit zu geben, einen Ausritt zu machen.«

»Dann meinst du es also ernst mit dem Turniersport?«

»Jemand wie ich sollte etwas haben, mit dem er in der Gesellschaft im Gespräch bleibt, findest du nicht?«

Während Miss Arden nun mit ihren Ausführungen über Vollblüter und Zuchtprogramme begann, kam ich mir vor, als würde ich mit jedem Schritt unsichtbarer werden. Und Miss de Wolfe vertiefte sich so sehr ins Gespräch mit Miss Arden, dass mein Verschwinden sicher nicht aufgefallen wäre.

Erst nachdem wir den Schulungsraum für die Kosmetikkurse der Damen hinter uns gelassen hatten, erinnerte sich Miss Arden wieder an mich.

»Miss Krohn, es wird Sie sicher freuen zu hören, dass ich endlich jemanden gefunden habe, der Sie bei der Erstellung der Werbekampagne für die Schönheitsfarm unterstützen kann.«

Ich zog die Augenbrauen hoch. Jemand, der die Werbekampagne erstellte? Ich war davon ausgegangen, dass wie sonst auch Mr Jenkins dafür verantwortlich wäre. Glücklicherweise war ich klug genug, sie nicht auf ihren Ehemann anzusprechen.

»Das ist eine sehr gute Nachricht«, antwortete ich stattdessen. »Ich rechne damit, dass wir spätestens im Sommer die ersten Kundinnen empfangen können. Uns fehlen eigentlich nur noch einige gut geschulte Kosmetikerinnen und Kursleiter.«

»Ich habe da bereits welche im Auge. Sie wissen ja, wie gut Miss Hodgson beim Ausbilden neuer Kräfte ist.«

Die Erwähnung von Miss Hodgson überraschte mich ein wenig. Sicher, sie war nach wie vor die beste Filialleiterin, die sie hatte. Aber seit wann bildete sie denn Kräfte für Miss Ardens Prestigeprojekt aus? Bedeutete es etwa, dass sie auch herkommen würde?

Ich betete im Stillen, dass das nicht der Fall sein würde, während Miss Arden weitersprach.

»Es ist ein hervorragender Mann, kompetent und gut aussehend. Als ich ihn bei einer Party letzten Monat kennengelernt habe, wusste ich, dass er der Richtige für den Job ist.«

Dass es ein Mann war, schien typisch für Miss Arden. Sie hatte keine Probleme damit, Frauen ihre Salons leiten zu lassen. Und mir hatte sie die Einrichtung des Hauses und den Aufbau der Farm anvertraut. Aber wenn es um Dinge ging, die die Öffentlichkeit betrafen, griff sie lieber auf Männer zurück.

»Darf ich fragen, wer dieser Mann ist?«

»Sein Name lautet Darren O'Connor. Soweit ich es verstanden habe, hat er auch einmal bei einem Projekt von Mrs Titus mitgearbeitet.«

Ich erstarrte. Darren O'Connor?! Wie standen wohl die Chancen, dass er es nicht war?

Ziemlich gering, nahm ich an.

Ich schüttelte den Kopf.

»Stimmt etwas nicht?«, fragte Miss Arden.

»Nein, ich … ich bin nur ein wenig verwirrt.« Ich bemerkte, dass auch Miss de Wolfe mich anstarrte.

»Warum? Kennen Sie Mr O'Connor?«

»Ja«, gab ich zu. »Ich habe mit ihm an der Produktlinie von Glory gearbeitet. Er hat die Verpackungen dazu entworfen.«

»Das ist ja wunderbar!« Miss Arden klatschte in die Hände, und ihre Augen begannen zu leuchten. »Sie und Mr O'Connor kennen sich! Davon hat er mir gar nichts erzählt.«

Also hatte sie ihm meinen Namen genannt, und Darren wusste, dass er mit mir zusammenarbeiten sollte?

Mein Puls beschleunigte sich. Gleichzeitig fragte ich mich, warum er mich nicht erwähnt hatte. Hatte er mich vergessen? Brauchte er den Auftrag so sehr, dass er darüber hinwegsah, mit mir zusammenarbeiten zu müssen? Hatte er mir womöglich verziehen? Immerhin waren über vier Jahre vergangen, seit wir uns das letzte Mal gesehen hatten.

»Sie wirken aufgewühlt, ist etwas nicht in Ordnung?«, fragte Miss Arden.

»Nein, es ... kommt nur so überraschend.«

»Hat es denn Schwierigkeiten mit Mr O'Connor gegeben?«

»Nein, nicht im Geringsten.« Ich wusste, dass Miss Arden Verdacht schöpfen würde, wenn ich mich weiterhin so merkwürdig verhielt. »Ich habe nur sehr lange nichts von ihm gehört, das ist alles.«

»Gut«, sagte sie und betrachtete mich noch einmal prüfend. Dann wandte sie sich wieder Miss de Wolfe zu. »Hast du Lust, dir die Ställe anzusehen? Eine unserer Stuten hat kurz vor Weihnachten ein ganz reizendes Fohlen zur Welt gebracht.«

»Aber sicher doch, Liebes«, antwortete Miss de Wolfe, und Miss Arden entließ mich.

Nach einer ruhelosen Nacht erhob ich mich am Morgen des 4. März in aller Frühe. Heute sollte unser neuer Präsident vereidigt werden. Heute würde ich Darren wiedersehen.

Nachdem ich meine Morgentoilette erledigt hatte, stellte ich mich vor den Kleiderschrank. Was sollte ich nur anziehen? Bei meinem letzten Aufenthalt in New York hatte ich mir einige warme Pullover und Wollröcke zugelegt. Sie waren ideal für das Wetter hier. Doch sie alle kamen mir auf einmal viel zu bedeckt vor.

Auch wenn ich seit ihm keinen anderen Mann mehr gehabt hatte, wollte ich nicht wie eine alte Jungfer vor ihm stehen.

Aber warum war mir das so wichtig? Darren und ich würden wieder zusammenarbeiten. Auch wenn ich es nicht glaubte, so bestand doch die Möglichkeit, dass er noch nicht wusste, dass ich hier war. Miss Arden hatte jedenfalls gesagt, dass er ihr nichts von unserer gemeinsamen Tätigkeit erzählt hatte.

Ein Schauer rann mir über den Rücken und mahnte mich zur Eile. Die Öfen von Maine Chance heizten gut, aber auch sie verloren über Nacht die Wärme, und mir stand nicht der Sinn danach, mir in der morgendlichen Kühle eine Erkältung zu holen.

Ich entschied mich also für einen zartrosa Pullover und einen grau karierten Glencheck-Rock und schlüpfte schnell hinein.

Meine Haare trug ich mittlerweile schulterlang, und dank einer Brennschere gelang es mir, sie recht gut in Form zu bringen.

Als ich fertig war, betrachtete ich mich im Spiegel. Wenn Miss Arden nicht im Haus war, schminkte ich mich nicht, aber es stand zu erwarten, dass sie Darren begleiten würde. Also machte ich mich an die Arbeit. Ich wählte einen dunkleren Rosenholzton für die Lippen und schminkte mir diesmal sogar die Augen.

Selbst wenn es Darren egal war, würde zumindest Miss Arden zufrieden sein.

O Gott, Darren würde mich sehen! Mein Herz pochte mir

bis zum Hals, und obwohl es noch ein wenig Zeit bis zu seinem Eintreffen war, spürte ich, wie meine Knie weich wurden.

Gab es etwas, durch das ich ihm eine Freude machen konnte? Der Anhänger, den er mir damals auf Martha's Vineyard geschenkt hatte, kam mir in den Sinn. Ich hatte ihn all die Jahre aufbewahrt, aber nie den Mut gefunden, ihn zu tragen. Hin und wieder war er mir in die Hand gefallen, wenn ich in meiner Kommode etwas suchte, doch dann hatte ich ihn schnell wieder weggelegt und vergessen.

Ich ging zur Kommode und zog die oberste Schublade auf. Der Anhänger lag ganz hinten in der Schachtel, die ich von Darren erhalten hatte.

Der Karton schien zu vibrieren, als ich ihn berührte. Wieder hatte ich vor Augen, wie es mit uns geendet hatte. Der Zorn auf seinem Gesicht, die Vorwürfe und meine eigene Scham. Ich öffnete das Schächtelchen und strich mit dem Finger über die alte Piratenmünze. Sie hatte nichts von ihrem Glanz eingebüßt, und noch immer wusste ich nicht, wer die abgebildete Königin war. Wäre es damals anders gelaufen, hätte Darren es sicher für mich herausgefunden.

Ich holte den Anhänger hervor, zögerte aber, mir die Kette umzulegen.

Beinahe wünschte ich, er wäre Miss Arden nicht über den Weg gelaufen. Dann hätte ich die Sache einfach auf sich beruhen lassen können. Aber das Schicksal schien zu wollen, dass ich mich noch einmal mit ihm auseinandersetzte.

Heute Nachmittag gegen ein Uhr würde er hier eintreffen. Meine einzige Hoffnung blieb, dass er, wenn er mich zu Gesicht bekam, den Auftrag ablehnte.

Ich vermutete allerdings, dass er das nicht tun würde. Ein Mann wie er ließ sich einen Auftrag wie diesen nicht entgehen. Also blieb mir nichts anderes übrig, als dafür zu sorgen, dass sein Zimmer in Ordnung war und ich ihm einen guten Empfang bereiten konnte.

Mit entschlossener Miene legte ich mir die Kette mit dem Anhänger um, dann begab ich mich auf den Flur.

Ich mochte es, wenn das Haus noch so ruhig war. Die Dienstboten waren nicht vor sechs Uhr hier. Meist wirkten die beiden Mädchen müde und hatten verquollene Augen. Peg, die Köchin, war dagegen schon beinahe unanständig munter. Es schien, als hätte sie bei ihrer Ankunft schon einen halben Tag an Besorgungen hinter sich gebracht, dennoch sprühte sie vor Energie.

Aber keine von ihnen war da. Ich heizte den Ofen in der Küche an und ging wieder nach oben.

Das Zimmer, in dem Darren untergebracht werden sollte, würde als Gästezimmer für die betuchteren Kundinnen dienen. Tatsächlich war es einer der hübschesten Räume, die wir hier zu bieten hatten. Der Maler hatte die alten, angegilbten Tapeten, die auch in meinem Raum zu finden waren, heruntergenommen und durch einen hölzernen Sockel mit zartrosa Anstrich darüber ersetzt. Die Draperien an den Fenstern bestanden aus schwerem rosenholzfarbenem Samt und schlossen das Licht perfekt aus, wenn es denn sein sollte.

Die weiß gerahmten Bilder, die die Wände schmückten, waren alles kleine Originale französischer Maler, deren Namen ich mir nicht gemerkt hatte. Mir war auch keine Zeit geblieben, mich in die Motive zu vertiefen. Zu viel war zu tun, obwohl wir gut im Zeitplan lagen. Was uns noch fehlte, war die Werbekampagne – und ein Eröffnungstermin.

Auf diesen wartete ich jetzt schon eine Weile. Aus irgendeinem Grund schien sich Miss Arden nicht dazu durchringen zu können, ihn festzulegen. Dazu kam, dass sie in letzter Zeit ernste Probleme mit Mr Jenkins zu haben schien. Nachrichten verbreiteten sich nur langsam hierher, doch Peg hatte von Miss

Marburys Köchin erfahren, dass es immer öfter Streit zwischen Arden und Jenkins gab, weil er seine Kompetenzen überschritt. Er maßte sich an, seiner Frau Vorschriften zu machen und hinter ihrem Rücken zu agieren. Zu ihrem Wohl, wie er behauptete, aber Miss Arden sah darin einen Vertrauensbruch.

»Bei ihrer Hochzeit hat sie ihm klargemacht, dass es ihr Geschäft ist und er nur ihr Helfer ist«, hatte die Köchin von Miss Marbury aufgeschnappt. »Man stelle sich mal die Gesichter der feinen Gesellschaft vor, als sie nach der Trauung einfach zur Arbeit gefahren ist. Eine Feier hat es nicht gegeben.«

Eine Hochzeit ohne Feier war für mich undenkbar. Damals, in Berlin, war die Vorstellung meiner Hochzeitsfeier kurz in mir aufgeflammt. Ich wollte damals in einem weißen Kleid heiraten, mit einer Feier, die einem Märchen gleichkam.

Ich war weiter denn je von so etwas entfernt, aber ich wusste, dass ich nach der Trauung niemals direkt ins Büro fahren würde. Was sollte aus so einer Ehe werden? Miss Arden hatte darüber gelästert, dass Madame geschieden wäre – was offenkundig nicht stimmte –, aber alles deutete darauf hin, dass sie ihren Ehemann vielleicht eher verlor als Madame den ihr entfremdeten Mr Titus.

Ich schob die Gedanken beiseite und zog das Schutztuch von der Bettdecke. In diesem alten Haus staubte es schnell, also hatte ich mich entschlossen, das Bett bis heute Morgen abgedeckt zu lassen.

Darunter kam ein zartrosa Quilt zum Vorschein, der mit Blumen und Vögeln geschmückt war. Es gab unter den Frauen, die diese Decken herstellten, ganz bestimmte Regeln. Dazu gehörte auch die Auswahl der Motive, die verwendet werden durften. Manche hatten es eher mit religiöser Symbolik, andere mit sehr weltlichen Dingen. Es war kein Wunder, dass Miss Arden die weltlichen Motive bevorzugte. Kardinalsvögel und weiße Rosen auf rosa Grund mochten vielleicht ein bisschen weihnachtlich wirken, aber sie waren wunderschön und passten zum Stil des Raumes.

Alles in allem war es ein eher weibliches Zimmer, doch ich war sicher, dass sich Darren daran nicht stören würde.

Ich zog den Quilt gerade und schüttelte noch einmal die Kissen auf, dann verließ ich den Raum wieder und stellte erleichtert fest, dass er weit genug von meinem eigenen Zimmer entfernt war.

Als ich in die Küche zurückkehrte, war Peg bereits da, eine halbe Stunde früher, als sie musste. Das hielt sie immer so, wenn Miss Arden ihren Besuch ankündigte, so als könnte diese halbe Stunde ihre oberste Chefin glücklich machen.

»Haben Sie etwa das Feuer angezündet, Miss Krohn?«, fragte sie, während sie sich aus ihrem grauen Filzmantel schälte. Er war an den Ellenbogen und am Bauch ausgebeult, doch Peg liebte diesen Mantel und würde sich davon wohl nur unter starkem Protest trennen.

»Ich konnte nicht mehr schlafen«, erklärte ich.

»Kann ich verstehen«, entgegnete Peg und eilte zu der kleinen, fast schon antiken Wasserpumpe, die in der Küche installiert war. »Endlich kommt wieder ein Mann ins Haus.«

»Sie vergessen, dass nebenan im Stall viele Männer sind«, sagte ich.

»Stimmt, aber die dürfen hier ja nicht rein. Das ist der erste nach der ganzen Frauenherrschaft. Ob er wohl gut aussieht?«

Außer Miss Arden wusste noch niemand, dass ich Darren kannte.

»Ich denke schon«, gab ich zurück und versuchte dabei, so uninteressiert wie möglich zu wirken. Aber Peg ließ sich davon nicht abschrecken.

»Miss Arden liebt attraktive Männer. Haben Sie nicht auch

bemerkt, dass sie sich in der Öffentlichkeit nur mit Beaus umgibt?«

»Wann haben Sie sie jemals umringt von Beaus gesehen?«, fragte ich verwundert. Wenn ich Miss Arden traf, war sie meist in der Gesellschaft von Frauen. Hübschen Frauen zwar, aber es waren Frauen.

»In der *Harper's Bazaar!*«, tönte Peg. »Meine Freundin hat ein Abonnement. Ich kann nicht glauben, dass Sie keine Zeitschriften lesen.«

»Sie wissen doch, ich habe immer viel zu tun«, antwortete ich lächelnd und nahm zwei Tassen vom Cupboard. Mit einem starken Kaffee und einem Rundgang über das Gelände würde ich gerüstet sein für die Büroarbeit, die auf mich wartete.

36. Kapitel

Als der Wagen von Miss Arden vorfuhr, begann mein Puls zu galoppieren wie eines der Pferde in unserem Stall. Zum Lunch hatte ich nichts hinunterbekommen, obwohl mein Magen knurrte. Jetzt war meine Kehle wie zugeschnürt.

Die ganze Zeit über hatte ich mir vorgenommen, souverän zu reagieren, doch nun fühlte ich mich ein wenig neben der Spur. Als wäre es ein Rettungsanker, klammerte ich mich an den Anhänger. Würde es richtig sein, ihn zu tragen? Was, wenn es Darren verärgerte, ihn zu sehen?

Als Schritte erklangen, straffte ich mich und ging nach unten. Ich hatte gerade die Treppe hinter mir gelassen, als sich die Tür öffnete. Darren ließ Miss Arden galant den Vortritt.

»Das Gelände ist wirklich beeindruckend«, sagte er gerade. Seine Stimme zu hören ließ meinen gesamten Körper kribbeln, als wäre ich in einen Ameisenhaufen geraten. Ein Teil von mir konnte es kaum erwarten, dass er mich bemerkte, der andere Teil wäre lieber geflohen aus Angst vor seiner Reaktion.

Wie eine Salzsäule blieb ich neben der Treppe stehen.

»Ohne meine selige Freundin Bessie hätte ich wohl nicht hoffen dürfen, solch ein Sahnestück zu ergattern«, gab Miss Arden zurück. Im nächsten Augenblick sah ich, dass auch Tom

Jenkins zugegen war. Ein wenig missmutig trottete er hinter Darren und seiner Gattin her.

»Ah, da ist ja unsere gute Fee!«, rief sie aus und deutete auf mich. »Ich habe gehört, Sie beide kennen sich.«

Darren blickte auf und erstarrte. Offenbar hatte Miss Arden ihm doch nicht verraten, mit wem er es zu tun bekam. Irgendwie beruhigte mich das ein wenig.

»Guten Tag«, sagte ich und ging auf sie zu. Ich reichte Miss Arden und Mr Jenkins die Hand und streckte sie dann auch Darren entgegen. »Es freut mich, Sie wiederzusehen, Mr O'Connor.«

Darren fasste sich schnell und erwiderte meinen Händedruck. »Ganz meinerseits, Miss Krohn.« Sein Blick wanderte zu meinem Anhänger, doch Freude war es nicht, die in seine Augen trat. Im selben Moment wusste ich, dass ich einen Fehler gemacht hatte. Mein Körper versteifte sich, gleichzeitig wäre ich am liebsten aus dem Raum gestürmt.

Weder Miss Arden noch Mr Jenkins schienen etwas zu bemerken.

»Wie wäre es mit einer kleinen Tour durch das Haus, Miss Krohn?«, fragte Miss Arden.

»Mit Vergnügen«, entgegnete ich und versuchte, den Schwall an Gefühlen in den Griff zu bekommen, der mich zu ertränken drohte.

Ich ging voran, froh darüber, dass man offenbar nicht erwartete, noch ein wenig Konversation mit ihnen zu treiben.

Der erste Raum war im Stil eines englischen Herrenclubs eingerichtet, nur dass es hier wesentlich mehr feminine Noten gab. Die Farben waren in Rosenholztönen gehalten, und anstelle eines Billardtisches gab es Buchregale und Vitrinen, in denen Kunstobjekte ausgestellt wurden. Die Bilder an den Wänden waren noch verhängt, auch waren noch nicht alle Objekte an ihrem Platz. Da ich damit gerechnet hatte, dass

Miss Arden Darren das Haus zeigen wollte, hatte ich die Möbel abdecken lassen, ansonsten wurden sie geschützt, um die Polster nicht zu verschmutzen oder vorzeitig ausbleichen zu lassen.

»Das hier ist die Lounge, in der sich die Kundinnen entspannen oder sich die Zeit vertreiben können, bevor sie zu einer Behandlung gehen«, erklärte ich. »Wir haben einige Möbelstücke aus Europa importieren lassen, was keine leichte Aufgabe war, aber dank unserer Helfer haben wir den Transport gut über die Bühne bringen können. Allerdings werden wir sie bis zur Einweihung wieder abdecken.«

Ich spürte, dass es mir ein wenig Erleichterung verschaffte, über das Projekt zu reden. Sieh ihn als Fremden an, sagte ich mir. Sieh ihn als jemanden an, dem du wirklich nur das Haus zeigen möchtest.

Wir gingen weiter zum Turnraum und dann zum Kosmetik- und Frisiersalon. Hier fehlte noch einiges an Einrichtung, besonders deshalb, weil der Glaser einen Engpass an Spiegeln hatte.

»Stellen Sie sich hier Reihen von Spiegeln und Kosmetiktischen vor, getrennt durch asiatisch angehauchte Wandschirme. Neben diesem Bereich wird es auch Privaträume für Behandlungen geben, die die Klientinnen buchen können, ausgestattet mit der modernsten Technik, die derzeit zu finden ist.«

Ich richtete meinen Blick nun doch auf Darren, doch der wirkte, als wäre er mit den Gedanken anderswo. Die Hände in den Hosentaschen vergraben, wanderte sein Blick überall hin, aber nicht zu mir. Interessierte es ihn gar nicht, was ich sagte? Das machte mich wütend, und sosehr ich mich auch bemühte, meine nächsten Worte fielen wesentlich energischer aus.

In dem Raum, in dem unsere Bäder entstehen sollten, stand ich kurz vor dem Platzen. Am liebsten hätte ich ihn nach draußen gezerrt und ihn gefragt, warum er eigentlich zugestimmt hatte, für Miss Arden zu arbeiten. Immerhin war Madame wieder im Geschäft, und er hätte sicher auch bei ihr unterkommen können.

Doch ich beherrschte mich, während ich erklärte, dass sich die Damen nach dem Tennis oder Reiten hier erholen und erfrischen würden.

Als wir mit der Führung fertig waren, nahm mich Mr Jenkins beiseite. Darren war mit der Entschuldigung, rauchen zu wollen, in Richtung Koppel verschwunden. Miss Arden telefonierte mit der Architektin, um ihr noch einige Wünsche durchzugeben.

»Ist alles in Ordnung mit Ihnen, Miss Krohn?«, fragte Mr Jenkins. »Ich spüre eine gewisse ... Spannung zwischen Ihnen und Mr O'Connor.«

Wie hatte er das bemerken können? Darren und ich hatten nicht direkt miteinander gesprochen, und er hatte zu meinen Erklärungen auch keinen Kommentar abgegeben.

»Es ist nichts«, sagte ich. »Ich habe lediglich ein wenig Kopfschmerzen.«

Ich sah ihm an, dass er mir nicht glaubte.

»Hat es während Ihrer Zusammenarbeit bei Madame Rubinstein irgendwelche Diskrepanzen gegeben? Meine Frau erwähnte, dass Sie etwas ... seltsam reagiert haben, als sie ihn erwähnte.«

Seine Frau hatte mal nicht mit ihm gestritten und ihm etwas erzählt? Das fand ich bemerkenswert.

»Nein, natürlich nicht!«, erwiderte ich, denn ich wollte Darren nicht um diesen Auftrag bringen. »Es ist nur ...«

»Ja?«, fragte Jenkins, und ich hätte mich selbst für den Zusatz ohrfeigen können. Was sollte ich sagen? Dass ich eine Beziehung mit ihm geführt hatte? Dass er, als er mein Geheimnis entdeckt hatte, ausgerastet war?

»Haben Sie etwa für ihn … geschwärmt?«

Ich spürte, dass ich rot wurde. Jenkins deutete das offenbar als ein Ja, denn er lachte kurz auf. »Da haben wir es. Sie waren verknallt in ihn!«

Damit lag er näher an der Wahrheit, als mir lieb war. Allerdings schien er meine Liebe nicht ernst zu nehmen.

»Das kommt unter Kollegen nicht selten vor, Sie sollten sich nichts daraus machen«, sagte er, als wüsste er, dass es nichts weiter als ein Schwarm war. Oder als dächte er, dass ich nicht schön genug für einen Mann wie Darren sei. »Selbst ich als Mann muss zugeben, dass er gut aussieht. Meine Frau hat ein Auge dafür.«

Die letzten Worte brachte er mit einem Zähneknirschen hervor.

»Konzentrieren Sie sich auf das Geschäft«, fuhr er fort, »dann wird es Ihnen leichter fallen, nicht mehr Ihr Herz an ihn zu verlieren. Ich habe seine Arbeit gesehen und halte ihn für überaus kompetent. Sie beide zusammen werden diesem Club einen wahren Höhenflug bescheren.«

Das hatten wir auch bei Madames neuer Pflegeserie gedacht, und letztlich war diese ebenso grandios abgestürzt wie die Beziehung zwischen Darren und mir – auch wenn es nicht unsere Schuld war.

Aber es war gut, dass ich nicht vollständig ehrlich zu Mr Jenkins sein musste.

»Ich werde Ihren Ratschlag beherzigen«, sagte ich. »Außerdem fühle ich mich, was Mr O'Connor angeht, ziemlich stabil. Ich glaube kaum, dass ich jemals wieder eine Schwärmerei für ihn entwickeln werde.«

»Das freut mich zu hören.« Jenkins lächelte mir zu, dann nickte er. »Fein, Miss Krohn, ich werde Sie nicht länger aufhalten.«

»Danke«, sagte ich und wandte mich um. Erleichterung breitete sich in mir aus, aber auch ein bisschen Ärger. Es ging Mr Jenkins überhaupt nichts an, wie meine Beziehung zu Darren ausgesehen hatte! Vorbei war vorbei.

Doch dann horchte ich in mich hinein und fragte mich, warum es mich dann so aufwühlte, dass er hier war und wieder mit mir arbeiten sollte.

Miss Arden und Mr Jenkins blieben nicht zum Abendessen, auch wenn Peg mit allen Mitteln versucht hatte, es ihnen schmackhaft zu machen. Am späten Nachmittag fuhren sie wieder ab und ließen mich mit Darren allein.

Gemeinsam verabschiedeten wir sie und schauten dem Wagen hinterher. Die Anspannung in meiner Brust war kaum auszuhalten.

Wie sollte ich mich nun ihm gegenüber verhalten? Ich hätte gern etwas Geistreiches oder Versöhnliches gesagt, aber die passenden Worte wollten mir nicht einfallen. Darren schien es ähnlich zu gehen. Die Hände in den Hosentaschen vergraben, schaute er auf seine Schuhspitzen.

»Nun, da sind wir wieder«, sagte er schließlich und blickte auf. Seine Augen wirkten seltsam gefühllos. »Ich hätte nicht erwartet, dass wir uns wieder begegnen würden.«

»Ich auch nicht«, gab ich zurück. Wie gern hätte ich ihm noch einmal versichert, dass es mir leidtat, ihm damals nichts erzählt zu haben!

Doch andererseits waren jetzt mehr als vier Jahre vergangen. Jeder von uns hatte Gelegenheit gehabt, sein Leben zu leben. Jeder hatte die Gelegenheit gehabt, zu verzeihen. Und wenn er wirklich noch etwas für mich empfand, warum hatte er sich nie gemeldet?

»Hätte es einen Unterschied gemacht?«, fragte ich, worauf er mich verwundert ansah.

»Was?«

»Ich meine, wenn du gewusst hättest, dass ich hier bin. Hättest du dann das Angebot von Miss Arden abgelehnt?«

Darren stieß ein missmutiges Schnauben aus. »In Zeiten wie diesen schlägt man kein Angebot dieser Größe aus. Auch dann nicht, wenn ein Zerberus vor der Tür wacht. Man nimmt es an und macht das Beste daraus.«

Ich schluckte. Sah er mich so? Als Höllenhund, der hier lauerte?

Wieder trat Schweigen zwischen uns. Enttäuschung schnürte meine Kehle zu. Am liebsten wäre ich ins Haus gelaufen und hätte mich dort versteckt.

»Du hast sie also noch«, sagte er plötzlich. Ich schaute ihn verwirrt an, bis mir klar wurde, dass er die Münze an meinem Anhänger meinte.

»Ja«, antwortete ich. »Ich konnte sie nicht wegwerfen, sie ist einfach zu schön.« Und sie erinnerte mich an ihn, auch wenn ich von dieser Erinnerung kaum Gebrauch gemacht hatte. Und jetzt zutiefst bereute, sie wieder hervorgeholt zu haben. »Ich dachte, ich trage sie heute, passend zum Anlass.«

»Das ist nett von dir, aber unnötig«, entgegnete er mit einer Härte, die mich doch ein wenig verletzte. »Das hier ist ein Job, nicht wahr? Wir besprechen uns, wenn es notwendig ist, und wenn alles vorbei ist, gehen wir wieder auseinander.«

Plötzlich hatte ich einen Kloß im Hals. Wir sollten also so tun, als wären wir Fremde, die zufällig miteinander arbeiten?

»Fein!«, sagte ich, verschränkte die Arme vor der Brust und wandte mich um. Mit langen Schritten ging ich ins Haus zurück. Vielleicht schafften es ja Pegs Kochkünste, mich mit diesem merkwürdigen Tag wieder zu versöhnen.

Das Abendessen nahm ich in der Küche ein und Darren auf seinem Zimmer. Er ließ es sich bringen und zeigte sich den ganzen Abend lang nicht. Ob es ihm leidtat, meine Geste so abgewiesen zu haben?

Es war schon merkwürdig, wie er darauf reagiert hatte, nach all der Zeit, die vergangen war. Inzwischen hatte er sicher eine neue Freundin, und in seinem Job schien es blendend zu laufen. Eine der reichsten Frauen Amerikas hatte ihn in ihre Dienste gestellt!

Fiel es ihm etwa so schwer, etwas netter zu mir zu sein?

Ich hatte jedenfalls den Anhänger wieder in der Schublade verschwinden lassen und mir geschworen, ihn nie wieder hervorzuholen. Und wenn ich hier eines Tages wieder auszog und nach New York zurückging, würde ich ihn hierlassen. Vielleicht konnte eine der Kundinnen etwas damit anfangen.

»Sie wirken bedrückt«, stellte Peg fest, während sie die Reste des Abendessens, das sie tatsächlich für Miss Arden und Mr Jenkins mitgeplant hatte, verstaute. Für den Rest der Woche würde es Rippenbraten geben, aber das machte mir nichts aus.

»Ich bin nur müde«, sagte ich und schaufelte noch etwas Kartoffelbrei in mich hinein. Wäre er pappig gewesen oder fade, hätte ich ihn vielleicht weggeschoben, aber Peg schaffte es, sogar aus so einem profanen Gericht noch etwas zu machen.

»Mr O'Connor ist wirklich ein schöner Mann«, fuhr sie fort, und ich wusste, dass sie damit nur auf unser Gespräch heute Morgen Bezug nahm. Aber der Letzte, über den ich reden wollte, war Darren. »Allerdings scheint er ziemlich verschlossen und nicht gerade gesellig zu sein.«

»Vielleicht muss er erst einmal mit der Umgebung warm werden«, sagte ich und war im Stillen froh darüber, dass er nicht hier war. Entweder hätte er mich weiterhin schweigend verurteilt oder versucht, Peg charmant auf seine Seite zu ziehen. Beides wäre mir unangenehm gewesen.

»Sie haben von Anfang an mit uns gegessen«, entgegnete

Peg, und es stimmte. Ich hatte mich mit den drei Frauen, die mir zur Hand gingen und mich versorgten, sofort angefreundet.

Möglicherweise fürchtete Darren genau das.

»Er wird schon noch auftauen, keine Sorge«, versuchte ich Peg zu beruhigen. »Ihr Essen wird sein Werk tun.«

»Ich hoffe, es schmeckt ihm«, sagte sie. »Ich hasse es, wenn Leute sich das Essen auf ihr Zimmer bringen lassen, wenn sie nicht gerade krank sind. Man sieht ihre Reaktion nicht. Im Nachhinein sind sie immer freundlich und sagen, es sei gut gewesen, aber in Wirklichkeit haben sie es vielleicht gehasst.«

»Mr O'Connor würde sich sicher beschweren, wenn ihm etwas nicht gefällt«, sagte ich laut und setzte im Flüsterton hinzu: »In der Vergangenheit hatte er damit ja auch keine Probleme.«

»Was haben Sie gesagt?«, fragte Peg, deren Ohren heute offenbar besonders scharf waren.

»Nichts von Bedeutung«, entgegnete ich kopfschüttelnd. »Ich habe nur laut gedacht, das ist alles.«

In der Nacht starrte ich an die Zimmerdecke, die mittlerweile wie alles andere in diesem Haus renoviert worden war. Ich hatte darum gebeten, die kleine Gipsrosette zu belassen, von der der Lampenschirm herunterhing wie eine überdimensionale Frucht. Irgendwo zwischen den Wolken musste der Mond scheinen. Ich sah ihn nicht, aber sein Licht war allgegenwärtig.

Das Raunen des Windes vernahm man trotz der neuen Fenster immer noch. Sonst hatte es eine beruhigende Wirkung auf mich, doch heute hörte mein Herz nicht darauf.

Es fühlte sich seltsam an, mit Darren unter einem Dach zu sein. Er war weit entfernt, die Gästezimmer lagen in einem anderen Flügel als meine Unterkunft, und doch glaubte ich, ihn beinahe schon physisch zu spüren.

Es hatte Momente gegeben, in denen ich seine Rückkehr ersehnt hatte. Doch sie waren weniger geworden, und in den vergangenen Jahren war er nur noch ein Schatten am Rande meines Sichtfeldes gewesen. Ich hatte gedacht, dass ich über ihn hinweg sei, aber in diesem Augenblick merkte ich deutlich, dass dem nicht so war.

Wie wäre mein Leben verlaufen, wenn es die Trennung nicht gegeben hätte? Wenn ich ihn von vornherein in mein Geheimnis eingeweiht hätte? Wäre ich dann jetzt schon verheiratet? Hätte ich nie bei Miss Arden angefangen?

Hätte ich mittlerweile vielleicht ein Kind, das mich vergessen lassen würde, dass ich immer noch nicht wusste, was aus meinem Sohn geworden war? Und aus Monsieur Martin, der sich seit dem letzten Brief vor drei Jahren nicht mehr gemeldet hatte?

Eine Antwort auf all diese Fragen zu finden war unmöglich. Sie gehörten zu einer anderen Version von mir, zu einer Frau, die ich nie geworden war. Verspürte ich Trauer deswegen? Ja, sicher. Ich trauerte auch noch immer meinem Leben in Berlin nach. Dem Leben, in dem ich Georg nie begegnet wäre und nicht zugelassen hätte, dass er alles zerstörte.

Aber es gab keinen Weg zurück. Ich war, wer ich geworden war in den vergangenen Jahren. Ich konnte nur nach vorn sehen.

37. Kapitel

Eine seltsame Stimmung breitete sich in den folgenden Tagen bei mir aus. Obwohl alles seinen gewohnten Gang ging und wir uns nicht häufig über den Weg liefen, sorgte Darrens Anwesenheit für pausenlose Anspannung bei mir.

Dieser konnte ich nur entkommen, wenn ich bei den Pferdeställen war oder den Stallburschen auf der Koppel beim Reiten zuschaute. Sobald ich das Haus betrat, spannte sich mein Körper an, als müsste er jeden Augenblick auf etwas reagieren.

Das war merkwürdig, denn eigentlich hielt sich Darren vorwiegend im Büro auf und saß über seinen Entwürfen. Außer zu den Mahlzeiten bekam ich ihn kaum zu Gesicht, und dann redeten wir auch nur, wenn es unbedingt nötig war.

Miss Arden hatte ihm zwar die Weisung gegeben, sich von mir die erforderlichen Informationen zu holen, aber meist verzichtete er darauf. Er brütete lieber vor sich hin und sammelte seine eigenen Eindrücke.

Zunächst verletzte mich dies, doch nach einer Weile setzte bei mir der Trotz ein. Sollte er doch, wenn er meinte, so zum Erfolg zu kommen. Je schneller er fertig wurde, desto schneller wurde ich ihn wieder los.

Ich versuchte mich damit abzulenken, dass ich mir den

Gymnastikraum noch einmal genauer ansah. Es fehlten noch ein paar Geräte zur Körperertüchtigung. So hatte Miss Arden eine Art Maschine bestellt, an der die Frauen ihre Arme kräftigen konnten mittels Gewichten, die an Stahlseilen emporgezogen wurden. Was das mit Schönheitspflege und Kosmetik zu tun hatte, erschien mir schleierhaft, aber hinter Miss Ardens Anweisungen steckte immer ein Sinn.

Mittags, bevor ich einen kleinen Lunch einnahm, machte ich meine Runde übers Gelände. Jetzt, wo die meisten Arbeiter fort waren, wirkte es seltsam ruhig. Nur in den Stallungen war immer Betrieb. Miss Ardens Bestand an Pferden wuchs ständig. Ich fragte mich, warum sie nicht ganz auf dem Land lebte. Wenn sie rein privat hier war, trug sie immer recht grobe Kleidung, manchmal auch Reiterhosen, denn sie liebte es, ihre Pferde durch die Landschaft zu jagen.

Prinz Guirey hatte angeboten, mir Reitstunden zu geben, doch das hatte ich abgelehnt. Pferde lagen mir einfach nicht, und ich wollte nicht durch einen Knochenbruch meine Arbeit hier gefährden. Aber manchmal war ich doch ein wenig neidisch auf die Männer, die mit den Pferden eins zu sein schienen, wenn sie sie vorantrieben.

Bei meiner Rückkehr zum Haus erwartete mich eines der Dienstmädchen. »Das hier ist für Sie abgegeben worden«, sagte Ella und reichte mir einen Brief, auf dem der Stempel schon von Weitem verriet, dass er in Frankreich aufgegeben worden war.

Mein Herz begann zu rasen. Rasch drehte ich den Umschlag herum. Ein Brief von Monsieur Martin! Ich sah, dass der Umschlag schon seit einer Weile unterwegs gewesen war und dass man ihn zweimal weitergeleitet hatte. Offenbar hatte der Detektiv meine Anschrift ein wenig verdreht.

»Danke«, sagte ich zu Ella und trug den Brief in mein Büro. Dieses lag im Erdgeschoss und gehörte, wenn Miss Arden zugegen war, ihr. Ansonsten war es mein Reich, jedenfalls solange ich hier noch mit dem Aufbau der Schönheitsfarm beschäftigt war.

Ich schloss die Tür hinter mir, trat an den Schreibtisch und griff mit zitternden Händen nach dem Brieföffner. Dabei fühlte ich, wie die Verwirrung, mit der ich wegen Darren zu kämpfen hatte, von mir abrückte.

Es verwunderte mich ein wenig, dass Monsieur Martin den Brief mit einer Schreibmaschine geschrieben hatte, wo doch die zuvor alle handschriftlich verfasst worden waren.

Das Papier war von minderer Qualität, hier und da hatten die Lettern es beim Tippen durchschlagen. Gutes Briefpapier war durch die allgemeine Wirtschaftskrise wohl auch in Frankreich Mangelware.

Doch in diesem Augenblick hätte ich auch Toilettenpapier in den Händen halten können, es wäre mir egal gewesen.

Ich trat ans Fenster und begann zu lesen.

Chère Mademoiselle Krohn!

Jedenfalls hoffe ich, dass Sie noch immer diesen Namen tragen und somit auffindbar für mich sind. Bitte verzeihen Sie, dass ich mich jetzt erst melde. Drei Jahre sind eine lange Zeit, und ich kann Ihnen versichern, dass mich das Gewissen heftig gebissen hat. Aber was hätte ich Ihnen schreiben sollen? Die Welt ist mehr und mehr im Chaos versunken, da macht Paris, wo sonst alles viel strahlender ist als anderswo, keine Ausnahme.
Ich weiß nicht, ob Sie Nachrichten aus Deutschland erhalten, aber die Entwicklungen sind beunruhigend. Dasselbe gilt für mein Heimatland. Es wird nicht unbedingt leichter, an Informationen zu gelangen. Nach Aline DuBois' Tod habe ich lange auf dem Trockenen gerudert und musste zudem selbst sehen, wie ich meine Füße auf den Boden bekomme. Ich hoffe, Sie verstehen das.

Doch nun bin ich zurück. Der Grund ist, dass ich plötzlich das Bedürfnis verspüre, dem Fall wieder nachzugehen. Manchmal ergeben sich nur aus einigem Abstand heraus neue Hinweise. Das mag für Sie vielleicht grausam klingen. Immerhin müsste Ihr Kind, so der Absender des Briefes damals nicht gelogen hat, jetzt schon bald sieben Jahre alt sein. Aber es ist meine Erfahrung, dass Täter dann, wenn sie glauben, dass man aufgegeben hat, oft leichtsinnig werden.
Vor einigen Tagen sind mir eher zufällig aus anderen Städten ebenfalls Fälle von Kindesraub zu Ohren gekommen. Sie sind ein wenig anders gelagert, dort wurden Babys aus der Wiege gestohlen beziehungsweise Kleinkinder beim Spaziergang entführt. Wohin die armen Kleinen gebracht wurden, kann man nur vermuten. Ich versuche, alle möglichen Kanäle zu kontaktieren in der Hoffnung, dass man mir irgendetwas sagen kann.
Immerhin ist die Polizei in den anderen Städten nicht ganz so ignorant wie unsere eigene. Man hat mir Unterstützung zugesagt, vielleicht auch, weil die Ermittlungen schleppend vorangehen. Aber ich verspreche Ihnen, ich werde Sie nicht wieder Jahre warten lassen. Sobald ich etwas Neues erfahre, melde ich mich. Und sehen Sie bitte davon ab, mir Geld zu schicken. Auch wenn ich es gebrauchen könnte, so sagt mir meine Ehre, dass ich das Honorar von damals noch nicht verdient habe. Ich bin wieder an dem Fall dran und werde versuchen, die Spur von Neuem aufzunehmen.

Lassen Sie es sich bis dahin gut ergehen!

Ihr
Luc Martin

Ich ließ den Brief sinken. Enttäuschung glitt wie eine Welle durch meine Brust. Nach all der Zeit meldete er sich, doch noch immer gab es kein Ergebnis. Aber immerhin eine Spur! Reichte das, um Hoffnung zu haben? Louis wäre jetzt beinahe sieben

Jahre alt. Wenn er bei fremden Eltern aufgewachsen war, würde er mich sicher nicht als seine Mutter akzeptieren, mir nicht glauben, was damals geschehen war.

Ich versuchte, mir sein Gesicht vorzustellen. Würde er wie ich aussehen? Wie Vater? Wie Georg?

Die beiden Letzteren hätten es eigentlich nicht verdient, denn sie hatten ihn nicht haben wollen. Aber ich hätte ihn so gern gehabt! Und mir wäre es auch völlig egal, wem er ähneln würde, wenn ich nur einmal die Gelegenheit hätte, ihn zu sehen. Mit ihm zu sprechen.

Ein Klopfen riss mich aus meinen Gedanken. Schnell faltete ich den Brief zusammen und schob ihn in seinen Umschlag. Ich rechnete damit, dass mir Ella meinen Lunch bringen würde. Peg machte großartige Sandwiches, die mir schon beim Gedanken daran das Wasser im Mund zusammenlaufen ließen.

Doch es war Darren, der auf meinen Ruf hin eintrat. Ich versuchte, meine Aufgewühltheit niederzuringen, straffte mich und fragte: »Was gibt es?«

Darren blickte an mir vorbei, wie immer, wenn wir uns sahen. »Ich habe hier ein paar Vorschläge ausgearbeitet und möchte dich bitten, sie anzuschauen.«

Ohne meine Antwort abzuwarten, legte er sie auf den Schreibtisch und schob die Hände in die Taschen. Keine Ahnung, was diese Geste bedeuten sollte, doch er machte sie immer, nachdem er das Wort an mich gerichtet hatte.

»Danke, das werde ich«, antwortete ich. Meine Stimme fühlte sich auf einmal rau an.

Er nickte und wandte sich um. Keine Ahnung, warum, aber plötzlich verspürte ich den Drang, ihm von dem Brief des Detektivs zu erzählen. Doch dann wurde mir klar, dass ihn das wohl nicht interessieren würde. Ich klappte meinen Mund wieder zu und hörte, wie die Tür ins Schloss fiel.

Die Tage vergingen. Bis zum Wochenende hin fand ich keine Muße, mir Darrens Vorschläge anzuschauen. Es gab Probleme mit einem der Nebengelasse. Die Bauarbeiter hatten unter dem Fußboden feuchte und von Termiten zerfressene Stellen gefunden. Damit waren die Statik des Bauwerks und auch unser Zeitplan gefährdet. Ein Einsturz konnte uns Monate zurückwerfen. Das Schlimme war, dass es momentan einen Engpass an Holz gab, außerdem benötigten wir einen Kammerjäger, der sich des Befalls annahm. Diesen aufzutreiben war, wie die Nadel im Heuhaufen zu suchen.

Erhitzt und erschöpft von den Telefonaten, verließ ich am Freitag das Büro und holte meine Jacke für eine kleine Runde über den Hof.

Ich freute mich schon auf das Wochenende und spielte mit dem Gedanken, mit der Bahn in eine der nächstgelegenen Städte zu fahren, mich in ein Café zu setzen und zu vergessen, dass ich mit Darren unter einem Dach wohnen musste.

Kaum war dieser Gedanke durch meinen Verstand gezogen, vernahm ich Schritte im Flur. Ich blickte auf und erstarrte, als ich Darren sah. Er kam mir entgegen und wirkte ebenfalls, als wäre er in Gedanken. Ich wünschte mir, einen Moment später rausgegangen zu sein, aber es wäre lächerlich gewesen, wieder ins Büro zu flüchten.

Als er mich entdeckte, hob er den Kopf, und für einen Moment sahen wir uns an. Doch dann wanderte sein Blick wieder an mir vorbei, als wäre ich Luft.

»Hast du dir die Unterlagen angeschaut?«, fragte er kühl.

Ich schüttelte den Kopf. »Bisher nicht. Ich hatte keine Gelegenheit.«

Er schnaufte.

»Ich hatte in den vergangenen Tagen viel zu tun«, rechtfertigte ich mich, obwohl es da nichts zu rechtfertigen gab. Immerhin redete ich ihm auch nicht in seine Arbeit rein.

»Du weißt, dass Miss Arden die Entwürfe schon bald haben will. Und ehrlich gesagt reiße ich mir gerade den Allerwertesten auf, um sie pünktlich abzuliefern. Da will ich nicht, dass du mich in Misskredit bringst.«

»Ich bringe dich in Misskredit?«, gab ich zurück und stemmte die Hände in die Seiten. Etwas schien von innen gegen meine Brust zu drücken, wie ein Tier, das sich gegen seinen Käfig warf.

Darren verzog das Gesicht. »Trägst du mir die Sache von damals also immer noch nach? Ignorierst du deshalb meine Arbeit? Um mir eins auszuwischen? Um mich loszuwerden?«

Ich schaute ihn an und spürte, wie das Etwas in meiner Brust sich nun freie Bahn verschaffte. Schlagartig verließ mich die Nervosität, die mich in seiner Gegenwart immer überfiel, und wich etwas anderem, einer dunklen Regung, die ich oftmals mit mir selbst ausmachte, die aber jetzt hervorbrechen wollte. Damit, dass er mich ignorierte, konnte ich mittlerweile leben. Aber dass er mir vorwarf, über meine privaten Gefühle meine Arbeit zu vernachlässigen, ging eindeutig zu weit.

Meine Augen brannten, und für einen Moment war mir nach Weinen zumute. Doch dann siegte der Zorn.

»Kommen Sie mit, Mr O'Connor«, sagte ich so beherrscht ich konnte und schritt, ohne seine Reaktion abzuwarten, an ihm vorbei.

Nach einer Weile folgte er mir.

Ich verließ das Haus, denn ich wollte vor Peg und den Mädchen keine Szene machen. Ich spürte ihre erstaunten Blicke, als ich an ihnen vorbeistampfte. Wie würden sie wohl Darren anschauen, den sie heimlich anhimmelten?

Über den Kiesweg stapfte ich in Richtung Koppel, die ein ganzes Stück entfernt war.

»Wo zum Teufel willst du hin?«, tönte es hinter mir. Darren war mir noch immer auf den Fersen. Gut.

Am Gatter fuhr ich herum. »Was fällt dir eigentlich ein?!« Es verschaffte mir Genugtuung, dass er ein Stück vor mir zurückwich. »Es ist vier Jahre her! Vier Jahre! Glaubst du tatsächlich, dass ich nicht darüber hinweg bin? Glaubst du das?«

Speichel flog von meinen Lippen, als ich die Worte ausspie, aber das kümmerte mich nicht. Der Zorn in meiner Brust loderte lichterloh, und hätte ich eine Vase zur Hand gehabt, hätte ich sie wahrscheinlich nach ihm geworfen.

»Und es ist nicht so, dass ich nicht mit dir arbeiten will! Du sperrst mich aus, weil du derjenige bist, der es mir immer noch nachträgt, dass ich nichts gesagt habe!«

»Ich ...«, begann er, doch ich schnitt ihm das Wort ab.

»Fein! Meinetwegen kannst du das tun! Aber nicht ich bin diejenige, die deinem Büro fernbleibt, sondern du bleibst meinem fern. Glaubst du denn, ich laufe dir nach? Wenn es etwas zu klären gibt, kannst du jederzeit zu mir kommen, aber nein, dazu bist du dir zu fein!«

Ich spürte, wie ich mich in Rage redete wie nie zuvor. Nie zuvor hatte ich einen derartigen Ausbruch gehabt. Es war, als würde ich nicht nur Darren anschreien, sondern auch Georg, meinen Vater und Henny. Alle Menschen, die mich hängen gelassen hatten und so taten, als wäre ich die Schuldige.

»Und das alles ändert nichts daran, dass mein Schweigen damals eine Lappalie war, wegen der wir uns nicht hätten trennen müssen!«, fuhr ich fort. »Aber du hast deinen kostbaren Stolz verletzt gesehen, und in einer Welt, in der es immer nur um dich geht, passt das natürlich nicht!«

»Eine Lappalie war das also, dass du mir dein Kind verschwiegen hast?«, fragte er und schien sich von seinem Schrecken zu erholen. Gleichzeitig erkannte ich, dass es sich tatsächlich darum drehte. Noch immer.

»Ich hätte dir von meinem Sohn erzählt«, gab ich zurück. »Vielleicht nicht gleich, aber ich hätte es getan. Aber dann ist alles so schnell gegangen, und du hast alle Ängste, die ich hatte, bestätigt!«

Er senkte den Nacken wie eine Katze, die bereit war, anzugreifen. Doch ich kam ihm zuvor.

»Und dann machst du mir so einen kindischen Vorwurf, dass ich nicht darüber hinwegkäme, wo du doch derjenige bist, der offenbar nicht darüber hinweg ist!« Ich holte kurz Luft und fuhr dann fort: »Weißt du, was ich seit all der Zeit mit mir herumtrage? Weißt du, wie sich Schuld anfühlt? Die Frage, ob man genug getan hat, um das Überleben seines Kindes zu sichern? Und wenn es nur im Mutterleib war?«

Ich machte eine Pause, die allerdings nicht lang genug war, um ihm die Gelegenheit zu einer Antwort zu geben.

»Seit ich erfahren hatte, dass er gestorben sei, haben mich diese Fragen nicht verlassen. Ich war wütend auf mich selbst. Wütend, dass ich mich mit seinem Vater eingelassen hatte. Wütend, dass ich es nicht geschafft hatte, ihn in meinem Körper so gut zu nähren, dass er eine Chance hatte zu überleben. Als du dein Urteil über mich gefällt hast, hattest du keine Ahnung, was ich durchgemacht habe. Du warst der erste Mann, von dem ich glaubte, dass ich ihm wieder vertrauen könnte. Nur hätte dieses Vertrauen Zeit gebraucht. Ich hätte dir von meinem Kind erzählt! Aber alles, woran ich danach denken konnte, war, dass ich wieder versagt hatte. Dass ich dir nicht die Jungfrau bieten konnte, die du offenbar haben wolltest.«

»Das ist nicht wahr«, erwiderte er.

»Nein? Dann bist du also nicht aus verletztem Stolz geflohen und hast mich bei der Abreise behandelt, als wäre ich Luft? Dann hast du also auch meine Entschuldigung nicht ausgeschlagen, weil ich deine Eitelkeit verletzt hatte?«

Darren presste die Lippen zusammen und gab mir damit recht. Genau so war es gewesen. Sein Stolz und seine Eitelkeit waren der eigentliche Grund für unsere Trennung gewesen. Nicht mein Schweigen und meine Angst, mich ihm zu offenbaren.

»Ich war am Boden zerstört, habe keinen anderen Mann an mich herangelassen, weil ich nur daran denken konnte, wie du reagiert hast«, fuhr ich fort. »Auf etwas, das in meinem Leben längst vergangen war! Ich konnte nur daran denken!«

Schwer atmend senkte ich den Kopf und stemmte meine Hände in die Hüften. »Seit über vier Jahren frage ich mich, ob mein Sohn noch am Leben ist! Vier Jahre und keine Antwort. Wärst du damals nicht einfach feige vor mir weggelaufen, hättest du alles erfahren. Und du hättest mir beistehen können. Wir hätten gemeinsam nach Paris fahren können, aber du hast es vorgezogen, den Beleidigten zu spielen.«

Darren schüttelte verwirrt den Kopf. »Soll das heißen, du gibst mir die Schuld an deiner Misere?«

»Nein, das tue ich nicht!«, erwiderte ich. Meine Kehle fühlte sich rau an, und ich spürte, dass sich die Tränen nicht mehr länger aufhalten ließen. Doch wenn ich weinte, würden sie meine Wut herausspülen. Und ich wollte in diesem Augenblick wütend sein.

»Und ich habe dir auch nie die Schuld gegeben! Aber du hättest Geduld mit mir haben müssen und nicht wegrennen dürfen, nachdem du die Narbe entdeckt hast. Du hättest mit mir reden sollen, anstatt beleidigt zu sein. Hast du eine Ahnung, wie hirnverbrannt du dich verhalten hast? Wie ein beleidigtes Kind, das feststellt, dass sein Spielzeug doch nicht das war, was es wollte!«

Ich atmete tief durch. Allmählich wurde ich heiser, das Sprechen strengte mich furchtbar an. Doch wo ich schon dabei war, gab es noch etwas, das ich ihm sagen wollte.

»Und jetzt hast du tatsächlich die Nerven, mir vorzuwerfen, dass ich dir deinen Job verpfuschen will. Glaubst du wirklich, dass ich so bin? Du warst doch derjenige, der mich seit seiner Ankunft hier zurückgestoßen hat. Hast du tatsächlich geglaubt, dass ich wieder mit dir zusammen sein will? Hast du geglaubt, dass ich deshalb den Anhänger getragen habe?«

Er antwortete nicht.

»Ich habe den Anhänger als Friedensangebot getragen, denn es wäre doch kindisch gewesen, ihn wegzuwerfen, oder etwa nicht?« Wieder stützte ich meine Hände auf die Hüften, als müsste ich mir selbst Halt geben. »Oh, ich nehme an, du hast das mit meiner Krawattennadel getan, aber ich bin nicht so! Ich will die Sache hier auch hinter mich bringen, wie du es ausgedrückt hast. Aber wenn ich keine Zeit habe, um deine Entwürfe anzusehen, dann hat es nichts mit dir zu tun! Meinetwegen kannst du zur Hölle fahren!«

Ich wandte mich um und lief mit langen Schritten auf das Waldstück zu, das jenseits der Koppel lag. Ich wollte ihn nicht mehr sehen und nicht mehr hören. Ich wollte weder einen neuen Vorwurf noch eine halbherzige Entschuldigung. In diesem Augenblick wünschte ich mir nur, dass er aus meinem Leben verschwand.

Als mir schließlich die Puste ausging, hatte ich Darren und die Koppel schon weit hinter mir gelassen. Ich lehnte mich an einen der knorrigen Baumstämme und schloss die Augen. Es hatte gutgetan, all das Unausgesprochene zu sagen, ja, ihm regelrecht entgegenzuschleudern. Doch die Unruhe und den Ärger hatte es dennoch nicht auslöschen können. Möglicherweise verstand er noch immer nicht. Aber warum wünschte ich es mir so sehr, dass er es tat? Warum wollte ich so sehr, dass er einsah, damals auf Martha's Vineyard einen Fehler gemacht zu haben?

Eine Weile stand ich da, den Blick auf den Himmel zwischen

den Baumkronen gerichtet. Noch waren die Äste kahl, und hin und wieder ließ sich eine Nebelkrähe darauf blicken. Miss Arden hatte vor, die Schönheitsfarm im Herbst zu eröffnen, der Termin war für Mitte Oktober angesetzt, wenn in der Gegend die »Leafing Season« startete und das Laub der Wälder in den schönsten Gelb- und Rottönen strahlte. Darauf sollte ich mich konzentrieren. Was kümmerte mich schon Darren, der verschwinden würde, sobald er seine Werbekampagne ausgearbeitet hatte? Ich würde mir seine Entwürfe ansehen. Vielleicht waren sie ja gut genug, sodass er bald schon wieder gehen konnte.

Ein Knacken ließ mich kurz aus meinem Groll schrecken. Doch als ich mich umsah, entdeckte ich nur ein Eichhörnchen, das über die trockenen Blätter am Boden huschte und dann den Baum hinaufkletterte.

Als ich zur Koppel zurückkehrte, war Darren nicht mehr da. Das passte zu ihm. Möglicherweise telefonierte er jetzt mit Miss Arden und sagte ihr, dass die Arbeit hier für ihn untragbar geworden war.

Ein wenig Angst überkam mich und auch ein schlechtes Gewissen. Ich hätte ihn nicht anschreien sollen. Vielleicht hatte er es verdient, aber ich hätte mich nicht so gehen lassen sollen. Was, wenn er Miss Arden von der Sache erzählte? Bisher hatte seine Reaktion auf Enttäuschung oder Missfallen immer so ausgesehen, dass er weggelaufen war. Damals, als ich ihn vor der Flüsterkneipe nicht küssen wollte, war das der Fall gewesen, und auch bei der Entdeckung meiner Narbe.

Es hätte mich nicht gewundert, am Fuß der Treppe gepackte Koffer vorzufinden. Doch das Haus war ruhig bis auf die Geräusche klappernder Teller in der Küche.

»Ah, Miss Krohn, ich wollte Ihnen gerade Ihr Essen nach oben schicken.«

Mir lag auf der Zunge zu sagen, ich hätte keinen Hunger, aber dann sah ich die Sandwiches. Dick belegt mit Mayonnaise, Scheiben von dem Schinken, der in unserem Keller hing, und eingelegten Gürkchen, die Peg im vergangenen Sommer fabriziert hatte.

»Haben Sie etwas dagegen, wenn ich hier esse?«, fragte ich und setzte mich auf die lange Bank, die eigentlich den Bediensteten vorbehalten war. »Ich mag mein Büro für ein paar Minuten nicht mehr sehen.«

»Hat es Ärger gegeben?«, fragte Peg.

»Nur ein paar kleine Differenzen. Mr O'Connor glaubte wohl, noch immer in New York zu sein ...«

»Ja, ein Großstädter gewöhnt sich nicht so schnell ans Landleben«, sagte sie gutmütig. »Aber umgekehrt würde es einem sicher genauso gehen.«

Ich ließ sie in dem Glauben und machte mich über mein Sandwich her.

Nach dem Essen kehrte ich ins Büro zurück. Der Hefter mit Darrens Entwürfen und Ideen lag wie eine Anklage neben den anderen Dokumenten, die ich zu bearbeiten hatte. Mehr denn je wünschte ich mich in ein Labor zurück. Ob Madame Rubinstein mich wieder in der Fabrik arbeiten lassen würde? Das Leben damals erschien mir trotz der Schwierigkeiten, denen ich mich gegenübergesehen hatte, wesentlich leichter als mein heutiges, wo ich in Planungen, Genehmigungen und Stoffvorschlägen für Draperien und Polster zu versinken drohte.

Ich öffnete ein Fenster und ließ die Frühlingsluft herein. Vogelgezwitscher ertönte in den Bäumen. Nicht mehr lange, und dieser Ort würde von Neuem erblühen.

Nachdem ich eine Weile nach draußen gesehen hatte, fühlte ich mich stark genug, wieder an den Schreibtisch zu gehen.

Ich schlug den Hefter auf. Darren hatte die beiden vergangenen Wochen damit verbracht, Werbeanzeigen für die Schönheitsfarm zu entwerfen und erste Notizen für ein Kampagnenkonzept zu machen.

Wie schon damals war ich beeindruckt von den Zeichnungen, doch schon beim ersten Draufschauen erkannte ich, dass das Konzept und die meisten der Zeichnungen nicht zu dem passten, was Miss Arden hier aufbauen wollte. Es wirkte größtenteils so, als würde er einen Golfclub anpreisen wollen.

Mit einem Seufzen schlug ich den Hefter wieder zu. Eigentlich hätte er doch wissen müssen, dass die Kundschaft hier vorwiegend weiblich sein würde, voller Unternehmergeist und erfolgreich. Hatte Miss Arden ihm denn dazu keinen Hinweis gegeben? Das konnte ich mir kaum vorstellen.

Bei dem Gedanken, für wen dieser Schönheitsclub gedacht sein würde, hatte ich Frauen wie Anne Morgan, Bessie Marbury oder Elsie de Wolfe im Auge. Frauen, vor denen Männer einen gewissen Respekt hatten, die allerdings auch dafür sorgen wollten, dass sie bei einer Party von Mr Vanderbilt oder den Astors wegen ihres Aussehens bewundert wurden.

Natürlich waren auch die Gattinnen reicher Männer hier willkommen, aber ich kannte Miss Arden gut genug, um zu wissen, dass sie einflussreiche Frauen bevorzugte. Frauen, die sie vielleicht als Freundin gewinnen konnte.

Würde es reichen, wenn ich Darren eine entsprechende Notiz in den Hefter schob?

Als ich sein Büro betrat, war der Schreibtisch verwaist. So ordentlich, wie alles aufgeräumt war, rechnete ich damit, dass er seine Sachen gepackt hatte und abgereist war. Hatte er sich ein Taxi gerufen?

Nein, Fahrzeuge hörte man in der Stille hier sehr gut, und ich hätte bemerkt, wenn ein Wagen vorgefahren wäre. Wo war er hin?

Doch im nächsten Augenblick war ich froh darüber, ihn nicht anzutreffen. Ein wenig schämte ich mich für den Ausbruch, auch wenn ich immer noch der Meinung war, dass er ihn verdient hatte. Seufzend verließ ich den Raum und zog hinter mir die Tür zu.

38. Kapitel

Den ganzen nächsten Tag lang bekam ich Darren nicht zu Gesicht. Ich erkundigte mich bei Peg, die sagte, sie habe ihn gestern Nachmittag das Grundstück verlassen sehen, aber bislang sei er nicht zurückgekehrt. Ob er Gepäck bei sich gehabt hatte, wusste sie allerdings nicht.

Sorge überkam mich für einen Moment. Ob ihm etwas zugestoßen war? Ich glaubte nicht, dass meine Worte Darren zu der Dummheit verleiten konnten, sich etwas anzutun. Aber es war möglich, dass er im Wald gestürzt war oder sich in der Kneipe im Nachbarort Ärger eingehandelt hatte.

Meine Pläne, an diesem Samstag eine kleine Reise zu unternehmen, waren jedenfalls dahin.

Nach dem Frühstück warf ich meinen Mantel über und verließ das Haus, um nach dem Tennisplatz zu sehen. Nach den Regenfällen der vergangenen Wochen hatte sich dort ziemlich viel Wasser angesammelt. Die Handwerker hatten mir versprochen, für eine Drainage zu sorgen. Ich hoffte, dass sie inzwischen dazu gekommen waren, den Platz trockenzulegen.

Wenn man Miss Arden glauben konnte, war Tennis bei den Damen der gehobenen New Yorker Gesellschaft immer noch der letzte Schrei. Ich hatte auch in Berlin einmal Frauen gesehen, die Tennis gespielt hatten, mit langen Röcken und Topfhüten auf dem Kopf. Die Kostüme hatten sich mittlerweile geändert, wie auch die Mode ständigem Wandel unterworfen war. Erst neulich hatte ich eine Bluse wiedergefunden, die ich noch aus Berlin mitgenommen hatte und die nun hoffnungslos veraltet war. Und auch ich war älter geworden. Mit meinen mittlerweile siebenundzwanzig Jahren galt ich schon als alte Jungfer. Wie schnell die Zeit doch verging, und wie viel dabei auf der Strecke blieb.

Ich dachte mittlerweile nicht mehr oft an meine Eltern zurück, obwohl ich ihnen bei meinem Umzug hierher einen Brief geschickt hatte, in dem ich ihnen meine neue Adresse mitteilte. Auch Henny hatte ich geschrieben, bezweifelte aber, dass sie den Brief erhalten hatte. Weder meine Eltern noch Henny hatten mir geantwortet, doch dieser Gedanke tat nicht mehr so weh wie früher.

Am Tennisplatz blieb ich stehen. Mittlerweile sah er nicht mehr nach Tennisplatz aus, oder besser gesagt noch nicht. Die Pfeiler, an denen die Netze befestigt wurden, standen noch, doch die aufgebrachte Markierung war den Drainagearbeiten zum Opfer gefallen. Sie würde bei trockenem Wetter wiederhergestellt werden müssen.

Plötzlich spürte ich, dass ich nicht mehr allein war. Ich wandte mich um. Drei Armlängen von mir entfernt stand Darren. Sein Gesicht war gerötet. Es wirkte beinahe, als hätte er geweint. Aber das passte nicht zu ihm.

Doch wo kam er her? Hatte er sich tatsächlich Ärger eingehandelt?

Egal, was geschehen war, ich spürte tiefe Erleichterung, ihn zu sehen.

»Ich sollte mehr rausgehen«, sagte er, und ich spürte, dass er nicht so recht wusste, wie er anfangen sollte.

»Wo warst du?«, fragte ich. »Ich dachte, du seist abgereist.«

Darren senkte den Blick. »Ich brauchte etwas Zeit, um nachzudenken. Ich habe unten im Gasthaus geschlafen.«

Ich nahm diese Informationen mit einem Nicken auf. Einen Moment lang schwiegen wir beide, ich spürte, dass er auf etwas wartete.

Immerhin war mein Ärger genug verraucht, um den ersten Schritt zu tun.

»Hör mal, es tut mir leid, dass ich dich angeschrien habe«, sagte ich. »In den vergangenen Tagen hatte sich so vieles angestaut, auch Dinge, die wieder hochgekommen sind, seit ich erfahren hatte, dass du kommen würdest. Ich wusste einfach nicht mehr, wohin damit.«

Darren schüttelte den Kopf. »Ich habe mich wie ein Idiot verhalten. Damals wie heute.«

Er ließ mir einen Moment Zeit, um meine Antwort zu formen.

»Ich hätte es dir sagen sollen. Damals. Aber das weißt du ja. Auch ich war eine Idiotin. Aber soweit ich gehört habe, ist Idiotie mittlerweile heilbar.« Ich lächelte ihn schief an. »Du weißt gar nicht, wie gern ich dir damals ein paar Sachen erzählt hätte. Aber vielleicht können wir es nachholen. Irgendwann.«

Darren nickte.

»Dein Sohn ist also noch am Leben?«, fragte er dann.

Ich atmete tief durch und schob mir eine Haarsträhne hinters rechte Ohr. »Interessiert dich das wirklich?«

»Ja, es interessiert mich«, antwortete er sanft.

Jetzt wandte ich mich ihm ganz zu. Wir standen immer noch weit voneinander entfernt, und ich hatte noch immer Angst, die Distanz zu verkürzen. Noch eine ganze Weile nach der Trennung hatte ich mir gewünscht, wir hätten weitermachen können, doch ich spürte, dass der Funke verloren war.

Aber vielleicht war eine Freundschaft möglich? Eine Freundschaft, in der wir unsere Geheimnisse so lange behalten konnten, wie wir wollten. Eine Freundschaft, die verstand, dass nicht alles gleich erzählt werden konnte.

»Kurz nachdem wir uns getrennt haben«, begann ich, »kurz nachdem Madame mich entlassen hatte, erhielt ich einen Brief, in dem jemand mich um Verzeihung bat und mir mitteilte, dass mein Sohn noch leben würde. Ich habe mich auf den Weg nach Paris gemacht, um herauszufinden, ob es stimmte. Doch weder konnte ich den Absender ermitteln noch meinen Sohn finden. Geblieben ist mir nur die Frage, ob er noch lebt oder ob alles nur ein Schwindel war.«

»Das muss furchtbar für dich sein.« Er senkte den Kopf und schob mit der Schuhspitze ein paar Blätter zur Seite, wie ein kleiner Junge, der etwas ausgefressen hatte.

»Das ist es. Aber ich komme klar. Ich habe hier eine Arbeit, und es gibt jemanden, der auf der Suche nach ihm ist.«

»Ein Detektiv?«

Ich nickte.

»Glaubst du denn, dass er dein Kind finden wird? Nach all den Jahren?«

»Ich hoffe es. Solange er nicht aufgibt, ist nichts verloren. Aber wenn er aufgeben muss, weil es wirklich keine Hoffnung gibt, werde ich das akzeptieren.«

Ich starrte einen Moment lang zu Boden, dann hörte ich Darren sagen: »Ich hoffe, dass du diese Klarheit bekommst.«

»Danke, das ist sehr freundlich von dir.«

Wir sahen uns an, und ein wenig konnte ich wieder die Wärme spüren, die mich damals durchströmt hatte, wenn ich ihn ansah. Aber es war jetzt anders. Es war keine Liebe mehr, die ich empfand.

»Meinst du, dass wir diese Sache durchziehen können – als Freunde?«, fragte er schließlich. »Oder zumindest als zivilisierte Erwachsene, die sich nicht gegenseitig die Haare ausreißen?«

»An mir soll es nicht liegen«, entgegnete ich. »Aber wenn du irgendwann denkst, dass du es nicht aushältst …«

Er setzte ein schiefes Lächeln auf. »Wie ich schon sagte, in Zeiten wie diesen ist es schwer, große Aufträge zu bekommen. Es war mir wie ein Wunder erschienen, dass jemand wie sie mich anheuern wollte.«

»Sie hat etwas übrig für Leute, die mal für Madame Rubinstein gearbeitet haben«, sagte ich. »Aus dem Grund hat sie auch mir die Anstellung gegeben.«

Darren lachte auf. »Ja, das mag sein. Vielleicht sollte ich der guten alten Madame dankbar sein, auch wenn sie sich wahrscheinlich nicht mehr an mich erinnert.« Er machte eine Pause, dann setzte er hinzu: »Bitte verzeih mir, dass ich von einem Zerberus gesprochen habe. Das bist du ganz sicher nicht.«

»Ist schon okay.« Wir reichten uns die Hand und sahen uns eine Weile an wie verlegene Kinder. Schließlich sagte ich: »Ich habe mir deine Entwürfe angeschaut, aber damit wirst du nicht durchkommen. Miss Arden mag ein Faible für Pferde haben und hin und wieder etwas rustikal sein, doch das ist hier kein Golfclub. Du solltest noch einmal darüber nachdenken und es vor allem weiblicher machen.«

»Weiblicher?«

»Wir werden hier nicht Golf spielen, sondern Tennis.« Ich deutete auf den Boden unter mir. »Es mag jetzt noch nicht so aussehen, aber hier wird es einen Platz dafür geben.« Ein Lächeln schlich sich auf mein Gesicht, als ich wieder daran dachte, wie wir vor den Schaufenstern von Macy's gestanden und darüber gefachsimpelt hatten, welche Farben Miss Rubinstein bevorzugen würde. Ein plötzliches Gefühl von Verbundenheit überkam mich. Jetzt, wo ich alles losgeworden war, spürte ich, dass dies hier ein Neuanfang werden könnte.

»Okay, dann eben Tennis.« Darren machte eine Pause. »Was

meinst du, hat Peg einen Platz für mich am Küchentisch? Allein in meinem Zimmer zu essen ist doch ein wenig ... öde.«

Ich lächelte. »Ich bin sicher, dass wir noch einen Stuhl finden werden.«

Tatsächlich erschien Darren zum Abendessen, zur großen Freude unserer Köchin und der Dienstmädchen. Wie ausgewechselt erzählte er von seiner Zeit in New York, der Zeit nach unserer Trennung.

Ich erfuhr, dass er sich mit einem Kompagnon zusammengetan hatte, der ihn im Stich ließ, und dass die Wirtschaftskrise den Markt sehr verkleinert hatte. Kaum noch jemand benötigte Werbegrafiken, denn niemand wusste, ob das Geschäft noch lange genug bestand, bis die Reklametafel gedruckt war. Luxuriöse Verpackungen wurden immer seltener angefragt, und auch die Bereitschaft, Geld für etwas auszugeben, was nicht unbedingt notwendig war, war ins Bodenlose gesunken.

Allerdings schien die Kosmetik eine Ausnahme zu sein. Das wusste ich bereits, denn sonst hätte sich Miss Arden an solch ein Vorhaben wie dieses hier nicht wagen können.

Am Ende des Abends glühten Pegs Wangen vor Begeisterung. »Ich weiß ja nicht, was mit ihm geschehen ist, aber heute wirkte Mr O'Connor völlig anders. Was für ein interessanter Mann, finden Sie nicht?«

»Das ist er«, entgegnete ich und versuchte, nicht zu breit zu lächeln.

»Er wäre was für Sie«, fügte Peg hinzu und sah mich abwartend an, doch ich schüttelte den Kopf.

»Nein, ganz bestimmt nicht. Sicher hat er eine Freundin.«

»Davon hat er aber nichts gesagt.«

»Man erzählt so was doch auch nicht gleich unter Fremden.«

»Wir sind doch nicht fremd!«, entrüstete sich Peg.

»Mag sein, aber heute war es das erste Mal, dass er sich aus seinem Zimmer gewagt hat. Wir sollten ihm Zeit geben.«

Ich wollte mir nicht anmerken lassen, dass auch mir aufgefallen war, dass er keine Frau erwähnte. Und dass er keinen Ring trug.

Doch ich verdrängte weiterführende Gedanken. Wir waren Kollegen und als solche übereingekommen, dass wir uns vertragen wollten. Bei der Arbeit. Nicht mehr, nicht weniger.

Mehr konnte ich auch nicht erwarten, nicht nach dem, was geschehen war.

39. Kapitel

Das reinigende Gewitter zwischen uns schien Wunder zu wirken. Darren hörte sich meine Ratschläge bereitwillig an, und hin und wieder schafften wir es, über Alltäglichkeiten Witze zu machen und gemeinsam zu lachen. Ich nahm ihn auf eine ganz andere Weise wahr als damals, als unsere Gefühle uns schwindelig werden ließen. Er war ein guter Zeichner, der sehr schnell umsetzen konnte, was man ihm sagte. Ich wünschte beinahe, ich hätte ihm damals schon, beim Auftrag für Madame, schon über die Schulter sehen können.

Ein wenig besorgt war ich über die Nachrichten aus meiner Heimat. Bei einem Besuch in New York tönten die Schlagzeilen, dass ein Mann namens Adolf Hitler die Macht in meinem Heimatland übernommen hatte. Er hatte den Deutschen Arbeit und einen Ausweg aus der herrschenden Not versprochen.

Das hätte mich eigentlich beruhigen sollen, aber als ich das Foto von ihm sah, umgeben von seinen Vertrauten, weckte es ein unbestimmtes Unwohlsein in mir. Alles an ihm wirkte so militärisch. Die Gesichter der Männer waren hart und unerbittlich. Zuletzt hatte ich das von Bildern aus dem Großen Krieg gesehen, der mittlerweile fünfzehn Jahre hinter uns lag. Wie wollte er die Not des Landes lindern?

»Er wird nicht lange an der Macht bleiben«, mutmaßte der Prinz bei einem Abendessen, bei dem Miss Arden zugegen war. »Männer wie er versprechen viel und halten wenig. Glauben Sie mir, in ein paar Jahren wird keine Rede mehr von ihm sein.«

»Das wäre zu wünschen«, sagte sie. »Nicht dass er mir meine Geschäfte in Deutschland madig macht. Schon jetzt höre ich von dort, dass man ein neues Frauenbild etablieren will. Eine Wilde, die keinen Geschmack hat, aber dafür fruchtbar ist.« Sie stieß ein verächtliches Schnauben aus. »Damit werden sie nie durchkommen. Frauen wollen Schönheit, egal, wie die Zeiten sind. Unsere Zahlen in den vergangenen Krisenjahren zeigen es ja.«

Ich hoffte, dass der Prinz recht behalten würde, nicht nur wegen der Geschäfte von Miss Arden, sondern auch wegen meiner Eltern. Ein neuerlicher Krieg würde das Leben aller in Mitleidenschaft ziehen, und auch wenn sie den Kontakt abgebrochen hatten, wollte ich sie doch in Sicherheit wissen.

Viel Zeit, mir über die Zustände in Deutschland den Kopf zu zerbrechen, hatte ich allerdings nicht. Die Arbeit wartete jeden Morgen auf mich, und je mehr wir schafften, desto mehr wurde klar, was noch alles zu tun war. Miss Arden setzte größte Hoffnungen in den neuen Club. Zur Schönheit und Körperertüchtigung für gut situierte Damen gesellte sich mehr und mehr das Thema Gesundheit. Miss Arden hatte mir ein Dossier zugesandt, in dem behauptet wurde, dass es den Frauen verstärkt darauf ankam, auch von innen für ihre Körper zu sorgen. Sie überlegte sogar, einen Kurarzt anzustellen, der den Damen Diäten zur Gewichtsreduktion oder für schöne Haut verordnete.

Das erforderte natürlich, dass einige von Darrens Ideen angepasst werden mussten.

»Also sollen wir doch eher einen Gesundheitsclub bewerben?«, fragte er, nachdem ich ihm davon erzählt und ihm die entsprechenden Unterlagen auf den Schreibtisch gelegt hatte.

»Eine gesunde Mischung aus beidem«, präzisierte ich. Vor meinem geistigen Auge sah ich es deutlich vor mir. Frauen, die mit Reiten oder Körperertüchtigung in den Tag starteten, ein gutes Frühstück genossen und dann verschiedenartige Schönheitsbehandlungen vornehmen ließen, bevor sie sich am Nachmittag bei Musik und kulturellen Veranstaltungen entspannten.

»Warum eigentlich nur für erfolgreiche Frauen?«, fragte Darren weiter. »Ich weiß, davon hat Miss Arden damals auch gesprochen, aber wäre es nicht klüger, doch alle Schichten anzusprechen? Besonders einfacheren Frauen würde Sorge um ihre Gesundheit guttun.«

Ich schüttelte den Kopf. »Durch die Wirtschaftskrise werden sich viele so einen Aufenthalt nicht leisten können. Außerdem haben sie anderes im Sinn, als auf Partys strahlend auszusehen.«

Darren akzeptierte meinen Hinweis mit einem Nicken. »Möglicherweise wünscht sie von dir, dass du die Kurmittelchen mischst.«

»Ich bin keine Apothekerin«, gab ich scherzhaft zurück.

Darren zog die Augenbrauen hoch. »Du bist eine Forscherin. Ich würde es dir zutrauen, dass du es kannst. Letztlich sind doch auch Medikamente nur Chemie, und du erscheinst mir besonders talentiert.«

Ich lächelte. Dass Darren an mich glaubte, freute mich. Der letzte Mann, der das getan hatte, war Georg gewesen. Auf einmal hatte ich sein Gesicht wieder vor mir. Die Art, wie er mit mir sprach. Verwirrt und erschrocken darüber erstarrte ich.

»Was ist?«, fragte Darren.

Ich schüttelte den Kopf und vertrieb das Bild von Georg. Er hatte nichts mehr in meinem Leben zu suchen.

»Nichts, ich hatte nur einen Gedanken.« Ich machte eine kurze Pause, dann fügte ich hinzu: »Also sind wir uns einig?«

Darren blickte mich verwundert an, dann nickte er. »Das sind wir. Ich werde das Thema Gesundheit mit reinbringen. Mal schauen, ob mir das gelingt, ohne es wie eine Werbung für ein Krankenhaus wirken zu lassen. Was meinst du, sollten wir den Swimmingpool mit abbilden?«

»Der ist ja noch gar nicht fertig«, sagte ich.

»Traust du mir etwa keine Vorstellungskraft zu? Ich werde mir einfach ausmalen, wie er aussieht. Und das Wasser darin wird blau sein wie auf Maui und glitzern wie ein Diamant.«

Ich wusste, dass er davon träumte, nach Hawaii zu reisen. »Du kannst nicht von Inseln lassen, was?«, fragte ich, in Gedanken an unsere sonntäglichen Ausflüge an die Küste Neuenglands, die wir damals unternommen hatten, vor so langer Zeit.

»Auf Inseln hat man seine Ruhe, nicht wahr?«, gab er zurück. »Aber glaube mir, Maui ist etwas anderes als Martha's Vineyard. Wenn du willst, nehme ich dich mit.«

Und ob ich wollte! Aber ich rief mich zur Ordnung. Darren und ich waren immer noch dieselben. Und auch wenn meine Narbe inzwischen weiß geworden war, war sie immer noch sichtbar und stand für das, was er damals nicht hatte tolerieren können.

Als die Dampfbehandlungs- und Turnräume fertig waren, kündigte sich ein Mr Gayelord Hauser bei uns an. Miss Arden hatte ihn bei ihren Besuchen immer wieder angesprochen und von ihm als Diätexperten geschwärmt. Er war kein Arzt, doch auf seinem Gebiet dennoch eine angesehene Koryphäe. Dass sie ihn anstellte, um mit ihm Diätkonzepte zu erarbeiten, überraschte mich nicht.

Seine Anwesenheit wurde für uns zum Test unseres Hauses,

zumindest was die Versorgung der Gästezimmer anging. Natürlich würde es etwas anderes sein, wenn fünfzehn hochverwöhnte Gäste auf einmal anwesend waren, denen man ein persönliches Programm versprochen hatte. Aber Mr Hauser war ebenfalls sehr anspruchsvoll. Die Diäten, mit denen er die Damen in Form bringen wollte, galten auch für ihn selbst. So erhielt Peg schon einen Tag vor seiner Anreise einen genauen Plan, was er zu speisen wünschte.

»Ist das nicht ein wenig übertrieben?«, fragte sie zweifelnd, nachdem sie den Zettel studiert hatte, auf dem solche Dinge wie Melasse, Brauhefe, Weizenkeime, entfettete Milch und Joghurt standen.

»Wir müssen uns wohl darauf einstellen, dass die Gäste Sonderwünsche haben werden«, erwiderte ich und runzelte die Stirn. Es war jedoch nicht so, dass wir hier Läden hatten, die dergleichen leicht beschaffen konnten. In New York war das etwas anderes, aber New York war weit weg.

»Das schon, aber dann sollten wir noch eine größere Speisekammer anbauen, um alles vorrätig zu haben, was sich die Herrschaften wünschen könnten«, murrte die Köchin und schickte kurz darauf den Laufburschen los, um die Lebensmittel irgendwie aufzutreiben.

Als Mr Hauser erschien, war es, als würde ein Filmstar bei uns einkehren. Er fuhr in einem eleganten cremefarbenen Wagen vor, wie ich ihn noch nie gesehen hatte. Zu seiner Entourage gehörten ein Trainer und eine Art Kammerdiener, der ihm Koffer hinterhertrug, die so groß waren, als wollte er für Monate bleiben.

Er selbst wirkte athletisch, war dunkelhaarig und brachte in seinem hellen Anzug die Dienstmädchen zum Seufzen. Ich hatte den Eindruck, dass sogar Peg nicht länger auf ihn böse sein konnte, nachdem er ihr einen galanten Handkuss gegeben hatte.

»Es freut mich sehr, dass Sie unser Haus besuchen«, sagte ich, während wir durchs Foyer schritten. Die Angestellten zerstreuten sich schließlich wieder hinter uns, doch ich konnte das Tuscheln und Kichern der Mädchen noch eine Weile vernehmen. Wahrscheinlich beobachteten sie uns aus der Ferne.

»Ich arbeite ja schon eine Weile mit Miss Arden zusammen, und sie lobte Sie in den höchsten Tönen.«

Zu meiner großen Überraschung nahm ich einen deutschen Akzent bei ihm wahr. Er musterte mich einen Moment lang, dann fuhr er fort: »Miss Arden sagte mir schon, dass wir Landsleute sind«, sprach er mich auf Deutsch an. »Erfolgreiche Immigranten, wie sie es nannte.« Er lachte kurz auf.

»Aus welchem Teil Deutschlands stammen Sie?«, fragte ich. Deutsch zu sprechen fühlte sich für mich sehr ungewohnt an. Ich träumte in meiner Muttersprache, ich dachte in ihr, aber mein Mund sprach englische Worte.

»Tübingen. Also aus dem Süden. Und Sie?«

Die Frage, warum seine Eltern ihm einen Namen wie Gayelord gegeben hatten, drängte sich mir auf. Doch dann wurde mir klar, dass er sich dieses Pseudonym selbst gegeben haben musste, weil der deutsche Name den Amerikanern vielleicht zu fremd erschien.

»Berlin«, beantwortete ich seine Frage.

»Wie kommt eine Frau aus Berlin dazu auszuwandern? Hat Ihr Ehemann hier eine Anstellung erhalten?«

Ich schüttelte den Kopf. »Nein, ich bin nicht verheiratet.« Was würde ein Mann wie er dazu sagen, dass ich aus Not ausgewandert war? »Ich wurde von Helena Rubinstein in Paris entdeckt«, fügte ich hinzu.

Bei der Erwähnung dieses Namens zuckte er leicht zusammen. Dann sah er mich beinahe schon beeindruckt an.

»Helena Rubinstein! Eine faszinierende Frau. Ein wenig korpulent für ihr Alter, aber sie leistet Großes. Wenn ich sehe, wie sie ihre Marke nach ihrer Rückkehr wiederaufbaut ... Aus dem Desaster, das die Lehman Brothers angerichtet haben, macht sie erneut Gold.« Er hielt kurz inne, dann fragte er: »Warum haben Sie sie verlassen? Hat Miss Arden Ihnen ein so gutes Angebot unterbreitet?«

Ich war sicher, dass alles, was ich jetzt sagte, früher oder später auch an Miss Ardens Ohr kommen würde.

»Das hat sie in der Tat. Aber genau genommen war das Desaster, das die Lehman Brothers angerichtet haben, der Auslöser für meinen Weggang.«

»Und Mrs Rubinstein hat keine Anstalten gemacht, Sie wieder zu engagieren?«

»Ich bin nicht flatterhaft«, erwiderte ich. »Ich stehe treu zu jenen, die mir eine Chance geben.«

Mr Hauser nickte. Und ich war sicher, dass auch Miss Arden diese Antwort gefallen würde.

»Nun, dann zeigen Sie mir doch bitte meine Räumlichkeiten. Meine beiden Begleiter sollten in der Nähe untergebracht werden, wenn das möglich ist.«

»Das ist selbstverständlich möglich«, sagte ich. »Folgen Sie mir bitte.«

Ich beschloss, mit Mr Hauser einen kleinen Umweg durch den Salon zu machen und ihn auch durch einen der Behandlungsräume zu führen. Zweifelsohne würde Miss Arden einen Bericht von ihm erwarten.

»Es sieht alles noch viel besser aus, als Miss Arden es mir beschrieben hat«, bemerkte er, als wir durch die Räume schritten.

»Sie war schon seit einer Weile nicht mehr hier, aber hier ändert sich beinahe täglich etwas«, erklärte ich. Tatsächlich ließ sich Miss Arden seit dem Tod von Bessie Marbury nur noch selten blicken. Ich nahm an, dass es sie zu sehr schmerzte, nicht mehr zum Marbury-Anwesen gehen und mit ihrer Freundin die Nachmittage verbringen zu können.

»Auf jeden Fall scheinen Sie gute Arbeit zu leisten. Ich werde nach Leibeskräften versuchen, eine angemessene diätische Versorgung auf die Beine zu stellen. Ich hoffe, Sie haben eine fähige Köchin?«

»Sie haben ihr vorhin die Hand geküsst«, gab ich zurück. »Peg ist die beste Köchin der gesamten Gegend.«

»Das werden wir noch sehen. Sollte ihr Können verbesserungsbedürftig sein, werde ich ihr meinen eigenen Diätkoch zur Seite stellen.«

Das konnte ja heiter werden! Ich beschloss, Peg erst einmal nichts davon zu sagen, sonst drohte in der Küche noch eine Explosion!

Im Anschluss an die kleine Führung brachte ich Mr Hauser auf sein Zimmer. Auch dieses schien ihm zu gefallen. Miss Arden hatte die Architekten angewiesen, jedes Zimmer individuell zu gestalten, jedoch keines schlechter als das andere. Der Trainer und der Kammerdiener würden sich darüber bestimmt freuen.

»Richten Sie sich erst einmal ein. Ich werde Peg Bescheid geben, dass sie Ihnen einen Imbiss zubereitet.«

»Haben Sie meine Weisungen dazu erhalten?«

Ich nickte. »Ja, und es ist uns ein Vergnügen, ihnen nachzukommen.«

Damit verabschiedete ich mich fürs Erste und freute mich darauf, Peg über Mr Hausers Mahlzeit lästern zu hören.

Am Nachmittag fand die erste Unterredung mit Mr Hauser statt, an der auch Darren teilnahm. Er hatte den Auftrag, einen Prospekt zu entwerfen, in dem nicht nur die Einrichtung, sondern auch die angebotenen Schönheitskuren etwas näher beschrieben wurden.

Zu Anfang kamen wir in den Genuss eines Vortrags über das, was Mr Hauser mit den Gästen des Clubs plante.

Offenbar sollten sehr strenge Regeln gelten, was die Ernährung und den Sport betraf: kein Alkohol, wenig Fett und Zucker. Dafür viel Gemüse und Getreide, wenig Fleisch und auch keine Süßspeisen. Außerdem empfahl er das, was auf dem Zettel gestanden hatte, der Peg beinahe zur Verzweiflung getrieben hätte.

»Sie haben keine Ahnung, wie begeistert die Stars in Hollywood davon sind! Marlene Dietrich und Greta Garbo sehen nur wegen meiner Diät so fantastisch aus! Und sogar Baron de Rothschild hat mir ein Dankesschreiben geschickt.«

Ich blickte ihn ein wenig zweifelnd an. Die Frauen sollten sich hier erholen – gehörte dazu nicht eine gute Küche? Und hin und wieder ein kleines Dessert?

Als ich diesen Gedanken laut äußerte, schaute er mich an, als hätte ich ihm eine Ohrfeige versetzt.

»Sie wissen es vielleicht nicht, doch als ich jung war, kurz nach meiner Ankunft in Amerika, erkrankte ich an Hüfttuberkulose. Die Ärzte hatten mich nach zahlreichen Operationen aufgegeben, da ging ich zu einem Naturheiler. Der setzte mich auf eine pflanzliche Diät, und mein Zustand verbesserte sich. Bei einer anschließenden Kur in der Schweiz ernährte ich mich ebenfalls rein pflanzlich. Mein Hüftknochen regenerierte sich binnen weniger Wochen. Ein Erfolg, den die konservative Medizin wohl kaum hätte erzielen können. Und auch kein Dessert.«

Darren und ich tauschten einen kurzen Blick. Ich konnte mir denken, was ihm durch den Kopf ging. Ich hätte Hauser gern daran erinnert, dass dieses Haus keine Klinik war, sondern ein Ort der Schönheit, aber ich hielt mich zurück.

Ich sagte mir einfach, dass die reichen Gäste von Miss Arden allein schon wegen der großen Namen herkommen würden.

»Dürfen wir die Schauspieler und Schauspielerinnen, mit denen Sie gearbeitet haben, in dem Prospekt nennen?«, fragte ich.

»Aber natürlich! Und Sie sollten auf keinen Fall vergessen, meinen Namen zu erwähnen.«

»Oh, Ihren Namen werden wir ganz groß erwähnen!«, sagte Darren, und ich entdeckte einen leichten Hauch von Spott in seiner Stimme.

Mr Hauser schien das allerdings nicht zu bemerken. Er lächelte geschmeichelt und fuhr dann mit der Erläuterung seines Konzepts fort.

Als er zu einer Turnstunde mit seinem Trainer aufbrach, fragte Darren: »Glaubst du wirklich, die reichen Damen werden sich mit Weizenkeimen zufriedengeben und auf ihren Champagner verzichten? Immerhin soll das hier ein Luxusurlaub sein, oder nicht? Wenn du mich fragst, hört sich die Verpflegung nach Folter an.«

»Du hast es gehört, Marlene Dietrich und Greta Garbo sind begeistert.«

»Ja, vermutlich tun die alles, wenn man ihnen erzählt, dass sie damit auf ewig zwanzig bleiben.«

»Glaubst du, erfolgreiche Geschäftsfrauen wollen etwas anderes?« Ich lächelte ihn an. »Jede Frau möchte für immer zwanzig sein!«

Mr Hauser ging, und der Sommer kam. Endlich konnten wir den Swimmingpool, den Miss Carpenter noch kurz vor ihrem Tod geplant hatte, in Betrieb nehmen. Es dauerte beinahe den ganzen Tag, ihn mit Wasser zu füllen, aber schließlich konnten wir an dem nach wie vor warmen Abend hineinspringen und uns erfrischen.

»So etwas würde ich mir für mein eigenes Haus wünschen«, erklärte Darren, während er sich rücklings auf dem Wasser treiben ließ. »Ich würde im Sommer gar nicht wieder rauskommen.«

»Und wer macht dann deine Arbeit?«, fragte ich, an den Beckenrand geklammert, während ich beobachtete, wie Peg eine große Karaffe Limonade herausbrachte.

»Wenn ich reich genug bin, mir so etwas zu leisten, habe ich wahrscheinlich auch Angestellte, die für mich zeichnen.«

»Dann wollen wir hoffen, dass du noch mehr Aufträge wie diesen bekommst.«

Ich grinste und versank einen Moment lang in die Betrachtung von Darren. In seiner knappen Badehose wirkte er wahnsinnig attraktiv. Hatte er damals schon so einen muskulösen Oberkörper gehabt?

Wenn ich an die Nacht zurückdachte, in der wir beinahe miteinander geschlafen hätten, erinnerte ich mich nur noch an seine wütende Miene und seine zornigen Augen. Der Darren vor mir, der sich nun umwandte und anfing, die Bahn entlangzuschwimmen, schien ein anderer, neuer Mann zu sein. Und ich ertappte mich dabei, wie in mir die Lust erwachte, ihn erneut kennenzulernen.

40. Kapitel

Ende September wurde ich nach New York bestellt. Offenbar hatte Miss Arden wie in jedem Jahr eine große Mitarbeiterversammlung einberufen. Da der Eröffnungstermin der Schönheitsfarm in greifbare Nähe gerückt war, rechnete ich damit, wieder Rechenschaft über unseren Fortschritt ablegen zu müssen. Ich packte vorfreudig meine Tasche und bat Darren, mich zum Bahnhof zu fahren.

»Seltsam, dass ich keine Einladung bekommen habe«, bemerkte er, als wir uns am frühen Morgen auf den Weg machten. »Ich gehöre doch auch zu ihrer Mannschaft. Immerhin hat sie mir die PR für die Farm übertragen.«

Der entsprechende Brief war Ende August gekommen. Eigentlich hatte Darren seine Entwürfe fertig, doch Miss Arden bestand darauf, weiter seine Dienste in Anspruch zu nehmen. Dass er dazu auf der Farm bleiben durfte, war mir ganz recht.

»Wahrscheinlich will sie wieder mit ihren Filialleiterinnen sprechen. Auch wenn wir hier noch keinen Kundenverkehr haben, zähle ich wohl dazu.«

»Du Glückliche«, sagte er. »Du darfst endlich wieder Stadtluft schnuppern.«

»Du könntest mich auf eigene Rechnung begleiten.«

Darren schüttelte den Kopf. »Einer von uns muss hier nach dem Rechten sehen. Außerdem will mir der Prinz das Reiten beibringen.«

»Du und reiten?«, wunderte ich mich. »Was, wenn du aus dem Sattel fällst und dir die Hände brichst?«

»Ich werde mir Boxhandschuhe besorgen«, entgegnete er scherzhaft.

»Die werden dir nicht helfen, wenn das Pferd durchgeht.« Ich hatte noch immer großen Respekt vor den Tieren. Eine gute Reiterin würde ich wahrscheinlich nie werden. Dafür trug ich mich immer mehr mit dem Gedanken, Autofahren zu lernen. So ein Wagen war praktisch, und vielleicht ließ sich Darren dazu überreden, mir ein paar Fahrstunden zu geben.

Strahlender Sonnenschein glitzerte in den Fensterfronten der Bürogebäude, als ich die Subway verließ. Ich war bester Laune, denn ich rechnete damit, dass auch die anderen Teilnehmer der Konferenz angetan sein würden von den Entwicklungen auf der Farm. Darrens und meine Ideen hatten großen Anklang bei ihr gefunden, und sie war sogar so weit gegangen, uns mit ihrer verstorbenen Freundin Miss Carpenter zu vergleichen. »Es wirkt, als wären Sie von ihrem Geist beseelt«, hatte sie gemeint, als wir sie im August bei einem Spaziergang über das Gelände von Maine Chance über den Stand der Dinge informiert hatten.

Entsprechend hoffnungsvoll stieg ich in den Aufzug. Dabei wunderte ich mich, dass nicht noch andere Mitarbeiter mitfuhren. War ich vielleicht zu spät? Ich blickte auf meine Armbanduhr und stellte erleichtert fest, dass ich sogar noch etwas Zeit hatte.

Doch auch in der Büroetage war es vergleichsweise still.

»Was ist los?«, wandte ich mich an die Sekretärin, die einen leicht verschreckten Eindruck machte. »Wo sind die anderen?«

»Wie bitte?«, fragte sie verwirrt.

»Nun, die anderen Filialleiterinnen? Findet heute keine Sitzung statt?«

Die Sekretärin schaute einen Moment lang drein, als hätte der Blitz eingeschlagen, dann antwortete sie: »Es gibt keine Sitzung. Miss Arden möchte Sie persönlich sprechen. Hat man Ihnen das nicht gesagt?«

Ich zog verwundert die Augenbrauen hoch. »Nein, ich dachte ...«

»Miss Arden hat mir gesagt, dass ich ihr Bescheid geben soll, wenn Sie da sind. Wenn Sie sich so lange setzen mögen?«

Verwundert ließ ich mich auf einen der gepolsterten Stühle sinken. Was hatte das zu bedeuten? Warum war ich nicht informiert worden, worum es gehen sollte?

Wenig später wurde ich von Miss Arden empfangen. Sie trug ein dunkles Kostüm, und man konnte die Gewitterwolke, die über ihrem Kopf hing, förmlich sehen.

»Setzen Sie sich, Miss Krohn.«

Was war los? Hatte ich, ohne es zu merken, ihren Unmut erregt? Hatte sich vielleicht Mr Hauser irgendwie despektierlich über mich geäußert? Das konnte ich nach allem, was wir für ihn getan hatten, kaum glauben.

»Wir werden die Eröffnung des Clubs verschieben müssen«, erklärte Miss Arden mit harter Miene.

»Verschieben?«, echote ich. »Aber wir sind doch so gut wie fertig!«

Miss Arden reichte mir ein Schreiben. »Lesen Sie das.«

Ich nahm das Blatt und überflog es. Es handelte sich um eine Klageschrift. Darin wurde behauptet, dass Elizabeth Arden Drückergeld gezahlt hätte. Ich konnte mit dem Begriff nichts anfangen.

»Drückergeld?«, fragte ich. »Was soll das heißen?«

»Es ist der Brauch mancher Firmen, Repräsentanten einer konkurrierenden Firma wie Verkäuferinnen in Kaufhäusern oder Handelsvertretern hohe Summen dafür zu zahlen, dass sie statt des eigenen Produkts das Konkurrenzprodukt empfehlen. Man hat uns deswegen zusammen mit einigen anderen Firmen verklagt.«

Ich runzelte die Stirn. Auf den ersten Blick erschien mir das widersinnig. »Das machen diese Leute mit?«

»Für die entsprechende Summe natürlich.«

Ich begriff es immer noch nicht. »Und was soll daran kriminell sein, sodass es zu einer Anklage kommt?«

»Durch dieses Vorgehen werden Kunden genötigt, statt des Produkts, das sie üblicherweise erwerben, das der Konkurrenzfirma zu kaufen. Das ist nicht gestattet.«

Diese Worte trafen mich wie ein Schlag. Ich dachte zurück an Glory und Madames Bemerkung, dass Miss Arden dafür gesorgt hätte, dass die Händler es nicht in ihr Sortiment aufnehmen wollten. War es das? Oder meinte sie etwas anderes, das noch wesentlich finsterer war?

»Das haben wir dieser polnischen Hexe zu verdanken!«, zischte sie, während meine Gedanken immer noch kreisten.

Madame Rubinstein sollte die Klage erwirkt haben? Das konnte ich nicht glauben. Auf der Klageschrift fand sich nicht ihr Name, sondern der eines Staatsanwaltes.

»Ich denke nicht, dass Madame so niederträchtig wäre.«

»Nennen Sie sie nicht Madame!«, fuhr Miss Arden mich an. »Diese Hochstaplerin!«

Ich spürte, dass sie dabei war, sich in Rage zu reden.

»Miss Arden«, begann ich in beruhigendem Ton, obwohl mich diese Offenbarung bis ins Mark erschüttert hatte. »Die wichtigste Frage ist wohl, ob es bei uns tatsächlich zu einer derartigen Praxis gekommen ist und ob es Beweise dafür geben könnte.«

Wenn damals Glory besser aufgenommen worden wäre, hätten mir die Geschäftsführer der Lehman Brothers vielleicht nicht gekündigt und ich könnte noch immer für Madame arbeiten.

»Sind Sie jetzt mein Rechtsberater?«, schnarrte Miss Arden.

Ich schüttelte den Kopf. Ich wusste ja, wie schwer es war, bei ihr Gehör zu finden, wenn sie erst einmal wütend war. Aber der Zorn, den ich jetzt an ihr sah, hatte eine ganz neue Dimension.

»Nein, Miss Arden, ich denke, Ihre Rechtsberater sind weitaus besser geeignet, diesen Umstand zu vertreten.« Ich blickte ihr fest in die Augen. Wenn man in ihr in Momenten wie diesen nicht die Stirn bot, war man verloren. »Doch ich muss wissen, ob ich eine Lüge ausspreche, wenn man mich fragt, ob die Vorwürfe gerechtfertigt sind.«

Miss Arden erwiderte meinen Blick lange, und ich sah den schwelenden Zorn darin. Galt er mir oder der Klage?

»Es ist natürlich keine Lüge, wenn Sie die Vorwürfe zurückweisen«, sagte sie schließlich. »Ich habe nie solche Praktiken in Erwägung gezogen.«

»Was ist mit Mr Jenkins?«, begann ich vorsichtig. »Könnte er …«

»Ich bin die Chefin dieser Firma«, entgegnete Miss Arden grollend. »Alles, was geschehen ist, ist über meinen Schreibtisch gegangen.«

Ich nickte. Es war genug, mehr Informationen durfte ich in diesem Augenblick nicht von ihr verlangen.

»Vielen Dank für Ihre Offenheit, Miss Arden«, sagte ich. »Mr O'Connor und ich werden dafür sorgen, dass die Verzögerung der Eröffnung nicht in das falsche Licht gerückt wird.«

»Danke«, erwiderte Miss Arden kühl.

Ich wartete darauf, dass sie mich fortschickte, doch das tat sie nicht. Stattdessen betrachtete sie mich eine ganze Weile.

»Ich werde gegen diesen Unfug vorgehen«, sagte sie schließlich. »Ich werde nicht zulassen, dass diese Klage meinen guten

Ruf vernichtet.« Sie pausierte kurz, dann fuhr sie fort. »Wir werden die Schönheitsfarm im kommenden Sommer eröffnen. Dann sollte sich der Staub gelegt haben. Solange verhalten wir uns ruhig.«

Bedeutete das, dass ich ein weiteres Jahr in Maine ausharren würde, ohne wirklich etwas zu tun zu haben? Diese Aussicht gefiel mir nicht.

»Und was sollen Mr O'Connor und ich dort solange tun?«

»Schadensbegrenzung betreiben. Die Presse besänftigen. Sie haben doch sicher schon Arrangements mit den Lieferanten und Zeitschriften getroffen.«

»Natürlich«, gab ich zurück, denn Werbeplätze mussten frühzeitig gebucht werden. Darren hatte sich darum gekümmert, während ich bereits angefangen hatte, Lebensmittel zu ordern. Noch standen die Lieferungen aus, aber die Firmen würden sich nicht über die Verschiebung freuen.

Ich sah einen riesigen Berg Arbeit auf uns zukommen.

»Außerdem sollten Sie versuchen zu verhindern, dass sich Gerüchte streuen. Besonders in der jetzigen Zeit ist es wichtig.« Ein grimmiges Lächeln huschte über ihr Gesicht. »Sollte es Neuigkeiten geben und absehbar sein, wann der Unfug aufhört, werde ich es Sie wissen lassen.«

»In Ordnung, Miss Arden.« Ich versuchte meine Enttäuschung zu verbergen. Was wohl Darren und all die anderen dazu sagen würden?

Die Absage der Eröffnung beschäftigte mich auf dem Weg zum Bahnhof so sehr, dass ich mehrmals versehentlich jemanden anrempelte und dafür einige Beschimpfungen erntete. Ich zitterte innerlich, mein Herz raste, und in meinen Ohren hämmerte der Puls.

Um mich ein wenig abzulenken und zu beruhigen, kaufte ich mir am Bahnhofskiosk eine Zeitschrift, etwas Leichtes zur

Unterhaltung, und nahm das Blatt mit in mein Zugabteil. Ich hatte gehofft, mich entspannen zu können, doch kaum hatten wir die Central Station verlassen, stieß ich auf einen Artikel, der mir den Atem raubte.

Gehen Miss Arden und Tom Jenkins bald getrennte Wege?, titelte das Blatt. Gespannt las ich weiter. *Zuletzt sah man sie immer seltener gemeinsam in der Öffentlichkeit. Gerüchte darüber, dass es mit ihrer Beziehung nicht zum Besten stünde, machten die Runde. Nun soll es zu einem Affront gekommen sein, der das Aus für die Ehe bedeuten könnte. Eine inoffizielle Quelle besagt, dass Mr Jenkins versucht haben soll, seine Ehefrau in ihrem Geschäft zu hintergehen, indem er von allen Filialen und Salons ausschließlichen Bericht über geschäftliche Aktivitäten an seine Adresse verlangt hat. Wer Miss Arden, die mit eisernem Willen ihr Imperium aufgebaut hat und zur Königin der weltweiten Schönheitsindustrie geworden ist, kennt, weiß, wie sehr ihr dieser Betrug zugesetzt haben muss …*

Ich ließ die Zeitung sinken und wusste einen Moment nicht, wie ich meine Empörung im Zaum halten sollte. Nicht nur, dass ihrer Firma unlautere Geschäftspraktiken nachgesagt wurden. Jetzt warf auch noch die Klatschpresse Dreck nach ihr?

Für einen Moment war ich gewillt, die Zeitschrift aus dem Fenster zu schleudern. Doch dann erinnerte ich mich wieder an den großen Streit, den ich kurz vor meiner Abreise nach Maine Chance mitbekommen hatte. Schon damals schien es darum zu gehen, wer der Herr der Firma war. Sollte sich Mr Jenkins, den ich immer um das Wohl seiner Frau und der Firma bemüht gesehen hatte, tatsächlich solch einen Fauxpas geleistet haben?

Ich blickte auf das Blatt, von dessen Titelbild eine junge Schauspielerin, deren Name mir unbekannt war, dem Betrachter zulächelte. Konnte man dem Reporter und dessen »inoffizieller Quelle« glauben?

Hatte Miss Arden das gemeint, als sie sagte, dass wir Gerüchten entgegenwirken sollten? Erklärte es, dass sie so dünnhäutig gewirkt hatte?

Bei meiner Rückkehr verspürte ich den starken Drang, Darren aufzusuchen. Die Verschiebung und die Scheidungsgerüchte über Miss Arden und Mr Jenkins setzten mir zu. Möglicherweise hatte der Journalist etwas falsch verstanden. Außerdem liebten es Klatschblätter, Falschmeldungen in die Welt zu setzen, um die Auflage zu erhöhen.

Ich hängte meinen Mantel an die Garderobe und eilte zu Darrens Büro.

Dort fand ich ihn über den Schreibtisch gebeugt, über dem Ausdruck des Werbeplakats, das er vor einigen Wochen entworfen hatte. Es war in drei verschiedene Flächen unterteilt und zeigte auf einer unseren Swimmingpool. Tatsächlich hatte er es hinbekommen, dass das Wasser aussah, als würde es wie ein Edelstein funkeln. Mit einem Stift nahm er kleinere Korrekturen vor.

»Deine Hände sind ja noch heil«, begann ich scherzhaft, Bezug nehmend auf das Gespräch, das wir kurz vor meiner Abreise geführt hatten.

Darren schreckte hoch. »Du meine Güte! Ich habe dich gar nicht gehört!«

»Das ist Teil meiner Taktik, den Feind zu schwächen.« Ich lächelte schief.

»Wie war es denn in New York? Steht Manhattan noch?«

»Es ist alles noch an seinem Platz. Aber ich fürchte, ich habe schlechte Nachrichten.« Ich machte eine kurze Pause und sah, dass Darren die Stirn krauszog.

»Miss Arden ist verklagt worden, zusammen mit anderen Firmeninhabern. Es geht um eine Art von Betrug. Es heißt, dass etliche Unternehmen Mitarbeiter von Kaufhäusern dafür bezahlt hätten, ihre Produkte statt die der Konkurrenz zu empfehlen.«

»Das ist ja furchtbar! Was sagt Miss Arden dazu?«

»Sie ist sehr aufgebracht und behauptet, dass es üble Verleumdungen seien. Ihre Leute hätten nie Derartiges getan.«

»Du sagst, sie behauptet es …«

»Ich muss glauben, was sie sagt, nicht wahr?«

»Aber du hast Zweifel.«

»Niemand weiß, wozu jemand fähig ist, der sein Geschäft in Gefahr sieht. Madame ist wieder da …«

Ich hielt inne. Ich wollte keine Spekulationen äußern, aber es war denkbar, dass Miss Ardens Handelsvertreter ein wenig nachhalfen, wenn es darum ging, die Marke Arden vor die Marke Rubinstein zu setzen.

»Auf jeden Fall will sie die Eröffnung der Schönheitsfarm bis zum nächsten Sommer aufschieben.« Ich seufzte. Ich würde wohl doch noch eine Weile die Bauaufsicht mimen müssen. Der Zeitpunkt, Miss Arden ein Labor auf dem Gelände anzutragen, war denkbar schlecht. Möglicherweise ging sie sogar so weit, dass sie die Idee der Schönheitsfarm ganz aufgab. Zwar war sehr viel Geld in den Aufbau geflossen, aber ich hatte bereits mitbekommen, dass Miss Arden in ihrer Launenhaftigkeit manchmal extreme Entscheidungen traf.

»Dann bleibt uns wohl nichts anderes übrig, als abzuwarten.« Darren überlegte einen Moment und sah mich an. »Hat sie etwas dazu gesagt, was wir hier jetzt tun sollen?«

»Wir sollen Schadensbegrenzung betreiben. Du kümmerst dich um die Journalisten und die Reklame, und ich beschwichtige die Lieferanten.« Ich massierte mir die Schläfen und blickte dabei auf die Annoncenentwürfe auf dem Tisch. Wann würden wir damit an die Presse gehen können?

Darren nickte. Ich konnte ihm seine Enttäuschung ansehen. Ich fühlte dasselbe. Doch wie man es drehte und wendete, wir mussten uns danach richten, was Miss Arden beschloss.

»Dann habe ich da noch etwas Beunruhigendes gesehen«, sagte ich. »Möglicherweise bedeutet es nichts, aber unter dem Eindruck, dass Miss Arden mir aufgetragen hat, dass wir gegen Gerüchte vorgehen sollen …«

Darren runzelte die Stirn. »Hoffentlich nicht noch so eine Bombe.«

»Ich fürchte schon«, antwortete ich. »Bei Miss Arden und Mr Jenkins soll der Haussegen derart schief hängen, dass sie an Scheidung denken. Mr Jenkins soll versucht haben, seine Frau zu betrügen.«

»Mit einer anderen?!«, platzte Darren heraus.

»Nein, bei der Arbeit. Es klang etwas wirr. Er soll Salons und Filialen dazu aufgefordert haben, allein ihm Bericht zu erstatten. Ich habe sie schon mal streiten hören, aber dass er so was getan haben könnte …?«

Ich blickte zu Darren. Der schwieg nachdenklich. »Wenn es stimmt, ist es schon ein starkes Stück«, sagte er schließlich. »Aber in dem Fall würde Miss Arden ihn sicher verklagen oder noch andere Konsequenzen ziehen.«

»Wer kann dem Reporter bloß so etwas erzählt haben?« Ich schüttelte ratlos den Kopf.

»Nun, vielleicht jemand, der ihr nicht besonders wohlgesinnt ist.«

»Dann glaubst du also, was da geschrieben wurde?«

Darren seufzte. »Es fällt mir schwer, aber möglich wäre es. Und es erklärt, warum Miss Arden möchte, dass wir die Presse beruhigen. Die Scheidung und die Klage sind schon schlimm genug, da will sie nicht, dass Maine Chance vor seiner Eröffnung Schaden nimmt.«

»Und was können wir da tun?«

»Ich werde mir etwas einfallen lassen«, sagte Darren. »Auf

jeden Fall rate ich dir, bei Nachfragen darauf zu beharren, dass du nichts weißt. Wenn Miss Arden gewollt hätte, dass wir etwas wissen, hätte sie uns sicher informiert.«

»So bleibt dann wenigstens ein bisschen Hoffnung, dass es nicht wahr ist«, sagte ich, konnte Darren aber ansehen, dass er daran zweifelte.

»Warten wir ab, was an offiziellen Meldungen reinflattert. Solange halten wir still und arbeiten daran, Maine Chance weiterhin gut aussehen zu lassen.« Darren lächelte mir aufmunternd zu und strich mir dann tröstend über den Arm. »Wir bekommen das hin.«

Ich blickte ihn an. Nur zu gern hätte ich mich gegen seine Brust geworfen und mich von ihm halten lassen, aber das wagte ich nicht. Stattdessen nickte ich ihm dankend zu und verließ dann sein Büro, um in der Küche nach etwas Essbarem zu schauen.

41. Kapitel

Leider bewahrheitete sich in den folgenden Wochen, was der Reporter behauptet hatte. Im November rief Miss Arden alle Filialleiter und andere leitende Angestellte zusammen, um ihnen offiziell die Trennung von Mr Jenkins mitzuteilen. Dabei erfuhren wir auch, dass sie ihn mit einem fünfjährigen Verbot belegte, bei einer anderen Firma anzufangen.

Das war eine Hiobsbotschaft, und alle Anwesenden waren schockiert darüber. Tom Jenkins wurde trotz seiner Verfehlung von den meisten Angestellten bei Elizabeth Arden geschätzt. Doch alle wussten, dass von nun an allein die Erwähnung seines Namens ein Pulverfass war, das jederzeit explodieren konnte.

Ich hatte gehofft, nun endlich den neuen Eröffnungstermin zu erfahren, doch Miss Arden ließ uns weiterhin zappeln.

Darren und ich hatten alle Hände voll zu tun. Während er versuchte, die Kontakte zu den Medien zu intensivieren, führte ich beinahe täglich Telefonate, in denen jemand von mir wissen wollte, was an der Scheidungsgeschichte dran wäre und ob es die weitere Zusammenarbeit beeinflussen würde. Das wäre eigentlich Darrens Metier gewesen, doch hier handelte es sich nicht um neugierige Reporter, sondern um Hersteller von Tischdecken, Servietten, Handtüchern oder Sportzubehör.

Am Abend klingelten mir die Ohren, und ich hoffte, dass sich schon bald alles in Wohlgefallen auflösen würde und die Leute das Interesse verlieren würden.

Das Weihnachtsfest verbrachten wir trotz all der Unruhe in gelöster Stimmung mit den Angestellten, die im Haus wohnten. Selbst der pferdeliebende Prinz Guirey war dageblieben. Peg hoffte, dass sich auch Miss Arden zeigen würde, aber diese bewegte sich nicht aus New York hinaus. Ich konnte verstehen, dass der Ärger ihr zusetzte. Ein anderer Grund war das Fehlen von Miss Marbury. Früher hätte Miss Arden ihretwegen sogar einen Schneesturm in Kauf genommen. Doch die Lücke, die der Tod ihrer Freundin hinterlassen hatte, brachte sie auch davon ab, Maine Chance zu besuchen.

Trotz all der unschönen Ereignisse versuchten wir, uns die Zeit zwischen den Jahren so gemütlich wie möglich zu machen. Das Festmahl fiel ein wenig karg aus, aber Peg war es gelungen, ein Rezept für Lebkuchen aufzutreiben, nachdem ich ihr vom Weihnachten meiner Kindheit erzählt hatte. Als das neue Jahr heraufdämmerte, kam wieder Post von Monsieur Martin, überraschenderweise war es eine Weihnachtskarte, mit der er mir versicherte, weiterhin an dem Fall »dran« zu sein.

Ich betrachtete sie eine Weile und spürte meinen Gefühlen nach. Hoffnung war es kaum noch, die in mir aufkeimte. Ich wusste seine Bemühungen zu schätzen, aber wahrscheinlich waren sie vergebens. Ich legte die Karte zu seinen anderen Briefen, und auch wenn ich leise darum bat, dass er mein Kind finden möge, machte ich mir klar, dass manche Wünsche nicht in Erfüllung gehen konnten.

Der Schnee, unter dem wir bei Jahresbeginn 1934 beinahe begraben wurden, zog sich erst im März zurück. Darren hatte sich tatsächlich bereit erklärt, mir das Autofahren beizubringen.

Was ich in der Theorie wissen musste, konnte ich bereits. Doch ich brannte darauf, es endlich auszuprobieren.

»Aber wehe, du fährst meinen Wagen zu Schrott!«, drohte er, als wir in das Fahrzeug einstiegen. Der Wagen, mit dem er mich bereits vor einigen Jahren zu den Ausflügen abgeholt hatte, war mittlerweile in die Jahre gekommen, aber Darren pflegte ihn weiterhin akribisch und hütete ihn wie seinen Augapfel.

»Du sitzt doch neben mir«, gab ich zurück. »Wie schlimm kann es da schon werden?«

Darren beäugte mich kritisch, reichte mir dann aber den Zündschlüssel.

Wir begannen die Fahrstunde mit einem Vortrag Darrens darüber, welche Hebel und Pedale zu welchem Zweck dienten.

Dabei berührten sich unsere Hände hin und wieder rein zufällig, was einen regelrechten Feuerschauer über meinen Körper laufen ließ. Ich erinnerte mich wieder an damals, als wir mit dem Wagen unsere sonntäglichen Ausflüge gemacht hatten. Für wenige Augenblicke war es so, als wären wir nie getrennt gewesen.

Doch ich rief mich zur Ordnung. Darren und ich waren Freunde, nicht mehr. Aber während er sprach, bemerkte ich hier und da Momente, in denen er mich länger ansah, als es nötig gewesen wäre. Ich versuchte, es zu ignorieren, aber mein Körper reagierte ganz deutlich auf ihn.

»Jetzt dreh den Zündschlüssel herum und lass den Wagen an.«

Ich tat wie geheißen, und der Motor erwachte mit einem Brüllen.

»Nun trittst du die Kupplung, legst den Gang ein und drückst dann ganz vorsichtig aufs Gaspedal, während du den Fuß von der Kupplung nimmst.«

Er griff nach meiner Hand und legte sie auf den Schaltknüppel, dann tippte er kurz auf meine Knie. »Erst dieses Bein, dann das andere.«

Ich tat wie gefordert, doch anstatt sich in Gang zu setzen, ging ein großer Ruck durch das Fahrzeug, und der Motor erstarb.

Darren stieß ein frustriertes Seufzen aus. »Langsam. Du musst die Kupplung langsam loslassen.«

»Das hast du mir nicht gesagt«, gab ich zurück.

»Dann versuche es noch mal. Aber mach es nicht zu häufig, sonst bekommen wir den Motor gar nicht mehr an.«

Ich drehte den Schlüssel, und so schnell, wie die Maschine wieder brummte, hielt ich Darrens Worte für eine leere Drohung.

Doch bei dem Blick, den er mir zuwarf, als ich erneut nicht langsam genug die Kupplung kommen ließ, wurde mir angst und bange.

»Entschuldigung«, sagte ich kleinlaut.

»Du lernst ja noch«, entgegnete er und bedeutete mir, den Motor zu starten.

So ging es noch einige Male.

Darren schnaufte. Ich konnte ihm die Geduld, die er für mich aufbringen musste, genau ansehen. Ich wollte es ja besser machen, aber irgendwie wollte es mir nicht gelingen.

»Darren, ich …« Meine Stimme versiegte, als mein Blick ihn traf. Mein Herz klopfte wie schon lange nicht mehr, und auf einmal sehnte ich mich danach, wie früher in seine Arme gezogen zu werden.

Ob das an dem Wagen lag?

»Was ist?«, fragte er und zog die Augenbrauen hoch. »Hast du es dir anders überlegt?« Seine Stimme klang beinahe hoffnungsvoll.

Ich schüttelte den Kopf. Diese Geste galt allerdings nicht

nur seiner Frage. Ich konnte ihm unmöglich sagen, was ich fühlte. Ich wollte unsere Freundschaft nicht durch Erinnerungen, die wir längst hätten hinter uns lassen sollen, zerstören.

Doch warum sah er mich so an und berührte mich so sanft, beinahe zu sanft für einen Zufall?

Um diese Gedanken zu vertreiben, drehte ich noch einmal den Schlüssel im Zündschloss herum. Diesmal gelang es mir, die Pedale in der richtigen Reihenfolge zu treten und den Gang ohne ein hässliches Geräusch einzulegen.

»Na siehst du, du kannst es!«, rief Darren begeistert aus, als wir im Schneckentempo auf das Tor zurollten.

Während der Fahrt, die weiterhin im Schritttempo blieb, klebte der Schweiß meine Hände förmlich am Lenkrad fest. Der Wagen erschien mir viel zu groß, die Lenkung schwergängig, ich hatte das Gefühl, meine ganze Kraft aufwenden zu müssen, um ihn um eine Kurve zu bewegen. Aber mit der Zeit wurde es besser. Als uns ein kleiner Lastwagen entgegenkam, rutschte mir einmal das Herz in die Hose, aber schneller, als ich gedacht hatte, war er an mir vorbei.

»Siehst du, ist ja gar nicht so schwer«, sagte Darren, und ich meinte ein wenig Stolz in seinen Worten zu hören. Ich selbst war auch stolz auf mich. Ich lernte Autofahren!

Auf dem Rückweg riet mir Darren, die Fahrerlaubnis auf dem Lande zu machen. »Im Stadtverkehr wirst du verrückt. Und die Ausbilder haben nur wenig Geduld.«

»Aber in der Stadt werde ich hauptsächlich unterwegs sein«, erwiderte ich.

»Wozu?«, fragte Darren. »Du kannst mit der Subway fahren. Wenn ich nicht ab und zu die Stadt verlassen würde, hätte ich wahrscheinlich gar kein Auto.«

»Wirklich nicht? Du scheinst den Wagen ziemlich zu mögen.«

Eine kurze Pause entstand.

»Wo hast du es gelernt?«, fragte ich, während ich den Blick nicht von der Straße nahm.

»Auf dem Land«, antwortete er. »Damals noch auf der Farm meines Vaters. Ich hielt es für wichtig, eine Möglichkeit zu haben rauszukommen.«

An die traurige Geschichte seiner Familie erinnerte ich mich noch immer, und ich verstand, warum es Darren wichtig gewesen war, selbstständig zu werden.

»Für eine Frau ist es auch wichtig rauszukommen«, sagte ich. »Das habe ich in den vergangenen Jahren gelernt. Ich hätte mir nie vorstellen können, Deutschland zu verlassen. Aber jetzt bin ich hier, und wenn es mich auch viel gekostet hat, so fühle ich mich, als wäre ich hier richtig.«

Ich spürte Darrens Blick an meiner Wange. Alles in mir schrie danach, ihn zu erwidern, doch wir näherten uns jetzt dem Haus, und das Letzte, was ich wollte, war, Darrens Wagen in den Zaun zu setzen.

Als ich das Fahrzeug auf dem Hof zum Stehen brachte, lief uns eines der Hausmädchen entgegen. Ich war guter Laune, denn den Rest der Fahrt über waren wir zwar immer noch im Schneckentempo unterwegs gewesen, aber meine Angst hatte sich gelegt.

Mindys hektisches Gesicht alarmierte mich allerdings.

»Miss Krohn! Miss Arden ist am Apparat!«

Die Worte durchzuckten mich wie ein Blitz. Was konnte sie wollen? War in dem Gerichtsprozess eine Entscheidung gefallen?

Ich blickte kurz zu Darren, der genauso verwundert schien wie ich selbst, dann sprang ich aus dem Wagen und rannte zum Haus.

Im Büro nahm ich den Hörer auf und meldete mich.

»Gute Neuigkeiten, Miss Krohn!«, tönte es überraschenderweise vom anderen Ende her. »Wir werden den Club im Frühsommer eröffnen können. Am 1. Juni ist es so weit!«

Mir entfuhr ein kleiner Jubelschrei. Miss Arden schwieg erschrocken.

»Entschuldigen Sie bitte, mich hat nur der Überschwang gepackt«, sagte ich. »Also geht es wirklich los?«

»Ja, das tut es. Und ich kann Ihnen gar nicht genug für Ihren Einsatz und Ihre Geduld danken. Wir werden die Welt in Erstaunen versetzen.«

Das stimmte. Unsere Schöpfung war einzigartig. Ich konnte mir vorstellen, dass Madame Gift und Galle spucken würde, wenn sie erfuhr, dass der Reitstall hier nur die Tarnung für etwas weitaus Größeres war.

Als ich den Hörer wieder auf die Gabel gelegt hatte, stürmte ich zu Darren, der in der Küche stand und sich gerade ein Glas Wasser eingefüllt hatte. »Es geht los!«, tönte ich. »Die Schönheitsfarm. Miss Arden meinte, wir werden am 1. Juni eröffnen können!«

Peg stieß einen triumphierenden Schrei aus, worauf Darren sich vor Schreck mit dem Inhalt seines Glases begoss.

»Verzeihen Sie, Sir!«, sagte Peg und eilte mit einem Küchentuch herbei.

»Das ist ja wunderbar!«, sagte er, stellte das Glas beiseite und tupfte sich ab.

»Ja, das ist es!« Ich presste die Hände auf die Brust und lächelte so breit, dass meine Mundwinkel beinahe schon schmerzten.

»Wir sollten das feiern!«, meinte Peg. »Bevor all die Geschäftsfrauen hier einfallen, sollten wir die Zeit noch einmal nutzen.«

»Das werden wir!«, sagte ich und blickte zu Darren. Auf einmal kam mir ein beunruhigender Gedanke. Wenn die Schönheitsfarm eröffnet hatte, würde er wohl nicht mehr gebraucht werden. Das betrübte mich mehr, als ich noch vor einigen Wochen gedacht hätte. Wir waren Freunde, wir verstanden uns, aber wenn er fort war, würde ich nie erfahren, ob aus uns wieder mehr werden könnte.

Zwei Tage später war der Gedanke, dass wir bald eröffnen würden, vollends in meinen Verstand eingesickert. Mein gesamter Körper kribbelte, und morgens hielt mich nichts mehr im Bett.

Bei Sonnenaufgang schlüpfte ich unter der Decke hervor, zog mich rasch um und wandelte durch die Behandlungs- und Erholungsräume. Dabei versuchte ich, mir den Betrieb hier vorzustellen.

Ich konnte sie regelrecht vor mir sehen: all die schönen jungen und älteren Frauen, die sich hier auf Vordermann bringen ließen, nachdem sie dem Diätprogramm von Mr Hauser gefrönt hatten. Ich konnte den Geruch von Seife, Parfüm, Gesichtswasser und Haarkuren förmlich in der Luft riechen!

War das nun die Gelegenheit, Miss Arden das hauseigene Labor vorzuschlagen? Sanatorien, die der Erholung dienten, verfügten oftmals auch über Räumlichkeiten zu diesem Zweck. Warum dann nicht ein Schönheitsclub?

Madame kam mir wieder in den Sinn, wie sie gesagt hatte, dass sie sich wünschte, die Kosmetik wäre ein eigener Zweig der Medizin.

Vielleicht würde Miss Arden ein offenes Ohr dafür haben. Das Haus konnte jemand anderes leiten. Ich würde forschen. Und vielleicht gelang es mir auch, sie für die Idee zu begeistern, Darren hierzubehalten. Natürlich wusste ich nicht, wie seine Pläne aussahen, aber ich hoffte, dass er ein derartiges Angebot nicht ausschlagen würde.

Ich ging in die Küche. Peg war meist schon etwas früher hier, vielleicht hatte ich Glück und konnte bereits jetzt einen

Morgenkaffee ergattern. Unsere Köchin machte einen sehr guten Kaffee, der zu meinem Lebenselixier geworden war.

Zu meiner großen Überraschung war nicht Peg in der Küche, sondern Darren. Er saß vornübergebeugt und massierte sich die Schläfen. Fast wirkte er, als hätte er einen Kater.

»Ist alles in Ordnung mit dir?«, fragte ich besorgt.

Er blickte auf. »Ja, ich habe nur einen Brummschädel. Dabei habe ich gestern keinen einzigen Tropfen getrunken.«

Ohne lange nachzudenken, griff ich an seine Stirn. Glücklicherweise war sie kalt. Darren sah mich überrascht an, und ich schämte mich fast dafür, dass ich ihn einfach so berührt hatte. Doch dann lächelte er.

»Das kommt davon, dass du so lange am Schreibtisch sitzt. Die Haltung ist sicher nicht gut.« Ich erinnerte mich noch lebhaft an meine Nackenschmerzen, nachdem ich die ersten Kundinnen behandelt hatte.

»Da könntest du recht haben. Aber was bleibt mir übrig? Ich kann meine Grafiken nicht im Vorbeigehen entwerfen.«

»Ich sollte Miss Arden bitten, dass der Masseur ein wenig früher anfängt. Schließlich braucht sie ihren Werbemann.«

»Werbemann«, echote Darren. »Das klingt beinahe wie ein Begriff von Madame damals.«

»Verpackungsmann«, erinnerte ich mich laut. »Sie konnte sich schlecht Namen merken.«

»Kann sie wohl immer noch nicht, nehme ich an. Wenigstens hat sie mich nie Werbemann genannt.«

»Was du aber bist.« Ich machte eine kurze Pause, dann fügte ich hinzu: »Wenn du magst, könnte ich deinen Nacken ein wenig lockern. Etwas Ähnliches musste ich in Miss Hodgsons Salon auch tun.«

»Wirklich?«, fragte er. »Ich wäre dir ewig dankbar.«

Er schälte sich aus seinem Morgenmantel und öffnete seine Pyjamajacke. Der Anblick seiner nackten Brust verwirrte mich ein wenig. Mit klopfendem Herzen näherte ich mich ihm und rieb meine Hände, die kalt geworden waren. Ich träumte hin und wieder heimlich davon, ihn zu berühren, doch jetzt hätte ich am liebsten auf dem Absatz kehrtgemacht. Warum hatte ich ihm eine Massage angeboten?

Aber nun gab es kein Zurück mehr. Vorsichtig legte ich meine Hände auf seine Schultern.

Darren zuckte zusammen. »Du bist kalt wie ein Eiszapfen!«

»Entschuldige«, sagte ich und versuchte mich zu beruhigen. »Es wird gleich besser.«

Ich wollte mir einreden, dass vor mir nur eine Kundin saß, aber das fiel mir angesichts der Muskeln, die sich unter seiner Haut abzeichneten, ein wenig schwer. Doch dann begannen meine Hände wie von selbst mit der Massage.

Darren stöhnte wohlig auf. Das verwirrte mich gleich noch ein wenig mehr.

»Deine Muskeln sind völlig verspannt und hart«, kommentierte ich und war froh, dass er meine roten Wangen nicht sehen konnte. »Kein Wunder, dass du Kopfschmerzen bekommst.«

»Dann solltest du mich vielleicht öfter mal massieren. Bei Miss Hodgson hat man dir wirklich was beigebracht!«

Mein Gesicht brannte noch mehr, während meine Finger sich behutsam durch die verhärteten Muskelstränge arbeiteten. In meinem Bauch kribbelte es, und ich spürte ein Begehren, wie ich es noch nie gekannt hatte.

»Was ist denn hier los?«

Ich zuckte zusammen und hielt sofort inne. Peg, die gerade zur Tür hereingekommen war, grinste uns an.

»Es ist nicht so, wie es aussieht«, sagte ich schnell.

»Das treibt ihr Kinder also, wenn ich nicht da bin.«

»Ich bin verspannt und habe davon rasende Kopfschmerzen«, erklärte Darren. »Ihnen könnte ich doch nie untreu werden, Peg!«

»Haha, spotten Sie nur über eine alte Frau!« Peg holte sich ihre Küchenschürze. »Möchten Sie ein wenig Kaffee?«

»Ja, gern«, sagte Darren, während ich dastand wie erstarrt. Er konnte vielleicht nicht sehen, was für ein Gesicht ich zog, aber Peg hatte es ganz sicher bemerkt.

Ein Klingeln an der Tür rettete mich.

»Ich gehe!«, rief ich, denn die Mädchen waren noch nicht hier. »Bedecken Sie Ihre Muskeln, Mr O'Connor, damit sie nicht gleich wieder auskühlen.«

»Wird gemacht, Frau Doktor!« Sein Lächeln folgte mir, als ich die Küche verließ.

Vor der Tür stand Pete, der Botenjunge des Telegrafenamtes, ein schlaksiger Sechzehnjähriger, bei dem gerade der Bartwuchs begann. So außer Atem, wie er war, musste er den ganzen Weg gerannt sein.

»Morgen, Pete!«, grüßte ich ihn. »Was führt dich zu uns?«

»Da ist ein Telegramm für Sie angekommen, Ma'am.« Er zog einen Umschlag aus seiner Tasche. »Mr Usher meinte, ich soll es Ihnen sofort bringen.«

Ich betrachtete das Kuvert, konnte aber keinen Hinweis auf den Absender finden.

»Danke«, sagte ich und langte nach dem kleinen Stapel Münzen, der auf der Kommode neben der Tür stand. Für den Fall, dass Botenjungen hier auftauchten, hielt ich immer ein wenig Trinkgeld bereit. »Hier. Und grüße Mr Usher von mir!«

»Mach ich!« Der Junge tippte an seine Schiebermütze und verschwand.

Ich schloss die Tür hinter ihm und trug das Telegramm in die Küche. Der Duft von Kaffee hing in der Luft.

»Das war Pete«, sagte ich.

»Pete?«, wunderte sich Darren. »Hat Phil jetzt einen Lehrling?«

Der Briefträger war in den vergangenen Monaten zu einem

guten Bekannten von Darren geworden, denn seine Ankunft fiel meist mit Darrens Mittagsspaziergang zusammen.

»Pete arbeitet im Telegrafenamt«, klärte ich ihn auf, während ich mit zitternden Händen den Umschlag aufriss. Was konnte passiert sein? Ein Telegramm bedeutete selten etwas Gutes. Hatte Miss Arden etwa ihre Pläne doch noch über den Haufen geworfen?

Ich zog das Telegramm hervor, faltete es auseinander – und erstarrte.

DRINGEND! +++ BITTE MELDEN SIE SICH BEI NOTAR DR. BALDER IN BERLIN +++ ERBSCHAFTSSACHE KROHN +++ NACHLASSREGELUNG IHRER MUTTER +++

Gefolgt wurden diese Worte von einer Zahlenreihe, die wohl die Telefonnummer des Notars war.

Die Buchstaben und Zahlen schienen vor meinen Augen zu brennen. Ich stöhnte auf, stolperte rücklings und bekam gerade noch einen Stuhl zu fassen, auf den ich mich setzen konnte. Schwer krachte ich auf das Möbelstück.

»Sophia?«, fragte Darren, doch ich hörte seine Stimme aus weiter Ferne, als stünde er in einem völlig anderen Raum.

Ich konnte nicht antworten. Dafür gerieten meine Gedanken in Bewegung, aber egal, wohin sie auch wanderten, sie fanden keinen Halt. Die freudige Erregung, die ich kurz zuvor noch gefühlt hatte, wurde schal. Beinahe schämte ich mich für sie.

»Sophia, was ist denn?« Darren war nun neben mir. Ich roch sein Aftershave und hörte seine Stimme, konnte mich aber immer noch nicht rühren.

Erbschaftssache, hallte es wie Glockenschläge durch meinen Verstand. *Nachlassregelung Ihrer Mutter.*

Mutter sollte tot sein? Das konnte nicht sein! Sie war knapp über fünfzig. Das war kein Alter, in dem man starb.

»Sophia?«, fragte Darren erneut. Doch erst als seine Hand leicht meine Schulter berührte, konnte ich den Gedankenwirbel durchdringen, der mich erfasst hatte.

»Meine Mutter«, sagte ich leise und instinktiv auf Deutsch, wiederholte es dann auf Englisch und fügte hinzu: »Sie ist gestorben. Der Notar unserer Familie hat mich davon in Kenntnis gesetzt.«

»Oh mein Gott!«, hörte ich Peg aus dem Hintergrund.

»Das tut mir leid«, sagte Darren und hockte sich neben mich. Seine Hand blieb auf meinem Arm, als wollte er verhindern, dass ich wieder in den herumwirbelnden Gedanken verschwand. »Kann ich etwas für dich tun?«

Ich schüttelte wie betäubt den Kopf. Er konnte nicht ändern, was geschehen war. Und er konnte auch die Ungeheuerlichkeit nicht ungeschehen machen, dass mein Vater es nicht für nötig erachtet hatte, mich von Mutters Zustand in Kenntnis zu setzen. Oder von ihrem Tod.

»Ich ... ich muss anrufen«, sagte ich verwirrt und erhob mich. »Ich muss in Berlin anrufen, bei diesem Notar.«

»Das wird kein Problem sein«, sagte Darren. »Aber du bist leichenblass. Vielleicht solltest du noch eine Weile sitzen bleiben.«

Ich schüttelte erneut den Kopf und spürte, wie der Zorn einer Flamme gleich durch meinen Körper schoss.

»Ich muss anrufen. Sofort!« Ich stürmte aus dem Raum zum Telefon.

Darren folgte mir. »Hältst du das für eine gute Idee? Erhol dich doch erst mal einen Moment von dem Schreck.«

»Ich will mich nicht erholen!«, fuhr ich ihn an. Was sollte es helfen herumzusitzen? Mutter würde davon nicht wieder lebendig werden. Und Vaters Verfehlung nicht weniger schlimm. »Ich muss wissen, was passiert ist! Warum mein Vater ...« Ich presste die Hand vor den Mund, als mir die Tränen in die Augen schossen. Auf einmal konnte ich mich nicht mehr rühren.

Darren trat neben mich und legte mir den Arm um die Schulter. In meinen Ohren pulsierte es, und meine Knie begannen zu zittern. Von allen Nachrichten hatte ich diese am wenigsten erwartet. Und am schlimmsten war, dass ich mich nach einer Meldung von meinen Eltern gesehnt hatte – und nun bekam ich das.

Ich ließ zu, dass Darren mich aus dem Büro bugsierte und in den Salon brachte, wo bequeme Sofas standen. Wenig später fand ich mich auf einem weichen Polster wieder.

Mehr nahm ich von meiner Umwelt nicht wahr. Die Tränen liefen und liefen, ich konnte sie nicht aufhalten. Mein Herz raste, mein Blut rauschte, und der Schmerz zerriss mich derart, dass auch Darrens Nähe und das sanfte Streicheln über meinen Rücken nichts dagegen ausrichten konnten.

42. Kapitel

Irgendwann versiegten meine Tränen. Der Schmerz war noch da und wütete in meinen Eingeweiden, genauso intensiv, wie ich ihn bei der Nachricht, dass mein Sohn gestorben sei, empfunden hatte.

Doch das Rauschen in meinen Ohren ließ nach, und mein Verstand kehrte in die Realität zurück.

»Ich muss anrufen«, näselte ich und wischte mir mit dem Taschentuch, das Darren mir angeboten hatte, über die Augen. Viel ausrichten konnte es nicht gegen meine verquollenen Lider. Mein Hals war rau und kratzig. Doch wenn ich jetzt nicht zum Telefon ging, würde ich wahrscheinlich nicht mehr die Kraft haben.

»Natürlich«, sagte Darren sanft und strich mir eine Haarsträhne aus dem Gesicht. »Vorsichtshalber komme ich aber mit. Ich möchte nicht, dass dir etwas zustößt.«

Ich wollte schon fragen, was mir zustoßen sollte, doch als ich mich erhob und mich ein leichter Schwindel erfasste, schwieg ich und war froh über das Angebot.

Auf dem Weg zum Telefon hörte ich es in der Küche rascheln, aber niemand wagte sich nach draußen. Im Büro setzte ich mich und nahm den Hörer ab. Die Stimme des Fernmeldefräuleins klang so frisch, dass es mir beinahe unangenehm war, verschnupft und heiser meinen Wunsch durchzugeben.

Es dauerte eine Weile, bis die Telefonistin eine Verbindung nach Europa herstellen konnte. Während ich wartete, ging mir durch den Sinn, dass es erstaunlich war, was der modernen Technik alles gelang. Wir konnten über den Ozean reisen, telegrafieren und mittlerweile auch telefonieren.

Dann stieg plötzlich Zorn in mir auf.

Was hätte es meinen Vater gekostet, mich zu erreichen? All die Jahre keine Nachricht. Und nun musste ich von einem Fremden erfahren, dass Mutter gestorben war.

Mein Herz krampfte sich zusammen, und ich kämpfte mit den Tränen.

»Hallo?«, fragte die Stimme der Telefonistin und brachte mich dazu, mich wieder zusammenzureißen. »Sie können jetzt mit dem Teilnehmer sprechen.«

»Danke«, sagte ich und vernahm ein Knacken. Wenig später ertönte eine Männerstimme im Apparat.

»Fräulein Krohn?« Es war ungewohnt, die deutsche Sprache zu hören. Für einen Moment glaubte ich, das Sprechen verlernt zu haben, doch dann kamen die Worte wie von selbst aus meinem Mund.

»Am Apparat. Guten Tag, Herr Balder.«

»Guten Morgen, oder in unserem Falle eher guten Tag. Aber das ist unwichtig. Ich vermute, Sie haben das Telegramm erhalten.«

»Ja, das habe ich.« Ich unterdrückte ein Schluchzen.

»Es tut mir sehr leid für Sie«, fuhr der Mann fort. »Ihre Mutter hatte schon eine Weile mit gesundheitlichen Problemen zu kämpfen. Ich wünschte, es hätte eine Möglichkeit gegeben, Sie früher zu benachrichtigen, aber Ihr Vater ...« Er stockte kurz, dann fuhr er fort: »Ihr Vater hat mich angewiesen, Ihnen gegenüber zu schweigen.«

Ich presste die Hand vor den Mund, denn ich wollte nicht laut losheulen. Mein Vater trug mir die Schwangerschaft immer noch derart nach, dass er mich nicht einmal wissen lassen wollte, dass es Mutter schlecht gegangen war? Diese Erkenntnis stach wie ein scharfes Messer in meinen Leib.

»Fräulein Krohn?«, fragte die Stimme des Notars. »Sind Sie noch dran?«

Es fiel mir schwer, mich zu fangen, doch schließlich brachte ich ein klägliches »Ja« hervor.

»Ihre Mutter hat Ihnen etwas Geld hinterlassen und eine kleine Schachtel. Ihr Vater weiß angeblich nicht, was darin ist, und sie gehört auch nicht zu seinem Erbteil. Soll ich es Ihnen schicken?«

»Nein!«, platzte ich heraus.

»Nein?«, wunderte sich Herr Balder. »Heißt das, Sie wollen das Erbe ausschlagen?«

Ich zwang mich, meine Gedanken zu ordnen. »Nein, das möchte ich nicht«, gab ich zurück. »Es heißt, dass ich zu Ihnen kommen werde. Wenn es Ihnen recht ist.«

»Natürlich«, entgegnete der Notar. »Aber es ist ein langer Weg von Amerika hierher.«

»Den bin ich bereit auf mich zu nehmen. Ich ... ich möchte unbedingt das Grab meiner Mutter besuchen. Sie wissen doch sicher, wo es liegt?«

»Natürlich. Auf dem Friedhof in Zehlendorf.«

»Zehlendorf?«, echote ich überrascht.

»Wussten Sie es nicht?«, fragte der Notar. »Ihre Eltern sind vor drei Jahren umgezogen, nach Zehlendorf. In die Kronprinzenallee.«

Auch diese Nachricht traf mich wie eine Ohrfeige. All die Jahre hatte ich meinen Eltern geschrieben, wohin ich gezogen war. Dass sie nicht mal daran gedacht hatten, mich über ihren Umzug zu informieren, sei es nur durch einen Anwalt oder den

Notar, fügte meiner Trauer und meiner Enttäuschung eine weitere Facette hinzu.

»Nein, das wusste ich nicht«, hörte ich mich wie betäubt antworten.

»Nun, wie es aussieht, ist ein Besuch hier wirklich vonnöten. Sie sollten versuchen, mit Ihrem Vater ins Gespräch zu kommen.«

Beinahe hätte ich bitter aufgelacht. Ich wusste nicht, was Vater Herrn Balder erzählt hatte. Doch warum sollte ich mit ihm ins Gespräch kommen? Wenn er vorgehabt hätte, sich mit mir zu versöhnen, hätte er mich persönlich benachrichtigen können.

Beinahe war ich gewillt, den Hörer auf die Gabel zu knallen. Doch dann machte ich mir klar, dass nicht Herr Balder der Schuldige war.

»Ich werde versuchen zu klären, was zu klären ist.«

»Gut«, antwortete Balder. »Dann telegrafieren Sie mir bitte Ihre voraussichtliche Ankunft. Ich werde Ihnen alle Fragen, die Sie zu Ihrem Erbe haben, gern beantworten, soweit ich es vermag. Mein Beileid, Fräulein Krohn.«

Ich bedankte mich und verabschiedete mich.

Als Balder aufgelegt hatte, ließ ich meinen Arm sinken. Das Gewicht des Hörers spürte ich nicht mehr, genauso wenig meine Umgebung.

Verwirrung tobte in mir. Trauer und Zorn. Ich konnte das Spektrum meiner Empfindungen gar nicht richtig fassen oder benennen.

Der Tod meiner Mutter erschien mir unwirklich, wie ein Irrtum, von dem ich hoffte, dass er bald schon aufgeklärt werden würde. Und dann die Sache mit dem Umzug …

Ich rechnete nach. Mein Vater war mittlerweile Ende fünfzig. Es war zu früh, sich zur Ruhe zu setzen. Warum also der Umzug? Hatte die Erinnerung an mich sie aus dem Haus getrieben? Oder die Wirtschaftskrise? War es seinem Geschäft schlecht ergangen?

Vater war immer voller Enthusiasmus gewesen. Aber ich hatte miterleben müssen, wie weitaus größere Firmen durch die Krise in den Ruin getrieben worden waren. War es ihm ähnlich ergangen? Gab es das Drogeriegeschäft, auf das er immer so stolz gewesen war und in dem ich meinen ersten Kontakt zur Chemie hatte, nicht mehr? Und wenn dem so war, was machte er jetzt? Wovon lebte er?

Dass er nach Zehlendorf gezogen war, bedeutete jedoch, dass er sicher nicht im Elend saß. Bei Ausflügen dorthin war mir dieser recht neue Teil Berlins ziemlich nobel vorgekommen …

»Sophia?« Darrens Stimme holte mich aus dem Gedankenkarussell.

Ich blickte auf und stellte fest, dass ich mich immer noch vor dem Telefonapparat befand. Langsam und wie von riesigen Feldsteinen beschwert, wandte ich mich um. Darren hatte von meinem Gespräch nicht ein Wort verstanden, denn ich hatte deutsch gesprochen.

»Meine Eltern sind umgezogen«, erklärte ich.

Darren runzelte die Stirn. »Aber …« Er stockte, als ich ihm mit einer Geste bedeutete, mich ausreden zu lassen.

»Der Notar sagte mir, dass meine Mutter in Zehlendorf beerdigt wurde. Das ist ein Ort im Südwesten von Berlin. Meine Eltern wohnten aber bei meiner Abreise noch in Charlottenburg. Sie hatten eine wunderschöne Wohnung, eigentlich gab es keinen Grund, von dort wegzuziehen.«

»Die Zeiten ändern sich«, entgegnete Darren. »Möglicherweise hat sich etwas im Leben deiner Eltern geändert.«

»Ich bin fortgegangen.« Meine Stimme klang für mich, als käme sie von einem entfernten Ort. »Ich bin fortgegangen, doch ich habe meine Eltern immer wissen lassen, wo ich bin.

Aber sie ... sie hatten nicht mal den Anstand, mir Bescheid zu geben.«

Darren schwieg dazu. Was sollte man auch sagen, wenn einen die Eltern wirklich aus ihrem Leben gestrichen hatten, während man selbst noch ein kleines bisschen Hoffnung aufrechterhalten hatte?

Bevor ich wieder in die Trauer versank, beschloss ich, Miss Arden anzurufen. Darren war mit seinem Wagen auf dem Weg nach Portland, der nächstgrößeren Stadt, er wollte sich um den Platz auf einem Schiff kümmern. Ich war ihm sehr dankbar, dass er mir diese Aufgabe abnahm. Doch vor dem Gespräch mit Miss Arden hatte ich ein wenig Angst. Am 1. Juni würde die Eröffnung stattfinden. Durch die Reise würde ich mindestens drei Wochen fort sein. Wer sollte sich hier kümmern? Darren konnte natürlich nach dem Rechten sehen. Die meisten Arbeiten waren ohnehin abgeschlossen. Aber die Verantwortung lag bei mir.

Mit dem Gefühl, einen Ziegelstein verschluckt zu haben, setzte ich mich am späten Nachmittag erneut ans Telefon und ließ mich nach New York verbinden. Ich hoffte, dass Miss Arden in ihrem Büro war.

Glücklicherweise meldete sich die Sekretärin ziemlich schnell und leitete mich an Miss Arden weiter.

»Was gibt es denn, Miss Krohn?«, fragte meine Chefin gut gelaunt, was man von ihr nicht immer gewohnt war.

»Miss Arden, wäre es in Ordnung, wenn ich für drei Wochen nach Europa reise? Meine Mutter ist verstorben, und ich ...«

»Ihre Mutter?«, fragte Miss Arden sanft.

»Ja«, schluchzte ich auf.

»Das ist ja furchtbar!« Miss Arden schob hörbar den Schreibtischstuhl zurück und klang, als wollte sie gleich aufspringen. »Mein Beileid ... Gibt es etwas, das ich tun kann?«

»Ich … ich muss nach Berlin. Es wird eine Weile dauern, bis ich dort bin. Drei Wochen wären angemessen, glaube ich.«

»Mehr als angemessen«, erwiderte sie. »Ich habe eine Geschäftsstelle in Deutschland und weiß, was für eine anstrengende Reise das ist …«

»Sie geben mir also die Erlaubnis?«

»Natürlich«, sagte sie und wirkte dabei ungewohnt mütterlich. »Fahren Sie. Jeder Mensch hat das Recht, der Beisetzung seiner Mutter beizuwohnen.«

Ich korrigierte sie nicht, dass es sich nicht um die Beisetzung handelte.

»Danke.« Am liebsten hätte ich ihr erzählt, wie mein Vater mich hintergangen hatte. Wie er geschwiegen hatte, selbst dann noch, als meine Mutter im Sterben lag. Doch Miss Arden war keine Freundin. Wie ich bei Miss Hodgson gelernt hatte, war es gut, nicht allzu viel Schwäche zu zeigen.

»Kann ich Ihnen sonst noch irgendwie helfen? Brauchen Sie Geld oder anderweitige Unterstützung?«

»Nein, danke, es ist schon genug, dass ich mir die Zeit nehmen und reisen darf.« Ich zog die Nase hoch und suchte mit der freien Hand nach meinem schon völlig durchnässten Taschentuch.

»Ihnen fehlt doch sicher eine Unterkunft«, sagte Miss Arden. »Ich werde in meiner Niederlassung in Berlin Bescheid geben, dass man Ihnen ein Zimmer herrichten soll.«

Ich wollte schon einwenden, dass das nicht nötig sei, doch dann fiel mir ein, dass Hotels teuer waren und ich niemanden hatte, zu dem ich gehen konnte. Mein Vater würde mich ganz sicher nicht bei sich übernachten lassen.

»Das ist sehr freundlich, vielen Dank. Und was Maine Chance angeht …«

»Ich werde einen Ersatz für die kommenden Wochen schicken«, unterbrach mich Miss Arden, ehe ich einen Vorschlag machen konnte. »Teilen Sie mir einfach mit, wann Sie fahren müssen. Und haben Sie keine Sorge, wenn Sie zurück sind, wird alles seinen weiteren Gang gehen.«

Ob Miss Arden in diesem Augenblick ermessen konnte, wie sehr mich ihre Worte erleichterten? Auch wenn sie mir den Schmerz nicht nehmen konnten, war es gut, meine Chefin hinter mir zu wissen.

»Ich danke Ihnen, Miss Arden«, sagte ich und kämpfte dabei mit meiner Rührung über ihre Freundlichkeit. Egal, was in den nächsten Wochen auf mich zukam, ich würde es schaffen. Und dann vorausschauen auf eine gute Zeit hier auf Maine Chance.

Am Abend saß ich im leeren Salon auf dem Sofa, von dem Darren das Tuch gezogen hatte. Alle anderen Möbelstücke waren noch abgedeckt. Ich brachte es nicht über mich, wieder in mein Zimmer zu gehen. Dort hatte ich bereits einige Stunden zusammengerollt auf meinem Bett verbracht, ohne dass der Schmerz nachgelassen hätte.

Im Schein einer kleinen Lampe schaute ich ins Leere, wo vor meinem geistigen Auge Gedanken Gestalt annahmen und ebenso schnell wieder verschwanden, wie sie aufgetaucht waren.

Draußen vor dem Fenster rauschte der Wind. Hin und wieder hörte ich ein Knacken aus der Küche, doch Peg war bereits fort. Sie hatte angeboten, noch ein wenig zu bleiben, für den Fall, dass ich etwas brauchte. Doch ich brauchte nichts. Ich hatte keinen Hunger, nur Durst. Die Wasserkaraffe, die neben mir auf dem Boden stand, war halb leer.

Auch Darren war noch nicht wieder hier. War es schwierig, eine Schiffspassage zu bekommen? Was, wenn es ihm nicht gelang?

Das Knirschen der Reifen holte mich aus meinen Gedanken.

Scheinwerferlicht streifte das Fenster und ließ den Raum auf einmal taghell werden.

Ich wandte meinen Kopf zur Seite. Darren. Ich hätte ihm entgegengehen sollen, doch in diesem Augenblick hatte ich das Gefühl, mich nicht von den Polstern erheben zu können. Mit den Händen auf dem Schoß wartete ich, bis sich die Tür öffnete.

»Sophia?«, rief er durchs Haus. Er wusste, dass außer mir niemand in diesem Gebäude war.

»Ich bin im Salon!«, antwortete ich, so kräftig ich konnte und es mir meine geschundenen Stimmbänder erlaubten.

Wenig später trat Darren durch die Tür. »Warum sitzt du im Dunkeln?« Die Deckenlampe flammte auf.

Kurz von dem Licht des Kristalllüsters geblendet, erwiderte ich: »Es ist doch gar nicht dunkel. Ich habe eine Lampe.«

»Eine alte Ölfunzel. Als würde es hier keine Elektrizität geben!«

Ich blickte auf die Lampe. In der ersten Zeit hier hatte ich sie des Öfteren in Anspruch nehmen müssen. Der Strom war sehr instabil, und der Zustand wurde durch die Bauarbeiten nicht unbedingt besser.

»Sie hat mir früher schon gute Dienste geleistet«, erklärte ich. »Ich fühlte mich in dem Licht ... geborgen.«

Darren atmete durch und nickte. »Verstehe. Tut mir leid.«

Wir schwiegen einen Moment, dann begann Darren: »Ich habe ein Schiff gefunden. Die *Mary Of The Seas* legt in zwei Tagen um zehn Uhr von New York ab. Du solltest deinen Koffer packen und gleich morgen Vormittag aufbrechen.«

»Dann hast du es also geschafft?«

»Es war etwas schwierig, ich habe mich schon nach New York fahren gesehen. Aber wo ein Wille ist, ist auch ein Weg.«

»Danke.« Erleichtert atmete ich auf. Am liebsten wäre ich ihm um den Hals gefallen, doch in diesem Augenblick erschien mir das etwas seltsam.

»Da gibt es noch etwas«, sagte er nun.

Ich zog die Augenbrauen hoch. »Ja?«

»Also ich weiß ja nicht, wie du das siehst, aber ich denke, du könntest jemanden gebrauchen, der dir bei der ganzen Angelegenheit zur Seite steht. Besonders gegenüber deinem Vater.«

Ich blickte Darren verwirrt an. »Was meinst du?«

»Wenn du nichts dagegen hast, würde ich dich gern begleiten.«

»Nach Berlin?«

»Ja«, gab er zurück. »Ich war noch nie in Europa, und es würde mich freuen, deine Heimatstadt kennenzulernen.« Er vergrub die Hände in den Taschen seines Jacketts. »Es ist keine leichte Reise, und es könnte sein, dass dich deine Gefühle zur falschen Zeit übermannen. Ich würde auf dich aufpassen, wenn du es mir gestattest.«

Wie wollte er auf mich aufpassen? Was erwartete er, das ich tun könnte?

Doch während ich in seine Augen sah, wurde mir klar, dass es in dieser Situation unnötig war, die Starke zu spielen. Mein Vater hatte mir den Tod meiner Mutter verschwiegen. Er hatte mir die Möglichkeit genommen, sie noch einmal zu sehen und mich von ihr zu verabschieden. Wahrscheinlich brauchte ich tatsächlich jemanden, der mich daran hinderte, ihn umzubringen.

Gleichzeitig rührte mich das Angebot so sehr, dass mir Tränen in die Augen stiegen.

»Was ist mit Miss Arden?«

»Ich werde ihr Bescheid geben«, sagte er.

»Aber hast du denn eine Fahrkarte?« Ich unterdrückte ein Schluchzen.

Darren griff in die Tasche seines Jacketts und zog einige Papiere hervor. »Ich war mir nicht sicher, ob du zustimmen würdest, aber ich habe vorsichtshalber schon mal zwei Tickets gekauft. Notfalls hätte ich versucht, dich umzustimmen.«

Während sein Bild vor meinen Augen verschwamm, fiel ich ihm schluchzend um den Hals.

»Na, na, so eine Heldentat ist das nun auch wieder nicht«, sagte er und strich sanft über meinen Rücken, aber für mich bedeuteten seine Worte in diesem Augenblick alles.

»Doch, das ist es«, gab ich zurück. »Ich hätte es niemals allein geschafft.«

»Das hättest du. Aber ich bin froh, dass du es nicht musst.« Er hielt mich noch eine Weile, dann sah er mich an. »Du solltest schlafen gehen. In den nächsten Tagen hast du viel vor, und du brauchst deine Kraft für die Reise.«

Ich wollte ihm widersprechen, dass ich keineswegs Schlaf finden würde nach allem, was geschehen war. Doch als er behutsam meine Wange streichelte, brach mein Widerstand.

»Ist gut«, sagte ich und wünschte mir insgeheim, ihn in mein Bett mitnehmen zu können. Und sei es nur, um mich anzukuscheln und zu wissen, dass ich nicht allein war.

Aber das wagte ich nicht, ihm anzutragen. So schlich ich allein nach oben, mit der Gewissheit, dass meine Reise bald beginnen würde.

Ich kam nicht mehr dazu, mich umzukleiden. Sobald mein Körper das Bett berührte, weil ich mich nur kurz ein wenig hinlegen wollte, fiel ich in tiefen Schlaf.

43. Kapitel

Mein Herz war schwer wie ein Granitbrocken, als wir Maine Chance verließen. Zu gern wäre ich jetzt bereits in Berlin. Zu gern wäre ich jetzt schon wieder zurück gewesen. Die Tage der Reise kamen mir wie eine unüberwindbare Hürde vor. Ich wollte das Grab meiner Mutter sehen, ja, doch da war auch Furcht in mir. Furcht vor der Konfrontation mit meinem Vater. Furcht davor, was sich noch alles herausstellen würde.

»Warum gibt es eigentlich noch immer keine andere Möglichkeit, über das Meer zu kommen?«, fragte ich, während ich in Darrens Wagen stieg. »Eine schnellere Möglichkeit.«

»Die *Mary Of The Seas* soll der schnellste Dampfer sein, den die Reederei zu bieten hat«, erklärte Darren, während er noch einmal das Gepäck überprüfte. »›Garantiert in einer Woche nach Europa‹ hat in dem Prospekt gestanden.«

»Das ist immer noch zu lange.« Ich atmete tief durch und dachte zurück an die vergangene Nacht, als ich mit zitternden Händen versucht hatte, meinen Koffer zu packen, und dabei feststellte, dass die schwarze Bluse, die ich bei Miss Marburys Beerdigung getragen hatte, den Motten zum Opfer gefallen war. Das Kostüm war immerhin noch intakt. Wenn ich erst mal in Berlin war, würde ich mir eine neue Bluse zulegen.

»Eines Tages werden wir sicher schneller reisen können«, sagte Darren, während er sich neben mich hinters Lenkrad schwang. »Aber vorerst muss es so gehen. Schließlich sind die neuen Zeppeline noch nicht im Einsatz.«

Erst vor einigen Tagen hatte Darren beim Frühstück einen Artikel vorgelesen, demzufolge Deutschland dabei war, neuartige Zeppelinmodelle in Betrieb zu nehmen. Mit einem von diesen Ungetümen aus Stoff und Gas sollte man wesentlich schneller und bequemer über den Ozean unterwegs sein. In einer Rekordfahrt hatte eines dieser Luftschiffe nur vier Tage von Europa nach Amerika benötigt. Doch abgesehen davon, dass die Zeppeline nicht mit so großer Regelmäßigkeit verkehrten wie die Dampfer, war eine Passage kaum erschwinglich.

Darren ließ den Motor an, und wenig später rollten wir vom Hof. Ich dachte wieder daran, dass ich selbst den Führerschein machen wollte. Eigentlich hatte ich mir vorgenommen, mich nach der Eröffnung von Maine Chance bei einer Fahrschule anzumelden. Hoffentlich ließ mir die Arbeit Gelegenheit dazu.

Die Nacht verbrachten wir in einer kleinen Pension am Stadtrand von New York.

Es war kein besonders nobles Haus, aber es tat gut, sich in die Badewanne zu legen, im warmen Wasser für einen Moment alles zu vergessen und anschließend ein einfaches Abendessen zu verzehren, das im Preis mit inbegriffen war.

Um Geld zu sparen, hatten wir uns als Ehepaar in einem Doppelzimmer eingemietet. Der Portier hatte glücklicherweise darauf verzichtet, unsere Ausweise zu prüfen. Lediglich Darrens Papiere ließ er sich zeigen.

Während Darren schon bald neben mir schnarchte, starrte ich an die Decke. Ich war todmüde, aber gleichzeitig zu nervös, um zur Ruhe zu kommen. Mein Körper fühlte sich schwer an, doch mein Verstand kreiste erneut um dieselben Gedanken.

Ich fragte mich, woran meine Mutter gestorben war. War es plötzlich geschehen? Im Schlaf? Im Krankenhaus? Hatte sie in ihren letzten Momenten nach mir gefragt?

Schließlich kam der Schlaf doch, aber er stürzte mich in wirre und beunruhigende Träume, aus denen ich nur schwer wiedererwachte.

Glücklicherweise war Darren da und bewahrte mich davor zu verschlafen.

»Verdammt«, murrte ich, als ich mich aufrichtete. Meine Schläfen pochten, und mein Kopf fühlte sich an wie in Watte gepackt.

»Kopfschmerzen?«, fragte Darren, während er in seiner Tasche herumkramte.

»Als hätte ich zu viel getrunken.«

»Erinnerst du dich denn nicht mehr an unsere Kneipenrunde?«

»Wie bitte?«, fragte ich erschrocken. Dann erst wurde mir klar, dass er scherzte.

»Hier«, sagte er und reichte mir eine Tablette. »Aspirin. Danach wirst du dich besser fühlen.«

Beim Anblick der weißen Tablette fiel mir wieder mein Vater ein. Auch er hatte in seiner Drogerie Aspirin verkauft, manchmal hatte ich die Fläschchen in die Regale stapeln müssen.

Aber das hielt mich nicht ab, das Medikament dankend anzunehmen und wenig später mit einem Glas Wasser hinunterzustürzen. Während ich wartete, dass die Wirkung einsetzte, betrachtete ich mich in dem kleinen Badezimmerspiegel. Die Nacht hatte die Schatten unter meinen Augen noch ein wenig dunkler werden lassen. Zwischen meinen Brauen entdeckte ich eine Sorgenfalte. War die immer schon da gewesen?

Ich versuchte, mich mit Cremes und Make-up einigermaßen in Ordnung zu bringen. Schließlich wollte ich nicht für eine Landstreicherin gehalten werden, wenn ich an Bord ging. Auf den Lippenstift verzichtete ich allerdings. Er erschien mir nicht passend.

Als ich das Bad verließ, saß Darren auf dem Bett, bekleidet mit Hose und Unterhemd, und putzte seine Schuhe. Auch er wollte wohl einen guten Eindruck auf dem Schiff machen. Als er mich sah, hielt er inne.

»Wie geht es dir jetzt?«, fragte er, nachdem er mich kurz betrachtet hatte.

»Ich sehe mitgenommen aus«, antwortete ich.

»Nein, du siehst wunderbar aus.«

»Ach was!«, schnaubte ich.

»Nein, ehrlich. Du siehst sehr adrett aus. Allerdings weiß ich nur zu gut, dass der äußere Eindruck nicht immer mit dem inneren übereinstimmt. Also, wie geht es dir?«

Ich seufzte. »Nicht so gut.«

»Du weißt, dass das Aspirin eine Weile braucht, um zu wirken.«

»Das weiß ich.« Ich blickte ihn an. »Es ist nur so ... Ich komme mir vor, als würde ich lediglich funktionieren. In meinem Innern herrscht Chaos.«

»Das ist in deiner Situation nur allzu verständlich. Und deshalb bin ich froh, dass ich bei dir bin.«

»Das bin ich auch«, sagte ich. »Aber die lange Reise ... Ich werde viel Zeit haben, mich zu ängstigen.«

»Das solltest du nicht tun«, sagte Darren und erhob sich. »Sie gibt dir die Gelegenheit, dich vorzubereiten.«

»Wie soll ich mich auf die Begegnung mit einem Mann vorbereiten, der mich aus seinem Leben gestrichen hat? Ich weiß nicht, wie der Notar darauf kommt, dass ich das Gespräch mit ihm suchen sollte.«

»Möglicherweise will dein Vater um Verzeihung bitten. Vielleicht hat er es sich überlegt.«

Ich schüttelte den Kopf. »Das glaube ich nicht. Er hat mir nicht verziehen. Dafür kenne ich ihn zu gut.«

»Menschen können sich ändern.«

»Mein Vater tut sich schwer damit, das war schon immer so. Wenn ich auf meine Jugend zurückblicke, ist er nie auch nur einen Deut von seinen Überzeugungen abgewichen. Wenn er mir verziehen hätte, hätte er sich persönlich bei mir gemeldet.«

Ich senkte den Kopf. Die Tablette schien langsam anzuschlagen, der Schmerz ließ nach, und auch das wattige Gefühl in meinem Schädel löste sich allmählich auf.

»Nein, wahrscheinlich sieht der Notar eher den Bedarf, als es mein Vater tut. Dass ich nichts von dem Tod meiner Mutter wusste und es wahrscheinlich auch nicht erfahren hätte, wenn es keine Erbschaft gäbe, verrät deutlich, dass etwas nicht stimmt und geklärt werden müsste.«

»Möchtest du es denn klären?« Darren griff nach meinen Händen und brachte mich dazu, ihn anzusehen.

»Einerseits schon. Gott, was hätte ich darum gegeben, dass er mir nur einmal schreibt!« Ich schloss die Augen, denn ich wollte nicht schon wieder weinen. »Aber jetzt … habe ich einfach nur Angst. Angst davor, dass es noch schlimmer geworden sein könnte. Ich weiß nicht, ob ich ihn überhaupt aufsuchen soll.«

Darren überlegte einen Moment lang, dann sagte er: »Nun, wenn du es nicht willst, kann dich niemand zwingen. Wir besuchen den Notar, dann das Grab und fahren wieder. Er wird nicht da sein, um dich zu verurteilen, wenn du es nicht willst.«

Ich nickte. »Du magst recht haben. Aber …«

Darren zog mich in seine Arme. »Mach dich nicht verrückt. Wir genießen jetzt erst mal die Überfahrt, und vielleicht gibt es in deiner Heimatstadt etwas, das du mir zeigen möchtest. Ich bin sehr gespannt, den Ort zu sehen, an dem du geboren wurdest und gelebt hast.«

Daran hatte ich nicht gedacht. Aber sicher, Darren war noch nie in Berlin gewesen! Ich blickte ihn an und spürte, wie der Schmerz für einen Moment seine Schärfe verlor.

»Ich glaube, da gäbe es etliches, was dich interessieren könnte«, sagte ich. Ich dachte plötzlich wieder an Herrn Nelson und spürte die Sehnsucht, ihn wiederzusehen. Er hatte mir damals, als ich in Not war, geholfen und mir gut zugesprochen. Möglicherweise würde es ihn freuen, zu sehen, wie ich mich gemacht hatte. »Wir könnten zu Herrn Nelson gehen, in sein Theater.«

Kurz zweifelte ich. War das nach dem Tod der Mutter statthaft? Doch wann würde Darren die Gelegenheit haben, wieder nach Berlin zu reisen?

»Nelson? Ist er Amerikaner?«, fragte er.

»Nein, Deutscher, soweit ich weiß. Er hat jedenfalls nie etwas anderes behauptet. Wahrscheinlich ist es ein Künstlername. Meine Freundin Henny meinte mal, dass sich viele Leute im Theatergewerbe andere Namen geben. Damit wirken sie angeblich … professioneller.«

Darren lächelte mich an und vertrieb den kleinen Stich, den ich spürte, wenn ich an Henny dachte oder sie erwähnte. »Ich gehe sehr gern mit dir ins Theater. Und ich begleite dich auch zu jedem anderen Termin.«

»Du wirst kein Wort verstehen«, entgegnete ich, dann kam mir eine Idee. »Aber wir könnten die Reise dazu nutzen, dass ich dir ein wenig von meiner Muttersprache beibringe. Gesprochen ist sie gar nicht mehr so schlimm.«

»Wirklich? Ich habe dich am Telefon gehört. Es klang ziemlich schlimm für mich.«

»Das ist nur Gewöhnungssache.« Ein Lächeln huschte über

mein Gesicht, doch etwas in meiner Brust drückte die aufkommende Heiterkeit nieder.

»Wir sollten uns fertig machen«, sagte ich. »Man weiß nie, wie der Straßenverkehr ist.«

Darren nickte. »Ja, du hast recht. Brechen wir auf.«

Die Morgenluft war frisch und klar, und dank der Kopfschmerztablette und dem Gespräch mit Darren fühlte ich mich wieder etwas besser. Die Fahrt durch die Stadt war nicht so langwierig, wie ich befürchtet hatte, und ich war froh, dass wir den Hafen schon etwas früher erreichten.

Die Passagierschlange vor der Landungsbrücke war lang. Hier und da umarmten sich einige Reisende tränenüberströmt. Als wir an der Reihe waren, zeigten wir unsere Tickets vor.

Diesmal wollte ich darauf verzichten, der Freiheitsstatue dabei zuzusehen, wie sie am Horizont verschwand. Ich wollte nicht unter Menschen sein. Ich wollte mich nur in meinem Bett vergraben und die Tage der Reise verschlafen. Darren hatte dafür glücklicherweise Verständnis.

Er hievte meinen Koffer in meine Kabine, dann zog er sich zurück. Damit ich meine Ruhe hatte, hatte er es in Kauf genommen, mit einem wildfremden Fahrgast eine Kabine zu teilen. Dafür war ich ihm sehr dankbar.

Als das Schiff ablegte, trat ich doch an das Bullauge meiner Kabine, aber von hier aus war die Stadt nicht zu sehen. Stattdessen richtete sich mein Blick auf den Ozean vor mir. Auf den Weg nach Hause.

44. Kapitel

Die Tage der Reise vergingen schneller, als ich es erwartet hatte. Die meiste Zeit schlief ich, denn die Trauer übermannte mich in Wellen und machte mich müde. Darren versuchte, mich so gut wie möglich aufzumuntern, aber ganz gelang es ihm nicht. Dafür schaffte ich es tatsächlich, ihm einige Brocken Deutsch beizubringen. Damit konnte er sich wenigstens bedanken und nach dem Weg fragen, sollte er auf die Idee kommen, allein unterwegs sein zu wollen.

Der Vorteil, ihn bei mir zu haben, war auch, dass Männer mich nicht ansprachen, wie es bei meiner letzten Reise der Fall gewesen war. Ich spürte ihre Blicke, doch meist wandten sie sich rasch ab, sobald sie merkten, dass Darren zu mir gehörte. Oftmals ertappte ich mich dabei, wie ich ihn heimlich musterte und mich fragte, wie es wäre, wenn wir noch einmal von vorn anfingen. Immerhin gab es jetzt kein Geheimnis mehr zwischen uns. Aber würde er das auch wollen?

In Dover begaben wir uns auf die Fähre nach Calais, und von dort reisten wir mit dem Zug weiter. Ich genoss den Ausblick auf die Landschaft, er lenkte mich ein wenig von meinen Gedanken ab. Doch je mehr wir uns Deutschland näherten, desto unruhiger wurde ich. Was mochte meine Mutter mir hinterlassen haben? Warum wollte der Notar, dass ich mit meinem Vater redete?

Schließlich erreichten wir Berlin am späten Nachmittag des Folgetages.

Der Lehrter Bahnhof wimmelte nur so von Menschen. Dazwischen rauchten die Lokomotiven, und Tauben stritten sich um Brotkrumen.

Zum ersten Mal seit Langem hörte ich, wie Fetzen meiner Muttersprache wild durcheinanderwirbelten. Unwillkürlich traten mir Tränen in die Augen. Ich sah mich wieder am Gleis stehen, damals, als ich mit Henny in ein neues Leben aufgebrochen war.

Wie viel war seitdem anders geworden ...

Auch der Bahnhof hatte sich verändert. Ich gewahrte viel mehr Uniformierte. Keine Polizisten, sondern Männer, die mich an Soldaten erinnerten, obwohl ihre Kleidung nichts mit der alten kaiserlichen Armee zu tun hatte, die ich von Fotografien aus früheren Zeiten kannte.

Als Erstes suchten wir das Zollbüro auf. Immerhin waren wir Ausländer, auch wenn ich meinen deutschen Pass noch besaß.

Die Schlange war glücklicherweise nicht allzu lang, sodass wir schon bald vor dem Schalter standen.

»Heil Hitler«, sagte der Zollbeamte und streckte die Hand nach vorn.

Dieser Gruß befremdete mich ein wenig. Ich hatte zwar bereits in Zeitungsberichten über die neue Regierung davon gelesen, aber er hatte auch da schon merkwürdig auf mich gewirkt.

»Guten Tag«, gab ich ein wenig unsicher zurück. »Wir kommen aus New York und wollten gern unser Gepäck angeben.«

Der Mann musterte mich. »Amerika? Sie sprechen sehr gut Deutsch!«

»Ich wurde hier geboren, lebe aber seit beinahe sieben Jahren in den Vereinigten Staaten.«

»Sind Sie Jüdin?«, fragte er weiter. Ich zog die Augenbrauen hoch. Was ging den Mann meine Religion an?

»Nein. Evangelisch.« Auch wenn ich schon lange nicht mehr in einer Kirche gewesen war, wie ich zugeben musste. Aber das brauchte den Zollbeamten nicht zu interessieren.

»Und Ihr Mann?«

»Oh, er ist nicht mein Mann. Er ist ein Bekannter, der mich wegen eines Trauerfalls in der Familie begleitet.«

»Ich meine, ob er Jude ist«, brummte der Beamte.

»Nein, er ist kein Jude.«

Darren sah mich fragend an. Ich erklärte ihm kurz, was los war. Da ich nicht wusste, ob der Beamte Englisch verstand, hielt ich meine Worte so neutral wie möglich.

»Was sagt er?«, fragte der Beamte, als Darren mir geantwortet hatte.

»Er sagt, dass er katholisch ist. Das müsste aber auch alles in unseren Pässen stehen.«

Der Beamte murmelte etwas, das ich nicht verstand, und sah unsere Pässe durch.

»Haben Sie etwas zu verzollen?«, fragte er dann. »Kaffee, Zigaretten, Alkohol?«

»Nein«, erwiderte ich. »Wie gesagt, wir sind wegen eines Trauerfalls hier.«

»Wie lange werden Sie bleiben?«

»Nur ein paar Tage. Ich muss den Notar meiner Mutter aufsuchen.«

Kurz überflog er Darrens Visum, dann machte er einen Stempel in unsere Pässe. Mit einem Brummen schob er uns die Dokumente wieder zu.

»Nette Menschen, deine Landsleute«, bemerkte Darren, als wir den Bahnhof in Richtung Taxistand verließen.

»Die Zollbeamten sind nie wirklich nett, aber dass sie jetzt so grüßen, anstatt Guten Tag zu sagen, hat mich überrascht.«

»Und die Frage danach, ob wir jüdisch sind?«

»Das auch«, gab ich zu. »Mit der neuen Regierung scheint hier vieles anders geworden zu sein.«

Darren reckte den Arm in die Höhe, und wenig später hielt ein Taxi vor uns. Ich nannte dem Fahrer mein Ziel, dann stiegen wir ein.

Während der Fahrt zu Miss Ardens Niederlassung in der Budapester Straße entdeckte ich großformatige Plakate, auf denen Hitler als Retter des deutschen Volkes dargestellt wurde, außerdem Idealbilder großer blonder Männer, die in Unterhemd und mit Hämmern in der Hand »die deutsche Wirtschaft voranbrachten«. Die Reklame von früher war noch immer da, aber sie wirkte zurückgenommener.

»Damit wollen die hier etwas verkaufen?«, kommentierte Darren, während er den Hals reckte. »Seit wann sind Politiker Werbeträger?« Natürlich kannte er Hitlers Konterfei aus der Zeitung.

»Es geht ihnen nicht um den Verkauf, wenn ich die Plakate richtig deute. Sie wollen den Leuten sagen, was sie tun sollen.« Ich hielt kurz inne, dann fügte ich hinzu: »So was hat es hier früher nur gegeben, wenn Mobilmachung anstand.«

»Die wollen doch hoffentlich keinen Krieg vom Zaun brechen?«

»Ich weiß es nicht«, sagte ich. »Es wäre eine Dummheit, nicht wahr? So kurz nach dem letzten Krieg.«

»Eine große Dummheit. Aber wer kann schon in die Köpfe von Politikern schauen?«

Darren richtete den Blick wieder nach draußen. Jetzt waren kaum noch Plakate zu sehen. Doch Darrens Worte hatten Sorge in mir entfacht. Was, wenn es demnächst wieder Unruhen gab? Ich wusste noch zu gut um die Angst, die meine Eltern während des Putsches 1920 gehabt hatten. Um das Leid, das der große Krieg hinterlassen hatte.

Die Niederlassung von Miss Arden befand sich in der Nähe des Zoologischen Gartens, auch der Kurfürstendamm war nicht weit entfernt. Bei meinen Spaziergängen mit Henny hatte ich das Gebäude vielleicht gesehen, aber nicht als Filiale einer großen Kosmetikfirma wahrgenommen. Jetzt sah ich das einladende Schaufenster und die Tiegel und Flakons, die im Lichtschein funkelten. Auch hier traten die Kundinnen durch eine rote Tür ein. Miss Arden achtete darauf, dass das einheitliche Erscheinungsbild der Firma weltweit gewahrt wurde.

Unter dem Gebimmel der Türglocke gingen wir hinein. Wie ich es aus den amerikanischen Salons gewohnt war, gab es einen Empfang mit verglastem Tresen und breiten Wartesesseln für die Klientinnen. Eine junge Frau mit ondulierten blonden Locken und pinkfarbenem Lippenstift lächelte uns freundlich an.

»Guten Tag, ich bin Sophia Krohn aus New York«, stellte ich mich vor. »Hat Ihnen Miss Arden Bescheid geben lassen, dass ich komme? Ich meine, wir …«

Siedend heiß fiel mir ein, dass ich Miss Arden nichts davon erzählt hatte, dass Darren mich begleitete. Hatte er sie vor unserer Abfahrt noch informiert? Ich hatte den Kopf so voll gehabt, dass ich nicht darauf geachtet hatte.

Ein wissender Ausdruck trat auf das Gesicht der Empfangsdame. »Einen Moment bitte, ich hole Fräulein Rieker.« Mit diesen Worten verschwand sie hinter einem samtenen Vorhang, der den Empfang von den hinteren Räumen trennte.

Ich blickte mich um. Miss Ardens Geschmack war auch hier deutlich wiederzuerkennen. Altrosa Gardinen, schwere, gemütliche Sessel und farbenfrohe Bilder waren ein schöner Kontrast zu den Plakaten draußen. Es war gut, zu wissen, dass sich hier anscheinend nicht viel geändert hatte.

Der Vorhang wurde zurückgezogen und eine adrette junge Frau mit dunklem Haar und blauem Kostüm erschien. Sie hielt eine Mappe unter ihrem Arm und wirkte sehr geschäftig.

»Ich bin Käthe Rieker, Assistenz der Geschäftsleitung«, stellte sie sich vor und reichte uns die Hand.

»Sind Sie Mr Krohn?«, fragte sie, worauf Darren den Kopf schüttelte.

»Nein, mein Name ist O'Connor. Darren O'Connor. Ich begleite Miss Krohn. Es war eine ... eher spontane Entscheidung.«

Die junge Frau nahm das mit einem Nicken hin. »Frau Wienicke hat mich beauftragt, für Sie da zu sein und Ihnen Ihre Unterkunft zu zeigen. Unser Geschäftsführer Mr Yates ist leider nicht zugegen, aber Frau Wienicke hofft, die Zeit für ein Gespräch mit Ihnen zu finden.«

»Vielen Dank, das ist sehr freundlich, aber eigentlich unnötig«, gab ich ein wenig überfordert zurück. Sie behandelte uns wie Staatsgäste, dabei ging es doch lediglich um eine Privatangelegenheit. »Ich bin nur wegen meiner Mutter hier ...«

»Ich weiß. Mein Beileid für Ihren Verlust. Miss Arden hat uns darüber informieren lassen.«

»Danke. Und ich weiß es sehr zu schätzen, dass Sie für uns ein Quartier bereithalten.«

Fräulein Rieker nickte, dann wandte sie sich um. »Folgen Sie mir bitte.«

Wir stiegen die Treppe hinauf, passierten die Behandlungsräume und erklommen weitere Stufen. Schließlich erreichten wir die Privaträume, die Miss Arden bei ihren Aufenthalten hier bewohnte. Vor meinen Augen tat sich ein riesiges Esszimmer auf, gefolgt von einem Schlafzimmer.

»Das sind Ihre Räume«, erklärte mir Fräulein Rieker und

blickte dann zu Darren. »Mr O'Connor bekommt ein Zimmer am Ende des Flurs. Es ist das Schlafzimmer von Mr Jenkins, wenn er hier weilt. Wir halten es stets bereit für den Fall, dass Miss Arden und ihr Gatte uns einen Besuch abstatten.«

»Großartig«, hörte ich Darren sagen, dann wandte er sich mir zu und zwinkerte so, dass das Fräulein es nicht sehen konnte.

Käthe Rieker nickte. »Kommen Sie bitte. Ich habe uns einen Tisch in einem Restaurant in der Nähe reserviert. Da können wir uns ein wenig unterhalten, wenn Sie möchten.«

Ich hatte Hunger, aber ich hatte nur wenig Lust, mich mit Fräulein Rieker zu unterhalten. Am liebsten wäre ich allein mit Darren geblieben, so wie es auch schon die letzten Tage der Fall war. Ich schaute zu ihm und sah dasselbe in seinen Augen.

Aber ich wollte nicht unhöflich sein und er sicher auch nicht.

»Das ist sehr freundlich von Ihnen, Fräulein Rieker.«

Ich blickte Darren und der jungen Frau noch kurz hinterher, während sie den Gang entlangschritten, dann betrat ich mein Zimmer. Das Erste, was mir dabei ins Auge stach, war die pinkfarbene Tagesdecke auf dem breiten Bett. Das Interieur des Raumes war ansonsten in Cremeweiß und Gold gehalten, doch ganz ohne einen Hinweis auf Arden-Pink kam Miss Arden wohl auch bei ihrer Raumgestaltung nicht aus.

Ich stellte meinen Koffer auf den Fußboden und trat ans Fenster. Die Sonne neigte sich dem Horizont zu, die Schatten waren lang geworden. Einige Radfahrer passierten das Gebäude. Vor mir breitete sich der Zoologische Garten aus.

Es war schon viele Jahre her, seit meine Eltern mit mir dorthin gegangen waren. Damals hatte man die neuen Außenanlagen in Betrieb genommen. Mittlerweile waren aus kleinen Bäumen größere geworden, und einige der kurzen Hecken konnten mittlerweile nicht mehr überblickt werden. Vielleicht wäre es schön, dort einmal einen Spaziergang zu unternehmen …

Es klopfte. »Herein«, sagte ich, und im nächsten Augenblick erschien Darren in der Tür.

»Wie ich sehe, hast du das bessere Zimmer abbekommen«, sagte er und trat ein.

»Sie waren nicht auf dich vorbereitet«, gab ich zurück, worauf er auflachte.

»Doch, sie sind immer vorbereitet. Aber wie es aussieht, hat es Mr Jenkins gern eher … spartanisch.«

»Das kann ich mir gar nicht vorstellen«, entgegnete ich und wollte schon zur Tür, um selbst nachzusehen, doch Darren hielt mich zurück, indem er seine Hände sanft an meine Arme legte.

»Es ist alles gut, du brauchst dir keine Sorgen zu machen«, sagte er und bedachte mich mit einem Blick, der meinen Bauch kribbeln ließ. Alles in mir sehnte sich danach, ihn zu küssen. Warum tat ich es nicht einfach?

Ein Klopfen riss mich aus meinem Vorhaben. Meine Wangen glühten auf einmal, dabei war gar nichts passiert.

»Fräulein Krohn?«, fragte eine Stimme.

»Ja?«

Die Tür öffnete sich, und eine junge Frau erschien mit einem kleinen Körbchen, in dem ich ein kleines weißes Handtuch und zahlreiche Fläschchen und Tiegel entdeckte, die allesamt Arden-Pflegeprodukte enthielten.

»Ein Geschenk des Hauses«, sagte sie und reichte mir das Behältnis. »Fräulein Rieker erwartet Sie unten.«

»Danke, wir kommen.«

Die junge Frau zog sich mit einem Knicks zurück und verschwand im Flur. Ich betrachtete den Korb und wünschte mir auf einmal schmerzlich, ihn meiner Mutter überreichen zu können. Mit einem Kopfschütteln vertrieb ich diese Regung.

»Dann sollten wir unsere Gastgeberin wohl nicht warten lassen«, sagte Darren, während er sich das Geschenk besah. »Ich bin gespannt, ob Fräulein Rieker auch für mich ein Körbchen hat.«

»Miss Arden macht keine Produkte für Herren«, sagte ich schmunzelnd. »Aber ich gebe dir sehr gern etwas von meinen ab, wenn du magst.«

»Danke, das Angebot weiß ich zu schätzen.«

Er kam zu mir, schlang einen Arm um meine Schultern und küsste mich auf die Stirn.

Ich erstarrte unwillkürlich, doch dann wünschte ich mir, dass dieser Moment nie enden würde.

Fräulein Rieker führte uns in den Gourmenia-Palast, der nicht allzu weit vom Bahnhof Zoo entfernt war. »Das Restaurant Traube ist eines der besten in der Stadt. Ich hoffe, Sie mögen Wein?«

»Ich bin keine große Kennerin, aber sie werden dort sicher auch Speisen haben, nicht wahr?« Ich blickte zu Darren, der amüsiert schien.

»Natürlich. Es ist eines der beliebtesten Lokale der Stadt. Einen Tisch dort zu bekommen wird immer schwieriger, aber die Ehegattin des Inhabers schwört auf unsere Produkte. Sie hat sich noch nicht von der Propaganda abschrecken lassen.«

»Propaganda?«

»Ja, man redet den Frauen hier ein, dass es undeutsch wäre, sich zu schminken. Wasser und Kernseife seien alles, was die deutsche Frau braucht.«

»Im Ernst?«

Fräulein Rieker nickte. Ich schüttelte fassungslos den Kopf.

»Und folgen die Frauen dem wirklich?«

»Manche schon. Besonders jene aus unteren Schichten. Von denen sieht man in unseren Salons ohnehin nicht so viele, aber es greift auch auf die bürgerlichen Damen über. Manche von ihnen haben Ehemänner, die voll in ihrer Mitgliedschaft in der Partei aufgehen.«

Ich hatte bereits in der Zeitung gelesen, dass mit »die Partei« die NSDAP gemeint war, der Hitler vorstand und die seit letztem Jahr die Führung der Regierung innehatte.

Fräulein Rieker machte eine kleine Pause, dann fügte sie im Flüsterton hinzu: »Aber die Frauen von den hohen Tieren müssten Sie mal sehen! Die geben nichts auf das Geschwätz ihrer Männer. Die kommen weiterhin zu uns und buchen die besten Behandlungen. Meine Kolleginnen scherzen schon, dass die Verordnung mit der Kernseife von den Ehegattinnen stammt, damit diese keine Konkurrenz mehr zu befürchten haben.«

Sie kicherte kurz, besann sich dann aber und schaute sich um, als fürchtete sie, dass jemand sie gehört haben könnte.

»Sagen Sie das aber niemandem. Mittlerweile haben die Wände überall Ohren und die Fenster Augen. Seien Sie besser vorsichtig. Innerhalb unseres Hauses kann ich Ihnen noch garantieren, dass nichts weitergetragen wird, doch draußen wird es immer schlimmer. So viele Leute versuchen, sich bei den neuen Beamten beliebt zu machen.«

»Dann sollten Sie sich vielleicht hier draußen nicht mehr dazu äußern«, entgegnete ich, während ein Schauer über meinen Nacken kroch. Noch nie war es in Berlin so gewesen, dass man sich nicht trauen durfte, etwas zu sagen.

»Keine Sorge, wir sprechen ja englisch«, entgegnete sie. »Die meisten hier beherrschen diese Sprache nicht. Hitlers Leute glauben, dass allein die Sprache der Herrenrasse zählt.«

Das klang ebenfalls nicht gut. Dieser Begriff allein: »Herrenrasse«! Mich schauderte ein weiteres Mal.

Wenig später erreichten wir den Gourmenia-Palast, in dem offenbar zahlreiche Lokale untergebracht waren. Ich entdeckte das Schild des Café Berlin und eines Restaurants namens Stadt Pilsen. Darrens Augen leuchteten sichtlich auf, als er das American Buffet entdeckte. Wie lange würde sich dieses angesichts der Veränderungen im Land halten? Wenn schon Schminke als undeutsch angesehen wurde …

Der Palast selbst war von außen klar und einfach gestaltet, er wirkte wie aus einer anderen, bisher noch nicht gekannten Zeit. Das setzte sich auch im Weinlokal Traube fort.

Die Architektur des Innenraumes war schlicht, aber gleichzeitig wuchtig und atemberaubend. Über drei Etagen verteilt saßen die Gäste auf Balkonen, die an die mancher Gebäude in New York erinnerten. Große runde Lampen an den Decken verströmten warmes Licht.

In jeder Ecke wuchsen unterschiedliche Pflanzen. So entdeckte ich an einer Seite riesige Bananenstauden, dann wieder Palmen und andere exotisch anmutende Gewächse. In der Mitte des Raumes gab es ein gläsernes Atrium, das ebenfalls beleuchtet war und den größeren Pflanzen die Möglichkeit bot, sich ganz zu entfalten.

Ich war sicher, dass dieses Lokal sowohl Madame als auch Miss Arden zugesagt hätte.

»Für einen Moment könnte man glauben, man wäre im Botanischen Garten, nicht wahr?«, sagte Fräulein Rieker, während sie uns bedeutete, ihr zu folgen.

Das konnte ich nur bestätigen, besonders weil das Zwitschern, das ich vernahm, tatsächlich von lebendigen Vögeln kam, die über die Köpfe der Gäste hinwegflatterten.

»Umwerfend, nicht wahr?«, fragte ich Darren, während Fräulein Rieker mit dem Kellner am Empfang sprach.

»So etwas würde vielen Geschäftsleuten in New York auch sehr gut gefallen«, sagte er und blickte sich um. »Einfach erstaunlich, dass es in der Alten Welt so etwas gibt.«

»Unser Tisch ist frei«, teilte uns Fräulein Rieker mit. Der

Kellner führte uns in die zweite Etage, von der aus wir einen schönen Blick auf das Atrium und seine prachtvollen Pflanzen hatten. Ein kleiner gelb-weißer Vogel landete auf dem Geländer und zwitscherte laut.

»Ein Kanarienvogel!«, sagte Darren begeistert. »Du meine Güte, so was lassen die hier frei fliegen? Was, wenn er abhaut?«

»Die Vögel wissen wahrscheinlich, dass es besser ist, zu bleiben, wo das Futter ist«, entgegnete Fräulein Rieker.

Ich blickte mich um. Die Menschen hier hätten genauso auch in einem New Yorker Restaurant sitzen können, abgesehen von einigen Männern, die schwarze Uniformen trugen. Viele der Frauen waren geschminkt, doch die Frisuren waren anders. Kurzhaarschnitte schienen verschwunden zu sein. Einigen Damen fiel die Haarpracht in weichen Wellen über die Schultern, andere hatten sie streng im Nacken zusammengebunden.

Die Gäste an den Tischen unter uns schienen etwas weniger begütert zu sein als jene, die in unserer direkten Nachbarschaft saßen. Die Frauen hatten ihr Haar zu Zöpfen geflochten wie kleine Mädchen. Einige von ihnen hatten diese Zöpfe um den Kopf geschlungen, und ihre Gesichter waren so fahl und käsig, dass es Miss Arden gegraust hätte. Auch die Kleidung hatte sich verändert. Die Röcke waren länger, Kleider wurden in der Mitte mit einem Gürtel zusammengehalten, und darüber trugen die Damen meist eine Art Jackett. An den Begleiterinnen der Uniformierten jedoch sah ich Abendkleider aus schimmernden Stoffen. Offenbar wurde auch bei der Mode mit zweierlei Maß gemessen.

Der Kellner brachte uns die Karte. Fräulein Rieker empfahl uns das Roastbeef, zusammen mit einem französischen Burgunder. Dagegen hatten weder Darren noch ich etwas einzuwenden.

Nachdem die Bestellung aufgegeben war, sagte unsere Gastgeberin: »Wissen Sie, ich würde so gern einmal das Stammhaus von Miss Arden sehen. Wenn sie hier ist, verbreitet sie immer solch ein elegantes Flair ... Ich beneide Sie, dass Sie den Sprung über den Ozean geschafft haben, Fräulein Krohn.«

»Nun, das war nicht ganz einfach, aber ich bin ebenfalls froh, dass Miss Arden mich aufgenommen hat.« Ich beschloss, ihr zu verschweigen, dass es Helena Rubinstein gewesen war, die mir den Weg in die Neue Welt geebnet hatte.

»Meinen Sie, Miss Arden könnte jemanden wie mich ebenfalls nach New York holen?« Die Stimme der ansonsten so sicher wirkenden Frau wurde beinahe mädchenhaft. Ihre Motivation war gewiss eine andere als meine, doch ich erkannte mich in ihr. Auch ich hatte gehofft, von ihr an einen Ort geschickt zu werden, den ich mir wünschte. Aber Miss Arden folgte ihren eigenen Plänen, so viel wusste ich jetzt. Und vielleicht war es auch gut, dass sie mich nicht, wie ich es wünschte, nach Paris beordert hatte. Die Spur war erkaltet, und möglicherweise hätte ich es bereut, dort zu sein.

»Viele hier reisen nach Amerika aus«, fuhr Fräulein Rieker fort. »Es heißt, dass es dort drüben leicht ist, reich zu werden.«

»Ich fürchte, das ist ein Mythos«, erklärte Darren. »Natürlich klappt es bei einigen. Doch mittlerweile ist es schwerer geworden. Das sagt Ihnen jemand, der versucht, selbstständig zu sein.«

»Dennoch hält es die Leute nicht ab.« Fräulein Rieker wandte sich um, fuhr dann im Flüsterton fort: »Und ich kann es verstehen, wenn Sie mich fragen. Auf den ersten Blick könnte man meinen, dass es uns besser geht als zuvor, aber ich fürchte, das dicke Ende kommt noch. Ich bin froh, für Miss Arden zu arbeiten. Möglicherweise bietet sie uns einen Ausweg, wenn sich die Dinge ringsherum verschlechtern.«

»Inwiefern sollten sie das tun?«

»Ich weiß es nicht, aber ich habe so ein Gefühl. Vielleicht fällt es den neuen Herren noch ein, Kosmetik gänzlich zu verbieten. Jeder Tag scheint neue Verordnungen zu bringen. Wer weiß, was noch alles kommt.«

Ich wollte nachfragen, was das für Verordnungen seien. Und was eine Regierung gegen Schminke haben sollte. Madame Rubinstein hatte mir erzählt, dass Make-up für die Frauen eine Form von Befreiung darstellte, damals, als sie mit ihrem Geschäft angefangen hatte. Fürchteten die Machthaber hier die Freiheit? Fürchteten sie die Frauen?

Doch dann erschien der Kellner mit unserem Essen. Mir lief das Wasser im Mund zusammen. Peg war eine hervorragende Köchin, aber selbst sie bekam das Roastbeef nicht so zart und saftig hin.

Den Rest des Abends unterhielten wir uns über relativ belanglose Themen und die Arbeit. Fräulein Rieker wollte alles über das Projekt wissen, an dem ich arbeitete. Jetzt, wo die Eröffnung nur noch eine Frage der Zeit war, erzählte ich ihr ein paar Dinge, vorwiegend Anekdoten wie die vom gefluteten Tennisplatz oder dem eitlen Ernährungsberater mit seinem persönlichen Trainer. Darren berichtete von der Werbekampagne, die er entwickelt hatte.

Sie lauschte uns mit leuchtenden Augen, und ich spürte deutlich ihre Sehnsucht nach der Ferne – und ihre Angst, dass das, was hier aufgebaut worden war, zerstört werden könnte. Auf dem Rückweg zur Arden-Niederlassung war sie recht still. Uns begegneten kaum Passanten, offenbar hatte sich die neue Regierung auch auf die Feierlust der Menschen ausgewirkt. Früher konnte man abends nicht durch die Stadt gehen, ohne angeheiterten Nachtschwärmern zu begegnen. Doch jetzt waren die Gehsteige weitestgehend leer.

An der Tür verabschiedete sich Fräulein Rieker von uns und übergab mir einen Schlüssel zur Haupttür.

»Ich wohne in der Nähe und habe Ihnen meine Telefonnummer am Empfang hinterlassen. Falls etwas sein sollte ...«

»Vielen Dank«, entgegnete ich. »Ich bin ja nicht allein.«

Sie blickte zu Darren und lächelte ein wenig scheu.

»Es war ein sehr schöner Abend«, sagte ich. »Danke.«

»Ich habe Ihnen zu danken. Seit sich hier alles verändert hat, bekommt man kaum noch einen realistischen Blick nach draußen. Alles trieft vor Ideologie. Ich wünschte, ich könnte Sie begleiten.«

»Vielleicht holt Miss Arden Sie eines Tages in die Staaten. Man weiß nie, wie sich das Leben ändert, das kann ich aus Erfahrung sagen.«

Sie nickte, dann verabschiedete sie sich, und ich schloss die Tür auf.

Allein in der Filiale zu sein war schon etwas merkwürdig. Jeder Schritt hallte überlaut, und auch die Düfte der Cremes und Parfüms wirkten stärker.

Allein mit Darren zu sein entfachte meine Fantasie, doch ich rief mich zur Ordnung. Wir waren dabei, uns einander sanft zu nähern, und ich spürte auch, dass es Darren gefiel. Doch das zu tun, was mein Herz in diesem Augenblick verlangte, wagte ich nicht, denn ich kam mir vor, als würde ich auf einer dünnen Eisdecke laufen, die bei einer unbedachten Bewegung brechen konnte.

»Was hältst du von meiner Heimat?«, fragte ich Darren, als wir die Treppe zu unseren Quartieren erklommen. »Ich muss zugeben, dass sich einiges verändert hat. Allein schon die Geschichte mit der Schminke ...«

»Es ist eben nicht Amerika«, sagte Darren. »Eigentlich wirkt es hier recht nett. Ein bisschen steif und förmlich vielleicht. Sehr ordentlich. Allerdings beunruhigt es mich, dass die Leute nicht mehr laut sagen dürfen, was sie denken. Hast du bemerkt, wie sie sich immer wieder umgesehen hat? Und das, obwohl sie kein Wort Deutsch gesprochen hat?«

»Ja, das habe ich. Auch das hat es damals nicht gegeben. Jedenfalls habe ich dergleichen nicht bemerkt.« Ich seufzte schwer. Die Rückkehr in meine Heimat hatte ich mir ein wenig anders vorgestellt. Und der größte Brocken lag noch vor mir! »Mal sehen, wie der morgige Tag wird.«

»Ich bin bei dir«, sagte Darren und massierte mir den Arm. »Du brauchst nur Bescheid zu sagen, dann komme ich und stehe dir bei allem bei.«

Ich schüttelte den Kopf. »Das ist lieb von dir, doch zumindest den Notartermin muss ich allein hinter mich bringen. Aber es ist sehr schön, dass du hier bist. Ich weiß nicht, ob ich das alles aushalten könnte ohne jemanden, mit dem ich sprechen kann.«

»Du hast schon Schlimmeres durchgestanden, wenn ich mich recht entsinne.«

»Da hast du wohl recht.« Ich versuchte mich an einem Lächeln, doch offenbar waren selbst meine Mundwinkel zu müde.

Darren lächelte mich an, und auf einmal war sein Gesicht so dicht vor meinem, dass ich direkt in seine wunderschönen grünen Augen sah.

Ich wollte etwas sagen, aber in diesem Augenblick fühlte sich meine Kehle rau und trocken an. Darren schien es ähnlich zu gehen. Ich erinnerte mich noch gut an unseren ersten Kuss. Damals war es fast ebenso gewesen, als wir uns gegenüberstanden. Wenn ich ihm doch ein Signal geben könnte! Noch immer hatte ich das Gefühl, dass ich das Spiel der Liebe nicht beherrschte. Ich war gut in meinem Job, aber mit Männern zu flirten fiel mir schwer.

Das schien ihm allerdings nichts auszumachen. Nachdem wir uns eine Weile angeblickt hatten, beugte er sich vor, und wenig später spürte ich seine Lippen auf meinen. Warm und sanft, allerdings nur kurz, als wollte er prüfen, ob ich bereit dazu wäre. Ich war es und verlangte nach mehr.

Diesmal war ich diejenige, die ihn küsste, länger und intensiver. Ich schloss meine Augen, um das Gefühl ganz in mich aufzunehmen. Auf einmal war es, als hätte es unsere Trennung nicht gegeben. Als wären nicht Jahre vergangen, bis wir uns wiedersahen.

Eine Weile verharrten wir so, verbunden im Kuss, dann zog er sich auf einmal bebend zurück.

»Habe ich etwas falsch gemacht?«, wunderte ich mich.

»Nein, nein, ganz im Gegenteil. Ich ...« Er stockte. »Bitte verzeih.«

Ich spürte, wie mir das Blut in die Wangen schoss. »Was soll ich denn verzeihen?«, fragte ich. »Das war einer der besten Küsse, die ich je von dir bekommen habe.« Vor allem war es auch der erste Kuss seit der Trennung damals. Jetzt wusste ich wieder, warum ich mein Herz keinem anderen Mann geöffnet hatte.

»Und würdest du gern, dass wir wieder ... Ich meine ...«

»Du meinst, dass wir uns wieder küssen sollen?«

»Dass wir wieder beginnen sollten, uns zu treffen. Zusammen zu sein. Du weißt, was ich meine.« Er, der sonst nie um Worte verlegen war, druckste plötzlich herum.

»Ich bin immer noch die Frau, die ich vor vier Jahren war. Na gut, ich bin älter, und meine Brille ist eine andere, aber ...« Ich hielt kurz inne und blickte ihn an. Nur schwer gelang es mir, das sehnsuchtsvolle Zittern in meinem Innersten zu verbergen. »Aber ich habe immer noch die Narbe. Und an mir hängt immer noch alles, wofür sie steht.«

»Das weiß ich«, sagte er. »Und wir haben doch darüber gesprochen, nicht wahr? Wenn du noch andere Dinge hast, die dir auf dem Herzen liegen, sag sie mir ruhig.«

»Die habe ich nicht«, gab ich zurück. »Aber mein Sohn ... Die Frage, ob er noch lebt oder nicht, wird ewig im Raum stehen. Sie wird mich so lange begleiten, bis er gefunden wird oder ich sterbe.«

Darren zog mich in seine Arme. »Ich weiß. Und ich versichere dir, dass mir das nichts ausmacht. Wenn ich könnte ...«

Ich legte ihm den Finger auf den Mund. »Bitte, versprich nichts, was du nicht halten kannst. Die Suche nach meinem Sohn ist ... schwierig. Sie wird es immer sein, solange Monsieur Martin keine Spur findet. Vielleicht gebe ich eines Tages auf.«

»Ich werde dich unterstützen, versprochen. Egal, was du vorhast.«

»Danke.« Ich löste mich vorsichtig von ihm. Mein Herz pochte heftig, und ich stand kurz davor, ihn mit in mein Zimmer zu nehmen. Doch dann trat ich einen Schritt zurück.

»Wir sollten schlafen gehen«, sagte ich. »Morgen wird es ein anstrengender Tag.«

Darren nickte und schob die Hände in die Hosentaschen. »Sicher.«

»Und was deinen Vorschlag angeht: Ich denke darüber nach.« Ich lächelte ihn an. »Ernsthaft sogar. Ich habe nie wirklich aufgehört, dich zu lieben, aber gerade läuft es mit uns so gut. Wir sind gute Freunde. Ich brauche etwas Zeit, um zu entscheiden, ob wir weitergehen können.«

»In Ordnung.« Jetzt erschien auch auf Darrens Gesicht ein kleines Lächeln. Er betrachtete mich eine Weile, streckte dann die Hand nach mir aus und strich mir zärtlich über die Wange.

»Gute Nacht, Sophia«, sagte er und verschwand im Gang.

Ich zog mich in mein Zimmer zurück. Dort lehnte ich mich gegen den Türrahmen, denn meine Knie waren weich, und noch immer hatte sich mein Puls nicht beruhigt.

Wenn ich ehrlich war, würde es mir wirklich gefallen, wieder mit Darren zusammen zu sein. Der Kuss war großartig gewesen und hatte meine Trauer ein wenig in den Hintergrund treten lassen. Doch konnte ich es wirklich wagen? Ein Kuss war ein Kuss, nicht mehr und nicht weniger. Daraus musste sich nicht zwangsläufig etwas ergeben, auch wenn ich es mir wünschte. Geheimnisse hatten wir nicht mehr voreinander, aber ich wusste, dass er hin und wieder ein wenig überreagierte. Wir kamen gut aus, als Freunde, aber wieder als Paar? Auch wenn ich mich so sehr nach ihm sehnte?

Ich schloss die Augen, um meinem Herzschlag und meinen Gedanken zu lauschen. Als beides ruhiger geworden war, löste ich mich von meinem Platz und machte mich bereit für die Nacht.

45. Kapitel

Da mein Termin bei Herrn Balder erst später am Tag stattfinden sollte, begab ich mich am Vormittag mit Darren in die Leipziger Straße. Möglicherweise fand ich dort eine passende Bluse für mein Trauerkostüm.

Das Kaufhaus Wertheim war früher immer der Ort gewesen, an den meine Mutter und ich gegangen waren, um neue Kleider für die Saison zu kaufen. Ich hätte auch einen anderen Laden aufsuchen können, aber ich wollte der Erinnerung an meine Mutter nachspüren. So lange hatte ich nicht mehr an sie gedacht, und es schien eine Ewigkeit vergangen zu sein, seit wir das letzte Mal einträchtig durch diesen Ort gewandelt waren.

Die Luft war mild, und die Sonne schien. Auf den Straßen herrschte die übliche Geschäftigkeit. Wir fuhren mit dem Autobus, der an diesem Morgen nicht nur mit normalen Leuten gefüllt war, auch einige Uniformierte sah ich. Sie unterhielten sich locker mit ihren Nebenleuten, und keiner schien etwas dabei zu finden, dass sie eine gewisse kriegerische Stimmung verbreiteten.

Ich musste mich regelrecht zwingen, sie nicht anzustarren. Die Themen, über die sie sprachen, hätten auch aus dem

Mund von ganz normalen Arbeitern kommen können, doch ihr Aussehen führte die Harmlosigkeit ihrer Worte ad absurdum.

Ich war froh, als wir unsere Haltestelle erreichten und aussteigen konnten. Das Kaufhaus hatte sich auf den ersten Blick nicht verändert. Noch immer war es der Ehrfurcht gebietende Konsumpalast meiner Kindheit.

Doch als wir dem Eingang zustrebten, entdeckte ich daneben einen jungen Mann mit einem Schild. Zunächst hielt ich es für Reklame, aber dann erkannte ich die Aufschrift, die in dicken Lettern auf dem Papier stand. KAUFT NICHT BEI JUDEN!

Die Schrift ähnelte der, die ich auch schon auf den Plakaten gesehen hatte.

»Was ist?«, fragte Darren. »Gibt es irgendein Sonderangebot?«

Ich schüttelte verwirrt den Kopf. »Nein, es ... bedeutet etwas anderes.«

Darren zog fragend die Augenbrauen hoch.

Ich blickte zu dem jungen Mann und spürte deutlich, dass er uns musterte. Deshalb verzichtete ich darauf, es Darren zu erklären, und ging einfach auf die Eingangstür zu.

»Warum wollen Sie denn bei dem Juden kaufen?«, fragte er und stellte sich uns in den Weg. Ich erstarrte. Für einen Moment wusste ich nicht, wie ich mich verhalten sollte. Ich entschloss mich, so zu tun, als hätte ich ihn nicht verstanden.

»Excuse me, Sir?«, fragte ich auf Englisch. Der junge Mann machte große Augen. »I don't understand you.«

»Ausländerpack«, knurrte er, ließ uns aber durch.

»Was war denn das?«, fragte Darren verwundert, als wir die Tür hinter uns gelassen hatten.

»Ich weiß nicht, was in die Leute gefahren ist«, antwortete ich aufgewühlt.

»Warum hast du englisch mit ihm gesprochen?«

»Weil ich so tun wollte, als hätte ich das, was er gesagt hat, nicht verstanden.«

»Was hat er denn gesagt? Wollte er dir ein unmoralisches Angebot machen?«

Ich schüttelte den Kopf. »Nein. Er wollte mich abhalten, hier zu kaufen.«

»Entschuldigen Sie bitte«, sagte eine etwas unsichere Frauenstimme. »Kann ich Ihnen helfen?«

»Ja, ich ...« Ich blickte auf. Die junge Verkäuferin hörte sich nicht nur verschreckt an, sie wirkte auch so. Erst jetzt fiel mir auf, dass kaum jemand in dem Kaufhaus war. Nahmen sich die Leute wirklich das Schild von diesem Mann da draußen zu Herzen? Hörten sie auf ihn und ließen sich einschüchtern?

»Ich bin auf der Suche nach einer schwarzen Bluse. Meine Mutter ist gestorben und ...«

Die junge Frau starrte mich an. »Das ... das tut mir leid.«

»Ich war früher oft mit ihr hier.«

»Das ... war sehr nett«, gab sie zurück, und nachdem sie der Tür noch einen ängstlichen Blick zugeworfen hatte, bedeutete sie uns, ihr zu folgen.

Ich rang mit mir. Sollte ich sie fragen, was da vor sich ging?

Auch in der Damenabteilung war kaum jemand zu sehen. Nur eine ältere Kundin stand an einem der Kleiderständer.

Die Verkäuferin brachte uns zu einem Sofa und hieß uns, Platz nehmen. Solch eine Behandlung wurde sonst nur den Stammkundinnen zuteil. Meine Mutter und ich hatten nicht dazugehört. Aber offenbar hatte sie jetzt Zeit.

Wenig später erschien sie mit einem Kleiderständer auf Rollen, an dem verschiedene Blusenmodelle hingen. Einige waren mit Rüschen besetzt und wirkten beinahe ein wenig altmodisch. Daneben gab es aber auch schmaler und schlichter geschnittene Modelle.

»Hier haben wir alles, was wir derzeit an schwarzen Blusen führen. Wenn Sie mögen, lasse ich sie Ihnen vorführen.«

»Nicht nötig«, sagte ich schnell, denn ich wollte ihr nicht noch irgendwelche Umstände machen. »Ich schaue sie mir an und probiere sie, wenn mir eine gefällt.«

Die junge Frau nickte und trat einen Schritt zurück. Dabei faltete sie die Hände vor dem Schoß und senkte den Blick.

Beklommenheit überkam mich, während ich die Blusen betrachtete, eine nach der anderen vom Bügel nahm und mich fragte, ob sie für den Anlass passend war. Die Stille des Kaufhauses wirkte merkwürdig. In New York schien die Luft vor Stimmen und leiser Hintergrundmusik zu vibrieren. Doch hier fühlte es sich an wie in einem Mausoleum.

»Wie ... wie lange steht dieser Mann schon vor Ihrer Tür?«, fragte ich schließlich.

»Welcher Mann?«, erwiderte sie, doch ihre Stimme zitterte. Sie wusste, wen ich meinte.

»Der Mann mit dem Schild«, sagte ich. »Der Mann, der versucht, die Leute davon abzuhalten, hier reinzugehen.«

Die Verkäuferin begann, unruhig an dem Gürtel ihres Kleides zu nesteln. »Er hält nicht alle ab«, antwortete sie vorsichtig. »Unseren jüdischen Kunden ist es erlaubt, hier einzukaufen.«

»Und den anderen? Ich meine, jene, die keine Juden sind?«

»Sie können natürlich auch kommen, aber ...« Sie atmete zitternd durch. »Es ist besser, ich erzähle Ihnen nicht mehr ... Sie wissen ja sicher, wie es geworden ist seit einigen Jahren.«

»Nein, das weiß ich nicht«, gab ich zurück. »Ich lebe seit Langem in Amerika.« Ich war froh, dass ich so getan hatte, als würde ich ihn nicht verstehen. Wer weiß, wie er uns sonst noch bedrängt hätte.

»Nun, da haben Sie wohl Glück ...« Sie stieß ein unsicheres

Lachen aus. »Mein Onkel ist auch nach Amerika gegangen. Er möchte, dass wir nachkommen, aber ... wir können doch hier nicht einfach alles hinter uns lassen, nicht wahr?«

Ich hätte ihr gern erzählt, dass ich schon alles hinter mir gelassen hatte. Doch es war nicht dasselbe. Ich wurde von meinem Vater verstoßen, und hier stand ein Fremder vor der Tür, der dem Kaufhaus offenbar das Geschäft vermiesen wollte.

»Und wenn Sie die Polizei rufen? Damit sie den Mann entfernen?«

»Sie würden ihn nicht entfernen«, sagte sie. »Jetzt ist es hier so. Und wir haben Glück, dass wir das Kaufhaus offen halten dürfen. In anderen Läden war es noch schlimmer. Sie hatten gar keine Kunden mehr und mussten schließen. Bei welchen, die nicht schließen wollten, wurden die Scheiben eingeschlagen. Aber dieses Kaufhaus ist einiges wert. Sie trauen sich nicht, es zu zerstören. Jedenfalls jetzt noch nicht.«

Ein eisiger Schauer lief über meinen Rücken. *Jetzt ist es hier so.*

»Und warum?«, sprach ich meinen Gedanken laut aus.

Der Blick des Mädchens wurde resigniert. »Sie halten uns für wertlos. Damit werden wir von nun an leben müssen. Überall im Land verlieren Juden ihre Arbeit. Ein neues Gesetz besagt, dass im öffentlichen Dienst keine Juden angestellt sein dürfen. Auch mein Bruder hat daraufhin seinen Posten bei der Stadtverwaltung verloren.«

Ich schüttelte ungläubig den Kopf. »Das darf doch nicht wahr sein!«

Das Mädchen lächelte traurig. »Es ist nett von Ihnen, dass Sie das so sehen. Aber ich denke mir das nicht aus. Fragen Sie ruhig in der Stadt. Sie werden in keiner Behörde, keinem Krankenhaus und auch sonst nirgendwo mehr einen Juden in Anstellung finden. Und wer weiß, vielleicht verschwinden auch bald die Geschäfte.«

Ihre Worte erschütterten mich derart, dass ich dazu nichts sagen konnte.

Die Verkäuferin schwieg einen Moment lang nachdenklich, dann seufzte sie und sagte mit geschäftsmäßiger Stimme: »Wir können Ihnen einen kleinen Rabatt auf die Blusen geben, wenn Sie mehr als eine nehmen.«

Ich wusste nicht, wozu ich zwei schwarze Blusen gebrauchen konnte, doch weil mir das Mädchen und die Besitzer des Kaufhauses leidtaten, wählte ich zwei Modelle aus.

Sie verschwand damit in Richtung Kasse, und wir folgten ihr.

Als wir das Kaufhaus verließen, stand der junge Mann immer noch da, aber das Schild hatte er in die Ecke gestellt. Mit großen Bissen verzehrte er eine Stulle, deren Käsegeruch ich von Weitem wahrnehmen konnte. Er würdigte uns glücklicherweise keines Blickes.

»Lass uns zu Herrn Balder fahren«, sagte ich und hakte mich bei Darren unter. Rasch entfernten wir uns von dem Kaufhaus. In meinem Kopf waren auf einmal so viele Worte, doch ich wagte nicht, sie hier draußen, wo mich vielleicht doch jemand verstand, auszusprechen.

Wir nahmen die Untergrundbahn und fanden uns eine halbe Stunde später in Charlottenburg wieder. Die Sonne schien auf die Straße, die bevölkert war von Spaziergängern. Mir fiel auf, dass die Mode sich hier deutlich von der in New York unterschied. Dort waren die Frauen in grellbunten Kleidern unterwegs, wenn sie sich diese leisten konnten. Und selbst wenn nicht, machten sie aus dem, was sie hatten, das Beste. Sie schminkten sich und banden sich bunte Schleifen ins Haar. Sie legten ihre Haare in weiche Wellen und trugen Parfüm, selbst wenn es nur wenige Cent kostete.

Die Frauen, die mir jetzt entgegenkamen, wirkten anders.

Die Mäntel waren irgendwie farb- und formlos, und die Haare ... Ich sah kaum noch Bubiköpfe oder andere elegante Frisuren. Alles sah einheitlich aus, gesichtslos.

Ich erinnerte mich an das, was Fräulein Rieker gesagt hatte: Frauen, die Angst hatten, sich Make-up zu kaufen, beunruhigten mich. Wo waren die Zeiten geblieben, in denen sich die Frauen gern gezeigt hatten und in der Öffentlichkeit geschminkt waren?

Ich spürte ihre Blicke, als sie an mir vorbeigingen, und fühlte mich beinahe nackt. Dabei waren sie es, auf deren Gesichtern keinerlei Farbe zu finden war bis auf eine leichte Bräune von der Sonne. Madame hätte diesen Look gehasst.

Wir hatten noch ein wenig Zeit, und so suchten wir uns ein Café in der Nähe des Notariats. Da es ein Wochentag war, herrschte hier nur wenig Betrieb. Lediglich ein paar ältere Herren saßen auf den Sofas und studierten ihre Zeitung. Es war beinahe ein wenig wie damals, wenn ich mich in ein Café in der Nähe der Universität zurückzog. Sehnsucht nach meinem Studium überkam mich. Bis ich Georg begegnete, war es eine recht unbeschwerte Zeit gewesen, eine Zeit voller Hoffnung.

Wir nahmen an einem freien Tisch Platz und orderten Kaffee und eine Karaffe Wasser.

»Du bist so still«, bemerkte Darren, nachdem der Kellner verschwunden war.

»Mir gehen einige Dinge durch den Kopf«, sagte ich.

»Du meinst, wegen des Kaufhauses?«

»Wegen des Kaufhauses, Fräulein Rieker ... Ich habe dergleichen noch nie gesehen oder gehört. Ich meine, jemand, der mit einem geschäftsschädigenden Schild vor einem Kaufhaus steht? Was meinst du, wie lange würde der sich vor Macy's halten?«

»Nicht sehr lange, denn der Sicherheitsdienst würde ihn

umgehend entfernen. Oder besser gesagt, er würde eine Abreibung bekommen.«

»Aber hier … Niemand scheint sich dafür zu interessieren. Und die Verkäuferin hatte Angst. Auch wenn sie versuchte, sich das nicht anmerken zu lassen.«

Die Nachmittagssonne schien hell und klar von einem beinahe wolkenlosen Himmel, aber in meiner Seele verdunkelten dicke Wolken das Licht, als ich die Treppe zum Notarbüro erklomm. Ein wenig erinnerte mich der Aufgang an den zur Praxis von Frau Dr. Sahler, die vor mehr als acht Jahren meine Schwangerschaft festgestellt hatte.

Allerdings roch es hier nicht nach Karbol, sondern nach Bohnerwachs. Gedämpfte Stimmen ertönten hinter der Tür, an die ich wenig später klopfte.

Die junge Frau, die mir öffnete, hatte ihr Haar streng zurückgekämmt und zu einem Chignon gebunden. Sie trug eine blaue Bluse mit Matrosenkragen zu einem überknielangen Rock.

»Was kann ich für Sie tun?«

»Mein Name ist Sophia Krohn, ich habe einen Termin bei Herrn Dr. Balder.«

Ein wissender Ausdruck erschien in ihren Augen. Sie bat mich, noch einen Moment im Warteraum Platz zu nehmen.

Ich ließ meinen Blick über die Fassade des gegenüberliegenden Hauses schweifen. Eines der Fenster dort war geöffnet, und eine weiße Gardine flatterte immer wieder heraus. Es war, als wollte sie mir winken.

Darren war draußen geblieben, er wollte sich die Häuser in der Gegend anschauen. Ein wenig wünschte ich jetzt doch, ihn mitgenommen zu haben.

»Fräulein Krohn?«

Ich wandte mich um. Dr. Balder war ein großer Mann mit breiten Schultern und kräftigen Armen. Auf den ersten Blick konnte man ihn für einen Ringer halten. Er trug eine silberne Nickelbrille auf seiner Nase, die beinahe ein wenig klein für sein breites Gesicht wirkte. Inmitten braun gebrannter Haut leuchteten graue Augen. Sein Haar, das schon ein wenig schütter war, hatte beinahe seine gesamte Farbe verloren. Nur hier und da schimmerte noch ein wenig Dunkelblond hindurch.

Der Notar musterte mich von Kopf bis Fuß, als hätte er eine Erscheinung.

»Es ist lange her, wie ich sehe«, sagte er und streckte mir seine kräftige Hand entgegen. »Sie sind bei Weitem nicht mehr das junge Mädchen, das ich im Haus Ihrer Eltern kennengelernt habe.«

Damals trug ich eine hässliche Brille, und mein Gesicht war von Akne beinahe entstellt. Da war es keine Kunst, anders und sogar besser auszusehen. Aber natürlich freute mich dieses Kompliment. Wäre meine Mutter nicht gestorben, hätte ich diese Freude auch besser zum Ausdruck bringen können.

»Ja, es ist viel Zeit vergangen«, sagte ich nur. »Ich freue mich, dass Sie Zeit für mich haben.«

»Immer gern.« Balder bedeutete mir mitzukommen.

Das Büro war von mildem Nachmittagslicht erfüllt, in dem kleine Staubpartikel tanzten. Die Luft roch nach Holz, Papier und einer leichten Kaffeenote. Die Dielen knarzten unter meinen Füßen, während ich zum Schreibtisch schritt, vor dem zwei gepolsterte Stühle standen.

»Nehmen Sie doch bitte Platz!«, sagte Balder, während er sich auf seinen Stuhl hinter dem Schreibtisch begab.

Mit einem beklommenen Gefühl in der Brust ließ ich mich nieder.

Der Tod meiner Mutter fühlte sich immer noch unreal an. Daran würde sich auch nichts ändern, solange ich nicht ihren Grabstein gesehen hatte.

»Also«, begann Balder, gefolgt von einem lang gezogenen

Seufzen. »Es fällt mir eigentlich nicht schwer, ein Testament zu eröffnen, doch in Ihrem Fall ...«

»Bitte, Herr Balder«, entgegnete ich. »Ich weiß nicht, was mein Vater Ihnen gesagt hat. Aber in den vergangenen Jahren ist es mir gelungen, mir ein gutes Leben aufzubauen. Ich habe eine Anstellung, ich habe viel Verantwortung übernommen. Ich habe etwas aus mir gemacht. Und das, obwohl mein Vater der Meinung war, ich würde in der Gosse landen.«

Ein Zittern rann durch meinen Körper. Das alles gehörte nicht hierher. Und Herr Balder hatte es auch nicht verdient, den Ärger abzubekommen, den eigentlich mein Vater verdient hatte.

Ich atmete tief durch. »Entschuldigen Sie bitte.«

»Schon gut«, sagte Balder. »Wir haben alle unser Kreuz zu tragen. Lassen Sie uns doch sehen, was Ihre Mutter Ihnen mitgeben wollte.«

Er sagte nicht »vererbt hat«. Er sagte »mitgeben wollte«. Ich lehnte mich zurück und beobachtete, wie er den Umschlag hervorzog und das Kästchen danebenstellte, das er am Telefon erwähnt hatte. Es hatte die Größe einer Zigarrenschachtel. Unwillkürlich erinnerte ich mich an die Zigarrenschachteln meines Vaters. Mein Mund wurde trocken.

»Ich verlese nun den Letzten Willen von Elisabeth Krohn, geborene Gründling, geboren am 21. März 1883, verschieden am 5. März 1934.« Der Notar machte eine kurze Pause, dann fuhr er fort.

»Liebe Sophia,

es tut mir leid, dass unser Leben so gelaufen ist, wie es sich Dir darstellt. Ich möchte Dich zuallererst um Verzeihung bitten für alles, was ich getan habe und was ich nicht getan habe. Während meiner Krankheit, in meinem Krankenzimmer, habe ich viel Zeit gehabt, um nachzudenken. Der Verlust meiner Tochter hat mich mehr geschmerzt als der Krebs, der mich langsam zerfressen hat. Ich habe so gehofft, dass Du kommen würdest, doch wie hättest Du das wissen sollen? Ich habe Deinen Vater gebeten, Dich zu benachrichtigen. Doch er wollte es nicht tun. So bleibt mir nur dieser Brief, um mich von Dir zu verabschieden.«

Als ich aufschluchzte, hielt der Notar inne. Er öffnete die Schublade seines Schreibtisches und holte ein frisch gebügeltes Taschentuch hervor.

»Danke«, wimmerte ich und wischte mir über die Wangen. »Es geht gleich wieder. Es ist nur ... meine Mutter ... diese Krankheit ...« Ich blickte ihn aus tränenverschleierten Augen an.

»Ihre Mutter war sehr tapfer. Ich war an ihrem Krankenbett, um diesen Brief aufzunehmen. Sie hatte keine Kraft mehr, selbst zu schreiben.«

Ich versuchte, mir meine Mutter in einem Krankenhaus vorzustellen. In einem Bett wie dem im Pariser Hospital. Mutter war nie krank gewesen. Und dann hatte sie gleich dieses furchtbare Leiden erwischt.

»Bitte fahren Sie fort«, sagte ich und knüllte das Taschentuch in meiner Faust zusammen. Ich wollte unbedingt raus hier, denn meine Brust fühlte sich an, als würde ein Stein darauf liegen. Aber das war mir erst möglich, wenn der Brief meiner Mutter verlesen war und ich mein Erbe erhalten hatte. Natürlich hätte ich auch davonlaufen können, doch das war nicht meine Art. Ich wäre nicht davongelaufen, wenn Vater mich nicht aus dem Haus geworfen hätte.

Dr. Balder betrachtete mich einen Moment lang mitfühlend, dann las er weiter.

»Ich, Elisabeth Krohn, vermache Dir meine Ersparnisse, meinen Schmuck und die kleine Schatulle. Sie enthält all die Briefe, die Du mir

geschrieben hast. Nicht alle habe ich vor Deinem Vater in Sicherheit bringen können. Wenn er sie aus dem Postkasten zog, landeten sie gleich im Feuer, ohne dass ich die Möglichkeit hatte, sie zu lesen. Dennoch sind so viele durchgekommen! Und Du kannst mir glauben, ich hätte gern zurückgeschrieben, aber Dein Vater hat es mir nicht erlaubt, obwohl ich Dir längst verziehen hatte. Doch gab es überhaupt etwas zu verzeihen? Du hast einen Fehler gemacht, einen Fehler, der Deiner Jugend geschuldet war. Du hättest eine Chance verdient gehabt. Aber ich war zu schwach, sie Dir zu geben.
Heinrich war unerbittlich. Nachdem er einen Deiner Briefe in die Hand bekommen hatte, begann er, peinlich genau auf das Haushaltsgeld zu schauen und die Briefmarken in seinem Arbeitszimmer wegzuschließen. Er bat mich, im Laden auszuhelfen, auch auf die Gefahr hin, dass in der Wohnung alles liegen blieb. Wenn ich abends erschöpft aus dem Geschäft kam, wartete die Hausarbeit. Danach hatte ich keine Kraft mehr. Um des lieben Friedens willen habe ich davon abgesehen, Dir zu antworten. Kannst Du Dir vorstellen, wie es gewesen ist?«

Dr. Balders Stimme zitterte. Ich spürte, wie diese Worte seine Seele berührten. Wahrscheinlich hatte auch er immer ein anderes Bild von meinem Vater gehabt. Er bemühte sich hörbar um Contenance.

»Oftmals habe ich darüber nachgesonnen, wie ich Dich erreichen könnte. Aber Dein Vater ließ mich kaum aus den Augen. Mit der Zeit wurde er immer misstrauischer, und schließlich beschloss er, in einen anderen Stadtteil zu ziehen. Ich habe versucht, mich dagegen zu wehren, aber erfolglos. Eine Frau wie ich hat nicht viele Möglichkeiten. Auch wenn ich Dir jetzt ein kleines Erbe geben kann, eine Summe, die vorrangig aus dem Verkauf meines Schmucks stammt, mit dem ich Dr. Balder beauftragt hatte, hätte es nicht gereicht, mich von Heinrich zu lösen und ein eigenständiges Leben zu führen.

So trug Heinrichs Versuch, Dich aus unserem Leben fernzuhalten, Früchte.
Ich habe Deine Briefe gelesen, wieder und wieder, wenn mich die Sehnsucht nach Dir packte. Ich habe mitverfolgt, dass Du bei Henny warst, dass Du mit ihr nach Paris gegangen bist. Ich habe Deinen Verlust miterlebt, den Tod meines Enkels. Wie gern hätte ich ihn kennengelernt! Wie sehr habe ich mir gewünscht, dass er am Leben geblieben wäre. Dass ich zu Dir hätte kommen können.
Doch all das ist nicht geschehen. So kann ich nur noch hoffen, dass ich Dich im Himmel wiedersehe. Ich hoffe, dass Du eines Tages wieder mit Deinem Vater sprechen kannst. Ich habe ihm das, was er mir angetan hat, verziehen, und ich hoffe, das kannst Du eines Tages auch.
Ich liebe Dich, mein Kind.
Deine Mutter«

Stille folgte seinen Worten. Draußen vor dem Fenster zwitscherten ein paar Spatzen überlaut, als würden sie sich streiten. Sogar durch das geschlossene Fenster waren sie zu hören.

Mein Herzschlag donnerte in meinen Ohren. Dazwischen echoten die Worte meiner Mutter. Sie hätte mir vergeben. Sie hatte mir vergeben! Nur mein Vater hatte sie davon abgehalten, zu mir Kontakt aufzunehmen.

Offenbar war er so verbittert, dass er sie an meiner statt hatte büßen lassen. Er hatte sie wie eine Gefangene behandelt! Er hatte sie kontrolliert, ihr wahrscheinlich auch Angst gemacht. Und dann war er umgezogen, damit ich sie ja nicht erreichen konnte. Was war nur in ihn gefahren?

Ich unterbrach meine Gedanken, als ich erneut die Tränen aufsteigen fühlte. Hier war nicht der richtige Ort dafür. Ich würde draußen darüber nachdenken können. Und wenn es notwendig war, würde ich weinen. Denn draußen würde ich nicht allein sein. Darren war da. Er würde mich auffangen.

»Nehmen Sie das Erbe Ihrer Mutter an?«, fragte Dr. Balder, sichtlich bewegt.

»Ich nehme das Erbe an«, antwortete ich. »Aber ... wie haben Sie mich denn eigentlich gefunden?« Ich hatte meinen Eltern die Adresse in Maine mitgeteilt, aber Vater hatte den Brief vermutlich sofort vernichtet.

»Ich habe Sie behördlich suchen lassen.«

»Sie hätten bei Elizabeth Arden fragen können«, gab ich zurück, immer noch um Fassung ringend. »Ich arbeite dort, müssen Sie wissen ... Ich hatte es meiner Mutter geschrieben.«

Balder schüttelte den Kopf. »Tut mir leid, davon hat sie nichts erwähnt.«

Ich konnte mir vorstellen, warum. »Weil mein Vater den Brief sicher abgefangen hat.« Wütend presste ich die Lippen zusammen, denn ich wollte vor Balder keine Verwünschungen aussprechen, auch wenn mein Vater sie zweifelsohne verdient gehabt hätte.

Der Notar blickte mich betroffen an, dann schob er mir einige Papiere zu. »Unterschreiben Sie bitte. Danach dürfen Sie das Kästchen mitnehmen. Die Anweisung des Geldes veranlasse ich noch heute. Es sind gut tausend Rentenmark.«

»Tausend?« Diese Summe schien mir enorm zu sein. Ich kannte Mutters Schmuck. Sie hatte viele Erbstücke von ihrer Großmutter besessen, teilweise aus Gold mit echten Edelsteinen. Meine Mutter hatte sich stets geweigert, die Juwelen abzugeben, auch wenn das im Großen Krieg gefordert worden war. Damals hatte mein Vater sie noch unterstützt ... Und jetzt waren all diese Stücke fort, weil sie mir eine Erbschaft hinterlassen wollte. Mir zerriss es das Herz.

»Ich habe versucht, den besten Preis zu bekommen«, sagte Balder.

»Und mein Vater? Hat er das einfach so erlaubt?«

»Er wusste es nicht. Ihre Mutter gab mir den Schlüssel und sagte mir, wo ich die Schmuckstücke finden kann.«

»Dann sind Sie also wie ein Dieb in die Wohnung geschlichen?«

»Nicht wie ein Dieb. Auf Anordnung und mit Erlaubnis Ihrer Mutter. Glauben Sie mir, ich hatte kein gutes Gefühl dabei. Als Ihr Vater erfuhr, dass der Schmuck weg ist, hat es ein Donnerwetter gegeben.«

Mehr und mehr fragte ich mich, warum Dr. Balder mir riet, mit Vater zu reden. Das, was Heinrich Krohn getan hatte, war unverzeihlich. »Hat er Ihnen Schwierigkeiten gemacht?«

»Nein«, antwortete Dr. Balder, »denn er wusste nicht, wer den Schmuck verkauft hat. Ich war sehr diskret. Als es ans Licht kam, dass Ihre Mutter ein Testament nur für Sie aufgesetzt hat, wurde er natürlich ungehalten.«

Wie es aussah, wenn Vater ungehalten wurde, wusste ich nur allzu gut.

Ich schüttelte den Kopf. In meinem Leben war schon viel Ungewöhnliches passiert, aber dass mein Vater zu einem Gefängniswärter mutieren und unser Notar den Schmuck meiner Mutter heimlich aus der Wohnung holen musste, war unglaublich.

Mit zitternden Fingern griff ich nach dem Federhalter und setzte meinen Namen unter diverse Papiere, die Dr. Balder daraufhin wieder an sich nahm.

»Warum haben Sie mir geraten, mit meinem Vater zu sprechen?«, fragte ich. »Nach allem, was er meiner Mutter angetan hat.«

Der Notar atmete schwer durch. »Ich glaube, Ihr Vater ist krank. Auf den ersten Blick mag er normal wirken, aber ich fürchte, hinter all dem, was er getan hat, steht eine tief greifende Störung.«

»Sie meinen, mein Vater ist verrückt geworden?«

»Nein, das sicher nicht. Er scheint bei klarem Verstand zu sein. Aber seine Handlungen gegenüber Ihrer Mutter ... Es wäre vielleicht anzuraten, dass er einen Arzt aufsucht, der auf so etwas spezialisiert ist. Ich bin allerdings nicht in der Position, ihn dorthin zu schicken. Das kann nur seine Tochter.«

»Wenn Sie ihn fragen würden, würde er sagen, er habe keine Tochter mehr«, gab ich rau zurück. Meine Brust schmerzte, beinahe genauso schlimm wie an dem Tag, als ich die Nachricht von Mutters Tod erhalten hatte.

»Versuchen Sie es wenigstens. Wenn Ihrem Vater etwas zustößt ... Sie würden sich bestimmt Vorwürfe machen.«

Ich war schon versucht, Nein zu sagen, aber ich hielt inne. Was sollte meinem Vater zustoßen?

»Meinen Sie, er könnte sich etwas antun?«

»Nein, ich glaube nicht, dass er so weit gehen würde. Aber wenn ihm ein Unglück widerfährt ... Er ist der einzige Mensch, den Sie noch haben.«

»Er hat meine Mutter wie eine Gefangene gehalten!«, entgegnete ich.

»Das mag sein, aber das ist möglicherweise Ausdruck seiner Krankheit. Er ist immer noch Ihr Vater.«

Ich blickte Balder entgeistert an. Soeben noch hatte man ihm deutlich die Rührung beim Brief meiner Mutter angesehen. Und jetzt plädierte er dafür, dass ich meinen Vater aufsuchte und überredete, zu einem Arzt zu gehen?

»Ich werde sehen, was ich tun kann«, entgegnete ich der Einfachheit halber und erhob mich. Es brachte nichts, mit einem Fremden über die Verfehlungen meines Vaters zu diskutieren, auch wenn Herr Balder eindeutig auf der Seite meiner Mutter war. Es würde meine Entscheidung sein, ob ich Vater aufsuchte oder ihn dorthin wünschte, wo der Pfeffer wuchs. »Brauchen Sie noch etwas von mir?«

»Nein.« Dr. Balder erhob sich ebenfalls. »Sie dürfen das

Kästchen mitnehmen. Und hinterlassen Sie bei Fräulein Weber bitte eine Kontoverbindung, damit wir Ihnen die Summe anweisen können.«

»Vielen Dank, Herr Balder!« Wir reichten uns die Hand, dann klemmte ich mir das Kästchen unter den Arm und öffnete die Tür.

Ich ließ mir Zeit, die Treppen hinunterzusteigen. Das Kästchen in meiner Hand wog schwer. Nicht vor Gewicht, sondern vor Bedeutung.

Wie sehr hatte ich mich danach gesehnt, von meinen Eltern eine Antwort auf meine Briefe zu bekommen! Möglicherweise hätte das mein Leben wesentlich leichter machen können. Und wenn ich erfahren hätte, wie es um meine Mutter stand … Ich wäre für sie da gewesen.

Dieser Gedanke nahm mir den Atem, sodass ich stehen bleiben und mich gegen die Wand lehnen musste.

Mein Vater … Was er getan hatte, war unfassbar! Mutter wie Besitz zu behandeln, ihre Schritte und Handlungen zu kontrollieren, damit sie ja nicht auf die Idee kam, mich zu kontaktieren. Hatte er es für solch eine Tat verdient, dass ich mir Gedanken um ihn machte? War es nicht egal, wie es ihm ging, wenn ihm schon gleichgültig war, wie er Mutter behandelte?

Endlich konnte ich meinen Weg fortsetzen. Der Zorn auf meinen Vater trieb mich an.

Als ich das Gebäude verließ, kamen mir ein paar junge Männer in braunen Hemden entgegen. Sie blickten mich an, musterten mich so eindringlich, dass es mir beinahe unangenehm war, dann gingen sie an mir vorbei. An ihren Armen hatten sie Binden, die das Hakenkreuz zeigten.

Einer von ihnen brummte etwas, das ich nicht verstand. Die anderen lachten. Ich erstarrte. Möglicherweise war es nichts

Schlechtes gewesen, doch ich hatte ein ungutes Gefühl. Allein die Ausstrahlung dieser Männer war so roh, so brutal. Wenn ich solche Typen in der Subway sehen würde, würde ich wahrscheinlich warten, bis ein anderer Zug kam.

Im nächsten Augenblick tauchte Darren auf. Offenbar hatte er eine Runde ums Karree gedreht. »Wie ist es gelaufen?«

»Gut. Wenn man das unter diesen Umständen behaupten kann.« Ich hob das Kästchen in die Höhe. Meine Knie zitterten noch immer, und über mein Herz hatte sich ein trauriger Schleier gesenkt. »Meine Mutter hat mir das hier hinterlassen. Und etwas Geld.«

»Was ist da drin?«, fragte Darren.

»Briefe. Meine Briefe«, antwortete ich. »Jedenfalls die, die meine Mutter zu sehen bekommen hat.« Ich schilderte Darren, was ich beim Notar erfahren hatte. Als ich fertig war, sah ich, dass er betroffen die Lippen zusammenpresste.

»Was soll ich jetzt tun?«, fragte ich. »Wirklich zu ihm gehen?«

»Ich hätte Angst, dass du ihn in der Luft zerreißt«, gab Darren zurück. »Jedenfalls hättest du das Recht dazu nach allem, was er deiner Mutter angetan hat.«

Damit lag er nicht falsch. Ich hatte tatsächlich große Lust dazu. Doch in meinem Inneren breitete sich eine traurige Schwere aus, eine Dunkelheit, wie ich sie zuletzt beim Verlust meines Sohnes verspürt hatte.

»Ich möchte zurück zum Arden-Haus«, brachte ich nur noch hervor. »Ich möchte nicht mehr draußen sein. Ich muss nachdenken.«

»Okay«, sagte Darren und nahm meine Hand. »Ich bringe dich zurück. Und wenn ich etwas für dich tun kann, sag es mir. Ich erfülle dir jeden Wunsch.«

Ich blickte zu Darren und spürte eine unglaubliche Wärme

in meiner Brust. Für einen Moment schien alles von mir abzurücken, die Trauer, die Angst, der Zorn. Ich sah nur noch Darren und war froh, dass er bei mir war.

46. Kapitel

Die folgenden zwei Stunden verbrachte ich vor dem Kästchen und starrte auf den bunt bemalten Deckel.

Die Trauer um meine Mutter brannte lichterloh in mir. Wieder und wieder sah ich sie in einem imaginären Krankenbett vor mir und wünschte, bei ihr gewesen zu sein.

All meine Briefe, die Mutter bekommen hatte ... Wenn sie doch nur die Möglichkeit gehabt hätte, wenigstens auf einen davon zu antworten! Wenn sie doch nur den Mut besessen hätte ...

Aber ich konnte ihr keinen Vorwurf machen. Der Zorn meines Vaters war groß, und neben der Angst war sie als seine Ehefrau angehalten, ihm gegenüber loyal zu sein. Doch es war schlimm, dass er diese Loyalität von ihr gefordert hatte.

Sollte ich wirklich zu Vater gehen? Versuchen, mit ihm zu reden? Ich war nicht sicher.

Das, was ich erfahren hatte, entzog mir kontinuierlich die Kraft. Als Darren auftauchte und fragte, ob wir nicht essen gehen wollten, schüttelte ich den Kopf.

»Soll ich dann schauen, ob ich etwas auftreiben kann? Sicher gibt es hier so etwas wie einen Deli.«

Ich hatte keinen Appetit, doch ich wusste sein Angebot zu schätzen. »Im Bahnhof Zoologischer Garten gibt es sicher etwas. Vielleicht versuchst du es dort?«

Darren lächelte, sichtlich froh darüber, etwas für mich tun zu können.

Als er gegangen war, legte ich mich aufs Bett. Noch immer konnte ich nicht fassen, dass mein Vater sich in einen fast krankhaften Wahn gesteigert hatte. Was hatte er davon, meine Mutter davon abzuhalten, Kontakt zu mir aufzunehmen? War sie vielleicht deshalb krank geworden?

Über mein Nachdenken fielen mir die Augen zu, und ich versank in einen merkwürdigen Traum.

Ich lief über einen Friedhof, der mir unbekannt war, eine Laterne in meiner Hand. Ringsherum dämmerte es, und die Wege waren nur noch schwer zu erkennen.

Offenbar suchte ich nach etwas, doch wonach, wusste ich im Traum selbst nicht. Nach einer Weile entdeckte ich Grabstellen, die teilweise schon sehr verwittert waren. Die Schrift auf den meisten Steinen war nicht mehr zu entziffern, zu dick war die Moosschicht.

Ich lief und lief, und der Boden unter meinen Füßen wurde immer weicher und schlammiger, so als hätte es gerade geregnet.

Da entdeckte ich etwas Weißes zwischen den Bäumen. Fast magisch angezogen, änderte ich meine Richtung und ging dorthin. Im Schein einer Laterne, die von einem der Bäume hing, entdeckte ich ein weißes Bett. Ich fragte mich, wer frisch gewaschene Bettwäsche einfach so auf schlammigen Boden legte, als eine Gestalt von der Seite auftauchte. Ich wandte mich um und erkannte meine Mutter. Sie trug ein altertümliches Nachthemd und war jünger, als ich sie zuletzt in Erinnerung hatte. Sie sah beinahe aus wie ich.

»Ich habe so lange auf dich gewartet«, sagte sie und legte

sich, ohne ein weiteres Wort zu verlieren, in das Bett auf dem Boden.

»Aber ich bin hier, Mama«, hörte ich mich rufen. »Ich bin hier, siehst du mich nicht?«

Meine Mutter reagierte nicht darauf. Sie schloss die Augen und schlief ein.

Mit pochendem Herzen schreckte ich hoch. Die Traumbilder wichen zurück, und mir wurde klar, dass ich mich in meinem Zimmer bei Miss Arden befand. Und dass es der frühe Abend desselben Tages war.

Ich erhob mich und setzte mich an den Schreibtisch. Mit einem entschlossenen Handgriff öffnete ich das Kästchen und zog die Briefe heraus. Es waren zahlreiche, auch wenn ich es mit der Zeit aufgegeben hatte, meinen Eltern zu schreiben.

Schlechtes Gewissen überkam mich. Möglicherweise hätten die Briefe sie nie erreicht, aber ich hatte es auch nicht mehr versucht ... Ich hatte aufgegeben, meine Hoffnung auf Versöhnung, meine Mutter ...

Ich blickte auf die Briefe und erkannte, wie sehr sich meine Handschrift in den vergangenen acht Jahren verändert hatte. Wirkte sie auf dem ersten Brief noch etwas kindlich, war die Schrift des letzten die einer erwachsenen Frau.

Wie ich sehen konnte, war der Brief, in dem ich von meiner Anstellung bei Miss Arden berichtete, tatsächlich nicht dabei. Vater hatte ihn in die Hand bekommen und wahrscheinlich vernichtet. Anschließend war er wohl zu dem Schluss gelangt, dass die Post von mir erst aufhören würde, wenn er fortzog und es keine Möglichkeit mehr für mich gab, sie zu erreichen.

Dann sah ich noch etwas. Neben meinen Briefen lagen weitere in dem Kästchen. Sie steckten in Umschlägen, die allerdings nicht adressiert waren. Ich zog einen von ihnen hervor und klappte die Lasche auf.

Meine liebe Sophia, las ich, *obwohl ich nicht weiß, wann Dich mein Brief erreichen wird und ob er überhaupt je in Deinen Händen liegen wird …*

Ich presste die Hand gegen den Mund. Ein leises Wimmern drang aus meiner Kehle. Mutter hatte mir geschrieben! In dem Kästchen steckten nicht nur meine Briefe, sondern auch ihre Antworten. Ich konnte es nicht fassen. Meine Mutter sprach zu mir!

Ein Klopfen an der Tür riss mich aus meinen Gedanken. Auf meinen Ruf hin trat Darren ein. In seiner Hand hielt er eine Papiertüte.

»Eins muss man sagen, die Delis hier sind nicht dasselbe wie bei uns. Aber die Bäckereien sind wunderbar. Ich habe dir etwas von dort mitgebracht.«

Ich öffnete die Tüte und fand eine große Streuselschnecke. Der Anblick ließ mir die Tränen in die Augen schießen.

»Was ist denn?«, fragte Darren besorgt. »Habe ich was falsch gemacht? Dieser Kuchen hier sah lecker aus, er hat was von den Zimtschnecken, die es bei uns gibt.«

»Nein«, schluchzte ich und wischte mir die Tränen von den Wangen. Vergeblich, sie liefen immer weiter. »Es ist nur so … meine Mutter … Sie ging manchmal mit mir zum Bäcker und kaufte mir eine Streuselschnecke.«

»Oh!«, machte Darren. »Ich … ich wusste das nicht. Ich kann sie auch selbst essen, kein Problem.«

»Nein, ist schon gut«, sagte ich. Das Schluchzen legte sich langsam wieder, doch die Tränen liefen weiterhin. »Ich mag Streuselschnecken sehr. Danke.«

»Gern geschehen.« Darren betrachtete mich. Ich hätte mich am liebsten in ein Mäuseloch verkrochen. Wer brach schon angesichts von Backwaren in Tränen aus?

»Sie hat mir geschrieben«, sagte ich und streckte ihm den Brief hin, den ich hervorgezogen hatte. »Wie es aussieht, hat sie meine Briefe beantwortet, soweit es ihr möglich war. Doch sie hat sie nie abgeschickt.«

»Das ist ... wunderschön.« Darren betrachtete den Umschlag kurz, reichte ihn mir dann zurück.

»Es ist, als würde sie mit mir sprechen. Ich ...« Die Tränen liefen weiter.

Darren hockte sich vor mich und streichelte sanft meine Wangen. »Es wird alles wieder gut, du wirst sehen. Und deine Mutter wacht über dich. Ich bin fest davon überzeugt, dass es einen Himmel gibt und dass sie von nun an auf dich achtgeben wird.«

Ich wusste, dass seine Worte mich trösten sollten, doch nun brachen bei mir alle Dämme. Ich schlang meine Arme um seinen Hals, klammerte mich an ihn und ließ der Tränenflut ihren Lauf.

Den Abend verbrachte ich damit, mich langsam durch die Briefe zu lesen. Viel schaffte ich nicht, weil ich die meisten wieder und wieder las. Ich wollte mir bewusst noch einige aufheben für die Reise auf dem Schiff.

Mutter drückte sich sehr vorsichtig aus, als fürchtete sie, dass Vater die Briefe doch in die Finger bekommen würde. Dennoch gewann ich einen Einblick in das Leben, das sie seitdem geführt hatte. Sie hatte mich vermisst, durfte das aber nicht zeigen, denn Vater hatte sie ständig unter Beobachtung. Er hatte sich nach und nach so weit in einen Hass auf mich hineingesteigert, dass er mein ehemaliges Zimmer räumen ließ und sämtliche Bilder verbrannte, auf denen ich zu sehen war. Davon zu erfahren brachte mich beinahe um, doch ich zwang mich weiterzulesen.

Als ich den Brief fand, in dem sie ihre Trauer und ihr Bedauern über den Tod meines Sohnes ausdrückte, war es aber endgültig zu viel. Die Worte verschwammen unter den Tränen, und ich war nicht in der Lage, zu Ende zu lesen. Zitternd und schluchzend legte ich den Brief wieder in die Schachtel und verstaute diese im Kleiderschrank. Dann rollte ich mich unter der Decke ein und weinte mich in den Schlaf.

Die Nacht wurde sehr unruhig. Immer wieder schreckte ich hoch aus Träumen, an die ich mich anschließend nicht erinnern konnte. Irgendwann gab ich es auf und starrte nur noch an die Decke. Das Licht veränderte sich, die Dunkelheit schwand. Schließlich glitten die ersten Sonnenstrahlen über die Zimmerdecke.

Ich erhob mich und ging ins Bad. Während das Wasser in der Dusche auf mich herabrieselte, fragte ich mich, was ich hier noch sollte. Mein Erbe hatte ich. Wäre es nicht besser, wenn wir gleich wieder abreisten?

Doch den Besuch an ihrem Grab war ich meiner Mutter schuldig. Und ich wollte nach Herrn Nelson sehen. Zwar stand mir nicht der Sinn danach, mich zu vergnügen, aber vielleicht schaffte ich es, kurz mit dem Theaterbesitzer zu reden und ihm zu zeigen, dass ich etwas aus mir gemacht hatte.

Als ich gegen zehn Uhr frisiert und angekleidet das Zimmer verließ, kam mir Darren bereits entgegen. Er wirkte im Gegensatz zu mir recht frisch.

»Wie war deine Nacht?«, fragte er und bot mir seinen Arm an.

»Unruhig«, gab ich zu, dann sah ich ihn direkt an. »Ich würde gern zum Friedhof in Zehlendorf fahren. Ich muss das Grab meiner Mutter besuchen.«

Darren nickte. »In Ordnung. Wir besorgen uns rasch Frühstück, und dann kann es losgehen.«

Als wir die Treppe hinabstiegen, vernahm ich das Bimmeln der Türglocke. Die Niederlassung wirkte sehr geschäftig. Ein würziges Aroma strömte mir entgegen, gemischt mit dem Duft nach Haarspray.

»Guten Morgen«, grüßte ich die junge Dame am Empfang. Diese erwiderte meinen Gruß und wandte sich der Kundin zu, die nur einen Moment zuvor eingetreten war. So elegant und gepflegt, wie die Dame aussah, mochte sie vielleicht das sein, was Käthe Rieker die »Frau eines hohen Tiers« genannt hatte.

Dabei fiel mir auf, dass wir Fräulein Rieker seit dem vorgestrigen Abend nicht mehr gesehen hatten.

War sie vielleicht krank geworden?

Ich wartete ab, bis die Empfangsdame die Kundin in den Wartebereich gebeten hatte.

»Haben Sie etwas von Fräulein Rieker gehört?«, fragte ich dann.

Die junge Frau sah mich verdutzt an. »Wissen Sie das nicht?«

»Was soll ich wissen?«, fragte ich.

»Sie ist gestern abgereist, nach London.«

»Wurde sie von Miss Arden wegbeordert?«

»Nein, sie hat sich offenbar spontan entschieden. Wir waren auch sehr verwundert.«

Ich schüttelte den Kopf. Was war passiert? Warum war sie einfach so verschwunden?

»Hat sie denn gekündigt?« Unruhe überkam mich. Alles, was Fräulein Rieker über ihren Wunsch, nach Amerika auszuwandern, erzählt hatte …

»Nein, nicht dass ich wüsste. Vielleicht fragen Sie Frau Wienicke dazu?«

Die Chefin der Niederlassung wusste es sicher. Doch würde sie mir Auskunft geben? Ich bedankte mich bei der Empfangsdame und kehrte zu Darren zurück.

»Was gibt es?«, fragte dieser.

»Ist dir nicht auch aufgefallen, dass Fräulein Rieker uns seit dem Abend in der Traube nicht mehr über den Weg gelaufen ist?«

»Nein«, sagte er. »Jedenfalls habe ich nicht darauf geachtet.«

»Die Frau am Empfang sagte mir, dass Fräulein Rieker nach England abgereist sei.«

»Vielleicht hat doch jemand zugehört bei unserem Gespräch.« Darren warf einen Blick auf die junge Frau, die etwas im Empfangsbuch durchstrich und dann in Richtung Behandlungsräume verschwand.

Dass Fräulein Rieker nach England gegangen war, beunruhigte mich. War sie bedroht worden?

Ich nahm mir vor, Frau Wienicke anzusprechen, falls ich sie zu Gesicht bekam. Möglicherweise konnte man mir auch Auskunft geben, wenn ich wieder zu Hause war. Miss Arden wusste sicher über die Vorgänge in ihrer deutschen Niederlassung Bescheid.

Nach einem kleinen späten Frühstück in einem nahe gelegenen Café, bei dem ich kaum mehr als Kaffee hinunterbekommen hatte, machten wir uns auf den Weg nach Zehlendorf. Die Sonne schien, und die Luft war erfüllt vom Geruch nach Abgas. Dazwischen wehte ein kleiner Hauch Frühling.

Wir bestiegen den Omnibus, der vom Bahnhof aus fuhr, und ließen uns nach Zehlendorf bringen.

Der Stadtteil war mir von früher bekannt. Mit Henny war ich einige Male dort gewesen, auch meine Eltern hatten dort kurz haltgemacht, wenn wir auf dem Weg nach Wannsee waren. Während der Bus durch die Straßen brauste, versuchte ich mir Bilder von damals ins Gedächtnis zu rufen. Die gediegenen Häuser, die Geschäftsstraßen, die S-Bahnhöfe.

Es erinnerte an Charlottenburg, die Unterschiede waren nicht sehr groß. Was hatte meinen Vater dazu bewogen, gerade hierherzuziehen? So weit weg von seinem Geschäft? Ging es wirklich nur darum, mich aus seinem Leben auszusperren? Hatte das Ausräumen meines Zimmers nicht gereicht, um mich aus seinem Leben zu streichen?

Nachdem wir einmal umgestiegen waren, erreichten wir Zehlendorf. Ein kleiner Stadtplan, den wir uns am Bahnhofskiosk kauften, zeigte, dass der Friedhof in der Onkel-Tom-Straße lag. Wir schlenderten an Häusern und Geschäften vorbei, überquerten eine Kreuzung und passierten einige große Bürgerhäuser, bis schließlich der Friedhof vor uns auftauchte.

Die Kapelle war ein sehr wuchtiger roter Bau, der noch ziemlich neu wirkte. Lange Gräberreihen wechselten sich mit Grüften und Baumgruppen ab.

Auch wenn ich wusste, wo meine Mutter lag, würde es eine Weile dauern, bis wir auf diesem großen Feld ihre Ruhestätte finden würden.

Wir traten durch das Tor und schlenderten den breiten Weg entlang. Ich hakte mich bei Darren ein. Ihn an meiner Seite zu haben beruhigte mich und gab mir Kraft. Nach Reden war mir nicht zumute. Darren schien das zu spüren und beschränkte sich darauf, hier und da auf eine Nummer hinzuweisen, damit wir auf dem richtigen Weg blieben.

Ich entdeckte wunderschöne Bauwerke, die die Erinnerung an die Verstorbenen bewahren sollten. Einige konnten durchaus mit den Grabmalen in New York konkurrieren. Traurige Engel blickten den Betrachter an, streckten ihm die Hände entgegen oder schmiegten sich an Steine oder Mausoleumswände.

»Sophia, schau mal hier!«, rief Darren plötzlich.

Ich wandte mich zur Seite. Mein Herz stolperte kurz. Er hatte sie gefunden.

Der Grabstein meiner Mutter war recht schlicht gehalten. Ihr Name war zusammen mit ihren Lebensdaten in hellgrauen Stein graviert worden. Gekrönt wurden die Buchstaben von einem kleinen Kreuz.

Der Anblick nahm mir den Atem. Nicht weil es ihr nicht entsprochen hätte. Ihren Namen auf dem Stein zu sehen zeigte mir, dass kein Irrtum vorlag. Louis hatte keinen eigenen Grabstein erhalten, deshalb hoffte ich unwillkürlich immer noch, dass er am Leben war. Doch unter diesem Stein ruhte meine Mutter. Daran war nicht zu rütteln.

Schmerz strömte durch meine Brust und schnürte mir die Kehle zu. Tränen liefen über meine Wangen und tropften auf die Blumengebinde, mit denen das Grab bedeckt war und die sich schon im fortgeschrittenen Stadium des Verfalls befanden.

Als meine Knie weich wurden, ging ich in die Hocke und legte meine Hand auf den Grabhügel. Wieder hatte ich ihre Worte aus den Briefen vor mir, ich hörte sie mit ihrer Stimme. Das Bedauern, die Sehnsucht ...

Ich versuchte, Mutter zu spüren, doch alles, was ich fühlte, war Sand und eine tief greifende Trauer in meinem Herzen. Und ich machte mir Vorwürfe.

Wenn ich damals nicht auf Georgs Werben eingegangen wäre ... Wenn ich mich mehr bemüht hätte, sie zu erreichen ...

So viele Wenn, die durch meinen Verstand kreisten. Doch das, was geschehen war, konnte nicht rückgängig gemacht werden. Ich konnte nicht zurückreisen in der Zeit und sie an ihrem Krankenbett besuchen. Ich konnte sie nicht noch einmal sehen, bevor ihre Krankheit ausgebrochen war.

Während ich aufschluchzte, spürte ich Darrens Hand auf meinem Rücken. Er sagte nichts, doch die Wärme seiner Finger drang in meinen Körper ein. Es war wie ein Halteseil, das er mir zuwarf, während ich im Meer der Tränen trieb.

Noch immer ein wenig schwankend, schritt ich eine halbe Stunde später an Darrens Arm dem Ausgang entgegen. Für einen Moment war ich versucht, ihn darum zu bitten, zur Arden-Niederlassung zurückzukehren. Doch dann traten wir aus dem Schatten der Bäume, und Sonne fiel auf mein Gesicht.

Es fühlte sich an, als würde mir meine Mutter tröstend über die Wangen streicheln. Diese Berührung entfesselte meine Energie, und mir wurde klar, dass sie nicht gewollt hätte, dass ich in Dunkelheit versank. Sie hätte gewollt, dass ich lebte. Dass ich mein Leben genoss.

Und mir wurde auch klar, dass es in dieser Stadt noch Menschen gab, die mir wohlgesinnt waren.

Am Tor blieb ich stehen.

»Lass uns zum Theater fahren«, sagte ich.

»Theater?«, wunderte sich Darren. »Das von diesem Mr Nelson?«

»Ja«, antwortete ich. »Um diese Zeit ist er wahrscheinlich in seinem Büro. Ich würde ihm gern Hallo sagen, und vielleicht können wir uns heute Abend noch eine Vorstellung anschauen. Seine Revuen waren immer sehr schön.«

Ein zweifelnder Ausdruck trat auf Darrens Gesicht. »Meinst du, das ist das Richtige? Deine Mutter …«

»Meine Mutter würde wollen, dass ich mit Herrn Nelson spreche und auch ins Theater gehe. Aus dem Brief, den sie dem Notar diktiert hatte, sprach so viel Wehmut und Verzweiflung … Mein Vater hat sie wie eine Gefangene gehalten. Sicher wäre sie lieber mit mir ins Theater gegangen, als von ihm kontrolliert zu werden.«

»Das denke ich auch.« Darren zog mich an sich und küsste meinen Scheitel. »Also gut, wir fahren zum Nelson-Theater. Aber solltest du es dir unterwegs überlegen, können wir es auch sein lassen. Du musst das nicht für mich machen, wenn du dich nicht danach fühlst.«

Ich blickte ihn erstaunt an, dann fiel mir wieder das Gespräch ein, das wir auf der Reise geführt hatten.

»Ich mache das nicht nur für dich«, sagte ich. Tatsächlich hatte ich ganz vergessen, dass ich ihm ja versprochen hatte, das Theater aufzusuchen. »Ich mache das für mich. Herr Nelson war immer so gut zu mir. Mit ihm zu sprechen wird mich meinen Schmerz ein wenig leichter ertragen lassen. Er war wie der Vater, den ich in jenem Winter verloren hatte.«

»Okay. Dann bin ich gespannt darauf, diesen Mann kennenzulernen. Du nimmst mich doch mit?«

»Natürlich«, sagte ich und zog ihn dann an der Hand auf den Gehweg.

47. Kapitel

Der Kurfürstendamm war so geschäftig wie eh und je. Nachdem wir aus dem Autobus ausgestiegen waren, passierten wir einige ausladende Schaufenster, in denen Mode oder Schmuck ausgestellt wurde.

»Die Deutschen scheinen es nicht so mit Glamour zu haben«, bemerkte Darren. »Alles wirkt so ...«

»Gediegen?«, riet ich. Auch mir kam der Anblick der Auslagen ein wenig schlicht vor, wo ich nun die spektakulären Präsentationen von Macy's gewohnt war.

»Ich würde es eher bieder nennen«, erwiderte Darren. »Mit solchen Fenstern würdest du in Amerika niemanden locken können. Bestenfalls Leute, die kaum aus ihren Dörfern herauskommen.«

»Autsch«, gab ich zurück. »Sag das besser nicht zu laut, sonst erhältst du gleich von vornherein Hausverbot.«

»Nicht, dass ich Lust hätte, in einen dieser Läden zu gehen«, meinte er. »Wo bleiben denn hier die Farben? Bei Miss Arden ist alles so bunt. Und selbst Madame Rubinstein weiß, wie sie Farben einsetzen muss.«

Er hatte recht, die Schaufenster wirkten wirklich ein wenig blass. Diesen Eindruck hatte ich damals nicht gehabt. War meine Erinnerung verklärt? War mir alles großartiger vorgekommen, weil ich damals kein Geld besaß?

Wir folgten dem Kurfürstendamm bis zur Nummer 217.

Die Schwermut in meiner Brust wich allmählich einem leicht aufgeregten Kribbeln. Wie würde Herr Nelson jetzt aussehen? Was würde er sagen, wenn er mich sah? Waren die Mädchen von den Billettschaltern und der Garderobe noch da? Ein wenig fühlte ich mich, als würde ich zu meiner Familie heimkehren, der Familie, die mich nach dem Absturz bedingungslos aufgenommen hatte.

Im nächsten Augenblick blieb ich stehen. Ich konnte nicht glauben, was ich dort sah.

Wo einst das Nelson-Theater seine Pforten für die Besucher weit geöffnet hielt, prangten jetzt Baugerüste. An der Tür hing ein großes »Geschlossen«-Schild. Auch die Schaukästen waren verschwunden, in denen auf die aktuellen Revuen hingewiesen wurde.

»Bist du sicher, dass wir hier richtig sind?«, fragte Darren skeptisch.

»Ja.« Verwirrt blickte ich zu dem Gebäude auf. Es war unverkennbar das Theater. Auch wenn es keinen Hinweis mehr darauf gab.

Ein Klopfen holte mich aus meiner Starre. Ich trat um das Gerüst herum. Dort sah ich einen Arbeiter, der offenbar gerade seine Pause beendet hatte.

»Entschuldigen Sie bitte!«, rief ich ihm zu. »Wissen Sie, wo ich Herrn Nelson finden kann?«

»Wen?«, fragte er begriffsstutzig.

»Den Besitzer des Hauses. Rudolf Nelson.«

»Das Haus gehört keinem Nelson. Sind Sie eine Verwandte?«

»Nein«, antwortete ich, bevor ich verstand, was er wirklich damit meinte. »Ich … ich habe mal an diesem Theater gearbeitet.«

»Dann seien Sie froh. Der Jude ist schon seit einem Jahr weg. Wir arbeiten für Rudolf Möhring. Der will ein Kino aus dem Haus machen. Ist auch besser als das Juden-Spektakel.«

Rudolf Möhring. Den Namen hatte ich noch nie gehört. Und ein Kino im Nelson-Theater? Was würde Henny dazu sagen?

»Wissen Sie denn, wo Herr Nelson abgeblieben ist?«, fragte ich.

»Nein«, schnarrte er. »Und es ist besser, Sie erwähnen ihn auch nicht weiter.«

Ich starrte den Mann an. Was sollte Herr Nelson getan haben? Warum sollte ich mich nicht nach ihm erkundigen?

Ein merkwürdiges Gefühl brachte mich davon ab weiterzufragen. »Danke«, sagte ich nur und wandte mich um.

Die gesamte Bedeutung der Worte des Bauarbeiters wurde mir erst im nächsten Augenblick klar. Wie abschätzig er über die Revue gesprochen hatte! Das deckte sich mit dem Schild am Wertheim-Kaufhaus. Offenbar hatte man die Juden hier zum großen Feind erklärt. Aber warum? Wir hatten einige Juden in der Nachbarschaft gehabt, teilweise wohlhabende, angesehene Leute. Leute wie die Wertheims. Was sollten sie getan haben?

Erschüttert kehrte ich zu Darren zurück.

»Was ist?«, fragte er. »Was hat der Mann gesagt?«

»Herr Nelson ist hier nicht mehr«, entgegnete ich niedergeschlagen. »Das Theater gehört jetzt jemand anderem. Er will ein Kino daraus machen. Deshalb die Bauarbeiten.«

»Oh, das tut mir leid.«

»Mir auch. Und es ist merkwürdig. Er sagte etwas von Juden-Spektakel. Erinnerst du dich an das Schild an der Kaufhaustür? Und den Mann, der uns deswegen angesprochen hat?«

Darren nickte. »Ja, anscheinend hat man hier was gegen Juden.«

»Das war früher nicht so.« Ich blickte wieder zum Theater.

Ein beklommenes Gefühl erfasste mich. Berlin war nicht mehr mein Berlin von damals. Die Fassaden waren vielleicht gleich, aber dahinter schien sich einiges verändert zu haben.

»Kann ich Ihnen helfen?«, fragte eine Stimme hinter uns.

Ich wandte mich um und erblickte einen älteren Mann in einem abgewetzten graubraunen Mantel.

»Ich ... Wir ...« Ich stockte und blickte zu dem Bauarbeiter, aber der hämmerte mittlerweile wieder vor sich hin. »Ich habe gerade erfahren, dass das Nelson-Theater geschlossen ist.«

»Ja, es ist ein Jammer. Kurz nachdem Hitler an die Macht kam, hat der gute Nelson das Weite gesucht.« Der Unbekannte schnaufte. »Ich war gern in seinem Theater. Er hat dem Alltag Glanz verliehen mit seinen Revuen.«

Ich versuchte, mich an sein Gesicht zu erinnern, aber zwischen all den Gästen, mit denen ich täglich zu tun gehabt hatte, war er wahrscheinlich untergegangen.

Der Mann kniff die Augen zusammen. »Sie waren mal hier, nicht wahr? Ich meine, Sie haben hier gearbeitet.«

»Vor langer Zeit«, gab ich zu. Und tatsächlich schien eine Ewigkeit vergangen zu sein, seit ich hier den Gästen die Mäntel abgenommen hatte.

Das Hämmern hörte schlagartig auf. Der Mann hob den Kopf, dann sagte er leise: »Kommen Sie mit. Wir sollten uns einen anderen Ort suchen, an dem wir reden können.«

Kurz erklärte ich Darren, was los war, dann schlossen wir uns dem Alten an. Dieser schwieg, bis wir vor einem recht nobel wirkenden Haus haltmachten. Erstaunt sah ich, dass der Fremde ein Schlüsselbund aus der Tasche zog.

»Willkommen in meinem bescheidenen Heim«, sagte er. Als wir zögerten, fügte er hinzu: »Oh, ich habe mich noch gar nicht vorgestellt. Mein Name ist Breisky. Hubert Breisky. Und wenn Sie nichts dagegen haben, würde ich Sie gern auf einen Kaffee einladen.«

»Das ist sehr nett von Ihnen, Herr Breisky. Mein Name ist Sophia Krohn, und das ist Darren O'Connor.«

Ich blickte mich zu Darren um, der unsere Unterhaltung mit fragender Miene verfolgte. Die wenigen Brocken Deutsch, die ich ihm auf der Überfahrt beigebracht hatte, reichten bei Weitem nicht aus, um den Sinn zu erfassen.

»Ah, Ire, nehme ich an«, sagte Breisky.

»Amerikaner.«

»Ich wollte immer schon nach Amerika!« Er wandte sich an Darren. »Es freut mich, Sie kennenzulernen«, sagte er in sehr gutem Englisch und reichte ihm die Hand.

»Mich auch, Mr Breisky«, gab Darren zurück.

Die Augen des Mannes strahlten, als hätte er soeben ein Geschenk erhalten.

»Ach, wie das Leben so spielt! Kommen Sie, ich bilde mir ein, einen sehr guten Kaffee zu machen. Und es sollte auch noch etwas Kuchen da sein. Meine Berta backt den besten Kuchen der Welt.«

Ich war noch immer unsicher, ob wir mit dem Alten gehen sollten. Darren schien da wesentlich aufgeschlossener. »Vielen Dank, Sir, dieses Angebot nehmen wir gern an.«

Bevor ich protestieren konnte, zog er mich mit sich, die Treppe hinauf. Wenig später erreichten wir Breiskys Wohnungstür. Er schloss auf, und augenblicklich wurden wir von einem angenehm süßlichen Duft umfangen.

»Es ist schon lange her, dass jemand aus dem Ausland hier war«, erklärte Breisky, während er uns in die Diele bugsierte. »Früher, als das Theater noch in Betrieb war, hatte ich öfter Gäste von außerhalb. Aber jetzt kommt kaum mehr jemand in die Stadt. Oder besser gesagt, niemand kommt hierher. Nicht mehr, nachdem sich alles verändert hat.«

»Ihre Frau vermisst das sicher«, sagte ich, während ich mich aus dem Mantel schälte.

»Meine Frau?«, fragte Breisky verwundert. »Oh nein, Berta ist meine Haushälterin. Meine große Liebe ist schon vor einigen Jahren von uns gegangen. Seitdem lebe ich allein. Kommen Sie in die gute Stube.«

Die Einrichtung überraschte mich. Der Mantel von Herrn Breisky mochte abgewetzt sein, doch ebenso wie sein Verstand nicht eingerostet wirkte, war der Stil seiner Wohnung überraschend modern. Ich sah kunstvolle Fotografien von Tänzern neben modernen Bronzeskulpturen, die auch das Gefallen von Madame hätten finden können. Und nun erkannte ich, woher der Duft kam, der mir beim Eintreten aufgefallen war. Am Fenster blühten Orchideen in den strahlendsten Farben. Einige von ihnen konnten mit dem Leuchten des Arden-Pink durchaus konkurrieren. Miss Arden wäre sicher begeistert gewesen von der Pracht.

Wir nahmen auf einem schweren braunen, englisch anmutenden Ledersofa Platz, während Herr Breisky geschäftig herumwuselte.

»Machen Sie es sich ruhig gemütlich! Darf ich Ihnen etwas Limonade vor dem Kaffee anbieten?«

»Ja, gern«, entgegnete ich, worauf unser Gastgeber aus dem Raum verschwand. Das alles kam mir etwas seltsam vor, doch Darren wirkte sehr entspannt.

»Keine Sorge«, sagte er. »Der alte Knabe beißt schon nicht. Wahrscheinlich möchte er nur ein wenig Gesellschaft. Und vielleicht kann er dir ja ein wenig über Herrn Nelson erzählen.«

Ich blickte mich um, auf der Suche nach einem Porträt seiner verstorbenen Ehefrau, doch ich konnte nirgends ein Bild entdecken. Das war ein wenig seltsam, hatte er sie doch als seine große Liebe tituliert. Ob Vater Mutters Bild auch nicht aufstellte?

Ich rang den Unmut nieder, und wenig später erfüllte Kaffeeduft die Wohnung und übertünchte den der Orchideen. Breisky erschien mit einem kleinen Tablett, auf dem drei Gläser mit einer blassgelben Flüssigkeit standen.

»Der Kaffee ist gleich fertig, er muss nur noch ein wenig ziehen. Und was den Kuchen angeht, so haben wir tatsächlich Glück.«

Ein wenig war es mir peinlich, dass er uns bediente.

»Darf ich Ihnen behilflich sein?«, bot ich an, doch er verneinte.

»Sie sind meine Gäste! Lassen Sie nur, ich bin nicht gebrechlich.«

Während wir die wirklich gute Limonade genossen, verschwand er wieder in die Küche, allerdings nur kurz, dann erschien er mit einem größeren Tablett. Die Tassen darauf klirrten leise, und der Kaffee in der Kanne verströmte einen wunderbaren Duft.

»Ich hoffe, Sie mögen Zitronenkuchen. In ganz Berlin werden Sie keinen besseren finden.«

»Danke, das ist sehr liebenswürdig von Ihnen«, gab ich zurück.

Herr Breisky schenkte uns ein. Der Duft des Zitronenkuchens ließ mir das Wasser im Mund zusammenlaufen, und obwohl ich die Situation immer noch ein wenig merkwürdig fand, musste ich mich beherrschen, das erste Stück des Kuchens nicht runterzuschlingen.

»Sie fragten nach meiner Frau«, sagte Herr Breisky, nachdem er gedankenvoll einen Schluck Kaffee getrunken hatte. Dann zog er eine kleine Schublade am Sofatisch auf.

Wenig später hielt er uns mit ein wenig zitternden Händen eine Fotografie entgegen. Der junge Mann, der darauf abgebildet war, war altmodisch gekleidet. Seine Haartolle war mit Pomade in sanfte Wellen gelegt. So trugen die Männer ihre Haarpracht schon lange nicht mehr.

»Das ist mein Joseph«, erklärte er, und ich konnte die Tränen unter seiner Stimme deutlich hören. »Er war Schauspieler. Wahrscheinlich hänge ich deshalb immer noch an Herrn Nelsons Theater und gehe von Zeit zu Zeit nachsehen, was sich dort tut. Wir sind nach der Eröffnung einige Male dort gewesen. Als Joseph 1925 starb, ging ich trotzdem weiter hin. Für ein paar Augenblicke konnte ich mir vorstellen, dass er immer noch an meiner Seite war.«

Ich erinnerte mich plötzlich wieder an Miss Marburys Party, damals, als Miss Arden Maine Chance kaufen wollte. Nun verstand ich. Und ich wunderte mich, dass er zwei Wildfremden dieses Geheimnis offenbarte.

»Es könnte gefährlich sein, jemandem dieses Bild zu zeigen«, bemerkte Darren, bevor ich es tun konnte. »Nach allem, was ich bisher beobachtet habe ...«

»Da haben Sie recht, junger Mann«, erwiderte Breisky. »Aber ich habe eine gute Menschenkenntnis und weiß, wem ich was zeigen kann und wem nicht, glauben Sie mir. Ich wusste sofort, dass Sie nicht mit denen zusammenarbeiten.«

Ich konnte mir vorstellen, wen er meinte. Noch immer bekam ich eine Gänsehaut, wenn ich an die Männer in den braunen Hemden und den Hakenkreuz-Armbinden dachte.

»Wissen Sie, dieses Land steht vor einer großen Dunkelheit«, fuhr der alte Mann fort und verstaute das Porträt wieder in der Schublade unter dem Sofatisch. »In meinem Freundeskreis gibt es einige, die vor diesem Hitler gewarnt haben. Doch alle haben es abgetan und sagten, dass er nur ein Spinner sei. Und jetzt nennt er sich Führer! Und kaum, dass er im Sattel saß, hat es begonnen.«

»Was begonnen?«, fragte ich.

»Zunächst waren es nur Boykottaufrufe. Leute tauchten vor jüdischen Geschäften mit Schildern auf, die die Kunden aufforderten, dort nichts mehr zu kaufen. Dann wurde das sogenannte ›Gesetz zur Wiederherstellung des Berufsbeamtentums‹ erlassen, das nichts weiter als ein Verbot zur Beschäftigung von Nichtariern im öffentlichen Dienst ist. Dazu kommt, dass jeder Beschäftigte in dem Bereich einen Ariernachweis vorlegen muss. Mittlerweile haben auch Firmen, die nicht zum öffentlichen Dienst gehören, mit Entlassungen begonnen. Und neulich erst habe ich in einem der Theater selbst mit ansehen müssen, was passiert, wenn einer der Schauspieler jüdisch ist. In diesem Fall war es eine junge Frau. Sie spielte die Desdemona, eine richtig ergreifende Darstellung! Doch dann kamen diese SA-Leute, setzten sich in die erste Reihe und begannen, die Vorstellung mit Zwischenrufen und Drohungen zu stören. Ein großer Teil der Zuschauer ist gegangen. Sie gaben erst Ruhe, als der Theaterdirektor die Schauspielerin von der Bühne genommen hat. Das arme Mädchen …« Er hielt inne, dann fügte er hinzu: »Herr Nelson hat es richtig gemacht. Der ist rechtzeitig ins Ausland.«

»Er ist ins Ausland?«

»Geflohen, ja. Zunächst nach Wien, und jetzt ist er in der Schweiz, wenn ich recht informiert bin.«

»Aber warum?«

»Oh, Herr Nelson ist Jude, wussten Sie das nicht?«

Ich schüttelte den Kopf. Es war am Theater kein Thema gewesen, jedenfalls hatte ich davon nichts mitbekommen. Auch Henny hatte es nicht erwähnt. Und welchen Unterschied machte die Religion schon?

»Sein eigentlicher Nachname ist Lewysohn. Er hat Nelson gewählt, weil das für die deutschen Ohren besser klingt. Obwohl es ein englischer Name ist.«

»Wie Admiral Nelson?«, hakte Darren ein.

»Ja, wie Admiral Nelson, der große Seeheld.« Ein Lächeln huschte über Herrn Breiskys Gesicht, doch es verschwand schnell wieder. »Wahrscheinlich wollte er seinem Etablissement einen weltmännischen Anstrich geben. Und es hat ja auch funktioniert. Aber diese neue Regierung versteht keinen Spaß.«

Ich dachte an das Fräulein Rieker in der Arden-Filiale. Offenbar hatte man vor, Deutschland in einen Ort der Freudlosigkeit zu verwandeln. Kein Make-up, keine Vergnügungen, alles nur noch Kernseife und Tristesse.

»Ich weiß nicht, wie lange die Leute da noch mitmachen. Wann es ihnen reicht. Noch mögen sie es, weil ihnen ein Aufschwung vorgegaukelt wird. Doch wie lange? Leider bin ich zu alt, um woanders noch einmal neu anzufangen. Und ich will auch wegen Joseph nicht weg. Der würde sich wundern, wenn ich ihn nicht mehr an seinem Grab besuchte.«

Ein wehmütiger, beinahe trauriger Zug erschien auf seinem Gesicht. Dann schüttelte er den Kopf. »Aber ich möchte Sie nicht langweilen. Sie wissen nun, was mit Herrn Nelson passiert ist und mit dem Theater. Wahrscheinlich wird es nie wieder so werden wie früher.«

»Das ist schade«, sagte ich. »Und Sie langweilen uns nicht. Die ganze Zeit über habe ich mich gefragt, was hier vor sich geht. Ich habe mein Berlin nicht wiedererkannt, obwohl doch noch jeder Stein auf dem anderen sitzt.«

»Noch ist das so. Noch. Wollen wir hoffen, dass sich die neuen Herren nicht noch andere Flausen einfallen lassen. Meinetwegen kann sie der Teufel holen.«

Zutiefst bewegt von Herrn Breiskys Erzählung verließen wir einige Stunden später das Haus. Keiner von uns konnte etwas sagen. Ich war froh, dass Herr Nelson in Sicherheit zu sein schien. Doch die Tatsache, dass er hatte fliehen müssen, beunruhigte mich. Wen mochte es noch alles getroffen haben? Ich dachte an die Tänzerinnen, Billettverkäuferinnen und die Bühnenarbeiter. Nicht nur, dass sie ihre Stelle verloren hatten, möglicherweise fanden einige von ihnen nun keine Anstellung mehr, weil sie selbst jüdisch waren wie Herr Nelson.

Darren legte mir seine Hand sanft auf die Schulter. »Wir sollten zurückfahren.«

Ich schüttelte energisch den Kopf. »Nein. Wir fahren wieder nach Zehlendorf. Ich will meinen Vater sprechen.«

»Jetzt?«, fragte Darren verwundert. »Hältst du das für eine gute Idee? Nach dem, was du gerade erfahren hast?«

»Nach dem, was ich hier erfahren habe, will ich einfach nur noch weg von hier«, antwortete ich. »Weg aus Berlin. Aber ich verlasse die Stadt nicht, ohne dass ich ihm meine Meinung gesagt habe. Dass ich ihm gesagt habe, was für ein verdammter Mistkerl er ist! Bis wir in Zehlendorf sind, ist er vielleicht schon wieder zurück aus seinem Geschäft. Falls es das überhaupt noch gibt.«

Ich stapfte los. Darren schloss sich mir an. Mein Herz raste, und mir wurde furchtbar heiß unter meinen Kleidern. Gleichzeitig fühlte ich mich schrecklich hilflos. Es gab nur einen Weg, nicht an all den Empfindungen zu ersticken, auch wenn mein Vater nicht für alle verantwortlich war.

An der Station Uhlandstraße bestiegen wir eine Untergrundbahn und fuhren bis zum Wittenbergplatz. Dort stiegen wir um in die U-Bahn-Linie in Richtung Zehlendorf. In mir rumorte es. Mit zusammengekniffenen Lippen schaute ich aus dem Fenster, während in meinem Innern die Vernunft mit meinem Zorn rang. Darren versuchte ein paarmal, ein Gespräch anzufangen, doch ich schwieg. Auch wenn mir klar war, dass es nicht viel bringen würde, wollte ich, dass mein Vater wusste, was ich in Erfahrung gebracht hatte. Ich wollte, dass er wusste, dass ich hier war und dass ich dabei war, Glück in meinem Leben zu finden.

Und ich wollte ihm wehtun, so wie er mir wehgetan hatte.

Als wir die U-Bahn an der Station Oskar-Helene-Heim wieder verließen, griff ich nach Darrens Hand. Er sah mich besorgt an.

»Ich muss es einfach tun«, sagte ich. »Ich verspreche, ich bleibe ruhig. Jedenfalls so ruhig, wie es mir möglich ist. Aber ich brauche dieses Gespräch. Er darf nicht ungeschoren bleiben. Er soll wissen, dass es mich noch immer gibt. Und dass ich erfahren habe, was er meiner Mutter angetan hat.«

»Wäre es nicht besser, ihn damit zu strafen, dass du ihn vergisst?«, fragte Darren zweifelnd. »Auch ich hatte meine Probleme mit meinem Vater. Ich habe ihn einfach aus meinem Leben ausgeschlossen für alles, was er meiner Mutter angetan hat, und ich lebe recht gut damit.«

»Ich fürchte, bei mir ist das nicht so einfach.« Aus dem Augenwinkel heraus bemerkte ich, dass uns die Leute neugierig musterten. Glaubten sie vielleicht, dass wir stritten? Ich war sicher, dass auch im noblen Zehlendorf nicht alle Englisch verstanden. »Er wird immer ein Teil von mir sein. Durch meinen Namen und die Geschichte, die ich einfach nicht vergessen kann. Und was mit meiner Mutter geschehen ist ... Es ist unverzeihlich, und ich will, dass er es weiß. Er hat mich damals aus dem Haus geworfen. Jetzt soll er wissen, dass ich ihn aus meinem Leben werfe!«

Darren nickte. »Okay. Aber versprich mir, dass du dich nicht zu sehr aufregst. Das hat dieser Mistkerl nicht verdient.« Er machte eine Pause und lächelte mich aufmunternd an. »Am liebsten würde ich mit ihm reden, aber ich fürchte, mein Deutsch reicht nicht aus.«

»Du brauchst das nicht zu tun«, gab ich zurück. »Ich hatte schon früher Auseinandersetzungen mit ihm. Ich schaffe das!«

Ich fasste ihn an der Hand und zog ihn zum Ausgang.

Das Haus, das der Notar als die Adresse meiner Eltern genannt hatte, wirkte finster und fremd auf mich. Zwei Etagen wurden von einem dunkelroten Mansarddach gekrönt, in das ebenfalls Fenster eingelassen waren. Eines der Fenster der unteren Etage war offen, und diffuses Rumpeln tönte nach draußen. Es klang, als würde jemand etwas herumräumen. War das die Wohnung meines Vaters?

Ich blickte auf die Uhr. Mittlerweile war es kurz vor sechs Uhr abends. Er war hier, das spürte ich.

Meine Finger waren eiskalt, und mein Herz schien zu flattern. Aber es musste sein.

»Du schaffst das!« Darren drückte mir die Hand, und ich wandte mich um.

Ich öffnete das Eisentor des kleinen Vorgartens, der sich hinter einer dichten Hecke verbarg, und trat auf die Haustür zu.

Mein Zorn war auf dem Weg hierher ein wenig verraucht, und ich spürte auch ein wenig Angst. Wie würde es sein, wenn wir uns gegenüberstanden?

Ich wappnete mich innerlich gegen die Konfrontation, hatte aber das Gefühl, dass kein Panzer der Welt ausreichend sein würde, mich unbeschadet daraus hervorgehen zu lassen.

Ich blickte noch einmal zurück zum Tor, wo Darren wartete, dann drückte ich den Knopf am Klingelschild.

Mein Herz pochte mir bis zum Hals. Ich wusste nicht, ob er mich hereinbitten würde. Möglicherweise fertigte er mich noch an der Wohnungstür ab oder kam sogar herunter.

Eine ganze Weile tat sich nichts, dann ertönte ein Knacken.

»Wer ist da?« Die Stimme meines Vaters hatte sich nicht verändert. Sie zu hören rief mir all die Bilder von damals wieder ins Gedächtnis. Wie wir an meinem letzten Abend zu Hause miteinander gesprochen hatten, wie er sich über mich gebeugt hatte, nachdem ich ohnmächtig geworden war. Und wie sich seine Stimmung änderte, als er erfuhr, dass ich schwanger war.

»Ich habe keine Tochter mehr!«, hatte seine Stimme wütend

durch die Wohnung gehallt, dann war er in seinem Arbeitszimmer verschwunden.

»Hallo?«, fragte er, jetzt schon ein wenig ärgerlicher.

»Hier ist Sophia«, brachte ich aus trockenem Mund hervor. Meine Kehle kratzte, als würde ich einen Infekt ausbrüten, und mein Bauch schmerzte. Mein ganzer anfänglicher Mut schwand.

Stille am anderen Ende. Möglicherweise hatte er sich wieder in sein Arbeitszimmer zurückgezogen und ignorierte mich. Meine Hand schwebte über dem Klingelknopf. Sollte ich noch einmal drücken?

Ich ließ die Hand wieder sinken. Wenn er mich nicht einlassen wollte, konnte ich nichts tun.

Ich wollte mich gerade umdrehen, da wurde die Tür aufgerissen. Wenig später sah ich in das wütende Gesicht meines Vaters.

»Was willst du hier?«, fuhr er mich an.

Bis auf sein Haar, das noch grauer und schütterer geworden war, schien er sich nicht verändert zu haben. Auch seine Wut auf mich war immer noch da.

Sein zorniger Blick ängstigte mich, doch dann entsann ich mich wieder der Worte meiner Mutter.

»Ich war bei Dr. Balder«, sagte ich und bemerkte, dass Vater zusammenzuckte. »Und keine Sorge, das hier ist kein Höflichkeitsbesuch. Ich bin auch nicht hier, um dich noch einmal um Verzeihung zu bitten.«

Ich hielt kurze inne und fragte mich, wie er es fertigbrachte, nach all der Zeit immer noch unversöhnlich zu sein. Immerhin stand vor ihm keine Bettlerin. Ich hatte etwas aus meinem Leben gemacht! Aber das schien ihm egal zu sein. Genauso wie es ihm egal zu sein schien, ob vor dem Haus, unter den Augen der Nachbarn, ein Streit zwischen uns ausbrach.

»Ich bin hier, weil Dr. Balder mir Mutters Testament verlesen hat«, fuhr ich fort. »Hast du eine Ahnung, was du bei ihr angerichtet hast? Weißt du, wie sie gefühlt hat, als du ihr meine Briefe vorenthalten hast?«

Ich wartete auf eine Antwort.

Vater mahlte mit den Kiefern. Seine Augen blitzten, und ich sah, wie sich sein Körper anspannte. Aber ich wich nicht zurück.

»Du hast Nerven, mir unter die Augen zu kommen«, presste er schließlich um Beherrschung bemüht hervor. Offenbar wollte er doch nicht, dass die Nachbarn etwas von unserem Gespräch mitbekamen. »Nach allem, was du uns angetan hast.«

»Was habe ich euch denn angetan?«, fragte ich provozierend.

»Das weißt du genau.«

»Ich habe einen Fehler gemacht. Ich bin schwanger geworden. Mutter schien mir das verziehen zu haben. Warum konntest du ihre Entscheidung nicht akzeptieren?«

»Deine Mutter wusste nicht, was gut für sie war«, gab er zurück. »Wie kannst du dich überhaupt erdreisten, zu behaupten, dass du wüsstest, wie es für deine Mutter war!«

»Sie hat mir einen Brief hinterlassen. Dr. Balder hat ihn mir vorgelesen. Ihr Letzter Wille. Den du wahrscheinlich nicht kanntest!«

Mir wurde heiß. Die Wut loderte hell in mir. Gleichzeitig erschien mir nichts, was ich sagen konnte, gut genug, um die Pein meiner Mutter zu rächen. Um meinen eigenen brennenden Schmerz zu löschen.

»Deine Briefe haben alles schlimmer gemacht!«, fuhr Vater mich plötzlich an. Am ganzen Körper begann er zu zittern. »Sie hat einfach nicht loslassen wollen! Sie glaubte immer noch, dass sie eine Tochter hätte.«

»Warum hätte sie das nicht tun sollen?«, entgegnete ich. »Ich bin ihre Tochter! Denkst du denn, daran hätte sich etwas geändert?« Meine Stimme wurde schrill, und ich atmete tief durch, um nicht allzu hysterisch zu wirken. »Denkst du, ich wüsste nicht, wie es ist, ein Kind zu verlieren? Mittlerweile weiß ich es und kann sie verstehen. Nur dass du sie davon abgehalten hast, ihr lebendes Kind zu kontaktieren! Obwohl ich es immer wieder versucht habe! Du hast sie wie eine Gefangene gehalten. Du hast sie kontrolliert. Dazu hattest du kein Recht.«

»Sie war meine Frau!«, brüllte er auf. »Ich habe getan, was ich für richtig hielt. Und jetzt verschwinde! Ich will dich hier nicht mehr sehen.«

Ich zuckte zusammen, als er die Hand hob. Er hatte mich nie geschlagen, dennoch erschreckte mich diese Geste. Allerdings deutete er nur über meine Schulter hinweg auf das Gartentor.

»Du willst also nicht wissen, wie es mir ergangen ist?«, fragte ich, während ich spürte, wie die Wut weiterhin in mir brodelte.

»Nein!«, antwortete er, ohne zu überlegen.

Was hatte ich auch erwartet? Ich presste die Lippen zusammen. Man hatte mir beigebracht, respektvoll zu meinen Eltern zu sein, aber in diesem Augenblick hatte ich große Lust, ihn zu ohrfeigen. Ich ballte die Fäuste, behielt die Arme jedoch unten.

»Nun gut. Dann streich mich aus deinem Leben!«, schrie ich. »Das ändert nichts an der Tatsache, dass du Mutter Gewalt angetan hast, der Frau, die dir am meisten vertraut hat!«

Ich drehte mich um, stockte und wandte mich ihm dann erneut zu. Mein Gesicht glühte, doch der Zorn war wie ein reinigendes Feuer in mir. »Du bist für mich gestorben! Einen Vater wie dich brauche ich nicht! Fahr meinetwegen zur Hölle!«

Mit diesen Worten ging ich. Vaters wuterfülltes Gesicht brannte vor mir. Tränen schossen mir in die Augen, und die Enttäuschung würgte mich. Nie hätte ich dergleichen zu sagen gewagt, aber es stimmte. Ich brauchte ihn nicht, und ich wollte auch nicht mehr an ihn denken.

Draußen vor dem Tor stand Darren. Er hatte das Gespräch zwischen meinem Vater und mir mitverfolgt. Auch wenn seine Deutschkenntnisse sehr rudimentär waren, konnten ihm die Emotionen, die in den Worten mitschwangen, nicht entgangen sein.

»Alles in Ordnung?«, fragte er und betrachtete mich prüfend. Ich nickte, auch wenn nichts in Ordnung war. Aber das, was ich soeben erlebt hatte, war eigentlich keine Überraschung für mich. Mein Vater hatte sich nicht geändert. Wahrscheinlich würde er das nie tun. Mit dem Tod meiner Mutter war es wohl an der Zeit, endgültig von ihm und damit auch von meiner Kindheit Abschied zu nehmen.

»Lass uns gehen«, antwortete ich und zwang mich, nicht noch einmal durchs Tor in Richtung Haus zu blicken. Stand mein Vater noch dort? Ich wusste es nicht, und ich wollte es nicht wissen.

Am Abend, nachdem mich Darren erneut mit etwas Essbarem versorgt hatte, starrte ich lange aus dem Fenster und sah der Sonne zu, wie sie hinter dem Horizont verschwand. Ich hörte, wie der Verkehr vor dem Gebäude leise wurde. Nur die fernen Geräusche der Züge, die in den Bahnhof einfuhren, das Rattern der Räder über die Schienen und das schrille Kreischen der Dampfpfeifen drangen noch an mein Ohr.

Wissend um meine Aufgewühltheit, ließ Darren mir meine Ruhe. Unterwegs hatten wir kaum geredet. Doch je dunkler es wurde, desto größer wurde meine Sehnsucht. Ich wollte nicht allein sein.

Als vom Sonnenlicht nur noch ein schmaler roter Streif jenseits des Zoologischen Gartens übrig blieb, erhob ich mich und verließ mein Zimmer.

An seiner Tür angekommen, zögerte ich. War es richtig, was ich wollte? Mein Körper brannte und schmerzte, und gegen all diese Empfindungen schien es nur ein Heilmittel zu geben: Darrens Wärme.

Schließlich klopfte ich.

Es rumorte, wenig später wurde die Tür geöffnet. Darren lugte verschlafen durch den Türspalt. Offenbar hatte er sich schon zu Bett begeben. Als er mich erkannte, straffte er sich.

»Sophia! Was ist los?«

»Entschuldige bitte, dass ich störe«, sagte ich. »Ich ... ich wollte fragen ...«

Ich verstummte. Der Pulsschlag wummerte in meinem Hals, und ich brauchte eine Weile, bis ich fortfahren konnte. »Ich möchte nicht allein sein. Ich ... ich brauche jemanden, an den ich mich anlehnen kann.«

Darren betrachtete mich einen Moment lang, dann trat er zur Seite und öffnete die Tür.

Das Zimmer war wirklich spartanisch eingerichtet. Ich dachte zurück an Thomas Jenkins und dass er viel zu lebensfroh gewirkt hatte, um seine Tage in einem Raum wie diesem zu verbringen. Die Wände waren in einem Blaugrauton gestrichen, und die Möblierung beschränkte sich nur auf das Nötigste. Es gab ein Bett, einen Schrank und einen Schreibtisch. Alles sehr schlicht und einfach gehalten. Das einzige Bild an der Wand war ein moderner expressionistischer Druck eines mir unbekannten Künstlers.

Durch das leicht offen stehende Fenster drang frische Abendluft und ließ mich frösteln.

Damals, als ich vor vielen Jahren auf Martha's Vineyard das erste Mal zusammen mit Darren in einem Schlafzimmer gewesen war, war es nicht gut ausgegangen. Aber ich versuchte, nicht daran zu denken. Ich wollte ihn spüren, wollte von ihm gehalten werden.

»Sophia …«, begann er, doch ich wandte mich um und verschloss seinen Mund mit meinen Lippen.

Er wirkte im ersten Moment ein wenig überrascht, doch ich spürte deutlich, wie sein Verlangen wuchs. Schließlich begannen wir, einander aus den Kleidern zu schälen.

»Bist du dir sicher?«, fragte Darren, als wir kurz voneinander abließen.

»Ja«, antwortete ich. »Wenn du mich willst.«

»Ich will dich«, antwortete er, zog mich an sich und küsste meinen Hals. Seine Hände strichen die Unterwäsche von meinem Leib. Kurz zuckte ich zusammen, als er meinen Bauch berührte und sein Finger über meine Narbe glitt.

Sie war der Grund gewesen, warum wir uns getrennt hatten. Nun fuhr er beinahe zärtlich über sie, beugte sich dann hinunter und küsste sie vorsichtig. Ich selbst hatte ihr schon lange keine Beachtung mehr geschenkt, doch nun ließen seine Küsse Feuerstürme durch meinen Körper fegen, wie ich sie noch nie erlebt hatte.

Als wir schließlich auf das Bett sanken, in lustvoller Vereinigung, schien es rings um uns nichts mehr zu geben. Kein Land, das offenbar immer verrückter wurde, keine Väter, mit denen wir nicht zurechtkamen, und auch keine Firma und Arbeit. Da waren nur wir beide, zwei nackte Körper, die sich bewegten und über das Bettlaken glitten, bis der Höhepunkt uns erfasste und die Lust uns fortriss wie eine Flut.

Später, als wir erschöpft beieinanderlagen, strich Darren behutsam über meine Taille. Seine Hand wanderte immer wieder zu der Narbe und streichelte sie.

»Ich kann nicht glauben, was für ein Idiot ich war«, sagte er leise und nachdenklich. »Diese Narbe …«

Ich ergriff seine Hand. »Es ist alles in Ordnung«, sagte ich. »Wir haben das geklärt. Und wenn sie dich nicht stört …«

»Das tut sie nicht. Und sie ist ja auch kaum noch zu sehen.«

Mittlerweile war die Narbe nur noch ein weißer Strich. Das wusste ich, ohne sie groß zu betrachten. Natürlich war sie noch sichtbar, und sie würde mich nie verlassen. Aber Darren gegenüber schämte ich mich nicht mehr dafür.

»Dein Sohn«, begann er einen Moment später. »Glaubst du, der Detektiv wird ihn jetzt noch finden?«

»Ich weiß es nicht«, sagte ich. »Es scheint so lange her zu sein. In seiner letzten Nachricht sprach er davon, dass die Spur erkaltet sei. Seitdem habe ich nichts mehr von ihm gehört.«

Ein Frösteln rann durch meinen Körper. Darren zog mich an sich und breitete die Bettdecke über uns beiden aus.

»Das tut mir leid.«

»Mir auch.«

Ich spürte den Gefühlen für meinen Sohn nach. Sie waren immer noch da, fern zwar, aber spürbar. Sie würden mich stets begleiten, das wusste ich.

»Aber ich habe dich«, fuhr ich fort. »Genau genommen wollte ich das all die Jahre. Ich habe gedacht, dass die Arbeit mir keine Zeit lassen würde, eine Beziehung anzufangen, doch jetzt hat mir gerade die Arbeit einen Mann gebracht, den ich in mein Herz schließen kann.«

Keiner von uns sagte mehr etwas, wir hielten einander nur noch, und schließlich schlief ich in seinen Armen ein.

Am folgenden Morgen schlüpfte ich aus Darrens Bett und kehrte in mein eigenes Zimmer zurück. Ich war beseelt davon, meinen Koffer zu packen und fortzugehen. Ich ertrug Berlin nicht mehr und sehnte mich nach Maine Chance.

Nachdem ich geduscht und mich angekleidet hatte, holte ich meinen Koffer aus dem Schrank und begann, meine Kleider hineinzustapeln.

Wenig später klopfte es an der Tür.

»Herein!«, rief ich, und Darren erschien.

»Hier bist du!«, sagte er. »Ich habe mich schon gewundert.«

Erst jetzt sah ich, dass er noch in seinem Morgenmantel steckte.

»Ich wollte dich nicht wecken«, erklärte ich.

»Und das da?« Er deutete auf meinen Koffer.

»Ich will zurück nach New York.«

»Aber das Schiff fährt doch erst in vier Tagen!«

»Ich will hier nicht mehr sein. Ich will wieder nach Maine Chance. Mit dir.«

Er zog die Tür ins Schloss, kam zu mir und zog mich in seine Arme. Sanft küsste er mich und hielt mich für eine Weile. »Wir könnten in eine andere Stadt reisen«, sagte er dann. »Hamburg soll sehr schön sein, habe ich mir sagen lassen.«

Ich hielt inne. »Woher weißt du das?«

»Ich habe mal mit jemandem von einer Ernährungsfirma zusammengearbeitet. Er war eine Weile in Hamburg. Er meint, dass es dort viele schöne Dinge zu sehen gibt. Die Reeperbahn zum Beispiel.«

»Dorthin gehst du besser nicht«, erwiderte ich. Einer der Bühnenarbeiter aus dem Nelson-Theater hatte sich gebrüstet, dort gewesen zu sein und die Dienste von Prostituierten in Anspruch genommen zu haben. »Sonst bist du nicht nur deine Brieftasche los, sondern fängst dir auch noch was ein.«

Darren lachte. »Ich bin sicher, dass es dort auch harmlose Vergnügungen gibt.«

Ich seufzte. Zu gern wäre ich mit ihm durch Deutschland gereist. Aber das, was ich hier gehört und gesehen hatte, schnürte mir die Kehle zu.

»Erinnere dich an das, was Herr Breisky gesagt hat«, sagte ich. »Die Zustände herrschen im ganzen Land, nicht nur in Berlin.«

Darren nickte, und nach einer Gedankenpause sagte er: »Ich

könnte versuchen, die Schiffspassage umzubuchen. Vielleicht ist auf einem früheren Schiff Platz für uns.«

Ich nickte. »Das wäre schön. Und es muss auch kein ganz schnelles Schiff sein. Nehmen wir uns die Zeit.« Ich warf einen Blick auf die kleine Schachtel mit den Briefen von mir und meiner Mutter. Es gab auf See viel zu tun.

»Wie Sie wünschen, Ma'am!«, entgegnete Darren lächelnd, dann zog er mich an sich und küsste mich.

48. Kapitel

Anderthalb Wochen später erreichten wir New York. Diesmal stand ich an Deck, um zu sehen, wie uns die Freiheitsstatue willkommen hieß. Darren hatte den Arm um mich gelegt, und zum ersten Mal seit Langem hatte ich wieder ein Gefühl von Geborgenheit. Dennoch scheute ich mich ein wenig davor, Pläne zu schmieden, denn ich wusste, wie schnell sich der Wind wieder drehen konnte.

Als wir von Bord des Schiffes gingen, strömte mir die gewohnte New Yorker Luft entgegen. Es tat gut, wieder hier zu sein! Am Arm von Darren schritt ich die Landebrücke hinunter. Am liebsten hätte ich ihn nie wieder losgelassen. Die Tage auf dem Schiff hatten wir meist in meinem Bett verbracht, wo ich mir erlaubt hatte, wieder von einer Zukunft mit ihm zu träumen.

Ich wandte mich an Darren: »Was meinst du, wann wir es öffentlich machen sollen, dass wir zusammen sind?«

»Nun, wenn du willst, halten wir am Büro der *New York Times* an, und ich schalte sofort eine Annonce.«

»Da würde sich Miss Arden sicher an ihrem Frühstück verschlucken.« Ich lächelte. Während der Reise waren die Tage in Berlin ein wenig in den Hintergrund gewichen, und das, obwohl ich weitere Briefe meiner Mutter gelesen hatte. Einige von ihnen hatte ich Darren übersetzt, und er war da gewesen und hatte mich gehalten, wenn mir die Tränen kamen. Mutters Worte gaben mir die Gelegenheit, Abschied von ihr zu nehmen, und dass sie mir verziehen hatte, wärmte mein Herz. Auch wenn es ein sehr trauriger Anlass war, war ich doch, was Darren betraf, so glücklich wie noch nie.

»Wir werden es langsam angehen lassen«, sagte ich schließlich. »Die Leute auf der Farm müssen sich daran gewöhnen. Und sie sollen auch nicht denken, dass unsere Arbeit darunter leidet. Ich weiß nicht, wie Miss Arden das auffassen würde.«

»Du hast recht. Zum Glück sind ja noch keine Gäste anwesend, die uns beim Küssen überraschen könnten.«

»Darüber bin ich sehr froh«, gab ich zurück. »Aber wenn es so weit ist …« Ich hielt inne. Miss Arden hatte noch nicht verlauten lassen, wer die Leitung der Schönheitsfarm übernehmen sollte. Sie hatte mir den Auftrag gegeben, das Haus aufzubauen, aber was würde geschehen, wenn das erledigt war? Würde sie mich dortbehalten wollen? Oder konnte ich sie darum bitten, mich endlich im Labor einzusetzen? Dort, wohin ich schon immer wollte?

»Was würdest du davon halten, wenn ich wieder anfangen würde, als Chemikerin zu arbeiten?«, fragte ich, als wir Darrens Wagen bestiegen.

Darren zog die Augenbrauen hoch. »Macht dir die Arbeit auf der Farm keinen Spaß mehr?«

»Doch, aber ich würde mich so gern wieder mit dem beschäftigen, was ich wirklich kann. Cremes zusammenmischen. Eine Pflegeserie entwickeln. Vielleicht sogar eine, die es exklusiv nur auf Maine Chance gibt.«

»Das hört sich wunderbar an. Du solltest mit Miss Arden sprechen. Sie wird dir gegenüber sicher ein offenes Ohr haben.« Darren überlegte einen Moment lang, dann fügte er hinzu: »Aber ich bin der Meinung, dass du auch eine sehr gute Leiterin der Farm abgeben würdest. Was du in den vergangenen Jahren alles geschafft hast …«

»Das ist lieb von dir«, sagte ich. »Hoffentlich sieht Miss Arden es auch so. Aber noch mehr hoffe ich, dass sie mich auf dem Gelände ein Labor einrichten lässt.«

»Warum hast du ihr das nicht schon längst vorgeschlagen?«

Darren startete den Motor, dann fädelte er sich in den Verkehr ein.

»Es hat sich nicht ergeben«, erwiderte ich. »Und wenn ich ehrlich bin, bin ich von Miss Ardens Vorschlägen meist so eingenommen, dass ich es vergesse.«

»Ja, sie kann sehr überzeugend sein.« Ein Lächeln huschte über Darrens Gesicht. »Aber vielleicht hat sie nach der Eröffnung ihrer Schönheitsfarm ein offenes Ohr für dich.«

»Das hoffe ich«, sagte ich, und während Darrens Wagen durch die Häuserschluchten von New York brauste und schließlich die Vororte erreichte, erlaubte ich mir, von dem Labor zu träumen. Und von einer Zukunft mit ihm.

Die Abendsonne glitt über den Landstrich, als Maine Chance vor uns auftauchte, und brachte die Fassaden und Dächer der Gebäude zum Leuchten. Es war ein Anblick, der mir ein heimeliges Gefühl bescherte.

Wir hatten einiges, auf das wir uns freuen konnten. Vielleicht konnte ich dann endlich vergessen, was in Deutschland vorgefallen war. So bald, da war ich mir sicher, würde ich nicht mehr dorthin reisen! Meinen Vater hatte ich endgültig hinter mir gelassen, und meine Mutter würde ich weiterhin in meinem Herzen bei mir tragen.

Als wir auf den Hof fuhren, bemerkte ich ein anderes Fahrzeug. Bei näherem Hinsehen erkannte ich es.

»Miss Arden ist hier«, sagte ich überrascht.

Darren nickte. Auch er hatte das Auto erkannt.

»Was hat das zu bedeuten?«, fragte ich.

»Wahrscheinlich, dass sie selbst nach dem Rechten gesehen hat. Möglicherweise hat sie niemanden gefunden, der einspringen konnte.«

Irgendwie beunruhigte mich das, obwohl ich wusste, dass ein schlechtes Gewissen in diesem Fall nicht angebracht war.

»Hattest du ihr Bescheid gegeben, dass du nicht im Haus bist?«, sprach ich meinen nächsten Gedanken laut aus.

»Natürlich!«, erwiderte Darren. »Mach dir keine Sorgen. Sicher ist alles ganz harmlos.«

»Wenn die Chefin selbst auftaucht, bin ich wirklich geneigt, mir Sorgen zu machen. Vielleicht ist im Haus ja etwas vorgefallen.«

»Wenn dem so ist, liegt es nicht in deiner Verantwortung«, sagte er und brachte den Wagen zum Stehen. »Sie hat dir schließlich erlaubt, nach Deutschland zu reisen.«

Trotzdem bereitete mir die Tatsache, dass Miss Arden hier war, Bauchkribbeln.

Als wir eintraten, erblickte ich Miss Arden im Foyer. Sie musste wohl gerade von einem abendlichen Ausritt gekommen sein, denn sie trug Reitkleidung.

Rasch zog ich meine Hand aus der von Darren zurück. Ich hatte keine Ahnung, ob es ihr recht sein würde, dass zwei ihrer Angestellten eine Beziehung miteinander pflegten. Eigentlich ging es sie nichts an, was Darren und ich privat machten, aber in diesem Augenblick wäre es unpassend gewesen, sie damit zu konfrontieren.

»Ah, Miss Krohn! Sie sind wieder zurück aus Deutschland?«

»Ja, Miss Arden«, entgegnete ich.

»Ich nehme an, Mr O'Connor hat Sie aus New York abgeholt?«

Ich konnte im ersten Moment nichts darauf erwidern. Wie lange war sie hier? Und hatte Darren sie nicht informiert, dass er mich begleiten würde?

»Ja, ich ...« Mein Mund war auf einmal staubtrocken. »Ich bin schon ein wenig früher hier angekommen. Der Besuch in meiner Heimat war ... niederschmetternd.«

»Das tut mir leid«, sagte sie und blickte dann zu Darren. Aus dem Augenwinkel heraus konnte ich erkennen, dass er rot wurde.

»War Ihr Urlaub denn wenigstens gut?«, fragte Miss Arden.

Urlaub? Ich zwang mich, Darren nicht verwundert anzusehen. Hatte er ihr denn nicht gesagt, dass er mit mir nach Berlin fuhr?

»Sehr gut, danke der Nachfrage«, antwortete er wie aus der Pistole geschossen.

»Dann ist bei Ihnen alles in Ordnung?«

»Ja, die Angelegenheit mit meiner Verwandten konnte geklärt werden. Jetzt kann ich mich wieder mit vollem Antrieb meinen Aufgaben widmen.«

Miss Arden nahm diese Worte mit einem Nicken hin. Es erschien mir merkwürdig, dass sie sich so auf ihn konzentrierte. Ich wurde mit einem Satz abgehandelt.

»Wo wir gerade von der Arbeit sprechen, Mr O'Connor: Ich würde mir gern Ihre Entwürfe ansehen. Hätten Sie nachher ein wenig Zeit?«

»Natürlich«, antwortete Darren. »Ich trage Miss Krohn nur noch schnell den Koffer nach oben, dann zeige ich sie Ihnen.«

»Gut.« Miss Arden warf mir noch einen Blick zu, den ich nicht deuten konnte, dann verschwand sie im Korridor.

Erst jetzt wagte ich Darren anzusehen. Konnte er mir meine Frage vom Gesicht ablesen? Ich stellte sie aber nicht laut, sondern erklomm die Treppe. Darren folgte mir wenig später, nachdem er den Koffer aus dem Wagen geholt hatte.

Als er durch die Tür war, drückte ich diese ins Schloss und fragte: »Warum hast du ihr gesagt, dass du Urlaub machen möchtest?«

Darrens Wangen röteten sich. »Ich ... ich wollte es nicht so aussehen lassen ...«

»Als wärst du wieder mit mir zusammen?« Ich zog die Augenbrauen hoch. Bevor wir losgefahren waren, waren wir gute Bekannte, vielleicht auch wieder Freunde gewesen. Da war nichts, wovor er sich hätte fürchten müssen.

»Ich wollte nicht, dass sie die falschen Schlüsse zieht oder vielleicht ablehnt. Ich habe ihr erzählt, dass ich zu einer Verwandten fahren möchte, wegen eines familiären Problems. Genau genommen war das eigentlich nur eine kleine Lüge.«

»Es war eine ziemliche Lüge«, gab ich zurück. »Wenn sie dahinterkommt ...«

»Wie sollte sie?«, fragte er mit einem unverschämten Lächeln. »Es sei denn, du verrätst mich.« Er stellte den Koffer ab, umfasste meine Taille und zog mich an sich.

»Ich habe nicht vor, dich zu verraten«, sagte ich und schmiegte mich an ihn. »Allerdings solltest du vorsichtig sein. Du weißt, für Miss Arden zu arbeiten bedeutet manchmal, durch eine Drehtür zu gehen: schnell hinein und schnell wieder hinaus.«

»Sie wird keinen Grund finden, mich zu entlassen. Meine Entwürfe sind klasse!«

»Das finde ich auch, aber du solltest vorsichtig sein. Ich habe irgendwie so ein Gefühl ...«

»Es ist lieb von dir, dass du dir Sorgen machst, aber ich bin sicher, dass mein Charme sie überzeugen wird.«

Darren beugte sich vor und küsste mich. Die Wärme seiner Lippen breitete sich in meinem Körper aus und weckte das Verlangen, seinen gesamten Körper zu spüren.

Doch unten wartete Miss Arden. Und auch wenn ich noch

nicht wusste, was ihre Anwesenheit zu bedeuten hatte, war es wohl besser, wenn Darren sich nicht allzu viel Zeit ließ.

Während Darren mit Miss Arden sprach, packte ich meinen Koffer aus und sah nach dem Rechten. Peg war bereits gegangen, hatte uns aber ein Drei-Gänge-Menü hinterlassen. Ella und Mindy, die Dienstmädchen, waren noch da und würden das Essen auftragen. Eigentlich machten wir das selbst, aber Miss Arden war im Haus. Wenn der Betrieb erst richtig aufgenommen wurde, würden sich hier stets Angestellte aufhalten, die die Gäste verwöhnten.

Ein freudiges Kribbeln übermannte mich, wenn ich an diese Zeit dachte.

Ich sah Darren erst zum Abendessen wieder. Er wirkte gelöst, als wäre es tatsächlich ein gutes Gespräch gewesen. Ich erlaubte mir ein wenig Erleichterung. Sicher hatten Miss Arden die Entwürfe gefallen.

Da Miss Arden ständig bei uns war, kam ich nicht dazu, mich mit ihm zu unterhalten. Nach dem Abendessen, als Ella und Mindy das Dessert abräumten, wandte sich Miss Arden an mich.

»Könnte ich Sie einen Moment lang sprechen, bevor Sie nach oben entschwinden? Sie sind sicher müde nach der langen Reise, aber es gibt etwas, über das ich mich mit Ihnen gern unterhalten möchte.«

Beinahe wäre mir die Frage herausgerutscht, ob das nicht bis morgen Zeit hätte.

Doch ich nickte natürlich. »Ja, Miss Arden, gern.«

Ich folgte ihr ins Büro, das sie in der Zwischenzeit in Beschlag genommen hatte. Sie hatte mich tatsächlich selbst vertreten und war nicht nur zu Besuch hier. Auf dem Schreibtisch sah ich einige Unterlagen, aber auch dicke Einrichtungskataloge und Zeitschriften. Offenbar hatte sie die Zeit gut genutzt.

Miss Arden bedeutete mir, Platz zu nehmen, dann zog sie die Tür ins Schloss.

»Mögen Sie ein Glas Limonade?«, fragte sie.

»Ja, gern«, antwortete ich, denn die Zunge klebte mir vor Aufregung am Gaumen. Beinahe wünschte ich, weniger gegessen zu haben, aber Pegs Schmorbraten war das Beste, das man hier bekommen konnte.

Miss Arden schenkte zwei Gläser ein und reichte mir eines davon. Dann setzte sie sich mir gegenüber.

»Sie haben wirklich sehr gute Arbeit geleistet«, begann sie. »Alles ist bereit für die Eröffnung. Ich kann gar nicht sagen, wie froh mich das macht.«

Sie lächelte und prostete mir zu.

Ich erwiderte ihr Lächeln. Vielleicht war ja doch alles in Ordnung.

»Es hat mir große Freude gemacht«, sagte ich. »Und ich habe viele Ideen, die wir nach der Eröffnung vielleicht noch umsetzen könnten.«

»Und die wären?«, fragte Miss Arden.

Sollte der Moment wirklich gekommen sein, ihr meine Wünsche mitzuteilen?

»Nun, ich habe überlegt, ob wir nicht ein Labor auf dem Gelände eröffnen sollten. Vielleicht in einem der äußeren Gebäude. Wir könnten vor Ort die Kosmetik für die Farm herstellen und exklusiv an die Kundinnen abgeben. Das würde den Reiz noch erhöhen, einen Aufenthalt zu buchen, denn hier würden die Damen Produkte bekommen, die es anderswo nicht gibt.«

Miss Arden betrachtete mich prüfend. »Würden Sie gern wieder als Chemikerin arbeiten? Ich dachte, die vergangenen Jahre hätten Sie davon überzeugt, dass Sie auch andere Talente haben.«

»Die Chemie war immer schon meine Leidenschaft«, sagte

ich. »Ich habe bereits in meiner frühesten Jugend damit begonnen.«

»Aber Sie sind auch eine sehr talentierte Organisatorin«, erwiderte sie. »Wie Sie vielleicht wissen, besetze ich meine Stellen nicht immer mit Leuten, die dafür ausgebildet wurden. Auch Sie sind jemand, in dem ich mehr sehe.«

Sie blickte mir in die Augen, auf eine Weise, die mir seltsam vorkam. Es war nicht unfreundlich, dennoch verschaffte es mir Unwohlsein.

»Aber besonders in der letzten Zeit sehne ich mich wieder nach der Arbeit im Labor«, gestand ich. »Und ich glaube, es wäre eine sinnvolle Ergänzung zu dem, was Sie hier auf den Weg bringen.«

»Nun, es freut mich, dass Sie so denken«, sagte sie. »Doch ich habe bereits sehr gute Chemiker. Ohne Ihr Talent infrage stellen zu wollen, bleibe ich in der Hinsicht bei dem Bewährten. Und Sie würden eine ausgezeichnete Leiterin meiner Farm abgeben. Allerdings ...«

»Ja?« Was hatte das zu bedeuten?

Miss Arden machte eine kurze Gedankenpause, dann sagte sie: »Ihr Verhältnis zu Mr O'Connor scheint recht innig zu sein.«

Ich blickte sie verwundert an. Was hatte das mit meiner Befähigung zu tun, die Schönheitsfarm zu leiten?

»Ja, wir ... Er ist mir eine große Hilfe gewesen, nachdem ich die Nachricht bekommen habe«, antwortete ich verwirrt. Der Schweiß brach mir aus. Ich konnte ihr unmöglich erzählen, dass er mit mir in Deutschland gewesen war.

»Es ist immer gut, jemanden an seiner Seite zu haben. Aber das meine ich nicht. Mir ist aufgefallen, wie er Sie ansieht.«

Ich wurde rot. War es denn so offensichtlich? So viel zu meinem schönen Plan, es den Leuten hier langsam begreiflich zu machen.

Miss Arden wartete meine Antwort nicht ab. »Tragen Sie sich mit dem Gedanken, aus Ihrer Freundschaft mehr werden zu lassen?«, fragte sie weiter.

Ich starrte sie mit großen Augen an. Wie meinte sie das? Und was kümmerte sie das überhaupt?

»Ich ... ich weiß nicht«, sagte ich ausweichend. »Mr O'Connor ist ein guter Freund.«

Ein Lächeln trat auf ihre Lippen, das ich nicht so recht deuten konnte. War es Zustimmung oder Ablehnung?

»Sie können ehrlich sein. Bei jeder Frau kommt der Moment, in dem sie sich für einen Partner entscheiden will. Ist Mr O'Connor derjenige?«

»Möglicherweise«, gab ich etwas unsicher zurück. Der ganze Rahmen dieses Gesprächs passte nicht. Miss Arden war nicht meine Freundin, mit der ich mich über meine Beziehung austauschen wollte. Warum blieb sie so hartnäckig? Es ging sie doch gar nichts an.

Oder wollte sie auf diesem Weg herausfinden, ob Darren mich begleitet und sie damit angelogen hatte?

Auf einmal wäre ich am liebsten aus dem Raum geflohen.

Miss Arden schwieg eine Weile.

»Ich möchte Ihnen nicht in Ihr Privatleben hineinreden«, sagte sie dann, »aber ist es wirklich ratsam, zu diesem Zeitpunkt an eine Beziehung zu denken?«

»Wie bitte?«, platzte es aus mir heraus.

Ein Lächeln erschien auf ihrem Gesicht, während sie mich musterte. »Sie haben alles, was es in unserem Gewerbe braucht. Köpfchen, gutes Aussehen und Ideen. Aus Ihnen könnte eine ganz Große in diesem Geschäft werden.«

»Und Sie meinen, das kann ich nicht mit einem Mann an meiner Seite?«

Miss Arden überlegte. »Ich habe die Erfahrung gemacht, dass die meisten Frauen meine Ansicht von der Ehe nicht teilen.« Sie hielt kurz inne und fuhr dann fort: »Als ich geheiratet habe, bin ich mit meinem Mann aufs Standesamt gegangen und danach wieder an die Arbeit. Trotz Ehemann wollte ich nicht auf meine Karriere verzichten. Doch viele Frauen schieben ihr Talent beiseite, sobald sie verheiratet sind. Dabei verkümmert es, und erst wenn die Ehe zu Bruch geht oder der Gatte stirbt, kommen sie zu der Erkenntnis, dass das alles ein großer Fehler war. Doch dann ist es für sie schon zu spät.«

Ich fühlte mich, als hätte man mir einen großen Stein auf die Brust gelegt. Miss Arden glaubte also, dass ich nicht mehr arbeiten wollen würde, sobald ich verheiratet war?

»Ich werde meinen Beruf ganz sicher nicht aufgeben«, beteuerte ich. »Kosmetik ist meine Leidenschaft. Ich werde sie immer verfolgen, auch wenn ich eines Tages heirate.«

Die Zweifel auf Miss Ardens Gesicht ließen mich verstummen. Wie kam sie nur darauf? Ich war erst seit etwas mehr als einer Woche wieder richtig mit Darren zusammen. Wir hatten noch keine Pläne für die Zukunft. Und er war auch nicht der Mann, der mir verbieten würde zu arbeiten. Ganz im Gegenteil, wenn ich an das Gespräch zurückdachte, das wir auf der Fahrt hierher geführt hatten. Im Gegensatz zu ihr hatte er die Idee, ein Labor zu eröffnen, gemocht ...

»Nun, dann wollen wir sehen, wie sich die Dinge entwickeln, nicht wahr?«, sagte sie und erhob sich.

Ich blickte auf das Limonadenglas in meiner Hand. Ich hatte noch nicht einen Schluck davon genommen. Und wie es aussah, sollte ich schon wieder gehen.

»Ich werde morgen früh abreisen«, sagte Miss Arden. »Sic sind ja wieder am Platz, nicht wahr?«

»Das bin ich«, gab ich zurück und erhob mich ebenfalls. Enttäuschung machte sich in mir breit und auch ein wenig Verwunderung. Was sollte dieses Gespräch? Und warum hatte sie sich nicht einmal nach meiner Mutter und meiner Zeit in Deutschland erkundigt?

Ich ging zur Tür, blieb stehen und wandte mich noch einmal um. »Vielen Dank, dass ich in Ihrer deutschen Niederlassung übernachten durfte«, sagte ich.

»Gern geschehen. Sie sind in jedem meiner Häuser jederzeit willkommen.«

Ich nickte und verließ den Raum. Erst draußen wurde mir klar, dass sie von der deutschen Niederlassung auch erfahren würde – oder es vielleicht schon erfahren hatte –, dass Darren bei mir gewesen war.

49. Kapitel

Am nächsten Morgen verabschiedete sich Miss Arden von uns. Ohne das Frühstück einzunehmen, bestieg sie zusammen mit ihrem Chauffeur ihren Wagen und fuhr davon. Mit einem unguten Gefühl in der Magengegend blickte ich ihr hinterher. Sie hatte nichts weiter verlauten lassen, und so wusste ich nicht, wie sie meine Worte aufgefasst hatte. Auch hatte sie Darren nicht wieder zu sich zitiert.

Aus Vorsicht war ich in der Nacht nicht zu ihm gegangen. Ich wollte nicht, dass sie irgendetwas mitbekam. Außerdem fühlte ich mich durch ihre Anwesenheit ein wenig beklommen.

Doch vielleicht machte ich mich auch nur verrückt wie damals, als ich bei der ersten Besichtigung des Hauses die Bemerkung über Madame fallen ließ.

Ob ich nun die Leitung der Farm übernahm oder nicht, war eigentlich nebensächlich. Was mir Kopfzerbrechen bereitete, war Miss Ardens Ansicht, dass ich wie die meisten anderen Frauen sei und meine Karriere beenden würde, sobald ich einen Ehemann hatte. Daran dachte ich nicht im Geringsten!

Darren legte mir den Arm um die Schulter. »Endlich wieder allein«, sagte er.

Ich lehnte mich an ihn. »Ja, scheint so.«

»Was ist?«, fragte er.

»Wir sollten reden«, sagte ich.

»Oh, oh! Das klingt gar nicht gut.«

»Es hat nichts mit dir zu tun. Oder besser gesagt nichts mit uns. Und wiederum …«

Eine Bewegung ließ mich verstummen. Ella durchquerte das Foyer. Ich bedeutete Darren mit einem Blick, mir zu folgen.

Wir gingen in den Garten. Dort, wo bereits einige Lauben auf die Besucher warteten, würden wir ungestört reden können, denn um diese Zeit waren die meisten Stallarbeiter bei den Pferden, die Hausmädchen im Haus und die Gärtner noch nicht zugegen.

Wir setzten uns auf eine der Bänke.

Darrens Miene wirkte besorgt. »Und?«, fragte er. »Was gibt es?«

Ich atmete tief durch. »Hat dich Miss Arden gestern auf unsere Beziehung angesprochen?«

Darren schüttelte den Kopf. »Nein, wie kommst du darauf?«

»Weil sie es bei mir getan hat.«

Er zog die Augenbrauen hoch und blickte mich ungläubig an. »Und was hat sie gesagt?«

»Sie wollte wissen, ob zwischen uns etwas wäre. Und dann fragte sie mich, ob ich das für richtig hielte, jetzt, wo meine Karriere dabei sei, richtig zu beginnen. Sie fürchtet, dass ich aufhören würde zu arbeiten, sobald ich verheiratet bin.«

Darren starrte mich wie versteinert an. »Das ist doch nicht ihr Ernst! Warum hast du mir nichts gesagt?«

»Ich hatte bisher nicht die Gelegenheit.«

»Du hättest zu mir kommen können.«

»Ich habe mich nicht getraut. Es war … als hätte man eine böse Schwiegermutter unter demselben Dach.«

Darren lachte auf. »Nun, dieser Vergleich ist nicht ganz von der Hand zu weisen. Besonders nachdem ich das jetzt gehört habe.«

»Ich fand es auch seltsam, das kannst du mir glauben. Ich habe ihr versichert, dass ich meine Karriere nicht aufgeben würde. Außerdem ist es ja nicht so, dass wir direkt vor unserer Hochzeit stehen, nicht wahr?«

Darren sah mich etwas niedergeschlagen an. »Nein, so ist es nicht.«

Ich zog die Augenbrauen hoch. Warum veränderte sich seine Stimmung plötzlich?

»Siehst du! Außerdem würdest du mir doch nicht verbieten, arbeiten zu gehen, stimmt's?«

Er griff nach meiner Hand und sah mir tief in die Augen. »Das würde ich niemals tun! Du bist eine ganz wunderbare Frau, und ich will, dass du glücklich bist. Und wenn die Arbeit zu deinem Glück gehört, dann soll es so sein!«

Ich lächelte ihn an, zog ihn in meine Arme und küsste ihn. Wenig später umfing er mich ebenfalls, und wir blieben einige innige Momente lang auf der Bank sitzen, bevor wir zum Haus zurückkehrten.

Die nächsten Tage verliefen wie vor meiner Abreise nach Deutschland.

Ich kümmerte mich darum, Verbrauchsmaterial und die letzten Möbelstücke für die Gästezimmer zu organisieren, Darren gab der Werbekampagne den letzten Schliff. Es war, als wäre ich nie weg gewesen.

Nach und nach vergaß ich das seltsame Gespräch mit Miss Arden. Da wir unsere Beziehung vor den Angestellten noch nicht öffentlich machen wollten, begnügten wir uns tagsüber mit kleinen Zärtlichkeiten. Nachts jedoch schlichen wir abwechselnd in das Zimmer des jeweils anderen und liebten uns leidenschaftlich. Der Gedanke, dass ich schwanger werden könnte, kam mir hin und wieder. Als ich Darren darauf ansprach, zog er mich an sich. »Und wennschon! Ich werde dich nicht im Stich lassen wie dieser Mistkerl!«

Am Freitag bat mich Darren in sein Büro.

»Was meinst du?«, fragte er mich und deutete auf die Entwürfe, die er auf dem Schreibtisch ausgebreitet hatte.

»Sie sind wunderbar«, antwortete ich. Die Farben strahlten und würden sicher alle Blicke auf die Abbildungen ziehen. In meinen Augen waren sie eine würdige Reklame für den Schönheitsclub. Ich war sicher, dass Ray ebenso wie Henny Lust verspürt hätte, unser Angebot anzunehmen – auch wenn sie keine reichen und erfolgreichen Geschäftsfrauen waren. Hierzu konnte keine Frau Nein sagen.

»Ich glaube, Miss Arden wird sehr zufrieden sein.«

»Das war sie bereits, als sie sie neulich gesehen hat. Aber ich habe hier und da noch etwas daran gefeilt.«

»Besser geht es wirklich nicht.«

Darren stellte sich neben mich und legte einen Arm um meine Taille. »Wir sollten das Wochenende für einen kleinen Ausflug nutzen. Nur du und ich irgendwo in der Wildnis.«

»Aber die Farm soll am 1. Juni eröffnen«, gab ich zu bedenken.

»Umso dringender sollten wir etwas unternehmen. Solange uns all die reichen Frauen noch nicht die Tür einrennen ... Danach wirst du wahrscheinlich keine Zeit mehr dazu haben.«

Ich rang mit mir. Konnte ich wirklich von meinem Posten weichen? Besonders jetzt, nach dem seltsamen Gespräch mit Miss Arden?

Es gab noch viel zu tun. Auch wenn Miss Arden uns etwas anderes bescheinigte, hatte ich das Gefühl, dass wir noch lange nicht bereit waren.

»Okay!«, sagte ich dennoch.

Darren lächelte breit. »Das ist mein Mädchen!«

»Aber wir bleiben nur zwei Tage und kehren spätestens Montagfrüh zurück, ja?«

»Versprochen. Pack einfach die Koffer und überlass alles andere mir.«

Am Abend wartete ich mit pochendem Herzen in meinem Zimmer. Darren hatte den ganzen Tag über nicht verraten wollen, wohin es gehen sollte. Bis zur Küste war es ein gutes Stück, doch auch in der Nähe der Seen gab es ganz reizende kleine Unterkünfte.

Als er in meinem Zimmer erschien, strahlte er bis über beide Ohren. »Bist du bereit?«

»Wohin fahren wir?«, wollte ich wissen.

»Das hast du mich früher auch immer gefragt.«

»Und du hast mir erst auf den letzten Drücker geantwortet.«

»So bin ich eben!«

Ja, so war er. Und seinen Ideenreichtum liebte ich.

Nachdem ich Peg ein schönes Wochenende gewünscht hatte, verließen wir die Farm. Darren steuerte seinen Wagen über etliche schmale Landwege, und nach einer Weile wurde mir klar, dass wir lediglich auf die andere Seite der Seen fuhren. Wir durchquerten zahlreiche Wälder und sahen weitläufige Felder, die zu dieser Jahreszeit noch unbestellt waren. Dafür zeigte sich am Wegrand das erste frische Grün.

»Es gibt dort eine Fischerhütte, in der wir ganz ungestört sein können«, erklärte er mir, als wir uns unserem Zielort näherten. »Keine Stallburschen, kein Prinz und auch keine Peg und keine Mädchen. Nur wir beide.«

»Nicht, dass wir das nicht vor einer Woche auf dem Schiff gehabt hätten«, sagte ich lachend.

»Tja, leider kann ich davon nicht genug bekommen.«

Wir erreichten die Hütte, als die Sonne schon hinter dem Horizont verschwunden war. In ihr brannte Licht.

»Bist du sicher, dass wir hier richtig sind?«, fragte ich skeptisch.

»Warum?«

»Das Licht! Jemand ist in der Hütte.«

»Das habe ich mit Hank so besprochen«, erklärte Darren. »Hank ist der Besitzer dieser kleinen Perle. Morgen früh, wenn es hell ist, wirst du sehen, wie hübsch das Häuschen ist. Glücklicherweise hat Miss Arden es nicht gesehen und gekauft.«

»Hätte Hank es denn verkauft?«, fragte ich.

Darren schüttelte den Kopf. »Auf gar keinen Fall!«

Als er die Tür öffnete und der Lichtschein auf mich fiel, sah ich als Erstes einen reich gedeckten Tisch. Auf der rot-weiß karierten Tischdecke standen ein paar Körbchen mit Brot und Obst, in der Mitte eine Etagere mit Hummerschwänzen. Hank musste sie gerade erst hergebracht haben, denn sie wirkten sehr frisch und appetitlich.

»Woher kennst du Hank?«, fragte ich verwundert, während ich eintrat. In einem Sektkühler stand sogar eine Flasche Champagner.

»Ich bin ihm im Pub begegnet. Damals, nachdem du mir die Meinung gegeigt hast.«

»Wirklich?«, fragte ich und spürte, wie meine Wangen zu glühen begannen.

»Ja. Er erzählte mir von seiner Hütte. Ich habe ihm zugehört und die Information in meinen Hirnwindungen abgelegt. Damals war mir noch nicht klar, wozu sie gut sein könnte, aber jetzt weiß ich es und habe ihn angerufen.«

Ich blickte mich um. Von einer Hütte konnte man nicht wirklich sprechen, es war eher ein kleines Wochenendhaus. Von denen gab es etliche in der Gegend der Belgrade Lakes. Die Möblierung war ebenso wie die Wände in Weiß gehalten und stammte wahrscheinlich aus verschiedenen Haushalten.

Jeder Stuhl war etwas anders. Eine schmale Treppe führte wohl hinauf ins Schlafzimmer. Für Farbe sorgten Bilder und alte Taue, die offenbar beim Fischfang verwendet wurden.

Darren stellte unsere Taschen auf die Ablage neben der Tür. Dann umfasste er mich von hinten. »Wollen wir erst essen oder …«, raunte er und küsste meinen Nacken.

»Essen«, sagte ich, denn ich hatte einen Bärenhunger. Ich griff nach einem Stück Hummerschwanz, tauchte es in die Cocktailsoße, die in einem kleinen Kristallschälchen angerichtet war, und schob es ihm zwischen die Lippen. »Alles andere kommt danach.«

Als wir in der Nacht nebeneinanderlagen, erschöpft von den Stunden der Leidenschaft, sagte Darren plötzlich: »Lass es uns tun!«

»Was denn?«, fragte ich verwundert.

»Lass uns heiraten.«

Ich zog die Augenbrauen hoch.

»Ich meine, Miss Arden hat einen guten Riecher. Sonst hätte sie dir nicht diese Frage gestellt.« Er sah mich an und strich mir zärtlich über die Wange. »Was meinst du? Sollen wir ihr recht geben?«

»Soll das ein Antrag sein?«, erwiderte ich ein wenig überrascht. »Normalerweise kniet sich der Mann dazu vor der Frau nieder und streckt ihr einen Ring entgegen.«

Darren lächelte. »Aber so eine Frau bist du nicht, stimmt's? Willst du es wirklich auf die altmodische Art?«

Ich hatte keine Ahnung, was ich wollte. Doch seine Worte stürzten mich in ein ziemliches Gefühlschaos. Bisher hatte ich mir keine großen Gedanken über die Zukunft gemacht. Ich wollte ihn einfach nur genießen, wie damals, als wir das erste Mal zusammen gewesen waren. Was wir hatten, war schön. Es gab keine Geheimnisse mehr, nichts, was unausgesprochen war. Es fühlte sich sehr befreiend an, nicht auf seine Worte achten zu müssen.

Doch ich hatte Miss Arden nicht die Unwahrheit gesagt: Ich hatte bisher nicht ans Heiraten gedacht.

»Überleg es dir«, sagte er und küsste mich sanft auf den Mund. »Wenn du Ja sagst, bekommst du deinen altmodischen Antrag inklusive Ring und Kniefall, versprochen.«

»Das ist gar nicht nötig«, erwiderte ich. In meiner Brust flatterte es, und ich ertappte mich bei einem breiten Lächeln. »Jedenfalls das mit dem Kniefall. Den Ring hätte ich schon gern.«

»Den kriegst du. Ich habe da auch schon eine Idee.«

»Idee?«, fragte ich. »Für den Ring?«

»Ja. Es soll nicht irgendein Ring sein.«

»Ach? Woher hast du auf einmal das Geld für etwas Ausgefallenes?«

»Vielleicht brauche ich das Geld gar nicht«, gab er zurück. »Doch wenn ich es dir jetzt schon sage, ist es keine Überraschung mehr, nicht wahr?«

»Da hast du recht.« Ich spürte einen Moment lang seinem Herzschlag nach, dann fuhr ich fort. »Aber ich mag Überraschungen nur bedingt.«

»Jederlei Art oder nur die schlechten?«

»Die schlechten auf jeden Fall weniger. Aber auch die guten Überraschungen haben es manchmal so sehr in sich, dass ich sie lieber kommen sehe.«

»Nun, ich habe dich jedenfalls gewarnt!« Darren lachte. Als er bemerkte, dass ich schwieg, fragte er: »Ist alles in Ordnung? Bedränge ich dich zu sehr?«

Ich schüttelte den Kopf. »Nein, es ist nur … Miss Arden …«

Darren stieß einen Unmutslaut aus. »Was hat sie denn damit zu tun?«

»Sie hat mich zum Gespräch gebeten, kurz nachdem wir aus

New York angekommen waren. Sie fragte mich, ob das zwischen uns mehr werden könnte.«

Darrens Blick verfinsterte sich. »Das geht sie doch überhaupt nichts an. Oder frage ich sie, wie es in der letzten Zeit mit Jenkins gelaufen ist?«

»Sie ist seit einer Weile von ihm geschieden.«

»Genau! Und hat sie einen von uns gefragt, ob uns das passen würde?«

Er setzte sich auf. Seine Miene wirkte angespannt.

»Du hast recht. Bitte entschuldige, dass ich das aufgebracht habe.« Ich seufzte. »Ich hatte das schon einmal bei Madame. Sie hat mir auferlegt, zehn Jahre lang nicht zu heiraten. Wenn es damals anders gelaufen wäre ... Ich meine, wenn wir uns nicht getrennt hätten, hättest du mich dann um meine Hand gebeten?«

»Das war eine andere Zeit«, gab Darren zurück. »Und was Mrs Titus angeht, so hatte auch sie kein Recht, dir eine Klausel wie diese aufzuerlegen.«

»Nenn sie nicht so!«

»Warum denn nicht?« Darren hob die Augenbrauen. »Nach dem, was sie von dir gefordert hat, würde ich sie am liebsten alte Gewitterziege nennen.«

»Bitte!« Ich sah ihn an und fragte mich gleichzeitig, ob ich damals bereit gewesen wäre, für Darren alles aufzugeben. Immerhin hatte ich in einem Labor gearbeitet. Damals, so kam es mir jetzt vor, war ich meinem Traum, Kosmetik selbst herzustellen, näher gewesen als jetzt. Miss Arden hatte nichts von einem Labor hören wollen. Es war genauso wie damals, als ich sie gefragt hatte, ob sie mich nach Frankreich schicken würde.

»Also?«, fragte er sanft und strich mir übers Haar. »Könntest du dir vorstellen, meine Frau zu werden? Auch wenn Miss Arden in die Luft geht?«

Ich schaute in seine Augen, wohl wissend, dass er immer

noch leicht aufzubringen war. Doch ich liebte ihn, da war ich sicher. Und ich spürte, dass sich seit damals auch in ihm etwas verändert hatte. Weder Miss Arden noch Madame konnten mich davon abhalten. Und wenn ich seit meinem Rauswurf bei Rubinstein eines gelernt hatte, dann dass es wichtigere Dinge gab als die Arbeit.

»Ja, das könnte ich mir durchaus vorstellen«, antwortete ich lächelnd, worauf er mich schwungvoll in seine Arme zog.

»Das wollte ich hören!«

Er küsste mich schmatzend auf den Mund, und der nächste Kuss wurde wieder inniger und lustvoller. Mrs O'Connor, dachte ich. Der letzte Schritt, um mich von meinem Vater zu lösen. Das Glück explodierte in meiner Brust, als wir erneut unter der Bettdecke verschwanden.

50. Kapitel

Das wundervolle Wochenende ging viel zu schnell vorüber. Vor lauter Lust aufeinander verließen wir kaum die Hütte. Als wir es doch taten, saßen wir lange am See und träumten von der Zukunft. Darren und ich würden ein kleines Häuschen kaufen und versuchen, abseits der Farm unterzukommen. Er könnte vielleicht in Portland einen Job finden. Ich würde fahren lernen, und möglicherweise könnten wir uns ein zweites Automobil anschaffen. Und vielleicht würden eines Tages auch Kinder zu uns gehören.

Der Gedanke an Louis war in den vergangenen Jahren immer blasser geworden. Da sich Monsieur Martin nicht meldete, bestand wohl keine Hoffnung mehr. Das zerriss mir das Herz, aber ich versuchte, nach vorn zu schauen. Vielleicht konnte mich ein Kind mit Darren glücklich machen.

Den Bauch voller Schmetterlinge und den Kopf voller Pläne, stieg ich am Montagmorgen aus Darrens Wagen.

Bald würde ich heiraten! Daran hatte ich schon lange nicht mehr geglaubt. Am liebsten hätte ich es laut über das Gelände von Maine Chance gerufen!

Doch erst einmal wollte ich es Peg erzählen. Ob sie in der vergangenen Woche mitbekommen hatte, dass Darren und ich anders miteinander umgingen? Wenn ja, hatte sie sich wohl nicht getraut, eine Bemerkung zu machen.

Beim Eintreten erblickte ich einen Brief auf dem Fußboden. Der Postbote musste ihn erst vor Kurzem durch den Türschlitz geschoben haben.

Er war an Darren adressiert. Ein eleganter Umschlag, versehen mit dem Namen E. Arden als Absender. Was mochte Miss Arden ihm mitzuteilen haben?

»Hier ist ein Brief für dich«, sagte ich und reichte ihm den Umschlag.

Darren runzelte die Stirn. »Von Miss Arden?« Er drehte das Kuvert herum. »Was kann sie wollen?«

»Das wirst du wohl erst erfahren, wenn du ihn öffnest«, sagte ich. »Vielleicht schickt sie dir eine Einladung.«

Wenn das stimmte, fand ich es merkwürdig, dass ich nicht auch eine erhielt.

Das seltsame Gefühl, das mich seit dem merkwürdigen Gespräch mit Miss Arden begleitete und nur am Wochenende etwas nachgelassen hatte, kehrte nun mit voller Wucht zurück. Im nächsten Augenblick beobachtete ich, dass Darren erbleichte.

»Das kann doch nicht wahr sein!«, kam es geschockt über seine Lippen.

»Was ist passiert?« Meine Brust schnürte sich zusammen.

»Sie spricht mir die Kündigung aus!«

Ich öffnete den Mund, konnte aber kein Wort herausbringen. Ungläubig schüttelte ich den Kopf. Darren hielt mir den Brief entgegen. Ich nahm ihn und las.

Sehr geehrter Mr O'Connor,

hiermit muss ich Ihnen leider mitteilen, dass ich Sie aus meinen Diensten entlassen werde. Ihre zuletzt gezeigten Arbeitsleistungen entsprechen nicht mehr dem, was ich als Standard in meiner Firma ansehe. Ich zahle Ihnen noch das restliche Honorar, bitte Sie aber, umgehend Maine Chance zu verlassen.

Gruß,
Elizabeth Arden

»So ein verdammtes Miststück!«, brummte er.

Mindy, die in diesem Moment das Foyer betrat, stockte und starrte uns mit großen Augen an. »Alles in Ordnung, Sie sind nicht gemeint«, sagte ich, worauf sie sich schnell wieder zurückzog.

»Komm«, sagte ich und zog ihn mit mir nach draußen.

Auf dem Hof legte Darren den Kopf in den Nacken und schnaufte. Ich spürte deutlich seine Aufgewühltheit. Er wirkte wie eine Dynamitstange, die jederzeit explodieren konnte.

»Hast du eine Ahnung, was das soll?«, fragte ich. »Ich meine, Sie sagte doch …«

»Offenbar sagt Miss Arden viel, wenn der Tag lang ist«, entgegnete Darren zornig, dann sah er mich an. »Hat sie dir gegenüber irgendetwas verlauten lassen?«

Ich schüttelte den Kopf. »Nein! Ich habe dir alles von diesem seltsamen Gespräch erzählt. Deine Arbeitsleistung war nicht Thema.« Ich hielt kurz inne. Darrens Augen waren genauso dunkel wie damals, als er von meinem Sohn erfahren hatte. »Ich dachte, sie hat dir gesagt, dass sie zufrieden sei.«

»Das hat sie. Allerdings war das, bevor sie erfahren hat, dass wir zusammen sind.«

»Aber das eine hat doch mit dem anderen nichts zu tun!«

»Das scheint Miss Arden anders zu sehen.« Darrens Blick glitt in die Ferne. Seine Kiefer mahlten. Ich fühlte mich auf einmal schuldig, obwohl ich nichts getan hatte.

Gleichzeitig wusste ich nicht, was ich sagen sollte.

Ich berührte seinen Arm. »Darren, ich …«

Er entzog sich mir. »Ich muss ein wenig allein sein, okay?«

Ich wollte fragen, warum, doch ich sah ein, dass es besser war, einfach zu nicken und ihn gehen zu lassen.

Darren stapfte davon in Richtung der Ställe. Zu gern wäre ich ihm nachgelaufen und hätte ihn umarmt, aber das wäre ihm wahrscheinlich nicht recht gewesen.

Ich blickte auf den Brief in meiner Hand. Tränen stiegen in meine Augen, und Wut überkam mich. Gerade war alles perfekt gewesen. Warum tat Miss Arden uns das an? Gerade jetzt, so kurz vor der Eröffnung von Maine Chance!

Dann wurde mir klar, dass das Gespräch über Darren kein Zufall gewesen war. Möglicherweise hatte ich, indem ich meine Beziehung zu Darren zugab, sie dazu gebracht, ihm die Kündigung auszusprechen!

»Miss Krohn! Sie sind wieder da!«, tönte es hinter mir. Peg.

Ich schloss kurz die Augen und versuchte, meine Gefühle unter Kontrolle zu bringen. Dann wandte ich mich um und zwang mich zu einem Lächeln.

»Ja, das bin ich!«, sagte ich. »Was gibt es denn?«

»Ich würde gern mit Ihnen den Essensplan für die kommende Woche besprechen, wenn Sie nichts dagegen haben.«

Ich warf noch einen Blick in die Richtung, in die Darren gegangen war, konnte ihn aber nicht mehr ausmachen. Dann folgte ich Peg ins Haus.

Darren blieb den ganzen Tag über verschwunden und tauchte auch zum Abendessen nicht auf. War er wieder im Pub? Lief er durch die Gegend? Ich wünschte, er wäre geblieben und hätte mit mir geredet. Warum reagierte er nur immer so?

Peg hatte sich natürlich ebenso wie der Rest der Belegschaft über sein Ausbleiben gewundert. Ich hatte ihr erklärt, dass er einen Brief erhalten habe. Über den Inhalt hatte ich ihr nichts erzählt, das war Darrens Angelegenheit. Daraufhin wurde spekuliert, ob es vielleicht eine Nachricht von seiner Familie gewesen wäre. Ich schwieg und dachte mir meinen Teil. Dass ihm gekündigt worden war, würde die anderen sicher ebenso schockieren wie mich.

Mittlerweile senkte sich die Sonne dem Horizont entgegen. Unruhig ging ich im Büro auf und ab, immer wieder blickte ich aus dem Fenster. Gab es etwas, das ich unternehmen konnte? Darren hatte mir in Berlin zur Seite gestanden, jetzt wollte ich dasselbe für ihn tun. Immerhin würde ich bald seine Verlobte sein. Warum schloss er mich aus? Als ich die Außentür hörte, zuckte ich zusammen und rannte aus dem Büro. In diesem Augenblick kam Darren den Gang entlang.

»Wo warst du?«, fragte ich, doch er zog mich wortlos in seine Arme und küsste mich.

»Ich musste nachdenken«, sagte er dann.

»Wirst du mit ihr reden?«, fragte ich. »Vielleicht ist das alles nur ein Missverständnis.«

Darren schüttelte den Kopf. »Nein, das ist es nicht. Und ich bin sicher, dass es nicht an meinen Entwürfen liegt.« Er blickte mich an. »Sie will mich aus deiner Nähe forthaben. Aus welchen Gründen auch immer.«

»Aber dazu hat sie kein Recht. Das musst du ihr sagen!«

»Ich glaube kaum, dass ich damit Erfolg haben werde. Miss Arden ist, wenn man sie wütend macht, wie ein wildes Tier. Das kann dir Thomas Jenkins sicher bestätigen, jetzt, wo er von ihr geschieden ist und ihre Zähne zu spüren bekommen hat. Wer weiß, vielleicht hat er sich damals auch nichts zuschulden kommen lassen. Sie wollte ihn vielleicht ebenso loswerden wie mich.« Er machte eine Pause und küsste mich erneut. »Sie will, dass du so wirst wie sie.«

»Das wird sie niemals schaffen!«, gab ich zurück.

Als Darren am Morgen das Haus verließ, fühlte ich mich, als würde mir ein Teil meiner Seele aus dem Leib gerissen werden. Weinend lag ich in Darrens Armen. Er hielt mich und flüsterte leise auf mich ein. »Wir schaffen das, du und ich. Wenn ich erst einmal einen Job gefunden habe, sehen wir weiter. Vielleicht bin ich dann gar nicht so weit von hier entfernt.«

»Aber wie willst du hier Arbeit finden?«, schluchzte ich. »In dieser Gegend gibt es keine größeren Firmen, die sich einen Werbefachmann leisten könnten!«

»Ich werde mich umhören und nicht ruhen, bis ich etwas gefunden habe. Und irgendwann werden wir unser Häuschen hier haben, das verspreche ich dir.«

Zum Abschied küssten wir uns erneut lange, dann stieg er in seinen Wagen. Nur zu gern wäre ich mit ihm gefahren, doch am heutigen Tag erwarteten wir eine wichtige Lieferung. Ich versuchte, mich an dem festzuhalten, was er versprochen hatte, und tapfer zu sein, als sein Wagen vom Hof fuhr. Aber als ich die Rücklichter nicht mehr sehen konnte, fiel ich auf die Knie und weinte bitterlich.

Den Tag verbrachte ich, als wäre mein Kopf in Watte gepackt. Ich war nicht in der Lage, normal zu arbeiten oder zu funktionieren.

Natürlich war es nicht das Ende der Welt, doch ich war jetzt sicher, dass Darrens Kündigung einen anderen Grund hatte als den, den Miss Arden genannt hatte. Ich war der Grund, seine Beziehung zu mir.

In der Nacht lag ich wach und starrte an die Decke meines Zimmers. Das Haus kam mir ohne Darren leer vor, und vor lauter Zorn über seine Entlassung begann ich schließlich zu zittern, als wäre es mitten im Winter.

Er hatte mich angerufen, sobald er in New York angekommen war. Glücklicherweise hatte er seine Wohnung dort noch nicht aufgekündigt, so brauchte ich mir keine Sorgen zu machen, dass er kein Dach über dem Kopf hatte.

Doch die Ungerechtigkeit würgte mich und trieb mich schließlich aus dem Bett. Gab es denn nichts, was ich tun konnte? Konnte ich sie nicht irgendwie umstimmen und ihr klarmachen, dass meine Arbeit nicht unter meiner Beziehung leiden würde? Wie kam sie nur darauf?

Als der Morgen heraufdämmerte, fühlte ich mich hundemüde, doch ich war mir sicher, dass es nur einen Weg gab: Ich musste zu Miss Arden fahren und mit ihr reden.

Möglicherweise führte das zu nichts, aber ich wollte es wenigstens versucht haben.

Als Peg das Haus betrat, saß ich bereits in der Küche. Ich hatte mir selbst einen Kaffee gebrüht, der allerdings nicht im Geringsten mit ihrem mithalten konnte.

»Miss Krohn, was ist denn?«, fragte sie besorgt. »Geht es Ihnen nicht gut?«

»Sehe ich so schlimm aus?«

»Sie wirken, als hätten Sie in der Nacht kein Auge zugetan.«

»Habe ich auch nicht«, gab ich zurück und nahm noch einen Schluck aus meiner Tasse. Das Gebräu schmeckte nicht, aber ich spürte, wie es langsam seine Wirkung entfaltete. Die Müdigkeit fiel von mir ab, und in meinem Magen kribbelte der Zorn. »Ich werde nach New York fahren.«

»Wegen Mr O'Connor?«

Ich nickte. »Sie haben seine Entwürfe gesehen, Peg. Sie sind gut.«

»Das stimmt, aber möglicherweise haben sie Miss Arden einfach nicht gefallen.«

»In solch einem Fall verlangt man neue Entwürfe und feuert niemanden. Es ist etwas anderes.«

»Und was?«

»Das erzähle ich Ihnen, wenn ich wieder zurück bin.« Ich

erhob mich von meinem Platz. Meine Knochen fühlten sich schwer wie Blei an. Doch das würde sich geben, wenn mir erst einmal die Morgenluft um die Nase wehte.

Ich kehrte in mein Zimmer zurück und packte hastig meine Tasche. In New York würde ich irgendwo übernachten müssen. Aber Darren würde mir sicher Quartier gewähren. Und möglicherweise konnte ich ihm dann gute Nachrichten bringen.

51. Kapitel

Mein Magen brannte, als ich am späten Nachmittag das Bürogebäude von Miss Arden betrat. Die ganze Zeit über hatte ich versucht, mich zu beruhigen, doch noch immer verspürte ich den Wunsch, meiner Chefin den Hals umzudrehen.

Gab es zwischen ihr und Madame überhaupt einen Unterschied? Helena Rubinstein hatte mich mit einer Klausel belegt, die mir untersagte, innerhalb von zehn Jahren zu heiraten.

Miss Arden versuchte, mich und Darren auseinanderzutreiben, indem sie ihm kündigte. Doch ich wollte auf Darren nicht verzichten. Er hatte mir zwar versichert, einen anderen Job zu finden, doch ich zweifelte daran, dass er dann in meiner Nähe sein würde. Schlimmstenfalls würde Miss Arden ihren Einfluss geltend machen und dafür sorgen, dass niemand in der Umgebung von Maine Chance Darren anstellte.

Als ich das Büro betrat, begrüßte die Sekretärin mich freundlich und meldete mich bei Miss Arden. Ich dachte daran zurück, wie ich das erste Mal hier gesessen hatte, das Herz voller Hoffnung. Warum schien schon wieder alles auseinanderzubrechen? Wollte das Schicksal nicht, dass ich glücklich wurde?

»Miss Arden hat jetzt Zeit für Sie«, erklärte mir die Sekretärin nur wenige Augenblicke später. Das überraschte mich, doch ich sagte nichts und beeilte mich, zu Miss Arden zu kommen.

»Ah, Miss Krohn, was führt Sie zu mir?«, fragte sie, offenbar gut gelaunt. Konnte sie sich den Grund für meine Anwesenheit nicht denken?

Ich straffte mich entschlossen. »Ich muss mit Ihnen über Mr O'Connor reden.« Nur schwerlich konnte ich meinen Zorn im Zaum halten.

»Was ist mit ihm?« Miss Arden lehnte sich zurück. Auf ihrem Gesicht erschien ein kühles Lächeln.

Es hatte eine Zeit gegeben, in der ich erpicht war, ihr zu gefallen. Damals, als ich noch hoffte, nach Frankreich geschickt zu werden. Doch in diesem Moment war es mir egal, was sie von mir hielt. Und was aus diesem Gespräch werden würde.

»Sie haben ihm die fristlose Kündigung ausgesprochen«, antwortete ich.

»Ich war mit seiner Arbeit nicht zufrieden. Für den Start der Schönheitsfarm habe ich mir etwas Besseres erwartet.«

»Während Ihres Besuchs hat sich das aber noch anders angehört. Mr O'Connor meinte, dass Sie sehr angetan gewesen seien.«

»Nun«, gab sie zurück, »ich habe mich nach meiner Rückkehr mit meinen Beratern besprochen, und sie waren der Meinung, dass es nicht gut genug sei. Ich habe mich dem angeschlossen.«

Miss Arden kniff ein wenig die Augen zusammen, während sie mich musterte.

»Es ist seltsam, dass Sie erscheinen und nicht Mr O'Connor«, sagte sie dann. »Er hat gegen seine Kündigung bislang keinen Einspruch erhoben. Könnte es sein, dass Ihr Besuch persönlich motiviert ist?«

Mir schnürte sich die Kehle zu. Natürlich war mein Besuch persönlich motiviert!

»Sie wissen, dass ich mit Mr O'Connor liiert bin. Er ... er hat mir einen Heiratsantrag gemacht.«

Miss Ardens perfekt gezupfte Brauen hoben sich leicht an. »Einen Heiratsantrag?«

»Ja. Und ich habe ihn angenommen.« Ein eisiger Schauer rann über meinen Rücken. Gleichzeitig erwachte Entschlossenheit in mir. Miss Arden hatte nicht über mein Privatleben zu befinden! Und es war unmöglich, dass sie mir vorschreiben wollte, ob ich heiratete oder nicht.

»Nun, Sie werden schon einen Weg finden, Ihre Beziehung lebendig zu halten«, erwiderte Miss Arden beinahe mokant.

Ich presste einen Moment lang die Lippen zusammen und ballte die Fäuste. »Wie soll das gehen, wenn wir uns nie sehen? Wenn ich auf Maine Chance bin und er wieder in New York?«

»Vielleicht kann er ja beim Automechaniker anheuern. Oder in der Postfiliale. Dort scheint er mir besser aufgehoben zu sein. Außerdem würde er Sie nur davon abhalten, Ihre Aufgaben wahrzunehmen. Ich kann es nicht gebrauchen, dass meine zukünftige Filialleiterin durch Ehe und womöglich Kinder abgelenkt wird.«

Am liebsten hätte ich ihr eine Ohrfeige versetzt. Sie selbst hatte ihrem eigenen Ehemann so viel zu verdanken. Nur weil sie ihn rausgeworfen hatte, gönnte sie mir nicht mein Glück?

»Ich möchte Sie bitten, Mr O'Connor noch eine Chance zu geben«, sagte ich, unter Aufbringung meiner ganzen Beherrschung. »Ich bin sicher, dass er Ihnen bessere Entwürfe liefern kann.«

»Das sehe ich nicht so«, erwiderte Miss Arden eisig. »Demnächst werde ich Ihnen den neuen Grafiker schicken. Ihm können Sie vielleicht besser begreiflich machen, worauf es bei uns ankommt.«

»Und Sie wollen es sich nicht noch einmal überlegen?« Mein

Herz presste sich zusammen, sodass es sich anfühlte wie aus Stein.

»Natürlich nicht. Mein Entschluss steht fest!«

»Wenn das so ist, reiche ich meine Kündigung ein«, hörte ich mich sagen.

Miss Ardens Augen blitzten, doch in ihrem Gesicht regte sich nichts. Eine ganze Weile schwieg sie.

Wollte sie mich damit verunsichern? Wartete sie darauf, dass ich zurückruderte oder mich entschuldigte?

Vielleicht war es ein Fehler, aber ich konnte in diesem Augenblick nicht anders. All die Jahre hatte ich mit meiner Arbeit zugebracht, ohne einen Funken Liebe zu erfahren. Mochte es auch ein Zufall gewesen sein, Miss Arden hatte Darren zu mir gebracht. Wir hatten wieder zueinandergefunden, und ich würde ihn jetzt nicht noch einmal gehen lassen.

»Ich muss zugeben, dass Ihnen in all den Jahren ein Rückgrat gewachsen ist«, sagte sie dann. »Wenn ich daran denke, wie Sie sich damals ständig entschuldigt haben …«

Diese Worte überraschten mich. Ich hatte eigentlich mit etwas anderem gerechnet, einem Donnerwetter oder Beschimpfungen. Doch sie war wie Eis.

»Da ich viel von Ihnen halte und Sie beim Aufbau von Maine Chance gute Arbeit geleistet haben, gebe ich Ihnen die Gelegenheit, sich zu entschuldigen und dann als Leiterin von Maine Chance fortzufahren. Ohne Mr O'Connor.«

»Sie wollen, dass ich mich zwischen ihm und Ihnen entscheide?« Ich stieß ein spöttisches Schnauben aus.

»Ja, das möchte ich«, gab Miss Arden ruhig, beinahe versteinert wirkend zurück.

Ich blickte auf meine Hände, die auf meinem Schoß lagen. Meine Mutter fiel mir wieder ein. Sie war eine Gefangene gewesen. Ihr Mann hatte sie davon abgehalten, Kontakt zu mir aufzunehmen.

Ich wollte keine Gefangene von Miss Arden sein, die mir vorschrieb, ob ich mich verlieben durfte oder nicht.

Langsam erhob ich mich und sah Miss Arden in die Augen. »Ich bleibe dabei. Ich kündige.«

Miss Arden nickte. Ihre Gesichtszüge verhärteten sich noch mehr.

»Sie werden die Farm unverzüglich verlassen«, sagte sie. »In drei Tagen werde ich Ihren Ersatz schicken. Dann erwarte ich, dass Sie weg sind. Und gnade Ihnen Gott, wenn Sie irgendwelche Geheimnisse meiner Firma ausplaudern! Dann werde ich dafür sorgen, dass Sie keinen Fuß mehr auf den Boden bekommen.«

Ich kniff die Augen zusammen. Mein Verstand sagte mir, dass es besser war, jetzt einfach zu gehen, doch mein Herz befahl mir etwas anderes. Und diesmal gehorchte mein Mund ihm.

»Sie tun mir leid«, sagte ich. »Vielleicht war es für Sie die richtige Entscheidung, Ihren Mann zu opfern und damit Ihre Ehe. Aber für mich wird es das nicht sein. Ich werde nicht so einsam sein wie Sie! Und Sie brauchen mir nicht zu drohen. Ich bin ein anständiger Mensch und weiß selbst, was ich zu tun oder zu lassen habe!«

Mit hocherhobenem Kopf und festem Schritt ging ich zur Tür.

»Er hat gelogen«, sagte Miss Arden hinter mir.

»Wie bitte?« Ich fuhr herum.

»Mr O'Connor hat behauptet, zu einer Verwandten gefahren zu sein. Sie haben es gehört!«

Meine Wangen begannen zu glühen. Hatte sie es also doch erfahren!

»Er hat Sie begleitet, nicht wahr?« Ein eisiges Lächeln trat auf Elizabeth Ardens Gesicht. »Und Sie haben es mir verschwiegen.«

»Dann hätten Sie mir ebenfalls kündigen sollen«, gab ich zurück, zog die Tür auf und trat auf den Gang.

Draußen musste ich mich erst einmal gegen die Wand lehnen, denn meine Knie wurden weich, und ein leichter Schwindel erfasste mich, als die Erkenntnis durchsickerte, was ich getan hatte.

Ich hatte Miss Ardens Schönheitsfarm aufgebaut. Wenn sie ein Erfolg wurde, wurde sie das wegen meiner Arbeit. Und jetzt würde jemand anderes die Leitung übernehmen. Jemand anderes würde die Lorbeeren ernten.

Übelkeit stieg in mir auf. Ich fühlte mich betrogen und ausgenutzt.

Doch für eine Frau, die mir keine Beziehung gönnen wollte, konnte ich nicht arbeiten. Jeder Mensch träumte von Glück – da machte ich keine Ausnahme. Ich wollte mir Darren nicht mehr nehmen lassen.

Nachdem ich wieder ein wenig zu mir gekommen war, straffte ich mich und schritt den Gang entlang. Ein letztes Mal. Und je weiter ich ging, desto mehr hatte ich das Gefühl, dass eine Last von mir abfiel.

Auch wenn ich gern auf der Schönheitsfarm gearbeitet hatte, war es nicht das, was ich hatte tun wollen. Weder hatte mich Miss Arden nach Paris geschickt, noch hatte sie in Erwägung gezogen, mich wieder dort arbeiten zu lassen, wo ich am liebsten gewesen wäre: im Labor. Vielleicht erhielt ich jetzt die Gelegenheit dazu.

Ich passierte die Sekretärin mit einem Lächeln, dann verließ ich das Büro und bestieg ein letztes Mal den Fahrstuhl.

Eine halbe Stunde später verließ ich die Subway und machte mich auf die Suche nach Darrens Adresse. Ein wenig fühlte ich mich wie vor Jahren, als ich durch Berlin gelaufen war, kurz nachdem meine Schwangerschaft offenbar geworden war und mein Vater mich aus dem Haus geworfen hatte. Ich fühlte mich wie auf dem Weg von Miss Rubinsteins Fabrik nach Hause, nachdem mir gekündigt worden war.

Nur dass diesmal ich den Abschied genommen hatte.

Meine Knie waren noch immer weich, mein Körper pulsierte, und Verwirrung raste durch meinen Verstand. Gleichzeitig fühlte ich mich so euphorisch, als hätte ich eine Droge in mir. Ich hatte Miss Arden die Stirn geboten. Zwar hatte ich verloren, aber diesmal war ich nicht diejenige gewesen, die sich entschuldigte.

Es war das erste Mal, dass ich Darren in New York aufsuchte. Damals, als wir unsere erste Beziehung begonnen hatten, hatte er mich immer abgeholt. Nie waren wir zu ihm gefahren, weil er fürchtete, dass ich ein falsches Bild von ihm bekommen würde. »Ein anständiger Mann nimmt eine junge Dame nicht mit in seine Wohnung, sie könnte glauben, dass er sich ihr unsittlich nähern würde«, hatte er einmal augenzwinkernd bemerkt, als wir zu einem Wochenendausflug unterwegs waren.

Darren wohnte in der Nähe des Central Park, und wie es aussah, konnte man von seinen Fenstern aus sogar auf die weitläufige Grünfläche, die grüne Lunge New Yorks, blicken. Nach einer Weile fand ich das Haus. Es war im Stil des beginnenden 19. Jahrhunderts erbaut worden. Die rostbraune Farbe blätterte von der Fassade ab, und es wirkte schon etwas in die Jahre gekommen.

Ich erklomm die Stufen, klingelte und trat einen Schritt zurück. Darren müsste eigentlich zu Hause sein, es sei denn, er hatte bereits ein Vorstellungsgespräch. Seit der Kündigung waren erst zwei Tage vergangen, und ich bezweifelte, dass er schon eine Arbeitsstelle gefunden hatte.

Was würde er dazu sagen, dass ich bei ihm auftauchte? Was würde er zu meiner Neuigkeit sagen?

Über mir wurde ein Fenster hochgeschoben.

»Sophia?«

Ich blickte schräg nach oben. Die Sonne blendete mich, sodass ich meine Augen mit der Hand beschatten musste, doch dann sah ich ihn. Er wirkte ein wenig derangiert, fast so, als hätte er geschlafen. Sein Haar stand ihm nach allen Seiten hin ab, und wenn ich es richtig sah, lag über seinen Schultern ein Morgenmantel.

»Darf ich reinkommen?«, fragte ich.

»Natürlich!«, sagte er. »Einen Moment.«

Damit verschwand er wieder im Rauminneren. Der »Moment« dauerte einige Minuten, doch dann hörte ich Schritte auf einer Treppe.

Die Tür öffnete sich. Darrens Haare waren nun gekämmt, und er trug ein kariertes Hemd, das er etwas nachlässig in seine Hose gesteckt hatte.

»Hi«, sagte er, als er mich sah. »Was ist passiert? Was suchst du hier in New York? Wir wollten doch telefonieren.«

»Tja, ich dachte mir, ich komme persönlich vorbei.« Mein Lächeln wirkte gezwungen. »Ich muss dir etwas sagen.«

Seine Augen wurden groß. »Du trennst dich doch nicht etwa von mir?!«

Ich blickte ihn verwirrt an. Befürchtete er das wirklich?

Ich schüttelte den Kopf. »Nein, nicht von dir. Aber ich habe mich von Miss Arden getrennt.«

»Nein!«, platzte es aus ihm heraus. »Das darfst du nicht … Deine Karriere!«

»Gehen wir nach oben, dann erkläre ich dir alles.«

Darren nickte und ließ mich ein. Schweigend erklommen wir die schmale Treppe, dann betraten wir seine Wohnung.

Ich hatte mir früher oft ausgemalt, wie es hier aussehen würde. Jetzt erkannte ich, warum ihm die spartanische Einrichtung in der deutschen Arden-Niederlassung nichts ausgemacht hatte. Auch er hatte sein Apartment spärlich möbliert.

Es bestand aus zwei Räumen und einer Küche. Man sah der Wohnung an, dass er lange schon nicht mehr hier gewesen war. Außerdem hatte er seine Kleider offenbar auf dem Weg verloren. Sein Jackett lag über einem Stuhl, der Koffer stand halb ausgepackt mitten im Raum.

»Entschuldige bitte, ich habe nicht mit Damenbesuch gerechnet«, sagte er und schob schnell das Gepäck beiseite. Auf dem grauen Sofa entdeckte ich seine zusammengerollten Entwürfe.

Darren nahm die Papierrollen herunter und bugsierte mich auf die Polster. »Darf ich dir etwas anbieten? Ich fürchte, ich habe nur Tee.«

»Setz dich erst mal«, sagte ich und streckte die Hand nach ihm aus. Er ergriff sie, und ich zog ihn neben mich.

»Also, ich war bei Miss Arden«, begann ich. »Ich habe sie gebeten, dich wieder einzustellen.«

»Und das wollte sie nicht.« Darren stieß ein bitteres Lachen aus und fuhr sich übers Haar.

»Nein. Aber du hattest recht. Es ging ihr nur darum, dass ich nicht heirate. Das war für mich nicht akzeptabel.« Ich berichtete ihm, wie das Gespräch verlaufen war.

Darren schüttelte traurig den Kopf. »Das hättest du nicht tun sollen. Ich ... ich finde schon wieder etwas.«

»Davon bin ich überzeugt. Aber ich möchte nicht für eine Frau arbeiten, die nicht akzeptieren kann, dass ihre Mitarbeiterinnen Bedürfnisse haben. Miss Hodgson, du erinnerst dich ...?«

»Ja, deine erste Chefin im Salon.«

»Sie ist wahrscheinlich aus gutem Grund noch eine Miss. Und nicht, weil die Männer sie nicht wollen. Sondern weil Miss Arden es von ihr verlangt oder erwartet. Das möchte ich nicht.« Ich zog seine Hand an meine Brust, damit er meinen Herzschlag fühlen konnte. »Ich will eine Mrs sein. Ich will nicht mein ganzes Leben einer Chefin widmen, die offenbar keine Ahnung von Liebe hat. Madame war da nicht viel anders. Wären die beiden nicht Konkurrentinnen, würden sie sich vermutlich bestens verstehen.«

»Sophia ...«

Ich schüttelte den Kopf. »Nein. Es ist gut so, wie es ist. Ich habe die richtige Entscheidung getroffen. Und ich möchte nicht weiter darüber nachdenken. Miss Arden hat dich zurück in mein Leben gebracht. Das wäre nicht geschehen, wenn ich nicht für sie gearbeitet hätte. Sie hat mich in anderer Hinsicht enttäuscht, aber das muss ich ihr anrechnen.«

Ich sah Darren an. Sein gekämmtes Haar, der ein wenig müde Zug um die Augen, die sinnlichen Lippen. Mein Herz barst beinahe vor Liebe zu ihm.

»Würdest du mich zu deiner Frau nehmen?«, hörte ich mich fragen.

»Aber ... ich denke, du möchtest einen richtigen Heiratsantrag. Mit Ring und ...«

Ich küsste ihn. »Der Ring ist völlig egal. Die Frage ist nur, ob du mich so willst wie ich dich.«

»Ja«, antwortete er und zog mich in seine Arme. »Ich will dich und keine andere!«

52. Kapitel

»Sie wollen also wirklich gehen?«, fragte Peg traurig, als ich meinen Reisekoffer in die Küche stellte und mich zum Tisch begab, um mein letztes Frühstück auf Maine Chance einzunehmen. Peg hatte schon alles vorbereitet. Auf meinem üblichen Platz stand ein Gedeck, davor ein kleiner Korb mit Brötchen. Sie hatte es sich angewöhnt, mir ein »deutsches« Frühstück zuzubereiten. Mit der Zeit waren die Brötchen besser geworden, und ihre selbst gemachte Marmelade war einfach göttlich.

Jetzt stand sie am Herd und buk Pancakes in ihrer besten Pfanne.

»Ich muss, Peg«, sagte ich. »Ich habe gekündigt, schon vergessen?«

»Kündigungen können rückgängig gemacht werden.«

»Diese nicht.« Ich ließ mich auf die Bank sinken, schloss die Augen und atmete den Duft nach Zucker und Butter ein. »Miss Arden hätte nicht zustimmen müssen. Sie hat es getan, also gibt es kein Zurück mehr.«

Peg drehte sich vom Herd weg zu mir und sah mich an. »Sie haben für dieses Haus so viel geleistet. Ich verstehe es einfach nicht.«

Ich seufzte tief. Kate hatte ich damals viel über mich erzählt, sogar über Darren hatte sie Bescheid gewusst. Bei Peg hatte ich es versäumt.

»Ich habe mich für Mr O'Connor eingesetzt, denn ich bin der Meinung, dass er gute Entwürfe abgeliefert hat. Miss Arden hatte andere Gründe, ihm zu kündigen. Und deshalb kann auch ich nicht mehr bleiben.«

»Sie lieben ihn, nicht wahr?«

Ich nickte. »Ja, das tue ich. Aber das hat nichts mit seiner Arbeit zu tun. Ich kann nicht für eine Chefin arbeiten, die Privates nicht von Beruflichem trennen kann. Nicht mir fällt das schwer, sondern Miss Arden.«

Peg presste die Lippen zusammen. Ich verstand, dass sie ihrer Chefin gegenüber loyal bleiben wollte. Und ich verlangte auch nicht, dass sie mir zustimmte. Dies hier war meine Entscheidung.

Ich aß mein Frühstück weitgehend schweigend, während ich spürte, dass Peg kurz davorstand, in Tränen auszubrechen. Glücklicherweise waren Ella und Mindy noch nicht da. Ich hatte ihnen Kärtchen hinterlassen, denn der Zug ging sehr früh, und ich wollte ihn auf keinen Fall verpassen.

»Ich danke Ihnen für alles, Peg«, sagte ich, als ich mich von ihr verabschiedete. »Vielleicht besuchen Sie mich irgendwann mal in New York.«

Peg lächelte schief. »Mal sehen, wann ich hier vom Herd wegkann. Es wird hier so leer ohne Sie sein, Miss Krohn.«

»Bald nicht mehr«, antwortete ich mit einem traurigen Lächeln. »Dann kommen eine neue Leiterin und die Kundinnen. Dann geht es hier richtig rund.«

Peg nickte und schloss mich in die Arme. »Leben Sie wohl, Miss Krohn. Ich werde Sie nie vergessen.«

»Und ich Sie nicht, Peg.«

Mit diesen Worten griff ich nach meinem Koffer und verließ

das Haus. Prinz Kader Guirey hatte sich erboten, mich zum Bahnhof zu fahren. Ich hatte das Angebot gern angenommen.

Der Bahnsteig war leer, doch ich spürte die Anwesenheit des alten Bahnwärters. Dieser war auch bei meiner Ankunft hier zugegen gewesen. Die Station hatte nie viele Passagiere. Das war zur Anfangszeit der Eisenbahn anders gewesen. Mittlerweile vertrieb sich der Wärter die Zeit damit, den kleinen Garten hinter dem Bahnhofsgebäude, in dem auch seine Wohnung lag, zu pflegen.

Kurz überlegte ich, ob ich ihn nicht in ein Gespräch verwickeln sollte. Wir hatten uns öfter gesehen, aber niemals miteinander geredet. Warum eigentlich nicht?

Die Antwort lag auf der Hand. Wenn ich hier angekommen war, war ich immer schon einen Schritt voraus gewesen. Ich hatte meine Gedanken auf Maine Chance gerichtet, ohne meine Umgebung wahrzunehmen. Das war vielleicht ein Fehler gewesen.

Nach einer Weile entschied ich mich aber doch, auf der kleinen Bank Platz zu nehmen.

Grillenzirpen tönte an mein Ohr. Die Grashalme neben dem Bahndamm wiegten sich leicht im Wind.

Wie würde mein Weg jetzt aussehen?

Ich fragte mich, ob Madame Rubinstein mir wieder eine Chance geben würde. Oder war es Zeit für etwas Neues? Ich blickte auf meinen Experimentierkasten, der so lange unbenutzt herumgestanden hatte. Vielleicht war es an der Zeit, doch etwas Eigenes anzufangen. Die Arbeit bei Miss Arden hatte mich vieles gelehrt, ich war erfahrener geworden und wusste nun viel besser, wie ein Geschäft funktionierte. Vielleicht war es der richtige Moment?

Ein schrilles Pfeifen holte mich aus meinen Gedanken. Der Zug kam. Zuerst sah ich nur den Rauch aus dem Schornstein der Lokomotive, doch dann spürte ich die Vibrationen unter meinen Füßen, als sich das schwere Ungetüm über die Schienen wälzte und schließlich vor mir zum Stehen kam. Während nur wenige Passagiere ausstiegen, warf ich noch einmal einen Blick zurück. Dann erklomm ich meinen Waggon.

Strahlender Sonnenschein empfing mich in New York. Ich nahm auch diesmal die Subway und durchquerte den Central Park, in dem die Nannys die Kinderwagen ihrer Herrschaften schoben. Auf den Bänken saßen einige ältere Herren über ihrer Zeitungslektüre. Dazwischen tollten Kinder unter der Beobachtung ihrer Mütter.

Ich schritt forsch über die Wege und erreichte schließlich Darrens Haus. Das Fenster über ihm stand offen, und Musik tönte nach draußen. Die Vögel zwitscherten. Mit einem Lächeln drückte ich den Klingelknopf. Anstatt den Summer zu betätigen, erschien Darren wie schon einige Tage zuvor selbst an der Tür. Diesmal wirkte er nicht wie aus dem Bett gefallen. Er trug ein hellblaues Hemd und dunkle Hosen und sah aus, als wollte er zu einem Klienten.

»Da bist du ja«, sagte er, zog mich an sich und küsste mich.

»Da bin ich«, gab ich zurück. »Und ich habe auch nicht vor, wieder zu gehen.«

53. Kapitel

Einen Monat später, nach einer drückend heißen Nacht, stand ich vor dem Fenster und beobachtete, wie die Sonne ihr erstes Licht über die Bäume des Central Park gleiten ließ. Unruhe tobte in mir. Die Untätigkeit zerrte an meinen Nerven. Alles in meinem Innern drängte darauf, etwas zu tun. Nur was? Ich schien alle Möglichkeiten zu haben, und dennoch wusste ich es nicht. Fest stand für mich nur, dass ich demnächst Mrs O'Connor sein würde.

Darren hatte glücklicherweise nicht lange nach einer neuen Anstellung suchen müssen. Eine Nahrungsmittelfirma hatte ihm das Angebot gemacht, ihre Verpackungen neu zu gestalten. In letzter Zeit hatte man sehr viel Konkurrenz am Markt bekommen und unter Einnahmeeinbußen zu leiden. Darren sollte sie retten. Und ich war sicher, dass er das tun würde.

»Ich könnte fragen, ob sie eine Chemikerin brauchen«, hatte er mir vorgeschlagen, doch ich hatte den Kopf geschüttelt. Mit Lebensmitteln kannte ich mich nicht aus. Und wahrscheinlich würde ich dafür einen Abschluss haben müssen.

Jetzt ging es mir erneut durch den Kopf, ob ich nicht mein Studium beenden sollte. Etwas Geld hatte ich auf der hohen Kante, und Darren würde mich vielleicht unterstützen …

Die Tür öffnete sich hinter mir. Darrens vertraute Schritte drangen an mein Ohr. Einen Moment später war er bei mir. Ich nahm seine Wärme wahr und roch den Duft seines Aftershaves.

»Schau mal«, sagte er und reichte mir die Zeitung. Er hatte sie umgeschlagen und gefaltet, sodass ich sofort den Artikel sah.

Elizabeth Arden eröffnet weltweit erste Schönheitsfarm, tönte die Schlagzeile.

Sofort verließ mich die Lust, es zu lesen. Ich reichte ihm das Blatt zurück. »Es interessiert mich nicht.«

Darren nickte.

Ich überlegte einen Moment lang, dann fragte ich: »Hat sie mich erwähnt? Einen von uns?«

»Nein. Sie nennt ihre Freundin Marbury und diesen schrecklichen Kerl, wie hieß er noch mal ... Gaylor?«

»Gayelord Hauser«, korrigierte ich. »Ihn erwähnt sie?«

»Ja, ihn und sein Ernährungskonzept. Und sie hat dem Reporter erzählt, dass Rue Carpenter die Inneneinrichtung gestaltet hat.«

»Sie übersieht dabei, dass Miss Carpenter schon seit einigen Jahren tot ist. Von ihr stammen einige Vorschläge, aber sehr viel ist auch von mir.« Ich presste die Lippen zusammen. Dass ich einfach übergangen wurde, ärgerte mich. Und das alles nur, weil ich das Recht auf ein Privatleben haben wollte.

Darren kam zu mir und nahm mich in den Arm. »Mach dir nichts draus. Mit deiner Expertise wirst du überall einen Job finden.«

»Ich müsste eigentlich zurück zu Madame. Es wurde gemunkelt, dass sie Thomas Jenkins anheuern wollte, doch der darf nicht.«

»Du kannst dich freuen, dass Miss Arden dir nicht auch fünf Jahre Arbeitsverbot auferlegt hat. Warum hat er sich das eigentlich bieten lassen?«

»Vielleicht war es die Bedingung für das Geld, das er erhalten hat. Wer weiß.«

Der Zorn rumorte in meinem Innern.

»Nun, lass uns erst einmal frühstücken, und dann sehen wir weiter.« Darren nahm mich bei der Hand und zog mich in die Küche.

Der Duft von gebratenem Speck und Eiern hing in der Luft. Wenn Darren Frühstück machte, gab es meist Herzhaftes wie Bratkartoffeln. Daran musste ich mich erst einmal gewöhnen.

»Keine Cornflakes?«, witzelte ich. Packungen dafür zu gestalten gehörte mittlerweile ebenfalls zu seinem Aufgabenfeld.

»Der Chef der Firma hat mir einen Jahresvorrat gratis versprochen, wenn meine Entwürfe mehr Verkäufe bringen.«

»Dann werden wir uns wohl darauf einstellen müssen, das auch zu essen.« Ich wusste nicht, ob mir diese Vorstellung gefiel. Andererseits kam ich mir vor, als hätte ich durch Darrens amerikanisches Frühstück schon einige Pfunde zugelegt.

»Wenn nicht, verschenken wir sie an die Nachbarn. Mr Harrison sagte, dass Kinder besonders wild auf diese Flocken seien.« Er blickte mich an. »Oder wir heben sie für unsere eigenen Kinder auf.«

»Ich glaube, sie werden nicht so lange haltbar sein, bis unsere Kinder sie auch essen können.« Der Gedanke, mit Darren wieder ein Kind zu bekommen, gefiel mir sehr. Auch wenn ich bisher nicht schwanger geworden war.

»Wieso? Sie sind doch getrocknet, da halten sie sicher auch eine Weile.«

Er lachte auf, küsste mich und zog mich auf seinen Schoß.

»Wir sollten überlegen, wann wir unsere Verlobung bekannt geben«, sagte er. »Ich bin sicher, dass einige meiner Freunde gern bei der Feier dabei sein würden.«

Seine Worte versetzten mir einen kleinen Stich. Ich freute

mich auf die Hochzeit, doch wer würde dann auf meiner Seite der Kirche sitzen? Ray würde die Einladung bestimmt annehmen. Und Henny ... Sie würde sicher nicht erscheinen. Wer blieb mir dann noch? Kate vielleicht, auch Peg würde wohl kommen, wenn Miss Arden ihr den Urlaub genehmigte. Vielleicht auch Ella und Mindy, die Hausmädchen, obwohl ich bezweifelte, dass sie von der neuen Chefin des Hauses freigestellt werden würden.

»Ich freue mich auf deine Freunde«, sagte ich und setzte ein Lächeln auf. »Wie wäre es, wenn wir noch in dieser Woche eine Annonce schalten würden? Und die Feier Ende August ansetzen? Wenn das Wetter gut ist, könnten wir draußen feiern.«

Darren lächelte, beugte sich zu mir herunter und küsste mich. »Du machst mich glücklich, weißt du das?«

»Und du mich!«, gab ich zurück.

In dem Augenblick läutete es an der Tür.

Ich zog die Augenbrauen hoch. »Erwartest du jemanden?«

Er schüttelte den Kopf. »Du?«

»Nein.« Ich erhob mich und verließ die Küche.

Obwohl so viel Zeit vergangen war, hoffte ich immer noch auf einen Brief von Monsieur Martin. Möglicherweise hatte er mich vergessen, doch ich würde weiterhin hoffen, selbst wenn es unwahrscheinlich war, dass er jetzt noch eine Spur fand.

Ich ging zur Tür und öffnete. Kurz erhaschte ich einen Blick auf eine zerlumpt wirkende Gestalt, dann fiel sie mir auch schon in die Arme.

»Darren!«, schrie ich auf, während ich den Fall der Person abzufangen versuchte. Doch es gelang mir nicht, und sie riss mich zu Boden. Da sah ich ihr Gesicht.

»Henny?«

Im nächsten Augenblick stürmte Darren zu mir und hob den Körper von mir herunter.

»Wer ist das?«, fragte er.

»Meine Freundin!«, brachte ich panisch hervor und kroch zu ihr. Tiefe Furchen hatten sich in ihre Wangen eingegraben. Ihr Haar war struppig und schmutzig. Ein unaussprechlicher Geruch ging von ihren Kleidern aus. Es wirkte, als hätte sie die Nächte draußen verbracht.

»Henny!«, rief ich erneut und rüttelte sie sanft. Ihre Augen waren geschlossen, offenbar hatte sie das Bewusstsein verloren.

»Hol einen Arzt!«, rief ich Darren zu.

Er stürmte zum Telefon. Derweil versuchte ich, Henny wieder wach zu bekommen. Sanft tätschelte ich ihre Wangen, doch sie rührte sich nicht. Tränen stiegen mir in die Augen. Es war schön, sie wiederzusehen, aber was war los mit ihr?

»Henny?«, redete ich leise auf sie ein. »Hörst du mich? Mach doch die Augen auf, Henny, bitte!«

Ich schluchzte auf. Wie war sie überhaupt hierhergekommen? Woher hatte sie Darrens Adresse? Ich wischte mir über die Augen und rüttelte sie. Atmete sie überhaupt noch?

Kurz darauf erschien Darren wieder im Flur.

»Dr. Epstein wird gleich hier sein. Ich habe ihm gesagt, dass er sich beeilen soll.«

»Gut.« Ich zog die Nase hoch und nahm Hennys Hand. Ihre sonst so gepflegten Finger wirkten geschunden, die Fingernägel waren bis auf die Haut heruntergekaut. So hatte ich sie noch nie gesehen.

Im nächsten Augenblick stieß sie ein leises Stöhnen aus.

»Henny?«, versuchte ich es wieder. Diesmal schlug sie die Augen auf.

»Hörst du mich?«, fuhr ich fort. »Siehst du mich?«

Ihre aufgerissenen Lippen bewegten sich, doch sie wirkte zu schwach, um etwas zu sagen.

»Henny, bitte lass die Augen auf!«, rief ich, als ihre Lider schwer wurden. »Wir haben einen Arzt gerufen, der wird sich um dich kümmern, ja?« Ich beugte mich über sie und küsste ihre Stirn. »Es wird alles wieder gut!«

Ein Wagen fuhr vor. Bremsen quietschten, eine Tür wurde zugeschlagen. Darren erhob sich und öffnete die Haustür. Nur einen Moment später erschien der Doktor. Er war ein kahlköpfiger Mann mit kleiner Nickelbrille. In seinem beigefarbenen Anzug und dem weißen Hemd erinnerte er mich an einen Tropenforscher. Es fehlte lediglich das Schmetterlingsnetz. Ich schob den unpassenden Gedanken beiseite und blickte auf Henny, die sich bemühte, meiner Anweisung zu folgen und die Augen offen zu halten. Es fiel ihr sichtlich immer schwerer.

»Ich bin Dr. Epstein«, stellte sich der Mann vor, ging neben uns in die Hocke und öffnete seine Arzttasche. »Was ist mit der Patientin?«

»Sie ist mir einfach in die Arme gefallen«, erklärte ich und spürte, wie ein Schluchzen meine Kehle hinaufstieg. »Sie ... sie ist meine Freundin. Sie muss einen sehr langen Weg hinter sich haben. Und ...« Ich zögerte und blickte auf Henny. Wahrscheinlich hörte sie mich. Aber das, was ich zu sagen hatte, war wichtig. Um ihr Leben zu retten, durfte ich es nicht verschweigen.

»Sie war ... eine Weile opiumsüchtig. Ich weiß nicht, ob es jetzt noch so ist.« Ich streichelte über Hennys Stirn. Ihre Augen wirkten entrückt und immer noch schläfrig.

»In Ordnung, ich übernehme«, sagte der Arzt und bedeutete mir zurückzutreten. Ich sah, wie er ihre Augenlider öffnete, ihren Puls tastete. Dann entnahm er seiner Tasche ein Stethoskop und öffnete Hennys Kleider. Als ich die Knochen darunter sah und die schmutzverkrustete Haut, musste ich mich erschaudernd abwenden.

Darren legte den Arm um meine Schultern. »Es wird alles wieder gut«, flüsterte er mir zu. Das wollte ich nur zu gern glauben und lehnte mich an ihn.

»Ihre Freundin ist stark dehydriert und unterernährt«, erklärte der Arzt. »Außerdem hat sie Fieber. Haben Sie die Möglichkeit, sie in ein Krankenhaus zu bringen?«

»Ja«, antwortete Darren, ohne zu zögern. »Ich habe einen Wagen.«

»Gut. Wenn Sie erlauben, rufe ich dort an und sage Bescheid, damit man Sie erwartet. Und dann helfe ich Ihnen, die Frau ins Auto zu bringen.«

»Hat sie denn noch etwas anderes? Irgendwoher muss das Fieber doch kommen!« Mein Herz raste. Henny war bei mir, nach so langer Zeit! Ich wollte sie nicht schon wieder verlieren!

»Das werden meine Kollegen im Hospital feststellen müssen. Es sieht nicht so aus, als hätte sie eine Lungenentzündung, aber Sie haben recht, es muss eine Ursache für das Fieber geben.«

Darren führte den Arzt zum Telefon, dann verließ er das Haus, um den Wagen zu holen, der ein paar Straßen weiter parkte. Ich hockte mich neben Henny. Jetzt fiel mir auch auf, dass ihre Stirn glühte.

»Henny, wie bist du nur hierhergekommen?«, fragte ich und strich ihr übers Haar. Sie blieb mir eine Antwort schuldig.

Darren erschien, und zusammen mit Dr. Epstein trug er Henny in den Wagen. Sie legten sie auf die Rückbank, und ich setzte mich daneben. Es schien ihr schlechter zu gehen, ihre Augen waren nun geschlossen.

Angst schnürte meine Kehle zu. Was, wenn sie starb? Tränen kullerten über meine Wangen, doch ich wischte sie rasch von meinem Gesicht. Henny war damals, als ich verstoßen und frierend vor ihr gestanden hatte, für mich stark gewesen. Jetzt war ich es für sie.

Darren verabschiedete sich rasch von Dr. Epstein, dann schwang er sich hinters Steuer. Wenig später erwachte der Motor mit einem lauten Brummen.

Während wir uns durch den Verkehr schlängelten, bettete ich Hennys Kopf auf meinen Schoß. Ich ignorierte den sauren Geruch, der von ihr ausging und davon zeugte, dass sie wohl schon lange nicht mehr in einem richtigen Bett geschlafen hatte. Tausend Fragen schossen mir durch den Sinn. Wie war sie nach Amerika gelangt? Warum hatte sie mir nicht geschrieben? War ihre Truppe in New York aufgetreten, und sie war hier vor Jouelle geflohen?

Ich wusste, wenn sie mich damals nicht aufgenommen hätte, hätte ich ebenso elend irgendwo zusammenbrechen können. Nur warum hatte es so weit kommen müssen?

Darren parkte vor der Tür der Notaufnahme.

»Warte hier, ich sage drinnen Bescheid«, sagte er und stieg aus.

Ich wandte mich ihr wieder zu. »Henny? Kannst du mich hören?«, fragte ich, doch Henny reagierte nicht.

Wenig später liefen zwei Krankenpfleger mit einer Trage auf das Auto zu. Ich stieg aus und sah zu, wie meine Freundin aus dem Fond gehoben wurde. Wieder biss mir die Angst heftig in den Magen. Am liebsten hätte ich den Pflegern zugerufen, dass sie schneller machen sollten. Doch ich hielt mich zurück. Die Männer taten, was sie konnten. Meine Verzweiflung würde sie nur an ihrer Arbeit hindern.

Kurz darauf wurde Henny durch den Eingang gefahren. Ich folgte ihr und traf noch im Gang auf einen Arzt. Er hatte graue Schläfen und trug einen grau melierten Vollbart. Sein Kittel spannte sich über einem kleinen Bauch.

Er schien bereits auf Henny gewartet zu haben, denn er beugte sich sogleich über sie.

»Bitte, Herr Doktor«, sagte ich panisch. »Ich bin Sophia Krohn, das ist meine Freundin Henny Wegstein. Sie … sie hat eine Zeit lang Opium genommen, aber ich weiß nicht, ob es daran liegt …«

»Bitte beruhigen Sie sich, Miss Krohn«, sagte der Mann. »Ich bin Dr. Miller. Ich werde mich um Ihre Freundin kümmern. Sie müssen mir nur erklären, was passiert ist.«

Ich schilderte es ihm, während er begann, Henny zu untersuchen.

»Bringen Sie sie in die Ambulanz«, wies er die Pfleger an, dann wandte er sich mir wieder zu. »Bitte haben Sie ein wenig Geduld. Ich werde alles tun, was in meiner Macht steht.«

Während sie in der Notaufnahme verschwanden, trat Darren zu mir.

»Ist das möglich?«, fragte ich wie betäubt. »Dass sie zu mir gefunden hat?«

»Wie du siehst«, sagte er. »Lass uns hoffen, dass die Ärzte sie wieder auf die Beine bekommen.« Er küsste meinen Scheitel, dann fragte er: »Wollen wir wieder nach Hause?«

Ich schüttelte den Kopf. »Nein. Ich möchte warten, bis sich der Arzt meldet.«

»Aber er meinte, es könnte eine Weile dauern.«

»Lass uns warten«, sagte ich sanft, aber bestimmt. Dann ging ich zu einer der Holzbänke, die an der Seite standen.

Den ganzen Tag über saß ich wie auf Kohlen. Patienten wurden an uns vorbeigeschoben oder gingen auf ihren eigenen Beinen wieder hinaus. Der Betrieb in dem Krankenhaus glich einem Ameisenhaufen.

Doch mit der Zeit wurde es ein wenig ruhiger.

Mein Körper fühlte sich an wie Blei. Zu gern hätte ich ein wenig geschlafen, doch mein Kopf wollte nicht zur Ruhe kommen. Als es mir doch gelang, an Darrens Seite ein wenig einzuschlummern, trat jemand zu uns. Ich schreckte hoch, als ich zwischen halb geöffneten Lidern einen weißen Kittel erkannte.

Der Arzt war ein anderer als der, der Henny aufgenommen

hatte. Er war noch recht jung, hatte sein blondes Haar streng nach hinten gekämmt und pomadisiert. Auf der Nase trug er eine moderne Hornbrille.

»Miss Krohn?«, fragte er mit ernster Miene.

Wie von einem Blitz getroffen fuhr ich hoch. »Ja, die bin ich.«

»Mein Name ist Dr. Jackson. Miss Wegstein hat mir erlaubt, Ihnen Bescheid zu geben.«

Das bedeutete, dass sie noch am Leben war!

»Wie geht es ihr? Ist sie wach?«, schossen die Worte wie Pistolenkugeln aus meinem Mund.

»Sie ist kurz aufgewacht und war auch orientiert. Ich habe sie allerdings wieder in den Schlaf versetzt. Sie ist sehr erschöpft und geradezu ausgemergelt. Außerdem hat die Sucht einige Verheerungen bei ihr hinterlassen. Ihr Herz schlägt nicht so, wie es soll.«

Ich presste entsetzt die Hand auf den Mund. Tränen benetzten meinen Handrücken.

»Wird sie wieder gesund?«, fragte Darren.

»Wir hoffen es. Aber wir werden gut auf sie achtgeben müssen. Gehen Sie am besten mit Ihrer Frau nach Hause, wir benachrichtigen Sie, wenn wir mehr wissen.«

»Danke«, hörte ich Darren sagen, und der Arzt verabschiedete sich wieder. Ich selbst war nicht in der Lage, etwas zu tun oder zu sagen.

»Hast du gehört?«, fragte Darren und legte seinen Arm um meine Schulter. »Sie werden sie wieder hinbekommen. Bestimmt.«

Wie gern hätte ich ihm geglaubt! Doch die Worte des Arztes beunruhigten mich zutiefst. Was, wenn ihr angeschlagenes Herz versagte? Wenn sie starb?

»Komm, Schatz«, sagte Darren und gab mir einen Kuss auf die Schläfe. »Morgen sieht alles anders aus.«

Ich nickte und ließ mich aus dem Krankenhaus führen. Der Schock saß mir in den Gliedern und wich erst dann ein wenig von mir, als wir uns Darrens Haus näherten. In der Wohnung zog er mich an sich und küsste mich.

»Es wird alles gut«, sagte er. »Das verspreche ich dir.«

Ich nickte und hoffte, dass er recht behielt.

Der Arzt hatte uns zugesichert, sich zu melden, falls sich etwas änderte. Doch das konnte mir meine Unruhe nicht nehmen. Henny … Wie hatte sie es hierhergeschafft?

Das Gute an der Sache war, dass sie Jouelle entkommen zu sein schien. Hatte er sie fallen gelassen? Hatte sie all ihr Erspartes zusammengekratzt für die Überfahrt nach Amerika? Zu mir?

Aber warum hatte sie mir nicht geschrieben? Ich hätte sie mit offenen Armen begrüßt, nein, mehr noch, ich hätte ihr gern die Reise bezahlt.

Darren bemerkte meine Unruhe. Er griff mit der rechten Hand zur Seite und streichelte über meine Hand. »Ihr wird es gut gehen. Ich weiß es. Sie hat nicht den langen Weg auf sich genommen, um schlappzumachen.«

Ich nickte.

Zu gern hätte ich es geglaubt. Aber die Angst bohrte sich tief in meinen Bauch und blockierte jeden Anflug von Hoffnung.

»Ich bin sicher, dass es ihr morgen besser geht«, fügte Darren hinzu und legte die Hand wieder ans Steuer. »Vielleicht braucht sie nur gut zu essen und zu trinken. Die Ärzte werden alles für sie tun.«

Als wir die Wohnung betraten, klingelte das Telefon. War das die Klinik? Eigentlich war es noch viel zu früh für eine Nachricht. Es sei denn …

Darren und ich tauschten einen kurzen Blick, dann stürmte

ich los. Keuchend nahm ich den Hörer ab, während mein Herz wie nach einem Dauerlauf raste.

»Miss Krohn?«, fragte eine Frauenstimme, die mir nur allzu bekannt vorkam.

»Peg?«, fragte ich verwundert. »Wie ... woher haben Sie diese Nummer?«

»Tut mir leid, ich wollte nicht stören«, antwortete sie ein wenig atemlos. »Die Nummer stand auf einer Visitenkarte, die Mr O'Connor hier vergessen hat. Gestern war hier eine Frau ... Henny Wegstein oder so. Sie wirkte ziemlich abgerissen und krank. Sie fragte nach Ihnen. Ich habe ihr gesagt, dass Sie nicht mehr hier sind. Eigentlich habe ich sie fortschicken wollen, aber sie hat mich angefleht, ihr die neue Adresse zu nennen. Ich hoffe, sie hat Sie nicht belästigt. Ich habe ein schlechtes Gewissen.«

»Sie haben alles richtig gemacht«, antwortete ich. »Es ist eine Bekannte von mir ... Sie ... sie ist vorhin hier eingetroffen, und alles ist gut.«

»Wirklich?«, fragte Peg besorgt.

»Ja«, antwortete ich. Ich wollte ihr nicht erzählen, dass Henny hier zusammengebrochen war und in der Klinik lag.

»Außerdem ist hier ein Brief angekommen, von einem Mr Martin aus Paris«, fuhr sie fort. »Ich habe ihn vor zwei Tagen in die Post gegeben. Möglicherweise kommt er heute schon an. Ach, ich wünschte, Sie wären hier! Sie wären eine wunderbare Leiterin des Hauses gewesen.«

Die Worte wärmten mein Herz, stimmten mich aber auch traurig. Hatte ich einen Fehler gemacht? Ich blickte zu Darren. Nein. Er war der Mann, den ich liebte.

»Vielen Dank, Peg«, sagte ich. »Bleiben Sie ein so guter Mensch, wie Sie sind.«

»Sie auch, Miss Krohn. Und vielleicht sehen wir uns ja mal wieder.«

»Das hoffe ich«, gab ich zurück und verabschiedete mich dann.

»Wer war das?«, fragte Darren, als ich ins Wohnzimmer ging.

»Peg von der Schönheitsfarm.«

»Tatsächlich!« Darren lächelte. »Ich habe ihren Schmorbraten wirklich geliebt.«

»Sie sagte, Henny sei dort gewesen und habe nach mir gefragt. Und da ist auch noch ein Brief von dem Detektiv. Sie hat ihn in die Post gegeben. Vielleicht kommt er heute an.«

Darren blickte auf seine Uhr. »Der Postbote sollte gegen Mittag hier sein.«

Er nahm mich in seine Arme, küsste mich und hielt mich eine Weile. Seine Nähe gab mir Zuversicht und milderte das sorgenvolle Brennen in meiner Brust ein wenig ab.

Tatsächlich brachte der Postbote mittags den ersehnten Brief. Noch im Flur riss ich ihn auf und zerrte das Schreiben hervor.

Chère Mademoiselle Krohn,

es freut mich, Ihnen heute Nachricht von Ihrer Freundin Mademoiselle Wegstein geben zu können. Vor einigen Tagen hatte sie mich aufgesucht. Sie wirkte sehr aufgelöst und bat mich, sie vor Monsieur Jouelle in Sicherheit zu bringen. Sie ist nicht ins Detail gegangen, aber wie es aussieht, ist sie nicht mehr mit ihm zusammen. Sie bat mich, ihr bei der Buchung einer Schiffspassage behilflich zu sein. Dem bin ich natürlich gern nachgekommen.
In diesen verrückten Zeiten streben viele in die Neue Welt, doch es gibt da einen Mann, der mir von früher noch einen Gefallen schuldig war. Er hat Ihrer Freundin nicht nur einen Platz auf einem Schiff besorgt, sondern auch die Passage bezahlt. Ich hoffe, dieser Brief erreicht Sie vor Ihrer Freundin.
Ich wünsche Ihnen beiden alles erdenklich Gute, und seien Sie versi-

chert, wenn ich irgendwann doch neue Informationen über Ihren Sohn in Erfahrung bringe, werde ich mich melden.

Mit besten Grüßen,
Luc Martin

Ich ließ den Brief sinken. Ich wusste gar nicht, wie ich Monsieur Martin und dem unbekannten Gönner danken konnte!

»Was schreibt er?«, fragte Darren, während er hinter mich trat und sanft meine Taille umschlang. Seine Wärme an meinem Rücken umfing mich wie ein tröstender Mantel.

»Henny war bei ihm. Sie hat sich von diesem Jouelle gelöst. Ein Freund von Monsieur Martin hat ihr die Schiffspassage bezahlt.«

»Das sind gute Nachrichten, nehme ich an.«

»Ja, das sind sie.« Ich wandte mich um und blickte ihn an. »Wenn es ihr wieder besser geht, hättest du etwas dagegen, sie bei uns aufzunehmen? Jedenfalls für die erste Zeit? Sie hat damals so viel für mich getan, ohne sie wüsste ich nicht, wo ich jetzt wäre.«

Darren nickte. »Wir nehmen sie auf. Und später kann ich mich umhören, ob ihr vielleicht jemand eine Wohnung vermitteln kann. Sie wird sicher ihr eigenes Reich haben wollen.«

»Das wird sie.« Wieder kamen mir die Tränen, diesmal vor Rührung. Und auch wenn im Moment alles im Ungewissen lag, erlaubte ich mir vorauszuschauen – auf Henny und darauf, dass sie, wenn wir heirateten, unsere Trauzeugin sein konnte. Vielleicht war ihr Auftauchen ein Zeichen, dass es von nun an besser werden würde.

Die große Familiensaga von Bestseller-Autorin Corina Bomann: *Die Frauen vom Löwenhof*

Agnetas Erbe

1913: Unerwartet erbt Agneta den Löwenhof. Dabei wollte sie als moderne Frau und Malerin in Stockholm leben. Als ihre große Liebe sie verlässt, steht Agneta vor schweren Entscheidungen.

Mathildas Geheimnis

1931: Agneta nimmt die elternlose Mathilda auf dem Löwenhof auf. Sie verschweigt ihr den Grund. Als Mathilda ihn erfährt, verlässt sie das Landgut im Streit. Doch im Krieg begegnen sie sich wieder.

Solveigs Versprechen

1967: Der Löwenhof hat bessere Zeiten gesehen. Mathildas Tochter Solveig beginnt mutig, das jahrhundertealte Gut der Familie durch die stürmischen 60er-Jahre zu führen.

Alle Titel sind auch als E-Book erhältlich.

www.ullstein-buchverlage.de